长篇小说

长缨在手

孙跃先　著

中国言实出版社

图书在版编目（CIP）数据

长缨在手 / 孙跃先著. -- 北京：中国言实出版社，
2023.8

ISBN 978-7-5171-4487-8

Ⅰ.①长… Ⅱ.①孙… Ⅲ.①长篇小说—中国—当代
Ⅳ.①I247.5

中国国家版本馆CIP数据核字（2023）第097015号

长缨在手

责任编辑：宫媛媛
责任校对：张国旗

出版发行：中国言实出版社

  地 址：北京市朝阳区北苑路180号加利大厦5号楼105室
  邮 编：100101
  编辑部：北京市海淀区花园路6号院B座6层
  邮 编：100088
  电 话：010-64924853（总编室） 010-64924716（发行部）
  网 址：www.zgyscbs.cn 电子邮箱：zgyscbs@263.net

经 销：新华书店
印 刷：徐州绪权印刷有限公司
版 次：2024年1月第1版 2024年1月第1次印刷
规 格：710毫米×1000毫米 1/16 37.5印张
字 数：706千字

定 价：98.00元
书 号：ISBN 978-7-5171-4487-8

目 录

楔 子

　　2010年的隆冬时节，淮江大地的祁河县笼罩在一片阴霾之中。阴沉沉的天空中布满了厚重的、铅灰色的浊云。寒风在旷野上肆虐，发出尖厉的嘶吼，卷起的枯叶随风飞舞，吹得路边的水杉树枝干"咔咔"作响。

　　位于城区的临河镇祁坝村村头，聚集着七八百名村民。男女老少群情激愤，有的挥舞着国旗，有的扯起横幅，高呼着"维护百姓权益，反对强拆害民！""我们要家园，我们要生存！"等口号。村外停放着几台推土机、挖掘机，几十名镇村干部站在机械前面与村民形成对峙。

　　年轻的副镇长张宇一脸紧张的神情，手拿扬声器反复呼喊："请村民同志们配合政府的工作，征用土地是为了祁河县经济社会发展的大局，也是为了改善村民的生活居住环境，对国家、对个人都是一件大好事！"满口的学生腔引来的是村民一片更加愤怒的呼喊。

　　这时候，远处八九辆面包车从高速公路口方向风驰电掣般向现场驶来。车队戛然停下，钻下来一群黑衣青年，他们多数剃着锃亮的光头，气势汹汹地从后备厢里拿出棍棒、砍刀，有的脱去了上衣，膘肥体壮的躯体上露出张牙舞爪的文身，刺龙画虎令人生畏。他们嘴里骂骂咧咧地叫嚷："看看谁不服气的，有种过来练练！"

　　一脸病态的村支部书记吴开渠这时候一下子来了精神，他抢过张宇手里的话筒，气急败坏地叫喊："你们不要给脸不要脸，再不听劝，就不客气啦！"

　　支部书记的话无异于火上加油，村民们越发愤怒，他们举起手中的铁锨、锄头等农具，高呼着"跟他们拼了！"人群一步一步逼向村头，青年农民李荣荣和张红军赤手空拳走在最前头。

　　镇村干部们在一步一步退缩，大学生村官出身的张宇见到这种阵势，稚气未消的脸上充满了惊恐，转脸问："吴支书，怎么办？"

　　村支书吴开渠声嘶力竭地冲着黑衣青年们吼叫："花钱请你们来是看二刑的吗？给我往死里揍，大不了赔俩钱！"

　　黑衣青年们受到刺激发出一声号叫，挥舞着凶器向着村民冲杀过去。伴随着一阵"乒乒乓乓"的器械撞击声，一个光头青年捂着脑袋倒在了地下，鲜血从指头缝里流了出来。

黑衣青年们显然被村民的抵抗彻底激怒了，他们气呼呼地叫嚷着，不顾一切地冲上去与村民缠斗在一起。几个光头青年团团围住了李荣荣和张红军，"要揍就揍年轻的"，棍棒、砍刀雨点般落在两个青年农民的身上。伴随着一阵撕心裂肺的惨叫，张红军倒在血泊之中。血人一样的李荣荣跑向不远处的高速公路收费站，一个瘦小的黑衣青年敏捷地追上了他，将一把锋利的匕首从背后深深地插进了李荣荣的心脏。李荣荣悄无声息地仰面倒在了高速出口的巨幅广告牌下，鲜血喷泉一样汩汩流淌，很快在柏油地面上浸透出一个人形的血痕，失神的眼眸仰望着灰暗的天空。

阴暗的天空裂开一道残阳，映照着高速出口巨型的广告牌和血红的仿宋体大字"有为无位的干部，要坚决用起来；有位无为的干部，要坚决拿下来！"

傍晚，噩耗迅速传遍县城，怒火像火山一样喷发出来。人们用白色的床单书写上黑色的"严惩凶手，惩治腐败官员""还我土地，还我家园"等标语，走上街头，游行示威。县委、县政府大院门口被里三层外三层的群众围得水泄不通，口号声此起彼伏。临河镇政府大院里搭起了灵棚，李荣荣新婚仅仅七天的新娘子一身重孝，哭得呼天抢地，悲痛欲绝。闻者无不落泪。

第一章　祁坝村强拆酿血案　陈爱民受命于危难

祁河县的祁坝村拆迁引发群众对立情绪，镇村干部聘用社会人员强拆激起民愤，引发斗殴，社会管理陷于混乱。

淮江市纪委二室主任陈爱民走马上任祁河县委常委、纪委书记，一位美丽的姑娘带着春天般笑容为他打开了县委常委会议室的大门。

县纪委班子务虚会上，大家提到了祁河县财政支付、人事管理混乱等问题。

2010 年元月 23 日，星期六。中午 11 点半，正在市纪委"清风"办案点查办案件的淮江市纪委第二纪检监察室主任陈爱民，接到办公室秘书张震的电话，"陈主任，请你火速回机关，徐书记在办公室等你"。

陈爱民对围坐在监控室的副主任王立冬等几位同志说："徐书记找我，看起来有紧急任务，立冬你带着大家按照调查方案，继续组织好谈话、取证。"

半小时后，陈爱民急匆匆赶到淮江市委常委、市纪委书记徐远行的办公室。

温暖的办公室里，绿油油的兰草散发出幽幽的清香。徐远行高大的身躯显得有点驼背，他握着陈爱民的手，满意地打量着自己的这位爱将：宽阔的肩膀、匀称的中等身材彰显出健美的体格，国字脸，剑眉下一双炯炯有神的眼睛，放射出战斗在第一线的纪检监察干部特有的冷峻、深邃和坚毅的目光，透露出一种中年干部的成熟和干练。

"办案点中午交接班，我们正在汇总情况，听到徐书记的号令，我就马上赶来了！"陈爱民说。

"坐下来，喝点水。"徐远行递给陈爱民一杯水，"找你来，是有一项重大的任务交给你。今天上午的市委常委会刚刚结束，决定让你去祁河县担任县委常委、纪委书记。你知道，祁河县'祁坝村事件'发生以后，造成了很坏的社会影响。省委已经对祁河县的两个党政一把手做出了调整，刘冠一同志不再兼任县委书记，专职担任淮江市副市长。龙城县的县委书记马骏过去当县委书记，新生区的区长强国过去当县长。事件已经发生了三个星期，目前还在持续发酵，媒体的关注度和群众的情绪热度不减，整个县里的工作已经处于半瘫痪的状态。市委书记李鹏飞同志征求我的意见，让我派一个作风过硬的干部过去做纪委书记，我考虑最佳人选就是你了。怎么样，有什么困难吗？"

陈爱民望着面色凝重的徐书记，"我服从组织安排，哪里需要哪里去，打起背包就出发。接到张震的电话通知，我就猜到七八分。徐书记放心，到了新的工作岗位，我一定不辜负市委、市纪委领导的厚望，全力以赴地做好工作。二室负责全市各个县区的案件查处工作，祁河县这些年来查办案件的工作几乎处于停滞状态，甚至市纪委交办的案件也敷衍了事，或者拖着不办。据我们掌握的信息，主要是前任县委书记刘冠一同志弱化纪检监察工作，尤其对于查办案件不仅不支持，甚至持反对的态度。县纪委一大半的干部都被抽调到七八个指挥部去搞什么中心工作去了，留下来的老弱仅仅是守摊子。"

徐远行书记说："对于你的能力、人品和水平，我都是放心的。你有魄力，有胆识，但是也有个性，有时候个性表现得还比较强烈，作为纪检干部刚直不阿、坚持原则是完全正确的。但是，在需要讲究策略的时候，该柔和的时候也要柔和一些，要讲求方式、艺术。你过去之后是镇守一方的大将，独当一面，凡事都要多在脑子里绕几个圈。你记住喽，小事讲灵活，大事讲原则。"

陈爱民说："我记住徐书记的指示，细枝末节上不去计较，原则问题不能让步，小事讲灵活，大事讲原则。"

"刘冠一书记是一个有争议的干部，有的说他敢作敢为，有魄力；有的讲他胡作非为，瞎指挥。"徐远行喝了一口茶接着说，"不管怎么说，这些年在刘冠一的强力推动下，祁河县的经济发展，特别是城市建设得到了比较快速的发展，但同时也留下了一些矛盾和隐患。他最大的毛病就是不讲政治，忽视了党的建设，一味地抓经济，结果是欲速不达，经济工作不仅上不去，可能还要出问题。两手都要抓，两手都要硬，这是一条重要的指导原则。尤其是党的建设，在改革开放的大环境下，时刻也不能放松。你上任之后，首要的任务就是把党风廉政建设的担子挑起来。二室的工作交接你跟张友信副书记汇报吧，暂时由副主任王立冬负责。事不宜迟，下午两点市委组织部送你去上任。"

徐远行站起身，宽厚的手掌紧紧握着陈爱民的手，"相信你能够圆满完成这个艰巨的任务！"

离开徐书记的办公室，陈爱民急匆匆地走在长长的廊道上。他拨通了母亲的电话，父亲去世三年以来，他每天都要问候母亲。

"爱民啊！"听筒里传来母亲温和的声音，就像儿时母亲的呼唤一样亲切，母亲慈祥的笑容浮现在脑海。

"妈！"陈爱民心头一热，"刚刚我们徐书记跟我谈话，市委决定调我到祁河县担任县委常委、纪委书记了，马上就要去报到，来不及跟妈辞行了。您的身体好吗？"

"还可以，都是老毛病了。"电话里传来轻微的哮喘声，"当纪委书记担子重啊，你可千万千万要掌握好政策！"

"妈您放心，我一定严格执行党的政策，坚决不办冤假错案！"

"你一直都是让爹妈放心的孩子，自己一个人在外边，一定要照顾好自己。涛涛最近从美国来电话了吗？"母亲接着说，"你爸临走时最放心不下的就是涛涛，小小的年纪就被他妈带到那么远的地方了，真让人挂念哪，唉，不说啦！"

陈爱民心头一酸，"涛涛在那边挺好的，您就放心吧。您儿子到县里工作，不能经常过去看您，妈妈吃好喝好，别太节俭。"

"现在天天都是精米白面，有鱼有肉，生活上还有你王姐照顾着，你就安心工作吧！"母亲说。

下午两点，一辆商务车载着市委组织部县区处贺咏梅处长和陈爱民驶往祁河县。

贺咏梅转过身，操着一口非常标准的普通话："陈书记，今天的工作是这样安排的，县委召开一个简短的常委会，我宣读一下市委的决定，马骏书记讲几句，你再表个态。"

陈爱民回答说："我正在打腹稿，到时候引用几句祁河县人民耳熟能详的话语，表达我融入祁河县的决心。"

一个多小时的车程，到达祁河县东高速出口。县委组织部副部长杜平和县纪委副书记梁石祥等候在那里。两人迎上前去，与陈爱民、贺咏梅热情握手。

梁石祥紧紧握着陈爱民的手，敦厚的脸上绽放出喜悦的笑容，"一听说陈主任过来当我们的书记，我们发自内心地高兴和欢迎！"

陈爱民望着这位资深的基层纪检监察干部，敦实的个子，浓眉大眼，鼻直口方，一脸的正气。陈爱民暗自思忖，人是一面相，戏曲里的脸谱划分还是有几分道理的。他意味深长地回答说："咱们老战友以后就在一起并肩战斗啦！"环顾四周，陈爱民又问道："这里就是'祁坝村事件'的案发地吗？"

梁石祥指着不远处的巨幅广告牌，"就在那里，青年农民李荣荣被刺死的！"

陈爱民走过去查看，路灯杆下，一个人形的血痕印迹依然清晰可见。

"现在这里快要成为旅游景点了，"梁石祥站在一旁不无揶揄地说，"每天各路记者还有外地的游客，络绎不绝地过来寻找凶案现场，这幅著名的广告牌就是参照物。"

汽车沿着黄河路驶过行政中心的南门，虽然是星期六，大门口仍然聚集着几百人，熙熙攘攘，里三层，外三层，围堵得水泄不通。汽车转弯驶向天山路的西门。西门是一个小侧门，也有十几个人坐在护城河的桥栏上，看到有两辆小车过来，纷纷堵住桥面，有一个中年妇女甚至扑到了前车的引擎盖上。杜平和梁石祥下车，与门卫一道跟情绪激动的群众做说服劝解，车辆才得以驶入大院。

大院的建筑具有汉代的风韵，灰瓦白墙，庄重大气。虽然是隆冬时节，仍然能够看出大院里的园林绿化非常精致，十三栋精巧的办公楼错落有致地分散其中。小桥流水似乎也被严寒凝固住了，枯黄的草坪、光秃秃的树木仿佛在期待着新春的生机。一号楼居于大院正中央，门前的一个广场上竖着一根旗杆，正南面是一个人工湖，冰封的湖面在冬日的阳光下反射着熠熠的寒光。拾级而上十几层的台阶，正门左右两侧分别悬挂着中共祁河县委和祁河县人民政府两块牌子。这里是祁河县党政中心，三楼的常委会议室是全县权力的核心。

陈爱民步入常委会议室，一个身着深蓝色西服的姑娘为他开门，"陈书记好！"姑娘彬彬有礼地问候。

陈爱民不由得与她对视了一下，那是一张洋溢着春天般笑容的圆脸蛋，一双清澈明亮的眸子闪耀着青春的光芒。

"你好！"陈爱民向她点头致意，姑娘清纯的形象给他留下了美好的印象。

"贺处长你好！爱民书记，欢迎你呀！"县委书记马骏快步走上前，与贺咏梅和陈爱民热情握手。新任的县委书记马骏显得从容淡定。他由于长期坚持体育锻炼，身材适中，精气神十足，眼睛里闪烁着睿智的目光。大学毕业之后从乡镇一步一个脚印干到龙城县委书记，有着丰富的基层工作经验。

"我先来介绍一下，"马骏指着贺咏梅跟各位常委说，"这是淮江市委组织部贺处长！"又亲切地拉着陈爱民的手热情地说："爱民，欢迎、欢迎！下面请大家坐好，由贺处长宣读市委的决定，大家欢迎！"

贺咏梅用清脆的普通话宣读道："中共淮江市委关于陈爱民同志任职的决定，淮委组〔2010〕1号，经市委常委会研究决定，陈爱民同志任祁河县委常委、纪委书记，免去陈爱民同志淮江市纪委第二纪检监察室主任的职务。2010年1月23日。宣读完毕！"

马骏说："市委这一次把爱民同志派过来做纪委书记，我首先代表县委表示热烈欢迎！"

常委们一齐鼓掌欢迎。

马骏接着说："我介绍一下各位常委，这一位是县委副书记、县长强国同志！"

强国，一米八五的个头，方面大耳，仪表堂堂，说话声如洪钟，为人豪爽仗义，乐于助人，群众威信极高。

强国与陈爱民热情握手，"欢迎你，老伙计，今后咱们就要在一起共事了！"

马骏按照常委排序将县委副书记常国伦、常务副县长朱雅文、常委满金龙、组织部部长苏俊峰、宣传部长顾毅等分别做了介绍。

马骏介绍完毕，清了清嗓子，说道："陈爱民同志是市纪委一个很有能力的干部，来祁河县与我们大家一起工作，是对县委班子的加强、充实。同志们一定要心往一处想，劲往一处使。我和强国同志也刚来祁河县不久，在这里，我表个态，我和强国同志将团结带领四套班子和祁河县干部群众，勠力同心，齐心协力，按照中央和省委、市委的部署要求，开创祁河县科学发展的新局面！"

马骏转过身，问陈爱民："你还讲两句吗？"

半天时间的所见所闻，使陈爱民对未来工作的艰巨性有了感性的认知，他感到心头沉甸甸的，想起徐远行书记的叮嘱，现在是"大事讲原则"的时候了。陈爱民决定放弃原来在车上打的腹稿，那些不疼不痒的废话，只会显得他这位新来的纪委书记软弱、无力。陈爱民打定主意，既然要讲，就要讲出力度和原则，旗帜鲜明地亮出反腐倡廉的原则，特别是针对前任县委书记刘冠一长期以来搞"一言堂"，形成了班子成员和部下不敢讲实话、不敢讲真话的不良风气，陈爱民觉得在目前的形势下有必要对这个问题点到为止。陈爱民明白，此时此刻有多少人都在关注着他的态度和县纪委的未来走向。

陈爱民用很沉稳的男中音，不紧不慢地说道："从我参加工作，走过市财政局、市纪委，今天又来到祁河县与大家一道共事，以后相处同志们就会认识到陈爱民是一个至诚之人，襟怀坦白的人；说老实话，办老实事，做老实人；服从领导、尊重领导，但是绝不阿谀逢迎、献媚领导，如果那样是对党的事业也是对领导极不负责的；纪委的主要职责是抓好党风廉政建设，作为纪委书记我要全面履行纪检监察职能，为祁河县经济社会发展保驾护航。今后工作之中难免有磕磕碰碰，不当之处，请同志们多批评、多帮助，谢谢！"

众人礼节性地鼓掌，思索着陈爱民的发言。

马骏说："好吧，今天的常委会到此结束。爱民，你先安顿下来，尽快进入角色，散会！"

走出会议室，矮胖的县委常委满金龙"咚咚咚"几步赶上来，对陈爱民说："陈书记，今天或者明天晚上你有空吗？给你安排一个场，接风洗尘！"

陈爱民望着胖乎乎、黑黝黝的满金龙，委婉地谢绝道："不用客气，来日方长，以后我请你！"

满金龙厚重的眼皮和下垂的眼袋上挤出一丝不为人察觉的冷笑，"近期你有空闲的时候我安排一下吧，我现在又不是你审查的对象了，怕啥？咱们今后同在祁河县的地面上共事，我是真心实意跟你交朋友！"

面对满金龙颇具挑衅的语言，陈爱民微笑着对满金龙说："满常委应该好好学习一下党章，县纪委对同级领导班子有监督权，对班子成员有初查权，改天我给你上一课！"

软中带硬的话刺激得满常委非常不自然，他讪笑着说："我一定好好讨教，准备两瓶酒作为学费，时间陈书记定，哈哈！"

"谢谢金龙！"陈爱民目光炯炯地看着满金龙，有力地握了握他软软的胖手。

望着远去的满金龙，陈爱民思考着他为数不多的几句话里的潜台词。满金龙作为地方干部中的实力派人物，在祁河县人脉广泛，从建设局的技术员一步一步干到分管城建的县委常委，在祁河县建筑领域呼风唤雨，大大小小的开发商、建筑商都要唯他的马首是瞻。满金龙与这些商人之间的关系非常暧昧，政商关系不明不白，群众反映一直比较强烈，市纪委曾经两次组织初查，均被刘冠一书记以影响发展等莫须有的理由加以干扰，不得不半途停止。这也正是满金龙刚才话里有话的"审查的对象"的所指。凡事无论大小，只要有刘书记罩着就能安然无恙，这种不良的政治生态也助长了满金龙等一批干部胆大妄为的气焰，在干部队伍中形成了有些干部"两面人"的畸形人格。不给好处不办事，给了好处乱办事，党风、政风混乱不堪。

站在湖边，迎着呼啸的寒风，陈爱民让自己吹得更清醒一些。他认识到，满金龙等一些地方势力这些年以来在刘冠一书记面前阳奉阴违，欺上瞒下，通过权力寻租获取了利益的最大化，他们必定会对新来的纪委书记首先采取拉拢腐蚀的办法，只要同流合污，他们就可以获得"保护伞"，高枕无忧；拉拢不成，就会采取打压的手段，甚至采取无所不用其极的手段。陈爱民知道他面临的将是一场严峻的考验，邪不压正，"得道多助，失道寡助"，这些龌龊的东西总是见不得阳光的，只要自己站得正，行得稳，有党和人民群众做坚强的后盾，那些腐败分子最终不过是被他斩下马的一个又一个的败将，陈爱民的心中充满了战斗的渴望和必胜的信念。

一个英俊、精干的年轻干部快步走到陈爱民面前，"陈书记，我是县纪委办公室主任孙建设，向陈书记报到！"

"你好，孙主任！"

"请问陈书记有什么指示吗？"

"孙主任，请你通知一下各位副书记、常委、副局长，明天下午两点开一个务虚会，主要是谈一谈在手的工作，特别是目前存在的困难和意见、建议；另外，委、局和各室 2009 年的工作总结以及 2010 年的工作计划，周一送到我办公室。"

"我马上落实。陈书记，现在咱们去看看你的宿舍吧。"

迎春大酒店原来是县政府第二招待所，2007 年改制，被锦华开发公司买断，不到两年就把老职工辞退了，老职工不断上访。这是一个拥有九十多亩土地的大院子，灰白相间的汉代建筑风格和豪华气派的内部装潢，曾经是淮江市七个县市中首屈一指的招待所。如果不是严寒的季节，院子里景灵鸣禽集，水木湛清华，生态环境非常幽雅。靠近西侧有一个二十世纪八十年代之前遗留下来的窑坑，形成了一泓天然的湖面。外派的领导干部就住在湖畔北面的一栋五层小楼里。一层住的是厨师、保安等工勤人员。

陈爱民走进二楼最东侧他的宿舍，里边的被褥等生活用品已经准备齐全，政府机关管理局的办事效率还是很高的。陈爱民打量着自己的新居，掏出几张钞票对孙建设说："匆匆忙忙赶过来，袜子和内衣都没有带，孙主任帮忙去给我买几件。"

宣传部部长顾毅踱进来，"我住在隔壁，陈书记，以后咱俩是邻居。"

"这里的环境很好啊！"陈爱民赞许道。

顾毅撇了撇嘴，"绿水青山枉自多，好是好，用不了两年，咱们就得卷铺盖搬家。这所院子已经变更土地用途了，由商业用地改为开发用地，两年之后锦华开发公司就要进行开发，建高层楼宇，这是谁也阻挡不了的。"

陈爱民在市纪委时就从反映祁河县建筑领域的案件线索中知道锦华开发公司的大名。据群众反映这家公司背景不简单，是京城的一位达官贵人推荐过来的，老板陆锦华是一个八面玲珑的商人。而前任书记刘冠一对于上司的旨意一向是坚定不移执行的，只要上级满意，就没有任何政策底线。

"这么好的建筑和大院子，拆掉建楼房，真是暴殄天物啊，锦华开发公司凭什么畅行无阻、一路绿灯？"

"陈书记以后你就慢慢明白了，这是 2006 年的建设局局长满金龙招商引资的丰硕成果。"顾毅的表情充满了讥讽。

11 号楼，坐落于大院的西北角，楼后有一丛郁郁葱葱的竹林，在严冬里仍然焕发着顽强的生机。门口右侧悬挂的"中国共产党祁河县纪律检查委员会"的牌子因为风吹日晒，已经斑驳陆离。星期天，办公楼里静悄悄的。三楼的小会议室洋溢着热烈的气氛。六位纪委副书记、常委脸上带着灿烂的笑容，与陈爱民热情握手。

副书记、监察局局长李汉杰说："陈书记来做我们的班长，大家都感到有了主心骨了！"这是一位大学毕业后从乡镇基层一步一个脚印成长起来的优秀干部，略显瘦小的个头，显得非常精干。

"大家请坐下，"陈爱民满面笑容，"咱们都熟悉，我在市纪委的时候就经常有工作联系，有的还抽调过去帮助工作，都不用再介绍了。今后祁河县的党风廉政建设就靠我们在座的七位同志发挥'火车头'的带动作用了。按照今天务虚会的议程，我主要是听听班子成员的意见，请同志们敞开思路，就我们目前工作存在的症结提出建议，商讨解决办法。"

常委赵健是一位资深的老纪检，庄重的黑脸膛显得饱经沧桑。他深吸了一口烟，喷出一团浓雾，说道："我分管审理和六个工作室，过去我们的案件审理工作是走在全市前列的，这几年由于案件质量的下降，审理工作质量也随之下降。纪检监察室移送的案件都是一些鸡毛蒜皮的小案子，量纪都是轻处分，长此以往，案件审理的能力下降；乡镇纪委和市直纪检组常年没有案子办。2008年成立乡镇工作室时，有的人完全是为了解决正科的职级来到纪委当工作室主任的，抱着这种思想进入纪检监察队伍，心思根本就没有放在纪检监察工作上，甚至于连人带车跑出去半个多月，分管领导还不知道。他还振振有词地辩解说是跟着某个副县长搞中心工作去了！"

常委王自力接着说："陈书记，我分管案件检察工作，却受尽了窝囊气。祁河县还远远没有达到弊绝风清的程度，党风、政风和社会风气十分败坏，干群关系严重对立，'祁坝村事件'引发的大规模群体性事件就是这种矛盾对立的总爆发。我们不是没有案子办，而是不让我们办，建设局的科长已经被抓住了尾巴，带进办案点，人家一个电话就得放人。对方最后趾高气扬地钻进迎接他的豪华轿车。有的乡镇纪委书记一屁股坐在被查对象那边，不仅不协助、配合我们查办案件，甚至还干扰阻挠，帮助被查人出谋划策。纪检干部的队伍不纯洁，时常感觉到有跑风漏气的行为。"

常委任青霞是一位嫁到祁河县的胶东人，有着齐鲁人的质朴与正直的性格，说话快言快语，用略带着侉音的普通话说道："我分管信访，协助分管干部工作。目前委、局的信访管理秩序混乱，各个室都能受理举报，自行处理，导致案件线索的管理失控，也有可能为个别人以案谋私留下可乘之机。陈书记，我建议信访工作要一个池子蓄水，一个龙头出水；信访室和六个外派的工作室可以受理群众举报，受理的举报信件、来访和上级转交的信件、电子信息，等等，也必须交由信访室扎口，统一处理，再由陈书记批示，分口办理。其他各个室都不再受理举报。"

监察局副局长刘传彬从乡镇副书记调任副局长，是一位勤勤恳恳、任劳任怨的老黄牛式的干部，他推了推厚厚的眼镜，说："我分管党风廉政建设、宣传教育和软环境治理工作。这些工作时常被局里的中心工作所左右，一些不好处理的棘手任务，往往拿我们当枪头子使；更甚至于在工程招投标、购买苗木等暗箱操作比较严重的领域，指令我们参与，我们实际上就是聋子的耳朵——摆设，他们暗地里的交易就这样被漂红了；一旦有人举报，我们去调查，他们就振振有词地用'你们纪委全程参与的'这种话来堵我们的嘴，我们实际上成为他们的挡箭牌、避风港！"

"梁书记，围堵大门口的是什么人，都有什么诉求？"陈爱民问梁石祥。

"从年初'祁坝村事件'之后，几乎天天都有几百人围堵在大门口。主要有这么几个群体，第一个群体就是死者、伤者的亲属，七大姑、八大姨轮流过来缠访，施加压力，谋求赔偿最大化；第二个群体是大大小小的包工头、建筑商还有开发商，由于这些年的市政工程都是赊账干的，谁也说不清楚到底有多少，白条子都在人家手里攥着，这些工程款绝大多数没有审计、没有兑付，还有乡镇和学校的工程欠款也得有十几个亿，他们就安排人员天天过来堵着大门索要。"

"支付工程款的标准是什么？"陈爱民追问道。

"那就看关系是不是到位啦，关系到位的拿钱就快。"梁石祥苦笑着接着说，"第三种情况是入了编制拿不到工资，或者是拿到财政工资要求加入事业编制的。这部分群体也有几千人，底数谁也说不清。反正知道现在的县委班子刚刚调整了，各路人马都借此机会闹一闹，有枣没枣打几竿子，试试运气吧。"

陈爱民紧锁眉头，不解地问道："咱们的工资和编制难道不是对应的吗？"

副书记、监察局局长李汉杰回答说："陈书记，你不知道，这些年编制管理非常混乱，整个事业编制估计超编几千人，导致有的人拿到领导签批的编制却找不到接收单位，有的人找到接收单位，核准了工资按时领取，却没有编制。财政局与人事局、编办三家从来就没有对过账的，也导致了大量吃空饷的人员。"

"如此混乱不堪的资金管理、人事制度，要是从中浑水摸鱼易如反掌，不出问题才是咄咄怪事哪。任常委，以往这些方面的信访举报多不多？"陈爱民问道。

任青霞回答："有一些反映，我安排信访室整理出来，给您报送过去。"

"这样吧，任常委，把这五年以来的科级干部举报材料按照人头整理出来，送给我。我还要广泛听取一下干部群众的反映，看看哪一些人是民愤极大的，下一步能够打击得更精准一些。"

"好的，陈书记！"任青霞说。

陈爱民总结道："各位副书记、常委、副局长都谈了一些很好的意见，一针见血。虽然这些年我们的纪检监察工作受到一定程度的弱化，对我们的干部队伍不可避免地产生了一些影响，但是，我们的班子没有散，队伍依然具有战斗力。下一步如何把队伍带起来，把各项工作抓起来，我们的突破点在哪里呢？我考虑就是以查办案件为突破，全面提升纪检监察工作水平，这就是我们未来几年工作的总思路。如果大家没有不同意见，我建议下周一咱们开一个常委扩大会议，所有的主任、科级纪检监察员和主持工作的副主任都要参加，各室汇报去年的工作和今年的打算，每个人不超过十分钟，分管书记、常委点评。在会议上把一些章程定下来，不以规矩不能成方圆，大家都照此遵守。如果没有其他的意见，咱们就散会！"

李汉杰拿着文件夹走过来，跟陈爱民汇报："这几封信是副书记常国伦批给县纪委查处的，都是违反计划生育政策的问题。"

陈爱民一边浏览，一边问道："违反计划生育政策的案件计生局是调查主体，涉及党员、干部的查实之后移送给我们追究纪律责任，怎么把这项工作推到县纪委了？显然不合适嘛。书记管纪检，县长管监察，铁路警察各管一段，常副书记好像还管不到咱们这一段吧！"

于是，陈爱民提笔在呈批文头上"唰唰"做出如下批示："反映的计生问题，请按照主管部门的职责由计生局查办！"然后，对李汉杰和任青霞说："今后凡是主管部门管辖的行政案件，按照各司其职的原则，我们不要插手，更不要包办代替。还是要聚精会神抓主业，抓反腐倡廉建设，不能分心、走神。他们转过来的类似信件由我签字，全部退回，涉及的县领导我负责跟他们解释，这样顶回去几回，就把关系理顺了。否则的话，十八口子乱当家，谁都可以对县纪委指手画脚，成什么体统！"

李汉杰说："好，我们明白了，只要是书记硬气，我们就能顶回去！"

陈爱民喊住办公室主任："孙主任，你们抓紧把咱们门口的牌子重新油漆一下，有点新气象，也像是居家过日子的人。"

第二章　祁河乱象丛生　纪检磨砺以须

　　主城区违法建设失控，陈爱民到抢建风潮最为猖獗的大庙村实地调研。

　　两年前，县纪委一室主任孟庆军在查办建设局的案件中，儿子的鼻梁骨被撞骨折，到底是蓄意报复还是过失伤害？这一起旧案引起了陈爱民的高度警觉。

　　早餐时间是外派的干部最齐全的时候。陈爱民走进餐厅，几位同志放下碗筷，过来跟陈爱民热情握手。

　　"久仰陈书记大名，反腐斗士，闻名不如见面。"身材魁梧、仪表堂堂的检察长满面笑容，"我是检察长高勇平，今后听从陈书记的指挥！"

　　陈爱民紧紧握着高勇平的手，从他的眉宇之间能够读出那种真诚和正气，"我们一道并肩作战！"

　　副县长、公安局局长张铁军一脸深沉、刚毅的表情，刻画着出生入死的历练，这是一位公安战线的英模，铮铮铁汉。

　　法院院长李涵是一位学者型的法官，瘦瘦的身材，总是带着谦虚的微笑。从基层法庭一步一步走上领导岗位，有丰富的审判工作经验。

　　检察长高勇平提议："今天晚上我自掏腰包，诸位兄弟给陈书记接个风，怎么样？"

　　"范围最好控制一下，参加人数不宜多，谢谢！"陈爱民欣然应允。长期在一线的工作经历，使得他对于吃饭之类的所谓"活动""应酬"，始终保持着高度的敏感和警惕。

　　走进县纪委的书记办公室，宽敞、明亮，房间里摆放着几盆常绿的花卉，郁郁葱葱。外间有一个小会议室，悬挂着"立党为公，执政为民"的牌匾。

　　新书记上任第一天，在外忙着搞"中心工作"的同志也早早回到机关。六位副书记、常委陪同陈爱民到各个室视察一下。一行人分别来到办公室、审理室、监察综合室、第一纪检监察室、第二纪检监察室、党风廉政建设室、执法监察室、干教室，与干部、职工一一握手、致意，从他们的眼神中，陈爱民看到的是强烈的希冀。

"哎，怎么没有见到孟庆军？"陈爱民边走边问道。

李汉杰回答："孟庆军主任抽调到城建指挥部去了，专门负责督查交通工程，出去已经大半年了。一室现在由副主任江德英主持工作。"

"他的身体恢复得怎么样？"陈爱民关切地问。

"从省城做完手术之后，恢复得不错，像这种直肠癌手术之后一般不会继续扩散的。"梁石祥回答说。

下午两点，二楼大会议室，常委扩大会议开始。各位常委坐在主席台，李汉杰主持会议。

办公室主任孙建设、审理室主任王学珍、综合监察室主任季超、信访室主任安然、第一纪检监察室副主任江德英、第二纪检监察室主任王立楷、干教室主任庄滨等机关各室及乡镇工作室主任依次登场汇报工作和新一年的计划。

"下面，请陈书记作指示，大家欢迎！"李汉杰说道。

在热烈的掌声中，陈爱民站起身向大家鞠躬致意。他用自己习惯的平和语气，从容不迫地发表施政演说："毛泽东主席在延安整风时，专门批评过新官上任三把火，下车伊始就哇啦哇啦，不了解情况就指手画脚，乱加评判一气。所以，我也要力戒官僚主义，加强调查研究，这样才能真正了解党风廉政建设和我们队伍建设的实际情况。下一步，我还要跟我们每一位同志谈谈心，到五个乡镇工作室和县直单位工作室以及二十五个乡镇、办事处纪委调研，还要走访相关的部委办局、基层单位、民营企业，广泛听取各方面的意见。我不喜欢拿着稿子照本宣科，今天讲的也不是指示，是昨天下午根据各位常委务虚会讨论的意见加以概括，形成的一个初步想法，与同志们交流一下，如果大家认为可行，就作为我们今后工作的一个基本的思路。"

陈爱民喝了一口茶，"我想讲的第一点就是要一切行动听指挥。我们是党的纪律检查机关，肩负着反腐倡廉的神圣使命，首先我们自己就要带头讲纪律、守规矩。如果各吹各的号，各唱各的调，一盘散沙，是不可能完成这一使命的。所以，我在这里重申一下工作纪律和工作规范，把一些基本流程理清楚，大家都要照此遵守。首先，从现在开始所有的人事调配由我统一支配，没有经过我的批准，不准向外派出一兵一卒，其他的副书记、常委都没有这个权力，主任更不能擅自调动人员。如果谁胆敢违反这个规定，以旷工论处，主任停职检查。县委办、县政府办还有什么指挥部的一般工作人员再来抽调我们的干部，让他们直接跟我汇报，是四套班子领导的请他们跟我沟通。还有，今后拿我们当摆设的什么纪委全程参与的招投标这些花架子，一律叫停。我们不能为了追求什么创新而放弃监督、查处的权力，给人家留下话把子，让人家打我们的嘴巴子！其次，从明天开始，各个室把自收的信访举报材料统一交到信访室扎口管理。今后，只有信访室和五个乡镇工作室受理群众举报，其他各室不再受理举报，如果收到的要及时交到信访室登录举报系统，统一处理。最后，查办案件包括信访问题的初步调查，必须有我和分管副书记两个人的同时签批，任何人不准擅自去搞什么调查了解活动。再有，你们各个室清理一下在手的案款、查扣的物品，迅速交到财务，开具财政收据，收支两条线必须作为一条铁律，不能触碰！"

说到这里，陈爱民环视了一下会场，大家都在聚精会神地听取他的讲话，在笔记本上不停地记录，显然是被这位新书记纲举目张的讲话所吸引。

陈爱民接着说："在座的同志有的曾经参加过市纪委查办的案件，与我一起工作过，知道我的工作风格，就是不说硬话，不办软事，说到的话一定做到。你们谁要是觉得跟着县里哪一个领导干更有发展前途，我双手赞成，但是，只要在县纪委干一天，就必须服从常委会的领导！我想讲的第二点就是要锻造一支忠诚于党和人民的纪检监察的钢铁队伍。干部队伍建设是完成我们一切任务的基石。加强干部的政治、业务学习，机关党支部的活动开展等都是必须完成的规定动作。我要强调的是首先要营造一种昂扬向上、团结奋进的良好风气，如何使用干部则是引导这种风气的关键所在。现在常常听到有些人口头上讲不让老实人吃亏，但是，现实中吃亏的往往是老实人。我在这里跟大家郑重承诺，陈书记绝不让老实人吃亏！"

全场自发鼓掌。陈爱民摆了摆手，接着讲："使用干部一概地论资排辈，队伍就没有了活力，关键看表现。适当的时候要对拟使用的干部进行基本业务考察和民主测评，像我们执纪执法必须掌握的党章、《中国共产党纪律处分条例》《案件检查工作条例》，还有《行政处罚法》等必须达到应知应会。"

陈爱民转脸问右侧的李汉杰："县纪委几年没有提拔干部了？"

"三年半。"李汉杰回答道。

"纪检机关是培养干部的学校，怎么培养，就是要在反腐败斗争的大风大浪里锻炼培养！尤其是处在第一线的纪检监察干部，与腐败分子和腐败行为进行着最直接、最激烈的较量，也更容易成为被拉拢、腐蚀的对象，对他们应该更加关心，倍加爱护，要求也要更加严格。纪检监察干部办案子专业，但是如果干部管理出了问题，闹家包子，搞窝里斗，扯起皮来同样也是很专业的。一个单位、一个地区如果歪风邪气横行，就会极大地激发人性中的丑陋的一面，坏人更坏，好人也有可能变坏。同志之间有意见可以提，摆到桌面上来，也可以到我这里反映，这些都是正常的。但是组织部来考察干部的时候，不准胡说八道，更不准投寄什么群众来信！在此，我划定两条红线：第一，对待工作不准吃里爬外；第二，对待同志不准下绊子，砸黑砖！我把丑话说在前头，谁要是胆敢触碰以上两条红线，轻者卷铺盖走人，重者依法查处，绝不姑息！"陈爱民依旧语调平和，但是句句掷地有声，不怒自威，会场一片肃静。

"我要讲的第三点，就是要达成同心同德干工作的优良风气。关键是我们在座的领导干部，"陈爱民环视了一下会场，稍作停顿，接着说，"各位主任要以身作则，给室里的一般干部做表率；各位常委要以身作则，给主任、干部们做表率；我是书记更要以身作则，给班子和全体干部做表率，你们都向我看齐！陈爱民从办事员成长为县委常委、纪委书记，离不开组织的培育和领导、同志们的帮助，在我的成长过程中许许多多的好领导、好同志给了我力量和光明，每当回想起他们，心里都是热乎乎的。但是毋庸讳言，也有少数品行不端的领导、同事，武大郎开店——妒贤嫉能，争功推过；有的以邻为壑，打小报告，搞小动作，甚至在考察干部的时候给同志划不称职等次，有的假冒人民群众投寄诬陷优秀干部的黑信，还有的通风报信，成为腐败分子安插的眼线和代理人。这些不良现象都是在我们纪检监察机关真实发生过的。所以说纪检机关绝对不是一块净土，我们的纪检监察干部也绝对没有天然的免疫力，这一点必须有清醒的认识。我自己在很长一段时间曾经受到种种压制，甚至是非常不公正的对待。在自己最苦闷的时候就发誓如果有一天陈爱民能够脱颖而出，一定要做一个让同志们拥戴的好领导。今天，我当上了县纪委一把手，把这句当年的心里话讲出来，就是要向同志们表明我要争取做一个好书记，一个好领导，也请同志们与我一道共勉！

"昨天的务虚会上，常委们讨论了我们今后一个时期的工作总思路，就是以查办案件为突破，全面提升纪检监察工作水平！查办案件是我们工作的总抓手、牛鼻子。没有查处的威慑力，我们的宣传教育就是嘴上抹石灰，白搭！执法监察室、党廉室就没有力度，信访举报没有了公信力也就成为无源之水，审理室没有案件审查也就成为无米之炊，各项工作都不会有实效，就活该成为受气包！现在谁都可以给我们发号施令，吹胡子瞪眼，请问党纪、政纪的尊严何在，纪检监察机关的威慑力又何在？！这种情况不能再持续下去了。'有为才有位'，只要我们认真、全面地履行好纪检监察职责，就能够得到县委、县政府的支持，就能够得到人民群众的拥护，就能够取得一个又一个的胜利！我的话讲完了，谢谢大家！"

会场再一次响起热烈的掌声。

暮霭沉沉的天空飘起了雪花，就像深秋里漫天飞舞的芦花，毛茸茸的，挂在河岸边的杨柳上，寂静的田野、冰封的河流都笼罩在一片银色世界里。

陈爱民站在祁河岸上，尽情享受着多姿多彩的迷人景色，让纷纷扬扬的雪花尽情散落在他脸上，凉丝丝的，几天来纷扰的心情得到了一份宁静。

农家小院门口挂着的两盏红灯笼，牌匾上书写着"祁河渔家"，柴草烧菜的香气扑面而来。

一间茅舍里，暖意融融，欢声笑语，顾毅、苏俊峰、高勇平、张铁军、李涵与陈爱民围坐在一起，长条桌，小板凳，大茶壶，黑酒碗，典型的北方农村风格。

高勇平首先发话："今天，我们几个弟兄在这村野酒肆，置一杯薄酒，给陈书记接风，欢迎爱民加入我们的行列。各位，斟满酒，先干一杯！"

陈爱民说："白居易的一首诗最能体现此时、此景、此情，'绿蚁新醅酒，红泥小火炉。晚来天欲雪，能饮一杯无'。三五知己，小酒数杯，友情深厚，我回敬大家一杯！"

张铁军举起酒杯，"早就听说'陈一刀'的大名，市纪委的快刀手，腐败分子闻名丧胆，见到真人，文质彬彬的，有点出乎意料，不像传说中的孔武形象。咱们在一起工作，以后会有很多合作，还请县纪委多多支持，我提议，咱们敬第三杯！"

陈爱民喝干第三杯酒，把酒杯口往下表示滴酒不剩，微笑着说："我也不知道这个雅号的出处，曾经有外界传说我长得跟黑旋风李逵一样，杀气腾腾的。有一回，副主任王立冬临时有事，我接替他的谈话，给一个县的政法委副书记做笔录，就没有按照开场白的程序自报家门。谈了一会儿，他突然问我：'同志，你贵姓？'我说：'姓陈。'他从沙发上站起来，满腹狐疑地问：'你是……'我回答：'我是陈爱民！'他大惊失色：'不像，一点都不像，没有想到陈主任这么文雅！'我问他是不是把陈爱民想象得跟李逵一样，满脸的络腮胡子，拎着两把板斧，到哪里都是乱砍一气。不过老陈办案还是有一点天赋的，经常会有一些灵感，做事利索，手起刀落，腐败分子头颅滚出一丈开外，还得赞叹咱老陈一句'好快刀'！这可能就是'陈一刀'的来历吧。"

几个人开怀大笑。

苏俊峰说："按照祁河县规矩，开场酒喝四个，我们敬'陈一刀'第四杯酒，祝愿我们的工作事事如意！"

陈爱民接着组织部部长的话说："我们团结在一起，不是为了谋取私利，更不是搞什么小团体，而是为了祁河县经济社会发展大计。不客气地说，祁河县这两千二百平方公里的地面上，咱们在座的纪组宣和公检法六位一把手，无论是天上飞的、地上跑的、还是水里游的，都能管得着。今后咱们勠力同心，众心齐，泰山移！"

众人一起赞同，高勇平举杯，"为了团结和胜利，干杯！"

朴实的店老板系着围裙，端上来热气腾腾、香气扑鼻的一盆菜，"这是小店的拿手菜，红烧鳜鱼，这鱼呀，是今天下午才从河里逮到的，请各位领导尝尝！"

李涵说："谢谢老师傅！这酒如果烫一下会更好喝，请你给我们拿个酒壶和一盆开水来。"

亮晶晶的热酒从酒壶里斟入黑黑的粗瓷小碗中，挥发着热气和芳香味儿，小酒馆里弥漫着浓浓的温情。

张铁军说道："自从'祁坝村事件'之后，公安面临的压力很大，一方面来自案件本身的压力，更主要的是社会管理濒临瘫痪，谁也不知道明天会出什么事。现在周边的残疾人电动车，就是老百姓所说的'拐的'，在我们县从事非法营运的超过两千辆，他们还自制号牌，成立什么'5005团结互助会'，实际上是被一些黑恶势力控制，打黑的形势很严峻。"

顾毅长叹一口气，"网络舆情也非常糟糕，'祁河论坛'成为新形式的电子版的大字报，有些人在里边大鸣大放，散布谣言，蛊惑人心。乡镇和部委办局不敢担当，不敢发声，任由其胡说八道！"

苏俊峰非常赞同顾部长的意见，他说："原四套班子的老领导讲，祁河县现在到处乱糟糟的，社会燃点很低，擦一个小火花就有可能酿成冲天大火。主城区的临河镇基本上工作瘫痪，很多老百姓在突击抢建违章建筑，镇村干部没有人过问。这么下去，非得出问题不可！"

陈爱民满怀豪情地说："大风浪里方显英雄本色，越是艰苦的环境、复杂的局面才越是需要我们这些人大显身手。我特别喜欢〈少年壮志不言愁〉这首歌，从二十八九岁投身纪检行列，从一个不谙世事的小青年，在查办案件的第一线历经十七载春秋，练就了一副钢筋铁骨！"

说着，陈爱民站起身唱起"几度风雨，几度春秋，风霜雪雨搏激流……"，低沉的男中音极具感染力，张铁军、高勇平也跟着哼唱起来，李涵用筷子敲打着节拍，几个人也都不由自主地敲打着碗碟，一起唱起了"为了母亲的微笑，为了大地的丰收，峥嵘岁月何惧风流！"

洋溢着雄性的歌声飞出茅舍，消失在洋洋洒洒的风雪之夜。

信访室主任安然抱着一摞文件夹急匆匆上楼。

第一纪检监察室副主任江德英叫住他，"安主任忙啥嘞？"

"陈书记让查找的科级干部的信访件，最近五年的，加班整理出来的，现在就送去。"

"噢，你有重要任务，不打扰了，改天再聊，我请你吃饭。"江德英瘦长的脸上挂着微笑，一双深陷在眼窝里的细长眼睛漫不经心地盯了一下安然手里的厚厚的文件夹。

安然敲门。

"请进！"陈爱民，从文件堆里抬起头，"哦，安主任，请坐！"

"陈书记，这是您要的科级干部的信访件，有上级转交的，也有我们自收的，重复的信件只注明举报的次数。"第一次与书记交谈，安然显得有些局促。

"安主任，你是老主任啦，信访举报是我们的第一道关口，第二道关口是查办案件，第三道关口才是审理处分。你们的责任非常重大，入党誓词里讲的'保守党的秘密'，信访举报线索就是我们党的秘密，严守秘密是纪检监察工作的生命线，不能出现任何纰漏。你和任青霞常委研究一个更严格的保密措施，包括你们信访室内部的传递和领导批示过转交的其他室的。"

"我回去就落实。"

"这一批信件看完之后，你把反映村干部的、市直机关中层干部的信件，拣问题比较集中的给我看一看。还有，今后所有的信件和来访情况，都要报送给我。"陈爱民一边整理着文件夹，一边说道。

"陈书记，有一些反映社情民意的，还有一些我们受理范围之外的来信来访，内容太多，怕您的工作量太大。"安然说。

"安主任，人民群众反映到我们门上，是对我们的信任。不光反映腐败问题的是我们的受理范围，即便老百姓反映家里停水了、停电了、没有煤气了这些琐事，我们也要协调相关部门认真去解决。这些看来都是些鸡毛蒜皮的小事，但是，对于一个老百姓来说，可能就是天大的事。"

"陈书记，我知道了！"安然非常感动地说。

"我们经常讲群众利益无小事，就是要从我们身边一点一滴的小事做起。我在市纪委工作时，有一次，我们办案点附近工地上的几个南方的农民工听说市纪委在那里办案，冒着雨夹雪，湿淋淋地找到部队招待所，请求我们帮助他们讨要工钱。那是春节前夕，他们眼巴巴地求助的眼神让人动容。其实，我们给建设局打一个电话过问一下，比他们跑十几趟或许还有效。我不知道你们以前是怎么接待来访的，从现在起，凡是踏进我们大门的群众，都要做到一杯水、一声问候，首先从你们信访举报部门开始！"

"我们一定做到！"

孙建设进来，呈送一个红色的文件夹，"陈书记，省纪委全委会的会议通知，各县区纪委书记都要列席。"

"孙主任你来得正好，办公室去购买一些一次性杯子，分发给各个室，传达我的要求，对待群众从一杯水、一声问候开始。这个要求，你们在起草县纪委的全委会报告时，要写进去，全县各乡镇纪委、县直纪检组的全体纪检监察干部都要做到。"陈爱民严肃地说道，"还有，你明天给我准备一辆办案车，普桑就行，陪同我到县里去转一转。"

"好的，我马上去安排。刚刚孟庆军主任回机关来了，他问陈书记有时间吗，想过来汇报一下。"

"请孟主任过来吧。"

孟庆军走进陈爱民的办公室，向陈爱民行军礼，"陈书记好！"

"老孟！"陈爱民高兴地迎上去，两个人的手紧紧握在一起。

这是一个黑脸的汉子，魁梧挺拔的身材，国字脸上挂着刚毅坚定的神态，脸颊有一块明显的伤疤，浑身上下都透露出一名军人的气质。二十世纪八十年代这位英雄侦察连连长，参加过前线一场著名的拔点作战。八十年代末，他怀揣着二等功证书回到了故乡，又投身到纪检监察行列，以优异的工作成绩荣获 1996 年"全国纪检监察战线先进工作者"的光荣称号。二十年来，他以军人的忠诚和执着，在和平年代不见硝烟的战场与腐败分子斗智斗勇，成长为全市纪检监察系统的办案骨干。

"老孟，我们从市纪委'903 专案组'一别三年多了吧？"陈爱民一边倒水，一边热情地说。

"是呀，三年前跟着陈主任痛痛快快地干了一仗，把凤城县的常委、副县长、国土局局长等端了一窝。"孟庆军感慨地说。

"这几年怎么样？"陈爱民关切地问。

"一言难尽！"孟庆军愤愤地说，"市纪委交办县建设局工程科的案子，我们已经查出当时的科长、质检站站长王垒虚报土方一万多立方，涉嫌贪污的问题，背后操作的就是满金龙的胞弟满金虎。当时满金龙刚刚被提拔为县委常委，分管城建，他从中作梗，到刘冠一书记那里告县纪委的刁状。刘书记大发雷霆，不仅勒令我们放人，还得给人家赔礼道歉。看到那个小子趾高气扬地坐上接他的豪车扬长而去，真是把人气炸肺。去年初，我查出结肠有问题，到省城去做手术，截掉了二十五厘米。利用这个机会，纪委把我的主任职务免了，由江德英主持一室的工作。出院回来之后，委里给我派了一个外差，抽调到县里的城建指挥部帮忙，专司督查交通建设。之后还发生了一些奇怪的现象，等您有空再汇报吧。"

"是呀，我们是党的忠诚卫士，但是，我们还经常处在劣势，对我们打击报复的手法是多种多样的，有时候心里明明知道是怎么一回事，嘴上还说不出。我到市纪委工作的第一任老主任，从区委常委、纪委书记的位子上退居区政协副主席，不久之前退休了。他当年查办的腐败分子出狱之后上门寻衅滋事、反攻倒算，不得已，老主任又跑到市纪委寻求保护。在他之前的检察室主任荣主任结果更惨，九十年代中期下班途中被板砖砸成重伤，一直没有破案。他们的过去和今天，有可能就是我们的明天！"陈爱民抽了一口烟，非常感慨地说。

"陈书记，近期请你到家里去，让你嫂子包饺子招待你，再约李汉杰、梁石祥咱们几个一起坐坐。"孟庆军真诚地邀请道。

"好啊，我一定去尝尝嫂子的手艺！"陈爱民很高兴地接受邀请。

祁河县具有悠久的历史文化积淀，人杰地灵，新石器时代的文化遗址默默诉说着五千多年的文明史，境内祁河、纲湖等几个水系自古以来滋润着这块丰饶的土地，养育着这里勤劳善良的人民。老县城古朴典雅，几条马路横贯东西，护城河环绕四周，商旅云集，处处彰显着北方小城特有的淳朴、繁荣。从2005年起，县委书记刘冠一大刀阔斧开始了新城区的建设，以灰白相间的汉代风格为底色，拉开了城市发展的新框架。

一辆银灰色的上海桑塔纳汽车穿行在祁水路上。一辆辆汽车、拖拉机还有驭手吆喝着的毛驴车满载着沙石、水泥和砖瓦，川流不息涌向城里。

陈爱民望着车窗外运输建筑材料的车流，不解地问孙建设："孙主任，他们这是干什么？"

"群众在抢运建筑材料。现在没有人管理，只要跟村干部说好，打点好，随便建，有的在平房上边加盖好几层，老百姓自己都不敢在里边住，为的是等到拆迁的时候能够获得高额补偿。"

"咱们跟在这辆车后面去看看究竟吧。"陈爱民说。

临河镇的大庙村，这里是一番热火朝天的景象，几乎家家户户都在忙着加盖楼房。

陈爱民问一位正在和水泥的群众："老乡，你把院子里都建满了房子，见不到一点阳光，住在里边不难受吗？"

中年汉子停下手里的铁锨，打量了一眼陈爱民，"你是县里的吧？谁不盖谁吃亏，俺们的村支书建得更邪乎，不信你到前边去看看。"

一个宽敞的大院子，平地建起一座四层的青砖楼房。陈爱民站住脚，问孙建设："这就是村民说的支部书记家吧？"

　　"应该是的，这个村的支部书记叫魏彦成，他是一位老资格的村支书，干了七八年了。全县一百九十六个行政村中，有四位资深的支部书记，在当地很有势力，谁都奈何不了，镇党委都要看他们的脸色，号称'四大天王'，这位魏彦成位居'四大天王'之首。他在主城区占有的土地资源多，人脉资源多，是个黑白两道通吃的角色。"

　　"管不了他吗？"陈爱民不解地问。

　　"陈书记，这些年主城区的道路建设、商业开发，每一年的工作量都很大，最难啃的拆迁工作主要靠他们完成。这位魏支书是拆迁工作的有功之臣，大会小会经常被满常委表扬，还被破格提拔为副科级，市里表彰的劳动模范，大红人！"孙建设说。

　　"凭什么又破格又当劳模？"

　　"有一个所谓的钉子户，家里养了几只藏獒，强拆的时候没有人敢上前。这个魏彦成找来一个屠狗的，穿上皮袄，拎着两把杀狗刀，那些藏獒没有一只敢吭声的。刘冠一书记夸奖他肯动脑筋，办法多！"

　　陈爱民面带愠怒，"难道说跟祁坝村的吴开渠一样，靠着对老百姓吹胡子瞪眼，强取豪夺，甚至动用黑社会打打杀杀的？这与过去的恶霸地主、伪保长有什么区别！"

　　"都是差不多的一路货色，这些年基层的干部工作简单粗暴，上边只要进度，不管过程，养成了一些人胆大妄为的工作风格。"

　　正说着，大门洞开，一个胖大的汉子牵着一条狼狗走了出来，汉子腆着肚子威风凛凛地站在台阶上，凶狠的烈犬吐着长长的舌头。

　　陈爱民乘机向里边望去，几亩地的大院子，明清建筑风格的庭院、走廊，还有鱼塘、假山。

　　"上车吧！"孙建设小声说。

　　普桑缓缓启动。

　　"这是个什么人？"陈爱民问。

　　"这人肯定是魏彦成的儿子，"孙建设回答说，"老魏有三个儿子，老虎、豹子、狮子，在临河街上称王称霸的，这一个可能是老大，开武馆的。"

　　陈爱民若有所思地说："偶然性存在于必然性之中，这就说明'祁坝村事件'的发生不是偶然的。下一站咱们去哪儿？"

　　"陈书记，咱们就到祁坝村去看看吧，那里的违法建设也是很邪乎的。"孙建设说。

　　"好，咱们去看看。"陈爱民说，"建设，你看咱们的普桑车贴膜颜色太淡，外边看车内一览无遗。回去你就把咱们的办案车辆的贴膜全部更换成颜色最黑的那一种。还有，准备几盏应急灯、望远镜、照相机这些办案的必需用品。"

"好的，回去我就办理。"

霓虹灯闪耀，"海霸王大酒店"几个大字以及一只硕大的龙虾放射出五颜六色的光焰。一间雅座里，烟雾缭绕，杯盘狼藉。县委常委满金龙与几个小兄弟正喝到兴头上。

满金龙问白白胖胖的财政局局长周树彬："树彬，快过节了，金虎的工程款还差四千多万，你心里得有数！"

周树彬的脸上喝得紫红，他拍着肉乎乎的胸脯，"金龙哥放心，节前资金再紧张，也得首先保障给咱们兄弟挤出个三千万！"

满金龙显然对周局长承诺的这个金额不太满意，"金虎，看来你还没有表示到位，给树彬倒一壶满的！"

长安建筑公司总经理满金虎自幼患小儿麻痹症，留有后遗症，一条腿走路有点跛。他一步一颠地走到周树彬跟前，"吱儿"地斟满一壶"茅台"酒，玻璃酒壶泛着略带琥珀色的酒浆。

满金虎右手端起自己手中的酒壶，左手端起周树彬的酒壶："树彬哥，弟弟敬你一个肥的！"

一脸横肉、两眼凶光的临河镇党委书记白怀洲，褪去身上黑色的貂皮袄，露出雪白的衬衣，也凑过来，"我友情赞助一壶，周局长得给俺个面子。"

周树彬此时虽然喝得晕晕乎乎，但是心里很明白，长安集团真正的后台老板就是这位凶巴巴的白局长和满金龙常委，他佯装喝醉，"白局长一年四季白衬衣，号称'祁河县第一白'，咋啦，脱了小袄吓唬我，咱们干了这一壶，明天四千万全额拨付！"

几个人发出一阵狂笑，满金虎、周树彬和白怀洲将二两的酒壶一饮而尽。

瘦瘦小小的王垒在县委书记刘冠一离任之前接替白怀洲担任县建设局局长，他附在满金龙耳边小声说："首长，听说陈爱民一到县纪委就把科级干部的举报信都给调出来了，看起来是来者不善啊！"

满金龙用不屑一顾的表情掩饰说："我也听说了，怕什么，他能咋着咱们？"

周树彬接上话，"这个陈爱民绝对不是一个瓢茬子，在市里纪检和检察系统赫赫有名的'陈一刀'，在这个时候，上边把他派过来，真的是就像王垒说的来者不善，不能掉以轻心。"

王垒眨着一双小眼睛，"还有，孟庆军到他办公室，两人关系看起来很好，密谈了很久。"

满金龙摆出一副不耐烦的架势,说:"兵来将挡水来土掩,在祁河县的地面儿上还是咱们说了算。哎,我听说这个陈书记是个大孝子,常言道'官不打送礼的',怀洲,你给准备点节礼,去看看陈爱民的老娘,抓紧去,眼看就是年三十了。赵四儿你负责给操办一些年货。"

建设局拆迁办主任赵四吉,一个目露凶光的敦实的汉子,脸上刻着一道深紫色的伤痕,爽快地答应道:"好嘞!"

白怀洲擦了一下油汪汪的嘴,说:"我打听这个陈爱民喜欢锻炼、健身,饮食喜欢吃鱼,其他没有什么嗜好。平常很谨慎,是一个油盐不进的人。听说他父母都是老革命,要求很严。他父亲前几年去世了,陈爱民对母亲极其孝顺,我明天就备点节礼去他母亲那里拜访一下,看看情况再说。"

"哎,我说王垒,"满金龙把王垒拉到身边,"县医院里美女如云,你家属原来在那里,想办法给老陈操办一个。他前妻带着孩子出国了,现在是钻石王老五,瞅好了下家,我托人大、政协的老大姐给说说媒,拉拉纤。人家陈书记一表人才,身体棒棒的,老是打光棍,不是显得咱们不关心不是?"

"金龙哥,你现在是不是先关心一下俺们兄弟几个。俺的'黄金海港'新来了几个东北妞儿,让她们给各位领导服侍服侍!"赵四吉色眯眯地说。

满金虎、白怀洲等一起淫笑。

"金龙哥,那咱们就去视察视察呗!"白怀洲打着酒嗝说。

"去可以,咱们先说好了,只能洗素澡,不能洗荤澡;只准捶捶背,捏捏脚,不许干大活儿!"

"黄金海港洗浴中心"坐落在祁河岸边一个大院子里,金色的线条镶嵌在大楼的四周,海蓝色的灯光映射到背景墙上。

"各位,这边请!"赵四吉引领满金龙等人从后面的一个侧门进入,"这是我新开的一个小门,安装了一部专用电梯!"

"赵四儿长本事了,这件事办得好!"白怀洲夸奖道。

电梯直达三楼,两个青年男子毕恭毕敬地分列两旁。

"赵昌吉、王学礼,你们安排一下,把几位老板伺候好!"赵四吉使了一下眼色说。

"请各位老板随我来!"身材高挑的赵昌吉轻声说,"请先来洗一个冲浪浴吧。"

赵四吉悄悄拉了一下走在最后的周树彬,色眯眯地说:"周局,我给你专门安排了一个靓妞,学生妹,包你满意!"

"谢谢四弟！"周树彬会心地回答。

满金龙赤裸裸地爬出浴池，赵昌吉殷勤地为他揩干水渍，帮他换上条形的桑拿服，小声说："首长，这边，请上楼！"

上到五楼，拐进一个黑洞洞的走廊，赵昌吉拉开一扇日式的木门，躬身示意说："首长，里边请。"

满金龙舒适地躺在幽暗的包厢里，暗红色的微光发出梦幻般的色彩，酒精的刺激加上沐浴的放松，让他有一种飘飘欲仙的感觉和亢奋。

一个身穿黑色吊带裙的丰腴的姑娘悄然钻了进来，解开裙带，"哗啦"一声裙子落在地上，露出白生生的胴体。她操着一口东北话问道："老板，您看看，还满意吗？"

满金龙醉眼蒙眬地上下打量一番，"好的，留下来吧！"

漆黑的房间里，赵四吉紧紧盯着屏幕切换着视频。镜头里出现满金龙与胖姑娘纠缠在一起的场景，赵四吉悄悄按下了录像键……

位于淮江市中心区的老干部楼，是三栋八十年代初期的建筑，安置的是从地市级岗位离休的老干部，陈爱民的家就在这里。简朴的装修，老式的家具，镜框里的老照片都显示着这个老干部家庭特有的气息。

白发苍苍的崔淑兰老人，慈祥的脸上挂着和蔼的笑容。她正在张罗着给客人倒水，端糖果。

"大娘，我是陈书记的同事，过年了，来给您老人家拜个年！"白怀洲笑容可掬地说。

"哎哟，谢谢你，这么忙还来看望我。中午别走了，大娘给你包饺子吃！"老人以山东人的待客方式热情地对白怀洲说。

白怀洲很善于拉近与老人家的距离，他一边浏览着镜框里的照片，一边说："不用麻烦大娘了！哟，这个八路军是老爷子吗？"

这一番话激起了老人家心中的自豪感，"是呀，爱民他父亲是 1941 年入伍的。"

"陈书记长得很像老父亲，都是那么英俊。这一个打着绑腿的女兵是大娘您吗？"白怀洲一边说着，一边拨打手机，悄声说，"过来吧！"

"那是我在鲁中南公安干校学习时的照片，我们的校长是田光。"回忆起峥嵘岁月，老人家不由得打开了话匣子。

"咚咚"的敲门声，打开门进来的是瘦小的王垒和司机，搬进来一箱"茅台"酒、一个布袋里鼓鼓囊囊装了六条"中华"烟，还有鸡蛋、草莓等，琳琅满目摆满了客厅。

老人家警惕地盯着白怀洲，上上下下打量着他油光水滑的貂皮大衣和一身考究的打扮，拉下了脸，"咱们拉呱得好好的，你弄这些东西干什么？"

"大娘，过节了，晚辈的一点心意，都是土特产，不成敬意！"白怀洲尴尬地说。

"爱民的父亲在世的时候，就是一根草棒都不准他带回家的。六十年代经济困难时期，有人给俺家送了一条'牡丹'烟、一个猪肘子，爱民他爸爸那时候是公安局局长，让民警把送礼的抓了起来。清正廉洁这个规矩到他这一辈也得遵守，一点都不能含糊！爱民与你们是同志，也请你们多监督。"崔淑兰老人口气非常严肃。

白怀洲讪笑着，"大娘，东西俺都带来了，您老人家还让俺带回去不成，下不为例，下不为例！"一边说着，三个人夺路而逃。

汽车穿行在熙熙攘攘的淮江市大街上。白怀洲拨通电话，"满常委讲话方便吗？"

"你说。"满金龙将身体仰靠在皮椅上。

"东西放在老太太那里了，不过碰了一鼻子灰！"听筒里传来白怀洲的声音。

满金龙长吁一口气，"你注意观察，看看他到底是真廉洁还是装廉洁。"

"明白！"白怀洲会意地说。

青山镇的县纪委第五工作室，陈爱民正在听取魏保平主任的汇报。这个工作室在纪委工作低迷的形势下勇于查办案件，陈爱民对其所做出的努力颇感满意。

母亲打来电话，"爱民啊，刚才你们祁河县里来了几个人，其中有个白局长，送了一些烟酒、鸡蛋、水果等，喊他不住，放下东西就走了，你看怎么处理！"

陈爱民一边接电话，一边快步走出会议室，"妈，我让办公室孙主任到家把东西全部拉走，登记在册，然后送到我包挂的乡镇敬老院，送给老人们。"

"你这样处理，我就放心了。不过，你要当心这些家伙，工作中时时处处都要小心！"母亲叮咛道。

"'公生明，廉生威'，糖衣炮弹打不倒我，您老人家放心吧！"

2010年4月7日，星期一，华灯初上，月牙儿在天际露出一抹寒光。

陈爱民、李汉杰、梁石祥和孙建设一行来到青年小区。这是几栋二十世纪九十年代初期的五层建筑，是县里的军转干部安置楼。孟庆军的家就在这里的最顶层。众人拾级而上，敲开501的房门。

孟庆军热情地欢迎客人的光临，他对厨房里喊道："淑英，陈书记他们来了！"

孟庆军的妻子韩淑英扎着围裙从厨房里出来，笑容满面地说："欢迎各位领导来俺家！"

这是一位朴实、贤惠的中年妇女，圆圆的脸上挂着善良的微笑。

"打扰嫂子了，庆军主任邀请俺们来尝尝嫂子的手艺，你可别麻烦，炒两个菜就行。"陈爱民说，"没有带别的，给嫂子买了一点水果。"

孙建设把一袋水果放在桌子上。

"你们能来俺家，老孟和俺就很高兴了，还破费啥。陈书记，你们先坐一会儿，俺去炒菜。"

"陈书记、李书记、梁书记、建设请坐！"孟庆军招呼客人在方桌前坐定。

陈爱民四处打量，这是经典的两室一厅职工住房，家里的陈设简朴，拾掇得利利索索，窗明几净，看得出女主人是一位勤快的家庭主妇。十几平方米的客厅摆放着一张陈旧的八仙桌，迎面的墙壁上悬挂着一幅孟庆军一身戎装与妻子的结婚照。

"陈书记，这是我转业时分的房子，一直住在这里。"

"没有考虑买新房子？"

孟庆军打开一盒"大重九"，抽出几支香烟递给陈爱民、李汉杰，"一直想买房子哪，我家是两代单传，政策允许生两个孩子，生了两个都是小子，至少得准备两套房子吧。"

孟庆军一边给陈爱民点烟，一边说："我和韩淑英的父母都在农村，在家里都是排行老大，两家的弟弟妹妹加起来七八个。老的需要赡养，小的需要抚养，弟弟妹妹结婚、生子需要操办，还有七大姑八大姨的婚丧嫁娶都要随礼钱，一年到头滔滔不绝，根本攒不住钱。"

"嫂子看起来很贤惠。"陈爱民说。

"是啊，韩淑英技校毕业被分配到县酒厂做化验员，那时候酒厂的效益还是很好的。1983 年 9 月我上前线之前，部队官兵有的接到对象吹灯信，她却专门跑到部队嫁给我。前年查出来我身体不好，她把幼儿园厨师的临时工作也辞了，专门照顾我。"孟庆军说着有些动容。

陈爱民沉默了。他想，这些基层的干部就像骆驼一样背负着家庭的种种重负，默默无闻地工作在第一线，无怨无悔地奉献着忠诚，共同推动着共和国的航船劈波斩浪向前进，的确令人敬佩。

韩淑英端着一盘热气腾腾的炒鸡蛋，"尝尝盐豆炒鸡蛋！"

李汉杰说："咱们县里的人不管走到天涯海角，最怀念的家乡饭菜就是这口煎饼卷盐豆子，这一道盐豆子炒鸡蛋是咱家乡最具代表性的乡土菜，陈书记吃得惯吗？"

陈爱民回忆说："1975年夏，俺父母从'五七'干校也就是所谓的牛棚，恢复工作之后，母亲到当时的淮江地委工作。每到冬季，祁河县的同志都会捎一点煎饼、盐豆子。父母都是山东人，喜欢煎饼和盐豆子。我从小就喜好这一口，特别是腌上萝卜的那种鲜盐豆子，辣乎乎、鲜脆可口的感觉让人陶醉。"

几个人哈哈大笑，梁石祥说："陈书记从小就跟咱祁河县有缘！"

孟庆军打开一瓶"祁河香醇"，给每一位斟满，馥郁的酒香弥漫在小客厅。

"好香啊，孟主任还能存下这么好的老酒啊！"孙建设赞叹道。

"十年以上的老酒啦，这还是祁河酒厂后期效益不好的时候，欠职工工资，发酒抵偿工资的，一直放在储藏室没有舍得喝，总感觉有一种割舍不下的情感。厂子破产重组的时候，许多老职工都是哭着离开厂子的，韩淑英一步一回头，哭得跟泪人一样，那个场面真叫人心酸！"

陈爱民举起酒杯，"谢谢老孟和嫂子，拿这么珍贵的老酒招待我们，这里边饱含着战友们的深情厚谊，我们干了这一杯！"

孟庆军的小儿子放学回来。这是一个瘦高个子、性格很文静的少年。他放下沉重的书包，非常有礼貌地跟客人问好。

陈爱民招呼他："孩子，叫什么名字，上高中了吧！"

"陈叔叔，我叫孟凡繁，上高一了。"

"坐下一起吃吧！"李汉杰说。

韩淑英过来，"我给他拨一点菜，在厨房吃吧，吃完了还得做作业。"

"孩子的鼻梁恢复得咋样？"李汉杰关切地问。

"仔细看，还有一点歪。"孟庆军回答。

"怎么回事？"陈爱民问道。

"小二子初二暑假的时候，与几个同学打篮球，过来三个成年人提出一起玩，争球的时候被人撞到了鼻子，鼻梁骨折，肇事者逃之夭夭。司法鉴定属于轻伤害，需要整容。光是整容费用就要几万元，好在恢复得还可以。"

陈爱民紧锁了眉头，"报案了吗？"

"临河派出所一直不闻不问，那个所长还阴阳怪气地说，就是杀人犯还有二十年逮不到的咧！你说气人不气人！"孟庆军愤愤地说。

"那个所长叫什么名字？"陈爱民问。

"俞继仁。"

"我跟张铁军局长说一下，这件事不能就这么不明不白地拉倒。"陈爱民说。

"陈书记您别再费心了，当时张局长还没有过来，现在已经两年多了，这样的小治安案件时过境迁，再调查的司法成本太大，咽下这口气吧！"孟庆军顿了顿，接着说，"在儿子受伤之前一个月，我下班途中，有两个小青年骑电动车故意将我的自行车撞倒，二话不说，上来就动手，一看那步法、架势就是练过拳击的。我是侦察兵出身，闪过一个家伙的迎面直拳，一记勾踢把他放倒了。那两个家伙一看俺不好惹，一言不发又骑上电动车跑了。"

梁石祥插话道："这两件事联系起来看，就不是偶然的了。"

"你判断是谁在幕后下的黑手？"陈爱民问。

"没有真凭实据，只是个人的推测。2008 年初，市纪委要求查报结果的一个案子，当时你是二室主任，就是你直接交办的。举报信反映当时的建设局局长满金龙为他弟弟满金虎串通投标，还有长安集团弄虚作假骗取工程款的问题。我是主办人，调查组组长。我们已经查出建设局当时的质检站站长兼工程科科长王垒，虚报土方，骗取二十多万元的问题。我们把王垒带到渔场办案点，准备上报采取'两归'措施。在刘冠一书记的干预下，我们不得不放人，调查工作就此偃旗息鼓，给你们报送一个调查报告敷衍了事。所以，这两件事少不了是满氏兄弟所为，尤其是那个瘸子满金虎，与黑社会有勾连，心狠手辣，什么坏事都能做得出！"孟庆军说。

"我们会记着这笔账的！"陈爱民愤怒地说道，"纪检监察干部是党的忠诚卫士，然而在有些时候、有些环境下，我们处在劣势，自身的人身安全、政治安全受到不法侵害，也是无能为力。我到市纪委的第一任检查室杨主任放到区里做纪委书记，是一个作风硬朗的纪委书记，办了一些案件，后来转任区政协副主席，退休之后，有几个刑满释放的腐败分子到他家中寻衅滋事，他不得不跑到市纪委干部室寻求保护。在他之前的一个检查室容主任转任到民宗局做副局长，九十年代中期一次下班途中，被人用板砖拍成重伤，案件一直悬而未破。还有九十年代省纪委查办的那一起发生在江南的非法集资案件，震惊全国，主办案件的省纪委副书记在出发途中被大货车甩尾，当场殉职，我一直不相信是什么车祸之类的鬼话。或许有一天我们也会倒在血泊之中，或者被人诬告陷害，这些都是有可能发生的，没有办法，咱们与腐败分子结下的是深仇大恨，落下的是子孙仇。只要党和人民认可我们，就知足了。"

"是呀，咱们与腐败分子的斗争是不可调和的，要奋斗就会有牺牲，和平年代我们是一群需要做出牺牲和奉献的人。"李汉杰赞同地说。

陈爱民深深吸了一口烟，长长地吐出，"你们不知道，我儿子小的时候，我很少带他到公园游玩。主要的原因就是担心遇到这种情况带着孩子不好应对，还有就是不想让不怀好意的坏人记住儿子。我上小学的时候看过一部长篇小说《艳阳天》，地主马小辫杀害村干部萧长春的儿子小石头的情节对我刺激太深。儿子虽然被他妈带到国外去了，我心里却踏实了很多，至少无牵无挂，没有了后顾之忧。现在仇视党、仇视社会的人并没有销声匿迹，那些对我们怀着刻骨仇恨的人时时刻刻都在暗中盯着我们，伺机扑上来咬住我们的喉咙，这绝不是危言耸听！"

梁石祥说："这些年，咱们县里的纪检监察工作几乎放弃了主业，以致地位低微，有的人才敢于用下三烂的手段欺负我们，孟庆军到外地看病的费用，医保处拖了两年一直不给报销。"

"医保处主任朱步升拉着架子等我请他喝酒、送礼哪。"孟庆军苦笑着说，"敲竹杠居然敲到纪检干部头上，真是猖狂至极，我还就是不买他的账，冻死迎风站！"

"我把话放在这儿，不远的将来，他会哭着喊着把钱送到你手上的。"陈爱民半开玩笑地说，同时转过脸问李汉杰，"听说财政局扣住省纪委给各个县区纪委拨付的五万元经费补助不给，把你李书记晾了半天，你们还送了两条烟，周树彬拿这个故事广为传播，到处显摆，是真的吗？"

"真是窝囊！"李汉杰是个很儒雅的人，提起这件事按捺不住怒火，"我拿着孔县长的批示去找周树彬，他让我在外边苦等两个小时。我跟他解释这五万元是省纪委拨的戴帽资金，县纪委急用。他竟然拿出一摞批条，怼我说，'你急，你看看这些哪一个不是领导的批示，哪一个不急？'"

孙建设说："没有办法，马瘦毛长，人穷就得志短，后来我不得不去给他送了两条软中华香烟。"

"你们手里握着枪杆子，腰里别着刀把子，难道都是烧火棍、水果刀吗？无怪乎人家牛皮哄哄到处显摆。他那是没有碰上我，你们知道我会怎么处理这件事吗？"陈爱民的眼中射出两道寒光，"我会带领你们打进财政局，一脚端开周树彬的房门，把他扭送到办案点！"

"没辙，咱们不是缺钱吗？"李汉杰一脸苦笑。

"将来我跟县政府讲好，收支两条线的规矩一定要严守，我们追缴的违纪违法案款上缴国库，即便是按照50%的额度返还，用于纪检监察的基础建设，你们都会愁得花不了。我把话摆在这里，还有那个朱步升，也得哭着喊着把报销的医药费乖乖地送到庆军主任手里。纪检监察机关都受气，被人欺负，哪里还有对党纪政纪的敬畏之心！"

"光顾着聊天了，咱们喝一个吧？"梁石祥提议。

"咱们一起敬陈书记一杯酒吧！"李汉杰站起来说。

陈爱民连忙站起身，"我提议，咱们首先按照祁河县的规矩，敬庆军主任和淑英嫂子两杯吧，一方面感谢盛情款待，特别是要感谢嫂子对纪检监察工作的支持，军功章里也有嫂子的一半！"

"好啊，敬孟主任和嫂子！"众人一致赞同。

"淑英，快点出来，喝两杯酒！"孟庆军向厨房里喊道。

韩淑英扎着围裙跑出来，笑容满面地说："虽然我不胜酒力，今天也要干了这两杯！"

欢声笑语充满了温馨的小屋。

第三章　马骏、强国正风肃贪　纪检、监察初露锋芒

　　　　教师为学校基建工程担保贷款，工资被法院冻结，引发学生冲击
县大院。陈爱民接待来访群众魏老汉，牵出魏氏父子黑恶势力案件，
县纪委果断亮剑……

　　陈爱民走进县委书记的办公室。这是他来到祁河县以后，第一次到书记办公室汇报工作。

　　办公室里依然保持着前任书记刘冠一时候的原貌。刘冠一对各类方术笃信不疑，不仅整个行政中心的规划建设都请风水先生仔细考究，就连他的办公室的家具陈设摆放，也由高人认真推敲过。一进门，宽大的办公桌坐西朝东，寓意是紫气东来；高靠背的老板椅后面矗立着一面党旗，北侧向南摆放着一尊红木制作的航船舵手模型，显而易见的潜台词就是"大海航行靠舵手"。

　　马骏书记迎上前与陈爱民热情握手，"爱民同志你好，我来之前徐远行书记专门跟我介绍过你，说你是市纪委的一员大将，有勇有谋，非常优秀，完全可以信赖。来了一段时间了，一直没有跟你好好聊一聊，今天咱们坐下来好好谈一谈。"

　　"徐书记和马书记过奖了，我无论是在市纪委做主任还是现在做纪委书记，都会忠实地履行自己的职责的。"陈爱民谦虚地说。

　　秘书小吴过来给陈爱民倒了一杯水，"陈书记请用茶！"然后掩门退出。

　　马骏说："你看，我来祁河县当书记，秘书和司机还是临时用从龙城县带过来的，强国也是。这里的情况错综复杂，我们一时还摸不清楚东西南北。万事开头难，我和强国同志不得不小心行事。我准备听一听四套班子同志们的意见，如何摆脱目前的困难局面，广泛征求意见。"

　　"那好，马书记，我就知无不言，言无不尽，把我在市纪委掌握的情况和来祁河县这两个月以来了解的情况，原原本本地跟班长汇报一下。"

　　陈爱民深吸了一口气，整理了一下思路，说道："我来祁河县之前，徐远行书记跟我说，祁河的问题出在长期以来弱化了党的建设，思想、作风、组织、制度和

反腐倡廉建设都在全面滑坡。过去很长一段时期，刘冠一书记一味地强调经济工作，一头沉。快马加鞭，大干快上，短期内可能会有起色，但是，从长远来看，不尊重科学、不敬畏民意、不讲求规则，这种短期行为的发展模式是不可能持续的。祁河县这些年以来党群干群关系紧张，各种矛盾、弊端丛生，都是这种发展理念产生的恶果！"

"你说到关键点上了，一语中的。"马骏赞许地说，"我在龙城县工作时，省委组织部有一位资深的副部长，这位老领导的政策水平很高。他跟我讲过，'党的建设一年不抓，或许不出问题；两年不抓，就要出一些问题；三年不抓，肯定要出大问题'，这话真的是从长期革命工作中总结出来的至理名言！"

"干部的提拔使用有严格的标准和程序，这些年对于干部提拔任用的问题大家一直反应比较强烈，一个突出的问题就是没有严格按照德才兼备的标准选拔任用；还有就是没有按照提拔任用的程序，甚至是征求纪检机关意见、书记碰头会这样的必经程序也省略掉了。老书记冠一同志把这种践踏党的规章制度的行为当成个人权威的体现。还有一些人跟着拉风箱、起哄，表面上是坚决贯彻落实刘书记的指示不走样，实际上是推波助澜，助长了这种不良风气的滋生蔓延。比如规划局提出一个开发项目不符合规划，满金龙常委说了一句非常经典的原创语句，'什么 × 规划，刘书记的话就是规划！'"

马骏撇撇嘴，"一个老建设局局长竟然说出这种不着调的话，真让人笑掉大牙。"

"纪检监察工作陷于停顿，长期不查办案件，枪杆子、刀把子锈迹斑斑。一些干部大搞权钱交易，胆大妄为，毫无顾忌，只要团团围着刘书记，整天在他眼皮子底下晃荡，琢磨着出些歪点子把他忽悠好了，哄着让刘书记高兴了，就万事大吉了。"

"天天围堵大门的都是一些什么人？"马骏问道。

"鱼龙混杂，既有合理的诉求，也有胡搅蛮缠借机生事的。"陈爱民说道，"一个群体是讨要工程款的，还有一些是闹编制的，还有的是改制下岗的职工，再有就是基层干部作风简单粗暴，引发的尖锐对立的干群矛盾。"

"乖乖，这么多矛盾交织在一起，我听着头都大啦！"马骏惊叹道，"光知道祁河县复杂，没有想到水这么浑浊。让我来祁河县做书记，开始我是不愿意来的。我在龙城县做县委书记做得好好的，各方面的工作都很顺手，为啥到这里来接这个烂摊子？后来市委李鹏飞书记找我谈了三个小时，晚上还请我吃饭，我还是愉快地服从了组织的决定。哎，党的干部就是砖，哪里需要哪里搬。服从命令呗，还有啥说的。"

"祁河县有两个问题不见底，一个是外欠款，逢年过节施工队、包工头拿着欠条，白纸黑字，像黄世仁一样追着财政局局长、乡镇的书记、镇长和各个局的一把手讨债、要款。到底有多少白条子，谁也说不清。"

"怎么会说不清呢，大致的底数总应该有吧？"马骏不解地问。

"我问过财政局局长周树彬，他估摸着至少得在一百五十亿元以上。你不知道，祁河县的各种市政工程都是由督查办直接下达到责任单位的。如果哪一个单位的一把手胆敢说'没有钱，这个活儿干不了'之类的话，就会劈头盖脸挨刘书记一顿批评：'有钱还能让你干，我的司机都能干！'没有办法，只好哄着施工队先干活儿，钱就这么欠着，过一天算一天吧。"

"这一百五六十个亿的投资，没有预算、决算，也没有招投标？"马骏吃惊地瞪圆了眼。

"能连哄带骗地让人家垫资干工程就不错了，其他的手续就免了吧！"陈爱民无奈地摇摇头，"最可怕的是将乡镇五所高中搬迁到新城区，本意是以此拉动新城区的人气，带来的负面效应是每一所学校背负的债务都在一亿元以上。还有的学校为了筹集资金，甚至让教师用个人的工资做担保贷款，这绝对是一座火焰山，不知道哪一天就喷发！还有五所学校扎堆在新城区，恶性竞争不说，也不利于新农村的建设。"

"规划的失误，就是最大的失误。"马骏深有感触地说。

"还有一个不见底，就是人事编制，公务员四千五百多人，事业人员大概是一万五千人，事业编制超编好几千。人社局、财政局和编办，三家各有各的账，从来就没有核对过。"

"哎，乱得像一团麻一样，你觉得当前我们从哪一个点切入比较好？"马骏继续问道。

"首先，你们两个党政主职应该精诚团结。你们两个团结好了，一些投机钻营的人就没有了缝隙可钻。"

"是的，强国是一个非常坦诚、率真的同志，我们两人一定能够团结好。不仅我们两个党政主职要团结好，我们还要把四套班子都团结好，把干部队伍团结好。只要我们真心实意地为老百姓谋福祉，个人没有私心、私利，就没有闹无原则纠纷的理由。相互补台，好戏连台；相互拆台，共同垮台！"马骏非常赞许地说。

"我建议县委拿出一个系统的党建工作方案，从基层党支部开始抓，恢复和发扬党的优良传统，修复党与人民群众的血肉联系。我觉得这不是一朝一夕的功夫，应该结合中央的要求，持之以恒抓下去。"陈爱民喝了一口水，"我建议首先从反腐败斗争开始抓，首先查办一批民愤极大的腐败分子，不如此，就不能树立县委的权威，发展也就成了空谈。"

马骏接过话题说："祁河县目前的发展举步维艰，'祁坝村事件'在社会上造成这么大的负面影响，客商闻知，唯恐避之不及，哪里还敢来投资兴业？还有，国土厅将我们纳入重点管理县的黑名单，停止了土地供应，一寸土地也不批，基本的要素都不能保障，怎么谈发展？"

"是呀，要想恢复良好的政治生态、发展的环境，的确需要几年的时间。"陈爱民深有感触。

"爱民书记，你今天谈得很实在，一些观点与我和强县长不谋而合。良好的政治生态毁坏容易，修复很难。你们纪委全会的报告我看过了，提出的'以查办案件为突破，全面提升纪检监察工作水平'的思路，我非常赞同。下一步，你要当好黑脸包公！"

"先有宋仁宗，然后才有包公。有县委、县政府的鼎力支持，俺们纪检监察把龙头铡、虎头铡还有狗头铡全都搬出来，看看谁还敢叫板，还怕治不了他们不成！"陈爱民笑着说。

马骏起身，与陈爱民紧紧握手，"相谈甚欢，以后咱们再聊！"

陈爱民出门，与那位俊俏的姑娘撞了一个满怀，文件夹散落一地。陈爱民一边手忙脚乱地帮着收拾，一边不住地道歉："不好意思，不好意思！"

姑娘不说话，莞尔一笑，蹲下身子一起收拾材料。

陈爱民得以近距离欣赏她。风韵十足的圆脸上镶嵌着一双水汪汪的大眼睛，睫毛又密又长，鼻子俏皮而挺秀，微笑中露出两排洁白的牙齿，脖子上系着一束火红的纱巾。一股春天的气息扑面而来，沁人心脾。

"请问你贵姓？"陈爱民小声问道。

"陈书记好，我是县委办机要局的薛媛媛，来送文件。"姑娘的声音清脆。

"陈书记怎么不小心，撞到了我们的薛科长？"马骏在里间屋乐哈哈地说。

三个人微笑。薛媛媛羞涩地低下头。

2010 年 4 月 23 日，这是一个星期五。上午十点，五六百名祁河县二中的高三学生冲进了行政中心大门。情绪失控的少年掀翻了大门口"为人民服务"的牌匾，一路怒吼着奔向一号楼。

保安束手无策，急忙用报话机报告。

"迅速弄清学生的诉求，不准动用警察，要说服教育孩子们！"马骏站在汉街入口处，对县委值班室这样下达指令，"通知在家的县四套班子领导立即赶到现场，共同化解矛盾。我正在主城区调研城建，十几分钟赶到办公楼下。"

紧接着，马骏拨通县委常委、宣传部部长顾毅的手机，"你们要迅速采取措施，防止媒体炒作，将事态扩大化！"

"明白，我马上落实！"顾毅回答。

马骏又拨打强国的电话，"强国，你在哪里啊？"

"我在乡镇调研，情况我已经知道了，马上赶过去！"强国声如洪钟，"班长，不论遇到什么困难，我们一起面对，共同克服！"

学生们冲进了办公楼的三楼。常务副县长朱雅文站在楼梯口，拦住了学生们。她向学生们喊道："同学们，我是你们的朱老师，我是在青山中学教语文的朱老师，你们有什么话跟我说行吗？"

青山中学就是现在搬迁进城的祁河二中，朱雅文二十世纪八十年代末期曾经在这所中学教书五年。朱雅文的出现，让这些半大孩子躁动的情绪舒缓了许多。

"我们要见马书记！""俺们的老师吃不上饭，怎么给俺们上课？"学生们一片吵吵嚷嚷的声音。

朱雅文马上明白，这是由于教师担保学校贷款而引发的群体性信访事件。她大声说："同学们，咱们有话下楼去好好说，怎么样？"

在朱雅文的劝说下，学生们渐渐退到了楼下。

马骏的汽车风驰电掣驶入大院。他一边接听手机，一边说："唔，我知道了，冻结的教师工资必须马上解冻，不能影响教师的生活！"

马骏站在门口台阶上，"同学们，你们是祖国的花朵，看到同学们面临着高考，顶着烈日来县委反映问题，我这个做书记的心里非常痛心。请同学们和老师们放心，你们的合理要求，县委、县政府一定给以解决。我们现在就召开县委常委会，解决这个问题。请同学们回到教室好好学习吧！"

一个胖胖的女教师向几个学生小声耳语："马书记今天不给解决，咱们今天就不回去。"

于是一个学生高喊："啥时候解决了，俺们啥时候回去！"随即引来学生们的一片附和声。

陈爱民接到通知赶到一号楼，事态已经基本控制。学生三三两两坐在阴凉里休息，十几个教师，多数是女教师，忙里忙外给孩子们递送矿泉水。从门前广场到一楼大厅，再到三楼的楼梯、走廊，到处一片狼藉。

马骏、强国等县委常委已经在三楼最东头的 301 小会议室坐定。

马骏脸色铁青，"现在我们临时召开一个常委会，情况大家都看到了，孩子们还在楼下，我们开短会。雅文，你是常务副县长，分管财税的，你先说说。"

"五校进城遗留下来的问题很多，其中教师担保贷款是最为突出的问题。高中没有偿债能力，贷款一旦违约，就必然冻结担保人的工资，这种情况是不可避免要发生的。这也是一条导火线，导致了今天这种煽动学生闹访的事件发生。"

"事先连一点征兆都没有吗？"强国问道。

"之前教师也到县教育局、信访局反映过。"分管教育的副县长程丽荣回答。

"为什么不汇报？"强国很不满意地问道。

副县长、公安局局长张铁军回答说："眼下的信访量实在太多，可能导致突发事件的因素也太多，以至于很多信息无法做出正确判断，总不能一天到晚老是跟县委喊'狼来了'吧？比如残疾人车辆非法营运的问题，目前祁河县境内有两千三百多辆从事非法营运，其中百分之九十以上是健康人，几乎每天都有交通事故、纠纷以及与出租车司机的冲突事件发生，危如累卵，真的不知道哪一天会发生什么惊天动地的事情。"

"好的，其他的问题咱们等一下再议。朱县长，你有什么解决的建议？"马骏问道。

"我的想法是能不能让财政局的城投平台公司出面担保一下，先解决目前的燃眉之急。"朱雅文回答。

"大家都说说嘛，知无不言，我和强国都是非常乐于听取大家意见的。"马骏明白，大家在刘冠一书记在任时习惯于服从命令，对于这种当面提意见还不太适应，于是就开始点名，"李鸿主席，你是老常务副县长，你说说看。"

县政协主席李鸿，推了一下厚厚的镜框，说："我觉得，眼下由财政局出面担保不是很稳妥的方案，这样做，对于其他的债务人可能会引起连锁反应，搞不好会按下葫芦又起了瓢。主要是高中债务的体量太大，将近十个亿，我们短期内无力消化。我建议由我们县法院出面，协调市中级法院先解冻，咱们县委、县政府拿出一个化解债务的办法，统一解决。"

"好的，李主席的意见很全面。法院李院长有什么意见？"马骏将目光投向后排的李涵。

"我们全力配合债务的化解，不过涉及的这几家银行都是在市级分行起诉的，还需要咱们县各家支行一起出面，给市分行做工作。"

"强县长，你说说！"马骏转脸问强国。

"综合大家的意见，我的想法是首先由财政局给教育局拨出专款，保障教师的生活问题。其次，县政府出面协调市中院、各家银行分行，尽快解冻。最后，由财政局牵头，教育局、金融办协助，摸清五家高中的债务底数，提出一个系统解决的方案。"

"其他同志还有没有意见？"马骏环视了一下，"好的，我同意强国县长提出的方案。下面的工作由强国同志总负责，朱雅文、程丽荣两位副县长、李涵院长，你们协同配合。下午，就要把冻结的教师工资补发到位。同时，要对煽动学生闹访的教师提出严肃批评，不论有什么理由，都不是采取非法手段闹事的借口。如此的人品和师德，祁河县人民怎么能放心把孩子交给他们教育培养？丽荣同志，你现在就去告知学生和教师常委会的决定，让他们回到教室好好学习吧。"

"好，我们接着讨论下面的问题。前几天与爱民书记谈心时，他还提到高中债务问题，特别是教师担保的问题，他还用'火焰山'来形容，戏谑之言果然言中，今天就爆发了！"马骏苦笑了一下，接着说，"脓包该出脓的时候就得出，今天发生的这一起事端未必就是坏事，这也给我们敲响了警钟。现在我们就要开始排查一下，除了铁军局长提到的残疾人车辆非法营运，近期还有哪一些高风险的矛盾点，我们提前布局，早做防范。"

副书记常国伦咽了一下嘴，说："目前主城区突击抢建违法建筑，已经达到疯狂的地步，平常小工的费用是一天包吃，工钱一百块钱，现在都涨到三百块钱了，还得酒肉伺候，就是这样还很抢手，很难雇到。"

"昨天我们的老人大常委会主任马烈专门找我，他老人家痛斥了祁河县的种种歪风邪气，也谈到这件事。"强国说。

"满常委，你管城建的，说说看。"马骏问满金龙。

满金龙是个有心计的人，他显然事先做了功课，翻开笔记本，一板一眼地汇报说："从今年1月份的'祁坝村事件'之后，违法建筑就开始失控，而且是愈演愈烈。根据初步推算，主城区的临河镇违法建设大约在一百万平方米，相当于我们两年的房地产开发总量。昨天调度的情况是目前在建的有九百零六户。之前，我们的控建执法大队也采取了各种措施加以制止，但是进村的宣传车被老百姓掀翻了，一个农妇在违法施工现场当着镇村干部的面喝农药，现在还在医院抢救；还有一个老头挥刀自残，剁掉了一截手指头。这些事情的发生，让前去制止的镇村干部和拆迁队队员们心有余悸，不敢执法。"

"满常委，你看根子出在哪里啊？"马骏显然对满金龙强调的客观理由不太满意。

"这个，我一时半会儿还没有弄清楚。"满金龙搪塞道。

"我到几个城中村转过，大庙村的支部书记魏彦成，自己建了一栋四层楼房，估计应该在八百平方米以上。"陈爱民说。

"对喽，爱民书记的话说到点子上了！"马骏赞同地说，"违法建设失控，首先就是党员干部带的坏头，你们能放火，凭什么不许老百姓点灯？所以，金龙常委，你马上梳理一下，那在建的906户当中有多少是党员干部。我们还是应当先从严管党员、干部入手，只有这样，才能遏制住违法建筑泛滥的势头。强国同志还有什么意见？"

"我建议咱们还是先礼后兵，立即着手发两个通告，一个是县政府发出《关于严禁违法建筑的通告》，另一个是公安局发出《关于禁止残疾人车辆从事非法营运的通告》。"强国说。

"好，我来总结一下大家的意见，提出几个措施，如果没有意见，就坚决贯彻执行。"马骏说，"第一，迅速发出县政府和公安局的两个通告；第二，同时以县纪委、监察局的名义发出一封《致全县党员干部的公开信》，责令违建的党员干部带头拆除违法建筑，给予十天期限，如果不服从，先强拆，再处分，绝不手软！关于非法营运的问题，给一个月的消化期，从'五一'假期起，所有的四套班子成员带领相关部门的执法队伍上路查车，凡是非法营运的残疾人车，见一辆，扣一辆！同志们，这是对新的县委、县政府执政能力的一次严峻考验，如果这一仗打败了，今后就没有办法在祁河县施政了，必须破釜沉舟，没有退路。大家看看如果没有意见，以上几条就作为县委常委会的决定，立即落实下去！"

"马书记，我再补充一点，基于目前的信访形势，我建议四套班子成员都要到信访一线去，每天至少两位领导干部在信访局接待群众来访。"强国说。

"强国同志的意见很好，把这一条补充进去！耽误大家吃午饭了，散会。"马骏说道。

2010年4月26日，这是一个星期一。早上八点半，行政中心大门西侧的县信访局门口已经是人头攒动。陈爱民与副县长程丽荣以及公安局副局长郑运华、检察院反贪局局长林钢剑、法院副院长许蔚云、县纪委常委任青霞等在接待大厅开始接待来访群众。

一位驼背的老人，乱蓬蓬的白发，颤颤巍巍拄着棍，进门就"扑通"一声双膝下跪，"青天大老爷，您要给我一个孤老头子做主啊！"

坐在门口的信访室主任安然和办公室主任孙建设赶忙走上前，把老人搀扶到椅子上坐下，倒一杯温水递给他。

"老人家，您坐下来慢慢说。"看到这位老人是典型的那种朴实敦厚的老农民形象，脸上布满了皱纹，衣服上的汗馊味隔着桌子直往鼻子里钻，陈爱民不由得心生怜悯。

"领导，我叫魏思群，今年七十了，老伴死了好几年啦，一辈子无儿无女，收养过一个闺女嫁到外地去了。"

"您老是哪个镇的？"程丽荣问道。

"俺是临河镇大庙村的。"老人说话有些吃力，"3月11号，街里逢集，俺割了一点菜去赶集，三轮车临时停在路边。这时候开过来一辆黑色的轿车，下来四个小青年，嫌俺碍事了，不管三七二十一就把俺的三轮车掀到沟里去了。俺就骂了几句，几个小青年上来就是一顿拳打脚踢呀，俺一个七十岁的老头子哪里能经得住他们揍呀？把俺打得满脸都是血，肋巴骨断了两根。"

"是谁打的您，报警了吗？"郑运华问。

"是俺大庙村魏彦成书记家的小二子，魏老二，大号叫啥，好像是叫魏豹子。"老人喝口水，接着说，"俺到了临河派出所报案，一直没有音信。"

"魏大爷，您做法医鉴定了吗？"法院副院长徐蔚云问。

"啥鉴定？俺在卫生院拍过片子了。"魏思群老人疑惑地说。

"您到派出所找的谁？"任青霞问。

"找过俞所长。俞所长仰在椅子上，一边摇晃，一边说：'慌啥？就是杀人犯还有二十年逮不到的嘞！'"

"哪个俞所长，是俞继仁吗？"老人的话使陈爱民猛然想起孟庆军的小儿子被撞断鼻梁时，俞继仁也说过"杀人犯还有二十年逮不到"之类的话。

"就是那个俞所长！"

老人的控诉使陈爱民深信不疑，他怒不可遏地问："魏家人咋就那么横？！"

"反正我这把老骨头也没有啥怕的，今儿个豁出这条老命啦！领导，他魏家爷儿几个横得很，对俺们社员张口就骂，抬手就打。俺庄上的杨白帆，也是一个愣头青，惹恼了魏老大，大号叫魏老虎的，被打得一步磕一个头，一连磕了一百个，真个地被欺负到家啦！魏书记在街上跺跺脚，大庙村都得抖三抖啊！"

"老人家，我是县委常委、纪委书记陈爱民，我们的工作没有做好，让您老人家受委屈了，我跟您赔礼道歉！"陈爱民起身，向魏思群老人深深鞠躬，诚恳地说，"我向您保证，绝不让您老人家再跑第二趟！"

两行浊泪从老人眼角流下。

陈爱民说："安然、建设，你们两个主任负责，马上联系县人民医院，安排魏老伯住院治疗，同时进行法医鉴定，开支先由县纪委垫付。我立即跟张铁军局长通报案情，运华局长，你负责组织警力，准备对肇事的魏家老二等实施抓捕。"

魏思群老人突然再一次跪地，"梆"地磕了一个响头，"青天大老爷啊！"泣不成声。

陈爱民等赶紧搀扶起老人，"老人家，您骂我们一顿，我们心里还好受一些！"他强忍着眼泪，没有流出。

郑运华满脸惭愧，"陈书记，这是我们的工作失误，我们应当检讨！"

"这也不能全怪你们，政治生态出了问题，是全域性的，哪一个单位都很难独善其身。把以后的工作做好，别再辜负父老乡亲。我这个自称'爱民'的，看到人民群众被欺压，很不是滋味啊！"陈爱民严肃地说。

反贪局局长林钢剑愤愤地说："那个魏彦成哪里还有一点共产党员的样子，称霸一方，无恶不作，简直就是地痞流氓，跟恶霸地主、伪保长有什么区别！"

"是呀，基层党支部是党组织的细胞，本应该是战斗堡垒，现在居然被黑恶势力盘踞。成克杰、胡长清那些达官贵人怎么腐败，老百姓看不到，但是，这些镇村干部的一举一动都是在群众的眼皮子底下看着的，一清二楚。有这样骑在群众头上作威作福的支部书记，大庙村的老百姓能说共产党的好话吗？"陈爱民深有感慨地说。

信访局一位女干部过来汇报说："陈书记，下边是武堂镇的两口子，反映邻里纠纷的。"

"请他们过来吧！"

淮江市政府大院，三栋黑色的高大建筑显得庄重气派。

刘冠一副市长的办公室在 806 房间。下午两点钟，灿烂的阳光透过落地窗将办公室照得暖洋洋的，屋里弥漫着长期烟草熏染留下的厚重的尼古丁味道。转圈的沙发和宽大的茶几，形成了一个小型的接待区域。前来拜访刘冠一副市长的是他的几位心腹干将，县委常委满金龙、临河镇书记白怀洲、财政局局长周树彬，还有建设局局长王垒。

"首长离开祁河才几个月，俺们就觉得跟过了好几年一样，咋那么想得慌，带了几条烟，过来看看首长。"满金龙笑容可掬地说。之前，他已经将几个鼓鼓囊囊的文件包交给了秘书李晓辉，里边是刘冠一爱抽的软"中华"和喜欢喝的"茅台"。

"来就来呗，还带啥东西！"刘冠一笑眯眯地抽着烟，享受着老部下拍马屁带来的快感。这是一个五十开外的魁梧的汉子，眼睛不大却很有神，大背头梳理得纹丝不乱，宽阔的脑门上刻着几道深深的皱纹，举止间都在显示着他的智慧和威严。以前在县里当一把手，天天被他们在耳朵旁奉承，都麻木了。回到市里，再听到阿谀逢迎的肉麻语言，有一种久违的舒坦感觉。

"首长今晚有空吗？俺们想请您吃个饭，汇报一下思想。"满金龙赔着笑脸说。

"行，那就小范围的吧。"刘冠一爽快地答应，"有啥思想要汇报的，现在就说说呗。"刘冠一也很想了解祁河的最新状况。

"马骏、强国过去之后，咱们以前的那些城建、招商等七八个指挥部全部暂停，马骏说权力要归位。"满金龙显得有点热，用纸巾擦擦汗，露出不屑的表情，"我看他俩完全偏离了首长的发展思路，整天把'党建'挂在嘴上，什么'党建'、'党建'能当饭吃？"

"推子剃头，各师傅各传教！"刘冠一讲了一句家乡的谚语，表达一下自己模棱两可的评价。

"表面上是抓党建，骨子里是想整人。我看他俩都是心狠手辣的角儿，还有那个陈爱民，天天磨刀霍霍的。"周树彬显得有一些惴惴不安。

"春节前俺去看陈爱民的母亲，结果他把烟酒食品都送到包挂的青山镇敬老院，分给那些老头了。陈爱民来了之后，孟庆军和陈爱民的几个心腹一直在鬼鬼祟祟的，不知道搞的啥名堂，怪瘆人的。"白怀洲说。

刘冠一拨通手机，吩咐道："晓辉，你通知一下陈爱民书记，说我请他晚上吃饭。"

陈爱民接听手机，传来李晓辉的声音："陈书记你好，我是晓辉呀！"

"晓辉你好！"

"向陈书记汇报一件事，今天晚上首长请你吃饭。"

"哦，首长今晚请我吃饭，谢谢！我今晚走不开，这样吧，我马上跟刘市长请假。"

陈爱民一边接听电话，一边快速思索。对于刘冠一的这些小恩小惠，陈爱民的心里非常清醒，这里既有讲义气的成分，也有想把他纳入凤城体系的意图。

凤城县自古就是龙飞凤舞之地，刘冠一身上体现着凤城人最为突出的性格——讲义气，好面子。这种性格的过度膨胀成为致命的缺陷，导致他败走祁河的原因很多，这应该是重要原因。

刘冠一还有一个非常突出的性格缺陷，就是家乡观念、宗亲意识非常重。在祁河县履职近十年，凤城籍的人氏个个弹冠相庆，有的"弄上了师长、旅长的干干"，中等的也能混个"弼马温"什么的，最不济的也能进入事业编制，端上铁饭碗。再有就是祁河县一些与汉高祖刘邦沾亲带故的刘氏，论起辈分来都是刘冠一的灰孙子、玄孙子，他们往往以此拍马溜须套近乎。对此，祁河县的干部是很反感的。陈爱民清楚，祁河的发展必须摒弃原来的路子，未来与刘冠一的冲突是不可避免的。所以，他一直小心翼翼地与刘冠一保持着一定的距离。

　　长期的纪检一线工作经历，养成了陈爱民做事细致、缜密的习惯。他略作思考之后，拨通了刘冠一的手机。

　　"首长好！感谢首长的关心，我早就该过去看看老首长了，"陈爱民依然沿用祁河县干部对刘书记的尊称，这也符合"讲义气，好面子"的一贯做法，陈爱民谦恭地说，"我得跟您请个假，今天晚上马骏书记找我有事，我就不能赶过去了，谢谢您，改天我再去拜访您！"

　　"有事你先忙吧，"电话里刘冠一的语气有些不愉快，"我现在负责市里的北区开发建设，工地上养了一群羊，哪天你过来，咱们剥只羊，烧羊肉。"

　　"谢谢首长！"

　　"还有，我跟你说过的，咱们的干部你得保护好，祁河县的干部以前天天忙着抓发展，根本没有工夫去腐败！"

　　"好的，我知道了，首长！"陈爱民恍然大悟，这才是刘冠一今天请他喝酒的主要原因。

　　陈爱民拨通了马骏的手机，"马书记，我是爱民，你有空吗？"

　　"我和强国县长正在开财税调度会，你说！"

　　"今天晚上你有没有时间，我想跟你和强县长汇报一下禁止违法建设的线索。"

　　县委小会议室里，马骏跟强国耳语几句后，回答："好的，晚上八点吧，就在我的办公室。"

　　陈爱民选择晚上跟书记、县长汇报，一则是出于工作需要，二则也是为了保密。毕竟，刘冠一在祁河县耳目众多，他很容易就能掌握马骏、强国和陈爱民等人的行踪。

　　马骏的办公室里灯火通明。墙上的电子钟指向八点，秘书给马骏和强国送来两盒快餐。

　　"哎呀，财税调度会刚刚结束，已经过了饭点，让办公室给我们订了几盒饭。我们刚来，一切工作都是千头万绪，问题实在太多！"马骏对陈爱民说。

　　强国一边狼吞虎咽，一边说："今天国税、地税、财政三家局长都说了实话，祁河县就这点财力，非得吹嘘财政收入要过百亿，真的是'人有多大胆，地有多大产'！"

　　"是呀，我们党最讲实事求是，但是，工作实践中最难做到的恰恰就是实事求是。数字出政绩，数字出干部，这个顽疾多少年了，怎么就是根除不了啊？"马骏感慨地说道，"好啦，咱们边吃边谈，言归正传吧。县里的禁止违法建设的公告、公开信发出去三天了，违法建设依旧干得热火朝天，好像没有收到什么成效啊！"

强国说："意料之中的，看起来非得下点猛药了。以前有一首老歌〈社会主义好〉，其中有一段歌词说'共产党好，共产党是人民的好领导'，怎么好的，下半句的唱词就是'说得到，做得到，全心全意为了人民立功劳'。严禁违法建设，绝大多数人民群众是坚决支持和拥护的。我们县委、县政府也要'说得到，做得到'，兑现给人民群众的承诺。班长，下决心干吧！"

"县纪委目前掌握的情况怎么样？"马骏问道。

"今天机要局转来十几封书记、县长签批的举报信，主要是网络举报。我们把转来的还有之前自收的举报信进行了细致的梳理，认为祁河县城的违法建设的根源在于干部尤其是镇村干部自己带头抢建，同时，一些基层干部还收受老百姓的钱物，于是就不作为，纵容、放任老百姓违法建设，干部收钱放建的现象普遍存在。"陈爱民说。

"收钱放建，是基层一些干部捞取好处的旁门左道。"马骏把餐盒推到一旁。

陈爱民接着汇报："一个月前，临河镇大庙村的支部书记魏彦成的二儿子魏豹子，还有三个恶少，对本村一个赶集的名叫魏思群的老人当街大打出手，司法鉴定结果已经出来了，构成轻伤害。一个孤寡老人躺在家里，没有人管，没有人问。星期一来信访局反映时，老人家泪流满面，给我下跪、磕头！当时我难过得眼泪都要流下来了。新中国成立几十年了，有的老百姓还在遭受恶霸的欺凌，我们有什么脸面在大门口高悬'中共祁河县委''祁河县人民政府'的招牌？祁河县是革命老区，战争年代就有'红祁河'的称号。我在祁河县党史上看到，战争年代祁河县有首歌谣，'最后一碗米，送去做军粮；最后一尺布，送去做军装；最后一个郎，参军上战场'，人民群众毁家荡产支援前线，打下了江山。现在，老百姓还要反过来称呼我们'青天大老爷'，给我们下跪、磕头，咱们真得扪心自问，良心何在！"

说到这里，陈爱民眼睛里充满了泪水。

马骏给他递过来抽纸，"爱民是真爱民，是一个疾恶如仇的人。我这个做县委书记的听了也感觉到羞愧难当！"

陈爱民整理了一下自己的思绪，"临河镇违法建设最为猖獗的就是大庙村，违建户六十九家。其中这个魏彦成的违法建设的四层楼房，少说也有八百平方米。"

"就是你上一次说的那个建了四层楼的支部书记？"强国问道。

"就是他，我到他家附近去观察过，圈占了几亩地的大院子，里边还有假山，鱼塘，大地主一样的派头。"陈爱民说，"魏彦成有三个儿子，老大叫魏老虎，老二叫魏豹子，老三叫魏狮子。老大魏老虎开了一个武馆，搜罗了一批打架斗殴的凶狠之徒，渐渐形成了以魏彦成为首的带有黑社会性质的恶势力，在临河街上称王称霸，为害一方。这一次殴打老农民的就是老二魏豹子。"

"像这样的黑恶团伙作案应该是经常性的，公安局掌握多少信息？"马骏问。

陈爱民回答："我跟铁军局长沟通过，他来祁河县也不久，很多情况也没掌握。我们摸排的情况是这个魏彦成的人脉资源很广，是一个黑白两道通吃的人物，尤其在公检法队伍里培植了一些酒肉朋友。"

"是的，这些黑恶势力要想生存，必须要有保护伞，不然就活不下去！"强国感慨道。

"另外，根据魏思群老人的反映，一年前，魏家老大魏老虎殴打本村一个外姓的村民杨白帆，逼迫杨白帆一步磕一个头，一连磕了一百个。目前排查魏彦成的主要问题，除了涉嫌参与其儿子的黑恶势力活动，还有涉嫌在拆迁中虚报冒领征补款，私自售卖宅基地以及收受老百姓钱物，纵容违法建设。目前拿得比较实的问题就是违法买卖宅基地的问题，去年7月份，县国土局根据群众举报进行了稽查，已经查实五十四宗，由于当时方方面面的干扰太多，也就不了了之。国土局的行政稽查案卷我们已经调取过来了，魏彦成涉嫌非法买卖土地这个问题，可以说是板上钉钉，他是赖不掉的。"

马骏问："爱民，对下一步的工作，你有什么建议？"

"这个案子案情比较复杂，需要公检法通力配合。我建议，能否先开一个联席会，研究一个方案？"

"你看哪些人参加？"马骏问。

"鉴于这个人物与公检法队伍里的一些人关系暧昧，这么多年他的黑恶势力不仅毫发未损，而且越做越大，都是保护伞在起作用，所以保密工作非常重要。我建议首先让公检法的一把手来，小范围讨论一下，再由他们选配可靠的干警参与办案。"

"爱民的意见很好，事不宜迟，马上通知他们过来开会，现在是晚上九点钟，这时候开会也不引人注目。"马骏说。

"我通知分管案件的梁石祥同志也来参加会议吧！"陈爱民说。

马骏的办公室外间的小会议室烟雾缭绕，副县长、公安局局长张铁军、检察长高勇平、法院院长李涵和县纪委副书记梁石祥陆续到达。

马骏和强国走进会议室。

"这么晚了把大家请来，是有一个要紧的事情需要立即研究。大家知道，祁河县主城区的禁违拆违工作目前遇到了强大的阻力，已经直接影响到县委、县政府的执政能力，影响到社会的公平正义。公检法是依法治国的最后一道防线，行政手段用完了，就得要用刀把子、枪杆子！今天也是祁河县反腐败领导小组的第一次会议，由我担任第一组长，强国同志担任组长，陈爱民同志担任常务副组长，张铁军、高勇平、李涵同志担任副组长，李汉杰同志担任领导小组办公室主任，下一次开常委会补充一下程序。长话短说，现在由陈爱民同志通报临河镇大庙村支部书记魏彦成等案件情况。"

"好，我把魏彦成及其儿子魏老虎、魏豹子纪委前期摸排的案情通报一下。"陈爱民简要讲述了一下刚才跟马骏、强国汇报的内容，"梁书记，你是负责初查的，还有什么需要补充的？"

"我们初查时，非常隐蔽，为了不惊动魏彦成，甚至通过私人的亲戚关系找有关当事人、证人调查了解。但是群众的思想顾虑很大，担心扳不倒魏氏势力，自己受到打击报复，不敢做证。"梁石祥补充说。

"大家抓紧议一议，铁军，你先说说。"马骏示意张铁军。

"好，我谈谈自己的看法。"张铁军喝了一口水，"我来祁河县半年多了，来的时候市局胡光明局长专门跟我谈到，祁河县的黑恶势力这几年发展很迅速，呈现愈演愈烈的态势。我们排查出了七八个黑恶团伙，这个以魏氏家族为首的也在我们的重点监控之中。以禁违拆违为契机，县委决定首先打掉这个黑恶团伙，县纪委牵头，我们几家联合作战，现在的战机很成熟，首战必胜有绝对的把握。"

检察长高勇平说："我觉得咱们几家应该按照职责分一下工。目前魏氏团伙涉嫌犯罪的事实，首先，是非法买卖土地的问题，纪委前期工作已经比较扎实，但是还需要国土局出具认证书，认定违法买卖土地的性质和数量，必须超过了法定限额，公安机关才能立案侦查；其次，是魏彦成的两个儿子涉嫌犯罪的问题，魏豹子等人殴打魏思群老人致轻伤害，已经构成犯罪。魏老虎殴打、侮辱村民杨白帆的问题，还需要公安局进一步侦查，我看比较接近寻衅滋事犯罪。"

"对于黑社会性质的犯罪认定，要求比较严格，我们会及时与公安局、检察院联系，从公安的侦查阶段，就把握好证据，"法院院长李涵说，"还要及时跟中院汇报，征得中院的支持。"

"爱民，你是反腐败领导小组常务副组长，党委统一领导，党政齐抓共管，你们纪委承担的最主要职责就是组织协调，谈谈你的想法呗！"马骏说。

"我建议把魏家爷儿仨一起都办进去，魏彦成、魏老虎、魏豹子一个都不少，同时办进去。提出一个初步方案，大家看看怎么样。"陈爱民说，"明天上午，公安局抽调精干、可靠的干警，先把杨白帆、魏思群两个受害者的证据取到位。下午两点在会议中心召开禁违拆违工作推进大会。我们县纪委在会场大门口把魏彦成截住，直接带到渔场办案点审查。等到魏彦成到案之后，公安局同时对魏家的虎、豹两兄弟实施抓捕。"

"这个方案好！"强国由衷地赞扬道。

"抓人是公安的强项，铁军局长你们有的是办法，我就不再赘述了。"陈爱民朝张铁军笑一笑，"之后，三箭齐发，直取魏彦成的脑门、咽喉和心窝。第一支箭，县纪委责成县国土局对魏彦成非法买卖的土地进行测量，出具认证书，由国土局负责将魏彦成涉嫌非法买卖土地犯罪的案卷移送公安机关；第二支箭，县纪委协调县审计局对大庙村的账务连夜进行审计，重点审计拆迁资金补偿、集体资产变卖等易发腐败的环节，深入查找违法乱纪的线索；第三支箭，县纪委、检察院、公安局联合调查组进驻大庙村，发动群众，彻查魏氏团伙的罪行。"

"这个方案很缜密，爱民书记不愧是市纪委的干将，出手不凡，每一招都是狠招，我看就按照这个方案进行吧！"马骏说，"强国还有什么意见？"

"我想强调一点，就是这股黑恶势力盘踞主城区六七年，为非作歹。之所以能够坐大，就是编织的一张纵横交错的关系网在罩着他们，甚至在我们的司法机关也有他们的保护伞。所以，保密工作至关重要，纪委、公安局和检察院的办案人员一定要忠实可靠。"

"好的，其他同志还有什么意见？"马骏问。

"临河派出所的所长俞继仁靠不住。"陈爱民说，"两年前县纪委一室主任的儿子被人撞成鼻梁骨折，这个俞所长不闻不问，就说过'杀人犯还有二十年逮不到的嘞'之类的风凉话。马书记，这个主任叫孟庆军，前线下来的二等功臣，当时正在调查建设系统的一个案子，极有可能是遭到坏分子的报复、暗算。这一次魏思群老人报案，俞继仁仍然说出'杀人犯还有二十年逮不到的嘞'这样的话，最起码说明职业操守有问题。"

"这样的派出所所长一定要从重要岗位调下来！还有陈书记说的那个孟主任的事，铁军局长你过问一下，虽然时间久了，总是能够查找到一些蛛丝马迹的。最主要的是要防止他们对我们的纪检还有公检法办案人员下毒手，如果出现这种情况，就是挖地三尺，也得把犯罪分子缉拿归案，我们连自己都保护不了，怎么能够保护好人民群众！"马骏说，"已经是深夜了，咱们散会，回去休息，预祝首战胜利！"

第四章　欺男霸女魏氏恶贯满盈　打黑惩腐纪委
首战告捷

村支书魏彦成利用办理低保，奸污本家婶子，受害女检举其小腹上有一块胎记。

审计村账发现村干部挪用公款一千九百多万元购买理财产品，一个村官集体贪腐的案件浮出水面。

在母亲的病房里，聪颖、美丽的女医生冯玉梅带着天使般的笑容，走进了陈爱民的生活。

2010年4月30日，星期五。县人民医院病房，魏思群老人躺在洁白的病床上打点滴。

临河派出所副所长袁红和一个男民警走进病房，她笑容满面地问候老人："魏大爷，身体恢复得怎么样了？"

"好多啦，真得谢谢同志们啊！"老人起身说。

"魏大爷，您老躺着别动。"袁红赶紧过去扶老人躺下，"给您买了点牛奶、面包和水果，您住院时补补身体！"

男民警把礼品放在床头柜。

"哎呀，袁同志，还让你们破费！"老人非常感动。

"大爷，前两天来看您，您的身体太虚弱。今天想跟您谈谈魏豹子几人殴打您的情况，咱们公安机关要做个笔录。"袁红坐在老人的床边，慢声细语地说。

男民警在床头柜上铺开笔录纸，开始记录。

"那天是三月初五，大庙村逢集。俺一大早到地里割了一点油菜，想到集上换点油盐钱。摊位都占满了，正好遇到同村的窦宜彬，他好心好意跟邻边的说了说，挤一挤，给俺腾个地方。就在这会儿工夫，开过来一辆车，下来魏豹子和三个小后生，二话不说，就把俺停在路上的三轮车给掀到沟里去了。俺气愤不过，骂了那些人几句，他们上来就打，要不是窦宜彬和几个乡亲赶紧过来拉架，非得把俺活活打死呀！"老人说着老泪纵横，"呜呜"地哭了起来。

民警快速地记笔录。袁红说："魏大爷，别难过，咱慢慢说。当时拉架的除了窦宜彬，还有谁，您还记得吗？"

"还有庄老二，大号俺记不住了，窦宜彬认识他们几个。"

"您记得魏豹子开的是什么车吗？"

"黑色的，前边有四个圆圈。"老人说，"老窦他们把我送到卫生院，拍片子说肋巴骨断了两根，得住院治疗，俺哪里有钱啊！医生就给俺用酒精棉球擦擦脸上的血，鼻子里塞上棉球，他们几个又把俺送回家啦。"

"您后来去找魏家了吗？"袁红问。

"俺去找他爹讲理，魏彦成论辈分我还他两辈。他翻脸不认人，说不知道他家老二到哪里去了，还骂我'老不死的，不知道好狗不拦路吗'，让俺滚得远远的，还要使脚踢俺。"

"魏家还干了哪些伤天害理的事儿，您老给我们说说！"袁红问道。

"他魏彦成爷儿几个干的伤天害理的事儿，一天一夜也说不完。"

"您老拣几个跟我们说说，其他的事儿以后再慢慢聊。"袁红想必须争取时间，尽快固定已经有的证据，同时再摸排一下魏氏其他犯罪的主要线索。

"前头庄里住的魏大庆，老两口儿瘫痪，魏彦成就是拖着不给他家办低保，后来把人家的儿媳妇给糟蹋了，霸占了好几年。"老人愤愤地说起魏彦成的劣迹，"要是论辈分，他还得叫人家婶子，简直是个禽兽！"

袁红和民警走在长长的走廊上，"我们必须马上找到目击证人窦宜彬和庄老二等人，用最快的速度取得证人的证词。"

民警说："我联系所里，查一下窦宜彬的人口卡信息。"

袁红说："不要了，我直接跟刑警队联系，张局长要求严格保密，这个案子现在归刑警队侦查，咱们都是专案组的。魏大爷讲到的魏大庆儿媳妇的线索，抓紧跟张局长汇报，交给其他组侦查。魏大爷挨打的这条线索涉及的证人，我们负责查到底。这样吧，我先给村里的老支书柳亚勋打个电话，他在这里人头熟，群众威信高，请他出面联系一下窦宜彬，或许效果会更好。"

袁红拨通了柳亚勋的手机："喂，柳大爷吗，我是派出所的小袁，袁红啊！"

手机里传来一个略显苍老、洪亮的声音："小袁哪，找你柳大爷有啥事儿吗？"

"柳大爷，有个事儿想请您帮忙。"

"丫头，只要你柳大爷能出把力的，你就尽管说！"

"我想问问您，您跟庄里的窦宜彬熟悉不熟悉，我们有个事情找他做个证。"

"袁红啊，公安找他是不是为魏思群挨打的事儿啊？"

"是的，柳大爷，现在案子比较急，我们想尽快找到他。"

"这个窦宜彬是俺远房的亲戚，他还得称呼我一辈。不瞒你说，魏思群去县里信访局，是我支持他去反映的，欺人太甚了，实在看不下去啦。他魏彦成自打接替我当了支部书记，坏事做绝，恶有恶报，早就该有今天了，俺们老百姓支持你们！我这就跟窦宜彬联系，你等我的信儿。"柳亚勋爽朗地说。

"谢谢您啊，柳大爷！"

"你这丫头，跟我还客气啥！"

戚家湾银杏苗木大世界位于祁河东岸，正午的阳光晃晃地挂在头顶，街上汽车、拖拉机和平板车载着银杏树往来穿梭，商贩们三五成群凑在一起，兴致勃勃地讨价还价。

袁红驱车急匆匆地赶到了这个集市。她拨打电话，问道："请问，你是窦宜彬同志吗？"

"我是，你是谁？"

"哦，我是临河派出所副所长袁红，一小时以前，老支书柳亚勋跟你联系过的，派出所想找你了解一件事儿。我们已经赶到戚家湾苗木市场了，你现在在哪个位置？"

"不错，柳大爷刚才跟我说了，派出所的袁所长要找我。我猜测，你们是想调查魏思群挨打的事儿吧？"电话里传来窦宜彬的声音，"我在街里的'刘英羊肉馆'等你们。"

刘英羊肉馆门前搭着一个凉棚，摆上几张小方桌和长条凳，七八个农民打扮的人坐在这里喝茶歇脚。

胖嘟嘟的女老板热情地招呼袁红和男民警："两位同志请到里边坐吧！"

"老板，能不能给我们找个单间，我们吃点饭，还要谈点事儿。"民警问道。

"没有问题，请到这边的雅座！"老板娘殷勤地把他们两人邀请到里边一个小房间，在八仙桌上铺上洁白的塑料布。

袁红说："老板，我们还要等一个人，待一会儿点菜的时候再麻烦你！"

"行，需要什么就喊我一声。"女老板回答。

一个身材敦实的红脸汉子掀开门帘走进来，"请问，你是袁所长吗？"

"你是窦宜彬同志吧，我是袁红，你请坐。"

"老窦，我们今天找你是想调查一下魏思群老人被打的经过，请你谈谈，不要有顾虑。"民警说。

"我才不怕魏家爷儿几个哪，现在是人民的江山，不是他魏家的天下，要说怕，应该是他们怕俺们才对，我就是不相信咱们人民政府治不了他们！那天魏思群大爷去县信访局，就是俺开着小三轮陪他去的。"窦宜彬一边说，一边撩起衣角扇着热气腾腾的脸膛。

"是啊，你和柳大爷都很有正义感，真得感谢你们！请你把事发当天的经过讲一下。"袁红说。

"那天，大庙街里逢集。魏大爷去晚了，没有摊位了。我招呼他过来，跟旁边的庄玉成挪了一个空。就在这会儿，魏大爷停在路边的三轮车被几个年轻人掀到路边沟里去了。魏大爷过去跟他们讲理，也不知道他们说的啥，结果三个年轻人就动手殴打魏大爷，魏支书家的老二豹子，两只手叉腰站在那里，嘴里还不干不净骂骂咧咧的。俺和庄玉成赶紧过去拉架，俺一看魏大爷躺在地上，口鼻流血，就急眼了，冲着魏豹子吼道'豹子，再打就要出人命啦！'他们这才罢手。"

"是你送魏大爷到医院的吗？"男民警问。

"是的，我和庄玉成把老人送到卫生院，拍了片子，显示他断了两根肋骨。"

"你有庄玉成的手机号码吗？"袁红问道。

"有啊，我马上帮你查查。"窦宜彬低头翻查手机通讯录。

"小张，你去炒两个菜，要三碗羊肉面，咱们一起吃，都还饿着肚子呢。"袁红说。

"好的。"民警小张转身出去了。

"哎哟，怎么能麻烦民警同志呀，应该是我请你们吃饭！"窦宜彬局促地说。

"不要客气嘛，我们急急忙忙赶过来，也没有吃饭，咱们将就着吃点吧。"袁红又问道，"你在这个集市做什么生意？"

"袁所长，这不是农闲的时候嘛，我在这里帮忙介绍苗木生意，做中介，一天下来，也能挣个二百三百的。"

"还不错呀，"袁红说，"咱们接着谈谈，魏家的父子还有哪些违法的事情。"

"唉，一言难尽啊！"窦宜彬长叹一声，"我拣主要的说吧……"

　　临河镇大庙村的塑料大棚毗邻祁河岸边，一垄一垄的田埂上，绿油油的草莓长势喜人，红艳艳的果子若隐若现。

一个棚子里放养着蜜蜂，"嗡嗡"飞舞的小蜜蜂在白色的小花之间往返穿梭，辛勤地为花儿授粉。棚子里热，杨白帆脱去了上衣，光着膀子除草。

身着便装的副局长郑运华和身材高大的刑警中队长王跃进弯腰走进大棚。

"你是杨白帆同志吧，我们是县公安局的。"王跃进向杨白帆出示证件。

"找俺有啥事？"杨白帆瞥了一眼警官证，面无表情地说。

"想找你了解一下魏老虎侮辱你的过程。"王跃进说。

"还说啥，自认倒霉呗，谁让人家有钱有势哩，咱惹不起，还躲不起吗？"杨白帆低着头，继续干活。

郑运华一看这种情况，示意小王问话不要太生硬，走到杨白帆身边，说："老杨，俺们大老远地过来看你，总得搬个板凳让俺们坐坐吧！"

杨白帆放下手里的活计，搬来两个马扎，递给刑警，自己就坐在一卷草苫子上。

"老杨，草莓种得很好啊，收成咋样？"郑运华说。

"现在让开发商占去的地越来越多，种田的地越来越少，不种点草莓什么的怎么过日子？守着这个棚，一年到头忙下来，也就能收入个七八万吧，马马虎虎，够一家人糊口的。"

"俺家里的兄弟几个也种草莓，我能看得出你是一个好把式！"郑运华拉近与老杨的距离。

"领导有啥事就直说吧，俺也是一个爽快人。"

郑运华掏出警官证，递给杨白帆，"我是县公安局副局长郑运华，这位是刑警大队中队长王跃进。请你相信，我们一定为你做主，严惩黑恶势力！"

杨白帆这位中年的汉子，忽然号啕大哭，"一年啦，直个地把俺憋屈死了，老天爷终于开眼啦！"

王跃进坐在马扎上飞速地做笔录。

"去年麦收的时候，那天一大早，俺开着小三轮往集市运草莓。魏书记的大儿魏老虎，牵着一条大狼狗，离老远就冲着俺叫。等到走近了，那狗不知咋的，突然挣开绳子，发疯一样朝俺扑上来。那个狗壮得跟头牛犊子一样，俺看那狗追上来张着大口就要咬人，吓得要命，就顺手拿车座上的粪耙子打了那畜生一下，打得那个畜生'嗷嗷'嚎叫。这一下可了不得喽，捅了马蜂窝喽，魏老虎对俺破口大骂。咱杨家在村里是外姓，从来不敢惹是非，停下车，赶紧跟他赔礼道歉。您说那个魏老虎咋说的，非得让俺给那个畜生下跪，赔礼道歉。"

"魏老虎没有制止狼狗扑咬吗？"郑运华问。

"开始他使劲拽着狗绳，狗挣开绳子追上来要咬我的时候，听见他喊那个狗的名字'虎子'。"

"他让你给狗下跪，你是怎么说的？"

"俺说，'俺就是一个庄户人，上跪天，下跪地，中间跪父母，老虎，你不能欺人太甚！'这时候街坊四邻都围拢过来，他看人太多，就撂下一句话'你行，咱们走着瞧！'"

天气越来越热，两个民警汗流满面。郑运华抹了一把汗水，问："他说'走着瞧'，以后发生了什么？"

"俺家大棚里的草莓，当天晚上就被人一棵一棵地全给拔了，一棵不剩！"杨白帆的眼泪又流下来。

"你没有报警吗？"

"明知道是那个龟孙羔子干的缺德事，哪敢去报警啊？吃哑巴亏算了，他也出气了，俺当时就是这么想的。谁知道这还不算完，过了几天，魏老虎在祁河边上截住俺，还有他家老三魏狮子，带着七八个武校的半大孩子。魏老虎挺着个大肚子，还是牵着那条狼狗，说'姓杨的，我老虎在临河街上一口唾沫一个钉，你今天要是不识相，就把你捆起来，扔到河里喂王八。识相的，给俺的虎子磕一百个头，少一个都不行！'"杨白帆说到这里泣不成声。

"老杨，别难过，咱们慢慢讲。"郑运华劝解说。

"我一看这个架势，他们是真敢把我沉到河里去。那个魏三子数着数，整整给那个狗磕了一百个头呀！"

"那个魏三子，就是那个叫狮子的，今年多大岁数？"郑运华的眼中喷射出怒火。

"半大小子，今年也就十七八岁吧！"杨白帆抹着眼泪说。

"他家在哪里？"

"村头，路口第一家，大红的铁门就是。"

一座高墙大宅子，大红色的铁门紧闭，门口左右悬挂着两只红灯笼。郑运华和王跃进站在大门口从外向里望去，四层崭新的青砖楼房雕梁画栋，在这里显得很气派。突然，院子里发出一阵令人毛骨悚然的烈犬低沉的吠叫。

下午一点半，会议中心大门口南北两个方向各停了一辆桑塔纳。孟庆军和二室主任王立楷各带领一个小组隐蔽在汽车里，静静地等候魏彦成的到来。

时间接近两点钟，参加"禁违拆违推进大会"的人员陆续进入会场。

孟庆军焦急地盯着过往的人群，不时地抬手查看手表。指针指向两点十分，时间已经超过十分钟，仍然不见魏彦成的踪影，他拨通了陈爱民的手机。

马骏、强国、常国伦、朱雅义、苏俊峰、顾毅、陈爱民等县领导，在主席台就座。

强国县长做开场白，他慷慨激昂地讲："这一次的禁违拆违，是新的县委、县政府班子给祁河县人民上交的第一份答卷，奉劝那些投机取巧的人，想牟取私利最大化的人，不要心存侥幸……"

陈爱民的手机振动，来电显示"孟庆军"。他快步走到主席台右侧的候会室，压低声音说："庆军，你讲！"

"陈书记，目标没有来开会！"

"你们原地待命，我马上跟张铁军局长联系一下！"

陈爱民拨通电话，抬起手腕，看着手表说："喂，张局长，现在是两点十分了，目标还没有出现！"

"我马上落实一下，你们那边不到手，我们这边就不动手。"张铁军坐在办公室里说，"另外，上午郑运华的组侦查到一个线索，魏家的老三魏狮子，也涉嫌参与了针对杨白帆的那一起寻衅滋事犯罪活动，查过户籍信息，按照案发时间，这个小孩当时已经年满十八岁，具备刑事责任能力。现在，这三个目标都已经锁定。"

"好的，再加一个，把他们爷儿四个一勺子都烩了！"

陈爱民重新回到座位，马骏用询问的眼神看着他。随即，马骏的手机出现一行陈爱民发的短信："魏没有来，正在查！"

台下，临河派出所所长俞继仁目不转睛地看着台上这一切。

陈爱民收到张铁军的短信，"目标一点钟关机，应该在汉街附近。"

陈爱民立即将信息转发给孟庆军。

孟庆军给梁石祥打电话："梁书记，刚刚收到陈书记发的信息，目标一点钟左右在汉街附近。"

梁石祥焦急地站在渔场办案点院子里，抬头望着蓝天白云，说："看起来目标有了警觉，守株待兔不是办法，你们马上去汉街搜索一下，看看有没有什么发现。"

古色古香的汉街，商贾云集，一派繁荣景象。机警的办案人员分头从东西两侧开始仔细搜寻。

年轻的纪检干部章勇翔突然在一家酒店门口发现了一辆棕色的奔驰。他核对了一下车牌号，掏出了手机，"喂，孟主任，我在紫金居饭店门口发现目标的汽车。"

"好，我马上过来！"

"孟主任，目标出来了，还带着三个马仔！"章勇翔紧接着报告。

"我马上到，不要惊动他们。"孟庆军吩咐司机，"小李，往紫金居开。"

"喂，梁书记，我们在紫金居门口盯住了目标，他带着三个马仔，开着一辆棕色的奔驰，正在往西大桥方向去。"孟庆军坐在副驾，盯着前边的汽车说。

"很好，你们盯紧喽，千万别丢了，我马上跟陈书记汇报！"梁石祥兴奋地说。

陈爱民坐在会议中心主席台的候会室里，接听梁石祥的电话，"梁书记，你说，哦，在汉街紫金居饭店门口发现目标，什么，带了三个马仔？好的，盯住他们。我联系公安配合，支援你们。"

陈爱民紧接着拨通张铁军的手机，"铁军局长，我是陈爱民，我们的人已经在汉街盯住了目标，他带了三个马仔，现在正开车向西大桥方向去。我的意见是你派得力的干警协助一下，如果他不听从纪委的招呼，就来硬的，由你们强行带走！"

"我马上安排刑警队王跃进带人过去，跟谁联系？"张铁军握着手机问，"噢，孟庆军主任，好，把他的手机号码发给我！"

棕色的奔驰不紧不慢地西行。川流不息的车流中，一辆灰色的桑塔纳悄悄尾随着。孟庆军、章勇翔紧紧盯住目标。另一辆黑色桑塔纳也在更远处跟随着。

奔驰车在一家汽车修理厂门口停下，下来两个胳膊上刺龙画虎的小青年，晃着膀子走到马路对面去了。

普桑从修理厂门口缓缓驶过，孟庆军报告："梁书记，目标拐进了西大桥下边的精益汽车修理厂，下来了两个小青年。"

"孟主任，你盯住喽，公安距离你们不远，我马上联系他们赶过去，这个厂子好像是建设局赵四吉家开的吧？"梁石祥说。

"是赵四儿家的，一直是咱们机关车辆的定点维修厂。"孟庆军回答说。

身材魁梧的王跃进警官带着三个年轻的民警随后赶到精益汽车修理厂附近，与孟庆军、王立楷会合。

"孟主任，我们奉命赶到，请你指示任务！"

孟庆军建议："王队长，按照陈书记的意见，我们先找他，如果有异常情况发生，再请你们配合，确保万无一失。"

"好的，我们服从领导的安排。"王跃进谦虚地说。

孟庆军带着章勇翔大摇大摆走进修理厂。

这是一栋蓝色的三层楼房，一层的几间是油腻腻的修理车间，三楼传来一阵"稀里哗啦"的麻将洗牌声。

孟庆军二人走到楼梯口，一个望风的妇女警惕地问："干啥的？"

"找彦红的！"孟庆军回答，他有意说出魏彦成的小名。

妇女没有再问话。

循着麻将声，孟庆军推开了一扇门。魏彦成叼着香烟一抬头恰好与孟庆军目光对视，不由一怔。

"彦成，你出来一下！"孟庆军和蔼地说。

魏彦成下意识地来到走廊，狐疑地望着这两位不速之客。

孟庆军出示工作证，"我们是县纪委的，找你了解有关问题，请你配合一下！"

魏彦成看了一眼工作证，还给孟庆军，很镇定地说："我去拿一下我的眼镜和烟！"

"不用了！"孟庆军的语气严厉起来，示意章勇翔去拿魏彦成的东西，"咱们走吧，车在楼下。"

魏彦成非常顺从地跟随二人下楼。

一个光头的青年突然冲过来大喊大叫："你们是干啥的，凭什么抓人！"

楼上的几个人也吵吵嚷嚷地跟下楼，咋咋呼呼地跟着嚷："咋回事，这是咋回事？"

"我们在执行公务，请你们不要阻挠！"孟庆军严厉地说。

四个民警在大门口并列一排，威风凛凛。

"你给我老老实实的，配合一点！"章勇翔附在魏彦成的耳边小声说。

"配合，配合，有话好说！"魏彦成非常镇定地回答。

孟庆军、章勇翔一左一右抓着魏彦成的胳膊把他推进汽车。

两辆桑塔纳急驰而去。光头的青年发动奔驰欲追赶，看到门口的警车闪烁着警灯，悻悻作罢。

建设局副局长赵四吉火急火燎赶到修理厂，他神色慌张地打电话："满常委，大庙村的支部书记魏彦成被人从我的汽修厂带走啦！"

"是什么人？"手机里传来满金龙的声音。

"不知道，有公安的。"

"是抓赌博的吗？"满金龙问道。

"不像，在场的其他人，还有桌子上的钱都没动！"

"哎哟，八成是纪检委干的吧！"满金龙恍然大悟地说。

"差不多，有人认出，其中一个人的相貌很像那个孟庆军。"

"知道了，见面再说吧！"满金龙挂断了电话。

祁东县松原温泉洗浴中心。大腹便便的魏老虎穿着桑拿服，仰面八叉躺在床上，眯着眼睛舒适地享受着按摩服务。突然，双手被铁钳一样的大手紧紧攥住，

"咔嚓"一声，冰凉的手铐旋即扣在手腕上。魏老虎惊恐地看着站在面前的几名便衣警察。

"魏老虎，你被依法刑事拘留了！"一个民警威严地说。

"啊，我有啥事，你有没有搞错？"魏老虎瞪着一双牛眼问。

"错不了，抓的就是你，赶紧爬起来，走！"民警非常严厉地说。

强威武校操场，十几个少年正在翻转腾挪，挥汗如雨地训练。魏豹子穿着香港电视剧里的行头，黑色的灯笼裤，白色的圆领衫，腰间扎着板带，有模有样地做着教头。

手机响，魏豹子接听，"什么，俺爹被带走啦？"他吃惊地瞪圆了双眼。

这时，两辆警车戛然而至。

"你是魏豹子？我们是县公安局的，现在依法对你传唤！"刑警大队大队长武四海出示传唤证。

"凭啥传俺哥？"一个少年过来质问。

"你是魏狮子吧，还有你，一块儿传唤，请你们配合一下，不要抵抗！"一个身材高大的民警严肃地说。

两辆警车分别押解着魏豹子、魏狮子，拉响尖厉的警笛，闪耀着红蓝相间的警灯，急驰在祁河大堤上。

会议中心大礼堂，禁违拆违工作推进大会已经接近尾声。马骏书记在做总结讲话。服务员递过来一张纸条。

马骏打开瞥了一眼，"魏氏父子四人均已控制。陈爱民"。

于是，他接着说："我一来到祁河县，就听说祁河县有'四大天王'，谁人都奈何不了的，其中有一个位居'四大天王'之首的，长期以来称王称霸，鱼肉乡里，违法乱纪，这个人就是临河镇大庙村的支部书记魏彦成！"马骏突然提高了嗓音，"我可以告诉大家，这个人已经被县纪委立案审查了！"

台下引起一阵轰动。

马骏接着说："还有他家的那魏氏三兄弟也被公安机关采取了刑事强制措施。这父子四人欺男霸女，为非作歹，干了多少坏事，这些都要一桩桩、一件件地清算！祁河县的违法建设主要集中在临河镇，短短几个月竟然冒出来一百多万平方米，几乎是我们两年的商品房开发总量。大庙村的违法建设又是临河镇最猖獗、最疯狂的，违法建设的达到六十九户！大家到村子里看一看，谁家的违建最多，魏氏父子啊，光是魏彦成自己就建了一栋四层楼房，八百多平方米。党员干部能放火，凭什么制止群众点灯？更可恶的是一些查禁违法建设的干部，竟然干起收钱放建的腐败行为，以至于祁河县违法建设泛滥成灾。现在情况很清楚，祁河县带头违法建设的是谁，是党员干部；不作为，默许甚至纵容的是谁，还是我们的党员干部！现在带头拆除的，也必须是党员干部！建设局、规划局的执法队伍，临河镇和各个村、社区的党员干部必须认真履行禁违拆违职责。我再一次重申，党员干部自行拆除的，一律免于处理；不听命令的，先强拆，再处理。"

马骏讲的话掷地有声，参加会议的人员屏住呼吸，瞪大眼睛，都在心里掂量着马书记话里沉甸甸的分量，县委、县政府这一次的确是动真碰硬，来真格的了。

祁河县纪委、监察局的办案点位于杏花林公园对面，距离大庙村不到一公里。这里曾经是县里的鱼苗繁育基地，国有事业单位。近年虽然业务不景气，依然保留着五百多亩水面。办案点就是渔场以前的办公场所，红砖垒砌的平房，两进的院子，七十年代初的建筑，显得破旧、简陋。

四间谈话室，都用软包装进行了防止冲撞的处理，监控设施齐全，安全性比较高。院子里还有一个小厨房和餐厅，十几个房间放置了双人床，供办案人员休息。

谈话室里，孟庆军仔细打量着对手，这位魏彦成面色白皙，戴着一副金丝眼镜，文质彬彬，没有想象中凶神恶煞的样子，倒像一位温文尔雅的中学教师。

魏彦成坐在塑料方凳上，冷冷地看着对面的两位办案人员。

"魏彦成，我是祁河县纪委的孟庆军，这位是章勇翔同志。今天找你，是调查了解一些问题，希望你实事求是地向组织讲清楚。"

"我一定实事求是。"魏彦成不慌不忙，显得气定神闲。

"根据我们掌握的情况，你存在一些违法违纪问题，希望你主动交代，争取有一个好的态度。"

"我知道你就是那个劳模孟主任，你不是一直都在惦记着俺吗，俺一个乡下的支部书记能有多大的事儿，无非就是吃吃喝喝吧。孟主任，在基层干工作不容易呀，全指着这二两酒劲儿哪！"

"魏彦成，你不要避重就轻，谈谈你自己的问题！"章勇翔拍一下桌子，厉声说道。

"这位小同志，吓唬俺干啥？哦，要说问题，我也有，就是盖了几间房子呗，县委想拿我开刀，枪打出头鸟是不是？行，俺响应县委、县政府的号召，回家俺带头，把违法建的房子给拆了，给群众做一个好榜样，行了吧？何必整这么大的动静，还惊动了公安，何必呢！噢，对了，俺还犯有一个错误，就是参与赌博，打麻将，小来来，让你们抓了一个现行，我承认，不抵赖！"

"魏彦成，你要是仅仅这么一点问题，按照你的话说，县纪委、公安局还犯得着整这么大的动静请你进办案点？你犯下的事情，自己心里没有数吗？"孟庆军严肃地说。

"孟主任，您别听那些老百姓胡咧咧，俺当支书的，贯彻落实上级的指示精神，光是计划生育还有拆迁征补，哪一样不是得罪人的差事？俺们党支部是县里表彰的五星党支部，去年县里还提拔俺为副科级干部，要是有什么问题，上级能这么厚爱俺吗？"

"魏彦成这是投石问路，转守为攻。"孟庆军思索着，"开局不利，太急于求成，应当把谈话节奏降下来，打乱魏彦成的思路。"

"魏彦成，你不要心存侥幸。我正告你，要想人不知，除非己莫为。你干的事儿，也不光只有天知地知，还有你知他知。今天同时进来的，也不止你魏彦成一个人。你采取对抗的态度，别人可不一定愿意跟着你去陪葬。"

魏彦成吃惊地盯着孟庆军，下意识地问："还有谁？"

"老魏，既来之，则安之，你慢慢考虑，谜底迟早会揭开的。我们有的是时间，你没有这么多时间。"

远处大庙村传来密集的鞭炮声。

"魏彦成，你人气很高啊，临河镇大庙村的老百姓正在用他们的方式，表达喜悦的心情。我估计群众这会儿正在播放那首歌曲〈今儿个真高兴〉！"章勇翔揶揄地说。

冷汗从魏彦成的额头渗出，"能给我一支烟抽吗？"

孟庆军示意，章勇翔过去给魏彦成点燃一支烟。

"你，让我想想！"魏彦成低头猛抽烟。

临河镇大庙村沿街的各家门面都在外边扯起了音箱，欢快的歌曲响彻了街巷；鞭炮声像爆豆一样震耳欲聋，炸开的纸屑和硝烟随风飘荡。

杨白帆用竹竿挑着一串长长的鞭炮，兴高采烈地燃放着；陆侠用平板车拉着公公婆婆也赶来看热闹，老人蜡黄的脸上洋溢着笑容……

晚上七点，陈爱民办公室的会议桌旁围坐着县纪委副书记、监察局局长李汉杰、临河镇党委书记白怀洲、审计局局长郭亚中以及国土局局长窦戴。

"好，现在咱们开会，"陈爱民非常简练地说，"几件事情，很紧急，请大家配合、协助。第一件事，郭局长，你安排精干的审计人员对大庙村的账务连夜进行审计；白书记，你负责把大庙村的所有账册在两小时之内，也就是九点之前，完整地送到县纪委会议室，交给李汉杰书记。怎么样，有什么困难吗？"

"没有问题！"郭亚中和白怀洲异口同声说。

"好了，你们两个回去准备吧！"

白怀洲走到门口又折回，问："陈书记，老魏他们爷儿几个事儿怪严重吗？他的老婆子还有俩没过门的儿媳妇哭哭啼啼找我，老婆子还要寻死觅活的。"

"你转告她们，组织和司法机关会依法、公正处理的，还有，稳定工作你们镇里要做好！"陈爱民说。

"行，按照首长的意见办！"

"借这个东风，抓紧把禁违拆违工作抓起来！"陈爱民注意到，白怀洲汗津津的，白衬衣已经被汗水浸透了。

送走白怀洲，陈爱民对窦戴说："窦局长，交给你们一个任务，明天一大早你安排人员，对大庙村违法买卖的宅基地进行测量和认定。共计有五十四宗，去年你们也稽查过，现在请你们再核查一下，看看有没有遗漏的。"

"首长，保证完成任务！"窦戴爽快地回答。

"这些非法买卖的宅基地的面积、土地性质明确吗？"陈爱民问。

"陈书记，根据我们去年初步稽查的情况，魏彦成从 2007 年以来，以村委会的名义非法买卖的宅基地总面积是四十三亩，其中基本农田七亩，一般农用地三十六亩。明天我把稽查大队和机关能抽调的人员全部压上去，再仔仔细细过一遍筛子，就这些事实，追究他的刑事责任没有问题。"

"好的，这一项工作由汉杰书记负责，你直接跟李书记联系，一切按照移送公安机关侦查的标准去准备。"陈爱民说。

"好的，陈书记，我这就回去准备。"窦戴起身。

目送窦局长出门，陈爱民对李汉杰说："你们今晚要加班了，审计开路，查账是为谈话提供炮弹的，重点盯住村级的资金、资产，特别是土地征补款的使用。有了发现，及时跟谈话组通气。审计局的同志晚上加班，你照顾好他们的晚餐。梁书记负责办案点的谈话、取证。我现在去办案点看看。"

夜幕降临。渔场办案点，监控室里的空间很狭小，两张写字台上摆放着四台电脑显示屏，两张小铁床，几把折叠椅。

"这个家伙很老到，说话滴水不漏，到底是混迹江湖的老油条。"孟庆军汇报。

陈爱民紧盯着视频观看二室主任王立楷和张继胜正在与魏彦成进行的交锋。

"体检了吗？"陈爱民问道。

"下午，县中医院的内科主任任光彩过来检查了一下，血压偏高一些，心电图正常，身体没有大碍。医生给他开了降压药，按时给他服用。"梁石祥回答。

"不能大意，梁书记，你给中医院王院长联系，请他安排优秀的内科医生到办案点来驻点值班，备上一些内科常用药，还得带一点外伤用药。"陈爱民看着视频里魏彦成大口大口地抽烟，接着说，"魏彦成的抽烟要控制，不能由着他抽，从下一个班开始，每一个班次只准他抽一支。"

"好的，陈书记！"

陈爱民看了一眼一室副主任江德英，"这样，江主任你带一沓材料、笔录什么的进去，很兴奋、很神秘地递给王主任一个条子，一个意思是'别让魏再抽烟了'，另一个意思是如果魏愿意书写拆除违法建设的委托书，可以先让他写下来。你坐在那里听一会儿。这样给这个家伙布个疑兵阵，打乱一下他的思路。"

"好嘞！"江德英做准备去了。

"利用信息不对称，采用这些小技术，有时候也能起到大作用。"陈爱民说，"我们这么做既不是诱供，更不是指供，没有违反办案纪律，至多算是打擦边球，规则允许的。"

"陈书记的办案经验非常丰富！"梁石祥说。

"运用之妙，存乎一心。这些都是在实践中，同志们琢磨出来的招数。"陈爱民又问，"他吃饭怎么样？"

"这家伙胃口真好！"梁石祥说，"下午为了保密，没有提前买菜，晚饭到街里的快餐店订的盒饭，还有大包子，会计老宋熬了一大锅稀饭。这家伙吃了两个盒饭，还有两个大包子，一碗稀饭。"

"怎么让他吃这么多？"陈爱民不高兴地问。

"先给他带了一个盒饭，两个包子，一碗稀饭，他嫌不够，又加了一个盒饭。"孟庆军解释说。

"你们自己可能觉得让被审查人吃得饱饱的，就是文明办案，"陈爱民批评地说，"没有看出来，魏彦成这是在给自己充电，保持体能，准备跟我们做困兽之斗吗？"

"陈书记这么一说，还真是的，咱们得注意。"梁石祥歉意地说。

"按照我们办案人员的伙食标准给他打饭，主食一顿三两饭应该够了吧。注意不要带有鱼刺、骨头的菜，防止出现意外。"陈爱民说。

"陈书记，安全措施我们都安排了。碗和勺子是塑料的，一次性的杯子。"孟庆军说。

"千万不能疏忽大意，谈话是案件的龙头，一旦出了问题一切都前功尽弃不说，还会造成恶劣的社会影响。"陈爱民表情严肃地说，"梁书记，你负责谈话攻坚，责任重大。告诉我们的同志，一定要注意细节，防止一切可能出现安全隐患的苗头。"

"陈书记放心，我们每一个班交班的时候，安全措施是交接的内容之一。"梁石祥说。

"安全事故总是发生在人们认为不可能的时候。一根竹筷子，可以戳破口腔，也可以从鼻腔里一直插入脑髓；一杯热水，可以烫坏咽喉；一张烟盒里的锡箔纸，折叠起来，可以刺破大腿根部的动脉。这些不是危言耸听，都是在办案中真实发生的事故案例。"

孟庆军接着说："1998年的夏天，我抽调到市纪委去外地办案，对一个张副局长实施'两归'措施。那个副局长早上趁人不备，从招待所一楼房间跑出，从四楼纵身跳下。一米八五的大高个子摔得还剩一米六，血肉模糊，惨不忍睹。"

"是呀，后来我代表市纪委调查事故的原因，看管人员麻痹大意是一方面，主办案件的那个老同志立功心切，急于求成，导致被审查人心理绝望，这也是导致自残的重要原因。"陈爱民说。

梁石祥一咂舌，说："听了这些事故，真的是毛骨悚然。我们一定小心，再小心。被审查人要喝水，也得兑成温水。不敢有丝毫马虎。"

江德英走进谈话室，跟王立楷耳语几句，将一沓材料放在写字台上。

王立楷立刻领会意图，一边饶有兴味地翻看笔录，一边说："老魏，你口口声声表白，要积极配合组织，争取一个好态度，让你自己说说，来了大半天了，你都谈的啥？带头违法建设有错误，还用得着你说，这不都是秃子头上的虱子——明摆着的吗？"

"俺确实错了，请求组织给俺一个机会，俺带头拆除不行吗？"魏彦成的眼光死死盯住那一摞材料。

"那行，就给你一个机会，继胜，给他纸和笔，"王立楷示意，接着说，"你自己写下来，这也算你的态度。"

魏彦成蹲下，趴在塑料方凳子上书写。

"悔过书：本人作为支部书记带头进行违法建设，犯有严重错误，愿意主动带头拆除，挽回不良影响。"张继胜站在一旁观看。

张继胜将纸条交给王立楷。王立楷看了两遍，"让他签字，按上指纹。"

王立楷将魏彦成的"悔过书"放进材料袋里，接着说："你自己违法建设的问题先放一放，你们村里有六十九户违法建设，你难道睁着眼就看不见？谈谈这里的问题嘛！"

"要是说这里头有啥问题，至多也就是群众送两瓶酒，拎两只鸡啥的，大的问题，还真的没有，都是乡里乡亲的，亲戚里道儿的。"魏彦成信誓旦旦地说，口气明显松动。

张继胜厉声呵斥道："魏彦成，你还有脸说乡里乡亲的，亲戚里道儿的，你对乡里乡亲还有你的亲戚里道儿，都干了什么？！""啪"的一掌，重重地拍在桌子上。

"我，我……"魏彦成张口结舌，神色紧张。

"你必须老老实实交代问题！"又是一声断喝。

魏彦成嗫嚅着说："主任，能给我一支烟抽吗？"

"先交代问题！"王立楷黑着脸拒绝道。

"张继胜与王立楷配合搭档得很好，一软一硬，红脸白脸转换得很恰当。"陈爱民看着监控视频表扬说。

"老张就是一头老黄牛，在办案一线二十多年，是咱们的业务骨干，职级一直是科员，从来没有发过牢骚，撂过挑子，一直是勤勤恳恳，任劳任怨。"梁石祥说。

"是呀，有些领导嘴上说'不让老实人吃亏'，但是吃亏的往往是老实人，个中的原因，大家都清楚，其结果是倒逼着好人变坏，坏人则更坏，恶性循环。一个地区、一个单位，一把手至关重要。现在像张继胜这样心地纯洁的干部，品格高尚，很珍贵，我们不能再让他们吃亏了。"陈爱民有感而发。

江德英推门而入，把纸条交给陈爱民。陈爱民、梁石祥和孟庆军相互传看。

"梁书记，现在你就跟临河镇的白怀洲联系，派人把魏彦成写的悔过书给他送去，让白书记自行处理。"陈爱民说，"还有，魏家三兄弟的情况是魏彦成目前最为担心的，他如果问，不要正面回答，可以暗示，不要挑明说。防止他破罐子破摔，狗急跳墙！"

"我们交班的时候把这个要求落实下去。"梁石祥说。

"大夜班是谁的？"陈爱民问。

"是我和章勇翔。"江德英回答。

"要安排魏彦成休息好。"陈爱民说。

"从一点睡到七点半，起来吃早饭，中午再安排一个小时的午觉。"江德英回答。

县公安局讯问室。魏老虎服服帖帖坐在铁椅子上，眼睛里已经没有了往日的暴戾、凶狠和狂妄。

"警官，您能告诉我俺爹的情况咋样吗？"魏老虎怯生生地问郑运华。

"你很孝顺嘛，除了你爹，难道你不应该再关心关心豹子、狮子，还有你那一帮小兄弟吗？"郑运华反问。

"唉，这一回可真的是栽到家喽！"魏老虎长叹一声。

"谁主动交代，就能争取坦白从宽处理。检举揭发他人的，还能立功，获得法定的减轻处罚机会。现在的情况是你们已经被一网打尽了，一个都不能少。魏老虎，你心里得有数，瞒是肯定瞒不下去的了，赖更是赖不掉！"

"我交代，"魏老虎说，"其实，你们刚去找杨白帆，俺爹就知道了，给我打电话，让俺出去躲一躲。"

民警点燃一支烟，递给他。

魏老虎抽了一口，"那一次在祁河边堵杨白帆，是狮子喊的武校的几个小孩。"

"还干了哪些坏事？"

"拔杨家的草莓苗，也是狮子带那几个孩子去干的。晚上回来之后都下半夜了，我开一辆面包车带他们到城里吃夜市，撸羊肉串，每人给了二百块钱。"

"接着说！"郑运华威严地说，"我们去找杨白帆，你父亲是怎么知道的？"

"他说是公安的朋友告诉他的，到底是谁，我不清楚，郑局长，我说的都是实话！"

"你爹跟公安局的谁关系最铁？"郑云华问。

"临河所的俞所长。"

郑运华默默点燃一支烟，深深地抽了一口。

民警讯问道："魏老虎，你详细交代一下祁河边围堵杨白帆的经过。"

另一间讯问室，刑警王跃进正在讯问魏豹子。

"殴打魏思群老人的经过，你都交代清楚了，你现在对自己的违法行为有什么认识？"

"魏思群要是论辈分，俺得喊他太爷爷，当时就是觉得他骂俺们几个太难听，俺们又是年轻气盛的，就动手打了他，下手重了一些。老头去信访局反映之后，县纪检委把他送到人民医院看病，俺爹一看事儿大了，就赶紧赔偿了他两万块钱，其他那三家也都是按这个标准赔偿的。王警官，俺知道错了，愿意接受处罚。"

"你们四个年轻的后生，好意思对一个七十岁的老人大打出手，打得老人口鼻流血，肋巴骨断了两根。你们不管不问，现在才知道错了，还有一点良心吗？好啦，交代下一个问题！"

"王队长，你要我交代啥？"魏豹子眨着眼问。

"交代啥？你们魏家干的坏事都要交代，先说说老二中打架的事，你策划的，不会不知道吧？"王跃进吐了一口烟，问道。

"那一次是桥南的马三儿跟俺们争二中开发的地盘，锦华开发的楼盘，渣土运输，还有沙石供应，数量不少。两边没有敢用刀，都是使的钢管。我去老虎的武校喊了一帮子徒弟，把他弟弟马四儿的头打破了。"魏豹子交代说。

魏狮子坐在讯问椅上，眼神里透露出一种与他年龄极不相称的桀骜不驯。

袁红询问："那天晚上拔杨白帆家的草莓，你还喊谁一道去的？"

"还有王成明、胡长峰。祁河边堵杨白帆的时候，胡长峰也去了，王成明没有去。"

"你已经年满十八岁，也不是小孩子，是成年人了，知道这是什么行为吗？"袁红和颜悦色地问。

"我咋不知道的？不过，俺爹跟我说了，谁跟咱过不去，就得给谁一个样儿看看，不然在临河街里怎么混？还有，剋俺们家的是县纪检的那个叫孟庆军的，就是他从中使的坏！"

"你这小孩年纪轻轻的，怎么不知道学好？自己犯法，还埋怨别人？"袁红仍然和气地说。

"反正俺犯的罪不是死罪，等我出去了以后再说，我已经记住姓孟的模样啦。你问的俺都说啦，要杀要剐看着办吧！"魏狮子恶狠狠地回答。

袁红不语，仔细观察魏狮子的神态。

民警将笔录递给魏狮子："这是给你做的笔录，你看一下。"

"不用看了，我签字，认账！"

民警说："你必须看一下，这是法定的程序。"

县纪委会议室，灯火通明。

办公室主任孙建设送来盒饭，"半夜了，大家吃一点，垫垫肚子。"

六位审计干部和李汉杰、孙建设围坐在一起。

"盒饭挺香的，还真的感觉饿了。"副局长赵向前说。

"时间不早了，大家吃 点，回去休息，明天还得接着干，今晚查找有什么发现吗？"李汉杰问。

一位女审计干部说："李书记，我核对了一下大庙村账户的银行对账单，发现这几年经常有大笔的资金进出，出去的资金短的一个多月，长的几个月、半年，再转回公户。怀疑是挪用公款购买理财产品，到期之后再把本金还回来。"

"体量大不大？"李汉杰问道。

"时间紧，我只是粗略算了一下，仅仅去年的发生金额，就在一千万元以上。"

李汉杰说："好的，明天银行一上班，就派人过去核查。"

深夜，喧闹的城市进入了梦乡，汽车穿行在寂静的马路上。

陈爱民的手机发出信息提示。

"首长好，我是薛媛媛，刚刚看到县纪委灯火通明，猜想您也没有休息吧！"

陈爱民微笑，好聪明的丫头，回复道："这么晚了还在办公室不回家？"

"为你们首长写材料哪，台上领导讲一分钟，台下秘书写一天，首长应该体恤小兵的辛苦！"

"现在的首长好伺候，除了工作报告需要你们寻章摘句，其余的多数是即席讲话。以后别首长脚掌的，叫老陈，直呼其名也行，党内称同志。"陈爱民快速编发。

陈爱民哑然失笑，跟一个小姑娘拉平辈分，是不是像李云龙跟田雨扯平辈分一样，有心怀不轨之嫌。

"县纪委办大案子了，临河街里鞭炮声响彻云霄！"

"一群小蟊贼，是用牛刀宰的小鸡儿，让同志们练练手，我根本没有把他们放在眼里！"

"果然是英雄气概！书记同志，薛媛媛想请你吃夜宵，不知道意下如何？"

"正在去县公安局，跟张局约好的，改天我请你。"

"好同志，很敬业的嘛！"薛媛媛调皮地回复。

"早点回去休息，祝你做个好梦！"

"书记同志也做一个好梦，君子一言哦，拜！"

5月1日零时，陈爱民、孙建设快步走进县公安局十楼指挥中心会议室。张铁军、郑运华以及刑警大队大队长武四海、临河派出所所长俞继仁等已经坐定。

没有客套寒暄，张铁军宣布："现在开一个调度会，武大队你先说说！"

武四海打开笔记本，"从今天开展工作的情况来看，目前已经掌握魏氏父子涉嫌聚众斗殴、寻衅滋事、毁坏公私财物的确凿证据，涉及共同作案的人员十九名。另外，县纪委刚刚通报，魏彦成等还有涉嫌挪用公款，以及涉嫌贪污、侵占国有和集体资金的问题正在调查。我们在侦查中还发现魏彦成涉嫌强奸的线索。下一步工作建议，迅速对涉案人员实施抓捕，防止外逃。汇报完毕。"

"其他人还有补充吗，郑局长呢？"

"张局长，没有了，老武说的都是我们一起议过的意见。"郑运华回答。

"陈书记有什么指示？"张铁军问。

"明天，不，应该是今天天亮之后，县纪委常委任青霞带一个工作组进驻大庙村，受理群众检举，彻底查清魏氏父子的罪行。驻村发现的线索，再分门别类进行处理，利用职务之便收受钱物的，由纪委、检察院调查；其他的问题，比如武大队长讲到的几种类型的行为，及时交由公安局侦查，具体的线索由李汉杰书记统一扎口，移送给郑运华局长。"

"好的，郑局长及时跟李书记对接好。另外，临河所是不是需要配合一下县纪委的工作组？"张铁军问。

"需要的时候再联系吧！"陈爱民委婉地谢绝了。

俞继仁不自然地笑笑，"我们随时听候命令！"

"好，抓紧行动吧，现在对涉案的嫌疑人立即实施抓捕！"张铁军命令道。

各位警员立即起身，奔赴各自的目标。

"俞所长你等一下！"张铁军喊住了俞继仁，"你跟陈书记汇报一下，上一次交给你办的那个小孩鼻梁骨折的案子，你们查的情况。"

俞继任在对面重新坐下，一脸尴尬地对陈爱民说："首先跟陈书记检讨，再跟孟主任道歉，这件事我们工作不到位，诚恳地接受领导的批评。"

陈爱民打量着俞继任，剑眉，大眼，显得非常精干，很有警察的气质。

俞继仁被陈爱民看得有些不自在，他停顿了一下，说："我们查到了2008年7月21日事发那一天，傍晚，孟庆军主任家的孩子孟凡繁跟三个同学在一中操场打球，过来三个社会青年，分别是赵吉昌、李建群和王学礼。哦，王学礼当时已经是建设局办公室的副主任。有一个同学提前回家，孟凡繁三个与赵吉昌三个打半场比赛，在争抢过程中，赵吉昌不慎把孟凡繁的鼻子碰伤。为了逃避赔偿责任，赵吉昌等三个青年肇事后就溜走了。现在，赵吉昌已经认识到错误，愿意赔偿医药费。"

"这个案子的关键就是赵吉昌等三个社会青年，到底是故意伤害，还是过失伤害，你们查清楚了吗？"陈爱民追问。

"从目前的口供来看，主观故意不是很明显，应该是过失行为！"俞继任的回答很圆滑。

"过失和故意，关键在于主观动机，不能单单地凭口供，要通过客观行为进行论证。特别是县纪委查办案的室主任的儿子被伤害，不能简单地从肇事者的口供看动机。"张铁军对俞所长的回答感到不满意。

"这三个小青年的家庭背景、社会关系你们查了吗，有没有受过刑事处罚？"陈爱民问。

陈爱民和张铁军的轮番问话让俞继仁感到了压力，他掏出纸巾擦一下额头上的汗，"我们的工作有疏忽，下一步我们深入地调查清楚，再跟首长汇报。"

"调查的笔录给我复印一份，赔偿的问题，让肇事者跟受害人的家长协商，派出所牵头，把这一项工作做好。"陈爱民说。

"我们一定做好，请首长放心！"

"你先回去吧！"张铁军说。

俞继仁立正，向陈爱民、张铁军敬礼。

"爱民老弟，你知道为啥街里的鞭炮声停下来了？"张铁军笑着问。

"夜深人静了呗！"

"袁红跟我报告，整个临河街里的鞭炮全都卖完了，也放完了！"

"老百姓压抑已久的怒火终于可以宣泄一下了，兄弟，我们任重道远啊！抓紧回去打个盹儿，天亮之后还有这么多的事儿。"陈爱民说。

夜深人静，临河镇大庙村处在沉睡之中，偶尔几声犬吠，更增添了夜的宁静。

一户人家的大门突然响起了急促的敲门声。

"谁呀？"一个中年男子隔着门缝朝外观望，门外影影绰绰站着几个民警。

"你是户主胡红杰吗？我是派出所的俞继仁所长，请你开一下门。"

"吱呀"一声，中年汉子战战兢兢打开了大门，"民警同志，这么晚了有啥事儿吗？"

"我们要找你家胡长峰调查一件案子，请你们配合一下！"俞继仁说。

刑警王跃进大步走进里间，从床上拽起一个膀大腰圆的小青年，问道："起来，你是胡长峰吗？"

胖青年赤条条地坐起来，睡眼蒙眬地回答："是我。"

"穿上衣服，跟我们走！"王跃进厉声说。

"天哪，俺家小峰儿能犯啥案子啊？"站在一旁的中年妇女失声哭了起来。

警车闪烁着警灯，悄然驶进了夜色之中。

2010年5月1日，星期六。火红的朝阳从东方冉冉升起，祁河水波光粼粼，静静地流淌，河北岸的大庙村笼罩在一片晨曦之中。

一大早，县纪委常委任青霞带领着信访室主任安然等同志赶到大庙村村部。村委会主任魏大军和文书兼会计吴黎明低头哈腰地迎接县纪委工作组的到来。

"俺们昨天一宿几乎没有合眼啊！"魏大军讨好地跟任青霞说。

"咋合不上眼的，吓的吧？"任青霞半开玩笑地说。

"俺能有啥问题？魏彦成他是自作自受！"魏大军的表情显得不自然。

安然拍了拍魏大军的肩膀，"哎，老魏，你整天跟魏彦成黏在一块儿，有啥问题早点交代，争取主动。"

"哎，哎，一定，一定！"魏大军依旧是奴颜婢膝的模样。

开过来两辆轿车，停在村委会门口。从第一辆奥迪车钻出来的是镇党委书记白怀洲，另一辆车里钻出来的是分管城建的镇副书记李卫兵。

"哎呀，任常委你们辛苦啊，这么早就到第一线了，值得我们学习呀！"白怀洲依然穿着熨烫得平平整整的白衬衫，西裤笔挺，亮锃锃的皮鞋一尘不染。

"白书记客气了！"

"这样吧，同志们早上、中午和晚上，一日三餐都到镇机关食堂吃饭吧，这里的工作环境太艰苦了！"白怀洲殷勤地说。

"不用麻烦镇里了，我们自行解决，谢谢！"任青霞婉言谢绝。

"任常委客气啥，我也是纪检干部出身，干过三年乡镇纪委书记的，到镇里咱们自己的食堂，热汤热饭的，吃着舒服。"李卫兵再三邀请。

"陈书记有要求，一律不准在镇里就餐，谢谢你们的盛情。"任青霞带着浓厚的山东口音说。

"领导既然有要求，咱们就不犯规矩了。"白怀洲从兜里掏出一盒铁盒的"苏烟"，递给安然一支，又给安然和自己点燃。

"任常委，工作组这一次是不是还有督查俺们禁违拆违的任务？"白怀洲很舒适地喷出一口烟雾。

"领导没有这一项要求，我们主要是受理群众举报，马上要张贴举报电话，公布举报网站。"

"任常委尽管放心，俺们这一次坚决贯彻落实县委的决定，绝不走样，动真碰硬，禁违拆违不留死角，首先从党员干部开刀。"白怀洲狠狠地说，接着又面向两个村干部，"魏大军、吴黎明，你们两个得带头拆除！"

"一定，一定！"两个人连忙点头答应。

"李卫兵，你在这里坐镇指挥，先扒了魏彦成家的小楼再说！"白怀洲把烟蒂狠狠地摔在地上。

隆隆的大拖挂车载着挖掘机、推土机驶入村里。

挖掘机轰鸣着，巨大的挖斗把魏彦成的四层楼房瞬间推倒一面墙，烟尘四起，引来众多群众围观，众人拍手称快。

魏大庆家的责任田，大蒜苗绿油油的，长势喜人。魏大庆的儿媳妇陆侠趁着早晨凉爽，正在地里除草。

袁红和一个女民警走到田边。

"大嫂,一大早就到地里干活啦!"袁红热情地打招呼。

"趁着早上凉快,多干一点!"陆侠擦了一把汗,仍低头专心干活。

"你是陆侠同志吧,我们是公安局的,想找你聊聊!"袁红出示证件。

"找俺有啥好聊的?"陆侠警觉地打量着两位女民警。

"聊聊你家办低保的事儿,专门到地里来找你的。"另外一个女民警说。

"那就聊聊呗!"陆侠停下了手里的活计,走到田埂边。

女民警铺开几张报纸,三人坐在田埂上。

"你们家庭的情况,符合不符合办低保的条件?"袁红问道。

"俺家的情况,同志,你们也都知道,咋不符合的?"

"那当时魏彦成为啥压着材料,不给你们往上报?"袁红和气地问。

"他有钱有势,故意刁难俺们一把呗!"陆侠低着头,怯生生地说。

"他是怎么刁难你们一把的?不用怕,党和政府给你做主,一定严惩魏家父子!"袁红耐心地做说服工作。

陆侠低头不语,眼圈充满了泪水。

女民警在腿上铺好笔录纸,说:"大嫂,魏彦成爷儿几个都被抓起来了,你不用再怕他们了。"

"是的,现在是他们怕咱们老百姓了。大家都要站出来,把魏家作的恶,一笔一笔跟他们清算!"袁红继续启发证人。

"开始,魏彦成根本不理睬俺们。后来,他让俺把申请书送到他家去。俺去了以后,他就把房门关上,把俺按在沙发上。俺不从,说'魏书记,论辈分,你得喊俺婶子!'他说,'是的,是得喊你花婶子!'"

"花婶子是什么意思?"女民警不解地问。

袁红说:"这里有个风俗习惯,男性称呼比自己年纪小的本家婶子,叫'花婶子';是可以没大没小开玩笑的。"

"他得手以后还不算完,三天两头地纠缠俺。还吓唬俺说,要是不听他的,俺的小孩要是让西瓜皮滑倒了啥的,别怨他!这个流氓是啥坏事都能干出来的,俺的公公婆婆两人卧床不起,丈夫一年到头在南方打工,两个孩子又小。"陆侠双手捂住脸,失声痛哭,泪水从指头缝中渗出。

"魏彦成的身体有什么特征,有没有明显的印记?"袁红问。

"他的小肚子上有一块红色的胎记,有一元的硬币那么大。"陆侠抽泣着说。

上午九时,孟庆军和章勇翔来到县工商银行营业厅,工商银行的纪委刘书记迎上来热情地握手。

"过节了还得麻烦你们，实在是由于案情紧急，"孟庆军递上《祁河县监察局查询银行通知书》，"这个账号的底单请帮助我们调出来，交易量不小，还得请你们复印一下。"

"客气啥，都是应该的。接到县纪委的通知，我们相关的同志都过来加班了。"刘书记看了一眼《祁河县监察局查询银行通知书》说，"噢，是大庙村的公户，两位同志在我办公室等候一下，待会儿把查询回执给你们。"

"我们还是过去看一下吧，有什么信息可以及时交流。"孟庆军说。

"好吧，请跟我到档案室去吧。"

档案室里几名银行工作人员忙碌着翻阅单据。

营业部主任是一位精干的女会计，她一边查阅，一边快言快语地说："从目前查账的情况来看，大庙村的公户里转出来的资金，都进入了吴黎明的私人账户，用于购买理财产品。到期之后，本金又还了回去，利息从他私人账户支取了。"

"还得麻烦你把吴黎明私人账户的取款单据复印一下，谢谢啊！"孟庆军说。

"都是应该的。"营业部主任回答。

下午，办案点监控室，陈爱民、李汉杰、梁石祥、王自力、孟庆军、检察长高勇平以及反贪局局长林钢剑围坐在一起商讨案情。

孟庆军打开笔记本，"我汇报一下今天上午我们去银行查询的结果。经过查询工商银行主城区分理处，大庙村从2008年至今，共计三十一次动用资金购买理财产品，累计发生额度一千九百四十三万元，理财产品利息收入合计是一百七十二万八千五百一十九元，经办人都是会计吴黎明。"

常委王自力补充说："这些资金的性质还需要进一步认定，有的是村集体资金，有的是拆迁征补的财政过路资金，但是，挪用的事实是非常清楚的。"

"是的，目前会计吴黎明涉嫌挪用资金或者挪用公款事实确凿，至于其他的共同犯罪的嫌疑人，只要把吴黎明控制起来，一审问就清楚了。"林钢剑说。

"一百七十多万元的肥肉，吴黎明一个小会计独吞的可能性不大，存在与魏彦成、魏大军共同分赃的可能性。"高勇平说。

"汉杰，你的意见呢？"陈爱民问。

"我建议，立即对吴黎明采取措施。我们已经核实过了，他是党员。"

"好的，孟主任，你们马上以核实账目的名义，不动声色地找到会计吴黎明，把他带到办案点来。"陈爱民说。

"好的!"孟庆军立刻起身离去。

梁石祥接着说:"我汇报一下魏彦成交代的情况,经过政策攻心,魏彦成已经开始交代收受村民钱物放任村民违法建设的问题。到中午交班,已经交代收受六户村民现金三万多元,还有烟酒食品等。"

李汉杰接着说:"审计发现的疑点,已经整理出一部分,主要是报销的白条和假发票比较多,账目乱得像一团麻。这些年组织部创新的'村账镇管',从临河镇来看完全是流于形式,镇里根本就没有履行管理村账的职责。"

"我们很多的制度设计,看起来很科学,做出一个盆景就是创新,跑到上级那里去邀功请赏,热闹、风光一阵子之后,就丢到一边,再去琢磨一个什么新鲜玩意儿,继续吹嘘什么创新,这实际上也是形式主义的一个变种!"陈爱民苦笑着说,"哎,扯远了,等会计吴黎明到案之后,让他自己去辨认凭证,给他一个宽大处理的机会,解铃还须系铃人嘛!"

"好的,我马上安排审计人员先把疑点整理好。"李汉杰答道。

"在魏彦成态度没有彻底转变之前,这些问题先不要与他见面。不要着急,对待这样的江湖老油条,就得像太阳晒雪人一样,一点一滴地去融化它,功到自然成,直至它轰然倒塌。还有,晚上的班,可以试探一下陆侠的指控,就谈谈他的红色胎记,看看有什么反应,进一步给他施加压力。"陈爱民说。

"王立楷今天晚上的班,让魏彦成洗个澡,就让参观洗澡的同志接着谈他肚皮上的胎记吧!"梁石祥笑着说。

"刚刚市纪委张友信书记给我打电话,魏彦成的'两归'措施,他们加班批下来了。傍晚,市纪委二室副主任王立冬过来检查安全措施,梁书记你接待一下。"陈爱民说。

会计吴黎明坐在塑料方凳上,不住地啼哭。

"哭啥,以前你是光看着贼吃肉,没看到贼挨打,现在知道厉害了吧!"孟庆军调侃地说。

"呜呜!"吴黎明一把鼻涕一把泪,哭得很伤心。

"跟着魏彦成天天吃香的,喝辣的,日子过得挺滋润,现在让你把吃的喝的都吐出来,滋味不好受吧,听说你还拜魏彦成为干爹,有这回事吗?"章勇翔站在吴黎明跟前,弯下腰问。

"是他让我认的,呜呜!"吴黎明依然哭。

章勇翔指着他的鼻子说:"你这是认贼作父,知道吗?现在抓紧跟他划清界限,还来得及!"

"一切都晚了，我得进班房，俺儿子才两岁！"吴黎明还是不停地抹眼泪。

"不晚，县纪委领导说了，只要你主动配合组织调查，可以最大限度地给你兑现政策，关键看你的表现。"孟庆军说。

"我一定积极配合，恳求组织给我一条出路！"

"你先谈谈买理财产品的问题！"孟庆军说。

"这件事最早是村主任魏大军提议的。他说：'这么多钱，趴在账上闲着也没有任何收入，不如买点理财产品，咱们也能挣点小钱花。'这样，我每买一期理财产品，都用小本子记一下，利息凑够一个整数，俺们三个人就分了，魏彦成拿一半，剩下的我跟魏大军平均分。"

"小本子在哪里？"孟庆军追问。

"魏彦成一出事，俺害怕，就把它拿回家，藏在电视机柜最底层了。"

"你写个条子给你家属，我们这就派人过去取！"孟庆军深知书证的重要性，必须在第一时间控制住，掌握案件的主动权。

村会计吴黎明家，原本是一个盖着一栋两层楼房的小院，东西两侧又新建两层楼房，没有安装门窗，黑洞洞的。

吴黎明的妻子抱着孩子，一边哭，一边跟章勇翔和女民警说："拦着拦着不让他盖，非得盖，你们看看盖的房子连钢筋都没有用，还没有鸡窝扎实，谁敢往里住，还得天天提心吊胆，害怕房子倒了砸伤了俺们娘儿俩，共产党的便宜哪是那么好占的？"

"大妹子，吴黎明有个本子，让我们来家取一下，请你帮忙找一找。"章勇翔把吴黎明书写的条子递给她。

吴妻蹲在电视机柜下一边翻找，一边继续说："还得请你们领导可怜可怜俺们娘儿俩，给吴黎明一条出路！"

"吴黎明现在积极配合组织，主动讲清楚问题，希望你做家属的，也配合好。"章勇翔说。

"哎，领导你们看，是不是这个本子？"

章勇翔接过来翻看，除了前边几页记载每一笔利息收入，分配金额，后边还有几页数据，抬头写"宗祠村"。办案人员的敏感，使他意识到这里还藏有重要的秘密。

女民警把本子放回原处，举起相机拍照。

"天杀的魏彦成，把俺害苦喽！"吴妻又哭了起来。

　　章勇翔走进谈话室，将一沓复印件交给孟庆军："孟主任，吴黎明的本子取回来了，这是复印件。"

　　孟庆军把小本子的复印件查看了几遍，递给吴黎明，心平气和地说："先说说你本子上记的宗祠村吧！"

　　"宗祠村，是俺们大庙行政村的一个自然村，属于俺们党支部管辖。这个村老百姓的宅基地用的地多，适合进行增减挂钩。2008年春天，县里开始新农村建设，拆了老村子，再重新安置。"

　　"什么叫增减挂钩？"张继胜问。

　　"就是老村子拆迁出来的土地，减去新村子安置的土地，多余出来的土地，增加县里的土地供应指标。"吴黎明回答。

　　"讲一讲你本子里记的这些小账！"孟庆军说。

　　"这些是宗祠村拆迁的时候，我们虚报的房屋面积，一共是多补了六十三万四千七百元，"吴黎明指着材料对孟庆军说，"除去给拆迁办主任三万块，俺和魏大军分了一半，每人十五万，另外一半三十万还有零头，都给了魏彦成啦，我给他送到家里去的。"

　　"拆迁办主任是谁？"孟庆军问。

　　"建设局的副局长赵四吉，他的钱是魏彦成去送的。"吴黎明回答得很清晰，他接着说，"后来长安建设集团承建宗祠村的安置房，两层楼房带小院，刚刚盖好，房梁就出现了裂缝。几户老百姓自己出钱找监理公司鉴定，属于D级危房。老百姓一直闹到现在，不愿意上房。长安集团的满金虎请魏彦成喝酒，让他出面摆平这件事。那天我也去了，亲眼看见满瘸子塞给魏彦成包里一个大信封，估计得有几万块钱。"

　　"唔，接着说！"孟庆军做着记录，不动声色。

　　"魏彦成还干了一件缺德的事，魏大庆家的低保本来是办下来了的，他故意扣下存折不给，刁难老魏，趁机上了人家的儿媳妇！大庙村还有一个老许家的，魏彦成扣着人家的低保存折两年，就是不给人家，钱他自己取出来使。我是村会计，他干这些缺德事瞒得了别人，可是瞒不住我。可怜老许一家孤儿寡母的，不知道日子咋过的，他家的先辈还是抗美援朝的老兵，这一带有名的英雄人物，叫许士虎。"

　　孟庆军说："吴黎明，你检举的这些问题，只要查证属实，就作为你的立功表现，对你减轻处罚。还有什么要交代的？"

　　"魏彦成把村里的银杏树，拣大树卖了三十六棵，九万五千元，都装入他的腰包了。"

　　"你详细说说。"孟庆军说道。

夜幕降临，王立楷、张继胜接班，走进谈话室。

"老魏，天热，身上有味儿啦，洗个澡吧！"王立楷说。

魏彦成眼珠子滴溜溜地转，狡黠地说："不用了吧！"

"到卫生间去！"王立楷用命令的口吻说。

"哗哗"的淋浴声，王立楷、张继胜站在卫生间门口注视着赤裸裸的魏彦成。

"魏彦成，转过身来！"王立楷命令道。

魏彦成转身正对，小肚子上赫然一块红色的胎记。

洗浴完毕，魏彦成坐在塑料方凳上。

"魏彦成，你来了一天半了，态度怎么样，你自己说说？"

"我一直在考虑问题，记忆力不好，王主任您帮我提示提示？"魏彦成苦着脸说。

"我看你是揣着明白装糊涂，我可警告你，提示的问题不能算你坦白！"

张继胜拍拍他的肩膀，"那好，随便点拨你一个问题吧，看看你费的那个劲儿，理财产品的事儿，你说说？"

魏彦成一怔，神色紧张地盯着张继胜。

"说说吧，上个月的月初你们还在会计室里干那个分钱的事儿呢，不会这么健忘吧！"张继胜微笑着说。

"我交代，我交代！"魏彦成点头如捣蒜。

"交代不交代就看你的态度，愿意讲，很快就能讲清楚，不愿意配合组织，耗下去，对你不利，问题早晚要见底！"王立楷打断他的话，接着说，"魏彦成，我问你，'花婶子'是什么意思？"

"哎，这是俺们乡下的风俗，本家侄子跟年轻的婶子开玩笑喊的称呼嘛！"魏彦成强作欢颜地说。

"接着往下说！"王立楷厉声说道。

"俺不明白说啥。"魏彦成低下头，不敢正视王立楷犀利的目光。

"什么不明白，你自己肚皮上的胎记明白不明白？"

"哦，是这么回事，就是俺跟那个娘儿们陆侠，俺们俩是相好，我承认，违反党纪，违反道德，愿意接受组织处分！"

"魏彦成，卑鄙无耻！"王立楷愤怒地拍案而起，"你以为抵赖，就能赖得过去吗？"

魏彦成低下了头。

市纪委二室副主任王立冬坐在监控室，盯着审问魏彦成的精彩画面，由衷地赞叹："以前我还骂你们'到底是驴不推，还是磨不转'，现在祁河县纪委是不用扬鞭自奋蹄！"

"这个案件目前是窝案，再往下走，有可能是案中案。魏彦成人物不大，能量不小。"梁石祥说。

"吃晚饭的时候，陈爱民书记跟我说，县委支持纪委一查到底，除恶务尽，真是有气魄！"

晚上九时，信访室主任安然和一室副主任江德英敲开了村主任魏大军家的大门。

"哎哟哟，安主任，江主任，两位领导，屋里坐！"魏大军非常热情地招呼。

安然、江德英进入小院。江德英四下打量着这个农家小院，说："魏主任，拾掇得很利索嘛，你的新宅子建在哪里？"

"哪里是新宅子，非法建筑，非法的，在村头又划了一块地盖的，赶明儿俺就拆了，响应政府号召！"魏大军点头哈腰地说。

"老魏，咱们谈谈正事，"安然说，"有些问题需要找你核实，请你跟我们去谈一谈。"

"在家里说不行吗？俺的态度一定好！"魏大军乞求地说。

"别啰唆了，赶紧走吧！"江德英不耐烦地说。

谈话室里，魏大军笔直地坐在塑料方凳上。

"魏大军，昨天早上我还跟你说，有啥问题及早说出来，争取主动，你当时是啥态度？"安然质问他。

"俺不是有顾虑嘛！"

"有胆子做，就得有勇气面对现实，谁干了你们干的那些事儿，纪委找到头上都害怕，现在知道怕，晚了！"江德英用手指头敲打了几下魏大军的前襟。

安然进一步说："老魏，政策的大门还是向你打开的，争取一个好态度，现在为时还不算晚，你自己把握住这个机会，好好地讲清楚，不管是自己的，还是别人的。"

"我交代，我交代，自打魏彦成被带走，俺这两天就跟在油锅里炸一样，跑又跑不了，躲又没处躲，"魏大军说着突然跪下，拉着安然的手，"恳求组织上给我一个重新做人的机会！"

"大军，别搞这一套，"安然和颜悦色地拉起了魏大军，"坐下来慢慢说，先从老百姓违法建设，你在其中的问题说起吧！"

"好！我交代，先从大额的说起吧，"魏大军皱着眉头，思索了一下，"魏大鸣是俺五服上的兄弟，年初他找我想打倒原来的几间屋，翻盖一栋三层楼，送了五万块钱给我，让俺给他疏通疏通。我给了魏彦成一万，给了镇禁建大队大队长李纯富一万，还有镇里分管城建的书记李卫兵一万，俺自己落两万。"

"魏大鸣为什么要给你钱，让你出面打点？"

"老百姓的违法建设，只要村里、镇里出面制止，他肯定建不成，就算是他前脚盖了，后脚就得给他扒喽！"

"魏大军，你说的的确是实在话，接着谈！"安然鼓励道。

"还有一件事儿得跟领导汇报清楚，李卫兵的那一万，俺是送到他办公室里去的，开始他说啥也不愿意要，我硬给他塞到抽屉里，跟打架似的。最近县政府的通告发出以后，他打电话让我过去拿，俺一直没有去。"

大庙村委会，老百姓三三两两过来反映问题。

一个白发苍苍的老汉，拉着任青霞的手说："闺女呀，共产党又回来啦！"他指着不远处魏彦成的大宅院，"十年前，他魏彦成家里穷得连个小三轮都没有，吸的烟都是块把钱的。现在可不得了喽，吸的都是名牌烟，开的是豪华车，跟大地主一样，做啥生意能挣这么大的家业，不都是坑蒙拐骗来的嘛！"

一个村民进门说："俺要反映魏彦成霸占俺承包的银杏林的问题。"

信访室女干部萧玉递给他一杯水，热情地说："你坐下，慢慢说！"

"俺承包祁河边上的三十亩地，种的银杏苗，辛辛苦苦伺候它们十年了，眼看成材了，魏彦成非得要收回，他自己承包。俺不同意，那个魏老虎就唆使武校的半大孩子，天天到俺门上滋事。没有办法，俺只好打掉牙往肚子里咽，一棵树只赔俺几十块钱就算完了。他霸占了之后朝外卖，一棵树至少赚三百块，现在银杏树的行情这么好，就是明抢啊！"村民说着眼泪流下来。

2010 年 5 月 5 日，这是一个星期三。

"爱民，你在哪里？"马骏给陈爱民打电话。

"我在办案点呢。"

"哦，请你抓紧到我办公室来一趟。"

陈爱民走进马骏办公室，县长强国、常务副县长朱雅文和财政局局长周树彬在办公室外间的小会议室坐定。

"今天是五一假期后上班的第一天，市中级人民法院就给我们一个见面礼，把财政的账户查封了。周局长，你说说看，是怎么回事？"马骏点燃一支烟。

"噢，情况是这样的，2008年几大国有银行上市，之前剥离了一批不良资产，交给几家资产公司处置。"周树彬喝口水，偷眼观察一下马骏、强国的反应，接着说，"省城长江资产公司的业务员刘百顺是咱老书记刘冠一的老乡，还有点沾亲带故的关系，他来推销祁河县境内的几家银行的不良资产，总数是五亿元，咱们用一亿二千万元买下来，当时觉得很合适，也照顾到了刘书记的面子。"

"你们购买不良资产的出价比例是多少？"强国问。

"百分之二十几吧！"周树彬怯生生地说。

"什么，百分之二十几？"马骏一拍桌子怒斥道，"我在祁东县做过县长，在龙城县做过书记，也购买过不良资产，出价比例百分之三，最多百分之五，你们倒好，多花了一个多亿买回来一堆破烂，还口口声声说很合适，你们到底是甘心做冤大头，还是另有所图？"

"之前怎么一点消息都没有，突然就把账户查封了？"强国质问。

"之前财政局一直在与长江资产公司打官司。当时咱们觉得刘书记的老乡还能坑咱？所以就按照祁河县的办事速度，很快地签订了合同。首笔支付了两千四百万元。后来，刘书记自己也察觉不对劲，财政局按照首长的要求，就停止给对方支付资金了。长江资产公司立马就翻脸不认人，跟咱们打官司，结果是一审在淮江市中院败诉，二审到了省高院还败诉，现在到了强制执行阶段了。"周树彬把来龙去脉简要说了一遍。

"这笔不良资产的构成也有问题，一半是拖欠的利息，这一部分是不能计入不良资产总额的。"朱雅文补充说。

"要是这么计算，出价比例达到百分之五十以上了，这是谁干的事儿？"强国愤怒地问。

"是分管城建的满常委主抓，财政局和机关事务管理局负责落实的。"周树彬嗫嚅着说。

"你还好意思说财政局负责落实的，就明说了，还有你的事儿，对吧？"马骏质问道。

"马书记，我有责任，愿意接受处理。"

"说得轻巧，八九千万的财政资金打水漂，这个责任你负得起吗？"马骏愤怒了。

"中院冻结了多少财政资金？"强国问周树彬。

"三千多万元。"周树彬面红耳赤地回答。

"已经冻结的再解冻，难度很大。强县长你跟市中院协调一下，能不能请中院暂缓执行，我们再与长江资产公司协商。另一方面，朱县长和陈书记，你们两位负责跟长江资产公司谈判，据理力争，看看能不能达成和解。"马骏说。

"财政局得全力以赴，周树彬你别跟没事儿似的！"强国板起脸，严厉地批评周树彬，又对马骏说，"马书记，还得请县法院李院长协助一下。"

"好的，我再重申一遍，从现在起，谁敢再付给长江资产公司一分钱，谁就有问题！"马骏愤愤地说。

"周局长，你把合同和打官司的资料准备一份，给我送去。"陈爱民说。

"我马上办！"周树彬依旧是小心翼翼，满脸谦恭的表情。

早上一上班，孟庆军、章勇翔来到县民政局纪检组。纪检组胡组长与他们热情握手。

孟庆军出示《祁河县纪委调查介绍信》，"胡组长，请你们协查一下这两户低保的办理情况。"

胡组长看了一眼介绍信，"魏大庆、闫长美，都是临河镇大庙村的，好，这就去办，请二位领导稍等！"

胡组长走进办公室，把调查回执交给孟庆军，说："经过查询底单，闫长美这一户一直享有低保，2007年9月复审过一次。魏大庆这一户也是这年9月份审批的。"

孟庆军仔细看了一下回复，问道："胡组长，闫长美一家的低保款从2007年9月份以来分文未见，那就是说一直被村干部魏彦成冒领啦？"

"应该是这样的，低保金都是打到低保户的农商银行的活期存款折子上的，初始密码都是六个零，无论谁拿着存款折子，都能取出现金来，所以建议你们去农商银行查一下取款的信息。"

"非常感谢胡组长！"孟庆军起身，跟胡组长握手道别。

"孟主任客气了，都是咱们分内的事情。"胡组长回答。

上午十时，孟庆军、章勇翔走进县农商行行长室。

"你好，我们是县纪委的，请你们协查一下这张存折的支取情况。我叫孟庆军，请问行长贵姓？"孟庆军给行长递上介绍信。

"我姓张，张建，我们马上安排！"张行长爽快地说。

"这个账户的户主叫闫长美，是我们刚刚从民政局查到的，请你帮忙查一下2007年9月份以来支取的原始底单，再调取一下近三个月的取款人视频。"章勇翔说。

"好的，我们一并调取，请二位到会议室稍候。"张建说着，拨通内部电话，"尤铭主任，办公室刘主任马上给你送一份协查通知，抓紧办理！"

"好的。"电话里传来一个沙哑的声音。

傍晚，陈爱民、孙建设在镇党委副书记李卫兵、原大庙村老支书柳亚勋的陪同下来到闫长美家。

这是一个土坯墙砌的低矮院子，三间房子下半截青砖，上半截土坯，屋顶上长满了荒草。如今的农村这么破旧的宅院已经很少见了。倚靠着东墙，一块旧帆布搭成了一个棚子，棚子里有个水泥砌块砖垒砌的台子，上面铺上报纸，一男一女两个少年正趴在台子上做作业。

柳亚勋问男孩："二小子，你娘哪？"

"柳爷爷，俺娘在屋里呢！"男孩回答。

一个中年妇女扶着墙慢慢走出来，"是柳大爷来了！"

"长美，县里陈书记、镇里李书记来看你们娘儿几个啦！""谢谢领导来看俺们。"闫长美边说边抹眼泪。

男孩、女孩很懂事地搬来几只板凳，请客人坐下。

"闫长美有卒中后遗症，说话不利索。她家的情况，俺最熟悉。"柳亚勋老人打开了话匣子，"这俩孩子的爷爷许士虎，当年是从上甘岭下来的二等功臣。五几年的时候，俺还是个半大孩子，许士虎作志愿军英模报告，就在祁河县中学的操场上。几万人哪，脚不沾地从人群的头顶上把许士虎托举到主席台上。长美，你把他爷爷的军功章拿来让领导看看。"

闫长美捧着一个红布包，一层一层打开。七八枚军功章，其中有一枚华东战斗英雄奖章，证书扉页印有"发扬革命传统，争取更大光荣"。

柳老支书拿起一枚朝鲜的军功章，说："这一枚最珍贵，领导看看，证书上有朝鲜国家的大印，还有编号，可惜朝鲜字咱不认得！"

陈爱民虔诚地捧起这枚用鲜血和生命换来的军功章，历经岁月的磨损，已经显得斑驳、陈旧，他脑海里忽然闪现过一个挎着冲锋枪、生龙活虎的年轻战士的形象，不由得肃然起敬。

柳亚勋老人长叹一声，"1963年冬天，经济困难时期，许士虎捡到一块胶皮轱辘在集上卖。公安特派员追问他轱辘的来历，老许不吃他那一套，两人发生口角。公安特派员就掏出枪顶着老许的头。老许是经过战火的，手脚麻利，一下子就把公安的枪给下了。这可闯大祸了，公安带着一群民兵追赶许士虎，就在祁河岸边，把他一顿乱枪打死了。"

"俺老婆婆是头年才死的，临死的时候还念叨'俺老头子死得冤哪'，眼睛都没合上！"闫长美说。

"老许俩儿子，大儿子有一窝孩子。这家是二儿子，头几年老二病死了，撇下三个孩子。大闺女出嫁了，还有这俩小的。"

"没给你们办低保吗？"陈爱民问。

"以前有，后来给停啦！"闫长美说。

"你们娘儿几个怎么生活呀？"

"亲戚接济一点，两个孩子也能干点地里的活儿。"

陈爱民起身，几个人一起到屋里一看，真的是家徒四壁。又到灶房看看，掀开大铁锅盖，一点荤腥都没有。

陈爱民心疼地抚摸着男孩瘦弱的肩膀，看着他营养不良的身体，问："平常能吃到肉、鸡蛋吗？"

"有时候能吃到。"男孩诚实地回答。

陈爱民内心一阵酸楚，他掏出钱包，把所有的现金都放到台子上。李卫兵、孙建设见状，也都把随身的现金放到台子上。

"大嫂，这是我们的一点心意，你们娘儿几个的事情，我们会管到底的！"陈爱民说。

"好人哪！"闫长美掩面痛哭。

离开闫长美家，几个人走在乡间的小路上。晚霞映红了西边的天空，路边的柳条萌发出了嫩绿的芽儿，晚风拂面，远处的祁河边传来阵阵的蛙鸣声。

陈爱民转脸问李卫兵："今天是专门带你过来受受教育的，有什么感想？"

"陈书记，我有错误，看到有的群众生活这么困难，我们却视而不见，内心非常羞愧，我这几天寝食不安，一直想跟您汇报思想！"李卫兵万分惭愧地说。

"知耻近乎勇，有时间咱们好好聊聊，你也好放下思想包袱，轻装工作。"陈爱民诚恳地说，"这家的困难情况必须马上解决，刻不容缓。我中午听到孟庆军的汇报，抗美援朝英雄的后代连低保都被魏彦成贪占，你们镇里罪责难逃。你回去告诉白怀洲，别一天到晚穿着白衬衣，坐着豪华车，高高在上，也请他下到老百姓家里来，跟群众唠唠家常，听听老百姓的疾苦，关心一下老百姓的生活。就说是我要求他做的！"

"我一定把话带到。"

"还有这一家的困难情况你也都看到了，你们镇党委拿一个办法，不能让她们娘儿仨再住危房了，刮风下雨的，出了事故，还是党委、政府的责任，"陈爱民严肃地说，"明天给我回话。"

办案点谈话室里，魏彦成一手托着腮想心事。

孟庆军、章勇翔推门进来，孟庆军端着一盒稀饭，章勇翔抱着两个塑料餐盒。

张继胜说："该交班了，又到了吃晚饭的时候了！"

"老魏，看看给你带的啥好吃的？"章勇翔打开饭盒，"木樨肉、炒鸡蛋，还有一份炝绿豆芽，外加一盒米饭，赶紧趁热吃吧！"

魏彦成狼吞虎咽，"味道真不错，谢谢领导，以后进了大狱，就没有这个待遇喽！"

"你好好吃饭吧，现在不想败你的胃口。"孟庆军说。

一会儿，魏彦成放下餐盒，抹抹嘴。

"老魏，吃饱了，喝足了，咱们接着谈。"孟庆军说，"你知道老许家，也就是闫长美家吃的啥，日子咋过的吗？"

"她家生活有点困难，低保批下来了，还没来得及交给她，本来就是这几天的事儿，来到这里，不是耽搁下来了嘛，平日里大队也是很关照她们娘儿几个的。"

"呸！还有脸说。关照她们娘儿几个，她家你去过吗，门朝哪里开？"章勇翔看魏彦成低头不语，又接着戳穿他，"你整天喝酒、赌博、泡澡、拉关系，哪里有闲工夫往困难户家里跑？"

"魏彦成，睁开眼看看，这是什么？"孟庆军把银行取款单据复印件上半部分用手捂住，仅露出取款人一栏歪歪扭扭写的"闫长美"三个字，拿到魏彦成眼前出示。

魏彦成强作镇定，"啥意思？"

"啥意思，不怕真憨，就怕装憨，还需要公安局做笔迹鉴定吗？"章勇翔点着魏彦成的脑门说。

"我看不要费那个劲儿了吧，小章，把U盘插上，让魏支书开开眼！"

笔记本电脑里出现银行大厅中魏彦成鬼头鬼脑支取现金的画面。

魏彦成脸色苍白，额头渗出冷汗。

"你这个不见棺材不掉泪的家伙，"孟庆军点上一支烟，"你不会说你魏支书是学雷锋，替她们娘儿几个去取款的吧？给你出一道数学题，三百八十元，乘以三十一个月，你自己算一算。"

"能不能给我一支烟抽？"魏彦成说。

"一万一千七百八十元扶贫救济款，你胆大包天，据为己有，知道是什么罪行吗？"孟庆军怒吼着，"还有被你糟蹋的陆侠，党和政府救济困难群众的政策，到你手里竟然成为贪污、奸污的手段，你这个人渣，要不是顾及办案纪律，我非得狠狠抽你几个大嘴巴！"

"我有罪，我有罪！"魏彦成左右开弓，打自己的嘴巴。

章勇翔欲向前制止，孟庆军说："不要拦，让他不要脸的自己抽，抽累了，他就停下来了。"

魏彦成自己扇了几十个嘴巴，觉得没趣，停了下来，乞求道："请求组织给我宽大处理！"

"现在想宽大处理了，好啊，宽大与严惩，关键在态度。态度怎么样才是好，一是自己的问题主动坦白交代，二是别人的问题主动检举揭发。"孟庆军觉得可以试试打出他儿子的牌，彻底摧垮魏彦成的对抗心理，于是说道，"你这几天不是一直惦记着你儿子的情况吗？"

说到这里，孟庆军故意停顿下来。

"俺儿咋样了？"魏彦成急切地问。

"你的虎、豹、狮仨儿子比你识时务，他们都在积极配合公安机关，坦白交代自己的犯罪行为，检举其他人的犯罪行为。"说到这里，孟庆军深深地叹了一口气，"老魏，我看你也有舐犊之情，不会把那些偷鸡摸狗、打架斗殴、薅人家的草莓苗、往人家养鸡场扔瘟鸡这些乱七八糟的事儿，一推六二五，让你的宝贝儿子替你兜着吧！"

像被雷击的一样，魏彦成怔住了一会儿，突然顿足捶胸，发出一阵撕心裂肺的哭号，"我那儿呀，是爹害了你们呀！"

谈话室里，魏大军突然叫喊："哎哟，我不行了！"摇摇晃晃往前倾，安然马上扶住，"快去叫医生！"

江德英连忙跑出去。

江德英推开值班医生的房门，神色慌张地说："任医生，快，魏大军不行了！"

魏大军仰面躺在床垫子上，双目紧闭。

驻点医生任光彩蹲下，仔细听诊，测量血压，又用手提心电图仪器检查。伴随着一阵蜂鸣，他将开长长的打印带，细致观察。

梁石祥问："情况怎么样？"

"血压偏高，心脏没有问题，为了安全起见，是否到我们医院再做一个脑部CT，排除脑梗的可能？"医生摘下听诊器问。

"好的，马上安排值班车，你们一起过去。"梁石祥说。

几个人七手八脚将魏大军抬上一辆面包车。

"任主任，到底怎么样？"梁石祥惴惴不安地问医生。

"我看没有多大问题，十有八九是装的，放心好了！"任光彩附在梁石祥耳边，小声说。

梁石祥长舒一口气。

夜幕降临，陈爱民的汽车穿行在繁华的街道上。电话铃响，来电显示"梁石祥"。

"喂，陈书记，跟你报告一下，魏大军刚才晕倒了。任主任在现场检查判断没有大问题，现在去中医院进一步检查，排查脑梗的可能性。"

陈爱民说："好的，你们沉住气，不要紧张，我马上到渔场。"

中医院CT室，魏大军被推进CT仪器。安然站在读片室，几名医生目不转睛地盯着屏幕。

"什么，脑部没有问题，好，抓紧带他回来吧，注意安全！"梁石祥对安然说。

放下手机，梁石祥向陈爱民报告："安主任来电话说，魏大军没有事。"

"看起来像是故意装病的，"陈爱民盯着监控视频说，"魏大军的态度不是一直很好吗，为什么突然一下子思想波动这么大，很反常啊？"

"是啊，我也觉得挺奇怪的！"梁石祥说。

"刚才是谁的班？"陈爱民问。

"安然和江德英的班。"王自力回答。

"这样吧，自力常委，你一会儿过去审问一下魏大军情绪波动的原因，首先要肯定他以前的态度。安然和江德英回来之后，让他俩休息，不要再当班了。"陈爱民说。

手机响，显示"母亲"。陈爱民心里一沉，不由自主地说："哎哟，是老母亲的电话，我最怕晚上接她老人家的电话了！"

电话里传来保姆王姐的声音："大兄弟，阿姨犯心脏病了，叫的120急救车，给送到淮江医大附院，刚从急诊室推到心外科监护室了！"

"情况危急吗？"陈爱民焦急地问。

"一直没有来得及给你打电话，阿姨现在在挂水、吸氧，我让医生跟你说说。"

"喂，你好，"电话里传来清脆的略带点鼻音的女声，"我是冯医生！"

"冯医生，给您添麻烦了，谢谢您！"

"你母亲经过抢救，病情目前比较稳定，她是我们医院的老病号，我刚才看了她的病例，还是老毛病，我们已经给她打上急救的药物，应该没有生命危险了！"

"我在县里工作，现在有紧急任务，实在赶不过去，请冯医生费心，万分感谢！"

"这是我们医生的职责。"甜甜的普通话回答道。

电话里又传来王姐的声音，"我在这里，大兄弟就放心吧，有事给你打电话。"

"王姐你辛苦，多费心，客气话不说了！"

"怎么？大娘生病了？"梁石祥、王自力关切地问。

"冠心病二十几年了，我跟她说过，晚上没有急事别给我打电话。刚才一看到她老人家的电话，我就心惊肉跳，头皮都直发麻，肯定是生病了！"

"陈书记赶紧回去看看，这里有我们盯着，你放心！"梁石祥说。

"案件正是在节骨眼上，办案点上又关着三只老虎，我能离开岗位吗？好在母亲是老公安，理解办案！"陈爱民长叹一口气说。

2010年5月6日上午八点半，在县纪委常委会议室，陈爱民说："今天咱们开一个常委会，主要议题是魏彦成、魏大军和吴黎明的立案问题。之前，由于案情紧急，没有来得及开常委会，现在把这个程序补充一下。孟主任，你来汇报一下。"

孟庆军拿起立案材料，简明扼要地汇报："这个案件从4月27日开始初查，29日对临河镇大庙村支部书记魏彦成采取'两归'措施，之后根据案件的进展，又对大庙村村委会主任魏大军、会计吴黎明采取'两归'措施。魏彦成的立案并采取'两归'措施的主要违纪违法事实是从2008年至今，累计挪用公款一千九百四十三万元购买理财产品，并且伙同村主任魏大军、会计吴黎明私分理财产品利息收入一百七十二万八千五百一十九元。在2008年大庙村的宗祠自然村拆迁过程中，虚报拆迁面积，套取补偿款六十三万四千七百元私分。另外还查实魏彦成自2007年9月以来，冒领低保户闫长美低保资金一万一千七百八十元。魏彦成以村委会的名义非法买卖的宅基地五十四宗，总面积四十三亩，目前县国土局已经将案件移送公安机关侦查。其他涉案的违纪违法问题正在调查中。汇报完毕！"

陈爱民问王自力："王常委，你还有什么补充吗？"

王自力说："魏彦成这个窝案是多年来发生的性质最为恶劣的村干部涉黑、涉贪的案件，事实清楚，证据确凿，社会反响非常不好。案情孟主任都汇报了，不再赘述。"

"其他常委还有什么意见吗？"陈爱民问，"如果没有，常委会就通过。你们把握好，这个案件不要恋战，快查快结，速战速决，取得主要的证据，尽快移送司法机关。另外，汉杰书记你牵头，刘传彬副局长具体负责，安排干教室庄滨主任搜集、积累办案的素材，为下一步警示教育做好准备。"

"好的，我负责把办案和宣传这两边都协调好。"李汉杰说。

"是呀，咱们不能让腐败分子的眼泪白流，最大限度地挽救、教育党员干部，不犯错误、少犯错误，尤其是不能踩踏违法的界限。"梁石祥说。

"思想教育做好了，廉洁意识入脑入心，才真的是功德无量，孔子曰'不教而诛谓之虐，不戒视成谓之暴'，讲的就是这个道理。"陈爱民说，"今天还有一个议题，会前已经给各位常委通过气的，就是县纪委机关党委要搞一个专题活动，请机关党委书记梁石祥同志汇报。"

梁石祥汇报："这一次专题活动的主题是'与困难群众手拉手，心贴心活动'。在查办临河镇大庙村魏氏父子的案件中，已经查明，长期以来，魏氏父子为首的黑恶势力，欺压群众，为害一方，严重败坏了党和政府的形象。尤其是特困户魏大庆被其百般刁难，闫长美的低保被其贪占冒领，行为极其恶劣。为了修复党和政府的形象，建议对魏大庆、闫长美两家特困户开展帮扶、结对活动。具体活动安排，首先进行一次专题党课，由陈爱民书记主讲。其次，开展党员义捐活动。最后是常委包挂，相关科室与困难户结对子，在生活和生产方面具体帮扶，解决困难，早日摆脱贫困。"

"如果大家没有不同意见，那就尽快启动，机关退离休老干部也要参加这个活动。"陈爱民说。

办公室主任孙建设小声跟陈爱民汇报："陈书记，临河镇的副书记李卫兵等您，跟您汇报工作。"

"好，我这就回办公室。"

李卫兵局促地坐在陈爱民对面，他从包里掏出一个报纸包裹，打开放在陈爱民办公桌上，"陈书记，这是魏大军送给我的，分文未动，报纸还是二月三号的《淮江日报》，我上交组织，听候组织处理！"

"卫兵，你有勇气面对自己的错误，能够主动纠正，说明你还是一个好同志。"陈爱民诚恳地说，"祁河县的党员干部队伍出现了一些问题，甚至是非常突出的问题，责任也不全在你们。放松了党的领导，这个责任应该由县委来承担。对犯有轻微错误的同志，县纪委有一个原则，就是我们党一贯倡导的'惩前毖后，治病救人'的方针。所以，你今天能够向组织坦诚地说出自己的问题，这种态度是值得肯定的。"

"感谢组织的批评和关爱，我一定洁身自好，努力工作！"

"县纪委开具的收据是直接进国库的，一会儿你把钱交到李书记那里，我安排一下，开你家属的名字，给你留个脸面。这一页就算掀过去了，今后也不会再跟你追究历史旧账，你不要有任何思想包袱，就全力以赴做好当前的禁违拆违工作吧！"

陈爱民真诚的语言，感动得李卫兵潸然泪下。

"好了，别抹眼泪了！还有你们镇禁建大队大队长李纯富，屁股底下也不干净，执法犯法，罪不可赦，你们党委要好好反思！"

"知道了，我回去就跟白怀洲书记汇报！"

陈爱民转换话题问："特困户的帮扶问题，你们镇党委是怎么考虑的？"

"白书记准备当面跟您汇报，镇里的想法是从镇财政拨出专款，给闫长美家翻盖一栋二层小楼，土院墙打倒，拉起红砖院墙，大门盖一个过道，两旁盖两间耳房，另外再给魏大庆家十万元生活补助。"李卫兵说。

"你们的设计做得很好，但是，你们这种做法，又是以前忽悠刘冠一书记的套路，顾头不顾腚，按下葫芦又起了瓢，没有政策底线，只求领导欢喜。"陈爱民幽默地说，"我们一方面禁止违法建设；另一方面镇党委、政府又带头进行违法建设，怎么跟老百姓交代？另外，给贫困户生活补助固然好，可是坐吃山空，不能持续，钱花完了怎么办？"

"首长，请您指示！"

"刚刚结束的县纪委常委会，有一个议题，是开展与贫困户的帮扶、结对活动。你们镇党委、政府也要拿一个章程出来，既要解决贫困户的燃眉之急，更要帮助贫困户脱离贫困。比如，你们准备给魏大庆家补助的款项，能不能作为镇财政担保，向农发行这样的国家政策性银行申请贷款，支持贫困户发展多种经营，摆脱贫困？当然喽，我这是给你们提供一个思路。你回去跟白怀洲书记说一说。还有，闫长美家的危房应该打倒重建，但是必须按照原有的面积翻盖，这一块的资金由你们镇的党员捐助，仍然不够的部分，你们镇班子成员均摊。大门口的过道和耳房的设计很好，两间耳房正好可以给两个孩子做书房，这一块资金由县纪委的党员捐助。"

"好，我马上回去，跟白书记汇报，尽快落实。"

"临河镇'祁坝村事件'，以及最近查处的大庙村的村官腐败窝案、魏氏父子黑恶团伙案件，暴露出来的党群干群对立情绪，触目惊心，你们镇党委如果再麻木不仁，无视群众的利益，真的是要官逼民反了！"陈爱民严肃地说。

"我们一定认真汲取教训，深刻反思，彻底整改！"李卫兵惭愧地说。

"能不能汲取，是不是反思，会不会整改，你是副书记，说了也不算数，关键取决于你们的一把手白怀洲对人民群众的感情怎么样，你把这句话捎给你们书记！"

"我记住了，陈书记！"

王自力敲门。

"请进来吧!"

"陈书记,我跟你汇报一下昨天晚上跟魏大军谈话的情况。"

"请坐吧!"陈爱民手指着对面的椅子。

"魏大军从医院返回,等他平静一下之后,我过去问他,本来态度挺好的,组织上也是认可的,为啥非要装神弄鬼?"王自力望着陈爱民,欲言又止。

"怎么啦,吞吞吐吐的,这不是王常委的风格呀?"

"陈书记,那我就直言不讳了。"

"你尽管说吧,我们之间坦诚相见,互不设防!"

"据魏大军交代,江德英主任问他有没有心脏病,是不是感到头发晕。还吓唬他说,就凭他犯的这几项罪行到了法院肯定是数罪并罚,起码判十年以上。江主任还说'坦白从宽,牢底坐穿。罪行都是自己说的,刑期都是自己判的'。这些语言的刺激导致了魏大军的思想发生变化。"

"安然不是跟他一个班的吗,安主任干啥去了?"陈爱民生气地问。

"陈书记,安然那天拉肚子,去了两趟厕所,江德英就是插的这个空。"

陈爱民沉吟了一下,问:"这个江德英平常表现怎么样,为什么把孟庆军的主任位子拿下来,让他主持工作?这一直是我心里一个疑惑。"

"江德英是从县文化局调过来的,有七八年了吧,也算是老同志了。这个同志平常喜欢说个风凉话,用祁河县的话说就是发酸。他自己却总是感觉怀才不遇,经常发发牢骚,工作平庸,群众威信一般。"王自力喝了一口水,接着说,"查建设局那个案子的时候,王垒当时是建设局副局长兼质检站站长,在刘冠一书记的干预下,从将被'两归',到毫发未损地被放,后来人家还当了局长,这些咱就不说了。之后发生的事儿就更蹊跷了,王垒在办案点的谈话笔录居然找不到了,当时是我和孟庆军跟他谈的,里边有王垒已经交代的部分违纪违法问题,这么重要的材料居然不翼而飞了。"

"怎么会出现这样的事情?闻所未闻嘛!"陈爱民皱起眉头。

"是的,陈书记,咱们办案人员内部传递案件材料,都是不设防的,谁还能传递一次核查一次,基本的信任还是有的。问题就出在孟庆军把一摞材料交给江德英的时候,江德英当面跟孟庆军清点,而且当场就惊呼起来:'哎哟,怎么没有王垒的笔录了?'几个人翻箱倒柜也没有找到,真是奇了怪了!"

"是呀,家贼难防啊!"陈爱民慨叹道。

"孟主任挨了当时的县纪委老书记一通狠批,又不知道怎么捅到刘书记那里去了。刘冠一书记也借题发挥，大会小会含沙射影地训了县纪委好几次。由于主要证据缺失，没有办法，我们只得又把王垒找过来谈一遍。那时候已经失去了谈话的条件了，效果可想而知。那个小个子的王垒还质问孟主任：'不是都跟你们说过了吗，你们还有完没完？'气焰嚣张得很，弄得孟庆军下不了台。"王自力叹气说，"孟主任被拿下来，可能与这一起所谓的'事故'多多少少有些关联吧！"

"这是腐败分子砸纪检干部政治黑砖，赤裸裸的打击报复，还弄一块什么'事故'的遮羞布！"陈爱民愤愤地说。

王自力说："是啊，孟庆军也只能是哑巴吃黄连——有苦说不出。"

陈爱民思考了一下，说："自力常委，我刚才在想，针对今后的'两归'对象，还有一些重要的证人，以往我们采取的两人一组的办案模式要改革一下，有必要再增加一名专职的'安全员'，保证在任何情况下都至少有两个人在岗，互相监督，同时也防止安全事故的发生。"

"陈书记，这个办法是可行的。"王自力赞同道。

"还有案件材料实行交钥匙工程的办法，一条线索由一个调查小组负责，书证、证言全部取到位，交给材料组复核，有瑕疵的，继续补证。各个组之间尽量不要交叉。从下一个案子开始执行，你们拿一个办法，切记不要穿靴戴帽，搞得很烦琐，定几条措施，划定几个硬杠杠就行。大道至简，小道至繁。"

"好的，我们研究一个办法，请陈书记把关。"

"再有，那个江德英暂时不要放在谈话组了，让他参加外围组的取证。"陈爱民紧锁眉头说，"外围取证，查坏了一两个线索，不会影响大局。但是，谈话组是案件的龙头，一旦出了内奸，一颗老鼠屎就能坏了一锅粥！"

下午，县委常委会议室。马骏、强国、苏俊峰、陈爱民、张铁军、高勇平、李涵，以及县纪委副书记李汉杰、公安局副局长郑运华、检察院副检察长衣振全和法院副院长许蔚云围坐在椭圆形的会议桌前。

"好，我们现在开会，谁先来汇报？"马骏开门见山地说。

李汉杰说："我简要汇报一下临河镇大庙村支部书记魏彦成及其涉及的党员干部的调查情况。从4月27日开始调查以来，至今八天的时间，案件已经取得突破性进展。已经查实魏彦成涉嫌贪污公款二十余万元，其中包括冒领低保户闫长美低保资金一万一千七百八十元。职务侵占集体资产超过百万元，作为主犯挪用资金一千九百多万元购买理财产品，且与村主任魏大军、会计吴黎明私分理财产品利息收入一百七十二万八千五百一十九元。还有收受村民钱物折合六十多万元，另外还有公安局侦查的涉嫌非法买卖土地罪，故意毁坏财物罪以及寻衅滋事、聚众斗殴等项罪名。"

强国听了，不由得哈哈大笑，"这么多的罪名，魏彦成这一回应该好好洗干净屁股等着坐牢了！"

李汉杰接着汇报，"涉案的村委会主任魏大军、会计吴黎明还有禁建大队大队长李纯富的调查取证工作都很顺利，尤其是负有禁建职责的大队长李纯富，执法犯法，已经查实收受老百姓钱物十余万元，非常恶劣，影响极坏。吴黎明有坦白、自首和检举立功的情节，移送司法机关之后，量刑上请予考虑。"

"郑局长，你说说。"马骏示意。

"刚才李书记汇报的涉及公安侦查的犯罪，目前进展良好，还有一个魏彦成利用职权涉嫌强奸犯罪的证据，还需要进一步把证据做扎实。"郑运华说。

陈爱民接着说："魏彦成作案长达八九年之久，黑恶势力越做越大，其中的原因发人深省。对于这个罪行累累的恶霸，必须严惩。其他的人员，魏大军、吴黎明具有从轻、减轻处罚的情节，请司法机关考虑，体现宽严相济的政策。目前，魏彦成、魏大军和吴黎明的主要证据已经到位，移送司法机关的条件已经成熟，下一步对接好，尽快移送。禁建大队长李纯富涉嫌受贿的问题，属于检察院职务犯罪的侦查范围，之前纪委、检察院两家联手对主要犯罪事实进行了调查，目前也具备移送检察机关的条件。"

"我们尽快把这几个案子接过来，"张铁军说，"还有一个情况说明一下，魏狮子，也就是魏家老三，抓捕时受到刺激、惊吓，精神表现异常，初步印象疑似间歇性精神病症状，准备对其进行司法鉴定。如果病症属实，鉴于其参与犯罪的程度不深，到时候可以办理取保候审。"

高勇平说："我们纪检和检察两家密切配合，把李纯富的职务犯罪查深、查透，严惩此类执法犯法的行为。对其他涉嫌犯罪的人员，检察院在批捕、公诉环节认真审核，快捕、快诉，确保查办案件的社会效果最大化。"

"李院长呢？"马骏问。

"没有其他补充，我们坚决完成县委交办的任务。"李涵说。

"强县长，你说说。"马骏转脸问强国。

"同志们，我想说的是，我们打了一个大胜仗！"强国充满激情地说，"禁违拆违工作开展整整十天了，我们挖到了临河镇违法建设的根子，铲除了盘踞临河镇的黑恶势力，也实实在在地推动了禁违拆违工作的开展。今天上午，我到临河镇的几个村里转了转，看到在党员干部的带动下，群众也在自觉地拆除违法建设，这的确是一个可喜的现象，也给我们长期以来混乱不堪的城市管理工作立下了一个规矩，就是人民政府'说得到，做得到'，这是对人民的庄严承诺。我是做县长的，政府依法行政的最后一道防线，就是在座的同志们。行政手段用完了，就动用公检法还有纪检监察，谢谢大家！"

"昨天晚上，我和强国同志进行个别交流，都一致认为，当初来势汹汹的非法建设、非法营运，在我们县委、县政府的坚强领导下，我们的县纪委和公检法以及相关部门通力协作，人民群众大力支持，不就做到了令行禁止了嘛！"马骏动情地说。

"只要我们县委坚强有力，我们的各级党组织坚强有力，就没有克服不了的困难。这些天，我也常常在思考，魏氏父子暴露出来的问题，触目惊心。我们党的基层组织竟然长期被黑恶势力霸占，就是这个所谓的'能人'，靠着欺压百姓，聚敛了大量的财富，拉拢腐蚀了一批干部，结成了关系网、保护伞，居然还是什么'五星党支部'的书记，还破格提拔，当上了副科级干部！所以我在想，坚持以经济建设为中心，这条主线任何时候都不能动摇，但是，另外一手，就是党的建设时刻也不能放松。全国性的科学发展观教育虽然暂告一段落，但是，祁河县的这一课依然缺失，必须补上。我和强国初步考虑这一课的教育活动就叫作'抓党风，树形象，与人民群众心连心'，等常委会通过之后，在全县党员干部中开展这一活动。首先从党风抓起，以优良的党风带动政风、民风和社会风气的好转！"

马骏最后讲道："如果大家没有其他意见，咱们散会。爱民书记，你到我办公室来一下。"

强国、陈爱民坐在马骏办公桌对面。

"今天就我们三个，研究一下能不能从正科职的干部中，选取一个罪大恶极的腐败分子。现在看仅仅杀鸡儆猴还远远不够，需要直接杀猴，只有这样，才能儆住猴，才能镇住鸡。"马骏目光灼灼地看着陈爱民，"爱民书记，你有什么考虑？"

"我来祁河县之后，一直悄悄在摸排科级干部，特别是正科职干部的问题线索。从目前掌握的情况，有三个民愤极大、作恶多端的，分别是财政局局长周树彬，人民医院院长刘传福，还有就是原建设局局长、现临河镇党委书记白怀洲。"

"唔，陈书记说的，与我们掌握的情况是一致的。"强国点头称赞。

陈爱民接着说："这三个人当中，我建议先处理周树彬。理由是这个人雁过拔毛，作案频繁，民愤最大。通过查财政也能暴露出白怀洲和刘传福在资金方面的问题。最后一点，周树彬案件的干扰、阻力，比刘传福和白怀洲相对要小一些，我们能够保证首战必胜，不至于上来就先捅马蜂窝，弄得不好收场！"

"爱民讲得有道理，"马骏说，"我考虑，查办周树彬的干扰主要来自三个方面。一个是他的老岳父马烈，马烈是烈士后代，咱们县人大常委会原主任，不过这个老人还是很有正义感的，只要我们有确凿的证据，估计问题不大。另外一个可能比较大的干扰因素，就是周树彬的连襟，市纪委的常委李群。再有一个就是市委常委、组织部部长方云生，方部长对周树彬比较赏识，前几天在市里开会，方部长还问我周树彬怎么样？我只是原则地说'还不错'。方部长告诉我市委组织部有一个动议，准备提拔周树彬到市财政局下属二级局的单位当一把手，副调研员，解决副处级。至于刘传福，这个人长期主政人民医院，各方面的反映都很差，但是他以前紧紧跟随刘冠一书记，鞍前马后的，深得赏识，动他也要慎重。"

"我听说刘书记后背上长一个小疖子，刘传福背着药箱，屁颠屁颠地一天三次来换药。"强国哂笑道。

马骏接着说："白怀洲的水太深，搞不好真的会发生陈爱民书记讲的'捅马蜂窝'的事情。这两个人先放一放，是比较策略的选项。我们不是怕谁，既然干了，就坚决干到底，不彻底铲除这三个毒瘤，我们就愧对祁河县一百八十二万人民，实现党风政风的好转也是不可能的！"

"我来祁河县之前，市委李鹏飞书记跟我谈过：'祁河县的黑恶势力非常严重，打黑必须先惩腐！'我们这样做，也是符合市委、市纪委要求的，"马骏说，"爱民书记，你负责初查，条件成熟了，立刻采取措施！"

谈话室里，魏彦成像一只斗败的公鸡，耷拉着脑袋，倚靠在墙角，长叹一声，问："张主任，请问现在是白天还是夜晚？"

"现在是北京时间晚上九点半。"张继胜看了一下手表。

"俺现在就像一头猪，除了吃饭、睡觉，就是交代问题，天天就这三件事儿。"

"山中方七日，世上已千年，"孟庆军说，"早知如此，何必当初！"

"是呀，就像一场梦，从贫穷到富贵，又回到起点，现在连仨儿子也赔进去了！"说到伤心处，魏彦成不由得流下几滴鳄鱼般的眼泪。

"老魏，你肯定看过那部老电影〈小兵张嘎〉，里边有一句很经典的台词，是嘎子训斥汉奸的，'别看今天闹得欢，就怕将来拉清单'，现在，就是给你拉清单、算总账的时候了。"孟庆军停顿了一下，接着说，"我们一大群外围查证的同志天天围着你忙活，抽丝剥茧，问题越查越见底。你自己说，你以前掖着藏着的那些事儿，瞒得住吗？"

"哎，反正虱子多了不咬人，凭我犯的这些事儿，心里清楚得很，十年以下根本打不住，索性彻底交代，争取一个好态度吧！我交代，还收过长安集团满金虎五万元，给他协调宗祠村老百姓安置房出现的质量问题。"

"还有哪些？老魏，咱就竹筒倒豆子，利利索索的！"张继胜鼓励道。

"杨启法给我送过一万元，还有魏崇礼因为违反计划生育的事儿给我送了五千还是八千，记不清了……"魏彦成一口气说了二十七个人，受贿金额约五十万元。

孟庆军不动声色，悄悄记下姓名、金额。

"真的交代完了，请领导相信我！"魏彦成眼巴巴地望着孟庆军。

"还有其他人的问题哪？"孟庆军问。

"那些好兄弟，咱怎么能够出卖人家呢？"魏彦成顾虑重重。

"哎，老魏，别再提你的那些狐朋狗友，没有他们帮助你使坏，你能落到这步田地吗？现在人家都躲得远远的，到了这个时候，你还指望着谁能拉你一把？"

孟庆军的这几句话重重敲打在魏彦成的心里，他咬咬牙，"都说了吧！宗祠村拆迁时，俺们几个不是虚报拆迁面积了吗，这事瞒不住拆迁办主任赵四吉，先前俺交代给他送烟酒，没有说实话，实际上是送了三万块钱。宗祠村边上有俺的一个板皮旋切厂，赵四吉给俺评估多报了五六十万元。财政局不同意，不给俺拨款，俺就给局长周树彬送了十万元。白怀洲从建设局上任临河镇党委书记之后，俺到他办公室送了八万块钱的见面礼……"

陈爱民、梁石祥、王自力紧盯着视频。

陈爱民赞许地说："能把这几个重量级的人物交代出来，应该是挤干榨透了！自力常委，你现在进去充分肯定一下他的态度转变，立即固定证据，防止他思想反复。"

"好的，我马上过去！"

"还要把握住一个原则，这一轮谈话笔录不要刨根问底，不要追究细枝末节，粗线条地谈一下，简明扼要记录一下，让他签字画押就达到目的。然后让魏彦成本人简要地写一个亲笔供述。"陈爱民叮嘱道，"完成这些工作之后，孟庆军这个班再交接。给你们两个小时，晚上十二点之前完成怎么样？"

"没有问题，保证完成！"王自力回答。

陈爱民说："如果有时间，再挖一挖其他人的线索，追问一下给周树彬、白怀洲送钱的细节，前提是别影响了魏支书的休息！"

三人都会心地微笑。

周末晚上，白怀洲的锦华美墅，金碧辉煌的一楼餐厅里飘溢着茅台酒的芬芳，银质镶边的精致餐具，摆放着散发腥味的海鲜，香气诱人的烧鸡、狗肉、猪蹄，这些都是满金龙喜爱的佳肴。

白怀洲、周树彬、王垒、赵四吉还有满金虎，面对着满桌子的美味佳肴却提不起一点胃口，一个个愁眉不展。

"要是纪委找上门来怎么办？"赵四吉先开口。

"你不懂，找上门来倒好办，就怕放在那里不吭声，才最可怕。"白怀洲咂咂嘴说。

"是呀，叫唤的狗不咬人，真咬人的狗不叫唤。"周树彬胆战心惊地说。

满金虎咋咋呼呼地说："咋啦，就是咬死口，打死也不说，他们能拿咱怎么着？"

瘦小的王垒摇摇头，"金虎，你不知道县纪委的厉害，特别是那个陈爱民，外号'陈一刀'，太恐怖了！魏彦成，咱们都知道他可算得上是条汉子吧，听说开始也强硬得很，但是没支撑几招，就被打得稀里哗啦的，一败涂地。"

满金龙坐在上首，不屑一顾地说："瞧瞧你们那个尿样，还没咋的，一个一个地都吓得尿裤子了。今天我来盘问盘问你们，你们都要实话实说、实事求是嘛！"

满金龙带着狡黠的神情，问："赵四儿，老实交代，你收了魏彦成多少钱？"

赵四吉迟疑一下，吞吞吐吐地回答："三万。"

"按照刘书记的要求，你装错布袋了呗？"满金龙模仿着刘冠一的语气问。

"没有装错，俺用这笔钱公款接待了。拆迁办经费不足，招待上级检查、施工队加班误餐什么的都花完啦，反正没有装进俺的腰包。"赵四吉恍然大悟地说。

"怀洲，你哪，"满金龙示意白怀洲，"你收了吗？"

白怀洲目不转睛地看着满常委，"魏彦成送的钱，我全部入小金库了，用于请客送礼、协调关系了。"

"周树彬，你说说。"

"魏彦成送的钱，俺没有装腰包，都交到'510'廉政账户了，有收据为证。"

"这不就是纪委天天挂在嘴巴上的实事求是嘛，纪委不找你们，也得主动跟组织讲清楚，有粮的交粮，没粮的交口袋。"满金龙煞有介事地说。

"要是魏彦成没有交代，咱们去纪委交代，不是自投罗网吗？"赵四吉疑惑地问。

"我是县委常委，也是你们的兄弟，还能害你们不成？"满金龙说，"对待组织要忠诚，有错误就改，改了还是好同志嘛！"

几个人发出一阵狂笑，纷纷举起了酒杯。

白怀洲站起来说："为了我们对组织的忠诚，干杯！"

满金龙在谈笑之间，就把攻守同盟和串供活动搞定了。他明白，万一将来其中的人出了问题，今天他讲的这些话即便是交代出去也是非常安全的，抓不到任何把柄。以年初县委班子调整为界，以往他们无拘无束、放荡不羁的日子结束了，未来必须收敛，小心为妙。但是在目前，他必须罩住这些拴在一条绳上的兄弟，不能乱了阵脚。

　　淮江医大附属医院。晚上，病房里一片寂静，崔淑兰老人进入了梦乡。

　　陈爱民提着一兜食物匆匆走进病房。

　　"大兄弟来啦！"王姐热情地问候。

　　陈爱民示意王姐小声，别惊醒了母亲。他搬起一张方凳，悄悄坐在母亲身边，仔细端详着白发苍苍的母亲。

　　一位女医生悄无声息走进来。

　　"下午怎么样？"银铃一样清脆的声音，是那么熟悉，陈爱民心头一颤，不由得抬起头，与一双活泼的黑眼睛四目相对，陈爱民从她眼眸中看到闪烁着的热情目光。

　　"冯医生？"陈爱民小声问。

　　女医生嫣然一笑。

　　"我是老人家的儿子，陈爱民，谢谢您！"

　　"听说过。"冯医生轻柔地说。

　　"阿姨下午好多了，晚上吃了一碗馄饨。"王姐对陈爱民说。

　　老人睁开眼，看到儿子，脸上露出欢喜的笑容："爱民来啦！"

　　"妈，我今天晚上才抽出空来看您，俺妈不会生气吧？"

　　"干工作要紧，这些医生护士都很好，妈这里不用你挂心。"

　　"妈，我给您买了麦子煎饼，还带了两盒草莓。给您留一盒，另外一盒给医生、护士们尝尝。"

　　"阿姨，您儿子很孝顺啊，今天是母亲节，专门来看望您！"冯医生说。

　　"老母亲住院好几天，再不来，就要打屁屁啦！"陈爱民调侃说。

　　冯医生捂嘴笑。

　　"阿姨，我来给您检查一下！"冯医生俯下身子，听诊器套在耳朵上，仔细听诊。

　　陈爱民得以细致打量这位冯医生。长相不能算是漂亮，但是气质清雅洒脱，瓜子脸，留着一条短辫子，整齐的刘海覆盖着饱满的额头，两道又长又密的眉毛下，镶嵌着一对明亮的眼睛，透露出一种聪颖、灵气。身材颀长，虽然裹着肥大的白大褂，依然掩饰不住窈窕的身段。

　　"好多了，主要多休息，适当活动，别劳累了！"冯医生叮嘱。

　　老母亲用慈爱的眼神，笑眯眯地打量着陈爱民和冯医生。

　　"这是我的名片，如果有事，方便联系！"陈爱民双手递给冯医生。

冯医生依旧微笑着双手接过名片，用清脆悦耳的普通话说："你们娘儿俩好好聊聊吧！"

"冯医生，这盒草莓请你带给值夜班的同志吃吧！"陈爱民说。

"我们不能收病人的礼物，心意领啦！"冯医生婉言谢绝。

"这是祁河县著名的奶油草莓，获得农业农村部金奖的。"陈爱民说，"这是朋友之间的交往，不是医生与患者的关系。"

"那就谢谢啦！"冯医生像一阵轻风，又悄无声息走出病房。

陈爱民搀扶着母亲，走到窗前，俯瞰着淮江市璀璨的夜景。

"冯医生是七一年的，属猪，比你小七岁，"母亲小声说，"带着一个小女孩，是男方的责任，不怪她！"

"妈，您老人家一直眼馋女医生儿媳妇，现在又开始打人家的主意啦？"陈爱民笑着说。

母亲有些不好意思，"我觉得你们俩挺般配的！"

"哎，一个巴掌拍不响，两口子的事儿说不清，道不明。"陈爱民说，"儿子输了一局了，再也输不起了。"

"努力努力，看看嘛！"母亲坚持着说。

"妈，我不是把名片给她了吗？"陈爱民调皮地说。

娘儿俩"扑哧"一笑。

汽车穿行在繁华的淮江大道。在县城里待久了，乍一回到市区，陈爱民感到一切都是那么亲切，他摇下车窗，初夏凉丝丝的风吹到脸上，让他感到非常惬意。

短信提示音。"奶油草莓非常好吃，谢谢！冯玉梅。"

陈爱民微笑着回了一则："承蒙夸奖，保障供应！陈爱民。"

第五章　恶妇毒施连环计　贪腐官员现原形

　　陈爱民约请女秘书薛媛媛，被跟踪、偷拍。面对美丽动人的姑娘，陈爱民理智地婉拒了她的一片柔情。

　　恶妇宗玲用乔装打扮的假道长，接近财政局局长的夫人，将园林局告上法庭。县纪委沿着财政资金的运行轨迹一路穷追不舍，诉讼诈骗的犯罪事实渐渐清晰，一伙贪腐官吏逐渐现出原形。

2010 年 5 月 10 日，这是一个星期一。上午九时，李汉杰、梁石祥、王自力和孟庆军准时来到陈爱民的办公室。

　　"同志们，经过县委的同意，决定对财政局局长周树彬进行初查，"陈爱民严肃地说，"今天我们小范围地研究一下，把这一段时间以来，周树彬的线索经营情况碰一碰。"

　　王自力说，"魏彦成交代得比较详细，就是因为宗祠村他的一家板皮旋切厂在拆迁时，评估价明显偏高，财政局的同志提出不同意见，不予支付。魏彦成通过中间人赵四吉说情，以给周树彬送茶叶为名，送去十万元。魏彦成记得很清楚，是去年三八妇女节的晚上八点多钟，天上下着零零星星的小雨，就在距离周家不远的路口，周树彬的家属马莉莉骑着一辆红色的电动车去拿的。"

　　"魏彦成还有新的检举吗？"陈爱民问。

　　"魏彦成交代给临河派出所所长俞继仁送了一辆帕萨特。户名是魏彦成的，俞继仁没有让办到他名下。禁违拆违工作开始以后，俞继仁又把车还给了魏彦成。"王自力汇报说。

　　"好狡猾的家伙！"李汉杰感叹说。

　　"另外，魏彦成交代，公安机关开始侦查魏思群、杨白帆的案子，就是俞继仁给他通风报信的，这个人应该引起我们的警惕。"王自力接着说。

　　陈爱民赞同地点点头，"是呀，从孟主任的儿子被打到魏思群老人受伤害，再到与魏彦成搞得火热，都说明了这个俞继仁的素质低下，不宜再担任临河派出所的所长职务，县委准备近期把他调整到看守所，担任副职。"

"还有一个情况需要跟陈书记汇报，"梁石祥说，"建设局副局长赵四吉主动找我，说魏彦成在拆迁宗祠村的时候给他送了三万元，由于当时拆迁办经费紧张，他把这笔钱用于公款接待，吃吃喝喝了。"

李汉杰补充说："财政局的周树彬也通过朋友跟我打招呼，说魏彦成给他的钱，他没有中饱私囊，都上交'510'廉政账户了，有工商银行开具的票据。"

"你们说的这些情况，让我想起白怀洲昨天晚上给我打电话，说要找我汇报工作，汇报思想。看来他也是想找我说明他收受的赃款去向，"陈爱民对李汉杰、孟庆军说，"如果把这三件事串起来看，咱们分析一下，是不是我们的保密工作出了问题？"

"有这种可能性！"王自力赞同地说。

"梁书记，你考虑一个今后加强案件保密性的措施，"陈爱民抽一口烟，"总的想法是案件线索不要在办案人员之间横向传递，尤其是要控制知晓范围。保密工作的一个基本原则就是尽量减少知情范围，毕竟多一个人知道，就多一个泄密渠道。有的办案人员喜欢显摆，口无遮拦，有时候无意之中说出去的案情，说者无意，听者有心，可能就泄露了机密。"

"这三个人如果主动来找我们谈，该怎么处理？"梁石祥问。

"暂时不要惊动他们，他们怎么说，我们就怎么听，不要表态。如果他们请客切记不要去，送礼送个仨瓜俩枣、烟酒之类的先收下来，跟我汇报一下，然后交公，留着慰问敬老院的老人们。"陈爱民说。

"糖衣吃了，炮弹再给他打回去！"孟庆军笑着说。

"不要担心他们说假话，作伪证，串供，订立攻守同盟，"陈爱民说，"办案实践中，越是有上述情节的，定罪越扎实，庭审的时候，律师一般都不对这种情形进行辩护，辩护了也没有效果，法官不会采信的。"

孟庆军拿出笔记本，"我汇报一下摸排周树彬的线索情况。周树彬，1960年7月出生，大专学历。1982年7月毕业于南方财经学校，先后任瞿园镇财政所副所长、所长，副镇长，2002年4月至2004年11月，任瞿园镇副书记、镇长。瞿园镇石膏资源丰富，期间，矿主逢年过节要给他'香火钱'，数额不会太大。2004年11月至2006年年底任马楼镇书记，该镇是农业镇，在此期间工作比较积极，带领群众发展草莓种植，群众威信比较高，没有信访反映。2007年年初，刘冠一书记在大会上当场把局长拿下来，改任局党组书记，任命周树彬过来当局长。之后他就开始膨胀，疯狂敛财。手段主要是：一、通过政府采购，全市的土地复垦需要的土石方由瞿园镇财政所所长王丰生的弟弟王沛生操办；苗木的采购通过临河镇一个叫宗玲的女人来操作；二、预算内拨款，雁过拔毛，专项资金拨付，按质论价；三、事业人员入编，核定工资，不见兔子不撒鹰，不见鬼子不挂弦儿。另外，每年两大节吃财政饭的单位都要跟他表示，标准大概是春节一万、中秋节五千，或者是现金，或者是购物卡。有的时候交给他老婆马莉莉。马莉莉是县疾控中心职工，长期吃空饷，不上班，开了一家酒店'春雨楼'，还兼做化妆品生意，经常跑江浙一带进货。"

李汉杰接着补充说："这个马莉莉是县人大老主任马烈的大闺女。这家春雨楼酒店，实际上也是周树彬敛财、洗钱的另外一个途径。各个乡镇、部委办局很多的招待都安排在这里，饭菜质次价高，却天天顾客盈门。周树彬收受的烟、酒、茶叶、衬衣等礼物，也大都在这里销赃、变现。"

王自力说："马莉莉还是市纪委去年表彰的'2008年度十佳廉内助'，在大会上做经验介绍的，上过报纸、电视，演得有模有样，跟真的一样。"

"拉大旗，做虎皮，以为披上一层红色的伪装就进了保险箱了。"陈爱民一笑，问，"有没有更具体一点的，有个抓手能握住的？"

梁石祥挠挠头，说："有一个内蒙古爆破公司举报的线索，去年县里进行瞿园镇工矿废弃地复垦，仅仅爆破一项就是七百多万元，工程是瞿园镇自主招标的。王沛生以淮江矿务集团爆破公司的名义中标，实际上都是转包给一些小爆破公司干的，里面猫腻很多！"

"这个线索要盯住不放。"陈爱民说。

"省里给燕山化工集团拨了六百万元的科技扶持资金，财政局全额拨付。以往财政局给一半就不错了，周树彬这一次如此慷慨，有些反常。"孟庆军说。

"同志们，我们围绕周树彬案件一直在进行经营，目前已经掌握他的违法乱纪的初步问题，现在拿得比较扎实的，就是魏彦成行贿十万元。还有五六个书记、局长跟我说，他们经手给周树彬送的钱、卡，数额加起来超过二十万元，他们都愿意做证。"陈爱民接着说，"目前，我们与腐败分子周树彬只隔着一层窗户纸，只要能捅破一个小孔，就能看到他的真实面目，这正是我们下一步需要尽快解决的问题。"

"陈书记，你有什么高招讲出来给我们听听！"李汉杰说。

"这个案件成功的关键是要达成突然性，以迅雷不及掩耳之势让对方无力招架。到目前为止，对方没有察觉，案子可以说成功了一半。"陈爱民说，"我办案子喜欢双保险，几个线索同时查，类似于踢足球的两翼齐飞，下底传中，只要有一个线索取得突破，那一层窗户纸就捅开了一个小孔，我们就能够看清腐败分子的真实面目。眼下，咱们按照这么几条线同时去查证。孟庆军，你负责查瞿园镇的土地复垦，让综合监察室季超配合，以检查为民办实事的名义查看项目执行情况，不要取证，不要复印材料，只需要悄悄记下时间、金额就行，千万不要让对方有所察觉。然后我们通过开户银行顺着资金的流向查找，应该能查到破绽的。虽然麻烦一点，但是很有效，我在市纪委时经常采用这个办法。"

陈爱民又转向王自力说："王常委，你负责摸一摸那个宗玲的底细，从公安查询户籍信息、工商局查注册登记资料，办法你们自己想。顺便到气象台查一下去年妇女节那一天的天气状况，看看有没有下雨，印证一下魏彦成交代的下小雨送钱的情节，进一步确认马莉莉收钱的真实性。"

李汉杰说："陈书记，我建议咱们从乡镇工作室抽调周树彬不认识的同志去春雨楼实地查看一下。"

"可以，青山镇第五工作室的魏保平一直在基层工作，周树彬夫妇可能不认识。花销的餐费找梁书记签字报销，特事特办，这是工作需要的吃喝。"陈爱民笑着说，"我和汉杰以检查软环境的名义，个别找燕山化工的魏思明董事长谈谈，看看能否有收获。"

一辆考斯特奔驰在原野上。车内，马骏、强国、常国伦、满金龙、陈爱民等一同考察开发区项目建设和基层党建工作。

望着车窗外的景色，马骏指着路边的路牙石问开发区管委会主任："罗斌，你们好阔气哦，路牙石都是用大理石砌的，走遍全世界，恐怕只有祁河县的乡村公路能有这么豪华版的路牙石了！"

"首长，当时这么做就是为了好看。"罗斌小心翼翼地说。

"好看，满金龙，你到香港的皇后大道去过没有，那里的路牙石也是水泥的。你们这么糟蹋钱，就不心疼？"马骏质问道。

满金龙似笑非笑搭上话："哎，都是老首长的意思嘛，他就好个面子，领导、客商来开发区考察，一看多敞亮！"

"好意思说敞亮，你们这样败家子的做派，吓也把客商吓跑了，除了那些瞎眼的领导赞赏你们！"强国批评说。

一列车队迎面驶过，自卸王加装了挡板，装载满满当当的煤炭，车门一侧印有"飞鹰"字样和一只振翅欲飞的凶狠苍鹰图案。

"我的天，这些车载的货肯定超过一百吨，无怪乎路面被轧得坑坑洼洼的！"马骏说。

强国马上拨通张铁军的手机："喂，铁军局长，你安排交警从开发区到祁河港，沿路查一查运煤车的超载，起码超载一倍！"

"好的，我马上就落实。"张铁军电话里回答。

"金龙，听说这家物流是你弟弟的公司，是吗？"马骏问。

"哦，飞鹰物流公司是长安集团下属的子公司，承包给别人经营的！"满金龙眨着眼说。

"但是，无论如何也不能这样严重超载啊，不仅轧坏了道路，还有交通安全的隐患，你要跟他说一声，不能再这样持续下去了！"马骏转过脸，严肃地说。

满金龙看着马骏生气的表情，赶紧点头，"好的，马书记，我立即给金虎打电话，确保以后杜绝此类问题的发生！"

强国说："昨天我开了一个企业家座谈会，有的企业家提出祁河县境内交警乱罚款，软环境不好，重点工程的物流车辆经常被罚款。当场县纪委、监察局的一个主任就站起来质问说，'你的车荷载超重一倍，怎么还能埋怨软环境不好？'看来事出有因，软环境需要硬治理，尺度就是依法行事，政府和老百姓都要遵守。"

金城特种冶炼公司大门口，楚岳岭董事长笑容满面恭候县领导光临。

"欢迎各位领导莅临，我先简要介绍一下我们企业的概况，"楚董事长手持麦克风，走到事先准备的宣传栏前，指着彩色的图片说："我们公司成立于 2006 年，是祁河县引进的重点项目，占地五百亩，主要生产特种材料镍和铬。"

马骏皱起了眉头，"楚董事长，带我们到车间去看看怎么样？"

"好的，我带着各位领导参观一下。"

简陋的车间里，冶炼炉正在向模具倾注，熔水四溅，迸发出绚烂光芒，情景蔚为壮观。

"你们用这种土法工艺冶炼稀土金属，环保问题怎么解决？"马骏问道。

"跟首长汇报，金城公司去年纳税过千万元！"罗斌答非所问地说。

"两年前出现的儿童血铅事件，闹得沸沸扬扬的，教训还不够深刻吗？"强国批评道。

马骏对副书记常国伦说："常书记，你回去安排环保局过来检测一下，该关停的，必须坚决关停。不要等到铸成大错，那时候恢复治理的成本和代价更大，甚至于无法挽回！"

"马书记，我立即安排检测，按照环保的法规执行！"

一行人走进了强力电池公司的车间，里面弥漫着刺鼻的硫酸气味，一排排的反应池发出震耳欲聋的声响。

操着南方普通话的董老板，殷勤地跟马骏一行做介绍。

"听口音，董老板是南方人，是从太湖迁过来的企业吧？"马骏大声问。

"是的，是的，是县招商局上门招商，把我们邀请来的！"董老板一脸尴尬。

车辆继续行驶中。马骏问罗斌："罗主任，太湖蓝藻污染事件被揪出来的电池厂，都被你们当成宝贝招来啦，一共招来多少宝贝？"

"有七八家吧，这些企业纳税记录良好，这一家也是纳税大户。"罗斌解释说。

"国伦书记，你怎么看？"马骏问分管招商的常国伦副书记。

"嗨，我觉得应该一分为二地看，"马书记对两家企业的环保提出质疑，让常国伦心里感觉不快，他不紧不慢地打着出神入化的太极，操练着一口官油子的辩证法回答，"咱们县是工业欠发达的地区，只能算是工业化刚刚起步，如果过分纠结于环境保护，可能就会影响工业化的进程。看起来先发展、再治理的过程，这是一道坎儿，咱们短时间内不可能逾越，是不是？"

"强国县长你看呢？"马骏又问。

"经过这一阶段的调查研究，我感到中央提出的科学发展观，在祁河县没有得到很好的贯彻落实。祁河县的水域面积占县域面积的百分之十八，绿水青山，人杰地灵。如果水体、土壤被污染了，修复很难。我们的眼光应当放长远一些，不能短视，砸子孙后代的饭碗！"

"是呀，咱们真得好好讨论一下祁河县下一步怎么走，是按照以前的不讲规律，不讲科学，'捡到篮子里都是菜'的发展模式，还是重规律、重科学、重民意的发展方式。"马骏感慨地说，"我们还是应该按照中央科学发展观的要求，无论是经济建设，还是党的建设，都需要补上这一课。仅仅就招商引资而言，还是要坚定不移地围绕产业链做招商，这样久久为功，持之以恒，就能形成产业发展的核心竞争力。还要把绿色环保放在突出的位置，把环境保护作为先决条件。目前这种村村冒烟、镇镇开发的局面实在不能再持续下去了。"

"下一站去哪儿？"马骏问。

"开发区的张圩村，是咱们基层党建的一个亮点，前边就到了。"罗斌说。

张圩村村部门前小广场上，花坛里怒放的月季花散发着阵阵清香。灯光篮球场、水泥乒乓球台、老年健身器材，这些都显示着这个村支部不同凡响的政绩。

"你们村搞得不错嘛，村里的路很宽敞，路灯也很漂亮，还有灯光球场！"马骏露出笑容，表扬村支部书记于辉。

于辉是一个瘦高个、罗圈腿、黄脸的汉子，得到马书记的赞赏，他的长脸上堆满了笑容，"感谢首长鼓励！"

围观的一个群众插话说："领导你们不知道，俺这里的路灯从来没有亮过，球场也是！"

"怎么回事？"马骏转脸质问罗斌。

罗斌面红耳赤，默不作声。

"可是因为上级领导到村子里考察，从来不在晚上来吧！"陈爱民调侃说。

"搞这些玩意儿，跟大理石的路牙石一样，也只是图个好看？"强国的口气很严厉。

"形式主义的玩意儿，驴屎蛋子一面光！"马骏愤怒地训斥道。

满金龙见状，悄悄附在马骏耳边，小声说："马书记别生气，这些路灯杆子底下根本就没有埋设电缆，咋能亮？前年秋天，咱们省里的老领导、京城里的大首长来祁河县视察，其中有一项就是视察基层党支部建设。咱们按照刘书记的要求，临时突击，搞的这么一个盆景！"

"为了图好看，到底是在糊弄谁？"马骏摇摇头，"不看了，咱们回去吧！"

满金龙跟在马骏身边，继续小声嘀咕说："刘书记好面子，那一次动静可不小，下了本钱。大首长经过的乡镇，全部都要进行村庄整治。目光所及的地方，坟头、草垛清理得利利索索；沿途老百姓的院墙，也都用涂料刷得干干净净，写上标语。"

满金龙絮絮叨叨地说，话里有话，软中带硬。马骏当然明白他的潜台词，他一言不发，脸上浮现出无奈的苦笑。

晚间的"祁河县新闻"播出了公安机关、检察机关分别对大庙村魏彦成、魏大军、吴黎明和临河镇禁建大队李纯富采取刑事措施的新闻。

上午的灿烂阳光洒在办公桌右侧的兰花上，幽幽的兰花焕发着勃勃生机。

任青霞敲门，"陈书记，你找我？"

"请坐，青霞常委，有个私事请你帮忙联系一下。"

"陈书记那么客气，有事尽管吩咐。"

"是这样，前一阵跟县委办的薛媛媛讲了一句玩笑话，说有空请她吃饭，这不，她刚才发信息问我啥时候才能得空闲，你知道，俺是讲诚信的人，一诺千金，诺言就是债务，是吧！"陈爱民略有一丝不好意思，自己觉得说话有些颠三倒四的。

任青霞会意地微笑："行，陈书记让俺做什么吧？"

"祁河县这里我不太熟悉，你帮忙给我订一个房间，晚上请她吃饭。"

"好的，俺选一个僻静、幽雅的地方。"任青霞答道。

"你和建设主任参加一下。"

县纪委会议室座无虚席。

梁石祥说:"今天下午,陈书记给我们上一堂党课,党课的题目是陈书记提出的,叫'永远与人民群众手拉手,心连心',大家欢迎!"

全场热烈鼓掌。陈爱民起身鞠躬致意。

"同志们,我们刚刚打了一个胜仗,一举端掉了为害一方的魏氏父子黑恶团伙,从根本上遏制住了祁河县非法建设蔓延的势头。今天大家都从案子上撤了回来,初战告捷,这一仗只能算是小试牛刀,让大家练练手。"陈爱民环视着台下的纪检监察干部说,"但是,从这一起窝案中暴露出来的党群、干群关系的严重对立,却发人深省,触目惊心。我们整天说要讲政治,什么是政治?用老人家的话来讲,就是要使我们这边的人多多的,使我们对面的人少少的!那么,怎么才能得到人民群众的支持和拥护,使我们这边的人多多的?我们党的宗旨讲得很明确,就是要求我们每一位党员都要全心全意为人民服务,这样才能真正赢得人民的支持和拥护!"

陈爱民的讲话慷慨激昂,全场响起热烈的掌声。

银杏林中掩映着一个院落,门口悬挂的牌匾上写着"银杏林酒家"。这是一家香醇地道的农家菜风味饭馆。门口有一个大石磨,小毛驴正在慢腾腾地埋头推磨。

"谢谢首长邀请!"薛媛媛落落大方地向陈爱民问候,伸出白皙的小手。

好一个鲜花一般水灵的姑娘!陈爱民心里暗自赞叹,他握着温润的小手,微笑着回答说:"欢迎媛媛光临!"

服务员端上四碟凉菜。

孙建设说:"陈书记,咱们人不多,点了六个特色凉菜,热菜是祁河的白鲢鱼、烧鸡公,再加四道素菜,主食是石磨煎饼。"

"好,那咱们就坐席,"陈爱民招呼他们入座,"我提议,咱们业余时间不要搞得像工作时间,随意一点,不喊官衔,我们直呼其名,或者以兄弟姐妹相称。其实,以前的老干部,互相之间都称'同志',很亲切。"

"那好,咱们就按照陈同志的要求,喊一声爱民哥!"薛媛媛调皮地说。

静谧的仲春夜晚,空气中散发着银杏树的清香。蓝莹莹的天空上,一轮柔美的月牙儿从东方的山坳里冉冉升起。栖息的鸟儿在枝头偶尔低语,虫儿在草丛里不知疲倦地鸣叫。

陈爱民与薛媛媛、任青霞握手道别,"青霞,你负责送一下薛媛媛。"

"书记放心!"任青霞答应道。

仿佛不经意间闪过一道亮光。陈爱民机警地四处观察，饭店门口屋檐下的支柱后边又闪现一次亮光。

陈爱民马上意识到是有人躲在柱子后边用手机拍照！他冷冷地扫视一眼，嘴角挂上轻蔑的笑容，迈开步伐往饭店里走去。一个体格精壮的年轻人若无其事地从柱子背后闪出来。陈爱民用犀利的目光盯住他，那人不敢正视，神情有些慌张。陈爱民记住了他的长相，三十岁上下的年纪，中等身材，瘦长的脸型，白净的皮肤。

走进院子，陈爱民往卫生间方向走去。

孙建设紧随其后，"陈书记，有什么事儿吗？"

"哦，去一下卫生间。"

陈爱民再一次扫视黑魆魆的院落，他能感受到黑暗之中有一双闪着绿光的眼睛在窥视着他。

"怎么啦，陈书记？"孙建设警觉地问。

"没有事儿，回去吧！"陈爱民平静地说。

汽车缓慢地行驶在乡村的小道上，陈爱民透过后视镜看到有车辆尾随。拐上大路，那辆车依然不紧不慢跟在后边。

"陈书记，有一辆黑色的车一直在跟踪咱们！"司机小董也发现了异常。

"减速！"陈爱民说。

后车也随着减速。

"加速！"

伴随着引擎的轰鸣，汽车飞速行驶。黑色的汽车也加速追赶上来。

"靠边停车，建设，记住车号！"陈爱民快速说道

一阵急刹车的凄厉声响，黑车猝不及防，从侧面冲了过去。

"郑局长，我是县纪委孙建设，"孙建设拨通了公安局副局长郑运华的电话，"刚刚有人跟踪陈书记的汽车，号牌我发给你，请你查一下！"

"应该是从我们进入饭店之后，就有人跟进来了，刚才还躲在门口的柱子后边偷拍，搞这些下三滥的东西！"陈爱民蔑视地说。

"喂，郑局长，你请讲，"孙建设接听郑运华的手机，"好的，我记住了，谢谢你！"

孙建设从副驾转回头，"陈书记，郑局回话，刚才的车主叫李倩，住临河镇政府宿舍。是否进一步了解？"

"算了吧，再深入调查，我们可能就要越线了，"陈爱民说，"用手机偷拍的人的相貌我记住了，下一次再见到，一眼就能认出来。要是饭店安装监控探头，他可

能就不敢在那里偷拍了。"

司机小董说："陈书记，要是时间长了，您忘记那个人的长相了呢？"

"我有记忆的特异功能，就是现在，市纪委张友信副书记还经常打电话问我几年前的案件细节，我仍然对答如流。"陈爱民说，"有一次我们开车等红灯时，恰巧有一个少妇过马路。我一眼就认出她是涉案人员——五年前查办市商业贸易总公司总经理饶永安时逃跑的情妇，虽然我只看过一遍她的照片。"

"陈书记真的记忆力非凡！"孙建设赞叹道。

"还有一次，我拿到一封举报信，我看字体眼熟，书写频繁使用繁体字。再看一下信封反面的邮戳，投寄的地点，猛然想起这是一个朋友母亲的笔迹。那是几年前，他父亲去世，我去帮忙，他母亲写了一长溜电话号码，请我帮忙给亲朋好友联系的。这封举报信投寄的地点就在她家对过的邮局。"陈爱民说，"前边快到行政中心了，咱们从南门进，从西门出。"

春雨楼坐落于新城区一个居民区院外的一个独立的小楼，门前没有大红大绿的灯饰，不显山，不露水，里边的包间装饰豪华，生意十分红火，天天爆满。门口的停车场鳞次栉比停满了车辆。一辆崭新的白色宝马车停在大门右侧，非常显眼。

夜幕降临了，魏保平一行来到了春雨楼门口。

程宇宁指着这一辆白色宝马车，对魏保平说："魏主任，你看这辆车，尾号还是三个八，牛哄哄的，肯定是马莉莉的！"

魏保平仔细打量了一下，"是够牛的！"

魏保平带着几个乡镇工作室的纪检监察干部来到吧台。

一个白白胖胖的妇女问道："请问，你们预订了吗，有几位？"

魏保平仔细打量着这位中年妇女，她面如银盆，相貌端庄，衣着考究，脖子上挂着小拇指一般粗的金项链，右手的手腕上戴着一只墨绿色的玉手镯。他心里猜想，此人可能就是马莉莉。

魏保平回答说："是魏先生订的102房间，我们共有七位。"

"你们是吃套餐，还是点餐？"富态的妇女忙着整理账单，头也不抬地问道。

"点餐怎么点，套餐是什么标准？"魏保平问，他有意拖延时间，以便于在大厅观察。

"点餐时间慢，得等老大一会儿。套餐快，标准有一百一十八元一位的，还有一百五十八元一位的，高的还有二百八十八元的。"对客人的啰唆，丰腴的妇人显得有些不耐烦。

"那就订一百一十八元的吧，七位客人！"魏保平趴在吧台上，向吧台里边仔细观看，琳琅满目摆放的白酒、红酒、洋酒，都是高档酒，价格不菲。吧台的另一侧还摆放着高档茶叶以及西洋参、冬虫夏草等滋补品。

"房间的最低消费一千五百元，你们七位还是订一百五十八元标准的吧，正好凑够最低消费。"胖妇人头也不抬地回答。

"你们最低价位的酒是哪一种？"魏保平问。

"最低价的是四开'国缘'，六百八十八一瓶！"

"高的呢？"

"几万一瓶的也有，"胖妇人已经对魏保平一行的吝啬感到不悦，气呼呼地说，"还有，自带酒水，每一瓶开瓶费五十元。"

魏保平并不理会胖妇人的态度，仍然饶有兴味地指着吧台里的茶叶问："哎，老板，你那个龙井是多少钱一盒，能不能开进餐费里？"

"六百八十元一盒，是今年的雨前茶，待一会儿结账的时候一起开票，你要几盒？"胖妇人这才抬起头说话。

魏保平一咬牙："哦，你给准备四盒吧。"

"好的，我这就给你包好！"胖妇人露出了一丝笑意。

一个矮墩墩的女人带着一个身穿藏青色道袍的年轻道士进入饭店。

胖女人一进门就粗声大气地嚷嚷："哎哟，莉莉姐，俺的亲姐，想死俺喽！"

马莉莉笑容满面打招呼："宗玲，你这一阵子到哪里去了？"

"瞎忙活呗，"矮胖的女人扯着大嗓门继续说，"来，我给姐姐介绍一下，这位是丛真道长，别看年纪不大，功力很深的。"

魏保平仔细观察这个道士，三十岁左右的年纪，白白净净，国字脸，眉清目秀，梳着一条油光水滑的大辫子。

道士很优雅地向前抱拳施礼："马姐好！"

"快请到里边的小包间坐坐！"马莉莉热情地招呼着。

"真黑啊，典型的霸王餐哪！进价三百多的酒，卖六百八十八，自带酒水开瓶费五十。八成就没有像咱们这样自带酒水到这个黑店来的吧，明摆着磨刀霍霍宰人嘛！"程宇宁说。

"反正来到这家店里消费的都是公款，讨好周局长呗！"一个干部说。

"哎，你们看到没有，那个矮胖的女人就是宗玲，那个丛真道长不知道是什么来历。"魏保平说，"小程，一会儿你再出去催催菜，观察一下。"

程宇宁走出包间，来到大厅，吧台里已经换成一个长相秀丽的年轻姑娘。

程宇宁暗自猜测，她八成就是周树彬的大女儿，于是，彬彬有礼地对姑娘说：

"你好，102的菜请快一点上！"

"好的，请稍等，我跟厨房催一下。"姑娘说着，推开吧台门，对一个服务员说，"你去跟厨房说一下，102的菜快点上！"

程宇宁轻轻推开一个小包间，透过门缝，看到桌子上摆放了四碟凉菜，一瓶五粮液。女老板马莉莉跟那个胖女人宗玲还有年轻的道士眉飞色舞，聊得正欢。

"来，咱们为与丛真道长的初次相识，干杯！"马莉莉举起酒杯，兴高采烈地说。

程宇宁轻轻带上门，看了一眼房间号"105"。

早餐是外派干部聚齐的时候。

"马书记，昨天晚上我从银杏林酒家回来，有一辆车跟踪我，车主的户籍是临河镇政府宿舍，叫李倩。"陈爱民说。

马骏停下筷子，"我的车也被人跟踪过，甚至跟踪到行政中心大院里，你说胆子有多大。不过，爱民书记，你在斗争第一线，最危险，千万要小心！"

"我来查一下这个李倩的社会关系。"张铁军说。

"算了吧，他们也没有把我怎么着，再深查有滥用职权的嫌疑。"陈爱民认真地说，"如果有一天我遭到暗算，你们千万不要相信是意外，肯定是蓄意谋杀。马书记、张局长，到时候可得替我报仇雪恨呀！"

"吉人自有天相，马恩毛邓在天之灵都会保佑我们平平安安的，"马骏说，"不过，随着惩治腐败、扫黑除恶深入开展，下一步斗争会更加尖锐化，我们都要做好自我保护。个人不要外出，遇到异常情况，及时跟张局长联系。"

"首要的是我们身边的人员一定得可靠，不能有他们的眼线。还有，平常生活的规律不要太明显。"陈爱民说，"我上初中时看过国民党一个老特务沈醉写的军统黑幕，说搞暗杀一定要先掌握对方的生活规律，才好下手。"

2010年5月11日，这是一个星期二。孟庆军、章勇翔走进淮州矿务集团纪委办公室。孟庆军出示介绍信。

"哦，是祁河县纪委的同志，请跟我到马书记办公室。"工作人员热情地说。

"马书记，这两位是祁河县纪委的同志，"工作人员介绍说，"这位是我们集团纪委副书记马维钢同志。"

马维钢看着介绍信，"你就是孟主任啊，爱民书记电话里跟我说过了，战斗英雄啊，我也是从二炮转业回地方的。你们有什么需要我们配合的，尽管说，天下纪检是一家，义不容辞！"

"我们想查一笔款子的去向，是从祁河县财政局汇到咱们淮州矿务集团下属的爆破公司。"孟庆军说。

"没有问题，我们全力配合。爆破公司的地点在我们的黄山矿，距离城区有一百多公里。"马维钢对工作人员说，"小张，你陪他们跑一趟，接待好祁河县的同志。陈书记在市纪委工作的时候，是我的好兄弟！"

"非常感谢马书记，邀请你有时间到祁河县去指导！"孟庆军感动地说。

"一定去看看陈书记，等到秋天你们那里的银杏叶儿金黄的时候吧！"马维钢爽快地说。

黄山矿位于淮江市东郊，这是一座废弃的矿井。高耸的井架、矸石山，还有被煤炭染黑的大院子，还在默默诉说着昔日的辉煌。淮江矿务集团爆破公司就坐落在一栋黑兮兮的办公楼里。

一个女会计搬出几本会计凭证，指着其中一张对孟庆军说："同志，你看，按照合同约定，爆破工程款到账之后，我们公司提取了百分之十的管理费，剩余的款项都转到这七个人的账户上去了。"

"你们淮江矿务集团爆破公司有没有参与工程施工？"孟庆军问。

"我们没有参与施工，他们只是借用我们的资质，我们是国家一级企业。"女会计回答。

"就是说这些小爆破公司是借用你们的国家一级资质参与投标的，你们只收取管理费，不参与施工，是吧？"章勇翔进一步确认说。

"是这样的，"女会计歉意地说，"同志，我们也没有办法，职工要吃饭。现在的工程承揽很难，别看我们是国家一级企业，往往竞争不过这些小公司，这里边的暗箱操作，领导你们心里都有数，小鱼吃大鱼呀！"

"谢谢你啦，请你帮助我们复印一下票据，"孟庆军对会计说，"如果需要再麻烦你，我们给你打电话。"

"不用客气，应该的。"

走出会计室，孟庆军对陪同的同志说："张处长，咱们中午就在路上吃碗面条吧，案情紧急，我们下午一上班还要赶到市纪委去。"

"那怎么可以？马书记吩咐我要好好接待你们的。"小张说。

"咱们自家人不要客气，工作任务要紧。"孟庆军说。

"那好吧，咱们就在回去的路上随便吃点快餐，实在是怠慢孟主任你们啦。"

汽车飞驰，孟庆军拨通王立冬的手机："王主任，我是祁河县纪委的孟庆军，有一个调查事项请市纪委支持一下。"

"哦，孟主任，你请讲。"

"我们刚刚从淮江矿务集团爆破公司查到有将近七百万元的财政资金转到了七个人的账户上，其中最大的一笔款，二百三十三万元转到淮江市工商银行白云分理处，这个人是涉案人员王沛生，疑点很大，我们想顺着这笔款再深入查下去。"

"好的，没有问题，我们大力协助。你现在在哪里了？"

"王主任，我正在往市纪委赶，估计还有一小时的车程。"

"好的，我在办公室等你，下午陪你们一起去工行。"

淮江市工商银行白云分理处门口，孟庆军与工商银行纪委书记等人握手道别，"感谢大力支持！"

"一家人，不用客气，如果需要配合，下一次孟主任直接来找我好了，不用再麻烦立冬主任陪同了。"工行纪委书记笑呵呵地说。

汽车穿行在拥挤的马路上，王立冬翻看着银行提供的复印件说："孟主任，从工行的转款记录上看，这一笔款二百三十三万元，到账的当天这个户主王沛生留下了一百万元，其余的一百三十三万元又转回你们祁河县农商银行瞿园支行，收款人是一个叫刘建岭的。根据你们掌握的线索，这里有什么问题吗？"

"王主任，这里头可能有重大问题，你看，这一笔巨款转了一圈又回去，我分析极有可能是工程的回扣款，我们再摸一摸这个刘建岭的底细，进一步确定一下。"

"这种通过外围摸排的方式，顺藤摸瓜，也是我的老主任陈爱民以前带领我们经常使用的方法，"王立冬感慨地说，"孟主任，麻烦你们顺路把我送到市纪委办案点去吧！"

"好的，小李，到市纪委清风办案点去一下。"

燕山化工集团董事长魏思明在厂门口热情欢迎陈爱民、李汉杰一行。

"咱们先参观一下厂区吧！"魏董事长邀请道。

"好啊，让我们感受一下现代化的化工企业。"陈爱民愉快地说。

考斯特车在鳞次栉比的管线、高耸的反应塔之间穿行。远处粗大的烟囱喷吐着熊熊燃烧的烈焰，形成冲天的巨大火炬。

"那里燃烧的是什么？"李汉杰问。

"烧掉的是甲醇气体，很可惜！"魏思明说。

"每年产生多少吨甲醇气体？"陈爱民问。

"三十万吨，就这样白白烧掉了！"魏思明惋惜地说。

"马骏书记、强国县长提出按照产业链招商，甲醇下游可以生产什么产品？"陈爱民问。

"下游生产的产品多了，主要的产品就是尼龙。"魏思明回答说。

"马书记、强县长有个考虑，安排发改委邀请相关的化工设计院给论证一下，围绕燕山化工这个龙头，规划设计一条化工产业链。这样，你们的甲醇等废气、废物就将变成产品、商品，向下游企业销售。下游企业因此还可以省去物流费用，财务费用也可以大大降低。"

"那敢情好！"魏思明高兴地说。

"现在周边的软环境怎么样，还有人刁难你们吗？"陈爱民问。

"俺们是来生产经营的，强龙不压地头蛇，这个道理俺懂得，大面上说得过去就行！"魏思明无奈地说。

"听说你们的物流全部交给飞鹰公司了，有这回事吗？"陈爱民问。

"咳，飞鹰物流就是冲着咱们每年几十万吨的运输量成立的，老板是满金虎，开发区的镇村干部很多人入了股份，县里个别领导也有股份，具体负责打理的就是村支部书记于辉。这是稳赚不赔的买卖，唉，只要是不跟俺漫天要价就行。"

"路上跑的自卸王都是他们的吗？"陈爱民接着问。

"是的，清一色的自卸王，都印有飞鹰的标记。"

"部委办局的服务意识怎么样，有没有吃拿卡要，不给好处不办事的情况？"

"还凑合吧！"魏思明含糊其词地说。

"看来还是有点勉强，魏董事长，咱俩一会儿个别聊聊！"陈爱民说道。

"要不，到我办公室坐一会儿。"魏思明邀请说。

宽敞气派的董事长办公室。一位妙龄女子给陈爱民、魏思明沏上茶，绿莹莹的叶片上下翻滚，令人赏心悦目。

"老弟，尝尝这个雨前茶！"魏思明说。

"好茶！"陈爱民轻轻啜一口，"老兄，现在就咱们俩，你实话实说，部委办局存在的突出问题，我心里好有个数。"

"大多数干部还可以，财政局的周树彬是个孬熊！"魏思明愤愤地说。

"怎么个孬熊法？"

"算了，过去的事儿了，不提了！"魏思明摇摇头。

"老魏，你以前是国企的领导，也是党员，我们都有责任清除党内的叛徒，腐败分子就是新形势下的叛徒！"陈爱民严肃地说，"你口头跟我说一下，等到对方交代清楚了，你们如实作证就行。之前严格保密，只有我一人知道，也不做笔录材料，保护好你们。"

"俺们从省里争取了六百万元的科技扶持资金，也听说周局长这个小鬼难缠，副总经理褚岩带了十万块钱去他办公室，以为周局长怎么着也得装模作样客气一下子。谁知道这个熊玩意儿连眼皮都没有抬，哼哼唧唧地说只能给一百万元。送十万元给拨一百万元，百分之十的好处费，这不是明码标价嘛！"魏思明恼怒地说，"俺们企业刚刚开始起步，急需科研经费的投入。没有办法啊，褚岩第二次又去送了五十万元，姓周的才给一个笑脸，痛痛快快把六百万元拨下来了。这么一个作孽的孬种，他要是不出事，真是天理难容！"

"谢谢你，今天咱俩谈话的内容保密。"陈爱民把食指放在嘴上示意。

"陈书记，你放心。你们在厂里吃过晚饭再走吧！"魏思明挽留道。

"我还要再跑几家，你们厂里不宜久留，改日再来拜访！"

两人紧紧握手道别。

2010年5月14日，这是一个星期五。下午两点，李汉杰、梁石祥、王自力、孟庆军先后来到陈爱民的办公室。

"咱们碰一下这几天的工作进展情况，谁先说？"陈爱民简明扼要地问。

王自力说："陈书记，我先汇报吧。我们查了一下公安的户籍信息，宗玲，女，1972年生，住临河镇明珠小区。通过查询工商登记，宗玲是祁河县花木盆景公司法人代表。这个女人是马莉莉的闺密，实际上就是通过傍着马莉莉，替施工单位讨要工程款从中牟利。她自己也做绿化工程，主要是通过周树彬跟相关单位打招呼，承揽工程之后再转包。"

"王常委，还有没有鲜活一点的信息？"陈爱民问。

"哦，这个女人喜欢装神弄鬼的，经常给人家算命、下大神，坑蒙拐骗，顺吃溜喝，是个泼妇、二流子。周树彬的老婆马莉莉平常也喜欢求神拜佛，她俩正好臭味相投。"王自力接着说，"还有一个情况，宗玲的弟弟宗强是方圆几百里有名的跤王。公安提供的信息，这个人涉黑。"

王自力停顿一下，"宗玲的信息就是这些，另外，按照陈书记的要求，我们请气象台出具了一个证明材料，'2009年3月8日，祁河县的天气情况是阴，部分地区有时有小雨'。"

"天气信息起码印证了这个情节，魏彦成交代送钱的时候天上下小雨，这个情节是属实的。"梁石祥说。

陈爱民深有感触地说："是呀，查办案件必须注重细节，做到心细如发。如果我们粗枝大叶，仅仅凭双方口供一致，再加上行贿款的来源，就以为是板上钉钉的铁案。假如法院庭审时，辩护律师出示2009年3月8日妇女节那一天，祁河县天气晴朗、万里无云的证据。我们指控的周树彬的老婆受贿时'下小雨'这个情节，就要被推翻，案件也会被否定，还会被他们反咬一口，说成是屈打成招的。这在以往办案实践中是有教训的。"

李汉杰说："魏保平主任带几个同志到春雨楼实地观察，周树彬、马莉莉开的简直就是孙二娘的黑店，磨刀霍霍，硬生生地宰顾客。质次价高的霸王餐，除了公款消费，绝对不会有私人光顾。吧台一侧有一些高档保健品、烟酒之类的，估计是顺便销赃的，与饭菜一起开票。魏保平原来打算买几盒茶叶带回来作一个见证，心疼钱，结账的时候就没有舍得买。魏保平他们还观察到那个宗玲带着一个年轻的道士到店里去，他们看起来关系很亲密。宗玲介绍那个道士叫丛真道长。宗玲矮个子，胖墩墩的，一身横肉。从王常委介绍的宗强的情况分析，她也可能是从小练过摔跤、武术的。"

"孟庆军主任，你那边的情况怎么样？"陈爱民问。

"我和章勇翔到淮江矿务集团，纪委马维钢副书记非常热情，大力配合。派人陪同我们到黄山矿的爆破公司，查到我们的七百七十万元工程款到了爆破公司账上之后，对方留下百分之十，也就是七十七万元，作为提成的管理费，剩下六百九十三万元当天就被转到七个人账户上。在市纪委王立冬副主任的协助下，我们顺着其中最大的一笔款二百三十三万元，也就是王沛生的账户，沿着资金的流向一路追查。发现王沛生收到工程款的当天，留下一百万元，其余的一百三十三万元又从淮江市工行转回祁河县农商银行瞿园镇支行，收款人是刘建岭。我们从侧面了解了一下，刘建岭是瞿园镇财政所主管会计。"

"孟主任，重大进展啊，你们这一下揪住了狐狸的尾巴，立了头功啊！"陈爱民高兴地竖起大拇指说。

梁石祥赞同地说："是呀，中标价格是七百七十万元，减去七十七万元管理费，还剩六百九十三万元，再减去一百三十三万元，等于五百六十万元。这组数字不是巧合，应该是他们事先商定好的实际施工价格为五百六十万元，那一百三十三万元可能就是给予祁河县这边相关人的回扣。"

"梁书记分析得有道理！"李汉杰说。

"刘建岭收到这笔钱的去向你们查了吗？"陈爱民问。

"陈书记，我、章勇翔以及梁书记分析认为，瞿园镇财政所的财政资金账户就设在镇上的农商银行，刘建岭与银行的工作人员应该非常熟识。为了避免打草惊蛇，暂时没有动这个线索。"孟庆军汇报说。

"好的，孟主任你们的办案意识非常强，我同意你们的想法，暂时不要惊动他们。"陈爱民说，"等到开战之前一两天，我找农商银行的张建行长，通过县银行的平台，查询一下这笔资金的下落。在此之前，不要惊动他们。"

王自力说："陈书记，我还有一个想法，能否查一下宗玲干的绿化工程，看看有没有抓手。"

"好的，我同意。这个人是个体户，没有她违法的东西作为抓手，一旦开打，不好控制她。"陈爱民说，"不过你们千万小心，不要暴露意图，画的圈尽量大一些，让他们丈二和尚摸不着头脑！"

"好的，陈书记，我们会十分小心的！"王自力回答。

"同志们，今天是十四号，我们再准备十天左右，发起总攻。我们在战略上要藐视敌人，做到气势如虹；在战术上要重视敌人，做到心细如发。到了总攻发起的时间，万炮齐发，摧枯拉朽，一举拿下！"陈爱民说。

"我们早就憋着劲准备干掉周树彬这个坏东西了，陈书记，不用动员，咱们的干部保准嗷嗷叫！"几个人摩拳擦掌，兴奋地说。

"一上案子就兴奋，是一个优秀的办案人员很可贵的秉性。不仅仅体现敬业精神，更能够激发出创造力、想象力。查案时要有罪推定，敢于怀疑、想象、推测；审理案件的时候要无罪推定，证据不足的就要坚决否定。看到同志们斗志昂扬，我也充满了必胜的信心！"陈爱民笑着说，"天不早了，咱们回去吃饭，休息好，明天学做一回庄稼把式，帮助扶贫户下地干活去。孟主任你就不要去了，在家休息，陪陪嫂子。"

孟庆军拖着沉重的脚步一个台阶、一个台阶地上楼，韩淑英在门口迎候。

"看看你，天天在外边生龙活虎的，回到家就累成这样！"韩淑英嗔怪地说，"给你打一盆热水烫烫脚吧！"

"好吧，烫烫脚。孩子睡觉了吗？"

"还在做作业，高中的孩子实在是让人心疼。咱们那时候高考，也没有像现在的孩子这样苦！"

孟庆军一边烫脚，一边听韩淑英絮絮叨叨，"医保处的朱主任亲自把报销的六万一千块钱送到咱家里啦，说了好多赔礼道歉的话哟！"

"朱步升现在知道婆婆也是娘啦，不敢再拉着架子等咱们给他请客送礼了，什么玩意儿，我懒得搭理他！"

"还有派出所俞所长带着那个肇事者赵昌吉来咱们家，请求宽恕，表示愿意承担凡繁整容的一切费用。"韩淑英说，"要不然咱们就趁着暑假，到淮江医科大学附属医院把手术做了吧，我打听了，他们医院的美容科水平挺高的。"

"好吧，做就做了吧，不然会留下后遗症。仅仅就是医药费，多一分咱也不要，别留下被他讹诈的话柄。"孟庆军一边烫脚，一边说，"淑英，事情可能不像我们想象的那样简单。这个案子是陈爱民书记、张铁军局长直接过问的。张铁军局长安排调查了这个赵昌吉的社会关系，他是建设局副局长赵四吉的叔伯兄弟，一直在长安建设集团满金虎手下，是一个好勇斗狠的家伙，曾经因为争场子打架，聚众斗殴，判刑三年。撞咱们凡繁的时候，刚刚刑满释放。"

韩淑英惊愕地瞪大了眼："孩他爹，这活儿咱别再干了！俺从来没有拖过你的后腿，你去前线，血里火里打冲锋的时候，俺没有说过二话。但是，现在你拖家带口的，自己的身体又是啥样，自己还不清楚？求求你，别再拼了，也算是为了俺们娘儿仨吧！"

大滴大滴的眼泪顺着韩淑英的脸颊流淌下来。孟庆军赶紧擦擦脚，过去为韩淑英揩拭眼泪。

"好了，别哭了，我这二十五年的命都是多活的，是王英杰排长拿他的命换来的，要不然就是我躺在麻栗坡陵园了。"孟庆军的热泪夺眶而出。自从转业回来之后，孟庆军绝口不提当年的那一场惨烈的局部战争，但是战斗的残酷深深刺激着他，孟庆军时常在噩梦中被妻子叫醒。

"庆军，对不起，我不该再提起你的伤心事！"韩淑英泪眼婆娑，却安慰着孟庆军。

"淑英，你跟了我二十五年，知道我的这一条命是属于党的，咱们夫妻俩之间不说大话。我们的兄弟、战友出征时候的誓言'生命不息，战斗不止！'也是我一生的誓言。如果我有一天倒在了反腐败的战场上，那是我真正修成正果了。到时候你不要哭，柜子里还有一套新军装，给我穿上。"

"别说这话！"韩淑英捂住丈夫的嘴。

"人固有一死，我不怕死，摸过阎王爷鼻子的人还有啥可怕的？"孟庆军说，"新来的陈爱民书记是一条硬汉子，铮铮铁骨，疾恶如仇。咱能够跟随这样的领导一起冲锋陷阵，甩开膀子与腐败分子干一仗，就是死了，也是我的荣幸。你不要担心，现在依然是红色江山，他们翻不了天！"

夫妻相拥而泣。

初夏，北方的田野恬静而美丽。蓝蓝的天空飘荡着白云，明媚的阳光照耀着广袤大地上辛勤劳作的人们。

县纪委的干部分别来到魏大庆和闫长美家的田头，参加义务劳动。

"今年的收成咋样，一亩地能收多少鲜蒜？"陈爱民一边拔蒜薹，一边跟闫长美聊家常。

"一亩能收个几千斤吧。今年雨水大，收成不太好，蒜头小，卖不上价。"

"列宁把喀山工人星期六义务劳动称为'伟大的创举'。咱们的干部八十年代还经常参加义务劳动，到社区打扫卫生，下农村收割麦子，现在的干部好像越来越懒了！"陈爱民跟梁石祥说。

"是呀，刚参加工作那会儿，天天早上抢着拖地、打扫厕所。我的老主任是个老军人，经常教导我们小青年说：'革命工作无论大小，都要积极主动。'现在这些活儿都包给物业公司干了。"

"我小时候，星期天、寒暑假经常到'五七'干校去，也就是俗称的牛棚，父母亲都在那里改造思想。平心而论，如果不是挖什么'五·一六'整人，单单从劳动而言，对干部的思想触动还是很大的，父母都跟我讲过。"热气开始在大地上蒸腾，陈爱民用毛巾擦汗，"马骏书记说要恢复重建党校，我准备跟他建议，增设一门劳动课，让党员干部体会一下稼穑之苦，百姓的艰难。"

"我来自农村，高考跳出了农门，但是不能忘本啊！"梁石祥感慨地说。

"梁书记，我们这个义务劳动可以坚持下去，让每一个干部每年拿出两个半天到结对的贫困户家帮帮忙，也没有增加干部太大的负担。既要帮钱场，也得帮人场！"

"那太感谢同志们了！俺收蒜时一亩地光是请小工的钱就得千把块，俺请不起呀。"闫长美说。

"大嫂，雷锋精神伟大，其实就在于平凡。雷锋参加义务劳动、帮着大嫂抱孩子、出差打扫列车，干的都是平凡的事儿，平凡之中体现共产主义思想的伟大。"陈爱民说。

手机提示音。薛媛媛："书记哥哥，我的车停在小院门口了！"

陈爱民穿上运动服，走出小院大门。

在夜色笼罩中，一辆红色的轿车鸣了一声笛。

"刚刚加班回家，顺便过来看看你！"陈爱民坐到副驾上，薛媛媛甜甜地说。

"谢谢媛媛，咱们把车往前开一下，找个地方聊聊天吧！"陈爱民说。

车灯射出两道明亮的光柱，在宝通河畔停下。清爽的晚风徐徐吹来，四周笼罩在朦朦胧胧的夜幕中，几声蛙鸣，更增添了夏夜的安详。

陈爱民感性地说道："好美的夜色，我感觉是那么久违了！"

"良辰美景，才子佳人，切莫辜负。"薛媛媛柔声说。

"媛媛，你哥已经没有了当年花前月下的浪漫，岁月一点一滴地把激情消磨殆尽。"

"激情可以重燃，生活依然浪漫。"

"可是媛媛呀，我毕竟比你年长十九岁啊，论辈分你该喊'叔叔'了。你从浪漫的视角看我很潇洒，很光彩，其实真正进入生活之中，面对柴米油盐酱醋茶，我就是一个普普通通的俗人，光环一旦褪去，咱们心理、生理上的差距就会形成巨大的隔阂，所以还是理智一些吧！"陈爱民轻轻推开了依偎在身边的姑娘。

突然，薛媛媛张开双手，环抱着陈爱民，"我愿意，得到你，我之幸；得不到，我之命！"

陈爱民感到周身的热血在燃烧，但是超强的理智使他克服了人性的弱点。

陈爱民轻轻推开她，像长者一样温柔地抚摸着薛媛媛的秀发，说了一句："丫头，回去吧！"

"书记哥哥，身上的烟味儿太重，少吸烟，保重身体！"薛媛媛带着哭腔说。

"好的，听从媛媛的劝诫，从明天开始控制抽烟。咱们回去吧。"陈爱民轻声说。

周一上午，农商银行行长张建来到陈爱民办公室。

"陈书记有什么指示？"

"张行长请坐，今天找你来是有一个特殊的任务交给你。"

陈爱民一边热情寒暄，一边说。

"书记尽管吩咐。"张建直截了当地说。

"是这样，如果按照程序，这一个查询事项应该到你们行里，从前台操作。"陈爱民望着张建恳切地说，"但是为了案情保密的需要，我把这个任务直接交给你，请你安排可靠的同志帮助查询。"

陈爱民把《监察机关查询银行通知书》递给他。

"谢谢书记信任，我亲自从后台查询，保密没有问题！"

"张行长你很忙，客气话不多说了！"

陈爱民与张建热情握手道别。

"咚咚"敲门声，王自力常委和王立楷主任一起进入陈爱民办公室。

"请坐，"陈爱民招呼说，"情况怎么样？"

王立楷汇报说："陈书记，我们查了这五年以来的市政绿化工程，宗玲的祁河县盆景花木公司中标了两个：一个是祁河中学的，标的一百四十万元；另一个是黄河路绿化工程，标的四百八十万元。两项工程标的总计是六百二十万元。但是，这两个工程都与甲方，也就是园林局有诉讼官司，主要是施工过程中双方对追加的工程部分的认定，宗玲主张追加四百三十万元，法院判决园林局败诉，赔偿原告宗玲三百七十万元。"

"两个工程共计六百多万元，追加的就达到三百七十万元，超出了一半还多，什么原因？"陈爱民不解地问道。

王自力拿出香烟，递给陈爱民，打着火机为他点烟。

陈爱民摆摆手："等一会儿再抽，把抽烟的时间间隔尽量延长一些。从今天开始每天六支，总量控制，早中晚各两支，绝不超标。要是上午把指标用完了，下午和晚上就得忍饥挨饿！"

王立楷笑着问："陈书记，犯烟瘾真的就那么难受？"

"我也尝试过戒烟，那个滋味真是百爪挠心，六神无主，要说我的意志力还是很坚强的。既然戒烟这么痛苦，不如节制一些，慢慢把烟量降下来，直至彻底抛弃香烟和打火机。毕竟健康才是最宝贵的财富啊！"陈爱民说这番话的时候，眼前浮现着薛媛媛那双明亮的眼眸。

"我也不抽了。"王自力把香烟又放回烟盒，接着说，"追加的工程部分也应该继续招投标的。造成工程反复修改、追加的原因是刘冠一书记经常深入工地现场，凡是他看到不顺眼的，立即就得推倒重来。不仅绿化景观工程，其他的市政工程也常常是这么反反复复，浪费了不少资金。"

"不错，刘书记喜欢反复，朝令夕改。"陈爱民说，"我刚来的时候，听说当时的板材家具指挥部做的一个展厅项目，规划设计方案是他定的，按照他的要求门前的道板用绿色的。有一次他到展厅视察，嫌绿色的道板难看，让马上换成红色的。主办方又立马把刚刚铺设好的绿色道板全部废弃，换成红色的。"

"所以，就有一些人钻这个空子，发了横财，宗玲就是打这个主意。"王自力说，"这个宗玲主张的追加三百七十万元，合理的部分至多五六十万元，生生讹诈政府三百万元以上！"

"园林局就这么眼看着被讹诈？"陈爱民点燃香烟。

王立楷说："我们翻阅了一下合同，就这个诉讼，现任局长蒋亚飞也很恼火，之前他对这个情况一无所知。这六年以来，园林局换了六任局长，平均一年换一个，屁股还没有坐热乎，就调整了，没有保持工作的连贯性，这也是宗玲能够成功钻空子的原因之一。"

"没有家贼，引不来外鬼，这个谜团早晚得解开！"陈爱民愤愤地说，"哎，法院那边你们接触了没有？"

王自力回答："暂时还没有联系他们，等待陈书记你的指示。"

陈爱民马上拨通了法院院长李涵的电话："李院长你好，我是县纪委陈爱民！"

"陈书记好，有什么指示？"

"有一个民告官的案子，请你关注一下。"陈爱民说。

"哪一个？"

"祁河县盆景花木公司诉讼园林局的，标的是三百七十万元。"

"我知道这个案子，也感觉到不正常，"听筒里传来李涵的声音，"这个案子上审委会研究过，主要是被告方的园林局工作人员，在庭审时做出了对他们一方不利的证词，所以判决园林局败诉。具体情况我再了解一下，现在民商案件太多，具体情况一下想不起来。"

"请你尽快落实一下！"

"好的，我马上把案卷调过来看看，再问一问主审法官。"李涵说。

"能不能暂时不找主审法官，麻烦你亲自阅卷看看！"陈爱民的职业敏感，使他阻止了李涵进一步找主审法官的想法。

"好的，我先阅卷，下午下班之前我过去跟你汇报！"

"谢谢老弟！"陈爱民亲切地说。

陈爱民放下电话，对王自力说："下午看看法院那边是什么情况。"

"我们了解，案件的关键点就在于园林局工作人员作证的不利证词，是导致政府败诉的根本原因。"王自力说。

"自力，你说到点子上了，关键的人物，作了关键的伪证。"陈爱民说，"我约一下地税局赵志国局长，请他下午一上班过来，让地税局稽查一下宗玲这个女人是否偷税。咱们多管齐下，她就是一条泥鳅，也能揪住她！"

下午的办公室充满了灿烂的阳光。

农商行行长张建坐在陈爱民对面，汇报说："陈书记，按照你的要求，我查了一下这个刘建岭的账户，平时业务量很少，这是他的流水。"张建探过身子，指着几张银行的单据说："你看，他是2008年4月15日在农商行开的户，20日就转进九十七万元，很快就提取现金，只留下一点零头。2009年9月3日转进一百三十三万元，也是这么操作，很快提现。"

"好的，谢谢张行长，需要调取提款原始单据时，再麻烦你！"

"陈书记，跟我不用客气！"张建说。

送到门口，陈爱民再一次叮嘱："请你严格保密！"

"一定严守秘密，请陈书记放心！"张建回答。

地税局局长赵志国应约来到陈爱民办公室。

"赵志国前来报到，请陈书记指示！"赵志国进门笑着说。

"志国局长，跟我还这么客气，咱们可是老财税的兄弟！"陈爱民说。

赵志国说："是呀，我当年在税务二分局干内勤，二分局管工业，我天天下午四点钟准时到市局送报表，经常遇见你。"

"是的，我刚进财政局就是企财科的专管员。那时候财政、税务、审计都在一个大楼办公，那么多的年轻人在一起，热热闹闹，充满了朝气、活力！"陈爱民感慨地说。

赵志国说："转眼二十多年过去了，和我们当年一样年轻的一代人都成长起来了！"

"我很怀念老财政的工作氛围，培养了我严谨、细致的作风。特别是老科长言传身教，每个月一份经济活动分析报告，经济核算的童子功就是那个时候练就的。"陈爱民说，"言归正传，今天请你来，是有一项任务交给地税局，请你们协查一下祁河县花木盆景公司是否存在偷税的问题。"

"好的，我记下这家公司的名称。"赵志国掏出小本子。

"从初步掌握的情况分析，这家公司是个皮包公司，法人代表宗玲，跟园林局打官司，宗玲方胜诉。目前已经进入执行程序，政府至少多赔付原告方三百万元。具体情况园林局有相关资料。"

赵志国说："好的，我记下了，回去就安排稽查分局开展工作。"

"还有一个注意事项，不要让人感觉到你们的稽查工作有纪检委的背景。"

"心里有数，做好保密工作！"赵志国会意地说。

"表示感谢！"陈爱民起身，与赵志国握手道别。

"应该的，本来就是分内的事儿！"赵志国说。

临近傍晚，法院院长李涵提着公文包来到陈爱民办公室。两人热情握手。

"陈书记，我看了一下祁河县盆景花木公司诉讼园林局的案卷，不太复杂，几个关键点就是对变更设计导致增加的三百七十万元的认定问题，宗玲提供的园林局的单据是复印件，而园林局恰恰又提供不了单据。"李涵严谨、精确地表述说。

"那么，这三百七十万元的复印件单据的真伪如何界定？"陈爱民瞪起了眼，下意识地掏出香烟点燃。

"按照法律规定，由于不能辨别真伪，所以没有出处的复印件是不能作为证据使用的。"李涵出示一张复印件，"陈书记你看，这种复印件使用的是园林局的便笺，还有园林局的印章。"

"既然这样，法院为什么采信了这份证据呢？"陈爱民一针见血地发问道。

"采信的主要理由是园林局法规科科长梁琪作的证言。"李涵一边说，一边把U盘插到电脑上，开始播放视频，"陈书记你看看！"

画面上出现一个年轻干部，对着镜头讲："我实事求是地作证，这三百七十万元追加的项目，都是真实发生的。"还扬了扬手中的几页纸张。

画外音，"你把三百七十万元追加的明细项目读一读！"

年轻干部拿着那几页纸，逐字逐句地读了起来。

"这个人就是梁琪，拍摄地点就在原告宗玲的正义律师事务所，在旁边提示的是原告的律师助理甘辉臻。"李涵精练地表述道。

"国家工作人员跑到对方的律师事务所，在对方律师助理的询问下，作对国家机关不利的证言，岂非咄咄怪事！这种证言的真实性不也应该打个问号吗？"陈爱民质问。

"陈书记指出的这个问题非常正确，第一次开庭审理的时候，原告律师当庭播放这一段录像，主审法官询问梁琪'以上证词是否真实'。梁琪当庭回答'都是事实'。"

"彻头彻尾的奸细！"陈爱民愤怒地说。

"由于涉及政府机关败诉，我们也非常慎重，特意安排主审法官、民二庭副庭长胡广建、法官张红林到追加项目的苗木采购地进行实地调查。反馈过来的情况是采购合同已经履行，梁琪的证言得到了印证，由此做出园林局败诉的判决。"李涵说。

"法官调查的采购地点是哪里？"

"主要是安徽的黄山和江西的九江，几家林场的材料我都复印好了。"李涵把一叠材料交给陈爱民。

"园林局一审败诉之后，为什么不上诉？"

"他们是在上诉期限过后才提交的，属于自行放弃。目前已经进入执行阶段，原告方宗玲追得很紧，扬言要进行网络炒作。"李涵回答。

"这又是法规科梁科长捣的鬼，故意拖延至超过上诉时效。你们的法官怎么也没有尽提醒之责？"陈爱民冷笑着说。

"是的，法官也有责任，也可能是忽略了。毕竟现在的民商案件数量太多，每年一万多件，法官都在超负荷运转。"

"李院长，请你们把执行的节奏放慢一些，给我们的调查留出时间，好吗？"陈爱民说。

"好的，不过陈书记也请你们动作快一点。听说这个宗玲泼得很，又要上访，又要煽动媒体、网络进行炒作。上边对基层法院有考核，我们也是没有办法，压力很大，法院现在也是弱势群体，今不如昔呀！"李涵一脸无奈。

"没有问题，我们尽快落实就是，还请你老弟保密，包括你们的法官，不要让他们察觉纪检机关正在关注此案。"

两人握手道别，"非常感谢！"陈爱民说。

财政局局长周树彬宽敞的办公室摆设豪华、大气，派头十足，省部级领导办公室的布局，办公桌后边竖立一杆国旗，一溜书橱整整齐齐摆放着各色线装书、大部头的专著，显示着这位房间的主人与众不同。里边还有一个小套间，这是周局长休息的地方。周树彬非常注重保健，每天下午三点开始，一个小电饭煲就开始炖上各种滋阴壮阳的名贵中药材，一股淡淡的草药味儿飘逸在办公室。

在上司面前低眉顺眼猫儿一样温顺，周树彬对部下却是声色俱厉的另一副嘴脸。

"这是写的什么熊报告，前言不搭后语！"周树彬拍桌子训斥一位科长，言犹未尽，又狠狠撕成几片，摔到科长脸上，"回去，重新返工！"

科长一言不发，捡起地上的碎片出去了。

手机响，"老婆大人，有什么指示？"周树彬满脸堆笑地说。

马莉莉的声音；"哎，我跟你说，今天中午下班之前，李涵院长把宗玲打官司的案卷调走了！"

周树彬一骨碌从老板椅上直起身，惊愕地问："是园林局的工程吗？"

"是的，宗玲刚刚给我打电话讲的。"

"电话里不要多讲，晚上回家再说。"周树彬小声说。

华灯初上，五支渠畔的田园美墅，掩映在繁茂的树荫里。汽车在毗邻河边的一栋洋房别墅前停下。周树彬下车，从精致的皮包里掏出钥匙，打开了院子的栅栏门。

"哎哟，周局长这么早就回府了，太阳从西边出来了！"马莉莉出门迎接。

周树彬阴沉着脸，"进屋说话。"

"咋的啦？"马莉莉不高兴地问。

周树彬走进客厅。宽敞的大厅装潢得富丽堂皇，水晶吊灯，地面铺设紫红色的大理石，真皮沙发，名贵的红木家具，都显示着这家主人的生活非常殷实、富足。

"两个孩子吃过饭了？"周树彬问。

"晶晶今天上班去了，晚上同事请吃饭。冰冰放学回家，吃过饭，做作业了。店里边今晚让妹妹替我一下，这不回家陪你嘛，"马莉莉嗲兮兮地说，"彬哥哥想吃点啥哦？"

"有稀饭没，喝一碗就行。天天山珍海味加上茅台、人头马什么的直个儿地往肚子里灌，真想喝碗玉米糊糊空空肚子，刷刷油！"

马莉莉到厨房端来一碗稀饭，一小碟咸菜，"有碗剩稀饭，还热乎乎的，凑合着吃吧，咸菜是你大闺女炒的。"

周树彬一边"呼噜呼噜"喝稀饭，一边"咯吱咯吱"嚼着咸菜，"我就是喜欢吃咱大妮子炒的五香萝卜干，香脆可口。哎，你说说宗玲的官司是怎么回事？"

"没有啥大不了的，她跟我打电话说，法院的朋友告诉她，他们与园林局的那个案子，不是已经胜诉了吗，现在到了执行的程序，今天中午下班之前，院长李涵把案卷调走了，朋友跟她说是可能是有人干预案件了。宗玲已经聘请枪手操刀，在网络上炒一炒，再给他们施加一些压力。"马莉莉不以为然地说。

"坏了，坏了！"周树彬大惊失色，筷子不由得掉在地上。

"咋的啦？"马莉莉弯腰捡起筷子。

周树彬顿足惊呼："怪不得县纪委的前几天到园林局去，调查这些年的绿化工程，原来是冲着宗玲去的！"

"瞧你那尿样，纪委监察局是管党员干部的，宗玲不党不团的，老百姓一个，他们能拿她咋的？"

"宗玲不是一个好娘儿们，以后你得离她远一点。"周树彬心有余悸地说，"关键是那个陈爱民太厉害了，谁也摸不透他打的什么主意，不得不防！"

"我看那人挺和气的，文质彬彬，也挺有范儿的，不像你讲得这么可怕。"马莉莉说。

"你懂啥？这个陈爱民在淮江市纪检系统外号'陈一刀'，不信问问你妹夫李群，绝对是个令人恐惧的角色，不能光看表象。"周树彬推开碗，长吁短叹，"我总有一种不祥的感觉。自从陈爱民来了之后，三番五次请他吃饭，他都推脱，不跟我见面。今天我打电话给苏俊峰部长，他没有接，也没有回。以往苏部长不接电话，一定要给我回电话的！"

"一回不接电话，也许就是一个巧合呢，至于吓成那个熊样吗？"马莉莉仍然不屑一顾。

"妇道人家懂得什么！"周树彬一反常态，冲马莉莉吼道。

周树彬打开电脑，搜索"祁河论坛"。

"政府大要老赖，欠账不还；法院官官相护，执法犯法！"一行煽情的标题赫然出现在周树彬的眼帘，他急切地往下阅读。

"民营企业祁河县花木盆景公司为祁河县的美化、绿化做出了突出贡献，但是，县政府的园林局一直拖欠工程款拒不偿还，大耍泼皮无赖。民营企业走投无路告到法院，已经判决生效，老赖园林局完全败诉。但是到了执行环节，祁河县政府对人民法院已经生效的判决百般阻挠，法院慑于压力，推三阻四，不敢依法办事。民营企业由于资金困难，已经举步维艰，濒临破产的边缘……"

"坏喽，坏喽，惹大祸喽！"周树彬顿足捶胸。

"咋的啦，有法院已经生效的判决，怕的啥？"马莉莉不以为然地问道。

"咋的啦，宗玲怎么搞的你还不知道吗？本来资金都已经结清了，她还非得要再讹政府一笔。要是以往刘书记那会儿忽悠忽悠还能蒙得过去，现在的马骏、强国还有那个陈爱民，哪一个是好惹的角色？她还非得去老虎头上挠痒痒，不是自己找死吗？"冷汗从周树彬额头渗出，"搞不好，咱们会栽到这个娘儿们手里！"

"有那么严重吗？"马莉莉给周树彬擦汗，"瞧你吓得脸色都白了。"

"以后你别整天跟那个娘儿们黏在一块儿，离她远一点。"周树彬说，"另外，家里准备一些现金，一旦有什么风吹草动，赶紧跑路。跑了，跑了，一跑就了！"

"哎哟，彬哥哥这么说，我还真有点瘆得慌！"马莉莉也感觉到害怕了。

"莉莉，我讲的是真事儿，不是吓唬你。"周树彬上前搂住马莉莉，凄凉地说，"如果到那个时候，记住用最原始的方法联系，最原始的办法，也就是对付现代侦查最有效的办法。美国人满世界逮本·拉登，本·拉登就是用最原始的鸡毛信联络的，躲过了美国十年的追捕，要不是叛徒的出卖，大海捞针，哪里去找？"

"那你和孩子怎么办？"

周树彬说："孩子也大了，还有姥姥姥爷管，咱们不用操心。万一有事，咱俩分头跑，然后到芒砀县你表姑家会合。如果我走不了，你别管我。我咨询过检察院的朋友，夫妻双方只有一方的口供，没有对方的口供，拿不到赃款赃物就不能认定犯罪事实。"

"咱家的那些值钱的东西也得处理一下吧，不然存放到俺妹妹家？"

"放在谁家就是祸害谁，那是窝赃啊，也是犯法！"周树彬叹气，"哎，女人当家，房倒屋塌！"

"那怎么办？"

周树彬指了一下院子里的柿子树，"找两口锅，埋在下边！"

夜深人静。周树彬、马莉莉往两口钢精锅里摆放现金、金条、首饰、玉器、名表等。合上锅盖，周树彬又用塑料袋包裹了几层。两人搬着大锅来到柿子树下，周树彬用铁锹悄悄地开始挖掘泥土……

东方翻腾着紫红的朝霞，一轮红日喷薄而出，向着刚刚苏醒的大地放射出绚丽多彩的光芒。湖面上波光粼粼，环湖的白杨树在晨风中"哗哗"作响。

迎着朝阳和湿润的空气，陈爱民开始了一天的生活，长跑和健身是他每一天必不可少的部分。短裤、背心，把他饱满的肌肉和健美的身材展现得淋漓尽致；他富有弹力的步伐，彰显着健康和活力。

陈爱民满头大汗进入小院健身房。马骏和强国正在跑步机和综合健身器上挥洒汗水，器械撞击声此起彼伏。

陈爱民操起了一副大号哑铃。

"工作进行得怎么样？"马骏问。

"正好书记、县长都在，我简要汇报一下。"陈爱民说，"目前掌握的周树彬受贿问题有大庙村原支部书记魏彦成的十万元，还有几个乡镇和部委办局的一把手检举的约有二十万元，专项资金拨付向一家企业索取六十万元。"

"一家企业就索要六十万，是燕山化工吧，老周的胃口这么大？"强国停下手中的器械问。

陈爱民不置可否地笑笑，"我答应在案件查办之前替人家保密的。"

"'两归'的条件怎么样？"马骏问。

"目前还差一层窗户纸，"陈爱民说，"办'两归'审批的流程，首先是县纪委申报，其次是县委审批，最后一关是市纪委批准，并报省纪委备案。现在我们掌握的证词都是证人一方的供述，没有周树彬的交代，所以都不能认定。特别是周树彬的连襟还是市纪委分管案件的常委李群，保密工作以及'两归'的审批难度都是问题。"

马骏问："还能不能再往前推进一步呢？"

"我们正在做这方面的努力，目前还在经营两条线索，一条是周树彬的亲信、瞿园财政所所长王丰生，从土地复垦工程款中套取了一百三十三万元，存入财政所会计刘建岭的个人账户，已经把资金全部提取了现金。"陈爱民接着说，"还有一条线索是周的老婆马莉莉的闺密宗玲，与他们两口子关系非同寻常。宗玲经常替人找周树彬讨要政府工程款，还涉嫌伪造假合同诈骗政府资金。我想请公安局配合一下，调查宗玲打官司的合同是否真实。同时，地税局也在稽查宗玲的偷税问题。如果围绕宗玲查出她的违法犯罪问题，也能打开突破口。这样双管齐下，对周树彬夫妻采取措施，把握更大一些。"

"那好，我跟铁军说一下，你们准备什么时间开始调查？"

"越快越好，最好今天开始。"陈爱民说。

汽车在行驶途中。

手机铃响。"爱民书记，刚才马书记给我交代了咱们两家联合查案的事儿，你看咱们怎么安排？"张铁军说。

"你现在在哪里了？"陈爱民说。

"在局里。"

陈爱民看了一下手表，"我现在赶过去，二十多分钟能到地方，再让梁石祥、王自力、主办案件的王立楷也过去，咱们商量一下下一步的工作，怎么样？"

"好，我安排副局长郑运华、刑警大队武四海大队长和王跃进中队长参加，九点在十楼会议室。"张铁军说。

上午九点，公安局十楼会议室，参加会议人员陆续到达。刑警大队武四海、王跃进身着警服，警容严整，向陈爱民、张铁军敬礼。

张铁军说："按照县委的要求，今天开一个案件协办会议，请陈书记讲话。"

陈爱民说："县纪委在查办案件中，涉及一个案件当事人，祁河县盆景花木公司经理宗玲。其一是涉嫌偷税，县地税局正在稽查；其二是涉嫌诈骗和其他犯罪行为，需要公安机关协助调查。下面，请县纪委二室主任王立楷介绍一下案情。"

"我简要汇报一下案情，"王立楷说，"宗玲于2007年冬承揽了祁河中学绿化工程，标的一百四十万元；2008年年底承揽了黄河路绿化景观工程，标的四百八十万元。两项市政工程合计六百二十万元。今年一月，宗玲以上述两项工程追加投资为由，向县法院提出诉讼，要求县园林局偿付追加的项目支出三百七十万元。请各位领导看一下视频！"

电脑开始播放，会议室大屏幕上出现梁琪作证的镜头。

"这是园林局的法规科科长梁琪到宗玲的律师那里作证的视频，这也是法院采信宗玲出具的证据的主要原因。"王立楷说，"宗玲提供的追加工程的项目是复印件，追加工程项目的采购地主要是安徽黄山市的百合苗木基地、江西九江市的鸿运林场等，由于园林局没有收货存根印证，法规科科长的证言就起到关键作用。"

梁石祥补充说："法院对这些证言、证据材料也不放心，院长李涵专门安排承办法官到苗木的主要采购地实地调查，去过黄山的百合苗木基地，九江的鸿运林场等处，主审法官胡广建给院审判委员会汇报的信息是对方供货的合同已经履行，原告提供的资料属实，这样法院核查的结果也对宗玲一方有利。咱们自己也确实有责任，领导跑到工地上指手画脚瞎指挥一通，栽好的苗木拔掉换品种，有的都换了好几茬，现在谁都说不清。"

陈爱民说："所以，同志们，你们的任务就是沿着法官调查的线路，再认真复查一遍，看看宗玲提供的几个大宗的苗木采购是否真实发生。诈骗犯罪的八个关键字儿，就是虚构事实，隐瞒真相。要是存在虚构事实的情形，就以公安局的名义取证，做笔录，省得以后再返工；如果查否了，就以纪委的名义做笔录，做一个了结。铁军局长，你看怎么样？"

"好的，就按照陈书记的要求去办。"张铁军说，"你们几个熟悉一下案情，午饭之后出发，路上开车注意安全。"

"保证完成任务！"几个办案人员起立说道。

下午的阳光照在陈爱民的办公桌上，他埋头研究案卷。

赵志国进门就说："陈书记，跟你汇报一下交办的任务！"

"赵局长请坐！"陈爱民起身，跟赵志国热情握手。

赵志国说："我们稽查的情况是这样，祁河县花木盆景公司2005年4月注册，宗玲是法人代表。2007年之前业务很少。之后有祁河中学绿化和黄河路绿化、景观工程，还有几个小的街头公园，计算应纳税六十多万元，一直没有申报。"

"这样能不能构成偷税犯罪？"陈爱民问。

"暂时还不行，还有一些税务的行政处罚程序要走。稽查局的同志电话通知宗玲申报，她挂断电话，之后不再接听我们的电话了。稽查局的局长带人到居住地找到宗玲。她对我们的稽查人员破口大骂，还口口声声要控告我们骚扰了她的生活。稽查人员警告她，如果拒不履行纳税义务，就将移送公安机关追究刑事责任。她的态度才稍微有一些缓和。"

陈爱民说："怕公安，看来，她还是有所忌惮的！"

"之后，我们再也联系不上她了，一切由她的律师出面。听说这个娘儿们是个母老虎，曾经手持斧头追杀她的前夫，一斧头砍到后背上，差一点闹出了人命。"

"凶悍刁蛮，不是一个善人！"陈爱民说。

"她的律师也讨厌她，跟稽查局的局长讲了一个情况。前几天宗玲在乡下给她爹出老殡，恰巧有一辆警车鸣着警笛从她家门口驶过，把她吓得扔掉孝帽子，扒掉孝袍子，翻墙头就跑了。这么看，不知道这个娘儿们还有什么案件在身，吓成那个熊样。"赵志国说。

"请你们继续稽查，行政程序完善之后，如果构成偷税罪，我们出面协调，移送公安机关。"陈爱民说。

"好的，我们按照陈书记的意见办理。"

心事重重的周树彬回到了田园美墅的家。电视里正在播出腾格尔的歌曲，"我爱你，我的家，我的天堂！"周树彬环顾四周，忽然心头一热，感觉到家是那么的温馨。

两个女儿高高兴兴地从房间出来欢迎："爸爸回来啦！"

"回来了，咱们一起吃饭！"周树彬说话的时候觉得鼻子忽然一酸，一种负疚的心情油然而生。

马莉莉给两个女儿张罗着："赶紧收拾碗筷去！"

"老爸今天怎么表现这么好，回家吃饭了？"初中生周冰冰依偎在周树彬身边撒娇。

"今后爸爸天天回家陪妮子吃饭。"

"老爸气色不太好，是不是身体不舒服？"大女儿周晶晶关切地说。

"是有些不舒服，可能是累了。"想到如果这种家庭的温暖一旦破灭，周树彬不由得打了一个冷战。

璀璨的星空，拂煦的晚风，周树彬陪同马莉莉沿着小河边散步。

周树彬拉着妻子的手，"还记得二十五年前咱们第一次见面吗？"

"怎么不记得？你骑着一辆凤凰牌自行车载着我，也是沿着这个五支渠一路颠簸，那会儿这里都是土路，坑坑洼洼的，差一点把我颠到河里去。"马莉莉说。

"那会儿，我是财政局的一个小办事员，中专毕业生，一个月的工资四十二块半，还有十一块钱的驻厂员津贴，天天兴高采烈，努力工作，认真读书，生活得非常充实，无忧无虑。凤凰牌的自行车还是局里配发的。"周树彬深情地回忆往事，"你那时候扎着两个小辫儿，胖嘟嘟的圆脸，在人民商场站柜台，一个月三十六块钱。"

"你认识我以后，晚上也不愿意看书了，天天陪我逛马路。老爹生气了，规定咱俩每周二、四、六见面三次，其他时间让你安心读夜大，拿大专文凭。"

"爸爸一直严格要求咱们，是真心爱护咱们，可是咱们回过头来想一想，咱们是不是有负于他老人家。我最近一直在想，这些年咱们做得是不是有些过分了？现在有钱、有房、有车、有地位，却没有了以前的幸福感觉，还天天提心吊胆的。时光不能倒流，我真的还想回到以前那样清苦但是很快乐的日子！"周树彬长叹一声。

"彬哥哥，你是不是有点太悲观啦？"

"哎，希望我是杞人忧天。"周树彬叹了一口气，"宗玲那边有啥消息？"

"地税局的找她了，说是地税稽查分局的。"马莉莉说。

周树彬大吃一惊："怎么回事？你快说说！"

"先是打电话，说宗玲的公司欠税六十多万元，宗玲没有搭理他们。后来几个人去了她家，还威胁要交给公安局侦办她。"

"这么看，县纪委到园林局查宗玲的绿化工程，法院院长调宗玲的案卷，现在地税局又查宗玲的税收，把这些连起来看，绝对不是偶然的。我总感觉到有一双大手在背后操控这一切，这个操控的人就是陈爱民。莉莉，搞不好咱们真的会栽在这个女人手里！"周树彬的音调显得很凄凉。

"哎哟，彬哥，这么说，我还真的害怕了！"

"陈爱民绝对是一个恐怖的对手，是咱们的天敌。别看他表面上温文儒雅的，其实凶狠无比，不出手则罢，一旦出手就是直取对手要害，没有任何余地！"周树彬心悸地说。

"现在还有什么补救的办法吗？"马莉莉着急地问。

"现在最主要的是让宗玲销声匿迹，你跟她说，让她立马躲得远远的，中断一切对外联系。"周树彬面色冷峻，"还有，你告诉她，让她立即从地税局和法院解脱出来。拖欠的税收赶紧补缴，拒绝履行纳税义务就是犯罪，那是真的抓人啊，不是小孩过家家说着玩的！还有，园林局的官司可以协商，进行调解。让那个宗玲不要太饥渴，往后退一步，少要一点，适可而止，双方尽快达成和解。"

"那是一个要钱不要命的主儿，不占便宜就觉得吃了亏，一下子吐出这么多，不比剜她的肉还困难？"

"剜肉总比掉脑袋强，愚蠢的女人！再有，让她立即停止网络炒作案件，别再乱上作乱啦。"周树彬愤愤地说，"莉莉，咱们这些年跟她的交往有多少？"

"钱、物都算上，大概三十来万元吧。"马莉莉说。

"咱们的存款还有多少？"周树彬问。

"二百四十多万元，这两天我已经提取了二十万元了。"马莉莉回答。

"拿三十万元还给宗玲，让她去缴税。其余的尽量提取出来。"

"这么多的现金往哪里放？"马莉莉问。

"你懂什么，万一有事，账户被冻结了，你一个子儿都取不出来。还有咱们的投资、入股的凭据也得收藏好，放在家里不保险。"周树彬说。

"放在俺妈家吧，就一个小皮包，不惹眼。"

"只好如此了！"周树彬紧紧搂抱着马莉莉，"但愿老天保佑我们平安无事，躲过此灾难！"

"哎，宗玲从青海的一个喇嘛寺请来一幅佛语，贴在门上吧，避一避邪气！"马莉莉泪眼蒙眬。

"好吧，阿弥陀佛！"周树彬闭上眼，一股悲怆的情绪涌上心头，两行泪水顺着脸颊滚下。

年轻的警官驾驶着一辆警车在高速公路上疾驰，王立楷、张继胜和王跃进眺望着远处连绵起伏的峰峦，在夕阳的映照下，群山沉浸在一片金色的暮霭之中。

"咱们今晚就下榻黄山市吧，明天一大早就去找百合苗木基地。"王立楷说。

"好的，时间抓得够紧的，'黄山归来不看岳'，任务紧急，也没有时间游览黄山了。"王跃进遗憾地说。

翌日，迎着喷薄而出的朝阳，警车继续前行，沿着一条蜿蜒起伏的水泥小路在峡谷中穿行，一脉潺潺的涧溪欢快地流淌，明媚的阳光照在墨绿的峭壁上，马尾松拗曲的枝干千姿百态，葛藤从绝壁上垂下来，绿叶丛中夹杂着红的、黄的、紫的各色无名的野花，越发显得山峰的高耸，峡谷的幽静。

汽车转出山峡，前边有一块开阔的平原，路旁的一个二层小楼前边竖立着一块牌匾，上写"黄山百合苗木基地"。

胖乎乎的女老板，热情地招待远道的客人，"请品尝一下我们家自己炒的茶叶吧！"

"谢谢大嫂！请问你贵姓？"王立楷问。

"我姓靳，靳杜鹃。"女老板快人快语地说。

"你就是百合苗木的老板靳杜鹃？"王跃进又询问一遍。

"是的，我们一家承包这个林场有十几年了。"

"大嫂，我们是祁河县纪委和公安局的，想找你了解一下情况，给你添麻烦了。"王立楷非常客气地说。

"没有关系的，有什么事尽管问！"靳杜鹃说。

王立楷从包中掏出一份合同，递给她，"请问，这一份合同是你与祁河盆景花木公司签的吗？"

靳杜鹃接过来看了一眼，"是我签订的，字也是我写的。"

张继胜快速地做笔录。

"请你把这个过程给我们讲一讲。"王立楷说。

"你们祁河县的一个女的，姓宗的，个子不高，胖胖的，黑乎乎的，前年冬天来我们这里，提出采购我们的香樟树等，数量很多，八十多万元，双方就签订了一个供货合同。"

"以前你们认识吗？"

"不认识，她是查到我们的电话，事先电话联系，自己找过来的。"

"就她一个人吗？"

"还带了一个男的，戴眼镜，文绉绉的。"

"合同后来履行了吗，或者说你给她供应苗木了吗？"王立楷接着问。

"后来连一棵苗子也没有买，她只是留下了两千元的订金。"女老板努力回忆着说，"今年春节之前，她的那个同行的男子又来了，还带了两个法官。法官也拿出这份合同给我看，问是不是跟我签订的。我说是的。他们就做了一个记录，走了。"

"大嫂，你的那一份合同还在吗？"王跃进问。

"我上楼找找看。"靳杜鹃起身上二楼。

不一会儿，靳杜鹃拿来一份合同。

王跃进仔细与法庭提供的合同进行比对。

"之后，宗玲又跟你联系了吗？"王立楷问。

"哪里还有个鬼影子哟！"靳杜鹃说。

"王主任，你来看看，"王跃进指着两份合同说，"这两份合同是用复写纸一次誊写的，靳杜鹃提供的这一份主要的条款与宗玲在法庭使用的不一致，存在重大篡改！"

王立楷顺着王跃进手指的内容往下看。

王跃进说："你看，这几行内容是以后补上去的，'本合同自签订之日起生效。甲方预付货款百分之十作为订金，在乙方供货之后再付百分之五十，剩余款项在三年保质期满之后，一次付清。'"

"典型的阴阳合同，"王立楷面色沉重，"跃进队长，按照领导的要求，你们也做一份笔录吧！"

"这份合同是谁写的？"王立楷问。

"她带来的那个男人写的，字迹还很娟秀。"靳杜鹃回答。

"大嫂，我们做了笔录，请你审阅一下，如果没有意见请你签字。还有，这份合同，我们也需要复印一下。"张继胜说。

"好的，我签字画押，保证说的句句都是实实在在的话。"靳杜鹃说，"不过，要是复印，还要跑很远。"

"大嫂，我们带了复印机了。"张继胜说。

年轻的民警从车里搬出便携式复印机，复印合同并拍照。

"大嫂，还得麻烦你在右上角注明此材料由你提供。"张继胜说。

"好的，没有问题。"靳杜鹃爽快地签字，按上指纹。

"大嫂，非常感谢你的支持、配合，再一次谢谢你！"王立楷很感动地说。

"都是应该的。"

"还有一件事儿，如果最近宗玲打电话问是不是有人来找过你，请你保密，不要讲我们来过。"王立楷说。

"放心吧，我晓得的。"靳杜鹃笑着说。

"如果她打电话问你，请你及时告诉我。这是我的联系方式。"王立楷说。

"没有问题啦，就是打个电话嘛！"靳杜鹃说。

警车继续前行。

"下一站咱们直奔庐山鸿运林场，"王立楷说，"我们已经取得了初步的成果，现在已经证实，宗玲所谓的八十多万元名贵苗木的合同，纯粹是子虚乌有的，看看她还有什么话说。还有那两个过来复核证据的法官，难道说瞎眼了，起码是不尽职尽责吧！"

"是的，真得感谢群众的支持，群众对于腐败这些丑恶现象是深恶痛绝的。"王跃进说，"等一会儿咱们吃饭的时候，分别跟两边的领导汇报一下。"

陈爱民接听电话："立楷主任，你好！"

"陈书记，跟你汇报一下，我们刚刚通过庐山鸿运林场的经理钱晓光调查清楚了，宗玲给法庭提供的合同是对方已经供货九十七万元的苗木，实际上根本就没有履行，也是篡改过的阴阳合同，跟黄山的百合苗木基地的手法一样。法官来核查时，也没有认真比对，就是简单问了问，作了一个笔录就走了。"

"很好，你们的任务完成得非常圆满，辛苦了！"

"不辛苦，"手机里王立楷的声音，"陈书记，我们再把周边的几个小合同核查一下，尽快赶回去！"

"好的，你们注意休息，不要疲劳驾驶，注意安全！"陈爱民关切地说。

"谢谢首长，我们一定注意安全。"

梁石祥敲门，进入陈爱民办公室。

陈爱民放下手机，对梁石祥说："梁书记，你来得正好，王立楷刚刚打来电话，他们的外围取证组在庐山的鸿运林场也查到了宗玲的阴阳合同，这是重大进展啊！"

梁石祥说："是的，王立楷主任刚才先是跟我汇报的，我让他再跟你直接汇报一下，像这样的重要进展，经办人员汇报更清晰，有什么疑点你也好直接给他们指出来。"

"根据现有的证据，套住宗玲应该是很有把握了，就是两个主审法官到底是不认真细致，工作疏忽马大哈导致的失职，还是与宗玲沆瀣一气的徇私枉法，这还有待进一步调查。不过，我有一种预感，总觉得这两个法官有可能是贪赃枉法。"陈爱民抽出一支烟，叼在嘴上，双手摸索着寻找打火机。

"陈记，还有一个情况，刚刚园林局蒋亚飞局长打电话说，宗玲愿意做出一定的让步，达成和解，一次性解决诉讼问题。"梁石祥说，"你看怎么应对？"

"哦，这个情况很意外，梁书记，你有什么看法？"陈爱民摸出打火机，点燃香烟，喷出一团烟雾。

梁石祥说："在这个节骨眼上，宗玲原先气势汹汹的态度突然变软，一百八十度的大转弯，的确出乎意料。我分析有这种可能性，就是她察觉到我们已经对她采取了行动，或者是感觉到了一种威胁在向她渐渐靠近，所以故意做出一些让步，试探一下虚实。"

"我完全赞同你的分析。"陈爱民说，"地税局赵志国局长也打来电话说，宗玲的律师到稽查分局，表示愿意履行纳税义务。已经补缴了三十万元税款，余下的税款和滞纳金要求宽限一段时间。这样，宗玲就不能以涉嫌偷税犯罪而移送公安机关，这也是一个狡猾的策略。如此看来，宗玲突然服软，一定是有什么因素刺激到了她，或是得到了高人的指点。"

"陈书记，顺着几条线的调查，我们都取得了进展，是不是可以收网了？"

"是的，条件已经成熟了。下午我到检察院找高检察长研究一下方案，我的想法是公安局负责一条线，继续侦查宗玲涉嫌犯罪的问题。咱们和检察院协同调查相关职务犯罪的贪污、贿赂问题，前期以我们为主。查清主要的犯罪事实之后，移送检察院，以他们为主。等外围的调查小组回来，就可以动手了。"

"陈书记，我们早就等着这一天了！"梁石祥兴奋地说。

"这一仗是一场大兵团的作战，将是祁河县纪委，不，应该是祁河县反腐败斗争的一场前所未有的大会战！"陈爱民充满豪情地说，"一旦开打，我们全县的专职纪检监察干部都要投入战斗。梁书记你先拟定一个方案，把案件线索细化到各个小组。我们三位书记商量一下，确定下来。"

"好的，我马上拟订一份计划。"梁石祥站起身，用力握着陈爱民的手说，"陈书记，跟着你干，真痛快！"

下午一上班，陈爱民、孙建设走进检察院，上了电梯到了五楼，循着门牌查找到检察长办公室。

"欢迎陈书记、孙主任！"高勇平热情地给陈爱民倒水，"陈书记是第一次来我们检察院吧？"

"是的，来到祁河县四个多月了，还没有到我们高检察长的地盘来拜访，着实不应该，应当检讨。"陈爱民开玩笑说。

"陈书记，寒碜你弟弟不是！"高勇平也笑着说。

"孙主任，请你到办公室等一下，我与高检商量点事情。"陈爱民对孙建设说。

"好的，陈书记，我在院办公室等你。"孙建设转身出去了。

"大战在即，咱俩把两家协同配合的方式研究一下。"陈爱民说。

"没有问题，我们绝对服从陈书记的领导。"高勇平诚恳地说。

"咱们不说客气话了。这一次是两家协同办案，无论是八路军还是新四军都是党领导的革命队伍，都服从党的领导。"陈爱民引用毛泽东《为人民服务》里的一段话说，"开战之后，会有很多的干扰和困难，咱们要有充分的思想准备。我向你保证，县纪委绝对不打滑头仗，无论遇到多大的艰难险阻，都不会退缩，一往无前，直至取得彻底的胜利！"

高勇平也动情地说："陈书记，你放心，就算是你们八路军支撑不住退下去了，我们新四军也坚守阵地，血战到底！"

"咱们两个主官有了这种决心，一定能打掉周树彬等一批腐败分子！"陈爱民坚定地说。

高勇平说："勇往直前，直捣黄龙府！"

"我考虑，咱们两家分工不分家，各自有所侧重。在'两归'期间以县纪委为主，县纪委先取证，固定口供和其他证据。在县纪委移送检察院之前，检察院先固定几笔主要的证据，再采取刑事拘留措施，进入司法程序。"陈爱民说。

"我看这个办法可行。"高勇平赞许地说。

副检察长衣振全突然推门而入。高勇平和陈爱民吃了一惊，不约而同地紧紧盯着这位闯进来的不速之客。

衣振全故作惊讶地说："哟，这不是陈书记嘛，不知道陈书记也在这里，打搅了！高检，你们先忙，我等一会儿再来跟你汇报。"

"那你就等一等再说吧，"看到他即将出门，高勇平又补充一句，"下一次进来，别忘了先敲门！"

衣振全转过身，点头哈腰地赔着笑脸说："对不起，对不起，一定注意，一定注意！"讪讪而去。

高勇平努努嘴，"反应得挺快，下一次我到你办公室去谈。"

"老衣今天的行为很反常，他是什么来历？"陈爱民问。

"衣振全原来是我们检察院的一个反贪局侦查科副科长，这不是刘冠一来了之后嘛，他跟刘书记攀上了凤城县的老乡。刘书记的家乡观念很强的，祁河县的凤城县籍的干部都多多少少地跟刘书记建立了关系，老衣也不例外。从副科长，到反贪局局长，副检察长，一年一个台阶，三年的工夫，爬到党组副书记、副检察长，名副其实的二把手。刘书记在任时，跟得很紧，实权掌握在手。"

"检察院的班子分工，你作为检察长没有话语权吗？"陈爱民不解地问。

"班子分工得跟刘书记汇报，他不满意就得挨熊，直到把反贪污贿赂、反渎职侵权和批捕三项最重要的权力都交给了衣振全分管，刘书记才笑眯眯地表扬我一句'很好，就这呗！'"高勇平一脸无奈地说。

"实际上是刘书记把检察院的权力抓到了自己手里！"陈爱民说。

"是呀，大家都心知肚明。以前甚至四套班子的司机配备，都要刘书记首肯才行，管得太多，天天日理万机的，真够累的！"高勇平说，"还有一件事儿，咱们两个人的手机到开战的时候都要关闭。我负责准备给咱俩两个临时手机和手机卡，号码只有马书记、强县长和少数几个办案骨干知道，防止干扰还有其他意外的发生。"

"老弟考虑得很周到。"陈爱民说，"我们大的原则就按照咱们两个刚才说的办，详细的计划我回去再制订，动手之前，咱俩一起跟马骏书记、强国县长汇报。"

"好的，就按照陈书记制定的原则办！"高勇平说。

"预祝我们取得辉煌的胜利！"陈爱民握着高勇平的手说。

满金龙忐忑不安地来到刘冠一的办公室。

"给首长带了条烟。"满金龙说。按照惯例之前已经将四条软"中华"交给了李晓辉。

"有啥事，说说吧！"刘冠一示意满金龙坐到办公桌对面。

"首长，最近一段时间，县纪委不知道在搞啥名堂，鬼鬼祟祟的，很神秘，不知道他们又是在做谁的饭！"满金龙说。

刘冠一抽出两支烟，递给满金龙一支。满金龙赶紧站起身给刘冠一点燃。

"你们也没有摸到一点啥情况？"刘冠一喷出一股烟雾。

"都是陈爱民的几个亲信、心腹，他们负责内查外调的，谁都摸不清楚行踪，口风都很严实。"

"今天下午两点陈爱民到检察院找高勇平，两个人密谈了一个多小时，这会儿刚刚离开。"刘冠一说。

"他俩跑到一块儿，一个是狼，一个是狈，狼狈为奸，肯定是没有安好心！"满金龙心有余悸地说，"他们这么瞎折腾下去，人心惶惶，谁还有心思去抓发展，首长这么多年才抓出的发展成效，不就付诸东流了吗？"

"我一直跟你们说，不要低估了这个陈爱民，你们一直就没有跟他协调好关系。闲时不烧香，急来抱佛脚，有啥用！"刘冠一一边数落着，一边从手机查找陈爱民的电话。

手机铃响，陈爱民一看是刘冠一副市长的电话号码，他心里"咯噔"一沉，平常刘冠一找下属极少直接联系，都是通过秘书李晓辉传达。

"爱民书记你好呀！"电话里传来刘冠一亲切的声音，"有空来市里玩儿，我现在负责北区开发，市重点工程。工地上养了一群羊，你晚上过来呗，咱剥一只羊，让老王师傅烧羊肉茶、炖羊芹细给你吃！"

陈爱民快速思考着，也用非常热情的语气说："谢谢首长这么关心，我明天准备与马书记外出招商，还有一些准备工作。等我回来，一定过去拜访首长老哥！"

刘冠一不悦地说："那行，等你回来再说吧！"放下了手机。

"首长，你看看，这个家伙就是这么不识抬举！"满金龙添油加醋地说。

刘冠一沉吟了一下："你觉得他们可能先剋谁？"

"摸不透，纪委这一次封锁得很严实。前一阵他们查的临河镇大庙村的支部书记魏彦成，根据准确信息，魏彦成这孩子咬出来了周树彬、白怀洲、王垒等。我质问了他们几个，都说没往自己布袋里装，公款招待了，还有的缴了'510'廉政账户。"

刘冠一咂一下嘴，长吁一口气，"我最不放心的就是周树彬。以前有一些乡镇书记、部委办的一把手纷纷在我跟前说他的种种不是，还有几个人联手找我来弹劾他。我还以为是因为资金拨款上产生的矛盾，故意说他坏话的。我也找他谈过，他哭得跟牦牛一样，赌咒发誓没有大问题。不过，我有一种预感，这个人经不起调查。"

满金龙说："首长说得对，再有他的那种娘儿们性格，到里边撑不到一天，就啥都交代了！"

"是的，以前我就熊过他，别看长得跟个大老爷儿们似的，其实比女人还女人，碰到一点事儿就麻了爪啦！"刘冠一咂咂嘴说，"反正我是关心你们的，以前总觉得你们很辛苦，吃点喝点、收几张卡、拿件衬衫之类的不算啥，都是小节，'水至清则无鱼，人至察则无徒'嘛。现在回过头来看，你们自己没有拿捏好尺度。我甚至后悔，当初是不是有点溺爱你们了？"

"首长的关爱只能促使俺们忠心耿耿干好工作，不能有别的想法，更不能给首长脸上抹黑！"

"不见得吧！"刘冠一用狐疑的眼神看着满金龙，"你们自己惹的祸自己兜着，我眼下没有法子再保护你们。这样吧，我找市纪委徐远行书记谈谈，看看他有什么信息呗。"

"首长，您看我来给徐书记安排一下怎么样？"满金龙问。

"不合适，我跟徐书记交情一般，听说他是省纪委老书记非常欣赏的干将。如果冒冒失失地就安排这事儿、那事儿的，会把事情办得更糟！"刘冠一把头仰在靠背上，又深深地抽了一口烟。

第六章　贪财色财政局局长落马下　风雷急腐败窝案显端倪

马骏正在听取调查方案，一位不速之客突然闯进办公室，遭到马骏的呵斥。

雷雨交加，县纪委、公安局、检察院分别对涉案人员实施控制、抓捕，马莉莉仓皇出逃，宗玲踪迹渺然。

夜深人静，镇长沈大喜打电话主动向县纪委投案自首。

2010年5月27日，这是一个星期四。马骏、强国等人在食堂吃早餐。

陈爱民凑过来小声说："两位领导什么时间有空？我简要汇报一下！"

"吃完饭，咱们先在小院说一下。"马骏会意地说。

早晨的阳光已经开始散发着炎热，马骏、强国与陈爱民站在香樟树的绿荫下。

"爱民，你说说吧！"马骏说。

"马书记、强县长，经过这一阶段的内查外调，已经在几条线上掌握了周树彬违法乱纪的证据，现在具备了对相关人员采取措施的条件。我想和高勇平检察长一起，把详细的方案汇报一下，尽快动手！"陈爱民简要地说。

"上午十一点半，到我办公室吧！"马骏说。

强国提议："要不要让张铁军也参加一下？"

"爱民，你看呢？"马骏问。

"动手之前再通知他吧，现在知道的人越少越好；毕竟多一个人知道，就多一个泄密的渠道。"陈爱民说。

看到陈爱民不赞成这个建议，马骏说："好吧，就我们四个人！"

"笃笃！"轻柔的敲门声，薛媛媛带着一股清新的芳香走进办公室。

"媛媛小妹，请坐！"陈爱民赶忙站起身，热情地握着她的温暖、柔软的小手。

"是媛媛同志，陈书记，现在是工作时间！"薛媛媛带着调皮的神情说。

虽然陈爱民无数次地告诫自己，与薛媛媛的关系不能再往前发展了，但是，一见到这位美丽、天真的姑娘，他的内心不由得被融化了。

"这是马书记批给你的信件。"薛媛媛把一个红色的文件夹放在陈爱民案头，文件夹上印着"急件"两个字。

陈爱民信手打开文件夹，快速浏览一下。

"书记哥哥晚上有空吗，请你吃饭。"薛媛媛一双水灵灵的大眼睛凝视着陈爱民，"上一次是你请我，这一次是我请你，来而往非礼也！"

"是投你以木瓜，报我以琼琚吧！"陈爱民笑着说。

"是的，'匪报也，永以为好也'！"薛媛媛随口对出《诗经》的下半句。

陈爱民赞叹姑娘的文学素养的同时，但是，理智告诉他不能再与这位姑娘黏黏糊糊下去了，陷入情网对她和自己都是不负责任的行为。

"我晚上有事，很抱歉！"

"媛媛理解，我走进纪委的办公楼，就能嗅出你们纪检委到处弥漫着一股火药味儿，一种大战在即的气氛。你忙完之后再说吧，我等着你！"

"媛媛真是能掐会算的神仙了！"陈爱民说，"媛媛千万别等我。像我这么一个半大老头子要是找你这么一个如花似玉的姑娘，真的是暴殄天物，老牛吃嫩草，把一朵鲜花插到了牛粪上！"

"愿不愿意是你的权利，放不放弃是我的权利！"

"哎哟，你这小妹妹咋这么固执哪？好小伙子多得是，'莫愁前路无知己，天下谁人不识君'，赶明儿我托人到淮江医科大学给你介绍一个博士生。"陈爱民着急地说。

"书记哥哥，你身上那种骨子里的英雄气概，已经彻底征服了我，你是我心目中的正义男神，谁也替代不了的！"大滴的眼泪从姑娘美丽的眼睛中滚落。

陈爱民手忙脚乱，拿抽纸为薛媛媛揩拭眼泪，"说得好好的，咋又抹眼泪了呢？"

薛媛媛赌气地转身离去。

临近十一点半，县委三楼的书记办公室门前寂静了下来。陈爱民沿着楼梯轻盈地走到楼梯口，迎面与县委办公室主任彭天勤四目相对。

彭天勤一怔，然后满面笑容地问候："哎哟，陈书记呀，是找马书记汇报工作的吧？"

陈爱民微笑着点点头，没有应答。

"书记在办公室哪！"彭主任说。

马骏办公桌对面放着三把椅子，强国和高勇平已经先后到达。

陈爱民走进办公室，问强国和高勇平："你们来的时候，在走廊遇到什么人了吗？"

"我没有在意。"强国说。

"我遇见县委办彭主任了！"高勇平回答。

"我也遇见他了。"陈爱民又问道，"你是几点到的？"

高勇平看了一下手表，说："现在是十一点半，我提前六七分钟到的。"

"那就是说，彭主任这六七分钟一直在走廊转悠。"陈爱民说。

"什么意思？"马骏瞪圆了眼问。

"咱们四人的密会，已经有人注意到了。"强国说。

"不管他，爱民你先说说吧！"马骏说。

"我汇报一下与高检察长商讨的行动方案。"陈爱民喝了一口水说，"总体想法是明天上午开始控制相关人员。第一批采取措施的是周树彬和他老婆马莉莉，以及瞿园镇财政所所长王丰生、主管会计刘建岭，还有祁河县盆景花木公司宗玲。周树彬两口子准备放到邻近的祁东县地税局培训中心，异地办案更有利于快速突破被审查人心理防线。王丰生、刘建岭放在我们渔场办案点。宗玲由公安局采取相应强制措施。以上涉案人员的违法线索都已经非常清楚了，矛头都能指向周树彬。"

"好的，一个点突破，周树彬就全线溃败！"马骏赞许地说。

"'两归'期间，以县纪委为主，检察院配合，检察院派出几个业务骨干协同办案。案件移送之后，以检察院为主，纪委配合。"陈爱民继续说。

"检察院参与纪委的案件，会不会有什么禁忌？"马骏问道。

"这个问题我与陈书记研究过，根据〈中国共产党纪律检查委员会工作条例〉，只要是党组织委派的党员，都可以作为纪委的办案人员。我们派过去的几个骨干就作为县纪委抽调的办案人员，不采用检察官的身份，从法理上能够说得通！"高勇平说。

这时，彭天勤突然一头闯了进来。

马骏吃了一惊，怒斥道："你来干什么！"

彭天勤脸色通红，张口结舌："我，我是来找笔记本的。"

"这里没有你的什么笔记本，出去吧！"马骏厉声说道。

"对不起，打扰领导啦！"彭天勤讪讪离去。

"前天下午，我到高检的办公室，也遇到同样的一出戏。副检察长、党组副书记衣振全，凤城人士，也是不敲门，一头扎了进来。"陈爱民说。

"一个师傅教的，"强国鄙夷地说，"都是鸡鸣狗盗的伎俩！"

马骏闭上眼，平息了一下情绪，睁开眼说："我和强县长来祁河县，使用干部讲的是五湖四海，不搞亲亲疏疏，不带任何的偏见。我不要求别人非要跟我同心，但是必须与我同德，这也是用干部的一个底线！"

"是的，对那些与我们不同德的人，适当的时候要做出调整，尤其是我们身边的人！"强国说。

"马书记，目前还有个难题，市纪委那边的审批可能会遇到困难。"陈爱民接着说，"按照'两归'的审批要求，必须有确凿的证据证实。我们目前掌握的周树彬违法乱纪的问题，都还没有达到证据绝对确凿的程度，就是说达不到零口供也能认定的要求。现在的证据都必须要开打之后进行完善，必须有相关人员的交代和书证，再有周树彬的交代才能认定。还有一个制约因素，周树彬的连襟李群，是市纪委分管案件的常委，虽然他属于回避的范畴，但是，有了这层关系，市纪委的审批会更加严格。另外，马莉莉还是去年市纪委表彰的'十佳廉内助'，在大会上做过经验介绍的。披上的这一层红色外衣，到了这个时候，也能起到一点保护作用。"

"那你看怎么解决？"马骏问。

"先斩后奏吧，我是县纪委书记，我来担当！"

"好，就这么干吧！"马骏坚定地说，"如果有什么差错，一切由县委来担当，我是书记，肩膀比爱民更宽！"

"打胜仗是根本，咱们都不要在这里纠结了，我先把乌纱帽押上，真要是办砸了，我大不了卷铺盖卷滚蛋，马书记还得留在祁河县，你不能走。"陈爱民笑着说，"这样吧，我下午就去祁东县找房子，布置办案场所。"

"好吧，下午市委李鹏飞书记来县里调研，主要是看看这几个月以来的工作开展情况，爱民就不要参加活动了。"马骏说。

"还有陈书记和我的手机号码，请两位领导存一下，开战之后我们原来的手机就关机了。这两个号码只有少数几个同志知道。"高勇平说。

"对的，采取这些措施是非常必要的！"强国说。

汽车飞快地在高速公路上奔驰。

陈爱民看着手表，"小董，两点之前能不能赶到陵山？"

"陈书记，没有问题。"司机说。

"哎，建设主任，你负责的闫长美家的房屋翻建进行得怎么样了？"陈爱民问。

孙建设回答说："基本上竣工了。镇里负责的三间大瓦房，还有咱们赞助的一条过道、两间耳房都建好了，目前正在打水泥地坪。临河镇的副书记李卫兵积极性很高，每天都到工地去看看。老支书柳亚勋带着一些群众帮忙打下手，大家都说共产党讲情义，还没有忘了人家有功之臣！"

"是呀，共产党不能忘了这些共和国的有功之臣，老百姓讲的是大实话。"陈爱民动情地说，"等到入住的时候，咱们再给两个孩子买两张书桌和书柜。"

李汉杰说："再买新的书包、文具。"

"好，汉杰，你是书法家，我想还得给孩子们一些精神上的鼓励。"陈爱民略微思考一下，"孩子爷爷的立功证书上毛主席的那一句话就非常具有激励性，'发扬革命传统教育，争取更大光荣'！你挥毫泼墨，裱好，悬挂在孩子的书房里。"

"我今晚就写几幅，挑选一幅好的，装裱起来。"

"还有那个魏思群老人，现在怎么样了？"陈爱民问。

李汉杰回答："已经康复出院了。参与案件的那四个青年，包括魏豹子，每一家赔偿了两万块钱，共计八万块。像这种轻伤害案件，这么赔偿的标准还可以，老人家很满意。"

"那就好，我们干工作就是要一抓到底，不能狗熊掰棒子，一边干一边丢，更不能为了作秀，耍花架子。"陈爱民说。

汽车拐进一个山坳，祁东县地税局培训中心就在眼前。

祁东县纪委副书记赵玉强与陈爱民一行热情握手，"欢迎陈书记、李书记、孙主任！"赵玉强热情地说。

"给你们添麻烦了！"陈爱民说。

"咱们不用客气，"赵玉强直爽地说，"按照陈书记你的要求，尽量缩小知情面，祁东县这边就我自己过来的，带着一家负责安装监控设备的公司。"

"赵书记考虑得太周到了！"李汉杰说。

"赵书记，你是目前淮江市纪检系统最资深的干部，一毕业就分配到祁东县纪委，二十七年弹指一挥间，在纪检战线熬白了头发。"陈爱民感叹道。

"是呀，那还是纪检机关恢复重建不久，从小青年不知不觉已经年近五旬啦！"赵玉强感叹道，他又指着院子介绍说，"陈书记你们看，这个院子十几亩地，这座三层的小楼，坐北朝南，东边有厨房、餐厅，是个比较理想的办案场所。"

走进一楼，赵玉强指着入口处，"这个地方可以设一道岗，安排保安值班！"

"我看可以，安保人员的休息室就放在一南一北的这三个房间。"陈爱民说。

走到一楼中段，陈爱民停下脚步，说道："我觉得谈话房间放在这里比较安全，准备三个房间，两个放在北边，当中放一个监控室，南边再设置一个谈话室，这样相互之间没有干扰。"

"好的，我这就让电脑公司布设监控设备。"赵玉强说。

几个人走入谈话室，陈爱民摇一摇防盗窗，试试坚固程度。"赵书记，你是专家，谈话室里的安全隐患请你安排他们消除掉。"

"陈书记尽管放心，我马上安排他们把这三个房间的卫生间镜子、把手拆掉，电源插头都用绝缘胶布封上。"

"赵书记说得不错，特别是卫生间，安全事故大多数发生在这里。所以，我们的办案人员不要怕脏、怕臭，必须跟随被审查人进入厕所里。"陈爱民说。

"就是这两个床头灯不太安全，拆除起来比较麻烦。"赵玉强指着两盏灯说。

"必须拆除，赵书记，请你跟承包的老板讲清楚，我们照价赔偿。"陈爱民又转身对李汉杰、孙建设说，"安全问题绝对不能心存侥幸，要舍得花钱。"

"陈书记，你看把谈话的区域放在这个墙角怎么样？"李汉杰指着内侧的一处墙角，"这里靠窗户比较远，没有玻璃，也没有电源。"

"好的，赵书记，让他们把两张床抬出去，把两张席梦思床垫横放在这个墙角，能起到一些缓冲作用。晚上被审查人睡觉，就把床垫放下来。异地办案，就得因陋就简。"陈爱民比画着说。

"被审查人的凳子放在墙角，一米左右的距离再放两把椅子，谈话的桌子放在两米左右的距离。"李汉杰说。

"这样布置比较好，既保持了压力，又能够随时处置突发情况。"赵玉强说。

陈爱民说："以前没有专门的办案点，'两归'案件的地点大多选在部队的招待所，房间都是这么布置的。咱们的渔场办案点太小，房屋老旧了，不安全。等以后咱们再新建一个一流的办案点。"

"其他的房间陈书记再看看？"赵玉强问。

"好的，都要仔细看一看，越是老办案人员胆子就越小，安全措施耳听为虚，必须眼见为实。"陈爱民说，"明天大概九点半之前，被审查人就能到位。到了马上就谈话，趁热打铁，不留任何喘息之机，请玉强老兄安排好。"

"陈书记请放心吧，一切我都安排妥当！"赵玉强爽快地说。

"打完这一仗，我请华旭升书记和玉强兄去品尝祁河的烧野鱼、盐豆子炒鸡蛋。"陈爱民紧紧握着赵玉强的手，"代我问华书记好！"

"咱们自家人，不要客气！"赵玉强说。

2010年5月28日，这是一个星期五。早上六点钟，陈爱民的电话铃响。陈爱民抓起手机，手机里传来马骏的声音："爱民书记，七点钟你和强国、张铁军以及高勇平，咱们在一楼健身房碰头。"

"好的!"

七点钟,马骏、强国、陈爱民、张铁军和高勇平准时来到一楼的健身房。

一阵低吼的巨雷声响从远方飘滚过来。

马骏推开窗户,仰望着天空厚重的乌云,喃喃自语:"暴风雨就要来了!"

"预报的今天有雷暴雨、大风!"张铁军说。

"是啊,祁河县反腐败的风暴也要开始了,真的是天意!"马骏说。

强国补充道:"应该是天怒人怨!"

"咱们几个人一起说一下,根据县委的决定,今天对财政局局长周树彬及其他涉案人员采取措施。陈书记,你们准备得怎么样?"马骏问。

"万事俱备,只等书记的号令!"

"好的,还有公安局需要配合的,你说说。"马骏说。

"之前,县纪委与公安局已经对祁河花木盆景公司的法人代表宗玲开始调查,目前已经掌握宗玲涉嫌犯罪的证据,请公安局同时对宗玲采取强制措施。"

张铁军说:"宗玲伪造黄山百合苗木基地、江西鸿运林场等采购合同,在诉讼活动中骗取园林局工程款三百多万元,事实清楚,证据确凿,可以采取刑事措施。"

"还有一个困难请铁军局长解决,"陈爱民说,"周树彬夫妇在异地实施'两归'。为了确保安全,请公安局安排六名精干的民警,携带警械,负责办案点的安全保卫工作。"

"没有问题,全力配合!"张铁军说。

陈爱民问:"我让梁石祥跟谁联系?"

"找郑运华副局长吧!"

高勇平说:"检察院负责确定一下周树彬和马莉莉的位置,我及时跟陈书记联系。"

"好的,大家如果没有其他问题,分头准备吧,胜利之后我和强国请大家喝庆功酒!"马骏说。

众人纷纷离开,陈爱民小声跟马骏说:"马书记,我还有件事要请示你。"

"你说吧!"

"要是案件牵扯到刘冠一副市长怎么办?"

马骏眨了眨眼睛,思忖一下说:"我觉得可能性不大。"

"我是说万一涉及了,我们如何把握?"陈爱民继续问。

"刘冠一副市长这个人我还是了解的,他的政治追求非常高,再说难听一点就是官迷心窍,一门心思往上爬,就是一心一意想着做官,对职务的向往永无止境。你来祁河县也看到了,他对上级打招呼的事项都是不计代价地去完成,所做的一切都是为了博得上司的满意、认可，为个人进步铺路。要是说他个人有多腐败，我认为不太可能！"马骏回答说。

"马书记，你看这样行不行，"陈爱民略作思考，"如果案件涉及被审查人检举到的干部，按照干部管理权限，处级以上的线索由县纪委直接向市纪委汇报，一些动向的信息我跟你汇报。涉及的科级干部线索全部向县委汇报。"

"我同意，你们就放开手脚干吧，前怕狼后怕虎，啥事也干不成。其中肯定会涉及方方面面、错综复杂的关系，怎么来处理？关键就是把握住度。世界上最难把握的就是度，这需要高超的智慧和艺术！"

"八点半，我们准时行动！"陈爱民说。

"等着你们胜利的好消息！"马骏与陈爱民紧紧握手。

一道闪电弯曲着好似火龙一般撕裂了浓重的黑云，伴随着一阵撼人胸腑的轰鸣，滂沱大雨就劈天盖地倾泻而下。雷鸣夹着闪电，闪电携着雷鸣，祁河县在暴风雨的摇撼之中。

上午八点整，孟庆军、王立楷、安然等办案骨干准时来到陈爱民的办公室，大家已经感受到了一种肃穆的气氛，他们静静地等待命令。

梁石祥拿着一沓信封，"除了孟主任、王主任和安主任，其他的同志请关闭手机，一律封存，你们自己写上姓名。"

张继胜、章勇翔、魏保平、萧玉等纷纷关闭手机，装入信封，写上姓名，交给梁石祥副书记。

"下面，我宣布县委、县纪委的决定。"陈爱民严肃地说，"财政局局长周树彬涉嫌严重违法乱纪，决定对周树彬及其涉案人员马莉莉、瞿园镇财政所所长王丰生、会计刘建岭采取组织措施。现在是我们第一波次出击的同志，孟庆军带一个组去财政局带周树彬，到案之后与我带的公安干警保卫组在东高速口会合，由我亲自为你们殿后。王立楷、安然，你们马上带两个组到田园美墅周树彬家附近待命，先配备一个女同志萧玉，由梁石祥书记现场指挥。周树彬到案以后，迅速把马莉莉带往祁东办案点。刚才检察院确定了一下马莉莉的位置，应该是在田园美墅的家中。今天是五月二十八日，案件就叫'5·28专案'，从现在开始，'5·28专案组'成立！"

大家屏住呼吸，神情庄严。

"电闪雷鸣恰如其分地验证了此时祁河县反腐败斗争的风暴已经来临，同志们，为党和人民建功立业的时刻到了！"陈爱民一边说着，一边与梁石祥、孟庆军等同志热情握手。

"保证完成任务！"孟庆军说。

孟庆军向陈爱民敬礼，充满激情地引用高尔基《海燕》里的一句诗："让暴风雨来得更猛烈些吧！"

雨水吹打着车窗，孟庆军、孙建设、章勇翔透过雨幕，目不转睛地盯着十号楼财政局的大门。

一辆黑色的奥迪停在了财政局大门口。高个子的司机冒雨下车，忙不迭地为周树彬撑开雨伞。周树彬从容不迫地跨出车门，拎着皮包，向二楼走去。

走廊里，几位工作人员殷勤地向他问候："周局长好！"

周树彬派头十足地点头回答："唔，好的，好的！"

"陈书记，目标已经进入办公楼！"孟庆军向陈爱民报告。

"行动！"陈爱民说。

"不要熄火！"孟庆军吩咐司机。

"明白！"

三个人冲出汽车，迅速奔向二楼的局长办公室。

门厅外边的两个工作人员拦住了孟庆军。

高个子的司机问："你们是干啥的？"

"县纪委的，找周局长有事儿！"孟庆军说。

"预约了吗？"一个瘦瘦的干部模样的问。

孙建设走上前，拿着一个信封说："有一个信访件，领导批示要交给周局长。"

周树彬听到门外的对话声，抓起手机，迅速拨通马莉莉的手机："莉莉，你赶紧到芒砀县表姑家走亲戚！"

"怎么啦，发生什么事儿了？"马莉莉急切地问。

"快点，马上！"周树彬声音急促。

"嘟嘟——"手机里传来挂断的忙音。马莉莉大惊失色，从橱柜里拎出一个双肩包，拉起一个箱子，一头扎进风雨中。

"你们等等，我去汇报一下！"高个子的司机依然阻拦。

孟庆军掏出工作证，厉声说道："我代表县委、县纪委，命令你们立即闪开！"三个人推开两个阻挠的工作人员，快步走进局长办公室。

周树彬正在手忙脚乱地低头删除手机信息，猛地抬头，三个纪检监察干部已经站在面前，他吓得手一哆嗦，手机跌落到地上。

"周局长，我们找你了解有关问题，请你配合一下，跟我们走一趟！"孟庆军威严地说。

周树彬瘫坐在椅子上，"有啥事儿谈的，在这里说不行吗？"

"咱们换个地方谈！"章勇翔说着，上去不由分说架起周树彬的一只胳膊，孙建设捡起地上的手机，顺手架起另一只胳膊。

"你们还真的要办我啊！"周树彬嗫嚅着说。

三个办案人员不由分说架着周树彬，撇下门口两个惊得目瞪口呆的工作人员，快速往楼下走去。孙建设、章勇翔一左一右将周树彬夹在后座中间，汽车飞驰而去。

高个子的司机冲下楼，随后发动黑色的奥迪车，发疯一样追了上去。

手机响，陈爱民接听。

"人已经到手！"电话里传来孟庆军的声音。

"知道了！"陈爱民简短地说。然后，他又拨通了梁石祥的手机，"周已经到案，你们现在到哪里了？"

"马上到田园美墅门口了！"梁石祥回答说。

"好的！"陈爱民非常满意，他转过脸对李汉杰说，"主要人物已经到手，咱们的第二波次出击可以开始了。"

"好，我马上召集江德英、林钢剑他们开会，布置任务，抓紧去带王丰生、刘建岭。"李汉杰说。

"渔场这边就交给你负责了，还得派一个组抓紧到农商行查询刘建岭银行提现的单据，这是轰击王丰生、刘建岭的重磅炮弹！"陈爱民说，"我带着季超，马上赶到东高速口集合地点。"

"人手不够，我让办公室会计老宋她们过去查询。"李汉杰说。

"还有，让任青霞常委给所有抽调办案的同志家属打电话，别让家里以为失踪了呢！"陈爱民笑着说，"把咱们全县的专职纪检监察干部都拉上去练练活儿。你还有一件事别忘了办，周树彬的办公室禁止其他人再进入，防止有人转移物品。"

"没有忘，我这就派人去财政局把周树彬的办公室贴上监察局的封条，给它封了，再把他办公室的备用钥匙扣下来！"

暴雨扑面横扫过来，雨点鞭打着车窗和顶棚，发出"啪啪"的声响，两辆普桑车像大海里的小舟穿行在暴风雨中。

一辆白色的宝马车从田园美墅门口疾驰而出。

坐在首辆车副驾的魏保平惊呼："马莉莉的车！"

安然马上拨通坐在后车的梁石祥的电话："梁书记，刚刚开出去的白色宝马，可能就是马莉莉的！"

"你们马上调头，跟上去，我带这一组继续到她家看一看！"梁石祥急促地命令说。

"好的！"安然对司机说，"掉头，跟住那一辆白色的车！"

前车迅速掉头，紧紧跟着白色的宝马车。

马莉莉看着迎面驶过的两辆普桑车，心中有一种不祥的感觉，她通过后视镜观察，隐隐约约看见其中一辆又掉转车头跟了上来。马莉莉惊慌失措，前方路口红灯闪烁，她咬牙切齿，加大油门不顾一切闯了过去，消失在茫茫雨幕之中。

"咳，眼看着让她跑掉啦！"安然懊恼地说。

萧玉撑着伞，按门铃，"嘟—嘟！"无人应答。

不远处，梁石祥失望地看着雨中的萧玉。他拨打陈爱民的手机："陈书记，跟你汇报一下，马莉莉跑了，开了一辆白色的宝马车，尾号是三个"8"，刚好与我们擦肩而过，仅仅差了两分钟，咱们的普桑追不上。你看是不是让公安的卡口把她拦下来？"

陈爱民乘坐的黑色普桑车在风雨中疾驰。

"马莉莉目前还没有办理司法手续，采取拦截的措施不符合程序，还有这样做动静太大。不要紧，跑不掉她。农村秋天打兔子你见过吗，蹲在庄稼地里的野兔子不好打，得蹿起来才好开枪。"陈爱民紧锁眉头说，"你们那个点暂时不要撤，留一辆车，两个组轮流蹲坑，看看有没有效果。梁书记你带一辆车赶到祁东办案点，咱们在那里会合。"

"好的！"

陈爱民拨通张铁军的电话，"你好老兄！"

"你们那边怎么样？"张铁军问。

"周已经到案，他老婆跑了！"陈爱民说。

"我们这边也不顺利，这两天宗玲一点信息都没有，好像从人间蒸发了一样！"张铁军说。

"不着急，他们总会留下蛛丝马迹的，遇到挫折和困难是正常的，办这样的案子才有嚼头！"

"陈书记放心，我们全方位地开展工作，天网恢恢疏而不漏，她是跑不掉的！"

张铁军说。

大雨倾盆，电闪雷鸣。陈爱民赶到东高速口，与郑运华带领的两辆警车和孟庆军的车辆会合。

郑运华坐在车内打电话："陈书记，雨太大，我就不下车了，电话里跟你汇报！"

"郑局长，不要客气，你说吧！"陈爱民说。

"六个干警已经到位，请你指示！"

"他们谁是负责人？"

"刑警大队中队长王跃进，号码已经发给了孟庆军主任。"

"好的，谢谢郑局长，你先回去吧！"

"我先回去了，需要我们配合的，尽管吩咐！"郑运华说。

一辆警车在前，一辆普桑居中，另一辆警车在后，最后是一辆陈爱民乘坐的普桑车，车队闪着应急灯，鱼贯进入高速公路，顶着风雨，向着祁东县方向驶去。

一辆黑色的奥迪车从远处疾驰而来，急匆匆地驶入匝道，上了高速，闯进茫茫雷雨之中。

暴雨渐渐小了下来，天空中飘洒着纤细的雨丝，一团一团的乌云向上翻腾着，灰黑色的帷幔中破裂开了一道长长的缝隙，一缕斜长的阳光出现在东方的天际上。

"陈书记，后边有一辆黑色的奥迪一直在尾随我们！"司机小董说。

"我认得，这是周树彬的车。"季超说。

"暂时不要理他，等到了祁东出口，季超你下车拦住他，给前边孟主任发信息，让他留下一个民警配合你。"

"好的，陈书记！"

车队从祁东县高速口缴费处一辆接着一辆开出。

季超和一个年轻民警分别下车，在出口处等候。车队紧接着向南飞驰而去。

季超拦住尾随的黑色奥迪车，出示工作证，严厉地问道："我们是祁河县纪委的工作人员，请问，这是祁河县财政局的公车吗？"

"是的。"司机摇下车窗回答道。

"你来这里有什么公务吗？"季超接着问道。

"没有。"司机心虚地说。

"没有公务，那就是用公车办私事啦，"季超紧盯着司机，"我命令你立即下车！"

司机乖乖地下车。

季超钻进驾驶室，对民警说："我们走！"

司机呆呆地看着奥迪车扬长而去。

年轻的民警感觉方向不对，提醒道："季主任，我看到他们是往南边拐弯的！"

"咱们先向东，再拐到南边去，你看看那个伙计正瞧着咱们哪！"季超说。

车队开进祁东县地税局培训中心。

"咱们在门口稍等一会儿，不要让周树彬看到我也过来了！"陈爱民告诉司机小董。

"明白！"

过了几分钟，陈爱民打电话问梁石祥："周进谈话室了吗？"

"已经进去了。"

"好的，我马上过去！"

陈爱民直奔监控室，屏幕上显示谈话的情景，音箱传出清晰的谈话声音。

"以前的惯例每个班两个人不行，必须再配备一个专门的安全员，负责贴身保护的，上厕所、洗澡必须跟到卫生间，寸步不离。"陈爱民说。

梁石祥说："好的，我马上再派一个同志过去，每个班配备一名安全员，专职负责安全。"

"从'5·28'专案开始，像这样的重要审查对象，都要实行安全员制度。人手不够，从基层抽调，以案带训。你跟李书记协调一下，我们这边还缺少多少人手，让他联系抽调，下午三点钟之前必须到位。"陈爱民说。

"陈书记，我考虑咱们在谈话室门口是否再增设一道值班的岗哨，由我们的基层纪检干部负责，这样双岗双哨，双保险。"

"好的，你安排吧。下午三点人员到齐了之后，咱们召集办案点的同志开个会，把一些注意事项再强调一下。"陈爱民说，"安然主任留在祁河县，负责继续查找马莉莉，让王立楷过来吧，加强谈话力量！"

"好的，我这就去落实！"

"驻点医生什么时候才能到？"陈爱民问。

"下午三点之前，中医院的内科主任任光彩过来！"

"任主任的业务水平是很棒的，有他坐镇，我心里踏实。"陈爱民说，"别忘了让他携带便携式的心电图仪，这种仪器关键的时候很管用。"

"好的，下午让王立楷与任主任一起过来。"梁石祥回答说。

上午九时，县纪委常委会议室。十几名办案人员集结待命。

"同志们，受陈书记的委派，我和王自力常委召集一个会议。"李汉杰说，"根据县委、县纪委的决定，已经对财政局局长周树彬采取了组织措施，带往异地审查。"

办案人员兴奋地交头接耳，"终于把这个坏东西办进去了！"

"大家静一静！"李汉杰说，"我们的任务是按照调查方案，立即对瞿园镇财政所所长王丰生、主管会计刘建岭采取措施。林钢剑同志，你作为第一组组长，负责对刘建岭的审查；江德英同志，你作为第二组组长，负责王丰生的审查。宋桂荣同志，你作为取证组组长，负责查询刘建岭在祁河县农商银行的存款、取款的单据，并负责办案点的后勤保障。案件的主要线索简单明了，瞿园镇的土地复垦过程中，王丰生的弟弟王沛生承揽了两期土地复垦项目，涉嫌向财政局及乡镇有关人员行贿，目前我们已经掌握确凿的证据，相关材料到了渔场办案点之后再通报。大家还有什么疑问吗？"

"没有了！"大家异口同声地说。

"好，王常委你带队，立即出发！"李汉杰说。

灰色的云朵层层叠叠，相互追逐着向南方飘去；头顶上方一片美丽的湛蓝色展现在天空，正午的阳光透过这片天空照在刚刚沐浴过的田野上；一阵新鲜、潮湿的微风吹过，树林里传来几声小鸟清脆的欢叫。

三辆车停在距离瞿园镇政府不远的树林边。

"咱们这么多人过去，目标太大，别惊动了他们。江主任，你留两辆车在这里待命，我和林局长先过去。党委书记陈佳今天上午陪同马书记外出招商去了，我直接跟镇长联系。"王自力说着，拨通了镇长沈大喜的手机。

"沈镇长你好，我是县纪委王自力。"

"王常委好，领导有什么指示？"手机里传来沈大喜的声音。

"你在镇里了吗？"王自力问。

"在呀，陈佳书记招商去了，我在家值班。"

"好的，我已经到你们镇政府大门口了，马上进院子。"王自力说。

"哎哟，我赶紧下楼迎接你！"

"不用了，我直接到你办公室，你在几楼？"

"三楼，西头第二个门。"

"哎呀，王常委、林局长光临，事先俺一点都不知道，有失远迎，请领导多多包涵！"文质彬彬的沈大喜站在办公室门口，对王自力、林钢剑抱歉地说。

"沈镇长，咱们不要客气，到你办公室说句话！"王自力。

沈大喜一边张罗着倒水，一边热情地说："两位领导还没有吃饭吧，我马上安排食堂炒几个菜！"

"不要麻烦了，沈镇长，因为任务比较紧急，我们马上就要回去。有一件事情，请你配合一下。"王自力说。

"什么事，尽管吩咐！"沈大喜爽快地说。

"请你通知一下财政所所长王丰生、主管会计刘建岭到你办公室来一趟，现在就过来！"

"他俩能有啥事儿？"沈大喜警觉地望着这两位不速之客。

"有啥事儿你就别操心了，现在就给他们打电话！"林钢剑口气严厉地说道。

"好，好！"沈大喜满口应承，拿起手机开始打电话，"喂，丰生所长吗？哦，是我，你跟刘会计马上到我这里来一趟，对，马上，现在就来！"

王自力给江德英发信息："过来吧，别下车！"

"明白！"江德英回复。

"陈书记不在家，沈镇长有啥事儿慌得连饭都不让咱们吃完？"浓眉大眼的王丰生，一边急匆匆地赶路，一边对刘建岭说。

长相猥琐的刘建岭，龇着一口黑黄牙齿说："听说县局那边出事了，周局长被县纪委的带走啦！"

"啊，你怎么才说？"王丰生停下脚步，吃惊地问道。

"我也是刚刚听说，还没有得到证实！"

"我现在就证实一下！"王丰生说着，掏出手机，拨打电话。耳机里传来提示音："对不起，您拨打的电话已经关机，请您稍后再拨。"

"坏了，真出事了！"王丰生大惊失色，"沈镇长找咱们会不会就是说这件事？"

"有可能，到了就知道啦！"刘建岭忧心忡忡地说。

"哎，老刘，咱们可不能充孬种，丑话讲到前头，万一有什么事，刀架脖子上也不能说！"王丰生瞪着一双牛眼说。

"你放心好啦，再有咱们办的事儿，神不知鬼不觉，不会出问题的！"

"希望如此吧！"王丰生说。

两辆普桑，悄悄停在镇政府办公楼前。

程宇宁指着走过去的两个人，对江德英说："江主任，应该就是他俩吧？"

"我看也像！"江德英盯着两个人上楼，"咱们过去吧！"

"来，我给介绍一下，这位是财政所所长王丰生，这位是副所长、主管会计刘建岭，"沈大喜指着两个人介绍，又转过脸接着说，"这两位领导是县纪委的王常委、检察院的林局长，找你们了解一个情况，实事求是地说一下吧！"

突如其来的情况，令王丰生、刘建岭始料不及，惊恐万状地看着眼前的一切，说不出话来。

刘建岭抬腿欲出门，林钢剑拦住了他。

"干啥去？"林钢剑威严地问。

刘建岭咧嘴讪笑着说："上厕所！"

"等一会儿！"林钢剑用命令的口气说。

江德英带领办案人员赶到办公室。

王自力对王丰生、刘建岭严肃地说："县纪委找你们二位了解有关情况，现在跟我们到县纪委去谈谈，请你们配合一下！"

两人点头哈腰，王丰生说："我们一定配合，一定配合！"

车队行驶在乡村公路上，金色的麦浪在风中摇曳。

王自力坐在最后一辆车，他拨打陈爱民的手机："陈书记，跟你汇报，王丰生、刘建岭都已经到案！"

"很好，你们立即组织谈话，迅速突破土地复垦中的回扣问题。周的谈话急需炮弹，我们还没有办理'两归'手续，先斩后奏，如果不能尽快拿下审批'两归'的确凿证据，我们就可能会陷入被动的局面！"手机里传来陈爱民的声音。

"明白了，我们到了渔场办案点，立即组织精兵强将压上去，不给对手丝毫喘息的机会，争取下午六点之前拿下！"王自力说。

"注意安全，医生必须驻点。"

"李书记已经联系人民医院了。"王自力说。

"跟李汉杰书记说，不要用人民医院派的医生，马上换成中医院的医生。另外被审查人的体检程序往后推迟一下，交代完问题之后再检查身体。趁着他们惊魂未定，你们一鼓作气，务必下午六点之前拿下！"陈爱民坚定地说。

"好的，宋会计已经把刘建岭提取现金的原始单据都调出来了，两次复垦工程，共计回扣二百三十万元，他们就是泥鳅也滑不掉了。"

"自力常委，千万不要低估对手，防止他们用小金库作为掩护，把水搅浑！"陈爱民说，"告诉同志们不要急于求成，不要直奔主题。我要求你们下午五点半之前不要与二人谈实质性问题，就是反反复复进行政策教育。五点半之后，你把握时机跟他们摊牌，半小时之内拿下口供。"

"明白，坚决完成任务！"王自力说。

林钢剑若有所思地说："哎，王常委，你看沈镇长今天的神情是不是有点不对头？"

"是的，感觉有些紧张，不正常。"王自力回答道。

"我直观感觉他不仅仅是紧张的问题，你注意到了没有，他一个劲地冒虚汗，一副魂不守舍的样子，也可能是我的职业敏感吧，多心了！"林钢剑说。

"沈大喜是全县最年轻的镇长，通过这个案件，看看他能不能过得了廉洁自律这一关。"王自力感叹说。

一辆普桑车停在田园美墅五支渠边。安然拿着一支望远镜，观察着一百多米外的周树彬的别墅。

一辆红色的轿车停到门口，下来一个身材高挑的中年妇女和一位老太太。中年妇女环顾四周，警惕地观察片刻，然后打开了栅栏门。

"中年妇女是马莉莉的小妹妹，在国税局工作的马潇潇，那个老人应该是马莉莉的母亲。"安然把望远镜递给小程。

"马莉莉、马鸣鸣和马潇潇是马烈主任家的三枝花。马潇潇的对象是县公安局经案大队副大队长张立畅，马鸣鸣的对象就是市纪委的李群常委，这三个乘龙快婿都是马老的骄傲，可惜现在瞎了一个啦，他老先生还不知道气成啥样咧？"程宇宁接过望远镜一边观察，一边说。

"咱们陈书记就是很了不起，甚至是办案的车辆都要求贴上深色的车膜，现在看对咱们蹲坑真的是一个掩护。"安然说。

萧玉接上话茬说："陈书记经常说办案子细节决定成败，辩护律师盯着的也就是案件的细节，一个微小的细节错误，就有可能导致案件的失败！"

"是的，陈书记最讨厌的就是马大哈，上一次办魏彦成的案子，江德英主任取的证前后不一致，觉得差不多就回来交差，让陈书记一通狠训，从来没见过书记发这么大的火。"安然说道。

"哎，出来了。"小程小声说，"大包袱、小行李的带了不少，看样子是给两个孩子准备的。"

安然接过望远镜："看样子，这是不打算回来啦，得跟领导报告一下。你们两个先到附近吃点饭，一会儿过来替我。"

祁东县地税局培训中心，谈话室里充满紧张的气氛。孟庆军端坐在桌子后边，章勇翔和一个干部一左一右坐在周树彬身边。

"周树彬，你口口声声一定配合组织，讲清问题。县纪委已经跟你苦口婆心谈了两个多小时了，你却一直避重就轻，回避主要问题，这就是你主动交代问题的态度吗？"孟庆军说。

"孟主任，别发火，我这不是一直在考虑问题吗？"周树彬做出很无奈的表情说，"我承认，逢年过节收过基层单位的烟酒、购物卡，利用职权开饭店敛财，还把收的烟酒拿到'春雨楼'里去卖。这些我都如实向组织交代清楚了呀，没有隐瞒啊，不知道还要我交代啥，才能证明我的态度好？哦，还收过临河镇大庙村支书魏彦成的十万元，后来交到廉政账户了，不信，你们可以去查。"

章勇翔站起身，拍拍周树彬的肩膀："哎，周局长，你是真糊涂还是装糊涂？就凭你说的这点阿猫阿狗的事儿，还用得着县纪委大动干戈，把你请到这里来交代问题？"

"我真的不知道从何说起，孟主任能不能指点一下？"周树彬装出一副可怜兮兮的样子，恳求道。

"老周，你说得轻巧，要是点拨你谈问题，还能算是你自己主动交代吗？"孟庆军点起一支烟，长长地喷出一股烟雾，"既来之，则安之。你不要急躁，组织上给你充足的时间，让你思想转弯子。"

"你们是不是对我'两归'了，我还能出去吗？"周树彬用恳求的目光看着办案人员。

"老周，这才是你思想顾虑的根源！"孟庆军也走到周树彬的身边，俯视着眼巴巴盯着他的周树彬，点燃一支香烟递给他，"'两归'也罢，能否出去也罢，现在都不是你考虑的问题。像你这样顾虑重重，对自己只有害处，没有益处。你现在要一心一意考虑的是怎么配合组织，彻底谈清楚自己的问题，争取组织的谅解和宽大！"

周树彬抽了一口烟，说："我交代，刚才说过了，我收过临河镇大庙村支书魏彦成的十万元。后来，我考虑这样做不妥当，就交到'510'廉政账户了，单子就在我办公室的抽屉里。"

"你还有其他的上缴款项吗？"孟庆军不动声色地问。

"没有啦！"

"手里还有其他公款吗？"孟庆军追问。

"没有啦！"

"这样吧，老周，你写一个委托书，请求县纪委到你办公室取出'510'账户的交款单据，你看行吗？"孟庆军说。

"好的，我马上就写！"

章勇翔把条子递给孟庆军。孟庆军看了看，又从抽屉里拿出一串钥匙，问："你办公室的钥匙都在这里吗？"

"都在这里！"

孟庆军依旧保持着不动声色的表情，说："你交代的这个问题是秃子头上的虱子，明摆着的，咱们心里都清楚。尽管如此，你的态度还是有那么一点点转变的，值得肯定，接着谈吧！"

监控室里，陈爱民、梁石祥目不转睛地观看着谈话的情况。

"老孟这一招也是够狠的，这样咱们就可以冠冕堂皇地进入他的办公室参观了！"梁石祥笑着说。

陈爱民也笑："是啊，起码不能说我们是非法搜查，违法办案。办公室本来就是国有的，又征得他本人的同意，咱们可以安排人进去参观一下，或许有些收获。"

"是的，我们的手段受到很多限制，咱们也只能想方设法打个擦边球啥的。"梁石祥说。

陈爱民拨打手机问："李书记，你们那边进展如何？"

手机里传出李汉杰的声音："按照书记的要求，我们没有跟他们两个谈实质性问题，一直在进行政策教育。另外，宋桂荣已经把刘建岭提款的单子全部调出来了，都是他本人的签名。"

"很好！另外还有一个任务，下午祁东县这边把周树彬办公室的钥匙捎回去，你安排人员到周树彬的办公室找一张'510'廉政账户的交款凭证。"

"好的，我现在手里只有财政局的备用钥匙，只能进办公室的大门，撬抽屉肯定不合适，有了他本人的钥匙就好办了。"李汉杰说。

"你们在找单据的同时，可以顺便参观一下周局长的藏品，只能拍照，不要动他的物品，以后由检察院依法搜查，扣押！"

"明白了！"李汉杰回答。

"午饭时间到了，你先去吃饭，再检查一下周树彬的食品和用具，看看有没有安全隐患。"放下电话，陈爱民对梁石祥说。

"好的！"

"下一个班是谁的？"陈爱民问。

"张继胜的。"

陈爱民说："你安排张继胜班上的安全员带饭菜过去，与孟庆军班上的安全员负责周吃饭时的安全。让孟庆军他们两个汇报一下这个班的情况，跟张继胜他们交班。咱们两个一起听听情况，就在监控室吧。"

几个人相继来到监控室里，陈爱民召集交接班碰头会。

孟庆军说："早上我们把周树彬拽上车，他紧张得浑身发抖。孙建设一直攥住他的胳膊，感觉到他的胳膊冰凉。看起来，我们打了周树彬一个冷不防，达到了预期的效果。上午的谈话进行了两个多小时，总体情况与我们预想的一样，周树彬思想顾虑很大，只是交代了一些收受烟酒、购物卡之类的问题，还有对于收受魏彦成的十万元，也作了充分的准备，狡辩称上缴'510'廉政账户了。我们按照领导的要求，没有跟他深谈，他这么说，我们就这么听，从中寻找他的漏洞。现在，周树彬的后路已经堵死了，他承认手里没有公款，也没有新的单据了。"

"很好，咱们抓紧时间说说，继胜，你有什么想法？"

"陈书记，我们按照上一个班的谈话思路，还是进行思想、政策教育为主，启发他端正态度。"

"老张，我要给你纠正一个毛病，你谈话喜欢带一个口头语，问对方'某某问题到底是怎么回事'。这种问话显示出你底气不足，不了解情况。今后你在谈话中，禁止使用'到底'这个字眼，要显示出胸有成竹的样子，这样询问对方：'你把某某问题谈一谈，或者把某某问题讲清楚！'"

张继胜不好意思地说："好的，我记住了，今后不再用'到底'俩字眼儿！"

"梁书记说说。"陈爱民示意梁石祥。

"我看了一下他的手机信息，全部被删除了。上午，有一个信息非常暧昧，是一个叫张红霞的女人发的，内容是'我怀孕了，你说过的要负责，看着办吧！'"梁石祥说，"这么看，这个女人还不知道周已经被审查的消息，发的内容有威胁的意思。"

陈爱民说："梁书记说得对，下午让他们到周树彬的办公室拿单据的时候，顺便把他的电脑抱出来，看看QQ聊天记录有没有什么玩意儿。电脑是国有的，不是私人物品，这个可以看。纪委不能采取侦查手段，能够采取的手段只限于此了。"

"陈书记，张红霞这个线索能不能试探他一下？"张继胜问。

"我看可以，你们随机应变，看看他的反应。"陈爱民说，"周树彬有可能交代出一些单位、个人逢年过节的礼金、购物卡之类的，你们在交班之前让他写一下，非常简单地写个时间、人员、金额，先固定下来，连夜让李汉杰那边取证。如果王丰生、刘建岭那边没有进展，明天审批'两归'手续就全靠这些证据了。"

"好的，我们一定做好！"张继胜说。

"好，你们上岗去吧。"陈爱民又对孟庆军说，"孟主任，你们抓紧休息一下吧！"

"不用休息，"孟庆军淳朴地笑着说，"我们就在监控室看看审查的情况！"

"哎，周树彬怎么没有吃饭？"梁石祥盯着屏幕说，"你们看，他把饭盒推到了一边。"

"他能吃得下去吗？"陈爱民说，"心理压力太大，这是正常的反应。晚餐给他弄点可口的，让厨房烧一锅杂粮稀饭，给他端一饭盒。这时候的人心火上攻，稀饭加点小菜最合口味。"

一辆白色的宝马车开进一个服务区，径直开到加油站。马莉莉下车，加满油。

马莉莉临窗而坐，桌子上放着一份快餐。她没有一点胃口，木雕一样呆呆地一动不动，托着腮，忧郁地望着窗外，几辆旅游大巴下来的游客兴高采烈地交谈着，老老少少都充满欢笑。

马莉莉想起了女儿，"晶晶、冰冰怎么样了，中午饭怎么吃？"她从皮夹里拿出照片，两个青春焕发的女儿对她灿烂地微笑，脸上闪烁着美丽、活泼和快乐。她的鼻子不由得发酸，溪流一样的眼泪悄无声息地滑落下来，滴在照片上。四个小时之前，她还是财政局的局长夫人，众星拱月一样受人尊敬，恍如噩梦一般，瞬间自己就变成一个逃犯，丧家之犬，这种落差给她的心理产生了极大的冲击。

马莉莉抠出手机卡，换上一张新卡。她又从皮夹里抽出一张纸条，对着上边的号码，拨通了电话："喂，宗姐，我是莉莉，老周出事啦！"

"啊，妹妹，不要怕，天塌下来有姐姐替你顶着哪，"电话里传来宗玲沙哑的粗嗓门，"你在哪里呀？"

"电话里别多说了，咱们到芒砀县的李寨镇碰头吧！"

渔场办案点的谈话室里，林钢剑直视着刘建岭："老刘，事到如今，你应该清楚自己所处的地位，老老实实交代自己的问题还有别人的问题，彻底坦白才是你唯一的出路！"

"俺就是一个会计，听领导的，领导叫俺干啥，就干啥！"刘建岭龇着满口黑黄的牙齿说。

"那你说说领导都让你干啥了？"林钢剑训斥道，"刘建岭，你也是五十好几的人啦，难道是非观念还不清楚？领导让你去杀人，你也听从吗？"

"领导，能不能给我一支烟抽？"

"可以抽，但是你得拿出态度来！"林钢剑说。

身边的检察干警点燃一支烟，递给了刘建岭。

刘建岭贪婪地深吸一口烟，说："我交代，财政所有一个小金库，是土地复垦的回扣钱，都用于平常吃喝、送礼了。"

"账本哪？"林钢剑问。

"烧了！"

"谁烧的？"林钢剑追问。

"领导安排俺烧的！"刘建岭低下头，不敢正视林钢剑咄咄逼人的眼神。

"哪个领导？"

"王所长。"刘建岭的回答声音越来越小。

"刘建岭，你给我抬起头来，"林钢剑厉声喝道，"你敢这么做，现在就能拘捕你和那个王丰生！刑法里有一个罪名，'隐匿、故意销毁财务凭证罪'，你自己掂量掂量！"

刘建岭抬头看了林钢剑一眼，又心虚地低下头。

"老刘，坐累了，可以站起来活动活动！"检察干警走到刘建岭身边，"要想人不知除非己莫为，你们干的那些事儿，你觉得能瞒得住谁？你别再稀里糊涂地跟着人家当殉葬品了，大难临头各自飞，你不坦白，别人交代，你自己不是陷入被动了吗？"

刘建岭死死盯着干警，"领导你让我从哪里说起？"

林钢剑感觉时机成熟了，从包里抽出一张复印的银行单据，走到刘建岭身边，"老刘，认识这张凭证吗？"

"认得，银行的提款单据！"刘建岭脸色骤变。

林钢剑捂住凭证上半部分，出示经办人那一栏指给刘建岭看："你再看看，这上边是你的签字吗？"

刘建岭脸色苍白，冷汗顺着额头往下淌："是我的签字。"

"刘建岭，我看你是不见棺材不掉泪。"林钢剑转身回到办公桌前，从公文包里掏出一沓银行复印件单据，"啪"地往桌子上使劲一摔，"那就让你见识见识吧！"

刘建岭两腿一软，双膝"扑通"跪地，"恳求政府宽大，我彻底交代！"

渔场办案点另一间谈话室，江德英指着王丰生的额头，"王丰生，你再这么死硬下去，看看是谁倒霉！"

"我真的不知道纪委为啥找我。财政系统我年年都是先进，工作成绩大家有目共睹的！"王丰生振振有词地说。

"好你个有目共睹，财政系统大家有目共睹的是你天天跟在周局长屁股后边，拍马屁，献殷勤！"江德英愤愤地说，"这是台面上边的，台面下边的动作你知道，周树彬知道，我们也清楚。"

王丰生委屈地说："江主任，你这么说，不是成心冤枉我吗？"

魏保平走进房间，递给江德英一摞材料，第一页上写着："刘已经交代，回扣全部被周树彬、沈大喜、王丰生和刘建岭私分！"

江德英抬起头，"哼哼"冷笑两声，"马上就让你见识见识我们是怎么冤枉你的！"

魏保平坐在王丰生的身边，心平气和地说："老王，你觉得自己真的跟没事人一样，比窦娥还冤，是吗？"

"我真的没有啥问题，让我说啥好啊？"

"那就说说你们镇长沈大喜吧，你觉得他咋样？"魏保平依然用促膝谈心的口吻跟他说。

"大喜镇长年轻，能干，人很聪明，也很低调，将来前途无量。"王丰生怔怔地看着魏保平说。

"是的，前途无量，说不定你将来还能沾他的光，混个师长旅长的干干，对吧？"魏保平说。

"你们都知道了！"王丰生怯生生地问。

江德英一拍桌子上的材料，大声说道："事实俱在，铁证如山，你还有什么可以狡辩的！"

江德英从材料里抽出一张银行凭证，拿到王丰生眼前晃晃，怒气冲冲地说："王所长，睁开眼瞧一瞧你们干的好事，还口口声声冤枉！"

王丰生接过来，仔细辨认是刘建岭的银行提款凭证，额头冒出了豆大的汗珠。

"我的娘啊，你们是怎么查到的？"王丰生下意识地问道。

"没有想到吧？告诉你，纪检监察机关可不是吃干饭的！"魏保平拍拍王丰生的肩膀说，"事到如今，你觉得纸还能包得住火吗？别人都在争取好态度，争取宽大处理，你还在这里鸣冤叫屈，再这么执迷不悟下去，后果你自己考虑一下吧！"

"我不冤枉，自己做事自己当，任凭组织处理，没有怨言。就是觉得沈镇长确实有点冤。"王丰生说。

"怎么冤枉的，你说说！"魏保平问。

"瞿园镇的土地复垦两次招标，都是沈大喜负责的，虽然是公开招投标，其实还是有暗箱操作的。"王丰生交代。

江德英问："你们是怎么暗箱操作，玩猫腻的？"

"办法多了，比如事先知道标底，还有让做标书的按照我们内定的投标单位量体裁衣，最后还有一项是甲方印象分，镇政府想让谁中标，就把印象分加给谁，基本上就有了百分之七八十的把握。这样一来，那些硬碰硬的公司根本竞争不过我们。我们借用的淮江矿务集团爆破公司的资质，它们是国家一级企业，说好的给它们留百分之十的管理费。内蒙古的一家爆破公司到处告我们，说我们弄虚作假，镇政府帮忙暗箱操作，就是因为这件事。"

"你怀疑是内蒙古的爆破公司举报你们才东窗事发的是吗？"魏保平说，"要想人不知，除非己莫为。这句话用在你们身上是再恰当不过了！"

"我承认，我们几个有贪心。可是沈大喜真的没有，他开始就是给弟兄们帮忙的。第一笔钱来了之后，我给他送去十万元。沈大喜说啥也不愿意收，在他办公室跟打架一样拉扯了半天。"

"最后还是收下了？"江德英问道，点燃一支烟递给王丰生。

"收下了，他说下不为例！"王丰生接过香烟，抽了一口，接着交代，"去年中秋节之前的回扣款到账，我跟周局长商量，给钱沈大喜不要，就给他买一辆车吧。开始沈镇长坚决不同意，俺弟弟跟他说就算是借给他使用的，沈大喜才勉勉强强答应。买车时，我和刘建岭还有俺弟弟王沛生一起到淮江市专卖店提的车，户头是沈镇长家属的名字，俺弟弟刷的卡，高配的帕萨特，十九万多元，就是现在他家属刘江月开的白色帕萨特。"

"这才是你主动配合组织应有的态度！"江德英鼓励他说。

"就是在提车回来的路上，我跟他们说，沈大喜年轻有为，以后若能沾他的光，说不定能混个师长旅长的干干！"王丰生说。

"接着交代！"江德英板着脸说。

"好，事已至此，我都如实交代……"

下午三点，四辆面包车驶入祁东县地税局培训中心，抽调的办案人员准时抵达。

三楼会议室里，梁石祥清了清嗓子，说："同志们，我们现在开会了。首先，我宣布一下办案纪律。第一，这一次抽调来的同志比较多，大家要密切配合，紧密团结。第二，不准擅自离开办案点，手机全部上缴，不准对外联系。如果确实需要跟家人联系的，咱们在警卫组设立了一部固定电话，每天报一个平安，注意不要涉及案情。第三，严守保密纪律，各组之间不要横向传递信息，不要在公开场合谈论案情。第四，需要回避的，请及时提出。下面，请陈书记讲话。"

陈爱民说："刚才梁书记已经作了工作部署，时间很紧，咱们开短会，我再补充两句，主要是强调一下注意事项。周树彬在祁河县是有影响、有背景、有后台的人物，所以我们在安全方面不能有丝毫的麻痹大意，不能出现任何的闪失。我们经常讲安全工作要做到万无一失，这句话倒过来说就是一失万无。安全工作要贯穿到我们办案子的每一个环节，除了平常我们都注意到的一些事项，还有一些细节也要细致再细致，甚至被审查人喝的水，也要调成温水，防止烫伤咽喉，这在以往的办案中是有过教训的。办案人员禁止携带玻璃杯、陶瓷杯进入谈话室。梁书记，你安排采购的时候，给每一个同志买一只塑料杯子。办案时，不准穿拖鞋，要衣冠整齐。还有，我们与被审查人谈话，一言一行都代表着纪检机关的形象，体现着浩然正气。但是，如果穿着大裤衩子，趿拉着拖鞋，满嘴的口头语，在形象上就不能震慑对手，不能让对手肃然起敬，谈话的效果也要打折扣。这些细节请大家一定要注意。再有就是办案纪律，文明办案是铁规，任何人都不能违反。还有需要回避的，要及时向梁书记提出申请。"

梁石祥补充说："陈书记讲大家来的时候都很匆忙，没有来得及带换洗的衣服，给大家每人买一套运动服、两双袜子、两条裤头还有洗漱用品。散会之后，季超负责统计尺寸。现在大家各就各位吧！"

下午六时，李汉杰拨通了陈爱民的手机："陈书记，我是汉杰！"

"怎么样？"传来陈爱民的声音。

"按照陈书记的要求，半个小时全部拿下！"李汉杰兴奋地说，"我简要汇报一下，根据王丰生和刘建岭的交代，瞿园镇土地复垦工程的回扣，周树彬两次分得四十万元和五十万元，共计九十万元；王丰生一次四十万元、一次五十万元，共计九十万元；刘建岭一次七万元、一次十三万元，共计二十万元。现在又交代出镇长沈大喜，第一次收受十万元现金，第二次收受一辆价值十九万多的帕萨特，两次加起来将近三十万元，这是没有意料的。"

陈爱民惋惜地说："沈大喜太可惜了，一个优秀的年轻干部就这么夭折了！"

李汉杰拿着手机，咂了一下嘴，"是的，他自己没有把握住底线。陈书记，你看是不是今晚就把他控制起来？"

耳机里传来陈爱民的一声叹息："唉，算了吧，再给沈大喜一个晚上吧，让他再陪陪老婆、孩子，今后三年五载的肯定是进不了家门了！"

"从王丰生和刘建岭交代的情节看，去年中秋节之前的五十万元是他俩一起送到周树彬办公室的，当时周树彬火急火燎的，好像急等着用钱。"

"两个行贿人都作证，周树彬这一笔受贿的证据很扎实，即便是零口供也能认定。"陈爱民说，"很好，你们辛苦了！"

陈爱民放下手机，孟庆军、张继胜、王立楷等办案人员相继来到监控室交接班。

梁石祥对几位同志说："抓紧说说吧。"

张继胜说："陈书记，梁书记，我汇报一下我们这个班的情况。周树彬交代他在 2008 年五一长假之前，在县人民医院做阑尾炎手术，住院九天，收受各个乡镇、部委办还有财政所送的现金四十多万元，这是他书写的供述，按照陈书记的要求，只是粗略、简要地让他写了一下。"

张继胜把几张笔录纸交给陈爱民。

陈爱民一边浏览，一边说："你们看，几乎所有的预算单位、下属单位都去探望了周局长，少则一千元，多则一两万元。周局长的面子好大哟！"

"看来，我们分析得对，周树彬现在是想交代一些问题，然后急于脱身。"梁石祥说。

陈爱民掏出香烟，递给孟庆军等，"是的，梁书记说得对，周树彬目前的心态是避重就轻，避法就纪。我们就是要彻底打破他交代一点小问题再撑几天就能回家的幻想。谈话组的三个班要统一谈话思路，统一谈话力度，同时外围取证组加紧工作，要让周树彬明白，抛出仨瓜俩枣就想蒙混过关是不可能的。"

张继胜说："张红霞的线索我试探地问了一下，他很紧张，说是一般的朋友关系，那个女人口无遮拦，经常跟他开玩笑。我就没有再跟他往下深谈。"

孟庆军接上话说："继胜同志这样处理很正确，周树彬对这个问题越是讳莫如深，越是说明这里边可能隐藏有不可告人的秘密，不到最后，他是不会轻易交代的。"

"立楷主任，你们下一个班可以把沈大喜、王丰生、刘建岭他们几个共同犯罪的炮弹打出去，把周树彬的证据拿下来。这是最低的要求，不然的话明天市纪委怪罪下来，我们手里没有过硬的证据支持，非得刮鼻子不可。"陈爱民苦笑着说，"梁书记，下半夜是几点钟交班？"

"凌晨一点。"梁石祥回答。

"王主任他们这个班要辛苦一下，往后推迟一小时，两点钟交班吧，一鼓作气打垮他的心理防线。两点钟之后，让他休息六个小时，一觉睡到上午八点应该可以吧，中午再给他补充一个小时的午觉。"陈爱民说。

"好的，我们一定拿下这条线索！"王立楷说，"还有一个问题，周树彬要是晚饭还不吃，怎么办？"

"我让食堂熬了小米稀饭，还特意给他下了一碗鸡蛋面，应该是合口味的。"梁石祥说。

"他要是再不吃饭，就是存心要绝食了，还是要想办法让他吃饭，这是保证我们办案的基础条件。"陈爱民把烟头按灭，"今晚你们的大夜班，在交班之前，每人吃一盒方便面，就在谈话室里吃。梁书记，你让季超去买点方便面，就是那种麻辣浓香型的。下半夜你们做一个巴甫洛夫试验，让香喷喷的方便面把周局长的馋虫给勾出来，这个法子很灵验的，以往的办案中屡试不爽。"

"好的，我这就去安排，多买几箱方便面和其他的食品，晚上值夜班的同志加餐也需要。"梁石祥说，"再买几把手电筒备用。"

陈爱民说："周树彬交代的住院期间收受礼金是一个非常好的抓手。从中挑选几笔数额较大的，让渔场的取证组连夜审核。既然周树彬住院期间这些单位、包工头有所表示，那么，逢年过节呢，香火钱恐怕也少不了吧？还有，申请拨付资金的时候有没有按质论价的情况呢？这样扩大线索，从行贿一方获得周树彬受贿的新证据，再反过来进一步纠正他的对抗心理。以查促审，以审促查，查审结合，如此这般，几个回合斗下来，他就彻底缴械投降了！"

"陈书记一席话，让我们茅塞顿开！"梁石祥笑逐颜开地说。

"是呀，说心里话，只要有陈书记坐镇指挥，我们就有主心骨，办案子就信心百倍。"孟庆军赞同地说。

陈爱民说："'运用之妙，存乎一心'，这些招数都是同志们在长期办案实践中琢磨出来的，大家也要潜心研究，一定会有自己的心得体会。我历来反对把办案工作简单化，靠着嗨诈胡蒙办案子，那样是要出偏差的。如果没有其他情况，你们上岗去吧！"

"哎，要不要采用一下陈书记上一次教授的疑兵之计，让这个班带几包档案材料进去？"梁石祥建议道。

"活学活用，现学现卖，你们看着办吧，反正这样不算违规！"陈爱民笑着说。

王立楷也笑道："好的，我把会计大老刘的取款单据夹在里边，时机成熟，再亮出来。"

"老周，给你打了一饭盒稀饭，喝点吧！"王立楷端着饭盒走进谈话室，招呼周树彬说。程宇宁跟在身后，胳肢窝里夹着几个鼓鼓的档案袋。

"不想喝！"周树彬说着，眼睛死死盯着小程腋下的档案袋。

"喝点吧，还给你带了小咸菜，很开胃的！"程宇宁说着，把稀饭端到周树彬眼前。

"谢谢啦！"周树彬拿起塑料勺子，就着咸菜，"呼噜呼噜"很快将稀饭喝光。

"还有一份鸡蛋面，配的番茄、青菜！"程宇宁又端上来一个塑料饭盒。

周树彬瞥了一眼，摇摇头说："我实在吃不下去了，谢谢啊！"

"那就等一会儿，饿了再吃。"王立楷说，"咱们接着谈问题。"

陈爱民、梁石祥从监控室观察着。

"喝下去一大碗稀饭，还可以。"梁石祥说。

"光喝稀饭不行，人要是饿过头了，就没有进食的欲望了，还是要想办法让他恢复正常饮食，尽量不要采取医疗的手段维持营养，那是迫不得已采取的办法。从明天开始，每天中午给他准备一份水果，注意不要有带核的桃子、杏之类的。早餐一个煎鸡蛋，如果是煮的鸡蛋要替他剥去鸡蛋壳。"陈爱民说。

"他还能噎死？"梁石祥笑着说。

"不得不防啊！"陈爱民说，"香烟盒里的锡纸折叠起来都能刺破动脉血管，打火机、窗户上的挂钩都能吞进肚子里，人到了山穷水尽的地步，一门心思寻短见，什么招数都能琢磨出来！"

"陈书记提醒得对，安全问题我们一定慎之又慎。"

"是不是该体检了？"陈爱民问。

"我这就安排任主任过去。"梁石祥说。

身着白大褂的任光彩走进谈话室，对周树彬说："给你体检一下，以往有什么病史吗？"

"血压有些高，心脏有冠心病史，血糖也偏高。"周树彬回答。

"你躺下来，我看看！"

程宇宁和安全员赶紧放下一张席梦思床垫，铺上床单。

任主任蹲下，仔细听诊，量血压，又用便携式心电图仪检查。然后，直起身，问："你平常吃什么药？"

"每天一粒'代文'。"

"今天吃了吗？"医生问。

"还没有！"周树彬回答。

任主任从药箱拿出一盒药，抠出一粒，"你还坚持吃，医生负责给你药，每天一粒。"

"谢谢大夫！"

"任主任，这个人身体怎么样？"梁石祥问。

"体质还可以，血压偏高一点，服了药，应该正常了。其他没有大毛病。"医生说。

陈爱民问："心脏没有问题吧？"

"心电图正常，应该没有问题。"任光彩主任回答。

"有你把关，我心里就踏实了，谢谢任主任！"陈爱民感激地说。

"陈书记客气了，我就是一个医生，能够为反腐败做点事，出点力，很高兴！"

夜幕降临，行政中心一片寂静。魏保平带领几名纪检监察干部走到财政局二楼的局长办公室门口，揭开封条，打开了周树彬的办公室。

"把灯全部打开，找一找老周的单据。"魏保平吩咐说。

财政局纪检组长老蒯站在一旁，问："魏主任，如果没有其他任务，我是不是可以走了？"

"你稍等一会儿，给我们做一个见证人。"魏保平说，"大家小心一点，东西不要动，放在原处，需要拍照的，张静来负责。"

"好的！"干教室副主任张静举起摄像机、照相机，拍摄琳琅满目的烟酒、茶叶、字画等。

"快来看，这里还有一盒'袁大头'呢！"年轻干部小张喊道。

魏保平从抽屉里找到一张工商银行的交款凭据，反复看了几遍，"就是这张凭据了！"

"小张，把周树彬的电脑抱走！"魏保平说，"蒯组长，这是国有资产，不属于周树彬的个人物品，我给你打一张条子可以吗？"

"当然可以，没有任何问题，一切听从领导安排！"纪检组组长谦恭地说。

夜深人静，瞿园镇镇长沈大喜坐在客厅，愁眉不展。他悄悄推开女儿的房间门，扭开床头灯，呆呆看着她圆圆的雪白的脸蛋儿，小巧笔直的鼻子，睡梦中还在微笑的眼睛……这是一个多么可爱的女儿啊，一想到即将给她带来的噩梦，沈大喜的心就像被插进一把锋利的匕首一样疼痛，忍不住失声痛哭。

妻子刘江月轻轻进来，柔声地说："大喜，出来说话吧！"

刘江月坐在沈大喜身边，用忧郁的眼神望着他问道："大喜，你是不是有什么事瞒着我？从你一回家，就感觉你神情不对。现在外边到处都在疯传，周树彬被'两归'了，不会与你有牵连吧？"

沈大喜双手爱抚地捧起妻子的脸颊，泪流满面，哽咽着说："我对不住你们娘儿俩，咱家的车是周树彬、王丰生买的。去年还有一笔十万元，也是王丰生分给我的回扣款。今天中午，县纪委从镇里把王丰生、会计刘建岭带走了，这件事肯定是败露了，他俩和周树彬一定会咬出来我，现在，我都悔死了！"

刘江月"呜呜"地失声哭泣起来："大喜，我什么时候埋怨过你挣钱少了？没有汽车，咱骑电动车、自行车，粗茶淡饭，过得踏踏实实，一家人开开心心在一起，非得收人家的钱、人家的车干什么？"

"现在一切都晚了！"沈大喜悲恸地说，与妻子拥抱在一起，泣不成声。

"不行，你现在就得跟组织讲清楚！"刘江月推开丈夫，坚定地说。

"现在三更半夜的，找谁去？"沈大喜泪眼蒙眬地问。

"大喜，明天就晚了，咱们得抓紧投案自首，争取宽大处理。不管你判多少年，我都等着你，给你把孩子拉扯大！"妻子哭泣着说。

"那我先问问梁石祥书记吧，他夫人陈丽珍老师是我高中的化学老师，我一直对陈老师很尊敬的。"沈大喜说。

"赶紧打吧！"刘江月催促说。

"喂，梁书记，我是沈大喜。"

"哦，是大喜呀，这么晚了，有什么事情吗？"手机里传出梁石祥的声音。

"半夜打扰您休息，实在对不起！"沈大喜怯生生地说，"我想跟组织坦白交代一件事，我收过王丰生兄弟俩的十万元还有一辆帕萨特车。您看，下边我怎么处理这件事？"

梁石祥捂住手机，对身边的陈爱民说："是沈大喜，他愿意主动交代！"

陈爱民接过手机，"喂，沈大喜，我是陈爱民。"

"哎呀，是陈书记，这么晚了您还没有休息！沈大喜跟您汇报，我辜负了组织的培养，我愿意投案自首，退还赃款，听从组织的处理，接受法律的制裁！"

"沈大喜，你现在不要太自责。能够主动向组织交代问题，说明了你自己彻底悔过的决心，要相信我们会最大限度地给你兑现政策的！"

"我一定彻底交代，绝不隐瞒！"

"现在已经是凌晨一点了，早上王自力常委过去找你！"陈爱民说。

"我拾掇好东西，早上跟王常委走！"

已经是夜半时分，谈话室里气氛异常紧张，交锋已经进入白热化。

"周树彬，你是存心顽抗到底是不是？"王立楷厉声说道。

"王主任，你别发火嘛，我确实想不起来了，你看我都交代受贿几十万元了，真的就是这些了，"周树彬做出一副万分委屈的样子说，"俺家属马莉莉是去年市纪委表彰的'十佳廉内助'，她平常整天在我耳朵边絮叨'吃人家嘴软，拿人家手短'什么的，我的老泰山更是严格要求，每一次回家见面必讲廉政。我都交代了，小的出格的确有，大的问题真的没有！"

王立楷明白，这是周树彬用马莉莉试探一下，是想求证她是否已经成功逃脱，于是，他转变话题，问道："其他人的问题，包括马莉莉在内，谁主动交代，谁就占据政策的优势。你现在要关心的是自己应该何去何从！"

王立楷的一番话，让周树彬一头雾水，摸不着头脑，他小心翼翼地问："王主任，你能不能点拨点拨？"

程宇宁接过话说："老周，我们可以给你点拨点拨，但是，丑话说在前头，点拨的问题不能算你主动交代，得不到宽大处理！"

"王主任，程主任，再让我想一想！"

王立楷点燃一支烟，递给周树彬，平静地说："还有啥好想的？随便提示你一个问题吧，看你那个费劲的样儿，瞿园镇的土地复垦工程，你应该清楚吧，谈一谈里边的问题吧！"

周树彬心里一惊，表面上仍然故作镇定地回答："土地复垦都是镇政府公开招投标的，阳光操作，两次中标的公司都是国家一级资质企业，国有大型企业，能有啥问题？"

周树彬以守为攻的策略，让王立楷火冒三丈："哎，周树彬，咱们把话都说到这个份儿上啦，你是真傻，还是装傻？"

"王主任，你别发火呀，我真的不知道该从何说起啊！"

王立楷带着不屑一顾的表情说："那好吧，小程，把材料拿出来，给周局长开开眼界！"

程宇宁从几个鼓鼓囊囊的档案袋里抽出一沓复印件，递给周树彬，"周树彬，你是学会计出身的，不会看不懂银行流水、提取现金的单据吧？这是财政所刘建岭的户头，白纸黑字，写得清清楚楚！"

周树彬战战兢兢地翻阅着农商行的单据，豆大的汗珠从额头上滚落下来。

"你们几个人做的好事，自以为天衣无缝，还是被我们攥住了手脖子，你还有什么可说的？"王立楷优雅地吐了一个烟圈。

"我的天爷嘞，你们是怎么查到的？连我都不知道他俩是咋操作的！"周树彬惊呼道，"完喽，彻底完喽，我愿意交代，请求组织宽大！"

王立楷点燃一支烟，递给周树彬："事实俱在，铁证如山，你不交代也没有关系，照样定你的罪，而且还要从重处理，你看着办吧！"

"谢谢！"周树彬双手接过香烟，猛吸了一口，"我一定交代，彻底交代，请求宽大！"

王立楷决定晾一晾周树彬，于是装出胸有成竹的神情，非常轻松地说："好吧，你要是想说，就跟程宇宁同志说吧，我懒得再问你。小程，给老周做一个笔录。"

"好的。"程宇宁坐到桌子后边，打开了笔记本电脑。

"两位领导，说实话，瞿园镇的两次土地复垦工程都是财政所所长王丰生和镇长沈大喜操作的，到底挂靠的是哪两家公司，资金是怎么套取出来的，我真的不清楚。刚才我看到刘建岭在农商银行的提款单据，才大致明白他们是把资金转了一个圈，再绕回来的。所以，具体的经过，他们能够说得清楚。我只记得分给我两次钱，一次是四十万元，还有一次是五十万元。"

程宇宁一边"嗒嗒"地敲击着键盘，一边问："你交代一下，你收取的这些钱的去向。"

"都交给我老婆马莉莉了！"

程宇宁接着追问："去年中秋节之前，王丰生、刘建岭两个人送到你办公室的那五十万元的去向呢？"

周树彬怔了一下，回答："也交给我老婆了。"

程宇宁注意到他的这个不自然的表情，提醒说："老周，既然交代，就要彻底坦白！"

"确实如此，我讲的都是实话！"

"周树彬，那我问你，王丰生他们为什么要给你分一杯羹？"程宇宁继续问。

"土地复垦的确是稳赚的买卖，关键是两点，一个是爆破公司的资质，还有就是能不能及时拿到工程款。"周树彬抽了一口烟，皱着眉头回答，"我估计王丰生他们兄弟俩打着我的旗号，镇里得给我面子，这样容易中标，还有就是工程款也能及时拿到手。"

"还有没有巴结、讨好你的意思？"程宇宁问。

"我是财政局局长，他们肯定想跟我套近乎。"

"笔录做好了，王主任你先看看。"程宇宁把笔录交给王立楷。

王立楷看着笔录，说："哎，老周，你这人真是属犟驴的，牵着不走，非得打着走。你看看，你们两口子做的那些事儿，能瞒得住谁？你还在那里掖着藏着，以为别人不知道。就拿瞿园镇土地复垦的问题来说吧，你绝对没有想到，我们早就掌握得一清二楚！"

"我承认，县纪委的确厉害，特别是陈爱民书记太厉害啦！他要是不来祁河县，我也没有事！"

"胡扯八道，周树彬，'莫伸手，伸手必被捉'，这是陈毅元帅的至理名言，放到你身上恰如其分！"王立楷训斥道，"自己犯下的事儿，不好好反思，还埋怨县纪委太厉害，这是什么逻辑？事到如今，你应该明白，只有彻底坦白，争取宽大处理，才是你唯一的出路，现在悬崖勒马，还来得及！"

程宇宁把笔录交给周树彬："你看看记录有没有出入，如果有，可以更改。"

周树彬仔细阅读笔录，抬起头说："记的都是事实！"

"那就签字画押吧！"小程说着，拿出印油盒和笔。

周树彬签字、按指纹。

王立楷看了一下手表说："老周，现在是凌晨两点了，你准备休息吧，咱们上午八点之后再谈。"

"我一点困意都没有！"周树彬说。

小程收拾着笔录、印油盒，说道："老周，你还是心理负担太重。只有交代完问题，如释重负了，才能睡得踏实！"

"把床垫子给老周铺好吧，让他好好睡一觉！"王立楷说着，打了个哈欠，"还真有点饿了，小程，泡点方便面吃吧！"

"可不是吗？现在肚子咕咕叫了！"程宇宁说着，非常麻利地泡好三盒方便面。

程宇宁"呼噜呼噜"吃面条，一股浓郁的饭香迅速弥漫开来，诱使人食欲大开。

王立楷端起面盒，看见周树彬的咽喉有上下吞咽口水的动作，就漫不经心地问道："老周，也给你来一盒？"

"那好，请给我来一盒！"周树彬感激地说。

"你先吃我这一盒吧！"安全员递过来一盒。

"谢谢您啊！"周树彬双手接过来，狼吞虎咽地吃了起来。

监控室里，陈爱民看到这一幕，长吁了一口气，伸了个懒腰，说："从昨天上午八点钟到现在，二十六个小时连轴转，一刻也没有闲下来，咱们俩真该歇会儿了！监控室是谁值班的？喊他们来上岗吧。"

"我给他们房间打电话。"梁石祥说，"这二十六个小时真是惊心动魄，过去从来没有经历过。毛主席有一首诗'四海翻腾云水怒，五洲震荡风雷激'！"

"下半句好像是'要扫除一切害人虫，全无敌'吧。天亮了之后，咱们就能跟市纪委交差了，起码不用再挨熊了，还不知道祁河县还有淮江市炒成啥样了！"陈爱民说着，打开关闭的手机，"好家伙，梁书记，你看看我的信息都爆满了，都是'爱民书记，请速回电话'之类的。看起来用临时号码是正确的，免去了这么多的干扰。"

陈爱民步出监控室，周树彬谈话室门口的两名基层纪检干部起身向他致敬。陈爱民摆摆手，示意他们坐下。

走到走廊出口，王跃进和一名干警起立，向陈爱民敬礼。

"王队长，你们辛苦！"陈爱民与他们一一握手，"凌晨两三点钟是人最疲劳的时候，也是最容易发案的时间，你们可得瞪大眼睛，千万不能有一丝麻痹思想。"

"首长放心，我们临来之前，张局长专门交代我们一定要尽心尽责，恪尽职守。"

"给你们发加餐的食品了吗？"陈爱民问。

"发了，有方便面、面包、火腿肠，还有盒装的牛奶，谢谢首长这么关心我们！"王跃进感动地说。

"你们以前在局里晚上加班没有夜宵吗？"陈爱民问。

"都是吃晚饭的时候，干警自己准备的，从食堂拿个馒头，再夹上一点咸菜，下半夜饿了就啃几口垫补垫补，大家都习惯了！"王跃进说。

"公安干警更辛苦！"陈爱民敬佩地说。

2010 年 5 月 29 日，这是一个星期六。早上六点钟，陈爱民手机响了。他一跃而起，抓起电话："喂，马书记早上好！"

"爱民，怎么样啊？"传来马骏的声音。

陈爱民汇报说："马书记，我们初战告捷，已经核实周树彬共同受贿二百三十万元，其中他个人分得九十万元。还有其他的受贿问题核查了三十多万元，目前可以认定他个人的受贿数额在一百二十万元以上。"

"好，过百万啦，那我就放心了！"马骏说。

"还有一个情况，跟你汇报一下。"陈爱民说，"瞿园镇土地复垦的问题，涉及周树彬、镇长沈大喜还有财政所所长王丰生、会计刘建岭共同受贿二百三十万元，按照调查方案已经把王丰生、刘建岭控制起来了！"

"怎么还牵扯到沈大喜，他拿了多少？"马骏问道。

陈爱民回答："现金十万元，还有一部汽车十九万元多，加起来将近三十万元。"

"爱民书记，对于沈大喜，你看看能不能采取党纪政纪处理的方式来解决？"

"马书记，受贿犯罪是公诉案件，沈大喜已经触犯了刑律，而且是共同犯罪，必须追究刑事责任。不然，整个诉讼程序都没有办法向前进行。"陈爱民说。

"可惜了呀，一个好苗子！"马骏一声叹息。

"凌晨一点钟，他已经打电话找梁石祥自首了，我在电话里也跟他谈了谈，安慰了他一下，我们尽量对他从轻发落吧！"

"只好如此了！"马骏惋惜地说。

2010 年 5 月 29 日，这是一个星期六。早上七点，县纪委两辆办案车辆停在沈大喜家楼下。

王立楷打电话:"喂,沈大喜,我是县纪委王立楷呀,我们在楼下等你了!"

"王常委,我能不能给女儿做好早餐再走?她上午要去上英语课。"

"你稍等,我请示一下领导再说吧!"王立楷回答。

"喂,陈书记,跟您汇报一件事。"王立楷拿着手机说。

"你说吧!"

"沈大喜想给女儿做好早饭再走,您看行吗?"

陈爱民握着手机,停顿了一下,心里非常惆怅,他想起了远在异国他乡的儿子,于是问:"他住几楼?"

"五楼。"

"那就让他给孩子做好早饭吧,不过要好好宽慰他,不要出现跳楼事故!"

"好的,我明白啦!"王立楷回答。

沈大喜与妻子紧紧拥抱,夫妻俩泪流满面。

手机响了,"喂,王常委您好!"沈大喜说。

王立楷的声音:"陈书记同意你给孩子做早饭,他让我转告你,不要有太大的思想包袱,要相信组织。"

"我谢谢组织,谢谢陈书记、王常委!"沈大喜感激地说。

"你家属在吗?我跟她说两句。"

沈大喜赶紧把手机递给刘江月,"王常委跟你说话。"

"王常委您好,我是刘江月!"

"江月同志你好,我转达陈书记指示,希望你们相信组织,正确对待已经发生的问题。"

"我们两口子一定配合组织,就是砸锅卖铁,也要积极退赔,任凭组织发落。"刘江月说。

"那好,你让沈大喜十五分钟之后准时下楼!"

沈大喜噙着眼泪,磕了两个鸡蛋,搅拌,再加上面粉,揉成面团……他轻轻唤醒了女儿:"茹茹该起床了!"

"这么早就喊我!"沈茹茹睡眼蒙昽地看了一眼电子钟说。

"爸爸到外地出差,要好长时间,跟茹茹道个别,在家听妈妈的话啊!"沈大喜爱怜地抚摸着女儿的秀发说。

"爸爸要去哪儿?"小姑娘问。

沈大喜不敢正视女儿那双天真无邪的眼睛，在女儿额头吻了一下，说："爸爸要去支援边疆，很远很远的地方。爸爸给宝贝做了喜欢吃的手擀面，在家好好学习！"

"爸爸再见！"女儿温柔地说。

"茹茹再见！"沈大喜强忍着眼泪说。

刘江月提着一个帆布包，陪同沈大喜一同走下楼。她默默地把帆布包交给丈夫，转身哭着上楼了。

季超接过帆布包说："咱们走吧！"

沈大喜一言不发钻进普桑车。

王自力坐在副驾上，转过脸说："大喜，你的事情陈书记已经与马书记进行了沟通，对于你犯下的错误都感到十分惋惜，希望你不要有太大的思想包袱！"

"我一定彻底交代，愿意接受一切惩罚，真的是一失足成千古恨哪！"沈大喜掩面而泣。

刘江月站在厨房里，望着普桑车越来越远，泪如雨下，泣不成声。

祁东县办案点宿舍里，陈爱民从床上坐起身，对梁石祥说："咱们干纪检监察的，也不是铁石心肠。看着干部违法乱纪导致妻离子散，沦为阶下囚，内心里是非常痛苦的。"

"是的，就需要我们加强教育，惩处也是教育，不过是最后使用的手段。"梁石祥也从床上坐起来说。

陈爱民说："是啊，教育不是万能的，从已经查处的两起系列案件，我们应该好好反思，为什么祁河县出现腐败泛滥的问题，应该从制度层面深入思考。我有一个想法，就是我们每查处一起典型案件，都要帮助案发单位进行深入剖析，查找漏洞，建章立制，持之以恒坚持下去，就能收到成效。"

"陈书记的这个想法好，查办案件只是完成了案件检察的一半，剩下的另一半工作也同样重要。"梁石祥赞同地说。

"是的，有些地区同样一个岗位连续倒下几任一把手，前'腐'后继，令人深思。咱们不能学饲养场，把猪养肥了再杀，"陈爱民咂了一下嘴说，"不教而诛之，谓之虐！"

手机响，陈爱民接听，传来孙建设的声音："陈书记，市纪委张友信书记联系不到你，把电话打到我这里，让你马上给他回电话。"

"好的，我这就给他回电话。"陈爱民说。

"陈书记，听张书记的口气，火急火燎的，您心里有数！"孙建设提醒说。

"知道了，没有事的！"

陈爱民放下手机，苦笑着对梁石祥说："市纪委兴师问罪了，得赶紧汇报。友信书记是我的好领导，也是我的好兄弟，整出这么大的动静，事先没有跟他汇报，的确不妥当！"

梁石祥也笑着说："该挨熊，肯定得刮鼻子！"

"刮吧，反正咱老陈的脸皮厚，那是从小练就的童子功！"陈爱民苦笑着说，"上小学时，咱是'走资派'的子女，属于'狗崽子'系列的，所以有的老师也歧视我。有个涂老师经常在大庭广众里表扬我的一句话，'陈爱民的脸皮比那城墙拐角还厚！'长大了，才知道那是赞扬的语言，咱老陈的心理素质从小就很强！"

梁石祥哂笑着说："你就吹吧，马上张书记就试一试俺们陈书记的城墙拐角到底有多厚实！"

陈爱民拨打张友信的手机："张书记，你好，我是陈爱民！"

"你怎么用的是这个号码，原来的手机为什么关机了？"张友信质问道。

"这是一个临时号码，原来的手机依然使用，领导有什么指示？"陈爱民赶紧转变话题。

张友信用习惯性的语气，不紧不慢地问："爱民，这两天你在忙什么哪？"

陈爱民笑一笑，狡黠地回答："嘿嘿，没忙啥，正常工作！"

张友信又问："办案子了吗？"

陈爱民尴尬地笑着说："没办案子，噢，找一个科级干部还有两个一般干部进行廉政谈话呢。"

张友信一听这话，顿时火冒三丈，模仿热播的电视剧《亮剑》里彭总司令的腔调训斥道："你搞的什么廉政谈话，整个淮江市都炒翻天了你知道吗？到处都在传颂你陈爱民书记的光荣事迹，好厉害哟，到了祁河县就把财政局局长给办了！闹了半天，唯独市纪委还蒙在鼓里，不知道是怎么回事，你以为你是李云龙吗？"

陈爱民赶紧笑着赔不是："张书记息怒，俺这不是正在跟您汇报嘛！"

"还息怒，我怒火万丈你知道吗？"电话里的嗓门越来越高。

"赶明儿个，俺老陈箪食壶浆，请张书记喝酒，再当面负荆请罪。您看，俺们不请示，就热火朝天地干了起来，的确……"

"好啦，好啦，别再给我东扯葫芦西扯瓢的啦，"张友信打断陈爱民的话，又问，"我问你，案子现在怎么样了？"

陈爱民说："经过二十多个小时的调查，财政局局长周树彬等四人共同受贿二百三十万元，已经查实周树彬个人受贿一百二十多万元。还查实一个镇长沈大喜受贿二十九万多元。周的谈话地点放在祁东县陵山脚下的地税局培训中心。其他人谈话以及取证的地点设在祁河县的渔场办案点。纪委和检察院两家今天就开始联合取证。"

张友信满意地说："唔，好的，你们抓紧办理'两归'手续吧！"

"还有一件事，跟你报告一下，周树彬的连襟是市纪委的李群常委。"

"哦，知道了，李常委属于法定回避的情形！"张友信说，"你们把'两归'地点设在异地，出其不意，攻其不备，是完全正确的，但是异地办案要绝对保证安全。"

"谢谢张书记的理解，还有，周树彬的老婆马莉莉昨天外逃，我们正在千方百计查找，希望市纪委支持一下！"陈爱民说。

"没有问题，市纪委大力支持！"

放下手机，陈爱民对梁石祥吐了一下舌头，说："化险为夷了吧，张书记是我的老领导，熊一顿，他的气儿也就消了，毕竟办好案子才是制度设计的最终目标。我这就去渔场，把那边的谈话和取证工作框架搭起来，祁东这边你负责，继续按照原来的力度和思路推进。"

"好的，陈书记放心吧！"

"还有，除了谈话组的同志以及驻点医生，任何人不准进入谈话室！"

"知道了，有事情及时跟你汇报！"梁石祥说。

雨后初晴，宽阔的鱼塘像一面面镜子，倒映着蓝天白云。鱼塘周围，碧绿的芦苇在风中摇曳，尖尖的荷叶悄悄探出头，不甘寂寞的青蛙躲在芦苇和荷叶丛中，发出有节奏的"呱呱"鸣叫。

陈爱民摇下车窗，欣赏着渔场的美景。

李汉杰跑出监控室，迎上前，与陈爱民热情握手。

"陈书记还没有吃早饭吧？"李汉杰问。

"一大早就过来了，还没有吃早饭。"

李汉杰说："咱们一起吃吧，自力常委刚刚过去！"

小餐厅里正在吃饭的办案人员纷纷站起身，向陈爱民打招呼。陈爱民问候他们："大家辛苦了！"

宋桂荣给陈爱民端来一个餐盘，里边一只鸡蛋、一个肉包、一根油条，还有一份素菜。

"陈书记,你看看咱们的伙食怎么样?"宋会计问。

"还可以,荤素搭配比较科学合理。咱们的食材来源没有问题吧?"陈爱民说。

"包子、油条是在快餐店定制的。稀饭是咱们自己烧的,鸡蛋和炒菜也是自己做的。"

"李书记,我觉得还应当给办案人员订牛奶,如果鲜奶不好订,买盒装的也行,每天中午要发一份水果。他们太辛苦了,伙食一定安排好!"陈爱民说。

李汉杰回答:"好的,陈书记,咱们的伙食标准是每人每天三十元。中午是两荤一素,其中荤菜有一份鱼;晚餐是一荤两素。"

"被审查人吃饭怎么样?"陈爱民问。

"这两人吃饭还可以,跟咱们的标准一样!"王自力回答。

"切记不要带有骨头、鱼刺之类的食物,鸡蛋要剥好了才能带进去!"陈爱民说,"我老是这么不厌其烦地唠叨安全问题,是不是有点啰唆了?"

"书记要求得非常对,我们一定不能麻痹大意!"李汉杰说。

"我跟高检察长联系一下,请他过来,咱们商量一下取证、追赃工作。"陈爱民说,"还有,自力常委,你负责准备周树彬、沈大喜、王丰生以及刘建岭的'两归'手续,让办公室孙建设配合你。下午,市纪委张友信书记带着二室加班,专门给咱们审批。"

"好的,我这就去办理!"王自力说。

渔场监控室里烟雾缭绕,陈爱民、高勇平、李汉杰、林钢剑以及江德英围坐在一起。

"林局长、江主任,你们两个谈话组的组长先谈谈各自的进展情况。"陈爱民说。

"陈书记,高检,从昨天中午到现在,我们的主要目标已经达成。"林钢剑抽着烟说,"但是,我总觉得王丰生和刘建岭两个人不应该是偶犯,还有隐情需要进一步挖掘。特别是跟镇里的七站八所的资金往来,还有村组的一些补助拨付,也有利益交换的可能性。"

江德英说:"我与林局长的看法是一致的,办下来'两归'手续,咱们有充足的时间进一步深入挖掘他们的问题。现在一个紧迫的事情,就是主要行贿人王沛生没有了踪影,这一个口子不扎死,案件没有办法查结。"

"深挖问题是可以的,可以促使他俩坦白交代,但是要把握分寸,以启发、教育为主,不要操之过急。"李汉杰说。

"高检,你有什么意见?"陈爱民问。

高勇平说："从昨天八点到今天九点，二十五个小时的时间，案件在陈书记的指挥下取得了重大进展，下一步的取证工作量会很大，还有外逃人员如何到案等问题，都要统筹考虑！王沛生躲避调查，我觉得解铃还须系铃人，让他哥哥王丰生提供他可能躲藏的下落。"

"好的，刚才各位同志都谈了很好的建议，综合大家的建议，我想咱们下一步从这么几条线开展工作。"陈爱民说，"经过一天一夜的艰苦工作，'5·28'专案取得了重大进展，根据下一步工作的需要，我考虑成立谈话组、取证组、追逃组、追赃组以及材料组五个小组，我和高检察长总负责。渔场的谈话组和取证组由李汉杰负责，异地的谈话组由梁石祥负责，追赃组由王自力负责，追逃组由林钢剑负责，材料组由赵健常委负责。尤其是新成立的材料组负责所有证据的把关，是保证案件质量的最后一道关口，由赵健常委带领县纪委审理室的同志驻点工作。高检，你们能不能抽调两个公诉科的同志也参加材料组？这样保证案件调查质量，也保证后续把案件顺利移送检察院侦查。"

"没有问题，我抽调两个素质过硬的干警过来，下午到位！"高勇平说。

"如果大家没有意见，就按照这个分工开始工作吧。大家分工不分家，各司其职，密切配合。"陈爱民说，"刚才高检讲的通过王丰生去找他弟弟，汉杰，这个办法你们可以试一试。"

"好的，我这就安排当班的魏保平主任问一问王丰生，摸一下线索。"李汉杰说。

"好，那咱们就散会！"陈爱民说。

众人纷纷离开。李汉杰对陈爱民和高勇平说："还有一个情况，个别跟两位领导汇报一下！"

陈爱民说："汉杰你讲！"

"魏保平查了一下周树彬的电脑聊天记录，发现一个叫张红霞的女人与周树彬关系暧昧，内容大多数是打情骂俏，还有的是污言秽语，下流不堪。从去年八月开始，关系变得比较紧张。那个女人发的内容有'玩够了，想把我一脚蹬掉，门儿都没有''我能给你快活，也能给你好看'之类，明显带有威胁的语气。"李汉杰说着，从包里拿出一沓材料，"这是打印的聊天记录！"

"他们之间的网上交流有多长时间了？"陈爱民问。

"持续一年多了！"

"好的，你跟梁石祥沟通一下，把周树彬这块最后的遮羞布扯掉，彻底剥去马烈主任的好女婿的外衣！"陈爱民说。

"好的，马烈老主任那么爱惜脸面，要是知道他的大女婿还这么花哨，寻花问柳的，还不得气个半死！"李汉杰说。

"是呀，这些涉及个人隐私的案件要严格保密，特别是有的女当事人脸皮薄，传扬出去，搞不好会闹出人命的。我们个别的办案人员喜欢显摆，拿这些绯闻当作茶余饭后的笑料，这是违反保密纪律的，也是不讲职业道德的。这一点必须严格要求，严格控制知情范围。李书记，你一定把握好！"陈爱民说。

"陈书记放心，我一定把握好！"李汉杰说。

手机响，显示"张铁军"。

"陈书记你在哪里？"

"张局长，我和高检都在渔场！"陈爱民回答。

"我马上过去一下！"张铁军说道。

"张局长亲自过来，看样子有重要情况。"高勇平说。

第七章　周树彬夫妻双中"美人计"　人事局旧案东窗再事发

　　周树彬交代被宗玲的女公关张红霞敲诈勒索。周树彬供出与人事局干部共同受贿案件，县纪委顺藤摸瓜查出集体贪污大案。嫌疑人亲属、市政府秘书长出面进行干扰。

　　外逃途中，假道长丛真按照宗玲的授意，挎着暗录机器，摸进了马莉莉的房间……

梁石祥走进祁东县地税局培训中心谈话室。

周树彬慌忙起身鞠躬："梁书记您好！"

当班的孟庆军给梁石祥搬来一把椅子。梁石祥坐在周树彬对面，摆摆手，示意他坐下。

"老周，咱们也是老熟人了，二十世纪八十年代一起进的机关。今天我专程过来看看你。"梁石祥说。

"非常感激梁书记，您还没有忘记以往的老情分。我现在的处境，只有您能帮助我，大恩大德，永生难报！"

"老周，我来就是帮助你的，这需要你的配合。"梁石祥平静地说。

"梁书记，我现在是叫天天不应，叫地地不灵，您看有什么需要我配合的，我一定配合。"

"周树彬，你来到这里已经整整一天了，我问你，这一天来你的态度怎么样，你自己评价一下，打个分？"梁石祥说。

周树彬咂咂嘴，"哎，一般吧！"

"对呀，这就是你的症结所在，避重就轻，避法就纪，想着怎么能够蒙混过关，是吧？"梁石祥直视着周树彬。

孟庆军接着说："这二十多个小时，老周你自己说，哪一些是你主动交代的？你也应该明白，这些问题早晚都要一个个跟你见面的，你是捂不住，藏不了的！"

梁石祥继续轰击周树彬的要害，"老周，你心里琢磨的啥，我们也都明白。既然你害怕法律的惩罚，回避一些重大违法问题，那么咱们就先把违纪的问题谈透也行。你只是交代了一些吃吃喝喝、礼金、购物卡、烟酒礼品的问题，其他的违纪问题还有没有，说完了没有？你抱着这种态度，让我怎么帮助你？"

周树彬惊恐地盯着梁石祥。

"比如说，与张红霞的交往你讲清楚了吗？"梁石祥心平气和地问。

周树彬低头不语。

"哎，老周，自己做的事儿，就得自己担当。"孟庆军点燃一支烟递给他，"对组织没啥不好意思说的，更应该跟组织敞开思想，你要是早一点把这个问题跟组织上主动讲清楚，也不至于陷入被动的局面，对吧？"

"孟主任，您说得太好了，我就是太好面子了，所以才被这个张红霞讹诈上的。"

"所以呀，你一步错，步步错，越陷越深！说说吧，老周。"孟庆军用鼓励的语气说。

"说就说了，反正丢人了，索性就丢到家吧！"周树彬狠狠地抽了一口烟，咬牙切齿地说道，"这个张红霞是条美女蛇，一条毒蛇！"

"不着急，慢慢说。"梁石祥示意章勇翔倒水。

章勇翔兑好温水，递给周树彬。

"谢谢！"周树彬双手接过，"张红霞是我通过宗玲认识的。"

"你是怎么认识宗玲的？"孟庆军追问。

"宗玲是马莉莉的道友，她这几年整天与马莉莉黏在一起，天天神神道道的。宗玲经常给俺家买点祁河里的野鱼、老百姓家里养的土鸡什么的，这样越走越近乎。祁河中学绿化工程还有黄河路景观绿化工程，都是我给园林局打招呼，让她的公司承揽的，另外还有几个街心小公园也交给她干了，几年算下来有一千多万元吧，宗玲净赚三百多万元。"

"绿化工程有这么大的利润吗？"梁石祥问。

"咱们这些年的市政工程，当然也包括绿化景观工程，都是采取的议标形式，没有进行公开招投标。议标价格肯定要偏高一些，这本身就考虑到了拖欠施工方工程款应付的利息部分。"周树彬说，"要想拿到工程款，就得看领导的态度。大的资金必须是首长也就是刘冠一书记发话；几百万元的资金拨付，得听满金龙常委的；一两百万元的，我就能安排。其他谁说了都白搭。宗玲都能及时拿到工程款，及时回笼资金，所以利润应该很可观。"

"因为及时给宗玲结算工程款，不差钱，所以利润大，是这个意思吗？"章勇翔问。

"是的，要不然，她天天跟黄世仁一样追着屁股要钱，一天也不能欠，最好是预付工程款。小孩生日、逢年过节、生病住院，等等，她都会表示一番心意，有缝就钻，无所不用其极。我就是中了她下的圈套！"

周树彬长叹一口气，"去年春节前的一天晚上，宗玲约我到燕山大酒店三楼的一个房间去坐坐。那天她带着张红霞去了，说是她公司业务部的经理。我知道祁河花木盆景公司就是一个皮包公司，哪里有什么业务部？当时张红霞给我留下很美好的印象，二十五六岁的年纪，落落大方，一双大眼睛水汪汪的，乌黑明亮，面颊丰腴、红润，端庄美丽，没有一丝淫邪的面相。对天发誓，之前我对老婆是忠诚的，从来没有做过出轨的事儿，出轨的事儿都是在那之后发生的，这就像打开了潘多拉的魔盒一样一发不可收！"

孟庆军又为周树彬点燃一支烟，周树彬双手接过来说："谢谢！宗玲说饭店里太闹，这里清静。她从饭店里要了几个菜，送到房间里。她知道我喜欢喝'茅台'，还带了两瓶'茅台'酒。"

周树彬深深吸了一口烟，吐出浓浓的烟雾，"噩运就从那时候开始了。酒酣耳热的时候，宗玲接了一个电话，推说有事，先走了，让张红霞好好陪陪我。其实我心里也清楚接下来会发生什么，咱们这么一把年纪的人了，啥事还能看不透？这肯定是宗玲使的美人计。如果我也起身告辞了，就不会再有以后的事发生了，鬼使神差一样，我就没有走，还坐下来继续与张红霞对饮。'酒乱性，色迷人！'这话真是一点也不假，张红霞用那种迷离的眼神勾引我，真的是让我把持不住。当时我还多了一个心眼，四周检查了一下有没有暗装偷录设备什么的，提防宗玲给我下套儿。完事之后，我掏出随身带的几千元钱给她，张红霞不要，说把宗玲的一百二十万元工程欠款给结清就行啦。我说剩下的主要是工程的保证金，市政工程没有这么快结算的。但是，架不住张红霞的软磨硬泡，我就答应春节之前一次付清。然后，我们又做了一次，这个娘儿们看起来很纯洁，实际上却很淫荡！"

"后来，她是怎么缠上你的？"梁石祥问。

"之后，我们通过手机短信、QQ 经常联系，隔三岔五聚一聚，都是她开好房间，我按照约定好的时间过去。后来，她从'祁河新闻'上看到我的镜头，知道我是财政局局长，就开始向我索要现金，从张口一两万，到十万八万，胃口越来越大。我看这是被她讹诈上了，就千方百计摆脱掉她的纠缠。去年中秋节之前，她仍然在燕山大酒店开好房间。我推说有事走不开，她就威胁我说，要是不去，就到财政局来找我。我去了之后，又与她发生了关系。那一次，张红霞提出她快要结婚了，让我给她一百万元，正好够给她陪送一套房子和家具。我跟她砍价，好说歹说，她才答应我出五十万元了断我们的关系。正好瞿园镇土地复垦的回扣款快要到了，我想就拿这笔钱跟她作一个了断，我打电话找王丰生催要，他说马上就办好。这样，过了大概三四天，王丰生、刘建岭到我办公室，送来分给我的那五十万元。他俩前脚走，后脚我就立马联系张红霞，约好见面的地点。当天晚上，我开车在祁河边上的家常鱼馆门口交给她的，还让她打了一个收条，内容大意是'今收到周树彬现金五十万元，保证今后不再打扰周树彬的生活，断绝一切来往。'末了，还让她赌咒发誓。她不太会书写，还是我写好，她照着抄的。"

"去年中秋节之前，你急吼吼地催促王丰生把钱送去，就是这个原因吧？"孟庆军问。

"是啊，我真的怕这个女人跑到局里去大闹天宫，她是光脚不怕穿鞋的，什么事儿都能做得出来。眼看着到了市委组织部准备提拔我的节骨眼，还有就是俺老岳父、马莉莉要是知道了，还不活活吞了我？"

"之后你们又联系了吗？"梁石祥问。

"今年春节之前，她又打电话找我，说她就要结婚了，约好晚上在迎春大酒店见面。我知道她又是来要钱的，就随身带了零零星星收的现金八万元。我记得是酒店308房间，给了她八万元。我俩又发生了关系。"

"你明明知道她是条美女蛇，这么纠缠你，怎么还不长记性，三番五次地与她厮混？"孟庆军问。

"都是我自己没有出息！"周树彬叹了一口气说。

孟庆军问："你们最后一次是什么时候？"

"今年五一节之前，张红霞先是通过QQ给我发信息，说她怀孕了，孩子是我的，问我怎么办。我没有搭理她。放假之后，马莉莉跟她的道友去了龙虎山。张红霞又打电话找我。我一看实在躲不过去了，就答应在老地方——祁河边的家常鱼馆见面。那天晚上八点多钟，我开车到了那个地方，她上车。我又开到一个非常偏僻的地方停下来。张红霞一看四周没有人烟、没有灯光，也害怕了，还问我是不是想把她推进河里给害了？说心里话，我当时真的想掐死她，扔进河里去，但是，这个念头一闪，我还是努力克制住了自己。我说'为了你，根本犯不上，如果你再敢讹诈我，掐死你，也不是不可能！'张红霞还说要是害了她，就是两条命，给我看她的肚子，已经很明显地鼓起来了。张红霞说肚子里的孩子就是春节前那一次种上的。我告诉她：'要是基因鉴定是我的，我就认下这个孩子。姑奶奶，你以后别再缠我了，现在风声很紧，县纪委已经开始秘密调查我了，你躲得越远越好。'我给了她两万元。"

"周树彬，你看看你都做了些什么？"梁石祥愤怒地说。

"哎，男人追女人，隔了一道山；女人追男人，只隔了一层纸。"周树彬低下头，羞愧地说。

"人家追的是你的权力，追的是你的金钱，你还以为自己是风流倜傥的西门大官人哪？周树彬到现在你还执迷不悟，还在那里一道山、一层纸地胡诌八扯！"章勇翔训斥说。

"我承认，自己倒在了金钱和美女的糖衣炮弹之下，对不起组织的培育，对不起家人！"周树彬羞愧万分，"我和马莉莉算了一下，宗玲前后给我们的钱物大概有三十万元，都退还给她了，这个蛇蝎心肠的女人，把我害苦了。"

"苍蝇不叮无缝的蛋，蜕化变质，关键还是你自己的原因。"梁石祥说。

"是怪我自己！"周树彬说，"以前组织上总要求领导干部要树立正确的'世界观、人生观和价值观'，我都觉得那是虚无缥缈的说教，现在想起来，真的是实实在在的箴言。只可惜，那时候都当成了耳旁风，现在说啥都晚了！"

"是啊，世界上最难买的药，就是后悔药，"孟庆军感慨地说，"现在悬崖勒马，主动交代问题，争取组织的宽大，才是你的出路！"

"是呀，周树彬，我们都是从农村走出来的孩子。我读了三年教育学院大专，你读了两年中专。周树彬，你自己摸摸心口窝，读书期间你花过自己的钱吗？党和人民哪一点对不起你？"梁石祥动情地说。

"是的，读书期间家里没有花过一分钱。书本都是发的，每个月给我十七块钱的助学金，除了吃饭，还能剩余几块钱。我能有今天，都是党和人民培育的，我有罪啊！"周树彬痛心地说。

"张红霞给你写的条子，你放在哪里了？"孟庆军问。

"我怕她再来纠缠，把这张条子放到我办公室书橱最上层最左边的书里了，藏在一本〈祁河县财政志〉的封皮夹层里了！"

"藏得倒是挺严实！"孟庆军又给他兑了一杯温开水。

周树彬双手接过，啜了一口，"还有一个问题，我主动交代，2007年暑假，我收了十五名学生家长的现金，给这些学生办理了财政工资。人事局的副局长王明基、工资科科长瞿新楼给我分了十五万元。事后想想，我总觉得人事局的调配单有问题。"

梁石祥心里一惊，他意识到这或许是案件的另一个高潮，表情仍然不动声色，平静地说："好的，这个问题就算你检举，查实了以后，作为立功，给你减轻处罚。这样吧，你简要写一个书面的检举材料。"

孟庆军把纸和笔递给他，"老周，你过来，在桌子上写吧！"

渔场办案点门口，陈爱民微笑着与张铁军、高勇平握手："欢迎张局长、高检察长莅临！"张铁军、高勇平与李汉杰握手。

监控室里坐定之后，张铁军简明扼要地说："陈书记、高检，经过我们的工作，28日中午十一点左右，马莉莉的手机信号在芒北服务区消失。经过深入、仔细的排查，马莉莉与宗玲都更换了手机号码，她们两个现在都在芒砀县李寨镇一个果园躲藏。从信息分析，这个果园的主人是马莉莉的表姑李锦。"

"张局长，我们赶紧行动吧！"陈爱民说。

"公安这边准备让袁红带队过去，配备一个女干警。"

"县纪委让安然主任负责，也带一个女干部萧玉。"陈爱民说，"让他们十二点到这里集合，吃过中午饭就出发。"

"好，我这就通知。"张铁军说。

来电显示"梁石祥"。陈爱民打开手机说："梁书记，你好！"

手机里传来梁石祥的声音："陈书记，跟你汇报，上午，根据你的安排，我过去跟周树彬谈了一下，他交代那个张红霞是宗玲给他用的美人计。张红霞是祁东县人，周树彬说她长相很俊美，形容她是一条美女蛇。这个女人多次威胁周树彬，一年半的时间共计向他索要现金七十七万五千元。"

"这么说，这个张红霞涉嫌敲诈勒索！"陈爱民说。

"是的，这个女人去年中秋节之前一次就索要了五十万元现金，还给周树彬打了条子，现在这张条子就在周树彬的办公室书柜最上层的最左边的书里，书名〈祁河县财政志〉，藏在书皮的夹层里。"梁石祥补充说，"这笔钱就是周树彬与王丰生、刘建岭、沈大喜私分的土地复垦回扣款。"

"我总觉得当时周树彬火急火燎地要钱，让王丰生、刘建岭把钱送到他办公室里去，两个人送钱，连受贿的常规都不顾了，行为举止反常嘛，现在弄明白了，原来是急等着用这笔钱去偿还风流债！"陈爱民说。

"是的，就连周树彬受贿赃款的去向也说清楚了。陈书记，你看现在是不是要找张红霞？"

"梁书记，我现在与铁军局长、勇平检察长都在渔场了。中午县纪委和公安局派一个组赶往芒砀县，马莉莉和宗玲都躲在一个果园里。我想，等到公安抓捕到了宗玲，再由公安局抓捕张红霞。"陈爱民说，"张红霞跑不掉的，随时都能抓捕。如果这时候找她，一旦惊动了宗玲，她会藏得更深，跑得更远，不利于公安的抓捕。"

"还有一件事，周树彬交代2007年暑假期间，人事局副局长王明基和工资科科长瞿新楼找他，办理了十五名大中专毕业生的入编工资，收受瞿新楼送给他的十五万元现金。据周树彬交代，这十五名学生都安排到事业单位了，办理了全额事业工资，但是手续有问题，只有人事局的调配单，编办没有指标，属于违规操作。"梁石祥电话里说。

"以前听你说过，祁河乱象中就有人事方面的，人事局、编办和吃财政饭的三方始终对不起来，没有编制的能够拿到财政工资，有编制的人事局却不给安排，拿不到工资，这就给权力寻租预留下了巨大的空间。"陈爱民说。

"是的，这一条线索看起来像是人事局工资科勾结财政局局长，撇开了编办，自己另起的炉灶，实践上完全能够行得通。"

"这两个人现在是什么职务？"陈爱民问。

"王明基现在是人社局党组书记，瞿新楼是农工办副主任。"梁石祥说，"还有一个情况，王明基的小孩舅是淮江市政府秘书长张启晨。陈书记，渔场那边可不可以把这两个人先控制起来？"

"梁书记，我觉得还是等一等，先论证一下真伪再说，这样更加稳妥一些。渔场这边马上安排财政局加班，查找一下2007年夏天，有没有给这十五名学生办理财政工资，还有学生分配的去向，拿准了再干！"陈爱民说，"还得派人取一下张红霞的条子，这是认定她敲诈勒索最有力的书证！"

"好的，我明白了。"梁石祥的声音。

陈爱民放下手机对张铁军说："张局长，现在又冒出一条美女蛇张红霞，利用色相，敲诈勒索周树彬钱款七十七万五千元。从中牵线搭桥，拉皮条的就是宗玲！"

张铁军说："你与梁书记的通话我都听见了，我同意爱民书记刚才谈的意见，等抓到宗玲之后，再抓张红霞！"

"汉杰书记，你安排一下，派一个组马上到财政局去，两个任务：一是，取回张红霞的条子；二是督促他们查找一下2007年安排的拿财政工资的学生名单，咱们从中寻找那十五个学生的信息。"陈爱民说。

"好的，我马上去办理，就让魏保平他那个组抓紧过去吧！"

"还有，汉杰书记，现在的线索汇集得越来越多，大量的信息、线索需要去伪存真，进行认真的甄别。"陈爱民说，"有时候被审查人为了表明态度好，故意夸大问题，还有的故意编造虚假事实企图把水搅浑。谈话的办案人员在现场察言观色，比较清楚交代问题的真伪。我在市纪委的时候，把被审查人交代的线索分成ABC三类。A类是非常准确的，放在第一轮取证；B类是有事实，但是可能与事实有出入的，放到第二轮取证；C类放到最后，根据交代的情况，有枣没枣打一竿子的。"

"真是实践出真知，陈书记的线索ABC分类法，是实践中总结出来的精华，对我们检察院办案也有启发！"高勇平说。

"以往有这方面的教训。第一轮取证的线索与事实有很大的出入，甚至是被审查人故意抛出的假线索，我们真假难辨，证人放又放不了，留下来黏在手上更麻烦。这样调查方向就偏差了，也容易在社会上造成不良影响，说是纪委办案都是靠这些不靠谱的玩意儿瞎诈胡蒙的！"陈爱民说。

"是的，我们取证之前，一定先分析论证一下再行动。"李汉杰说。

"李书记，你备一下课，下周一，也就是 5 月 31 日，你去财政局给全体干部职工上一堂专题党课。我已经向县委请示，马骏书记同意，凡是与周树彬有钱物交往的，只要主动讲清楚，一律免于处理。其他的违纪问题也是这样，只要是主动讲清楚，一律免于处理。课堂上宣布一下这个政策，也有利于稳定财政干部的队伍。毕竟财政系统是县委、县政府最倚重的部门之一，担负着生财、聚财、用财的重任。"

"好的，我认真准备。"李汉杰说，"陈书记，我还有一个建议，在财政局设立一个小组，受理举报、排查线索，下一步调取周树彬以权谋私、职务犯罪的一些证据，数量也比较大，就让魏保平主任兼顾一下，你看怎么样？"

"我同意，这个意见非常好！"陈爱民说。

财政局纪检组蒯组长陪同魏保平，打开周树彬的办公室。魏保平搜寻着密密麻麻的书籍，从书橱最上层抽出最左边的一本《祁河县财政志》，翻开查找一遍，又揭去书籍封皮，里边夹层里有一张用笔记本撕下来的纸张书写的条子。

魏保平看了一下，小声读着："'今收到周树彬分手费现金五十万元，保证今后不再打扰周树彬的生活，断绝一切关系，违背此言，天诛地灭。张红霞 2009 年 9 月'就是这张条子，周局长藏得可真够严实！小程，拍下来！"

程宇宁看了一眼收条，鄙夷地说："看看这条美女蛇，写的字歪歪扭扭，就跟狗爬的似的，小学文化程度吧。"然后，举起相机拍照。

蒯组长说："魏主任，按照县纪委的要求，几个科室都赶过来在加班，查找分配学生的档案，你是不是过去看看？"

魏保平小心翼翼地把纸条夹在笔记本里，"好，我们过去看看！"

中午吃饭时间，办案人员在渔场小食堂排队打饭。

"宋大厨，今天中午做的什么好吃的？"江德英笑眯眯地问。

"蘑菇烧鸡块、红烧大鲤鱼还有一份醋炝绿豆芽！"宋桂荣乐呵呵地说。

"嗬嗬，我们的美女警官也来了！"江德英笑着跟身后的袁红打招呼，"还有我们的萧玉同志，娘子军出马，这是有重任在肩吧？"

"领导找我有点事，顺便品尝一下宋大厨的手艺！"袁红含蓄地回答。

"好好，那就多吃点！"江德英说。

正午的太阳开始偏斜，以往人头攒动、熙熙攘攘的汉唐大街，只有三三两两的行人。一个戴着太阳帽、墨镜和口罩的男子左顾右盼了一番，然后拐进一家小烟酒店。

"老板，打个电话！"他说。

"请用吧！"店老板盯着这位举止怪异的客人说。

男子转过身，掏出一张纸条，对照着上边的号码，拨通了电话："喂，马潇潇局长吗？"

"你是谁？"一个女声警惕地问。

"请问，你是国税局直属分局的马潇潇局长吗？"男子再一次确认对方的身份。

"我是，你是谁，有什么事情吗？"

男子压低嗓音："哦，马局长，我是一个热心的市民，友情提醒你，马莉莉躲藏的地点已经暴露，下午追捕小组就赶到！"

"你是什么人，为什么告诉我这些？"

"还是那句话，我是一个热心的市民，信不信由你！"男子"啪"挂断了电话，掏出一张十元票子，放在柜台上，"不用找了！"随即消失在人流中。

店老板疑惑地看着他远去的背影。

电话铃响，店老板拿起听筒："喂，请讲！"

一个操着普通话的女声问："请问老师傅，刚才是什么人打的电话？"

"是一个戴帽子、口罩还有墨镜的男人，不高也不矮，不胖也不瘦，很有筋骨的，打完电话放下十块钱就走了，挺奇怪的一个人！"

"谢谢您，老师傅！"

市纪委第二纪检监察室，市纪委副书记张友信听取室务会，专题研究祁河县周树彬系列案件的"两归"审批。

王立楷汇报了周树彬及其涉及的案件。

听完汇报，张友信问："王主任，你们讨论一下，认为案件质量怎么样？"

王立冬说："这个案件是窝案、串案，从祁河县纪委已经查实的案情来看，认定的事实清楚，证据扎实；从下一步掌握的线索来看，还有重大问题需要进一步查证。我们室里都认为，办理'两归'的条件比较成熟，建议批准。"

张友信说："好的，我同意对周树彬、沈大喜、王丰生、刘建岭办理'两归'手续。祁河县纪委以往办案工作比较落后，这一次你们打了一个翻身仗。昨天我还批评陈爱民书记，这么大的案件，连市纪委都不打招呼就干起来了，你陈爱民觉得自己是李云龙吗？现在看，艺高人胆大，全淮江市纪检系统也只有他陈爱民敢这么干。陈爱民书记是凭着对党的事业的忠诚，才敢于打破常规，甚至押上自己的乌纱帽，背水一战，放手一搏的，这种勇于担当的精神令人敬佩。胜利者是不应当受到指责的，王常委，请代我向陈书记和祁河县纪检监察干部致以崇高的敬意！下周我抽空专程去看望陈书记和全体办案人员。"

"谢谢张书记的支持，我们一定把这个系列案件办成精品案件！"王自力动情地说。

张友信说："我有一个预感，这个案件是一座富矿，深挖细查，一定会有大的收获。"

"张书记还有什么指示？"王自力问。

"没有指示了，你们抓紧赶回去吧，现在多一个人就多一分力。"

众人握手道别。

一辆警车和一辆地方牌照的普桑在高速公路疾驰。安然看了一下手表，时间是下午一点钟。

"按照正常速度，下午四点钟之前，我们差不多就能赶到芒砀县。"安然对袁红说。

"我们县局已经跟芒砀县公安局联了，咱们直接到当地派出所，他们配合我们抓捕宗玲。"袁红说。

芒砀县李寨果园仿佛是一望无际的绿色海洋，青涩的苹果、梨子挂满了枝头，夕阳的映照下，车辆穿行在诗意盎然的世外桃源一样的景色之中。

"袁所长，前边就到了！"一个年轻的警官对袁红说，"咱们是直接过去，还是我先过去探探情况？"

"掌握的信息显示，现在嫌疑人应该是在那里的。我们直接过去吧！"袁红说，"安主任，你看行吗？"

"好的，直奔主题！"安然兴奋地说。

一条狼狗关在笼子里上蹿下跳，愤怒地向着来客吠叫。不远处，一只雄鸡"咯、咯"地唤着一群母鸡觅食。

"家里有人吗？"警官隔着栅栏喊道。

"来了！"一个五十多岁妇女应声出来。

"大嫂，我们是派出所的，请问你贵姓？"年轻的警官问道。

"我叫李锦，这家的女主人。"妇女一边说着，一边打开栅栏门，招呼客人，"请进来坐吧！"

"请问你家最近来客人了吗？"袁红问道。

"来了仨客人，一个是俺表外甥女，还有她带的两个朋友，一男一女。昨天晚上到的，说是要在俺家住几天，过过农家乐的生活。"

"他们现在人在哪里？"袁红问。

"下午一点多钟，他们三个慌里慌张地就走了，说有急事，过一两天再回来。"

"他们开车了吗？"安然问。

"来的时候开了一辆白色宝马车，就停在镇上俺家院子里了。走的时候租了一辆小三轮摩托车。"

"能带我们看看他们住的房间吗？"袁红说。

"可以呀，随便看吧！"妇女把袁红他们请进屋里，"这是俺表外甥女和那个胖女人住的，表外甥女马莉莉喊她'宗姐'。这一间是那个梳着大辫子的男的住的。"

袁红、安然和年轻的警官走进马莉莉和宗玲住的房间，东西收拾得干干净净，两部手机都在充电状态。

袁红拿起来查看，"设置在静音状态，他们跑了，咱们晚来一步！"

年轻的警官对李锦说："你的表外甥女还有那个胖女人是涉案人员，下一次要是再来，一定要向派出所报告，不然就是包庇。这是我的联系名片！"

李锦惊诧地问："哎哟我的娘嘞，莉莉能犯啥事？是不是周树彬这个浑小子惹的什么祸？当什么局长，作孽呀！"

袁红说："大嫂，这件事请你配合一下，马莉莉和那个姓宗的涉嫌犯罪，如果她们回来或者是给你打电话，千万不要说我们来过。请你及时报告派出所。按照工作要求，我们需要给你做一个笔录。"

"俺一定实话实说！"妇人说。

夕阳西下，一阵夏风刮过来，苹果树叶"刷刷"作响，由远及近，吹拂到人们脸上。几个人站在院落外边，他们都心情沉重，默默不语。

安然最先打破沉默："是不是还要留下一个组观察一下？"

"留下也不会有结果的，咱们跟领导汇报一下撤离吧，"袁红说，"脱钩的鱼，惊弓的鸟，再想抓回来，难度就大了！"

李寨派出所的民警说："这样吧，我们注意观察这边的动向，那个人的宝马车不是还在镇里老李家停放嘛，只要有情况，我们及时跟袁所长联系。"

"只好如此了。"袁红遗憾地说。

"上车，咱们走吧！"安然说。

"什么，人跑了？"陈爱民拿着手机诧异地问，"比你们提前了两个多小时，还是慌慌张张跑的？"

安然坐在晃动的汽车里，颠簸着汇报："陈书记，从马莉莉的表姑讲的情况分析，马莉莉可能是得到了某种信息，与宗玲还有那个道士丛真仓皇逃跑。但是，现场留下了两部手机，应该是马莉莉和宗玲的。两部手机都设置在静音状态，都插上电源充电，显然是为了对付技术侦察的。"

"这件事很蹊跷，他们怎么知道的呢？"陈爱民问。

"我们按照领导的要求，十二点之前赶到渔场，保密工作应该没有问题的呀。"安然回答。

"你们出发之前遇到什么人了吗？"

"李汉杰书记给我们布置任务，我们吃完午饭就出发了。"

"问题可能就出在这里，你们吃饭的时候，餐厅里有多少人？"

安然回答："陈书记，除了我们几个追逃组的同志，办案点餐厅当时用餐的有十个人左右。"

"袁红带着一个女民警还有我们的萧玉出场，稍有办案意识的人都能分析到这是去抓捕女嫌疑人的。"陈爱民说，"安主任，追逃工作你负责到底。今后追逃行动之前，不要再去办案点集合，有时候是家贼难防呀！"

"陈书记，我记住了！"

傍晚时分，祁东县地税局培训中心已经是灯火通明。

"陈书记回来了！"梁石祥笑容满面走上前去与陈爱民热情握手。

"是呀，一日不见如隔三秋！"陈爱民调侃着说，"还真的挺想念！"

梁石祥说："渔场那边已经把十五个学生的名单传真过来了，晚班可以让周树彬辨认一下。"

"好的，如果确认无疑，就可以找他们两个谈一谈，视情况采取措施。"陈爱民说。

手机响，来电显示"高勇平"。

"高检你好！"陈爱民打招呼。

"陈书记好！"高勇平说，"跟你汇报一下，下周一我要去省院开全省检察长工作会议，明天下午就得动身。"

陈爱民说："这边的最新信息，准备最近一两天找人社局的王明基、农工办的瞿新楼，涉及 2007 年安排十五名大中专毕业生的问题。从目前掌握的情况来看，周树彬收受十五万元，平均每人一万元，那么，王明基和瞿新楼有没有从中牟利，还需要进一步调查。还有，从周树彬供述的情节分析，有可能是他们几个私下安排的，也需要核查一下人事局当年的分配底单。"

"这是串案啊，年底考评，这是加分项目，我们争取拿第一名！"高勇平说。

"市纪委张友信副书记判断，周树彬这个案子是个富矿，咱们慢慢挖掘吧。"陈爱民说，"还有，这个王明基的姐夫是市政府秘书长张启晨，估计会有一些干扰。我下午开机看信息，市财政局的老同事约我喝酒，说是张秘书长召集的。'金风未动蝉先觉'，这又是一场拐弯抹角的鸿门宴啊，我暂时不理会他，看看情况再说，我判断张启晨一计不成，有可能过来找我面谈！"

"是的，我估计，张秘书长可能是先做一个铺垫，跟你套近乎。毕竟，你跟他之前不熟悉吧？"

"也就是点头之交，张启晨平日里还是心高气盛的。"陈爱民回答。

"是呀，现在想起来了，急来抱佛脚。我们的一些领导干部有意无意之中，就作了腐败分子的保护伞！"高勇平说，"无论如何，我们都要排除干扰，坚决一查到底！"

"糖衣裹着的炮弹，咱老陈见识得多了，他这只能算是小儿科！"陈爱民鄙夷地说，"还有，现在我们手里控制的人比较多，我的想法是把沈大喜明天上午移送给你们，他就是这二十九万多元的问题，都交代彻底了，态度还不错，又有自首情节，你们尽量考虑从轻处理吧，需要出具法律文书的，我们提供。到了法院环节，我再跟李涵院长沟通一下。"

"那好，明天上午十点钟，我让反贪局的林钢剑局长派人，把沈大喜带走！"

"一棵好苗子，就这样夭折了，可惜呀！"陈爱民叹息着说。

"谁违法犯罪，谁就得付出相应的代价，法律面前人人平等。马谡该斩的时候，也得照样开刀问斩，不能饶恕！"高勇平说道。

"是呀，斩沈大喜这个马谡，虽然不会挥泪，但还是心疼的，一个有培养前途的年轻干部连同他的家庭，就这样掉入了深渊！"

陈爱民放下手机，思忖了一下，感觉不放心，又拿起手机，给李汉杰打电话："汉杰书记！"

"陈书记有什么指示？"

"刚才我跟高检联系了一下，准备明天上午十点钟，把沈大喜移送给检察院。现在沈大喜的情绪怎么样？"陈爱民问。

"沈大喜情绪比较稳定，表示自己完全认罪伏法，无论怎么处理，都没有二话。"李汉杰说。

"越是这个时候，人的心理落差太大，越容易出现极端的事件，千万不可被他的好态度所麻痹，告诉当班的同志，万万不可疏忽大意！"

"陈书记放心，我们一个班三个同志，每班接班的时候都提醒安全事项，我也每天过去跟他谈谈心，做一些心理疏导。"李汉杰说，"下一个班我把陈书记的要求再强调一下。"

"笔录都完成了吗？"陈爱民问。

"都做好了，还差一项个人的亲笔供述和检讨。"李汉杰回答说。

"今天晚上把这项工作完成吧！"陈爱民说，"明天上午八点钟开始，让干教室给他录制忏悔录。"

"好的，我马上安排。"李汉杰说。

"还有一件事，汉杰，你现在就跟宋桂荣联系，明天早饭给沈大喜下两碗肉饺子吃，纯肉馅儿的饺子！"

"书记放心吧，我一定让他吃上两碗纯肉馅儿的饺子！"李汉杰动情地说。

天放晴了，田野里散发出清新、潮湿的泥土气息，无边无际的麦田在阳光下闪着金色的光泽。县委副书记常国伦带领相关部委办局下乡检查夏收工作。

人事局党组书记王明基与农工办副主任瞿新楼心事重重地站在一处田埂上。一只布谷鸟"咕咕，咕咕"地鸣叫着，像一只黑色的精灵，翩跹飞舞着从头顶掠过。

"要是周树彬扛不住，把咱们咬出来咋办？"瞿新楼望着远去的鸟儿说。

"咱就说是正常安置的，打死也不能讲收人家钱的事儿！"王明基咬牙切齿地说，"只要能熬过前几天，俺姐夫就能把咱们捞出去！"

"关键是如果纪委核对当年人事局安排的大中专毕业生，查不到底子，咱们私下安排学生的事情不是还得露馅！"瞿新楼胆战心惊地说，"我咨询过律师，像这种情况就是不正当使用权力，属于滥用职权，也是犯罪！"

"你真憨，滥用职权最多判个一年半载的，那也比受贿轻得多！"王明基狠狠地说，"我现在最担心的是咱们那个小金库，要是露馅了，那就是贪污，咱们都得判十几年的徒刑，下半辈子都要在大狱里蹲着，那才是要了命啦！"

"咱俩都没有问题，最担心的是江泽田那个软蛋，遇到一点事儿都吓得尿裤子。"瞿新楼点燃一支烟，"唉，他是工资科的内勤，当时的调配单就是他保管的，局里的印章也是他偷偷盖的，他这一道坎儿绕不过去呀！"

"这样吧，我明天找他谈谈，说明利害关系，让他咬紧牙关坚持下去。"王明基伸过手说，"新楼，给我一支烟抽！"

"你不是从来不抽烟的吗？"

"这几天心里烦闷啊！"王明基说，"明天晚上八点钟，咱们在黄河路的汉风庭碰头，我把江泽田喊上，他跟我住在一个小区。今后咱们之间尽量不要打电话联系，每一次见面都约好下一次的接头地点。这样防止他们监听，还有就是他们有可能查询通话记录，小心点为妙。"

"菩萨保佑俺们渡过这个难关！"瞿新楼神情木讷地说。

傍晚时分，祁河县东湖小区里已经是万家灯火。魏保平与程宇宁把车停在一栋楼前。

"16 号楼，就是这一栋，3 单元在西边。"程宇宁说。

小程按门铃。

"谁呀？"一个女声问道。

"是王沛生家吗？"

门开了，一个系着围裙的中年妇女站在门口。

"大嫂，我们是县纪委的，这是工作证！"程宇宁出示工作证说。

"请进来吧！"中年妇女友善地说。

"还在吃饭哪，打扰你们了！"魏保平歉意地说。

"不用客气，快请坐！"女主人张罗着，"王婕，去给叔叔沏茶；王良，去给叔叔拿烟！"

"这是龙凤胎吧，大嫂好福气！"魏保平看着一对少年赞叹地说。

"女孩是姐姐，男孩是弟弟，上初一了，在祁河中学。"女主人一边说着，一边擦桌子，收拾碗筷，"这就收拾好了。哎哟忘了问，你们两位同志吃过饭了吗？"

"吃过饭来的，谢谢大嫂！"程宇宁说。

女孩端来两杯茶，放在客人面前，"叔叔，请用茶！"

男孩拿来一盒烟，一支打火机，放在茶几上，"叔叔请抽烟！"

"谢谢两个小朋友！"魏保平说。

"赶紧去做作业吧，我跟叔叔说点事。"女主人说。

一双儿女应声回房间做作业了。

"你的孩子真懂事！"程宇宁夸奖说。

"两位同志是来找俺家王沛生的吧？"女主人脸上流露着诚挚的表情，"他这两天吓得不敢回家，也不知道躲到哪里去了！"

"大嫂，你怎么称呼？"程宇宁问。

"俺叫佟亚丽，咱们祁河县姓佟的都是满族人。"

"大嫂，一看你就是一位通情达理的人，一个直爽的人。你看如今王沛生的事儿，躲肯定不是办法。"魏保平从包里拿出一张纸，递给女主人，"这是他哥哥王丰生写给他的信。王丰生正在积极配合组织讲清问题，所以也请沛生主动回来，讲清楚问题，放下包袱，坦坦荡荡地过日子，东躲西藏总不是一个长久之计。"

佟亚丽仔细看完信，抬起头来说："两位同志，俺是个实诚人，不说瞎话，俺家老王到底藏到哪里去了，俺真的不知道。以往逢年过节，他为了躲要债的，有时候一个人跑到野地里，一藏就是一天。我估计他这一回有可能跑到哪个工地上躲起来了。这样，你们给我一点时间，我找亲朋好友打听一下，明天早上给你们回话，咋样？"

"好的，大嫂就是明事理，也请你相信我们，只要主动配合，不会为难他的。谢谢你！"魏保平说。

"还请两位同志多关照，"佟亚丽说着，拿起茶几上的半包烟，"同志，这烟你们带着吸吧！"

魏保平笑着说："大嫂这么热情，俺们也就不客气了！"将半包烟放入包里。

"两位同志慢走！"

"大嫂，我们告辞了！"程宇宁说。

程宇宁发动汽车，"魏主任，咱们回渔场？"

"回去吧，明天早上应该有好消息。"魏保平说，"这家女主人是个很直爽的人，她给的半包烟，必须得带走。不然的话，她就会认为我们外气、作假，靠不住！"

这个夜晚的淮江市中心，灯火璀璨，游人如织。"万山红"大酒店是屈指可数的豪华酒店，在一个包厢里，满金龙、白怀洲、王垒、赵四吉还有满金虎围坐在刘冠一身边。

满金龙拿起"茅台"酒，给刘冠一斟满一杯，对两名服务员说："你们在外边等着吧，需要麻烦你们的时候喊你们！"

看着服务员离开，刘冠一愤怒地说："开锅了吧，不仅仅是祁河县，淮江市也开了锅，你们是咋治的？搞成这个样子，弄得我灰头土脸的，脸面没有地方搁！"

"是呀，首长前脚走，马骏、强国还有陈爱民他们就大搞阶级斗争那一套，这不是明摆着给首长难堪吗？"满金龙添油加醋地说。

"我的脸面难堪一点，倒是次要的。"刘冠一盯着窗外闪烁的霓虹灯，狠狠地抽了一口烟，"关键是你们自己能不能经得起调查。要是你们再出事，我大不了颜面扫地，副厅干到底呗！"

"首长这么说，俺们心里都不好受。"白怀洲说，"俺们几个能有今天，全靠首长的栽培，就是死也不能连累首长！"

"你们摸清楚周树彬在哪里了吗？"刘冠一问。

"周树彬的司机跟到祁东县高速出口，车就被他们拦下了。应该是在祁东县的一个秘密地方。沈大喜和财政所的王丰生还有一个会计关在渔场了。"满金龙说，"我掌握的情况是周树彬与瞿园镇的镇长沈大喜、财政所所长王丰生还有一个姓刘的会计，几个人合伙分了两百多万元土地复垦的回扣，这一下子周树彬是彻底出不来啦。像老周这么几个人共同受贿，只要有一个人出事，都跑不了，而且出了事想赖都不好赖，这不是憨蛋嘛！这个陈爱民这一招也真是够狠的，他是从哪里查到的信息，二话不说，一上来就直接抓人！"

"现在知道陈爱民的厉害了吧？"刘冠一说，"得想办法给周树彬递个话，让他心里明白就此打住，别再胡扯，这样给他判个三年五载的，陈爱民不也照样立功受奖吗？"

"这个话，首长你能跟陈爱民说说吗？"王垒问。

"你憨的，首长能跟陈爱民说这话吗？"满金龙接过来说，"何况现在谁都联系不上姓陈的，两个手机号码都关机。他肯定还有一个秘密号码。"

"这几个月，指挥部的工作还能运转吗？"刘冠一问。

"首长，指挥部基本上都停止运转了。"满金龙回答说。

"你负责的城建指挥部不是还涉及党员干部需要追责吗？可以邀请陈爱民参加啊！"刘冠一说。

"好的，我星期一早上就开城建指挥部调度会，到时候邀请陈爱民参加会议，反正指挥部也没有宣布解散。"

"我能查到他们的办案点，周一安排人过去看看，让周树彬明白这个意思就行了。你就负责把陈爱民喊去开会，别的事就不用管了！"刘冠一说。

"首长考虑得对，周树彬这个家伙知道的事情太多，他要是乱咬一气，纪检委摸到大量的信息，特别是招商引资的一些优惠政策，纪委的那些'老左'又不懂，当成宝贝，再深查下去对首长也不利……"满金龙说到这里，感觉说走了嘴，赶紧打住。

"好啦，你们以往跟着我出力受累，来，我给你们敬一杯！"刘冠一端着酒杯站起身。

"谢谢首长！"几个人也纷纷站起来，做出激动万分的表情。

2010 年 5 月 30 日，这是一个星期天。

太阳刚刚露脸的时候，陈爱民早早起床，换上运动装，沿着一条小河往陵山跑去。

空气中飘荡着淡淡的晨雾，经历过暴雨洗礼的泥土散发着湿润的气味儿。欢腾的小河"哗哗"奔流，燕子"啾啾"地叫着，飞来飞去。麦子熟了，田地里一片金灿灿的底色。一朵一朵的白云，仿佛轻纱一样，飘在远处陵山的山冈上。

一条绵延的峡谷，就从陵山脚下开头。相传这里曾是战国时期庞涓与孙膑马陵之战的古战场。陈爱民拾级而上，沿着一条弯弯曲曲的小径，向着树林深处，向着青翠的山坡、重重叠叠的山峦迤逦而行。登上一座山冈，在绿树青山的环抱之中，一泓墨绿色的湖水展现在眼前。平静洁净的湖面像翡翠一样晶莹，柔和的阳光把朝霞、白云映在水面上。"扑通"，一条大鱼在水中打挺，溅起的水花泛起了一圈一圈的涟漪，拖起一条一条的彩带漂浮在水面上。陈爱民陶醉在这恍如梦境般的秀丽景色中。

湖边耸立的一块巨石上，镌刻着陈毅元帅的诗句："敌到运河曲，聚歼夫何疑？试看峰山下，埋了戴之奇。"1946 年 12 月中旬，陈毅、粟裕在这里指挥了宿北大捷，全歼国民党整编六十九师。陈爱民默默看着碑文，心中暗暗祈祷：革命先辈保佑我扫除腐败分子，取得新的胜利！

渔场餐厅里，魏保平一边吃早饭，一边接听电话："哦，是佟亚丽啊，什么？王沛生现在躲在临河镇的一个建筑工地里，好的，我们去找他，你放心，会善待他的，谢谢你的配合！"

"怎么，有下落了？"程宇宁问。

"王沛生躲在宗祠村的一个工地里了，农民的安置房，咱们抓紧过去！"

程宇宁放下碗筷，"那好，咱们走吧！"

临河镇宗祠村的农民安置房都是空荡荡的，魏保平与程宇宁一排排、一户户仔细搜寻着。

"王总，你怎么猫在这里了？"程宇宁兴奋地喊起来，"让俺们找得好苦啊！"

"哎哟，你们怎么能找到这里来的？"王沛生大惊失色。

"怎么找来的？还不是你家属佟亚丽告诉组织的，她比你有觉悟。"魏保平进来，环顾一下四周，说，"我的天，你这两天就躲在这个毛坯房里，咋过的？"

"白天不敢出去，晚上到附近超市买点面包、方便面，跟做贼的一样。"王沛生说。

程宇宁指着墙边的一块木板，"晚上就在这里下榻？不怕蚊子把你吃了！"

"晚上点上蚊香，将就着过呗。俺是吃过苦的人，啥罪都能受。"王沛生回答。

"放着好好的日子不过，跟逃犯一样东躲西藏，图个啥？"程宇宁说。

"不是怕你们抓我，治我的罪嘛！"

"躲得了初一，还能躲得了十五；跑得了和尚，还能跑得了庙？你该面对现实的时候，躲避肯定不是办法，老老实实跟组织、跟司法机关配合，才是唯一的出路！"魏保平说。

"既然两位领导这么关心，我啥顾虑都没有了，一定好好配合！"

江德英端着满满一塑料盒水饺，推门进入谈话室，"沈大喜，你好大的面子，我们陈书记亲自下指示，给你安排下的水饺，快趁热吃了吧！"

"这是要送我走了吗？"沈大喜眼泪汪汪地问。

"今朝有酒今朝醉，明日愁来明日愁！你管那么多干啥？吃饱喝足再说吧，一会儿还要给你录像，好好酝酿一下情绪。"江德英说。

渔场谈话室里，沈大喜面对镜头泣不成声："我父亲死得早，全靠母亲含辛茹苦拉扯姐姐和我。家境实在困难，供养不起两个孩子读书，姐姐的成绩非常优秀，为了保障我继续完成学业，姐姐初中就辍学，到南方打工挣钱养活一家。母亲生养了我，姐姐为我付出了自己的一生前途。我对不起组织的培养，对不起母亲、姐姐和妻子；对不起可爱的女儿，给她幼小的心灵造成巨大的创伤！一失足成千古恨啊！"

林钢剑带领检察干警走进谈话室，向沈大喜庄重宣读："沈大喜，涉嫌受贿犯罪，依照《中华人民共和国刑法》有关条款之规定，现决定对你刑事拘留！"

沈大喜一言不发，面无表情地在《拘留证》上签字，按下指纹。检察干警"咔"的一声，给他戴上手铐，两名法警一左一右将他扭住，押往大门口的警车。

在大门口，沈大喜与魏保平、程宇宁和王沛生不期而遇。沈大喜恼怒地把脸扭到一边。

"大喜，我对不住你！"王沛生突然转过身，悲怆地呼喊。

沈大喜停住脚步，转过身。

王沛生"扑通"双膝跪地，呼天抢地，撕心裂肺地喊道："大喜兄弟，是我害了你呀！"言毕，号啕大哭，泪如雨下。

沈大喜也失声痛哭起来。

"快走！"法警厉声呵斥。

这时，一群鸽子呼啸着从头顶上方飞过，留下一串悠长的哨声。沈大喜仰望蔚蓝色的天空，热泪潸然而下。

红色的警灯闪烁，警笛发出尖厉的嘶鸣，渐渐远去。

祁东县地税局培训中心监控室里，烟雾缭绕。

陈爱民对办案人员说："刚才，听了上一个班张继胜的情况汇报，应该说经过两天的时间，我们取得了决定性的胜利。从大家的感觉上看，有一种差不多了可以松口气的思想。毕竟之前我们没有查办过这样的案子，几百万元，令人咋舌啊，在以前是不可想象的。但是，我可以告诉大家，这只是开了一个头而已。孟庆军说说，你对下一步的谈话方向有什么见解？"

孟庆军清清嗓子，说："陈书记说得非常对，咱们目前不能沾沾自喜，案件只是刚刚开始，不能被周树彬暂时的好态度所迷惑，还要透过现象看本质，分析周的心理状态，对症下药。我觉得周树彬心里肯定清楚马莉莉目前没有到案，所以，他还有继续对抗的本钱。从谈话的情况分析，凡是涉及与马莉莉的共同受贿，他只字不提。另外，赃款赃物的下落，除了交代张红霞敲诈勒索的七十多万元，其他的问题也是讳莫如深。"

梁石祥赞同地说："是的，捉贼捉赃，必须拿到赃款赃物了，案件才能算是见底了。孟主任分析得非常正确，周树彬的最后一根稻草就是马莉莉携款外逃，他目前交代的问题也在我们能够掌握的额度范围。马莉莉不到案，他的幻想就依然存在。"

"我建议咱们还是按照原定的谈话思路和力度，继续穷追猛打，彻底打消他的对抗和侥幸心理。"王立楷说。

"同志们刚才都谈了很好的意见，如果把'5·28'专案比作一条舞动的龙，那么，龙头在哪里？就在我们在座的谈话组！我们这个谈话组的工作质量如何，决定了整个案件的质量、走向。其他的材料组、取证组、追逃组、追赃组等都是为我们服务的。即便是其他的组查到几条线索，也不会影响案件大局的。"陈爱民严肃地说，"所以，我们谈话组的每一个同志，都要树立信心，坚定决心，把这种信心和决心体现在我们的一言一行上。通过谈话，时刻掌握周树彬的思想脉搏。在策略上利用其与外界信息的隔绝，利用信息不对称的优势，不厌其烦地进行大量的思想教育工作，敦促其主动交代问题。特别是善于运用我们外围取证中发现的周树彬本人隐瞒的问题，进一步纠正他的态度。"

"我们下一个班按照领导的思路，树立信心，坚定决心，往前推进！"孟庆军说。

"尽量少用刺激性语言，要跟他讲出路，给他希望，不要让他绝望！"陈爱民说，"办案安全重中之重，一失万无，万万不可大意！"

"陈书记放心，从昨天开始，周树彬的饮食、睡眠还有身体都很正常。"梁石祥说。

"明天李汉杰书记去给财政局上党课，给他们划定一个期限，讲清楚问题，特别是与周树彬的不正常交往。这样许多线索会源源不断提供上来，你们手里的炮弹多得是，沉住气，稳扎稳打，不要急于求成。'两归'才刚刚两天，给你们半个月的时间，彻底打垮周树彬！"陈爱民说。

"陈书记，梁书记，我们上班去了！"孟庆军说。

"去吧！"

"梁书记，下午我回渔场一下，明天早上准备动王明基、瞿新楼。"陈爱民说。

"陈书记，这边你就放心吧！"

渔场谈话室，魏保平说："王沛生，笔录做好了，你看看有没有出入？"

程宇宁将打印好的笔录交给王沛生。

王沛生仔细阅读了一遍，回答说："记录得都对！"

"签字画押吧！"程宇宁打开了印油盒。

"签了字之后，你们不会把我办进去吧？"王沛生惊恐地问。

"不签字也照样把你办进去！"魏保平笑着说，"按照你做的事儿，定你一个行贿罪，一点也不冤枉吧？看在你家属佟亚丽能够深明大义的面子上，先放你回去，听候处理！"

"谢谢政府！"王沛生说。

程宇宁收拾着笔录、印油盒，也笑着调侃说："王总还知道'谢谢政府'，进入角色挺快！"

"领导别再吓唬俺了，从今往后，违法的事儿俺是一点都不敢再干了！老老实实、本本分分挣俩辛苦钱，养家糊口就够了，恳求政府给俺宽大处理！"王沛生满面惭愧地说，"刚才俺见到沈大喜，多好的一个兄弟，活活毁在俺的手里。俺都羞得恨不得找个地缝儿钻进去，不管他蹲几年，我都会照顾好大喜的妻儿的。"

陈爱民、李汉杰和王自力盯着上面的监控视频。

王自力说："按照刑法的法条，行贿罪的动机是为了追求不正当的利益。像王沛生这样为了达到中标的目的而行贿，主观动机就是非法的，是可以认定行贿罪的。"

"是啊，目前的社会风气这么败坏，如果行贿的找来一个，就办进去一个，纪检和检察院的证据今后可就很难取得了，或者说，难度会增加好几倍。"李汉杰说。

"是的，行贿与受贿，到底是先有的鸡，还是先有的蛋？现在从全国来看，对于行贿犯罪处理得都比较宽容，这个问题早晚都要解决，首先要从最高层开始设计，统一尺度，受贿行贿一起办，只有这样，才能彻底刹住贿赂成风的恶习。现在各地自行掌握，失之于宽，在所难免。"陈爱民说。

"还有一个事情，跟你汇报一下。"李汉杰说，"二十世纪九十年代初，我在人事局工作过五年，对他们内部的流程比较熟悉。工资科是一个油水比较肥的科室。如果王明基、瞿新楼这样用调配单私自安排学生，办理财政工资，还有一个人是他们绝对绕不过去的，这个人就是内勤江泽田，他负责保管工资科的印章。"

"江泽田现在在干什么？"陈爱民问。

"民政局退伍士兵安置办主任，副主任科员。"李汉杰说。

"给周树彬送钱的是瞿新楼吧？"陈爱民问。

"是的，他给周送去的十五万元。"

"那么，向学生家长收钱的也很可能是瞿新楼。"陈爱民分析说，"目前所有的证据中还没有直接指向王明基的，所以这个人暂时不要动。按照汉杰说的情况，我们第一轮先找瞿新楼和江泽田，这样师出有名。明天是星期一，早上一上班，我们派两个组，就在他们两人的办公楼下等候，尽量不要惊动其他人。"

"好的，星期一一般上班比较准时，守株待兔是个好办法！"李汉杰说，"陈书记，你看把人控制起来之后，是不是同时去人社局查询那十五个学生的底单？"

"根据谈话情况而定吧！"陈爱民说，"如果他们两个态度不端正，我们再查底单也不迟，反正都是板上钉钉的事儿。我的想法是尽可能地把保密时间延长一下，到了下午再酌情通知他们单位的一把手。"

孙建设来电话："陈书记，刚刚市政府的秘书长张启晨打电话给我，问你的手机号码，说是联系不到你。你看是不是给他回个电话？"

"好的，我知道了！"

陈爱民放下手机，对李汉杰说："说曹操，曹操就到。张秘书长昨天通过市财政局的老同事发信息，约我吃饭，我没有回信息。现在又屈尊直接给我的办公室主任打电话，不回也不好，但要考虑好如何应对！"

"张秘书长是从祁河县走出去的领导，人脉资源丰厚，之前陈书记跟他不熟悉吗？"

"我与张启晨只是点头之交。我们做纪检工作的，特别是在第一线掌握实权的干部，想跟我们套近乎、拉关系的人多了，甚至不乏处心积虑图拉拢腐蚀我们的人。所以我们纪检监察干部，尤其是我们做领导干部的，交际不能太广泛。我在市纪委工作时，也有个别的纪检干部甚至是领导干部，不知道天高地厚，整天跟一些人拉拉扯扯，称兄道弟，整个淮江市一半是亲戚，一半是朋友的，实际上是作茧自缚，败坏了纪检监察的形象！"

"陈书记说得非常正确，只有对纪检监察工作非常了解的，才会有这么深刻的认识！"李汉杰敬佩地说。

"哎，我听说咱们县纪委有的人也很活络，"陈爱民说，"也是小酒天天有，五湖四海皆兄弟，喜欢吹胡子瞪眼的，到处张罗着操办一些事儿，帮人调动工作、安排小孩上祁河重点中学什么的，能耐很大嘛！"

"陈书记来了之后，你说的个别人收敛了许多，起码不敢像以前那样明目张胆啦！"

"我来了之后，从来不给不放心的科室批示一封信访件。这样的人拿了我的批示，拉大旗作虎皮，不知道能换多少场酒喝！"

"是的，我们队伍里个别素质低下的人，就得把他们挂起来，必要的时候要交流出去。"李汉杰说。

陈爱民叹了一口气说："请神容易送神难，优秀的干部到处抢，素质低下的干部没有地方要。咱们也不能以邻为壑不是？只要他们不太出格，硬性地调整，还是有难度的。毕竟我们的干部体制，能上不能下的顽疾还没有解决。总体上，我对咱们的班子和队伍是非常满意的。"

"是的，陈书记，通过你来了之后打的两仗，可以看出我们的队伍是靠得住的、有战斗力的！"李汉杰说。

"张秘书长你好，我是祁河县纪委的陈爱民！"陈爱民拨通了张启晨的手机，彬彬有礼地说。

"陈书记好！你去祁河工作之后，快半年了吧，家乡人民对你评价很高啊！"电话里传出张启晨的声音，"一直想去拜访你，你哪天有空，我请你和高检察长一起聚聚？"

"秘书长太客气了，等有时间我去拜访你！"

"是这样，陈书记，周一，也就是明天下午，我去祁河县调度一下重点项目的情况，马骏书记不在家，我跟强国县长联系了，你要是有时间，咱们见个面，怎么样？"

"好的，我跟强县长汇报一下。"陈爱民说。

"那好，咱们明天见。"

放下电话，陈爱民问："你们分析张启晨明天过来的意图是什么？"

王自力说:"我分析,张秘书长有可能先跟马书记、强县长还有陈书记联络一下,作一个铺垫,不一定谈具体的事情,毕竟他们认为目前问题还没有败露。等到东窗事发的时候,他再出面说情。但是,张秘书长出马,起码证明了一个命题,周树彬案发之后,王明基坐不住了!"

"自力说得有道理,张秘书长跟咱陈书记没有交往,一下子就上升到说情的层面,似乎有一些唐突。先建立一下联系,培养一下感情,视情况下一步建立更密切的关系,这种可能性比较大。"李汉杰分析说。

"那我就听候强国县长的通知吧。明天就要动瞿新楼、江泽田,咱们的张秘书长就过来调研,来得可真是恰逢其时啊!"陈爱民说。

"张启晨是市政府资深的秘书长,上升的空间比较大,估计能提拔副市长,最起码也得是人大、政协的副职。他要是在这个案子中插入一杠子,会给我们制造不少麻烦。"李汉杰说。

"复杂的问题,就用简单的办法!我们的对策是装聋作哑,不予理睬!"陈爱民掏出香烟,分别递给两人,又问道,"汉杰书记,材料组开始工作了吗?"

"赵健常委带着审理室主任王学珍已经开始看材料了,检察院公诉科的两个同志也到位了。"

"这边几个组的工作情况,汉杰你要及时调度、布置,让他们都有条不紊地运转。"陈爱民说。

"陈书记,我们每天晚上七点钟,各个组汇报进度。我和自力常委布置第二天的任务,大家都各司其职,工作积极性很高。"李汉杰说。

渔场办案点一间狭小的房间里,材料组的三个干部正在埋头整理证据材料,两台电脑正在发出清脆的敲击键盘声。

"陈书记来了!"赵健连忙起身跟陈爱民、李汉杰握手。

"同志们辛苦了!"陈爱民与王学珍等一一握手。

"我给陈书记介绍一下,这位是检察院公诉科副科长虞丹同志,这位是批捕科副科长虎啸同志。"赵健说。

"虎科长,你是姓老虎的虎吗?"陈爱民握着虎啸的手问。

"是的,我们这个姓氏比较少,咱们祁河县附近有不少。"

"虞科长是虞姬的虞?"

"是的,我们也是小姓。"虞丹笑着回答。

"这里的办公太拥挤了,住宿条件也比较差,你们很辛苦!"陈爱民说。

"这点困难不算什么,只要能够完成好任务就行!"虎啸说。

"是呀，我们纪检和检察院查办案件，哪里有节假日、八小时工作制？都是没日没夜地连轴转。个中的甘苦只有我们自己知道。"陈爱民感慨地说，"我在市纪委的时候，有一次从办案点回到市委大院，奇怪怎么到处静悄悄的，仔细一想，那天是星期天。"

"陈书记，我们把证据材料按照线索，一条线索一个档案袋，全部编号，摆放在保险柜里。"王学珍从一组铁皮柜打开一个，"你看，就这样按照顺序摆放，需要调取的材料，按照供证表标注的编号，信手拈来。"

"好的，材料这么管理很科学。你们还要注意，给取证组提供的材料只能是复印件，原件绝对不能提供，否则，一旦丢失，无法挽回。取证组调查的材料，你们也要把好关，被审查人交代的是什么，证人是如何作证的，有哪些书证支持，缺少哪些证据，都要一一列举出来。每一个取证组，都要实行办案责任制，负责把交办的线索查证到底，实行交钥匙工程。"

"好的，我们按照陈书记的要求，实行办案责任制。"李汉杰说。

"大量的工作很快就要开始，除了取证，还有追逃、追赃工作，如果不实行责任制，东一榔头，西一棒子，那就乱了套！"陈爱民说，"这种责任制的工作机制能够保证我们每一条线都能有条不紊，忙而不乱。"

赵健说："我们再把工作梳理一下，材料组内部也要实行责任制。"

陈爱民翻阅了一下《5·28专案供证表》，说："王主任，你们把供述和证据都写在一起，如果案情简单，这样处理是可以的。像'5·28'这种复杂的案件，我建议你们采取三栏式的比较好。第一栏是被审查人的供述情况；第二栏是取证情况；第三栏是供述与证据存在的瑕疵，需要补证的情况。当然，还可以增加一栏备注。这样就一目了然了。"

王学珍回答说："陈书记指导得很及时，我们马上重新设计表格。"

"供证表每天一报，严格控制传阅范围，专报马骏书记、强国县长、高检察长和我以及李汉杰、梁石祥两位副书记。由王学珍亲自打印、送达，页眉上还要注明'机密材料阅后销毁'！"陈爱民说。

"好的，我们一定做到！"王学珍说。

黄河路的汉风庭里，三个黑魆魆的身影凑在一起交头接耳，红红的烟头在黑暗中一闪一闪的，仿佛鬼火一般。

王明基说："你们打听到什么消息了吗？"

"我听说今天下午财政局的几个科室加班，查找2006年以来分配的学生底子，千真万确！"江泽田小声说。

瞿新楼惊讶地说："哎哟，会不会是冲着咱们的？"

"哪有这么巧的？"王明基狠狠地抽了一口烟说，"不过，咱们也要往最坏的方面考虑，假如说老周交代出了安排学生的事情，咱们也咬死口，就说是给他一个人表示的，我们一分钱也没有拿。新楼，钱是你给老周送过去的，你首先得要扛住，打死也不能说。泽田，空白的调配单是你从调配科带来的，下家也是你联系的，你可不能当孬种！"

"放心吧，咱们仨是一荣俱荣，一损俱损，死活都要硬硬棒棒的！"瞿新楼咬牙切齿地说。

"谁要是出卖兄弟，天诛地灭！"江泽田也鼓足勇气说。

"那就好！"王明基说，"泽田兄弟，你再跟学生联系一下，统一口径，要是纪委的去了解，就说是每一个学生给财政局的领导出了一万元，没有再给其他人送钱。跟他们讲清楚，他们要是胡扯八道，纪委会把他们都开除的，让他们知道利害关系。注意尽量不要打电话，你跟他们面谈！"

"好的，今天晚上我先给他们打电话，时间紧急，用我父亲的手机联系。明天我再去找他们，一个一个地面谈。"

"明天晚上还是八点钟，咱们在桃花湖公园北门见面。没有紧急事情，不要打电话！"王明基说，"还有，退一万步说，无论到何种程度，小金库的事情也不能讲，刀架脖子上也不能说！那要是出了事儿可不是判个三年五载的事儿，别信纪委的瞎忽悠，'只要交代了，就没有事儿啦'，那是哄小孩子的。'坦白从宽，牢底坐穿'，只要咱们撑住几天，我姐夫就能把咱们捞出去。"

"记住了！"

"一不做二不休，咱们三个兄弟起誓吧！"王明基提议。

"好啊！"

三双手紧紧握在一起。

"肝胆相照，共渡难关，违背誓言，天诛地灭！"王明基说。

瞿新楼和江泽田也一字一句哽咽地说："肝胆相照，共渡难关，违背誓言，天诛地灭！"

夜深人静，陈爱民拖着疲惫的身躯回到了小院的宿舍。外派的同志都回淮江市与家人团聚去了，空荡荡的大楼里只剩下他一个人。

陈爱民打开电脑的聊天工具，给远在异国他乡的儿子海涛发了一条消息。

"你爷爷抗战时在敌工部工作过。敌工部就是现在国家安全局的前身。爸爸刚刚查办的案件，采取了最严密的保密措施，这一套保密工作就是从你爷爷那里得到的嫡传。1977年初，按照中央清理'三种人'的部署要求，对淮江地区八个县的'四人帮'爪牙、造反起家的派头头、'打砸抢'分子，统一实施抓捕。当时的淮江地区公安处已经无法承担这个任务。地委书记、组织部部长和你爷爷拟定了淮江地区抓捕的造反派名单。你爷爷按照抗战时武工队的装束，头上戴着毡帽，只露出两只眼睛，腰里别着一支撸子，亲自带队杀奔凤城县，以雪惨遭迫害之耻。你爷爷抓到了凤城县革委会副主任江腾。你姑姑拎着我，冒着大雪到他家去求情。他的老婆正在包饺子，根本不搭理我们。抓来的造反派先押在煤矿的一栋楼里进行审查，每个房间一个尿罐子，高悬着一盏昏黄的电灯，就像他们的'学习班'一样，请君入瓮！后来江腾关押在铜岭县看守所。你爷爷'文革'后期再度出山时，担任铜岭县公安局局长。江腾跟看守请求见陈局长。你爷爷买了一点苹果，去监牢看望昔日迫害他的老同事、老战友。听你爷爷说，隔着铁栅栏，江腾羞愧地跟你爷爷道歉。你爷爷很大度地说，事情都过去了，不再计较啦！还特意安排看守所的医生经常给江腾检查身体。江腾的血压高，你爷爷叮嘱医生给他服药。后来看电视剧〈宰相刘罗锅〉，结尾的时候，刘罗锅带着'二锅头'去刑部大狱探望和珅，有一番对白。我猜想当时你爷爷看望江腾的情形就像电视剧里的情节一样吧！那时候我还在上小学四年级，有一天中午放学回家，你奶奶正在包饺子招待客人。江腾的老婆带着几个孩子到咱家赔礼道歉来了，哭得跟泪人似的。"

儿子回复："爸爸，你跟我讲的这些故事，我都收藏起来了。你多保重身体！"

早上七点，陈爱民与强国一起吃早餐。

强国端着餐盘，走到陈爱民身边坐下，说："爱民，今天下午市政府张启晨秘书长来祁河县调研，他点名让我晚上一起吃饭，你跟他很熟悉吗？"

陈爱民说："强县长，我与张秘书长仅仅是点头之交，我正要跟你汇报这件事。上周五查办了周树彬之后，第二天张秘书长通过市财政局的老同事约我吃饭，打不通电话，发的信息，我佯装没有看到。昨天下午，张秘书长跟县纪委办公室主任联系，让我回电话，也跟我说了要来祁河县的意思。"

"他这么急于见你，有什么事情吗？"

"有啊！周树彬已经交代他收到人事局王明基、瞿新楼的十五万元，给十五个学生办理了财政工资。分析这十五个学生有可能是他们私自安排的，其中还有一个涉案人员，负责内勤的江泽田。张秘书长是王明基的姐夫，他来很可能是为了他小舅子的事情做铺垫的！"

"哦，是这么回事，怪不得！"强国若有所思地说，"那你看是不是要见见他呢？"

"他既然是奔着我来的，不见也不妥，正好可以趁机摸摸他们的底牌！"陈爱民说。

"那好，马书记不在家，我就安排政府办正式通知你了。"

"还有，从今天开始，每天中午专案组都有一个情况专报给你，请你阅后即销毁！"陈爱民说。

"好的！"

手机来电显示"孙建设"："陈书记，满常委的秘书给我打电话，说今天上午八点半，在县委第三会议室召开城建指挥部调度会，涉及禁违拆违专项治理中党员干部的处理问题，想请你也参加。"

"各个指挥部的运作不是已经终止了吗，这时候怎么又拾掇起来了？"陈爱民略微沉吟了一下，回答道，"好吧，给他回话，我准时参加！"

"怎么，满金龙要召开城建指挥部调度会，他这是动的哪一根神经？"强国思忖了一下，"不过，七个指挥部是县委下文成立的，现在也没有下文撤销，他还是城建指挥部的总指挥，召集调度情况，也是法定的职责，不需要跟书记和我汇报，无可厚非。"

"我过去看看吧，满常委这葫芦里卖的到底是什么药？"

上午八点半，县财政局会议室，八十多名干部职工济济一堂，有的人在交头接耳，窃窃私语。

"大家静一静，现在开会了。"纪检组蒯组长说，"今天，县纪委副书记、县监察局局长李汉杰同志，县纪委魏保平主任，两位领导在百忙之中专门过来给我们财政干部职工上专题党课，体现了县纪委、监察局对我们全体财政干部职工的关心爱护。让我们以热烈的掌声欢迎两位领导给我们上课！"

会场响起热烈的掌声。

李汉杰说："同志们，大家也都知道了，上周五，县纪委、监察局对周树彬以及瞿园镇财政所的王丰生、刘建岭采取了组织措施，目前他们都在接受审查，交代问题，态度还是端正的。从刚才大家的掌声中，能够看出，财政系统绝大多数干部职工对县委、县纪委的这一决定是拥护的、支持的、赞成的！"

会场上再一次响起热烈的掌声！

李汉杰接着说："今天我讲课的题目是'树立正确的世界观、人生观、价值观'。周树彬在个人交代中也说到，过去进行政治学习，讲树立正确的'三观'，总是觉得虚无缥缈的，等到铸成大错，才明白这些道理都是实实在在的，这些要求都是踏踏实实的，然而悔之晚矣！"

台下的干部职工全神贯注地倾听。

李汉杰说："周树彬在财政局整整三年的时间，大肆索贿受贿，雁过拔毛，上梁不正下梁歪，搞得乌烟瘴气。一些人与周树彬有着这样那样的不正常交往，还有一些人以权谋私，不给好处不办事，严重败坏了县财政系统的风气。县委、县纪委对广大财政干部是关心爱护的，对长期以来你们在生财、聚财、用财工作中做出的成绩也是充分认可的。受县委和县纪委常委会的委托，在这里我要宣布一项要求，也是政策。凡是主动讲清楚与周树彬之间的不正常经济交往的，一律免于处理；凡是主动讲清楚个人存在的问题的，一律免于处理。只要做到这两个'主动讲清楚'，都一律不作任何组织处理，这也是针对以往祁河县弱化党的建设，导致的党风、政风和社会风气退化而采取的一项灵活变通的措施。希望相关的同志，打消心理顾虑，放下思想包袱，要相信组织上说话是算数的。时间就划定在6月2日下午下班之前吧，我们魏保平主任在局里设立临时办公室，公布联系电话。我再强调一遍，规定的时间之后，对于不如实讲清楚问题的个人，将依纪依法严肃处理，也再一次友情提醒相关人员不要心存侥幸，以身试纪，以身试法！下面，我讲第一个专题，'树立正确的世界观'……"

第八章　检察官私闯办案点　黑衣人夜半闹惊魂

　　满金龙通知陈爱民参加城建指挥部会议，调虎离山，副检察长借机私闯办案点。

　　夜半三更的雨夜，两个黑衣人摸进办案点大院，拉下电闸，鬼哭狼嚎制造混乱……

　　县委第三会议室，满金龙满面笑容地与陈爱民握手，"哎呀，真是不好意思啊，有劳陈书记的大驾！"

　　陈爱民望着两眼眯成缝的满金龙，也是笑容可掬地回应说："金龙常委客气了，你一声令下，陈书记不能不来啊！"

　　"呵呵，陈书记现在是日理万机，这么繁忙的工作之余还惦记着城建工作，金龙非常敬佩，非常感动啊！"满金龙依旧是笑眯眯地说，"人都到齐了，咱们就开始吧？"

　　"那好，开始吧！"

　　"同志们，今天咱们开一个禁违拆违工作调度会，专题调度违法建设拆除的情况，尤其是党员干部带头拆除违法建设的情况。"满金龙说，"今天陈爱民书记在百忙之中专门赶来参加会议，大家鼓掌表示欢迎！"

　　会场响起一片掌声。

　　满金龙接着说："下面各组开始汇报工作进度，第一组，建设局赵四吉副局长汇报。"

　　"各位领导和同志们，我们第一组负责临河镇大庙村……"

　　手机振动，来电显示"林钢剑"。

　　陈爱民抓起手机，快步走出会议室，"林局长你好！"

　　"陈书记，有一个情况跟你报告一下。"电话里传来林钢剑的声音，"刚才，衣检察长问我祁东办案点的位置。我劝他不要打听，领导有要求，办案地点严格保密。他听了这话，冲我发了一通火，说他是检察院党组副书记，分管反贪的副检察长，居然不知道嫌疑人的下落，岂不是荒唐！我只好告诉他说，'我自己也不知道确切的位置，可能是在祁东县的陵山附近。'衣检马上判断出是在祁东县地税局的培训中心，看起来他之前就排查分析过了。然后，衣检察长就带着警车出去了，有可能往陵山的办案点那边去了。"

陈爱民恍然大悟，难怪今天满金龙重新召集城建指挥部的会议，不是心血来潮，而是为他精心设下的"调虎离山之计"。他对林钢剑说："好的，我知道了，谢谢你！"

陈爱民回到会议室，拿起皮包，冷冷地对满金龙说："你们接着开吧，我还有事！"

"陈书记有事情，你先去忙！"

满金龙望着扬长而去的陈爱民，眼睛里充满了惶恐。

陈爱民急匆匆走出办公楼，对司机说："小董，抓紧去陵山！"

"好嘞！"司机从陈爱民的表情中看出事情的紧急，发动汽车向祁东县飞驰。

陈爱民在车上开始调度，"梁书记，检察院的衣振全可能已经往陵山办案点去了，他去的目的必然是冲着周树彬的谈话室。你马上过去守在警卫室的门口，一定要在第一道岗拦住他！"

"啊，衣振全这时候跑过来干什么？他要是不听劝阻怎么办？"梁石祥急切地问。

陈爱民看了一下手表，"我正在往那里赶，按照时间推算，他应该比我早到十分钟左右，你告诉他，我马上就到，有什么事情等我到了之后再说！"

"陈书记，老衣既然敢来，肯定是来者不善。他毕竟是检察院的二把手，要是硬闯怎么办？"梁石祥接着问。

"告诉值班的公安干警还有我们的纪检干部，拿起警棍，无论是谁，只要是胆敢硬闯谈话室，就给我乱棍打出！"陈爱民冷冷地说。

"真打呀？"

"难道是给他挠痒痒？现在是县纪委的'两归'期间，任何人不经过我的同意，强行进入办案地点，都是非法的。不管是谁，只要是敢给我们来横的，你们手下就不要留情，给我劈头盖脸地揍，跟他说这是陈爱民的指令，出了事情由我承担一切责任！"陈爱民面色严峻地说。

黑色的别克汽车风驰电掣般地驶入祁东县地税局培训中心。院子里已经停了一辆检察院的警车。

陈爱民快步走进大门，迎面遇见衣振全、梁石祥等。

"正好，陈书记来了。衣检，有什么事情，你跟陈书记汇报吧！"梁石祥说。

"啊，陈书记！"衣振全有些神色慌张，陈爱民这么快赶到，令他措手不及。

"你来干什么？"陈爱民的语气平静，透露着严厉。

"唔，是这样的，高检察长到省院开会去了，我过来看看！"

"这里暂时没有你们什么事，你先回去吧！"陈爱民说。

"那好，那好，我先回去了。有什么指示，陈书记尽管吩咐！"衣振全讪笑着说。

望着检察院的警车驶离，梁石祥说："多亏陈书记及时赶到了，要不然真的要使用警棍了！"

"他真的敢孤注一掷？"

"不是没有这种可能，老衣跟我发脾气了，说是既然两家联合办案，他这个分管的检察长怎么不可以进去看看？"梁石祥苦笑着说，"我再三跟他解释，是两家联合办案不错，但是，办案有办案的纪律，目前衣检察长还不能会见被审查人。他正在发火，说什么纪律，明显就是对他信不过！就在这时候，陈书记你赶到了。不然，他这么纠缠下去，真的不知道怎么收场。"

"梁书记，刚才衣振全的回答，你注意到了没有，滴水不漏，到底是老办案的！"陈爱民赞叹道，"高勇平检察长不在家，他过来看看。衣振全的言下之意就是一把手不在家，二把手主持检察院的工作。作为主持工作的二把手，他来看看办案点，名正言顺啊。这一套辞令，显然是他事先编排好了的，只有老办案人员才有可能这么细致。"

"那么，他过来是为了向周树彬传递什么信息呢？"梁石祥问道。

"梁书记，这话你说到点子上了！把今天的事情连贯起来看，绝对不是偶然的。"陈爱民说，"高勇平检察长到省院开会，不在祁河县；今天早上满金龙召开城建指挥部调度会，邀请我参加；然后，衣振全这个二当家的临时主持工作，打听办案点的大致位置，做出判断，然后风风火火赶到陵山办案点行使主持工作的职权。你分析一下，这一切都是精心策划的，目的就是想见到周树彬，就是要给他传递某种信息，或者说是要企图阻止周树彬讲出一些对相关人员不利的信息。"

"是呀，究竟是什么信息，目前这还是一个谜。不过，这样一来我们的办案点就暴露了，我再细化一下安保措施！"梁石祥说。

"是的，要把可能出现的不利因素都考虑到，特别是我们的食堂，不能出任何问题。"

"我检查过了，食堂的安全网还是很坚固的。我跟老板再说说，以后不要再外出购买熟食，一律自己采购、加工。还有水、电、围墙等，再检查一下。"梁石祥说。

"满金龙开会，显然是为了调虎离山，把我从办案点支开。衣振全从林钢剑讲的大致地点，马上判断出我们是在祁东县地税局培训中心，说明他们已经把这个地点列为重要的地方，暴露只是迟早的事。下一步的安全保卫工作十分重要，告诉我们的同志，任何人都不要擅自离开办案点。值班的同志一定要高度戒备，严防可疑人员进入。"

"这里还有一个不利的条件，就是院子附近没有布设监控，我的想法是下午就把院子里的监控设施布置好。"梁石祥说。

"好吧，安保设施该花的钱，不要心疼。还有，梁书记你去布置一下，要求我们的同志遇到事情不要手忙脚乱，一定要各司其职，坚守住重点部位。第一，当班的同志无论发生任何情况都不要离开岗位，既包括负责警卫的干警、在谈话室门口值班的人员，也包括谈话室的当班的同志，这是核心的核心，不能出一丝一毫的问题。第二，组织一个机动小组，由干警和从乡镇抽调的年轻干部组成，全部住在一楼警卫室，一旦发生突发事件，随时出动。"

"好的，我这就去布置。"梁石祥说。

江德英带着一名乡镇纪检干部走到县农工办二楼，循着门牌，找到瞿新楼的办公室，径直走了进去。

"哎呀，是江主任！"瞿新楼猛一抬头，看到江德英，不由得大惊失色。

"瞿主任，别来无恙！"江德英笑着说，"我们来找瞿主任了解一个情况，请你跟我们去一下。"

"那我跟一把手打个招呼吧？"

"这个不用你操心，需要打招呼，我们去说！"江德英板着脸说，"现在，咱们走吧！"

"我给家属打个电话可以吗？"

"暂时不要说。我们只是问问情况，你一打电话，你家属弄不清楚什么事情，搞得哭哭啼啼的跟干什么似的。"江德英说。

"那好吧！"瞿新楼锁好抽屉，"江主任，咱们走吧。"

一辆本田轿车停在人社局楼下，江泽田下车。一辆黑色的普桑也悄悄停在旁边。

车上下来一位年轻人，走向前，对江泽田说："请问，你是江主任吗？"

"是啊，你是……"江泽田狐疑地打量着面前这位年轻人。

"我是检察院的虎啸，现在县纪委帮助工作。请你跟我来一下！"

说着，虎啸打开了车门，示意江泽田上车。

江泽田哆哆嗦嗦地上车。林钢剑坐在后排，微笑着跟他打招呼："江主任！"

"啊，林局长，你们这是干什么？"江泽田惊恐地问道。

虎啸随即上车，将江泽田夹在中间。

"江主任，我现在抽调到县纪委帮助工作，查办县纪委的案件，现在我代表县纪委，要求你老老实实配合调查工作！"

"有话好好说嘛，非得整得这么吓人干啥？"江泽田尴尬地说。

林钢剑不再搭理他，跟司机说："开车，回渔场！"

江德英将瞿新楼带进渔场谈话室。

坐定之后，江德英问："瞿新楼，知道为什么找你来吗？"

"知道，知道，不就是找周树彬给办了十几个学生财政工资的事儿吗？我一定配合，一定配合！"瞿新楼点头哈腰地说。

"老瞿，既然想配合，咱们也不再绕弯子，那你就老老实实交代清楚！"

瞿新楼做出努力回忆的样子，"哦，事情是这样的，2007年夏天，学生分配的时候，有十几个学生分配到基层事业单位，涉及财政发工资的问题。江主任，您也知道，周树彬是个孬熊，不给好处不办事。这样，我受学生家长的委托，一家拿出一万元，给他送去了十五万元。"

"还算你识时务！"江德英说，"你是怎么跟学生家长联系的？"

"这个，江泽田最清楚，学生家长找的他。江泽田从每一家代收了一万元，集中起来之后，我给周树彬送去的。"

"无利不起早，你又不是学雷锋的，跑前跑后图的啥？"江德英质问。

"咳，俺不是没有出息嘛，就是图个吃吃喝喝，弄两瓶酒、两条烟的，还有的给俺送件衬衫、褂子什么的。江主任，我保证，绝对没收人家一分钱。"

"以上你说的都是事实吗？"

"都是事实，要是有一句假话，任凭组织处置！"瞿新楼信誓旦旦地说。

"那好吧，你把上述经过写一写，我们再做一个笔录。"江德英说。

江泽田端坐在塑料方凳上，表情木然地望着林钢剑。

"江泽田，今天找你了解有关情况，你一定要实事求是。说假话，出伪证，是要承担纪律责任和法律责任的，你明白吗？"林钢剑严肃地说。

"我明白，一定实事求是。"江泽田镇静地回答。

"你讲讲工作履历。"林钢剑说。

"我是1991年7月分配到人事局的，先是在调配科，1999年底到工资科，2007年底任工资科副科长，2008年10月任工资科科长，2009年底任民政局副主任科员、退伍安置办主任。"

"你再讲一讲，你在调配科、工资科还有军转办具体承担的工作，都有哪些职责？"

"我在调配科和工资科，都担任内勤工作。到了军转办负责退伍士兵的安置工作。"江泽田眨着眼，望着林钢剑说。

"你再详细说一说，内勤都有哪些职责，你负责什么具体的工作？"林钢剑追问。

"内勤就是收收发发的一些事务性的工作，整天忙忙碌碌的，闲不住！"江泽田闪烁其词地回答。

"说详细一点，比如，印章是谁保管的，文书是谁保管的，档案是如何归卷的？"林钢剑鹰一样的目光逼视着江泽田。

"印章和文书都是我保管的。"江泽田低下头，不敢直视林钢剑犀利的目光。

"你不要躲躲闪闪的，把话说明白一点，就是说凡是办理与工资有关的事项，都要用到印章和文书，对吧？都不能瞒过你，是吧？"

"按照工作程序，是应该这么办理的。"江泽田小声说。

"江泽田，把头抬起来，看着我！"林钢剑厉声喝道，"你有没有违反过工作程序，老老实实交代清楚！"

江泽田神情慌张，一言不发。

虎啸走过去，拍拍肩膀说："老江，正常的工作程序，不需要请你到这里来说；整天忙忙碌碌的事务性工作，县纪委也没有工夫听，要想表功跟组织部说去。既然找你，就是发现了不正常的工作程序，就是问题已经败露了，这一点，你心里清楚得很，不要在这里装糊涂！"

"我主动向组织交代一件事情。"江泽田拿起纸杯，喝了一口水，借以掩饰一下紧张的心情，"2007年夏季学生分配的时候，有十五个学生的统筹安排，财政局不给办理工资发放。学生家长找我，愿意每一家拿出一万元，委托我给周局长表示一下。我跟周树彬关系不到位，是瞿新楼给他送去的。家长请我们吃过几次饭，送了一些烟酒、购物卡什么的。我有错误，愿意退赔收的礼品，接受组织处理！"

"说完了？"林钢剑问。

"说完了，我说的都是实话！"江泽田眨着眼说。

"没有了?！"林钢剑语气中透露着威严。

江泽田咂了一下嘴，沉默不语。

"这些学生家长怎么想起来找你的?"林钢剑逼问。

"以前，我在人事局调配科工作，接触的人比较多。"

"哦，调配科负责分配调动，你的能量比较大，名气也很响，按照以前的惯性，人家找到了你的门上，是吧?"林钢剑追问。

"可能有林局长讲的这种因素。"江泽田小心翼翼地回答。

"不着急，好好考虑考虑，你还有机会。"林钢剑说，"我们也有的是时间。跟着纪委办案，感觉时间充裕得很，不像检察院对时间的约束那么多。但是，江泽田，你的时间不太多了，你自己要抓紧了，机不可失，时不再来！"

"哦，容我再想一想。"江泽田说。

中午时分，李汉杰在渔场监控室召集王自力、林钢剑、江德英等调度谈话进展情况。

"咱们开一个交接班的情况碰头会，江主任你先说说瞿新楼那个班交代的情况。"李汉杰说。

"瞿新楼到案之后，态度还是比较端正的。如实交代了给周树彬行贿的过程，与周个人的供述完全一致，由此认定周树彬利用职务之便受贿，那是板上钉钉，没有任何问题。"江德英说。

"林局，你们那个班呢?"李汉杰问。

林钢剑说："江泽田交代的情况与瞿新楼的交代情节上也是吻合的，能够互相印证。但是，我还是隐隐约约感到有些不正常，总觉得心里不踏实。咱们分析一下，他们两个人交代得丝毫不差，而且态度出奇好，我感觉他们似乎在企图掩盖什么，难道他们只有吃吃喝喝的问题吗? 这里边是不是有猫腻，值得打个问号，有必要再深入地挖一下！"

江德英接着林钢剑的话，提出反对意见："林局，我们的主要目标是周树彬，围绕周树彬的这一笔受贿问题，证据链已经形成了，完全可以定罪量刑，我觉得没有必要再牵扯人力物力，毕竟我们的调查任务十分繁重。如果想要深挖细查，能不能放到案件结束之后再调查涉及的线索?"

"自力常委，你看呢?"李汉杰问。

"李书记，我认为林局分析得有道理。"王自力说，"这个证据取得得太容易了，太严丝合缝了，反而让人感觉不真实。我建议下午的班咱们一鼓作气，接续保持必要的力度，敦促他们彻底交代问题。"

"好的，刚才各位同志都讲了非常好的意见，咱们办案子也要讲民主的氛围，各抒己见。"李汉杰说，"这样，咱们还是按照原定的谈话方案，统一思想，继续深挖他们可能存在的问题。林局长，你辛苦一下，下午的班你和虎啸去跟瞿新楼谈，王常委，下午你过去跟江泽田谈，这样调换一下，省得他们产生'耐药性'。江德英主任，你下午去一下人社局，帮着查找一下相关的佐证材料，外围的证据很重要。咱们按照陈书记一贯的要求，坚定信心，统一思路，统一力度，一鼓作气。大家分头准备去吧！"

中午时分，祁东县地税局培训中心监控室，梁石祥召集案件碰头会。

张继胜说："我先汇报一下当班的情况，从今天上午的谈话来看，周树彬的思想有反复，长吁短叹，压力很重，早餐只喝了一包奶，因此分析他有想关门不谈的意思。"

"是的，昨天下半夜他翻来覆去，几乎没有睡着。"王立楷说，"昨天晚上到今天上午几乎没有再交代新的问题。"

"孟庆军主任，你负责下一个班，有什么考虑？"梁石祥问。

"陈书记、梁书记，我是这样想的，"孟庆军狠抽了一口烟说，"如果我们设身处地从周树彬的角度考虑，犯下他那样的事儿，就目前交代的问题，搁在咱们一个小县城那就是亘古未有的弥天大案，心理负担能不沉重吗？所以，我觉得他的心理上还有最后一道防线，我们还得坚持定力，不厌其烦地进行政策教育、思想疏导，彻底摧垮他的防线。"

"陈书记，你有什么意见？"梁石祥问道。

"同志们都谈了很好的意见。思想教育，政策攻心，是我们纪检监察机关办案的政治优势，请大家一定要坚定信心！"陈爱民说，"我可以告诉大家，根据我掌握的线索，周树彬还有重大问题没有交代，曾经一次向企业家索要贿赂六十万元，这个问题到现在还没有交代吧？"

"是的，涉及企业家的交往，几乎没有谈及。"梁石祥说。

"让财政局查找的拨付专项扶持资金的资料传真过来了吗？"陈爱民问。

梁石祥回答说："渔场那边已经传真过来了，三年多的时间，拨付了三十四笔，共计九千多万元，还欠拨一亿一千万元。"

"这是周树彬权力寻租的一个富矿，按照他贪婪成性的本性，他是绝不会放过这些发横财的机会的。我觉得可以给他在这个问题上摊牌了。"陈爱民说，"从孟庆军的这个班开始，下面几个班次就专题谈谈拨付专项扶持资金的问题。"

"好的，陈书记，我尽快熟悉一下这些资料。"孟庆军说。

"不要着急，我给你们突破的时间是一个星期，到今天才三天的时间。与被审查人谈话切忌直奔主题，直来直去，直接点题，就是业内人士俗语所称的'爬杆子'。这样顺着杆子爬上去的证据，有时候是不真实的，也有诱供、指供之嫌，这是违反办案纪律的。"陈爱民说，"所以，我建议你们在谈这个专题之前，先做一个小小的铺垫，拿一个小问题打压一下周树彬的态度，这样曲中有直，直中有曲，然后再切入正题。"

梁石祥接着说："陈书记，刚才魏保平打电话说，上午财政局的党课之后，效果很好，已经接到七八个电话，要求主动谈问题。其中一个女同志，副所长，为了照顾家庭，打报告要求从较远的乡镇调到近郊的乡镇，拖了一年不管不问。听说老周不给好处不办事，给周树彬送去一万元，第二天就调动了。我觉得，拿这个线索当铺垫，比较好。"

"是的，这个铺垫就像唱歌的过门一样，他能够接受，也很自然地过渡到主题上了！"王立楷说。

"好吧，大家抓紧工作吧。我到渔场那边看看，晚上陪同强国县长接待张启晨秘书长。"

"陈书记晚上回宿舍好好休息一下吧，这边你放心，安全措施已经部署到位。"梁石祥说。

"还是感觉不踏实啊，晚餐结束之后，我就赶回来。"

渔场办案点，林钢剑、虎啸走进谈话室。

瞿新楼见状，惊慌地站起来："林局长，你们不是要抓我吧？"

"瞿新楼，我作为一名党员，现在受组织委派，参与县纪委的调查组工作，不是以检察官的身份跟你谈话。"林钢剑说，"你上午来了之后，交代了一些问题，但是，还不够彻底，你受党的教育多少年，组织上依然希望你主动讲清楚。"

"我是实事求是的！"瞿新楼回答的时候眼神游移不定。

"你现在给自己下这个定论，为时过早！"林钢剑目光灼灼地盯着瞿新楼，"常言道'人过留名，雁过留声'，你们做过的事情都是有痕迹的，是抹不掉的。咱们打开窗户说亮话，你是老人事干部，你觉得你们做的那些事都是天衣无缝吗？我告诉你，根本经不起深挖细查。"

"该说的，我都说了！"瞿新楼辩解道。

"对，不该说的，都没讲，是吧，玩文字游戏，耍滑头啊！"虎啸一拍桌子，训斥说。

"瞿新楼，就按照你已经说的问题，较起真来的话，现在就能拘捕你！"林钢剑也拍了一下桌子，"介绍贿赂也是犯罪行为，你懂不懂？瞿新楼，你不要再执迷不悟，给我们兜圈子，必须原原本本地交代真实的过程，没有讨价还价的理由。我警告你，如果说假话、出伪证，你还要再增加一个作伪证的罪名！"

"哎，纸里终究是包不住火，我就如实说了吧！"瞿新楼长叹一口气，"能给我抽支烟吗？"

虎啸点燃一支香烟，递给他。

瞿新楼深吸了一口烟，说："其实从学生家长那里每人交给江泽田的是五万元，一共收了七十五万元。其中，给了周树彬十五万元，剩下的六十万元被分管副局长王明基、我还有江泽田分了，每人二十万元。"

"你们是怎么操作的？"林钢剑问。

"江泽田从调配科调过来的时候，偷偷带了一沓空白的调配单，都是他之前办理其他事情的时候，趁人不备，偷偷盖过局里印章的。"瞿新楼说，"光有人事派遣单还是办不成事，还得有工资科给核定工资表，这件事由分管领导王明基签字就行啦。这些手续都办好，最后一关就是财政局，财政局负责核发财政发工资的手续，只要打通周树彬这个关节就彻底办成了。"

"你觉得你们的漏洞在哪里？"林钢剑问。

"这件事要是没有人追究，一点事儿都没有；只要有一个人出事，都得败露，就像一根绳上拴着的蚂蚱，谁都跑不了。还有就是只要核对分配学生的底子，也保准得露馅。"瞿新楼把烟蒂浸入纸杯中，"第一个漏洞是局里没有这十五个学生的分配底子，一对账就麻烦了；第二个漏洞，就是十五个小孩家长只要出去瞎讲，告到纪委、检察院，也得坏事。所以，这几年俺整天担惊受怕、提心吊胆的！"

"还有哪些让你提心吊胆的事儿？"林钢剑平静地说。

瞿新楼低头不语。

"不想说是吧，那咱们就换个话题。"林钢剑说，"最近你们联系了吗？"

"联系了。"

"怎么联系的？"林钢剑问。

"前天常国伦副书记调度夏收工作，我遇见王明基，俺俩谈到这件事，约好第二天晚上在黄河路的一个亭子里见面，汪泽田也去了。约定今天的见面地点是桃花湖公园北门，晚上八点钟。"

"你们见面都谈了些什么内容？"林钢剑说。

豆大的汗珠从瞿新楼额头滚落下来。

"不要紧，你不说，别人说，被动的是你呀，事到如今，不要再糊涂了。"林钢剑看在眼里，仍然保持着平静的语气，"这个话题对你来说太沉重，给你时间再考虑。咱们还是接着上一个话题谈。我查了你们的通话记录，结果就如同你说的，没有任何记录。我想问问你们这么做，是基于什么原因考虑的？"

"主要就是担心你们调取话单，查出来我们之间的联系。所以，我们每一次见面，都约好下一次碰头的地点、时间，不使用手机，这是王明基出的主意。"

"老瞿，你觉得这些雕虫小技、小儿科的玩意，能起多少作用呢？"林钢剑问道。

"是没有多大的意思，组织的力量、司法的力量太强大了。"瞿新楼抹了一把额头上的汗，回答说。

"明白这一点就好。你们跟特务一样，鬼鬼祟祟地接头，你知道是什么行为吗？"林钢剑突然大声呵斥道，"你们这是在串供，订立攻守同盟，明白吗！"

"我现在明白了。"瞿新楼嗫嚅着说。

"现在明白也不晚，那就如实交代你们见面谈话的内容。再不如实交代，不要埋怨组织没有给你提醒！"林钢剑带着一腔怒火说。

"我交代，交代！"瞿新楼下意识地站起来，点头哈腰地说，"我们谈的主要是如果纪委找我和江泽田，只交代给周树彬十五万元的事，其他的事儿打死都不说，只要扛住两天，王明基的姐夫张秘书长就能出面把我和江泽田捞出去。我们仨还对天发誓，绝不背叛！"

"你以为你们是〈红岩〉里的江姐、许云峰？"林钢剑轻蔑地说，"你们没有信仰，只崇拜金钱，为了金钱凑在一起订立的海誓山盟，老瞿，你自己说说，有多少约束力？"

"是的，大难临头各自飞，现在谁能救得了谁？"瞿新楼说。

"这话不假，'夫妻本是同林鸟'，下半句就是你刚刚说的'大难临头各自飞'。你们之间关系再铁，能比得上夫妻之间的感情？不可能吧！"虎啸说，"用老百姓的一句俗语形容，你们现在是王八搬家——滚的滚，爬的爬，各人顾各人，谁还会去顾及什么海誓山盟！"

"老瞿，你刚刚说到叛徒的话题，你觉得，你们仨之间，谁最先背叛？"林钢剑笑眯眯地问。

"肯定是江泽田！"瞿新楼愤愤地说，"所有的事都是他出的馊主意，出了事，他擦屁股比谁都快！"

"他还出了哪些馊主意，谈谈嘛！"林钢剑说。

"是他提议的私设小金库。去年年底，我提拔到农工办当副主任，临走之前，感觉到金额太大，提出来要交公。江泽田和王明基两个人都不同意，非得要分了，结果我拗不过他们。拿到钱，我整天担惊受怕的，七十三万元我分文未动，一直锁在办公室的保险柜里。"

林钢剑压抑住内心的激动，点燃一支烟，递给瞿新楼，非常平静地说："那好，再接着说说小金库吧！"

渔场办案点另一间谈话室里烟雾腾腾，江泽田故做思考状。

王自力一言不发，盯着江泽田，谈话室里寂静无声。

江泽田感到了心理压力，他打破沉默，龇牙一笑："王常委，上午我都交代过了，还有什么需要交代的，请领导点拨点拨！"

王自力抬起手腕看看表，说："那好，就点拨点拨你，现在是下午五点半，江泽田，今晚八点钟的桃花湖北门的约会，看来你是去不成了！"

江泽田惊得一下子站起来，惶恐地问："他们都交代啦？"

"别人的事情，你就甭再操心了。江泽田，你现在要考虑的是自己的处境，再这么继续隐瞒下去，再这么继续对抗下去，你自己会是什么下场，自己想清楚！"王自力说。

"真不仗义！既然如此，我就索性都说了吧，反正天塌下来有个子高的先顶着，只要王明基没有事，俺和瞿新楼也就没有事！"江泽田咬牙切齿地说。

魏保平上前拍拍江泽田的肩膀："现在交代，还为时不晚。"

"那我就从头开始交代。1999年开始的公务员过渡考试，工资科实际收取的报名费和资料费达到七百多万元，我们上缴了一百多万元，私自截留下来六百万元，平时吃吃喝喝、科里集体外出旅游等，花了七八十万元。2003年初，新来的吴恺峰局长要求非常严格，清理了一次各个科室的小金库，大家都烦他多事。当时，科长瞿新楼跟分管副局长王明基汇报，交到局财务室三百几十万元，又偷偷留下来二百万元一个整头，这件事只有王局长、瞿科长和我三个人知道。这笔钱我们分别存在老县委大院附近的七八家银行储蓄所。2006年以后银行储蓄实行实名制，王明基担心金额太大，事情露馅，让我都提取出来，把现金存放在我的两个铁皮柜里。王明基还将其中的一百万元借给他的朋友做生意，一年半，收了十几万元的利息。今年四月份，我们三个人早都各奔东西了，刘冠一书记也早就调走了，我们看看风平浪静，觉得没有问题了，这样，由王明基提议，'咱们把钱分了吧'。二百万元加上利息正好是二百一十九万元多，俺们三个每人七十三万元。剩的一点零头，俺们三家今年端午节在一起聚会，吃饭了。"

"你们在哪里分的钱？"王自力问。

"我把现金分好，放在两个手提箱里，他俩到我安置办的办公室里来拿的。"

"他们去都跟你讲了些什么？"

"瞿新楼啥话也没有说，拎着箱子就走了。王明基去的时候，我跟他说：'王局，我怎么老是觉得心里不踏实？'王明基训斥我'软蛋，怕什么，有事我顶着！再说这件事过去这么多年了，谁都不知道。'我还是感觉提心吊胆的。他又说'退一万步说，真要是有什么事儿，刀架脖子上也不能说！'"

"箱子是哪里来的？"

"就是我们平常开会发的拉杆箱，正好装满。一个是黑色的，一个是咖啡色的。"

"好的，接着交代。"

渔场监控室里，陈爱民紧紧盯着江泽田交代问题的屏幕，紧锁眉头，对李汉杰说："李书记，你安排一下，马上把瞿新楼、江泽田送到祁东县的办案点去。谈话人员就由林钢剑和王自力这两个组继续负责。"

"陈书记，这么着急，已经到饭点了，要不然等吃过晚饭，交接班之后再走吧？"李汉杰不解地问。

"以后你就明白了，赶紧执行吧！"陈爱民说，"刚才交代的问题，对其他的办案人员也要严格保密！"

"好的，我马上去办。"

"王丰生和刘建岭的问题交代得怎么样了？"陈爱民问。

"王丰生又交代了十几万元的问题，贪污和受贿方面的。刘建岭看起来只有这一锤子的买卖，平常就是一些千儿八百的小头绪，数额不大。"

"我跟高勇平检察长联系一下，明天上午这两个人移送检察院，相关的忏悔录你们提前做好。"陈爱民说。

"好的，没有问题。"

"还有一个任务，你把安然那个组从周树彬家附近调回来，晚上七点半左右到桃花湖公园北门，守株待兔，等候王明基八点的赴约。"陈爱民说，"这件事只有你一个人知道。"

"出了什么事了吗，陈书记怎么对保密工作这么格外强调？"李汉杰也皱起眉头。

"汉杰，从魏彦成的案件，我就隐隐约约感觉到办案过程中有跑风漏气的现象。现在这样安排，一则是为了保密起见，严密封锁江泽田他们共同贪污的问题，给尚未到案的王明基一个错觉；二则就是想做一道证明题，排除一下我们信任的同志。"

"哦，我明白了！"李汉杰说。

"喂，勇平检察长，你那边散会了吗？"陈爱民接着拨通了高勇平的电话。

"省院这边刚刚散会，陈书记，听说上午祁东县培训中心那边惊心动魄啊！"高勇平电话里说，"我今晚就坐高铁赶回去，省得老虎不在家，猴子称霸王！"

"大幕刚刚拉开，各色人物都要粉墨登场啊，惊心动魄的故事在后头哪！不多说了，咱们谈正事。"陈爱民笑着说，"我调度了一下，王丰生和刘建岭的问题应该调查得差不多了，我想明天上午移送你们，换一种方式，由检察院再深入挖掘挖掘。"

"好啊，打了一个短平快！"高勇平说，"不过明天接手时间有点紧，能不能缓两天？"

"老弟，今天下午对瞿新楼、汪泽田的审问，取得了重大进展。除了瞿新楼供述王明基、汪泽田他们三人在分配学生过程中，共同受贿六十万元，每人分得二十万元；瞿新楼和汪泽田今天下午都交代了一个重要线索，就是他们三人共同贪污工资科私设的小金库二百一十九万元，每人分得七十三万元。咱们现在要腾出手来干这几个。他们长期在人事局要害岗位，按照这种素质分析，应该还有其他的职务犯罪行为。"

"这是好个案子，我马上安排林钢剑明天上午把人带走！"高勇平兴高采烈地说，"今年我们院的考核，拿全市第一没有问题了，我得请你喝酒！"

"老弟，全市第一的标杆太低，咱们得瞄准全省、全国第一，见第一就争，见红旗就扛！"陈爱民也笑呵呵地说，"还有一件事，瞿新楼和江泽田这两个人放在渔场办案点不行，保密性比较差，这么多人进进出出的，人多嘴杂，必须马上转移到祁东县办案点去。林钢剑非常优秀，我准备让他带的那个组一道过去，保持谈话的连贯性。"

"没有问题，陈书记要谁给谁。"

"我把这两人转移走，还有一个考虑。"陈爱民接着说，"就是要严密封锁消息，给那些不怀好意的人一个错觉，如果对手仅仅掌握他们在渔场这边的供述，就说明渔场这边我们之前重点怀疑的人是有问题的，你明白的。晚上八点钟，是王明基、瞿新楼和江泽田他们三个约定的接头时间，我派一个组去接头地点，看看能不能当场控制住王明基。"

"好，下一个套儿，看看能套到什么玩意！"高勇平说，"我来负责确定一下王明基的行踪。"

祁河县招待所一号厅，强国县长热情接待市政府张启晨秘书长。

张启晨走上前，拉着陈爱民的手，亲切地说："久闻陈爱民书记大名，来到祁河县才半年，官声和口碑都非常好，老百姓都称你为'陈青天'！"

"青天不敢当，做点职责分内的事，不让老百姓骂娘，最好是能让群众夸一句'共产党好'，就心满意足了！"陈爱民谦虚地说。

"哎哟，这么低调，能成大事！"张启晨夸奖道。

强国走过来说："爱民书记对财税金融等工作也很在行，我真想把他挖到政府这边来，分管经济工作肯定是一把好手。但是根据目前祁河县的情况，纪委书记责任更重，非他莫属。"

来电显示"高勇平"，陈爱民快步走出餐厅。

"喂，高检！"

"陈书记，王明基电话本上的公务号码已经关机，他还有没有其他的号码？"高勇平问。

"不清楚，我们再等等看吧！"陈爱民说。

桃花湖公园北门外，有一片柳树和白杨树杂生的树林，几十株高耸的白杨树，在夜风中"哗哗"作响。

八点十分，一个夜练的人越来越近，他警惕地瞥了一眼路边停靠的一辆红色私家车，脚步不停地跑了过去。

跑步的人进入公园，停下脚步，掏出手机拨打电话，传来"您拨打的电话已关机"的声音。他又拨打另一个手机，仍然传来"您拨打的电话已关机"的提示音。他惊慌地回头向北门方向看了看影影绰绰的红色轿车，加快脚步，迅速消失在夜幕中。

"哎，刚才那个跑步的人，大黑天的戴着太阳帽干什么？"程宇宁发出疑问。

"坏了，他就是王明基！"安然惊叫一声，"小程，你开车去西门堵他，我和老张下车去追！"

安然和老张下车，朝着黑魆魆的夜幕追过去。

招待所一号厅，强国对张启晨说："来，请张秘书长品尝一下家乡的煎饼和盐豆子，这也是咱们招待所的特色菜！"

"是啊，无论走到哪里，都忘不掉家乡的味道！"张启晨感慨地说。

"马骏书记打来电话，说这次外出招商，带去的煎饼和盐豆子，招待祁河县在外的游子，不管是老板还是官员，最受欢迎就是这道家乡菜，供不应求！"强国说。

县政府办公室主任齐山石说："1998年，我陪同一个商务代表团去台湾，给祁河籍的老兵带去的就是煎饼、盐豆子。那些在外漂泊四五十年的老兵，吃到家乡的煎饼卷盐豆子，一个个都激动得热泪盈眶，场面非常感人！"

手机响，张启晨快步走到走廊，"喂，不要着急，慢点说！"

"姐夫，瞿新楼和江泽田被他们抓起来了！"手机里传来王明基上气不接下气的声音，"原本俺仨约好晚上在桃花湖公园北门见面的，我故意迟到几分钟，看到他俩不在，旁边还停了一辆红色的汽车，里边好像有人，可能是来抓我的！"

张启晨左右看了看，压低声音说："你不要慌张，我想办法弄清消息再说。"

"我刚刚给他俩打电话，手机都关机了，肯定是被纪检委、检察院带走了！"

"一定要稳住，不要慌乱！"张启晨小声训斥道，"你先躲几天避一避风头，先摸清楚情况。我正在跟强国、陈爱民一起吃饭的，待一会儿我探探陈的口气。"

陈爱民手机振动，来电显示"李汉杰"。他漫不经心地看看刚刚落座的张启晨，按下拒接键，迅速发一则信息："不方便，请发信息！"

李汉杰回复："王跑了！"

"知道了！"陈爱民仍旧不动声色地回复。

"强县长，陈书记，我的小孩舅王明基在人社局，以后请两位多多照应。"张启晨笑着说。

"没有问题，明基书记也是资深的科局级干部，各方面反映都还不错。"强国说，"这样吧，咱们开始吃煎饼，张秘书长还要赶回淮江市里去！"

"爱民书记，请你对王明基多提醒，严要求啊！"张启晨一边咀嚼，一边目光灼灼地盯着陈爱民，观察他的表情。

"好的，我们就按照张秘书长的要求，对王明基书记善意提醒，严格要求！"陈爱民微笑着回答。

陈爱民的回答就像是一杯温吞水，让张启晨无以应对，只好停下手里的煎饼，干笑着说："这样最好，这样最好！"

祁河县招待所大厅门口，强国、陈爱民与张启晨握手道别。

"爱民老弟，改日专程拜访！"张启晨小声说道。

"不敢当，改天专程去拜访秘书长！"陈爱民微微躬身致谢。

祁东县地税局培训中心，灯火通明。梁石祥与王自力、林钢剑热烈握手。

林钢剑兴奋地说："梁书记，咱们会师啦！"

"是呀，当初陈书记要求准备三个谈话房间，现在看来的确是高瞻远瞩的！"梁石祥笑着说。

"是呀，真的想不到才四天的时间，已经办进四个科级干部，两个一般干部。以前咱们能办一个村支部书记就算是了不起的大案子了！"王自力感叹。

"这也从反面证实，这些年对党员干部疏于管理，祁河县的这些大大小小的贪官污吏都被养肥了，一查一个准。"梁石祥也感慨道，"这仅仅是一个开头，反腐倡廉任重道远啊！"

周树彬愁眉苦脸地看着孟庆军、章勇翔进入谈话室，他问："孟主任，你看我还能出去吗？"

"出了这个门，再往哪里去，主要取决于你的态度。"孟庆军说，"令人遗憾的是你的态度仍然没有端正，还有很大的差距！"

"孟主任，章主任，你们看看我这么下去将会多么悲惨啊，你们得帮帮我呀！"周树彬长叹一声。

"老周，鲁迅的一首诗里有这样一句，'心事浩茫连广宇'，形容你现在的心情是再贴切不过的了。"章勇翔说，"但是，发愁不是解决问题的办法，回避甚至隐瞒问题，更是错上加错。"

"嗨，怎么得了啊，"周树彬顿了一下脚，懊恼地说，"都是我自己做的孽！"

"哎，你们财政系统有个叫葛小凤的女同志吧？"孟庆军仿佛不经意地问了一句。

"有啊，是个副所长。"

"她以前在哪里工作？"孟庆军追问。

"禹山财政所。"

"后来呢？"

"哦，她提出来孩子小，还要照顾患病的父母，想调到靠近主城区的乡镇。开始我不同意，要是都调到城郊，边远地区谁去干？"周树彬说，"后来经不住她软磨硬泡，就把她调到临河镇财政所了，平调，还是安排的副所长。"

"软磨硬泡就能把事情摆平了？周局长把这事儿说得这么轻巧，不是那么简单的吧？"章勇翔面带讥讽地说。

"哎哟，你们连这事都知道了！我承认，葛小凤给我送了一万块钱。"

"周树彬，在组织面前，你现在就像是做 X 光机器检查一样，一切都是透明的。"孟庆军说，"你觉得还有必要继续隐瞒下去，继续对抗下去吗？"

"反正就是这样了，我积极配合组织讲清楚问题，该死该活，任凭组织处罚！"周树彬说。

"虱子多了不咬人，老周，你身上的虱子实在太多了。还记得吗？以前农村卫生条件不好，生虱子的多，有一种篦子，就是排列得很紧密的梳子，专门篦虱子的，还有虱子的卵虮子，白色半透明的小颗粒。"孟庆军点燃一支烟，问道。

"怎么不记得？专门篦头发丝上的虱子、虮子的，一梳头一绺一绺的，现在这种物件已经绝迹了。"

"老周，既然你愿意谈，咱们就用篦子顺着一条一条的线往下捋，你先谈谈拨付企业专项扶持资金的问题吧！"

章勇翔也点燃一支，递给周树彬。

周树彬双手接过，深吸了一口，"企业专项扶持资金，都是省财政戴帽下来的资金，主要用于扶持农业、工业企业和事业发展。"

周树彬又抽了一口烟，接着说："这几年拨下去将近一个亿，还欠一个多亿。实话说，这些拨款，只要是首长，哦，就是刘冠一书记发过话的，我二话不说，麻利地就办。其他的主动权就在我手里啦。一些人为了尽快拿到这笔资金，也想方设法地给我表示，县里财政状况紧张，僧多粥少，给谁不给谁，就看关系，凭感情了。"

"这样吧，老周，你粗线条地说一下，从后往前，由近及远，讲一讲，表明自己的态度嘛！"孟庆军平静地吐了一口烟。

"森林木业给我六万元，拨付了六十万元扶持资金。"

"唔，接着说！"

"还收过惠民特种养殖公司三万元，拨付了三十万元……"

别克车的汽灯射出耀眼的光柱，开进了祁东县地税局培训中心。

"陈书记，九点多了，你还赶回来！"梁石祥迎上前说。

"进展怎么样？"陈爱民与梁石祥快步走进监控室，陈爱民盯着监控视频问。

"这两人带过来之后紧接着就谈话，没有给他们喘息的时间。"梁石祥说。

陈爱民问："还没有给这两个人体检吧？"

"等到晚上十二点，他们休息之前，再安排任主任体检。"

"好的，渔场那边保密性比较差，今后只能作为取证的一个点。"陈爱民说，"王明基躲起来了，是从桃花湖公园的接头地点逃跑的。我让安然那个组今天晚上也从祁河县赶过来，明天早上把王自力替换下来，让自力常委回去，帮助汉杰一起取证。"

"从渔场过来的同志，到了这里首先把手机上缴，也跟他们强调了保密纪律，请你放心。"梁石祥说，"我下午又联系祁东县纪委赵玉强书记，让他安排一家电脑公司过来，晚饭之前在办公楼的后面又拉了两个监控探头。值班的准备了哨子，紧急的时候使用，应急小组也进行了演练。"

"好的，祁东的办案点已经暴露，我们必须瞪大眼睛，格外小心！"陈爱民心情沉重地长吁一口气，"这几天还不知道老母亲的贵体如何呢，得赶紧问候问候。"

陈爱民说着，开始拨打母亲的电话："妈，您身体怎么样？"

"还不错，今天中午出院了。"

"您这么快就出院了，怎么也没有告诉我一声？我过去接您出院啊！"

"在医院住院，你老是挂念着，分心，反正都是老毛病了，回家养着吧。怎么样，工作顺利吗？"母亲问。

"还好，案件进展得比较顺利。"

"你可要注意身体、注意安全啊！"母亲说，"这一次住院，多亏了冯医生的照顾，晚上她下班之后又过来看看我，真是一个好孩子，你打个电话谢谢她！"

"好的，我这就给她打电话。"陈爱民说。

陈爱民步出监控室，来到院子里，拨通了冯玉梅的手机："冯医生好！"

"陈书记好！"耳机里传来悦耳的普通话。

"这次老母亲住院，你的关心照顾，非常周到，衷心感谢冯医生！"

"应该的！"耳机里仍然是快乐的声音。

"最近把财政局局长查办了，还有几个贪官污吏，工作很紧张，也没有过去看望母亲。"陈爱民说，"还有许诺保障供应的奶油草莓，下一次回去，一定给你带点尝尝。"

"就是那么说说，你别太麻烦。"冯玉梅说。

"君子一言，一诺千金！"

冯玉梅"扑哧"一笑："哎，不过奶油草莓那种酸酸的、甜甜的感觉，真是挺好的！"

"冯医生要是有时间到祁河县来，我陪你到草莓园自己采摘，提着竹篮子，在小蜜蜂'嗡嗡'飞舞的园子里摘草莓，还是别有一番诗情画意的！"

"哎，下半年还真有到祁河县下乡义诊的机会，你既然说得那么富有诗情画意，我还真想去体验体验。哦，以后你别喊冯医生啊，冯医生的，这样的称呼听起来你好像是患者家属。"冯玉梅说。

"那我就直呼其名，你也别再称呼什么陈书记，显得很拘束。"

"好呀，陈爱民！"耳机里调皮的声音。

"冯玉梅你在忙什么呢？"

"你猜呢？"

"我猜想你在读书。"

冯玉梅披散着一头秀发，坐在书房里，柔和的台灯下放着一本厚厚的医学著作。

"还真让你猜着了，我每天晚上都要看书到凌晨一点，这已经形成习惯了。"

"早点休息！你是学医的，应该知道午夜之后就寝影响健康和美容。"

"谢谢陈爱民，你晚上也别熬夜，注意身体！"

"谢谢！"陈爱民温柔地说。

放下手机，他仰望阴沉沉的天空，喃喃自语："又要下雨了。"

夜深了，天空中飘起了淅淅沥沥的小雨。

监控室里，孟庆军、王立楷、张继胜等正在交接班。

梁石祥说："从下午和晚上的两个班谈话的情况来看，涉及专项扶持资金拨付的问题已经交代了一百多万元，大致比例就是按照拨款金额的百分之十，按质论价。但是，陈书记讲到的一次六十万元的问题，周树彬还没有交代。"

陈爱民盯着监控视频，点燃一支香烟，"这一笔受贿是十分可靠的，有具体的情节。先是送去十万元，周树彬连眼皮都没有抬。无奈，又去了第二次，奉上五十万元，周树彬这才给个好脸，这是老板亲口跟我说的。这么算，也正好是百分之十的好处费，符合周树彬的心理价位……"

两个黑魆魆的身影，像敏捷的狸猫一样攀上围墙，轻轻跳了下来。一个蹑手蹑脚地走到窗前，屏住呼吸偷听屋里谈话的声音。另一个悄无声息地摸进了配电房，打开了微光手电筒。

陈爱民突然停止了讲话，指着室外监控视频小声说："嘘，有情况！"

"我去喊王跃进，集合人过去抓！"梁石祥见状立即站起身。

"悄悄地！"陈爱民示意。

"明白！"梁石祥说。

配电房的黑影咬着微光手电筒，拉下了电闸，"嘭"的一声，整个院子霎时间陷入一片黑暗之中。

突然，一个鬼哭狼嚎般的声音在周树彬的窗户外边炸响："再坚持两天，就好啦！"

急促的哨声在大厅响起。

"再坚持两天，坚持住！"破锣的嗓音依然在号叫。

各个房间的应急灯纷纷打开。王跃进站在大厅指挥："一组从楼东边，二组从楼的西边，跑步，抓紧行动！"

十几支手电筒的光柱划破夜幕。

两个黑影迅速翻过围墙，消遁在霏霏夜雨之中。

"陈书记，让他们跑掉了！"王跃进走进大厅，遗憾地汇报。

"没有关系，这是正常的，你们尽到责任了！"陈爱民平静地说，"王队长，你过来看一下监控视频！"

监控室视频回放，定格，一个被黑色雨衣裹得严严实实的黑影，戴着蓝色口罩，鬼魅一样地站在窗外。

"通过下午布置的监控探头，发现有两个人，其中比较清晰的是周树彬窗外的这一个。"梁石祥说。

王跃进仔细观察了一下说："咱们的探头不是高清的，再有就是来人也作了防范，只能大致看出中等身材，偏瘦，没有其他的有用信息。陈书记，要不要联系祁东县110指挥中心？"

"算了，没有必要把动静搞那么大，他们既然敢来，就做好了逃跑的准备，这也是腐败分子黔驴技穷的表现，以后都会弄清楚的。"陈爱民若有所思地说，"今天真的是惊心动魄，从早上的调虎离山计，到有人硬闯谈话室，再到刚才的深更半夜闹鬼，都是冲着周树彬的。大家想一想，他们不惜冒着风险这样做，究竟是为了什么？我猜测，他们是想给周树彬传递某种信息。请同志们思考一下，如果把这个谜团解开，这个案子就很圆满了！"

谈话室里仍然灯火通明。

张继胜说："老周，吃一碗方便面再睡觉吧！"

"谢谢张主任，那就请给我来一碗！"

"哎，你对刚才的闹鬼，有什么看法？"张继胜问。

"哼哼，他们也就是咋呼咋呼，有啥用！"周树彬冷笑着说。

"是啊，有本事跟古代劫狱的一样，把你抢走，才算是好汉！"张继生说，"你觉得是谁干的？"

"这个不好讲，发神经病一样！"周树彬平淡地回答。

"不说没有关系，都会搞清楚的。"张继胜说，"方便面泡好了，吃夜宵吧！"

雨过初晴，远处的村庄传来雄鸡的鸣叫，小鸟在树梢唱着清晨的颂歌。太阳已经高高地升起在晴朗的天空，晨风吹来一阵芬芳湿润的气息。

陈爱民换上运动服出了大门，思忖了一下，又返回到院子里。

林钢剑在院子里做着扩胸运动，问："陈书记怎么不出去锻炼了？"

"办案点已经暴露了，昨天晚上又闹鬼，咱们还是小心一点吧。"陈爱民说，

"我们在明处，他们在暗处。这荒郊野外的，万一被他们开车撞死了，案子都不好破！"

"是啊，干我们这一行的，时时处处都要小心！"林钢剑说。

"林局长，我的想法是你把瞿新楼和江泽田这两个案件审查得差不多之后，再回渔场那边去，加强取证组的力量。"陈爱民思忖了一下，接着说，"这两个人素质如此低下，除了已知贪污、受贿、挪用公款之外，应该还有其他的职务犯罪行为。"

"是的，深挖细查，肯定还有收获。"林钢剑说，"现在还需要查询他们三个人在老县委大院附近的银行储蓄所的化名存款，小金库的存款必须见底，这个工作量很大。不然，认定他们贪污、挪用公款，从书证方面就会有瑕疵。"

"我想等王明基到案之后再查询银行储蓄所，避免打草惊蛇。"陈爱民说，"咱们就利用他们三个人订立的攻守同盟，将计就计，给王明基制造一种错觉，认为小金库的问题没有败露，他们的海誓山盟起到了作用。另外，王明基还有一个弱点，就是过分迷信他姐夫的权势。这样因势利导，把他引诱出来抓捕。这也是我把瞿和江两个转移到这里的原因之一。"

"陈书记这么说，还有别的考虑吗？"林钢剑问。

"总觉得内部有跑风漏气的现象，我还有一个想法，就是想论证一下，在我们内部的哪一个环节上的哪一个人，可能出现了问题。把他们转移过来与外界隔绝，这样给已经在渔场交代的问题划一个时间界限，如果再出现泄密问题，很容易就能查找到源头，到底是出在渔场那边，还是祁东这边。"

林钢剑赞同地说："是的，陈书记思考得非常正确，我们公检法包括纪检队伍里不纯洁的问题一直存在，长期困扰着我们的办案质量。有的人就是两面人，整天在外边拉拉扯扯，吃吃喝喝的。老百姓称的'大檐帽两头翘，吃完原告吃被告'，说的就是这种人。"

来电显示"孙建设"。

"喂孙主任，有什么事吗？"陈爱民问。

"陈书记你好，跟你汇报一件事。周树彬的老岳父，咱们原来的人大老主任马烈，昨天突发心脏病住院了。他打电话找不到你，跟我联系，说想见见你！"

"马老主任德高望重，他住院了，我理应去看看他。孙主任你买一些水果、一束鲜花，上午九点半左右过去看望他。"

"他住在人民医院心内科，我陪同陈书记一起去。"孙建设说。

陈爱民又拨通了张铁军的手机："张局长，早上好！"

"陈书记好！我早上已经听郑运华汇报了，昨天晚上办案点出了一点情况。"张铁军说，"我跟祁东县局的一把手说了，让他们开展工作。"

"好的，谢谢你！"

"咱们自己人客气什么。"张铁军说，"祁东县刑警队的同志一会儿就到。"

"还有，宗玲那边工作进展得怎么样？"陈爱民问。

"不太理想，你中午能回来吗？咱俩面谈。"

"好的，十一点左右再联系。"陈爱民说。

县人民医院熙熙攘攘，陈爱民、孙建设穿行在人流中。

医院院长刘传福急急忙忙分开人流，一溜小跑，到了陈爱民面前："哎呀，陈书记，您来医院俺们一、一点都不知道啊，有失远迎，首长见谅！"

"哦，刘院长，你们工作很忙，不用打扰你们的工作。我来看看马烈老主任。"

陈爱民一边说着，一边仔细打量着这位院长。个子不高，灰白色的头发三七分，梳理得纹丝不乱，瘦长脸，细眼，眉毛细长，额头上刻着三条深深的皱纹，穿着白大褂，脖子上挂着工作牌，说话慢条斯理的，稍微有点口吃，透露出一种老学究的气质。

"我，就是陪同您一起去！"刘传福热情地说。

"那就麻烦你了！"陈爱民客气地说。

"马老，陈书记过来看望您了！"刘传福推开病房门，对躺在床上的一个老者说。

一位老太太扶着马烈老人坐起身，"陈书记，你这么忙还来看望我！"

陈爱民快步走向前，扶着老人，说："马老，您躺下，别起来。听说您病了，我过来看看您。现在情况稳定了吗？"

刘传福说："马老突发心肌梗死，很很、危急的，幸亏来得及时，现在恢复得还、还不错。这样吧，陈书记，马老，你们聊，我有事情去处理。"

"好的，刘院长过去忙吧，马老这边也请你照顾好！"陈爱民说。

"首长放心，一定照顾好马老！"刘传福转身离开。

"陈书记呀，这几天我心里很难过啊，昨天在家突然不省人事，差一点去见了马克思。"马烈说话很虚弱，"心里很烦闷，就想找陈书记你说说话，对不起，耽误你的时间了！"

"马老，我一到祁河县，就听说您的先辈在战争年代英勇牺牲了。马老是一位忠诚的共产党员，德高望重，仗义执言，祁河县的干部群众都很敬重您。"陈爱民说。

"是的，我父亲是 1939 年参加的八路军，1948 年 11 月打淮海战役的时候是副营长，在碾庄圩战斗中牺牲了，那一年我才八岁，妹妹两岁。"马烈陷入深深的回忆中，"后来一直由我母亲拉扯我们兄妹俩。新中国成立后，党和政府专门成立了一所英烈小学，学生都是淮海战役中牺牲的烈士子女，我在那里读完了小学，一直到高中毕业，都由政府抚养。1962年，我从淮江农校毕业，回到家乡祁河县，从公社农技员开始，一直做到县委副书记，县人大主任。"

"马老几句话，包含了多少的心酸故事啊！"陈爱民说。

"唉，人这一辈子说起来就是几句话，毛主席说的'弹指一挥间'！"马烈说，"听说陈书记的老一辈也是老革命。"

"我父母都是从沂蒙山走出来的，父亲是1941年参加的八路军。当时日寇轰炸山东，把我父亲的嫂子和三个侄子炸得血肉横飞。父亲血气方刚，坚决要求参军，跟鬼子血战到底。第一任的领导就是魏振华，人称'魏老虎'，从陕北过来的老红军。1984年秋天，胡耀邦总书记视察临沂革命老区，接见过他，给他题词'推翻三座大山是英雄，实现四化宏图是能手'。到战争结束，当时的武工队三十多号人，新中国成立时只剩下五个人。魏振华负伤复员，当了农民。1975年初，我父亲恢复工作，魏振华来淮江看望老战友，在俺家住了十几天。大冬天，一个干瘦的小老头，穿着光板的破棉袄，腰里系着一条带子。那时候我天天放了学就去打酒，八毛五分钱一斤的红薯干酿的酒，父亲下班回来陪着魏伯伯喝几盅。"

"是啊，为了全国的胜利，牺牲了多少人哪，你父亲是幸运的，活了下来；你也是幸运的，成长过程中有父亲的陪伴！"马烈感叹道。

"我曾经去拜谒过碾庄圩烈士陵园，在那里牺牲了六千一百七十三名指战员，其中就有马老的父亲！"陈爱民深情地说，"1987年冬天我回山东，老家的伤残军人还穿着当年的那种土黄色的军装。在俺家乡，每一个庄上都有十几户烈属，都有十几个伤残军人。"

"人民付出的代价是巨大的，祁河县的群众当时提出的口号是'毁家荡产，支援前线'！"马烈动情地说。

"我姥爷淮海战役的时候是莒南县民夫团的政委，推着独轮车千里迢迢来到淮海战场。"陈爱民说，"马老，人民群众付出了这么大的牺牲，换来了新中国的成立，换来了人民当家做主。现在我们的一些党员干部蜕化变质到了令人发指的程度。前一阵查处临河镇魏彦成父子的案件，那个魏彦成欺男霸女，无恶不作。在跟马骏书记汇报的时候，我难过得掉眼泪，新中国成立这么多年了，我们的人民翻身了吗，当家做主人了吗，为什么有的群众还要遭受欺凌？"

"陈书记，你说得对，腐败不除，愧对革命先烈们，我坚决拥护惩治腐败分子！"马烈急切地望着陈爱民，"请你告诉我实话，周树彬到底是不是腐败分子，到底腐败到了何种程度？"

"马老，我可以告诉你，前提是您不要生气。"陈爱民说。

"陈书记你说吧，我能扛得住！"老人气咻咻地回答。

"马老，我认真负责地告诉您，周树彬已经彻底背叛了党的宗旨，沦为一个彻头彻尾的腐败分子，罪行十分严重，情节特别恶劣，目前已经打破祁河县的腐败纪录！"

"这个逆子，我苦口婆心地教育他，每年清明节都带着他们姐妹几家到烈士陵园，到先辈牺牲的地方扫墓，就是怕他们走错了路啊！"马烈愤怒地拍着床板说。

陈爱民劝解："您老别再生气了，是他自己没有把握住底线。"

"陈书记，我那大女儿马莉莉怎么样？"

"马莉莉也参与了部分违法乱纪的活动，不是很严重。"

"哎哟，气死我了！她现在也不知道跑到哪里去了。"马烈喘息着说。

"马老，几天前我们的同志到芒砀县你的亲戚家里去找她，没有找到，之后就杳无音信。根据我们掌握的信息，与马莉莉在一起的人是坏人，马莉莉目前处境很危险。"

"她也不敢跟家里联系，你们一定想方设法找到她，接受组织的处理。"马烈喘息得愈加厉害，"我给你们提供一个找她的线索，最近一年多，她每逢农历初一和十五的晚上，由她的朋友宗玲陪同，去淮江的泰山奶奶庙进第一炷香。你们到那里找找看。"

"马莉莉为什么要去奶奶庙进香呢？"陈爱民问。

"唉，说起来话长啦！"马烈叹气说，"我那大孙女周晶晶小时候患脑膜炎，高烧六七天不退。医生建议放弃治疗，说就是救过来，也会留下严重癫痫的后遗症。马莉莉不听，非得要求抢救，虽然救过来了性命，却也验证了医生所说的后遗症。现在丫头到了婚嫁的年龄，时常犯病。马莉莉这几年也不知为啥迷上了求神拜佛，听说泰山老奶奶灵验，就每逢初一和十五去烧第一炷香，给大丫头祈福。"

"好的，我派人在那里等她。"陈爱民说。

"还有，马莉莉在我家里放了一个小皮包，不知道里边装的什么东西，我上缴组织处理！"马烈说。

"谢谢马老！"陈爱民说，"我们尽快找到马莉莉，最大限度地对她宽大处理。您安心养病，我先告辞，改天再来看望您！"

"我们这些退下来的老同志在一起议论，评价新来的这个陈爱民，没有官气，举重若轻，能干大事。今天与你一席谈，果然如此。"马烈摆摆手，"陈书记慢走，不送了！"

陈爱民书记回到办公室。任青霞常委敲门，送来一个红色的急件文件夹。

"陈书记，这是刚刚收到的反映周树彬问题的举报信、电话以及网络举报材料，群众反腐败的积极性很高，我抓紧给你报送过来，请你批示。"任青霞说。

"好的，现在正需要这方面的问题线索，多多益善。"

"陈书记，今天上午一上班有一个退伍女兵来举报，反映民政局退伍安置办主任江泽田对她进行刁难。这个女兵是南海舰队陆战旅特战大队的，军报上报道的'两栖霸王花'，参加过2008年的汶川抗震救灾以及2009年的国庆大阅兵，荣立二等功。按照安置办法，应当安置到事业单位。"

"江泽田为什么不给办理？"陈爱民问。

"据女兵反映，江主任一直推三阻四的，拖了大半年。女兵没有办法，就从退伍费中拿出一万元送给江泽田，他还是拖着不给办理。江泽田还嬉皮笑脸地骚扰她说：'分配分配，你不跟我配，我怎么给你分？'"

陈爱民压制住心中的怒火问："这个女兵现在哪里？"

"萧玉正在给她做笔录。"

"你去请她过来一下！"

"好的。"任青霞答应道。

"报告！"门口响起一声洪亮清脆的声音。

"请进！"

一位身着海军迷彩服的姑娘走进办公室，向陈爱民行了一个利索的军礼，"原南海舰队陆战旅特战大队战士庄国红向首长敬礼！"

陈爱民打量着这位英姿飒爽的女兵，二十五六岁上下的年纪，高个子，健美的身材，朴实、端庄的面孔，黝黑的皮肤依然印刻着风吹雨打的痕迹。

"庄国红同志请坐吧！"陈爱民说，"任常委，请给庄国红同志倒杯水。"

"谢谢首长！"

"庄国红同志，'两栖霸王花'，感谢你在部队为家乡人民争了光！"陈爱民动情地说，"退伍回来之后，你遇到了地方上的一些腐败现象，这都是我们的工作没有做好，让你受了委屈，我向你道歉。同时我也郑重承诺，一周之内你将走上新的工作岗位，全县所有的事业单位任你挑选。希望你在地方继续做出新的成绩，为军旗增添光彩！"

这位坚强的姑娘热泪盈眶。

"任常委，这件事交给你去落实。今天是6月1日，星期二。到下周二，也就是6月8日，庄国红同志必须到新的单位报到！"

"坚决完成任务！"任青霞说。

"陈书记，几天不见，如隔三秋啊！"张铁军说着，走进办公室。

"陈书记、张局长你们谈，我们先过去了！"任青霞说。

庄国红立正，向陈爱民、张铁军行军礼！

"这是一个好兵，海军陆战旅特战大队的'两栖霸王花'，在汶川抗震救灾和去年的国庆大阅兵中荣立二等功。"陈爱民望着她们的背影，对张铁军说，"退伍回来安置却受到地方个别人的刁难，索贿受贿仍然不满意，还图谋不轨，真的是令人发指！"

"哎，我们车管所的检测站还有事业编制，如果愿意，欢迎她到那里去。我们公安局招聘的特警大队需要这样的人才，可以让她当副大队长，编制放在检测站。"张铁军说，"公安系统分配的军转干部比较多，特别是那些从野战部队下来的同志，到了地方肯吃苦，服从命令，表现还是很优秀的！"

"这是一个很好的选择，我跟任青霞讲一下，征求庄国红本人的意见。"

张铁军说："今天跟陈书记汇报两件事，第一件事就是祁东县公安局对今天夜里一点左右骚扰办案点的情况开展工作，发现这两个人作案非常专业，一丝痕迹都没有留下。"

"是啊，遇见高手了，这说明我们的对手绝不是等闲之辈！"陈爱民慨叹道。

"第二件事，根据我们的工作情况，宗玲应该是与马莉莉在一起的，另外还有一个人叫张丛真，就是宗玲所说的丛真道长。这个张丛真的真实身份是凤城县张庄镇的一个无业人员，一直靠坑蒙拐骗混日子。"张铁军继续说，"给他们通风报信的是马潇潇，这一点也可以确定。马莉莉他们自从芒砀县脱离监控之后，就消失得无影无踪，显然是采取了反侦查手段。"

"张局长，上午我去医院看望了马烈老主任，这是个倔强、正直的老头。马老提供了一个信息，最近一年多，马莉莉每个月的初一和十五，都要去淮江市郊外的泰山的奶奶庙烧第一炷香，为她的大女儿祈福，陪同的就是宗玲。这是目前找到马莉莉的一个重要途径。"

"好的，根据这条线索，我们侦查的宗玲与你们调查的马莉莉，目前可以并案了。同时，我们再继续盯住马潇潇这条线，看看她们是否继续联络。"张铁军说。

"我查了一下，6月12日是农历五月初一，到时候派一个组去奶奶庙蹲坑，守株待兔。"陈爱民说道。

"好的，到时候咱们两家联合派一个组过去蹲坑。"张铁军说，"还有一件事，魏彦成的小儿子魏狮子，经过法医鉴定，患有脑器质性精神障碍，系限制刑事责任能力人，虽然具备受审能力，但是情节不是很严重。根据这种情况，准备对其取保候审。"

"好的，你们依法办理就是。"

办公室的座机铃响。陈爱民拿起电话："你好，祁河县纪委，请讲！"

"哎呀，陈书记，你在办公室，我是张启晨哪！"

"张秘书长，你好！"陈爱民彬彬有礼地说。

"陈书记，你下午有时间吗？我想找你聊聊。"

陈爱民看了一下手表，时针指向十二点。"下午两点怎么样？"

"好的，下午两点我到你办公室去，晚上咱们在一起喝几盅吧，我来安排！"

"晚上我还有其他事情，失陪了，改天我请你！"陈爱民委婉地谢绝道。

"就是几个朋友的私人活动，陈书记一定赏光啊，谢谢陈书记！"张启晨依然不依不饶地坚持道。

"见面再说吧，不过我真的是有重要的事情，先给你赔个不是，请秘书长谅解！"陈爱民说道。

放下电话，陈爱民对张铁军说："市政府张启晨秘书长说情哪，下午过来，猴急猴急的，看看能不能反证到某些信息。"

"案子打招呼、说情在眼下的社会风气是常事，但是过分关心，就是不正常的了！"张铁军说。

"是的，下午摸摸情况再说吧。"

来电显示"高勇平"，陈爱民接听，说："高检，你回来了？"

"回来了，"高勇平说，"刚刚接到张启晨秘书长的电话，说下午三点钟过来拜访我，晚上已经与陈书记约好了，一起吃饭。"

"他哪里跟我约好酒场的？"陈爱民愤愤地说，"'鸿门宴'也不是像他这么安排的，生拉硬扯的，倒像是以前〈红灯记〉里的宪兵队长鸠山宴请李玉和！"

高勇平"咔咔"地笑，"'竖子，不足与谋'就是鸿门宴里的台词吧。陈书记能够拒腐蚀，高检察长一定是永不沾！"

"两点钟他先过来拜访我，之后去你那里当说客。"

"那我就等着欣赏他灰头土脸的是啥样子！"高勇平笑着说。

"好的，高检，咱们保持一致，让他无隙可乘。"

"陈书记，咱们一起回小院吃午饭吧？"张铁军邀请道。

"不了，我还要去渔场办案点去看看取证的情况。"

渔场办案点外边停满了车辆，里里外外熙熙攘攘，热闹非凡。

"李书记，生意兴隆啊，像赶集一样热闹！"陈爱民走进院子，笑着说。

李汉杰忙得满头大汗，对陈爱民说："陈书记，你看看，来的证人太多，五个组到现在还换不下来吃午饭，还有的证人托关系想夹塞快点谈。"

陈爱民问："院子里的这些都是周树彬案件涉及的证人？"

"都是的，除了检察院和纪委没有给他送过钱和卡，祁河县所有的预算单位一个都不落，真的是雁过拔毛，把权柄耍到了极致！"

"这么多人在这里排队等候，合理安排一下吧！"陈爱民说。

"每个组一个纪委的、两个检察院的同志，笔录和书证都是两份，一步到位，省得移送检察院之后，反贪局再找他们一遍，这样虽然速度降下来了，但是效率提高了。"李汉杰笑着说。

"好啊，这个办法值得推广，省得检察院再一次取证，费时费力不说，还避免了纪检和检察取证前后不一致的矛盾。"

"这样还有一个好处，大家都等得心急火燎的，谈的时候竹筒倒豆子，利索得很。按照这个进度，再有三天时间就能把周树彬收受单位钱物的问题落实清楚。"

"好的，周树彬作案频率太高，三年多的财政局局长做下来，几乎是天天受贿，日日都有进项。这样集中专题一个一个地办理，有条不紊。单位送钱、卡和物品核查结束之后，紧接着就是专项资金拨付中的受贿问题，再下一个专题就是工程款拨付中的问题，用这种竭泽而渔的办法，把鱼塘一点一点地清理干净，大鱼、小虾连同乌龟、王八，无一漏网！"陈爱民说。

"陈书记讲得很形象、生动！"

"人社局的证据开始取了吗？"陈爱民问道。

"安排了一个组在我们机关里找这十五个学生和家长谈话，他们最为担心的就是承认了之后，组织上取消他们的编制。现在的关键是打消他们的顾虑，他们还是愿意作证的。"李汉杰回答说。

"这些学生已经工作几年了，既成事实。学生们是无辜的，主要责任在于我们内部的违纪违法人员。如果这个时候再把他们辞退掉，也不太近人情。但是，对个别不如实作证的，一定要辞退，跟他们讲清楚！"

"陈书记明确了这个政策，我们就好把握了。"李汉杰说，"陈书记，咱们到食堂吃饭吧？"

"好，看看伙食怎么样！"

李汉杰边走边说："按照书记的要求，办案人员每天一袋牛奶、一个鸡蛋、一个苹果，中午两荤一素，其中有一份鱼……"

祁东县地税局培训中心，孟庆军带着章勇翔和安全员接下午的班。他一推开谈话室的门，就怒气冲冲地质问江泽田："江泽田，你的问题都交代清楚了吗？"

"孟主任，您容我再考虑考虑。"江泽田惊恐地看着孟庆军说。

"有什么要考虑的，磨磨蹭蹭的，完全是态度问题，要想说快得很，你就是想顽抗到底！"孟庆军的火气越来越大，嗓门越来越高。

章勇翔放下手里的饭盒，惊奇地看着孟庆军，心里暗自嘀咕，孟主任今天怎么啦，进了门，像吃了枪药一样？

"我一直是积极配合组织调查的。"江泽田战战兢兢地说。

"呸，什么积极配合，胡说八道！"孟庆军继续发泄着怒火，"江泽田，你就说说眼前的事儿，在你进来之前的一个星期、一个月都干了哪些伤天害理的事儿？！"

"我不清楚啊，领导要我说什么？"江泽田张皇地站了起来。

"你有什么不清楚的，纯粹是装熊！"孟庆军怒吼着，"庄国红你认识吗？"

"哦，领导说的是那个女兵，我承认，收了她送的一万块钱。"

"光是收钱吗，王八蛋！"孟庆军脸色铁青，怒目圆睁，"'分配分配，你不跟我配，我怎么给你分'，这话是你说的吗？"

"哎哟，领导，我那就是随口说的一句玩笑话。"江泽田辩解道。

"流氓，无耻！"孟庆军两眼喷射出骇人的火焰，一记耳光"啪"地抽到那张白白胖胖的肥脸上。

孟庆军像一头狂怒的雄狮，飞快脱去上身的运动衫，露出伤痕累累的躯体，"江泽田，你睁开狗眼看看，老子身上九个血窟窿，这都是在前线炸的！"

章勇翔和安全员赶紧上去拉住孟庆军。

监控室里，梁石祥目睹这一切，对王立楷说："老孟的情绪失控了，你赶紧把他替换下来，让他平静一下。"

下午两点，张启晨满脸通红地走进陈爱民的办公室。

"张秘书长中午有接待啊，给你泡杯茶喝吧，解解酒！"陈爱民热情地招呼道。

"哎呀，没有办法，天天迎来送往的，来的都是客，都要招待周全，不过，这样南来北往的人脉资源比较多，老弟今后有什么需要协调的事情，尽管跟我说。"张启晨喷着酒气说。

孙建设送上一杯茶，"张秘书长请用茶！"

"谢谢！"张启晨接过茶杯，"陈书记，晚上我个人做东，请你和高检察长一起坐坐，你可不要推辞哦！"

"秘书长，我还真的要跟你请个假，今天失陪了，改天我请你。"陈爱民礼貌地谢绝了。

"我个人的一点心意，陈书记还这么多的顾虑，没有必要嘛。"张启晨瞪着被酒精烧红的眼睛，"既然陈书记避嫌，我也就不勉为其难了。今天来有一件事相托，麻烦陈书记关照一下！"

"张秘书长请讲。"

"我的小舅子王明基，就是那一天跟强国县长和你提到的人社局党组书记，他昨天哭哭啼啼到我家，说瞿新楼、江泽田帮助十五个学生安排工作，为了解决财政工资，每一个家长给财政局周树彬一万元，共计是十五万元。后来，又为了感谢人事局工资科，每一家又出了四万元，共计是六十万元。王明基提出来上交，他们两个不同意，要求分了。王明基拗不过他俩，每人分了二十万元。这笔钱王明基个人分文未动，全部用于科里、局里的公款招待、协调关系了，没有一分一文据为己有。这件事跟陈书记汇报一下，请你高抬贵手，放过王明基一马，大恩大德永世不忘！"

陈爱民静静地听着，掏出香烟，递给张启晨一支。

"哎哟，陈书记还这么低调，抽这样劣质的烟？"张启晨惊奇地说，接着从包里掏出一个鼓鼓囊囊的档案袋，"我给你带了两条烟，务必请你不要驳我的面子！"

"我抽'大重九'习惯了，我们几个领导相约准备戒烟了。"

"那就少吸烟，吸好烟，这样对身体危害小一些。"张启晨酒气熏人地凑近说，"不瞒你说，我也请教了法学界的人士，他们认为王明基这种情形，主观上没有占有的故意，客观上用于公务招待等，没有据为己有，不能认定受贿。陈书记，你看呢？"

面对张启晨气势汹汹的问话，陈爱民不紧不慢地回应："张秘书长，我不怀疑上述非常专业的言论出自专业人士口中，毕竟你是市政府秘书长，在酒桌上人家肯定要拣你喜欢听的话说。但是，他们没有阅读案卷，不了解案情，仅仅听王明基或者你的一面之词，这样做出的判断，显然是偏颇的，不实事求是的，请你正确看待。"

张启晨显得有一些激动："但是，王明基从一开始就没有受贿的故意，也没有装入自己的腰包据为己有，这就是铁的事实呀，陈书记，你们不能不实事求是吧？"

"纪检监察机关以及司法机关，对于案件的审理有极其严格的程序。"陈爱民斩钉截铁地回答，"在我们纪检监察内部，案件调查结束之后，由专门的审理部门进行案件质量把关，提交纪委常委会集体研究决定处理意见。涉及违法犯罪的案件，移送检察院之后，反贪局、反渎局还要进行侦查，然后还要由检察院批捕、公诉部门审核。提请公诉之后，案子到了法院，法院就是专门审理判决的机关。我讲这个流程，就是请你相信我们不会查办冤假错案的，即使发生了这种情况，还有一审、二审和申诉的纠偏机制，请秘书长放心。"

"我说的这些事实，也请陈书记考虑考虑，关照一下！"

"张秘书长，你不是案件当事人，所以我们希望王明基本人主动到县纪委、监察局讲清楚。"陈爱民的口气也逐渐严肃起来。

"他来可以，要是被你们扣住了怎么办？"张启晨仍然咄咄逼人地问。

"王明基不来也可以，我们可以提请有关机关协助查找。至于他主动到案，是不是需要采取组织措施，恕我直言，秘书长你不能给我们纪检监察机关设定前提条件。"陈爱民点燃一支香烟，狠狠地抽了一口，语气愈加强硬，"希望秘书长不要听信所谓的法学界专家的胡言乱语，根据只鳞片爪的信息推断出来的结果与实际情况肯定是相距甚远的，要相信党纪国法，我们会实事求是地做出调查结论的。"

"我听说瞿新楼、江泽田交代的问题你们根本不掌握，都是他俩自己主动抖搂出来的！"

陈爱民迅速做出判断，渔场这边的案情已经泄密了，他压抑住怒火，没有正面回答："张秘书长，如果涉案人交代纪检机关不掌握的问题，我们会向司法机关提供说明，作为自首情节，请求法院减轻处罚。"

"反正请陈书记尽量关照吧。明天马骏书记从南方招商回来，我再去找他汇报一下。"

"我会在依法办案的前提下，最大限度地考虑关照的，请张秘书长放心。"陈爱民站起身，"也请张秘书长转告一下王明基，后天下午人社局有一个专题廉政党课，财政局作为案发单位已经召开过了，效果很好。王明基作为党组书记，最好不要缺席。"

"好的，我想办法告诉王明基，争取参加专题党课！"张启晨也站起身，与陈爱民握手，"这两条烟，陈书记一定要收下，我不能再拿回去啦！"

陈爱民从抽屉里拿出两盒茶叶，"这是我南方的同学寄来的新茶，送给秘书长尝尝，来而不往非礼也！"

"那好，我就收下了。今天言语之中有什么得罪之处，陈书记别往心里去哟！"张启晨拉着陈爱民的手说。

"秘书长言重了，你说的我都能理解，也请秘书长多多理解我们，体谅我们！"

陈爱民将张启晨送至门口，再一次握手道别。

"孙主任，请你过来一下！"陈爱民招呼孙建设说。

"建设，你把这两条烟登记一下，一会儿随同我一起去祁东办案点，把烟带过去，给会抽烟的同志分享分享。"

"好的，我这就去办。"

陈爱民接着拨通李汉杰的手机，"汉杰，昨天下午瞿新楼交代他们三个共同收受六十万元的时候，谁在监控室？"

"我在监控室值班，还有江德英和小程在观看谈话过程。"

"我到监控室的时候，监控里江泽田交代出他们共同贪污小金库的问题，没有其他人知道吧？"陈爱民问。

"贪污的问题没有其他人知情，根据你的要求，我们采取严格的保密措施。陈书记有什么发现吗？"

"张启晨秘书长刚刚从我办公室走，去找高检察长去了。从他谈话的情况分析，三个人共同受贿六十万元的问题已经泄露，有可能就是监控室的环节出了问题。张启晨辩称王明基没有受贿的主观故意，他个人收受的二十万元全部用于公款吃喝招待了。"

"这明明就是歪搅胡缠嘛！"

"是呀，有高人指点，缠得还很专业！李书记，看起来我们手里的底牌他掌握了一半，另一半贪污的问题王明基应该还是心存侥幸。所以，我灵机一动，请张启晨转告王明基，后天下午有一个专题廉政党课，王明基不要缺席。这样，你还要再备备课，后天下午再去讲一课。咱们给王明基出一道难题，看看周三下午能不能把王明基钓出来。"

"是的，王明基要是再不到案，就是畏罪潜逃，请检察院正式立案，通缉他！"

陈爱民说："汉杰，你说得对，我也在考虑由检察院直接立案，实施抓捕，彻底断了张启晨的念想，省得他老人家上蹿下跳地到处干扰。还有让我一直困惑的跑风漏气的问题，现在也可以大致锁定了。"

"陈书记，你是说江德英？"

"有这种可能。上一次办魏彦成的时候，在他的班上就有不正常的现象发生。这一回再搞，必定露出马脚。目前还只是推测，没有真凭实据。这个人不能重用，不要让他接触案件的核心，放到外围查查证，再观察一下，我们也不能无端地怀疑同志，多留意一下吧！"

"我明白了，陈书记！"

祁东县地税局培训中心谈话室，张继胜坐在桌子后边，负责主谈。

周树彬交代："张主任，涉及预算单位还有专项扶持资金拨付的问题，真的都说清楚了。"

"那咱们就在这个基础上，把'扶持'两个字去掉，将圆圈再画大一点，谈谈专项资金拨付的问题。"张继胜说。

"哎哟，张主任这是让我从何说起呀？"

"从你印象最深的、金额大的开始说！"张继胜厉声说，"现在到了什么时候了，你还在这里吞吞吐吐的？"

"印象深的，金额大的……"周树彬喃喃自语道，"哦，我想起来了，长江资产公司给我和管理局局长田成竹送过二十万元，俺俩一人十万元。"

"唔，说说吧！"张继胜点燃一支烟，吐出一缕烟雾。

"前一阵子陈书记向我要过这个诉讼案件的资料。长江资产的副总经理刘百顺是首长，噢，就是刘冠一书记的老乡，刘总与机关事务管理局田成竹局长还是一个镇上的。刘百顺就是奔着刘书记来推销祁河县几家银行的不良资产。张主任，您知道刘书记家乡观念重，讲义气，好面子。他把俺俩喊到他办公室，当着刘百顺的面安排说，让俺俩把这事办妥了。俺们理解的首长的意思是让我们多多关照对方，所以也就没有认真考察，觉得五个亿的资产包只卖一亿一千万元，挺合适的，很快就签订了协议。签订合同之后，当即就付了二千四百万元。后来，刘书记不知听谁说的，咱们被对方坑了，这个资产包最多也就值四千万元，他把我们叫过去，熊了一顿，让我们去跟对方打官司。我们去找刘百顺交涉，这个家伙翻脸不认人。打官司的结果是一审败诉，二审到了省高院还是败诉。现在到了执行阶段了。"

"你所说的二十万元是什么时候给的？"

"2008年春天刚刚开始运作的时候，两家成立了一个办事机构，地点设在财政局。有一天刘百顺到我办公室，留下二十万元现金，说是作为办事机构经费补助的，其实我们都心知肚明，这是给我和老田的好处费。"

傍晚，陈爱民回到祁东办案点的宿舍。

孙建设把两条软"中华"交给季超，"这是陈书记慰问大家的，你晚饭的时候分一下吧。"

"会抽烟的同志每人一包，足够了！"季超说。

"咚咚！"敲门声。

"请进！"陈爱民说。

孟庆军进门，小心翼翼地问："陈书记有时间吗，想跟你汇报一件事。"

"孟主任快请坐，你今天是怎么了，跟我还这么客套？"

孟庆军笔直地站着，耷拉着眼皮，像一个做错了事的小孩，说话也显得嘴钝：

"陈书记，我，刚才，我，犯错误了！"

"怎么了？坐下说！"

孟庆军坐下，很局促地说："中午交班，我在江泽田的班上，谈到退伍女兵庄国红的安置问题时，没有控制住情绪，抽了他一个大嘴巴，我违反了办案纪律，请求常委会的处分。"

陈爱民抽出两支"中华"烟，递给孟庆军一支，"这是人家给我打过来的糖衣炮弹，带来给同志们品尝品尝，每人一包，季超给我分了两包，我再匀一包给你。老孟，刚才你的声音太小，没有听清楚，你再说一遍，怎么了？"

孟庆军站起来大声说："报告陈书记，我把江泽田给揍了，一个嘴巴子抽过去，半张脸都肿啦！"

"把烟点上！"陈爱民平静地说。

孟庆军赶紧掏出打火机，给陈爱民和自己点燃香烟。

陈爱民深吸一口，又很享受地吐出烟雾，"该揍，老孟，说心里话，连我都想揍他！看到女战友被人欺负了，男兵再不出手，咱们人民解放军还有血性吗？不过，只此一回，下不为例！"

孟庆军眼里噙着泪花，立正敬礼，"是！"

傍晚时分，监控室里正在进行交接班。

"各个组汇报一下今天的谈话情况。"梁石祥说。

张继胜说："今天下午周树彬交代了收受燕山化工集团六十万元的问题，这一笔是不是陈书记讲过的那一笔？"

"是的，能够把这一笔交代出来，这一个专题应该讲得差不多了。"陈爱民说。

梁石祥说："这样，周树彬在专项扶持资金拨付中收受的贿赂就超过一百五十万元了。"

"我又把'扶持'两个字去掉，让他交代专项资金使用中的问题，他交代出在长江资产公司销售不良资产过程中，对方的副总经理刘百顺给他和机关事务管理局局长田成竹行贿二十万元，名义上是给办事机构的经费补助。"

"林局长，你怎么看这个情节？"梁石祥问。

"我觉得这只是对方行贿的一个滑头的说法，不能掩盖行贿是为了牟取不正当利益的真实目的。我还有一个想法，周树彬今天交代这笔受贿问题，显然是因为县委马骏书记还有陈爱民书记过问这个案件，他担心共同受贿人田成竹把他咬出来，才被迫交代的，所以还不能认为他的态度彻底转变。"林钢剑回答说。

陈爱民说："林局长讲得有道理，周树彬虽然断断续续地在交代一些问题，但是也在跟我们兜圈子，还是有选择地讲一些问题，特别是赃款赃物的下落，至今只字不提，这些迹象都表明周树彬还没有真正转变态度，各个组依然不能小胜即安，还是要坚定信心，一鼓作气，直至取得彻底的胜利。"

梁石祥接着说，"我们按照陈书记的要求，不要有松口气的思想，我相信周树彬的顽抗，就像太阳底下的雪人正在被一点一滴地融化，直到最后轰然倒塌。今天才进行了三天，陈书记给我们的时间是一周，大家不要急躁，按照谈话的部署稳步推进。"

"我汇报一下瞿新楼的谈话情况。"王自力说，"瞿新楼到了祁东这里之后长吁短叹，又交代了个人受贿十几万元的问题，目前的口供还是稳定的。他还有一个侥幸心理，看看王明基如何处理。瞿新楼反复念叨，这些事都是王明基出的主意，只要王明基没有事，他和江泽田就都没有事！"

"江泽田的情况与瞿新楼大致一样，交代了个人受贿七八万元的问题，也是抱着观望的心理看看王明基如何处置。"林钢剑说。

"陈书记还有什么要求？"梁石祥问。

"周树彬还有瞿新楼、江泽田的案件进展势头很好，特别是周树彬今天交代的长江资产公司行贿二十万元的问题，对于正在进行的县政府与对方的民事诉讼起到重要作用。"陈爱民抽了一口烟，接着说，"我想明天上午召开一个反腐败联席会议，商讨一下宗玲、马莉莉的查找，王明基直接进入司法程序的问题。另外，还有所有涉案赃款的追缴。从马烈老主任家里提供的马莉莉藏匿在他家的一只小皮包，里边仅仅是给企业投资入股的资金就达到三百多万元。这些证据暂时不要跟他见面，等待时机成熟再把这一发重磅炮弹打出去。"

手机来电显示"省纪委路江海"。

"路主任好！"陈爱民亲切地说。

"陈主任，哦，应该是陈书记，你好啊！"

"路主任有什么指示？"

"指示不敢当，咱们两人不用客套。首先声明，今天的电话我不是说情啊！"路江海的声音，"问一下，你们现在是不是正在办财政局局长的案子，涉及以前人事局的三个人？"

"是的，涉及以前人事局的问题。"

"其中一个叫王明基的，把关系托到省委组织部，又找到省纪委朱明元常委。朱常委让我问问你是什么情况。"

"路主任，跟你汇报，现在已经查明，他们三个人共同受贿六十万元，每人分得二十万元；共同贪污二百多万元，每人分得七十多万元。另外两人已经被控制，作了交代。这个王明基一直在躲避，我们正在想办法找他。"

"哦哟，好案子呀，零口供也足够把他办进去了！"路江海赞叹道，"我跟朱常委汇报一下，让他心里有个数。你们该怎么办，就怎么办，需要省纪委配合的，尽管说！"

"路主任，下一步还真的需要省纪委的支持。"陈爱民说，"2008年长江资产公司销售给祁河县总量五个亿的不良资产包，祁河县财政局签订的购买价格是一亿一千万元，价格高出正常值好几倍。目前，财政局局长周树彬供述对方给他和另外一个干部行贿二十万元。这家公司在省城，到时候取证会有一些困难，请省纪委出面帮忙协调一下。"

"一定大力配合。我去查一下，这家公司党的关系应该是在地方，这样就更好办了，省纪委给他们公司纪委打个招呼！"

"谢谢路主任，有时间请你来祁河县指导指导！"

"好的，朱常委也说，爱民主任到祁河县去做纪委书记，半年多了，应该去看看！"

"期待朱常委、路主任光临！"陈爱民说。

初夏的早晨，太阳已经开始火辣辣地挥洒着热浪。陈爱民与梁石祥、王自力、林钢剑急匆匆走进祁河县纪委常委会议室。

陈爱民歉意地对张铁军、高勇平、李汉杰说："对不起，迟到了六分钟。要是按照部队的要求，战斗发起时间，误差不超过一分钟；战斗集结时间，误差不超过十分钟，都算是准时到达。我这还算没有误事。"

"那就按照战斗集结时间计算，还没有迟到！"高勇平笑着说。

"好吧。"陈爱民说，"今天我们召开一个反腐败领导小组会议，主要研究一下近期的工作情况，以及下一步的工作安排。为了保密起见，参加的范围很小。首先，请李汉杰书记汇报一下这几天的工作情况。"

李汉杰打开笔记本，说："'5·28'专案开始到今天已经五天了，应该说取得了决定性的胜利。开战之后的前两天，在案前周密部署的基础上，快速地查办了周树彬及其同案的沈大喜、王丰生、刘建岭。之后，根据周树彬的供述，成功地查处了原人事局瞿新楼、江泽田受贿、贪污案件，同案人王明基在逃。目前周树彬供述的违法违纪问题累计六百多万元，已经查证核实四百多万元。"

陈爱民接着说："我初步排了一下下一步的工作，主要有这几个方面。第一，是对祁河盆景花木公司宗玲的抓捕，从目前掌握的信息分析，马莉莉现在被她控制。这一条线还涉及一个叫张红霞的女青年，对周树彬实施的诈骗。这项工作继续由公安局负责。第二，是对周案涉及的机关事务管理局局长田成竹收受长江资产公司二十万元贿赂的问题，建议由检察院直接抓捕田成竹。根据县纪委信访反映的情况，田成竹还负责全县的国有企业改制，这一类问题下岗职工反映一直比较突出，优质企业低价贱卖，存在经济犯罪的空间。第三，原人事局案件的主犯王明基一直没有到案，特别是他的姐夫、市政府秘书长张启晨一直在严重干扰案件的查办，我的想法是检察院直接进入司法程序。第四，王明基到案之后，由县纪委负责，抽调财会人员，围绕老县政府大院周围的七八个储蓄所，查找王明基等人私设的小金库存单。请大家讨论一下！"

张铁军说："陈书记的意见，我完全同意。宗玲从芒砀县逃脱之后，采取了一些反侦查措施，追捕难度加大。昨天马潇潇开车去外地，有可能是去看望过马莉莉，我的想法是最好再刺激一下马潇潇，让她们之间联络活跃起来。郑运华昨天晚上到春雨楼去过，目前由马潇潇掌管，她的人脉资源广，生意还说得过去。"

"春雨楼不是涉嫌销售周树彬收受的烟酒礼品吗？"高勇平说，"林局长，你明天到饭店里去搜查搜查，把兔子蹚起来。"

"好的，这件事交给我了！"林钢剑笑着说。

高勇平说："田成竹交给我们侦办没有问题，之前反贪局侦查过他的问题，已经掌握了一些涉嫌犯罪的证据，后来被刘冠一书记压了下来。马骏书记到任之后，他吓得不敢上班，要求提前退休了。现在检察院最大的困难就是警力不足，天天加班加点，晚上整个大楼灯火通明。如果再接手王明基的案子，的确精力不够！"

"那就这样吧，如果明天下午的人社局廉政党课王明基来参加，先由我们控制他，算作主动投案。如果他明天继续躲避，就由检察院进入司法程序，实施抓捕。"陈爱民说，"张启晨把关系托到省委组织部，又拐弯抹角托到省纪委，真是煞费苦心哪！"

梁石祥说："陈书记，老县政府大院附近的七八家储蓄所，六年多的流水单据，浩如大海，查找这十几张存款单的难度，不亚于大海捞针呀，工作量太大了！"

"梁书记，大海捞针是最笨的办法，也是最有效的办法。我们就是要在大海里把这些针都一根一根地找出来，"陈爱民咬牙切齿地说，"不惜代价，不惜血本，也要找出来！绝不能在之后的诉讼过程中留下任何瑕疵，绝不能给张秘书长留下一丝一毫可供操作的间隙，必须办成铁案！"

李汉杰说："陈书记，我有一个建议，咱们祁河县有二十五个乡镇、办事处，从每一个地方抽调两名财会人员，就是五十人，加上纪委的干部，组成六十人的查账组，估计用两个月的时间，差不多都能把银行单据找齐全。"

"好的，李书记你来负责，抽调政治素质过硬的乡镇会计。开始查账之前，我来召集祁河县的商业银行行长开个会，请他们大力配合。"陈爱民环视一下问道，"大家还有其他意见吗？如果没有，咱们各自忙去吧！梁书记，你回去之后，再准备一个谈话房间，给王明基预留着。"

"好，下午就能准备好。"梁石祥说。

高勇平凑到陈爱民跟前说："陈书记，我们的副检察长衣振全找我，发火啦，说县纪委对他不信任，他作为分管反贪的副检察长脸面扫地云云。"

"他发火是正常的，应该说是恼羞成怒，反咬一口。你不认为办案点的暴露以及半夜闹鬼，与衣振全有千丝万缕的关联吗？"陈爱民抽出一支烟点燃，"你们检察院几个在手的案子忙得团团转，跟他说，就是我陈爱民的意见，让他全部的精力抓好移送的案件，其他的事，他就甭操心了。再有意见，让他来找我。"

"好吧，毕竟他是二把手，我也得考虑他的感受。"高勇平解释说。

"下午，市纪委张友信副书记过来，咱们一起跟他汇报一下吧。马骏书记傍晚也回到祁河县，县委办的接待单要求咱俩一起陪同接待。"

"好的，张书记是资深的老领导，我对他一直很敬仰的。"

陈爱民拨通张友信的手机："张书记好！下午你大概几点钟到，我和高检在高速口迎接你们。"

手机里传来张友信的声音："不用了，你们这么忙，自己人用不着迎来送往的客套，耽误时间，四点钟左右我直接到你们渔场办案点。"

"那好，我们在办案点等你们！"陈爱民说。

"咚咚"的敲门声，薛媛媛穿着火红的连衣裙，像一阵春风轻轻地飘了进来，带着恬静、纯真的微笑："这是马书记出发之前批示的几封举报信件，一直找不到陈书记，听说你回来了，赶紧给你报送过来。哦，高检察长也在！"

陈爱民心头一热，"媛媛快请坐！"

高勇平笑眯眯地起身告辞："薛科长，你们聊，我还有事，先走了！"

"书记同志，你什么时候有空，我请你吃饭，跳舞也行！"薛媛媛水汪汪的大眼睛深情地望着陈爱民。

陈爱民一边签收，一边委婉地说："媛媛，你让我怎么说呢？唉！"

渔场办案点大门口，陈爱民、高勇平、李汉杰热情地欢迎张友信副书记、王立冬副主任。

"你们打了一个大胜仗啊！"张友信夸奖道，"一扫祁河县纪委多年不办案的不良风气！"

陈爱民将张友信一行请进监控室，"执纪办案是纪检监察的基本功，不办案子，光说空话，还能称得上是尽职尽责的一级纪委吗？"

"以前，我还臭骂祁河县纪委不办案，到底是驴不推，还是磨不转？汉杰书记，你们打了翻身仗，一雪前耻啊！"王立冬说。

"领导批评得对，知耻近乎勇。"李汉杰慨叹道，"陈书记来了之后，确立了以查办案件为突破，全面提升纪检监察工作水平的思路，实践证明，这是非常正确的决策！"

"爱民书记，开始我对你们不打招呼就动手，还是有看法的，批评陈爱民自以为是，自我感觉跟李云龙一样。现在看来，当时你们根据实际情况抢先动手，先发制人，是完全正确的。"张友信由衷地说，"如果按照'两归'审批的一些条条框框，这个案子肯定还要补充证据。一则容易打草惊蛇，失去最佳的时机；二则也容易走漏消息，之后发生的一些反常现象，你们都感受到了，这个案件的复杂性非同一般。而且，一旦走漏了消息，各种干扰纷至沓来，案件有可能会陷入停滞。"

"今后还是应该加强与市纪委的沟通，多请示，多汇报，杜绝先斩后奏的情况！"陈爱民接着说。

"爱民书记别误解，作为市纪委分管案件的副书记，我绝对没有责备你的意思。"张友信说，"你们抛开一切干扰，仅仅五天的时间，第一网就干进去一个局长、一个镇长还有两个一般干部，第二网又将三个科级干部收入网中，了不起呀！我有一个判断，这个案子是一座富矿，有可能揭开祁河县这么多年沉淀下来的腐败黑幕！"

"张书记的表扬让我们备受鼓舞，我们按照市纪委以往经常使用的思路，把这个案件经营好，彻底扭转祁河县反腐倡廉落后的局面。"陈爱民说着，递给张友信一叠材料，"这是最新的'5·28'专案〈供证表〉。"

张友信快速浏览之后，递给王立冬，"你看看，果然是琳琅满目，下半年祁河县纪委有的是案子办了！"

"今天晚上，马骏书记、强国县长陪同张书记共进晚餐，他们还想跟你交流一下祁河县反腐倡廉工作的一些构想。"

"好的，我也很想与两位党政主官交流一下。"张友信说，"给办案点的同志们带了一些慰问品，一点水果、香烟聊表心意。这边的同志留一半，另一半晚饭之后我到祁东县的办案点去慰问一下那里的同志们。"

"谢谢市纪委领导的关心！"陈爱民说。

祁河县招待所会见厅，马骏、强国、陈爱民、张铁军、高勇平陪同张友信、王立冬等在座。

马骏的开场白直入主题:"张书记,周树彬这个案件开始查办的时候,我还真的捏了一把汗。陈爱民书记指挥若定,一天的时间就决定了战局的胜利。那天早上电话里他跟我说周树彬已经核实了一百多万元的问题,我心里的石头才算落了地。"

"艺高人胆大,这活儿也只有陈爱民敢干!陈爱民书记不给市纪委汇报就拍马直取财政局局长,一刀斩于马下,整个淮江市里一片哗然,闹出这么大的动静唯独市纪委还蒙在鼓里。开始,我还把陈爱民批评一顿。现在看,你们当时采取的策略是正确的,陈爱民身上的确有一股李云龙的气质,敢于亮剑,勇于担当,无私无畏!"

"我可是把自己的乌纱帽给当上去了,办砸了,大不了卷铺盖卷滚回家去种红薯!"陈爱民笑着说。

"案件现在进行到什么程度了?"马骏问。

"周树彬涉及的瞿园镇镇长沈大喜、财政所所长王丰生以及会计刘建岭都已经移送检察院,进入司法程序。农工办副主任瞿新楼,民政局退伍安置办主任、副主任科员江泽田已经办理'两归'手续。目前在逃的是周树彬的老婆马莉莉、人社局党组书记王明基,还有祁河盆景花木公司宗玲。另外,周树彬交代与原机关事务管理局局长田成竹共同收受长江资产公司刘百顺二十万元。"陈爱民简明扼要地说。

"周树彬这个案件非常具有典型性,查他,就是查对了!"强国赞同地说。

陈爱民接着汇报,"周树彬目前供述受贿数额六百万元左右,已经查实二百多万元。周树彬的作案特点是雁过拔毛,频率非常高,几乎天天都作案,日日有进项。所以,我们采取一个专题查清了,再进行下一个专题的办法。现在已经基本查清的是周树彬收受预算单位,也就是吃财政饭的单位钱物的问题。正在进行的是专项资金方面,特别是企业科技专项扶持资金拨付中,周树彬收受贿赂的情况。再下一个专题就是市政工程款拨付中的违法违纪问题。这样,围绕他的权力运行轨迹,一条一条地清理,最终是竭泽而渔,无一漏网。"

"陈书记不愧是市纪委的办案高手,思路真是开阔!"强国赞叹道。

"我人还没到祁河县,张启晨秘书长就追着屁股找我,要请我吃饭,说是为王明基的事。我的想法是你们加快进度,彻底断了他的非分之想,最好是一步到位,直接进入司法程序。"马骏说。

强国接着说:"是的,张启晨到处托关系说情,都找疯啦!"

高勇平回答:"马书记、强县长,检察院现在正在侦查的是三个犯罪嫌疑人。我与陈爱民书记初步商定将田成竹直接采取刑事措施,由我们实施抓捕。这样在手的就是四个犯罪嫌疑人,同时,还要抽调一部分政治和业务素质高的干警参与县纪委查案，工作量太大，警力严重不足。这样目前再接手王明基一案，的确有困难，我和陈爱民书记的想法是王明基暂时由县纪委一并采取'两归'措施，为我们争取一些侦查的时间。"

"爱民书记，你的意见呢？"

"马书记，我的想法与高检察长一致，进入司法程序之后，对于时间的要求很严格，他们一下子接手这么多案子，担心影响案件质量。还有王明基一直在躲避，明天下午李汉杰书记到人社局上廉政专题党课，王明基是党组书记，不能不来。如果他放弃了这个机会，就由检察院立案，直接进入司法程序。"陈爱民接着说，"这一次还有个副产品，就是田成竹与周树彬共同收受长江资产公司副总经理刘百顺二十万元回扣的问题，这对于解决我们与对方之间的民事诉讼，是一个有利的证据。"

"马书记，对于田成竹等吃里爬外之流，必须严惩不贷。"强国愤怒地说。

马骏说："我同意陈书记、高检察长提出的意见，王明基先由纪委采取组织措施，田成竹直接采取刑事措施。友信书记，你看可以吗？"

"我没有意见，市纪委全力支持。"张友信说。

马骏说："我和强国来祁河县之前，当时有的同志有一个论调，就是说'祁河县的干部天天忙着抓发展，根本没有时间去搞腐败'。但是，从县纪委、检察院查的案子来看，根本不是那么一回事啊，贪官污吏比比皆是，腐败严重到了触目惊心的程度。虽然中央集中进行的科学发展观教育活动已经暂时告一段落，我们认为祁河县的这一课还得要补上。结合祁河县的实际情况，考虑给这一个专题教育活动一个名称，就是'抓党风，树形象，与人民群众心连心'。活动的动员大会上，就播放纪委、检察院查办的'5·28'系列案件，以警示、教育广大党员干部。到时候邀请张友信书记来参加开幕式！"

"我很高兴地接受邀请！"张友信说。

"县政府也要拿出一点实招。除了保障办案经费，凡是主动到县纪委讲清楚给周树彬送钱的企业、施工队、建筑商，所拖欠的资金优先拨付，这样给他们一些激励。"强国说。

"还有一件事情需要市纪委支持一下。"陈爱民说，"长江资产管理公司的刘百顺行贿的证据，估计很难取得。一方面他们不在祁河县的地面，我们鞭长莫及，对他们没有制约；另一方面，一旦供述行贿的问题，民事诉讼会面临彻底颠覆的可能，他们叼到嘴里的肉还得吐出来。请市纪委出面跟省纪委汇报一下，协助我们把证据拿下来！"

"好的，市纪委跟省纪委汇报，一定要把这个证据取到位。到时候可以让王立冬副主任陪同你们一起去。"张友信说。

"之前，省纪委路江海主任打电话询问王明基的案件，是张启晨托关系找到省委组织部，省纪委朱明元常委让他问问是什么情况。我跟路主任简要汇报了一下，他表示坚决支持查办案件，需要时省纪委可以配合。"陈爱民说。

"这个问题解决了，悬在我们心中的一个疑惑也就解开了！"马骏看了一下手表，"天不早了，我们去餐厅吃饭吧！"

祁东县地税局培训中心笼罩在茫茫夜色之中。

"张书记，两个黑影就是从这里翻墙而入的。"陈爱民指着现场说，"从我们的监控画面上看，一个人向左走到了配电房门口，撬开门锁；一个人向右，径直摸到周树彬谈话室的窗户外边。那边拉下电闸，这边开始喊叫，显然是事先商定好的。"

张友信望着远处的配电房，问道："现场一点作案的痕迹都没有留下？"

"那天下着小雨，时机选择得很好。祁东县公安局也对现场附近进行了勘查，没有发现任何蛛丝马迹，作案非常专业。"梁石祥说。

"你们在异地办案，我开始就说过，一定要注意安全问题。"张友信抽了一口烟，红红的火头在黑暗中闪烁一下，"不过，该来的总是要来的，未必是坏事。你们怎么看待这一次事件的？"

"从周一一大早满金龙调虎离山计让我去开会，接着衣振全副检察长打听办案点，并且企图闯进谈话室，到三更半夜鬼魅大闹办案点，整整一天的时间，我们的对手冒着巨大的风险所做的一切，绝对不是为了制造恶作剧，自己寻开心，必定是为了向周树彬传递某种信息，一种不可告人的信息。这个信息只有周树彬心知肚明。"

"陈爱民书记分析得有道理！"张友信赞许地说。

"事件刚刚发生时，当班的同志试探性地问过周树彬，看看他的反应。周树彬表现得很淡定。"梁石祥说。

"之所以周树彬没有交代，是他认为这是自己最后的一根救命稻草。"张友信又深深地抽了一口烟，"溺水死亡的人为什么手中总是紧紧握着一把草，是因为他在濒临溺死的时候仍然相信这把草能够挽救他的性命。什么时候周树彬把这个谜底说出来了，案件就是办透彻了！"

"张书记晚上别走了，每天早上咱们一起去吃祁东的地方小吃，小鱼炖豆腐，就在这附近的镇上。"

张友信把烟蒂甩在地面上，"改天再说吧，你们很忙，留在这里也是给你们添麻烦。"

"我送你们到高速口吧！"陈爱民问。

"不用，咱们自己人求真务实，不搞虚套，路我们认得。我们这就回去了。"

几个人握手道别。

第九章　柿子树下起赃物　银行单据锁罪犯

　　孟庆军提出大胆设想，使用探雷器查找赃物。六十名会计大海捞针从储蓄所查询认定贪污的直接证据。

　　夜色阑珊，陈爱民送女医生冯玉梅回家，两人唱起英文歌曲《多年以前》……

　　夜深人静，监控室里正在交接夜班。

　　孟庆军说："陈书记。从晚饭接班，谈话就进展得比较困难，周树彬态度不好，有封口的意图。"

　　"今天下午的谈话也存在这个情况，周树彬几乎没有再交代新的问题。"王立楷说，"周树彬反复嘀咕，'自己交代的这些事，想起来就后怕，这可怎么得了！'顾虑重重，压力很大。"

　　梁石祥点点头，"案件进行到这个时候，被审查人思想出现反复是正常的，关键是大家研究一下如何将谈话向纵深推进。"

　　陈爱民紧紧盯着监控视频里辗转反侧、难以入眠的周树彬，"我同意大家提出的意见，老是这么僵持着，容易让被审查人的思想产生疲沓的情绪，现在有必要再打几张新牌了。马烈老主任交出来的投资凭证、房产证什么的，还没有跟他见面吧？"

　　"这张牌还没有轻易打出去，怎么使用，看看陈书记有什么要求。"梁石祥说。

　　陈爱民说："再往下谈，就要涉及工程建设领域的腐败问题，这是非常敏感的话题。我有一种预感，周一发生的所有意外情况，都与这个领域有关，特别是夜半闹鬼传递的信息周树彬一定心知肚明。他不愿意谈及这些方面的问题既有侥幸心理，也有恐惧心理。我分析他恐惧的是自己家人的人身安全问题。戒备森严的办案点都敢跑来撒野，还有什么不敢干的？这种行为本身就是一个严重的威胁信号！"

　　孟庆军递给陈爱民一支烟，"陈书记抽一支呗，这还是你给大家分享的软'中华'呢！"

"留着你享用吧，我今天的六支香烟指标已经用完了。"陈爱民摆摆手说，"下一步我们要对症下药，调整一下思路。一方面，反复表明将查办案件进行到底的决心，祁河县的腐败问题，是市纪委领导督办，省纪委领导支持的，不管涉及谁，都要一查到底。打消他对一些人的侥幸心理和恐惧心理。另一方面，针对周树彬担心交代问题越多，罪行越大的畏惧心理，继续进行思想政策教育，适时地使用掌握的证据，进一步纠正他的态度。"

张继胜说："目前的谈话还有一个困难，就是周树彬一定感觉到马莉莉还没有到案，所以涉及的一些共同受贿的问题，特别是赃款赃物的下落，他一直讳莫如深。"

"明天上午的班，可不可以把马莉莉的皮包带进去让他感受一下，看看他的反应如何？"王自力说。

"陈书记，我觉得可以出示一下皮包，至于里边的材料是当时出示呢，还是再等一等？"梁石祥问。

"这样吧，谈话进行中，把包带进去，根据情况你们可以询问两三个企业投资入股的问题。但是，我总觉得证据还是有些单薄，不足以彻底打垮他的意志。"

"陈书记，这几天我就在琢磨，周树彬两口子能把金银细软藏到哪里？"孟庆军深深地抽了一口烟说，"我想起来老父亲给我讲过土改的时候，地主老财把金条、元宝什么的，藏到一口缸里，深埋到院子里。我突然有一个想法，周树彬会不会也玩这一手，东西埋在自家院子里了。他那个守财奴，把这些黄白之物埋在外边他肯定不放心。"

陈爱民赞许地说，"孟主任的灵感有可能性，很有想象力，我在查办淮江市住房公积金管理中心主任的案子时，就有在自己院子里埋藏赃物的案例。"

"所以，我有一个大胆的想法，陈书记，我们能不能用探雷器材到他的院子里去探测一下，要是真有什么贵重金属之类的，很容易就能探测到。"

"这个创意非常好！"陈爱民表扬道，"不过有一个问题，我们这样做不会是违法办案吧？"

"怎么会呢？"梁石祥接着说，"周树彬家圈占了一大片公共用地，拉起了那么一个大院子，本身就是他违法。何况咱们又没有进入他的住宅，在公共绿地探测有什么不可以？"

陈爱民笑着说："梁书记说得有道理，那咱们就不妨试试。探雷器材怎么解决？"

"咳，我的战友就是祁东县委常委、武装部部长，他们有一个民兵连，都是搞工兵的，肯定有器材。我跟他说一声，应该没有问题。探雷对于我来说，那是小菜一碟。"孟庆军说。

"要不这样吧，我跟祁东县纪委书记华旭升说一声，通过组织程序去借用一下器材。孟主任，你也跟老战友打一声招呼。"

"好的，等早上我就跟战友郑部长联系一下，让他准备好器材。"孟庆军答应道。

陈爱民又问："瞿新楼和江泽田两个谈话有什么进展吗？"

梁石祥回答说："都是一些零零星星的问题，违纪的问题多，吃吃喝喝、烟酒礼品、购物卡什么的比较多，可以认定受贿的加起来只有七八万元，按照他们的权力，应该交代得见底了，现在就是安排人看着就行了。等到王明基到案，有关的情节再核实一下，就能移送检察院了。现在还有一个困难，就是办案人手不够。一个被审查人就需要三个班，一个班三个人，这样三三得九，就需要九个人，控制两个被审查人，就需要十八个谈话组的人员。"

"我已经跟马骏书记建议，从组织系统抽调十几位优秀的干部来办案，与我们纪委和检察院的同志混编在一起。往常都是组织部抽调我们的人考察干部，现在也该他们给我们出把力了。"

"这个办法好，可以解决办案力量的不足。"张继胜说。

"已经下半夜了，大家休息吧！"陈爱民打了一个哈欠，"不知不觉又是一天过去了！"

王立楷走进谈话室，"早上好啊，老周！"

周树彬恭恭敬敬站起来回答："王主任早上好！"

"早饭吃得怎么样？"

"不错，一碗稀饭，一包牛奶，两只包子。"

"昨天晚上休息得怎么样？"

"谢谢王主任关心，睡得很好。"

"老周，坐下吧，你看你吃得香，睡得着，状态不错嘛，不过，问题还得接着考虑啊！"章勇翔笑眯眯地说着，从公文包里掏出一个精致的坤包，放在桌子上。

周树彬见状，神情一怔，很快又恢复了平静，漫不经心地回答说："感谢各位领导的照顾，一大早就嘘寒问暖的。"

王立楷眼睛紧紧观察着周树彬的表情变化，问："老周，你在外边有投资吗？"

"这个事情我真的不清楚，都是马莉莉整天瞎捣鼓，我从来就不过问。"周树彬很圆滑地回答说。

王立楷心里迅速做出判断，这个话题出师不利，必须赶快调整谈话方向。"祁河县党风廉政建设的形势，你也很清楚，这些年党的建设弱化，对党员干部疏于管理，其实是害了一批人，包括你在内，也是放任自流的受害者。"

"是呀，要是早一些对我提醒，严格要求，我能落到今天这个地步吗？"周树彬深有感触地说。

王立楷点燃一支烟："省纪委、市纪委对祁河县的反腐败斗争十分重视，不管涉及谁，都要一查到底，决不姑息，这个形势你要认识清楚，不要误判……"

中午十二点半，两辆检察院警车呼啸着开到春雨楼饭店门口，身着蓝色衬衣、打领带、胸前挂着国徽的检察干警和身着警服的法警，纷纷下车。

林钢剑吩咐："警笛、警灯不要关，进店搜查！"

马潇潇慌忙迎出来，问："林局长，这是怎么回事？"

"马局，正好你也在这里。"林钢剑掏出一张《搜查令》，"春雨楼饭店涉嫌藏匿赃款赃物，我们依法进行搜查，请你们配合！"

"哎呀，林局长，我们都是老熟人，你们这么搜查，俺家的生意可怎么做呀？"马潇潇指着纷纷离席的客人说，"饭店开不开都要交租金，装潢就花了几十万元，到现在本钱还没有赚回来！"

"没有办法，我们是依法行事，请你理解！"

马潇潇赌气地坐在大门口，一言不发。

门口很快围拢了一些看热闹的群众。

一辆黑色的别克车在高速公路上飞驰。陈爱民拨打祁东县委常委、纪委书记华旭升的手机。

"华书记，我是陈爱民啊！"

"你好，陈书记！你们过来办案好几天了，我还没有来得及过去看看你，近日咱们约一个时间，再不过去看你就失礼啦！"

"感谢祁东县纪委的大力支持啊，这边的事情都是赵玉强书记协调解决的，客气话就不多说了。还有一件事想请你帮帮忙。"

"陈书记，你请讲！"

"你们县武装部有一个民兵工兵连是不是？"陈爱民问。

"有啊，全省红旗民兵连！"

"我们想借一具金属探测器，你看是否方便跟他们说一声。"

"好家伙，这真是一个天才的创意！"电话里传来华旭升的惊叹声，"我马上跟我们县委常委、武装部郑部长联系一下，应该没有什么问题。一会儿给你回话。"

华旭升很快回复："陈书记，已经跟郑部长说好了，让你们的人直接联系赵玉强就行啦！你看是否需要再派几个民兵一起过去？"华旭升问。

"我们这里有老兵会操作这种器材。谢谢华书记啊！"

"咱们本来就是一家人嘛，客气啥！"

"苏部长你好！"陈爱民接着拨通了苏俊峰的手机。

"陈书记老哥好！"

"想给你借用十几个组工干部，参加专案组。"

"早餐的时候马骏书记跟我说了，我们大力支持，也借这个机会让组工干部接受接受锻炼。"苏俊峰说。

"俊峰部长，你今天下午几点钟到办公室？"

"两点钟一上班就到，老兄有什么事吗？"苏俊峰问。

"苏部长一直希望现场考察一下纪检干部，请你早去十几分钟，等我的电话。"陈爱民笑着说。

"好的。"

祁河县行政中心八号楼门口，挂着两块牌子，"祁河县委组织部"以及"祁河县人力资源和社会保障局"。

中午一点四十分，一辆普桑车悄悄停在楼下，陈爱民和王自力坐在车内。

王自力接听林钢剑的电话："林局长，他到哪里了？"

林钢剑回答："下高速了，我们有一辆民用号牌车跟在他后边。"

"好的，我现在和陈书记在一起，就在人社局楼下，你还有什么需要跟陈书记汇报的吗？"

"请你把手机交给陈书记。"林钢剑的声音。

陈爱民接过手机："林局长你好！"

"陈书记，我们此前通过淮江市房产局查到王明基在淮江市枫树林小区有一套住宅。今天上午十点钟左右，王明基的手机开机，就在这一处住宅里。中午十二点半，王明基离开住宅独自开车，往祁河县方向而来。我们没有惊动他，派了一个组在后边尾随他。现在距离行政中心还有十分钟左右车程。"

"好的，知道了。"

陈爱民拨通苏俊峰的电话："苏部长，到办公室了吗？"

"这就到楼下了。"一辆黑色的别克车旋即停在大门口。

"你先不要上楼，在你后方十几米处有一辆灰色的普桑，我在车里！"

苏俊峰拉开车门，上车，笑着问："陈书记，你们有啥行动，整得这么神神秘秘的？"

"苏部长，你瞧一瞧，你们办公楼四周有什么异样吗？"

苏俊峰环顾四周，"没有什么呀？"

"难道没有看出来，这里弥漫着一股肃杀之气？"陈爱民接着问道。

苏俊峰警觉地再一次四处观望："哪有，我怎么看不出来？"

"王常委，你跟苏部长汇报汇报。"陈爱民说。

"苏部长，王明基逃避调查已经四天了。再有几分钟就要到楼下，检察院一个组从淮江市一直就在后边跟踪他。"王自力指着南边的路口，"苏部长你看那一辆黑色的普桑，就是我们的一个组在待命。你再看看大门口右侧的一辆红色的骐达车，也是一个组。楼的后面，还有一个组作为预备队。"

"天罗地网哪，我这肉眼凡胎，还真的看不出来！"苏俊峰感叹道。

"陈书记，王明基过来了！"王自力小声说。

一个身材高大粗壮的中年汉子从车旁走过，皮肤很粗糙，鼻头通红，戴着一副厚厚的深度近视眼镜。他机警地四下打探一下，然后匆匆地上楼。

"王常委，该你出场了！"陈爱民说。

王自力下车，一挥手，红色轿车里钻出来王立楷、章勇翔、程宇宁。

"哎哟，我在一旁观看，都紧张得心里直打鼓！"苏俊峰说。

红色轿车旋即掉头，倒车至大门口。

不一会儿，章勇翔、程宇宁一左一右夹着王明基上车，王立楷坐到副驾上。红色轿车与路口的黑色普桑会合，飞奔而去。

"苏部长，你看到的，这就是实施'两归'带人的标准程序。"陈爱民说。

"我怎么感觉就像老鹰逮小鸡一样，抓了就走，整个大楼里没有引起一点波动！"

"苏部长，跟你汇报，就这短短的几分钟，我们都是经过了缜密筹划的。"王自力说。

"弄得鸡飞狗跳的，就不是本事了。不过，波动马上就到，"陈爱民说，"我使用的手机号码关机了好几天，今天也开机了。"

来电显示"张启晨"。

"你看，说曹操，曹操就到！"陈爱民指着来电显示跟苏俊峰说，接听电话，"张秘书长好！"

"陈书记，我听说王明基回局里参加廉政党课，刚刚上楼，就让你们的人抓走了，不知道是什么原因？"张启晨的话里带着一种咄咄逼人的气势。

"张秘书长，我们有确凿的证据表明，王明基还涉嫌其他的严重违法违纪行为，我们县纪委找他进一步了解核实情况。重申一下，纪委找他是谈话，不是抓捕！"陈爱民不卑不亢地说。

"你们纪委就可以用'涉嫌'这样莫须有的罪名随随便便抓人吗，总得有个说法嘛？"对方的火气越来越大。

陈爱民压抑不住的怒火开始喷发，"张启晨同志，你是一名党员，也是一个领导干部，怎么能讲出如此不负责任、违反组织原则的话啊，你不觉得你对你的小孩舅关心得出格了吗？"

"陈书记，作为亲属，我问问情况，要个说法，这没有什么过分吧？"

"你想要什么说法，是检察院的抓捕，还是纪检监察机关的谈话？只有这两个说法，你自个儿挑吧！我告诉你，如果今天是按照你所说的抓人，上午在淮江枫林小区就抓捕了。那样王明基就是作为逃犯，就不能像现在这样算是投案自首！"

张启晨的语气软了下来，"陈书记，你不要发火嘛，对于你的关心，我们的家庭都是心存感激的。我是躁脾气，心直口快，言语冒犯之处，陈书记别往心里去啊！"

"张秘书长，我也友情提醒你，王明基等人违法乱纪的行为十分严重，作为亲属，请你深明大义，划清界限。如果再四处托关系，打招呼，就是违反纪律，我们有说情登记簿，到时候给你记上一笔，你看咋样？"陈爱民绵里藏针地回敬道。

"哎哟，你别给我登记了！"张启晨说，"请陈书记尽量给予关照吧，我们全家都感激你！"

"你放心，所有能够从轻处理的因素，我们都会考虑的。"陈爱民说完，按下了停止键。

苏俊峰拱手施礼："市政府张启晨秘书长的电话，实力派人物，你敢这么硬气地顶撞他，实在是佩服，佩服！"

"佩服个啥？陈爱民与张启晨的这个梁子算是结下了，等到我有好事的时候，他要是不给我下绊子，他就不是张启晨！"陈爱民叹了一口气说，"谁愿意去得罪人，但是该得罪时就要得罪，不能耍滑头。我干纪检这么多年，最大的体会就是坚持原则，原则问题决不让步。不得罪有些人，就要得罪老百姓！"

"陈书记，今天的现场考察，使我非常感动，受益匪浅！"苏俊峰敬佩地说。

王明基被带入谈话室，他紧张地打量着房间里的一切。

"坐下吧！"程宇宁指着墙角的塑料方凳说，"好好看看，这就是传说中的办案点，你要在这里住一段时间了。是不是感觉既紧张，又好奇？"

"想不到我会落到这步田地！"王明基仰天长叹一声。

"怎么会想不到的？"王立楷说，"自己做下违法乱纪的事，就得要为此付出代价，还有什么想不开的？瞿新楼和江泽田就比你想得开，也许是他们没有你那样的好姐夫！"

"你们在会议室门口喊住我，转过头看到几个人站在我身后，当时我的心就像掉进冰窟窿里一样冰凉冰凉的，万念俱灰，知道这一次是彻底完蛋了，谁也救不了我啦！"

"你能认识到自己的问题的严重性，说明自己还是能够正确对待的。不过，你也要相信组织，相信法律，没有必要万念俱灰，心里头拔凉拔凉的，更没有必要破罐子破摔。只要如实交代清楚自己的问题，还有他人的问题，组织上还是会给你出路的！"

"我犯下的事自己心里跟明镜似的，起码要蹲十年以上的大狱，这辈子算是彻底撒把了！"

"王明基，实话告诉你，在你来的一路上检察院的车辆一直在后边护送你。之所以没有对你实施抓捕，就是要给你一个投案自首的机会。组织上的良苦用心，你心里要明白。你再想一想星期天晚上八点多钟，从你们的接头地点逃跑，是多么滑稽！"王立楷说。

"感谢组织的关爱！跑出去的这几天，就像是过了几年一样漫长。我躲在淮江市区的新房子里，茶饭不思，坐卧不宁。白天担惊受怕，晚上瞪着眼望着天花板，一直到天明。现在到了这里，我心里反而踏实了下来。他们两个咋样呢？"

王立楷点燃一支烟，"你抽吗？"

"请给我来一支！"

王立楷将手中点燃的香烟递给王明基，自己又点燃一支，"你是问瞿新楼和江泽田吧，你的那两个难兄难弟好着呢，吃得香，睡得着，正在积极配合组织讲清楚问题，现在就看你的态度了。"

"他们啥都交代了？"王明基狐疑地问。

"王明基，你不要再跟我兜圈子，我明白你心里打的小九九，你是不是还在琢磨着你们三个人的海誓山盟？我告诉你现在是谁交代，谁主动；早交代，早主动。你是最晚到案的，已经被他俩落下一大截了，还在那里拨弄小算盘，有意思吗？"王立楷诙谐说道。

程宇宁接着说："老王，你和你姐夫这几天恐怕也找了不少所谓的法学专家进行咨询吧，多多少少对贪污、受贿有个一知半解的认识。咱们打开窗户说亮话，你应该明白，你们共同做的那些事，你不说，他俩交代了，照样定你的问题，还要再给你加上一条'情节恶劣，主观恶性深，社会危害大'，够你喝一壶的！"

"要是我主动将不该拿的钱上缴到'510'廉政账户了，能不能对我从轻发落？"

"王明基，你就不要再绕圈子了，我们不是你咨询的那些所谓的专家，听你在这里假设这一种情况、那一种可能的，帮着你做选择题。我们要的是你如实供述自己的行为，在此基础上，才有可能对你上缴'510'廉政账户等行为能否从轻、减轻处理，做出正确结论。"王立楷深深吸了一口烟，严厉地说，"我也认真负责地告诉你，六十名财会人员明天上午就全部到位，对老县委大院附近的所有银行储蓄所进行拉网式查询，你心里很清楚这样做意味着什么。所以，你不要再抱有任何幻想，只有老老实实交代问题，争取从宽处理，才是唯一的出路！"

王明基汗如雨下，"扑通"双膝跪倒，"我交代，都交代，恳求组织上给我一条出路吧！"

程宇宁把他拉起来，"老王，有事说事，咱们可不兴这一套。"

王明基揪着自己的头发，表情痛苦地说："我真是后悔死了，为什么不早一点跟组织讲清楚，真的是肠子都悔青了！"

王立楷劝解说："老王，既然你愿意讲清楚，那就走彻底坦白从宽的道路，好好理一下情绪，慢慢地说。"

"我算了一下，收取的那十五个学生的二十万元，还有分掉的小金库的七十三万元，再加上平常收取的不义之财大概有十几万元，我星期一都交到工商银行的'510'廉政账户了，总共是一百零五万元。我担心一次交款太大，两天跑了好几个分理处。单据放在我淮江市的枫树林小区住所里了。"

"你说的这些，肯定是从轻处理的因素。"王立楷说，"王明基，事到如今，咱们就别再遮遮掩掩的了，竹筒倒豆子，利利索索的吧！"

"我一定彻底地交代，恳求宽大处理！"

"也请你相信，我们会以纪依法给你兑现政策的。"

"谢谢王主任！"王明基站起身，深深鞠躬。

夜深了，东南边的天际上挂着一钩残月，镰刀似的，周围几颗明亮的星星在眨着眼。

田园美墅的一座院落里黑漆漆的，没有一丝生气。几个人的身影在忙碌。孟庆军戴着耳机，用探测器一寸一寸地搜索。突然，耳机里响起了一片嘈杂声，孟庆军小心翼翼地循着声音探测，声响越来越大，在一棵柿子树下，他停住了脚步，踩了踩地面，指着一口水缸说："李书记，应该就在这下面！"

"好的，我跟陈书记汇报一下。"李汉杰说，接着拨通了电话，"陈书记，刚刚探测到一个疑似埋藏的地点，就在周家院子里一棵柿子树下，上边有一口水缸。我们是不是要挖掘一下？"

陈爱民沉吟了一下，说："那就挖吧，注意保存证据，录像、拍照、物品登记都要做好！"

"陈书记放心吧！"李汉杰说。

孟庆军提议："咱们把两辆车掉头过来，前车灯打开，怎么样？"

"好的，这个办法好，勘查现场没有照明不行！"林钢剑说。

在亮如白昼的光柱照射下，众人小心翼翼地挪开水缸，一点一点地开始挖掘。干教室主任庄滨举起了摄像机。

"挖到了！"章勇翔扔下铁锹，兴奋地说。

众人小心翼翼地刨开泥土，搬出两只沉甸甸的钢精锅。揭去塑料袋，掀开锅盖，黄白之物琳琅满目。

"这才是人赃俱获啊！"李汉杰高兴地说。

2010 年 6 月 3 日，这是一个星期四。上午八点半，县纪委会议室五十名乡镇财会人员以及十名县纪委、组织部的干部集结待命。

李汉杰说："同志们，根据县委、县纪委领导的要求，抽调各位同志来，进行一项十分艰苦而又光荣的任务。大家知道，县纪委、检察院正在查办'5·28'案件，这个案件得到全社会的广泛关注，广大党员干部和人民群众拍手称快。这个案件涉及的一大笔资金，被犯罪嫌疑人化名存入老县委大院周围六家银行的储蓄所，从 1999 年开始到 2006 年年底，时间跨度长达七年之久。由于以前存款没有实行实名制，查询这些化名的存款无异于大海捞针。但是，如果不能查清这些存款的来龙去脉，对于认定相关人员的犯罪行为将是一个重大缺陷。所以，领导下决心，不惜一切代价，就是大海捞针，也要把这些针都一根一根地捞上来。这一项艰巨的任务就落到在座的我们六十名同志的肩上。工作任务的分配是这样安排的，八人一个大组，分成七个大组和一个后勤保障组。每一个大组负责一家储蓄所，每一个大组内部再分为核查组和复核组，确保每一张单据都要经手两遍，无一漏网。下面，由王常委宣布人员分组。"

王自力拿起名单，"根据交代的有关化名共计九个，发给同志们，请核查时务必仔细核对。相关的银行行长，陈爱民书记已经召集他们开过会，打过招呼了，银行方面都会大力配合的。下面，宣布分组名单……"

祁东县办案点，孟庆军与章勇翔走进谈话室。

周树彬连忙起身问候："孟主任、章主任早上好！"

"请坐吧！"孟庆军往下摆摆手，"老周，又是一天过去了，问题考虑得怎么样啦？"

周树彬做出一副愁眉苦脸的样子说："这些天，我一直在努力思考，能回忆起来的一定交代，配合组织。"

"周树彬，我问你，你来到这里几天了？"章勇翔问道。

周树彬掐指一算，"有六天了吧。"

"哦，六天过去了，你评价一下自己的态度怎么样，端正吗？"章勇翔接着问道。

"这，这让我从何说起？"周树彬变得有些口吃。

"想不想听听我们对你的评价？"章勇翔点燃香烟，深吸了一口，"告诉你，你的态度最多也就是能得个六十分，我们不满意，当然，领导更不满意！"

"我交代问题还是积极主动的呀，甚至是跟张红霞这样难以启齿的丑事都如实交代了，还有什么顾虑不能说的呢？"

"张红霞的丑事能算你主动交代的吗？"孟庆军说，"我看你是牵着不走，非得赶着走。这样吧，咱们今天上午就聊聊锅碗瓢盆的家常吧，给老周换换脑子。你平常天天都在家吃饭吗？"

"早餐在家吃，中午和晚上基本上都要参加应酬，不回家吃饭。"突然转换的话题，让周树彬摸不着头脑，他警觉地望着孟庆军，小心翼翼地回答。

"早餐吃什么？"

"我的血糖有点高，早上必须吃一个杂粮窝窝头，还有牛奶、鸡蛋，就这些，天天如此。"

"吃杂粮窝窝头是个好习惯，谁给你蒸？"孟庆军问。

"都是马莉莉用大锅蒸，一锅蒸十几个，放在冰箱里。玉米面和高粱面是乡下的亲戚送的。"说到这里，周树彬突然心头一紧，赶紧把话岔开，"有时候也在街上买杂面馒头吃。"

"哎，我说，咱们正聊的这个话题，你别打岔，接着往下聊。你家的大号蒸锅，是什么时候买的？哦，你不会再说是马莉莉瞎买的，你不知道吧？"章勇翔问。

"买了好几年了，还是我在马楼镇做书记的时候买的，在易美购物超市，一次买了两个。马莉莉原本说是送给俺老泰山一个的，结果他们老两口说太大，用不着，就一直放在俺家了。"

"再接着说！"章勇翔点燃一支烟，递给周树彬。

"哦，我忘了交代了，买锅用的是收受的购物卡，这也算是违纪吧？"

"周树彬，一说到节骨眼上你就装傻，真的是装睡着的人难喊醒！"章勇翔接着问，"买回家之后干啥用了，除了蒸窝窝头，还能派上啥用场？"

"除了蒸窝窝头，还能有啥用场呢——"周树彬做出苦思冥想状。

"既然老周对于锅碗瓢盆的话题谈得这么艰难，咱们再换一个话题，聊聊你院子里的绿化。"孟庆军说道，"你家的院子可真不小，比起别人家大出好几倍。"

"哦，当时买房子的时候就是看中了西边的一大块空地，就把这块地都圈到自己的院子里了。这么做是侵占公共绿地，我检讨自己有私心，有错误。后来，马莉莉请过一个风水先生叫叶思清，绰号'叶瞎子'的给看过，说这一座宅子风水不好，当官的官阶是走到头了，做生意的有破财之象。这位'叶瞎子'还到财政局办公楼前看过，说是西南方向有凶煞之气，也不好。我这样做是封建迷信活动，也有错误。"

"那么这位方士是怎么给你指点迷津破解的呢？"孟庆军问。

"按照老先生的指点，在财政局楼前必须筑起一道坝，才能抵挡住凶煞之气。我找到机关事务管理局局长田成竹，好说歹说他就是不同意，说是大院里动一草一木都要首长点头才行。我又找刘冠一书记汇报，开始他不同意，还批评我说：'瞎摆弄啥！'我跟他讲明原委，他才同意。刘书记也很信风水的。这样筑了一道一米高的土坝，上边做了绿化。哦，绿化是宗玲承接的。她还顺便给俺家院子里做了绿化，没有收钱。"

"我说财政局大门口前边弄这么一道坝干啥，别别扭扭的。周局长这么解释，才弄明白。"孟庆军抽了一口烟说，"哎，又扯远了，咱们接着话题往下聊，你家里又是怎么拾掇的？用不着跟夫人请示汇报，你就可以做主吧？"

"大门原来是朝南的，改成门朝东，说是'紫气东来'。院子里栽植了一棵槐树，说是'家中抱槐，升官发财'。"

"还有什么树？"

"哦，孟主任，还种了一棵柿子树，寓意'事事如意'。"

孟庆军说："周树彬，常言道'人行好事，莫问前程'。就像你这样的财政局局长，天天做坏事的，酒色财气一应俱全，什么样的风水才能给你带来高官厚禄？"

"孟主任，跟您汇报，领导对我还是很赏识的，市委组织部已经把我列入后备干部使用。我要是不出事，今年年底之前肯定就是市财政局的副局长啦！"

"这一点我相信，也自愧不如，老周，你的协调能力或者说是跑官要官的本事实在太强了，脸皮实在是太厚了！"孟庆军抑制住心头的鄙夷说，"接着谈谈你家的绿化，那棵柿子树长得枝繁叶茂的，都有碗口粗了，你们在树底下施的是什么肥料？"

周树彬惊骇地睁大了眼睛："你们找到马莉莉啦！"

孟庆军不动声色，又点燃一支烟，平静地喷出一团烟雾，"说说吧！"

章勇翔点燃一支烟，递给他。

周树彬深吸一口："我交代，我都如实交代，那是我和家属在出事之前埋藏在那里的。之前我一直心存侥幸，害怕讲出来罪行更大，请求组织宽大！"

监控室里，陈爱民评价说："孟庆军和章勇翔的谈话方式，循序渐进，丝丝入扣，始终掌握着谈话的主动权，让对手一直摸不清我们的意图，这是从长期实战经验中培育出来的素质。"

"是的，孟庆军忠诚、纯洁、干练，的确是党和人民的好公仆，像这样优秀的纪检监察干部真的是可遇不可求！"梁石祥感叹道。

"适当时候，我会向县委建议给他解决正科级职务，还有其他在反腐败第一线表现突出的同志，都要得到提拔重用，这就是用人导向！"

"陈书记你来了之后，纪检监察队伍的正气占据绝对的地位，个别表现不好的人收敛了许多。"梁石祥说。

"我们队伍里不够纯洁的问题，依然存在，跑风漏气的现象屡屡发生。将来都会弄明白的，我们心里大致都有数，加强防范就是了。"

"陈书记，你看是不是让周树彬辨认一下起获的那些金银珠宝、高档手表？"

"现在时机已经非常成熟了，把那两口大锅抬过去，就让孟庆军这个组负责到底，一件一件地辨认，什么时候谈完，什么时候交班。"

"好的，我这就去安排。"

"还有，梁书记，我们经过这一个星期的高强度工作，到目前为止，案件已经取得突破，应该是大头着地，可以喘一口气了。从后天也就是周六开始，每天晚上安排这边办案点上的一个班回家换换衣服。在市纪委工作的时候，无论多么忙，我都要让同志们每周回家团聚一次。越是工作强度高，工作压力大，就越需要家庭的温暖。老婆孩子热炕头，是老百姓很平常的幸福生活，对于长期战斗在第一线的办案人员，却是很奢侈的。因此，我们做领导的，要关心人，理解人，这就是以前说的思想政治工作。"

"陈书记考虑得很周到，我一定安排好。回家的同志统一安排接送，临走之前强调做好保密工作。在点上值班的同志全部上岗，更要加倍提高警惕。"梁石祥说。

"好的，这边你多费心，我回祁河县一趟，马骏书记找我。"

县委书记办公室，马骏起身热情地与陈爱民握手，"爱民同志辛苦了！"

"为人民服务，"陈爱民笑着说，"总算没有辜负县委和祁河县人民的厚望。"

"爱民书记呀，我们开始走的是一着险棋，仅仅经过一周的时间，就大获全胜，这个结果实在出乎意料，真的是石破天惊、振聋发聩！宣传部顾毅部长说，从舆情上看，祁河县的老百姓一片赞扬声，把你比作当代的包公！"

"包公我可不敢当，就算是有包公，也是先有的宋仁宗，然后才能有包公！"陈爱民谦虚地说，"没有县委的反腐败决心，县纪委很难有多少作为。如果还是认为'祁河县的干部天天都忙着抓发展，没有时间去搞腐败'，用这种思维误判反腐败形势，这些腐败分子还会继续为非作歹，甚至加官晋爵，步步高升。哦，周树彬还交代说，这一次如果不出事，到年底他就提拔到市财政局做副局长了！"

"的确如此，爱民书记，还记得上一次我跟你讲过，市委组织部方云生部长有这个动议，提拔周树彬到市财政局的二级局单位做一把手，解决副处级。但是，如果让这些腐败分子逍遥法外，社会风气继续败坏下去，我们的执政党的地位就有倾覆的危险，这绝不是危言耸听。"

马骏递给陈爱民一支烟，接着说："有个离退休老干部跟我说，这些年刘冠一书记一头沉，抓发展却放松了抓党建，把干部队伍带瞎了。他还告诫我，祁河县的干部听话，执行力强，关键就是怎么带！"

陈爱民感叹："这位老领导讲得很精辟，肺腑之言！"

马骏说道："是啊，祁河县上上下下都对我们新的班子寄予厚望。今天找你来，就是想跟你商量一下，把'抓党风，树形象，与人民群众心连心'集中教育活动，放在七月底、八月初，主打的重头戏就是你们的警示教育，怎么样，时间来得及吗？"

"马书记，在手的案件到时候全部查结应该没有问题，再往下调查有可能还会涉及建设局、法院还有园林局的干部。"陈爱民抽了一口烟，"这个案件从一开始我们就注意积累警示教育的第一手资料，被审查人移送司法机关之前，都要做一个忏悔录。再加上之前查办的临河镇大庙村的村官魏彦成等腐败窝案，这个警示教育片的震撼力应该是空前的。"

"那就好，你们既然有把握，就按照这个时间节点准备吧。"

"回去我们就召集电视台和我们相关同志开一个会，把任务布置下去。"陈爱民回答。

马骏问："我还想问问你的个人事情现在怎么样了？老是这么当王老五不行，对自己的身心健康也没有好处！"

"还是那样，处在寻觅的阶段。"

"哎，我听说县委办的薛媛媛对你有点意思，那个姑娘挺好的，你可以考虑嘛。"马骏说。

"班长，实话说，正是薛媛媛太优秀了，我才不敢有非分之想，唯恐误了人家的青春。她比我小了十九岁，我都能当她的叔叔了。老牛吃嫩草，只图一时痛快，日子久了，不会有好结果。"

"你说的是这么回事，两个人的生理和心理落差太大，不会幸福的。"马骏赞同地说。

"我现在可能有结婚恐惧症，出了围城就不想再进去，感觉实在是输不起了。"陈爱民长呼一口气，"我父亲的老战友刘伯伯，二十世纪七十年代初就是行政十二级的高干，找了一个小二十岁的护士，过了没有几年就闹得天翻地覆，我父母整天过去劝架，后来还是分开了，实在是没有意思！"

"你嫂子的学校有一个老姑娘，其实也不算老，三十五六岁，人长得比较端庄，副教授职称。你要是感兴趣，我和你嫂子安排一场相亲局，你们两人见见面，怎么样？"

"谢谢班长的关心！要不然这件事先放一放。我母亲前一阵住院，有一个管床的医生，比我小七岁，属猪的。这个人离异后，带着一个小女孩。长得不错，也挺聪颖、贤淑的，到现在还没有捅开这层窗户纸。"

"那就先与那个女大夫相处一下吧。我很赞赏你的为人，即便是谈朋友，也讲求诚信，不是那种广泛接触，重点培育的，到处下窝子，拿别人的感情耍着玩。"马骏说。

"人家不同意，把我甩了，我心里没有负担；要是我把人家甩了，心里就会有负疚感。这有两个星期没有去看望老母亲了，这个周末我准备回去一趟，顺便给女医生带点咱们祁河的奶油草莓，她就好这一口。咱们老爷们儿应该主动一些。四十好几的人了，还给母亲以及关心我的兄弟姐妹添麻烦，真是惭愧呀！"

"氓之蚩蚩，抱布贸丝。匪来贸丝，来即我谋。"马骏笑了起来，"也祝我们的陈书记交桃花运！"

周末的傍晚，陈爱民轻轻打开了母亲的家门，一股温馨的气息扑面而来。冯玉梅坐在小板凳上细心地为母亲洗脚、修剪趾甲。

"妈，我回来了！"陈爱民轻柔地问候母亲。

"孩子，快坐下歇歇，这一阵子累坏了吧！"母亲心疼地说。

"冯玉梅你好！"陈爱民微微鞠躬，向冯玉梅致意。

冯玉梅抿嘴一笑，继续为母亲剪趾甲。

"真得好好谢谢人家冯医生，时常过来看望我，给我量血压，待我就像我的亲闺女一样！"母亲眉开眼笑地说。

"伯母，这都是应该的。"冯玉梅的普通话就像百灵鸟的叫声一样悦耳。

"我从祁河县买了两份草莓，妈一份，冯玉梅一份。还买了二斤羊肉馅儿，咱们晚上包饺子吧。"

"好啊，王姐，你赶紧去和面，咱们一起动手包饺子！"母亲高兴地说。

陈爱民飞快地擀饺子皮，母亲和保姆王姐包饺子。

冯玉梅笑着说："伯母，我不会包饺子，只会吃！"

"一会儿你就多吃几个吧。俺们山东人招待客人，饺子是必不可少的。"母亲说。

"怪不得爱民擀饺子皮的手艺这么专业。"

"从小练就的童子功。"陈爱民回答说，"我六岁就会蒸馒头，传统工艺，用发面头还有苏打粉蒸的那种。"

"你从小就有这么大的本事呀？"冯玉梅又笑。

"可不是吗，割草，打煤球，拾白菜帮……什么活儿都干。里里外外一把手，穷人的孩子早当家！"陈爱民说。

"伯母，你和伯父不都是老干部吗，爱民干吗还吃这么多苦？"冯玉梅不解地问。

"唉，那会儿不是'文革'嘛，1966年5月运动刚刚开始的时候，爱民还不满两岁。他哥哥响应号召到大风大浪里去游泳，溺水死了。到底是淹死的，还是被人害死的，一直不明不白。走资派的孩子溺死了，军管会连问都不问。要是活到现在，应该五十一岁了！"说到伤心之处，崔淑兰老人的眼里流下几滴浑浊的眼泪。

"妈，那些苦难不都过来了嘛？别再提伤心的事啦！"陈爱民劝解道。

"我这不是跟玉梅拉家常嘛！"母亲用围裙擦了擦眼泪，"爱民这孩子从小跟着姐姐长大，受苦喽！政治上受欺压，受歧视。他爸是凤城县第二号走资派，隔离审查，停发工资。仅仅依靠我的四十六块钱工资，养活爷爷、奶奶、姥爷、姥姥还有两个孩子，真是够苦的。"

"天下没有吃不了的苦，只有享不了的福。生活上的苦我真的没有觉着苦。陈爱民回忆说，"最刻骨铭心的是政治上的歧视，我一直到了三年级才成为红小兵，也就是少先队员。讨论我入队那天，班主任王若斌老师说：'请非红小兵到教室外边去！'我还傻呵呵地问：'王老师，啥叫非？'王老师笑着说：'飞就是带翅膀的！'"

冯玉梅捂嘴笑，"爱民还真是带翅膀的，整天在外边飞来飞去！"

"俺家爱民从小最喜欢两件事——读书和练武。"母亲说，"凤城县的老人都夸赞俺爱民，是经历过'文革'锻炼出来的，长大了一准有出息！"

陈爱民说："1975年夏天搬家到了淮江市，又赶上'四人帮'针对邓小平等一批老干部搞的'反击右倾翻案风'运动。凤城县的造反派到淮江市来揪我父亲。老爷子拿了一支冲锋枪放在家里，准备跟造反派拼了。我记得就是雷锋挎的那种'五四'式冲锋枪，枪托是折叠的。那些坏家伙蘸着墨汁在大街小巷写满了标语，说俺爹是还乡团的团长，镇压革命群众，罪该万死，等等。晚上，我就骑着母亲的小架自行车，车把上挂着一小桶墨汁，去涂抹那些标语上俺爹的名字。"

"真的看不出我们陈书记小的时候经历过这么多的磨难，"冯玉梅感慨地说，"'天将降大任于是人也，必先苦其心志，劳其筋骨，饿其体肤，空乏其身。'伯母，爱民身上有一种不屈不挠的气质，的确是骨子里的！"

"锅开了，下饺子吧。"王姐说。

陈爱民驾车，穿行在熙熙攘攘的大街上。

"玉梅，你家怎么走？"

"从淮江一中门口直行，顺河小区。"

"你家宝贝叫什么？"

"娜娜，四岁了。"

"娜娜在家吗？"

"在家，我妈带着她呢。"

汽车拐进一条静谧的小道，柔和的路灯透过婆娑的法国梧桐，投下斑驳陆离的光影。

顺河小区门口，陈爱民停下车，欲言又止地望着冯玉梅。

看着他期待的眼神，冯玉梅笑眯眯地说："我是不是应该邀请你去家里坐一会儿？"

"应该的，大老远把你送回来，不寒暄一下还行？我去给娜娜买一件礼物吧！"

"三号楼一单元701室，最东边的就是。"

陈爱民抱着一个精致的小狗熊，匆匆走进小区。长廊的尽头有一座凉亭，陈爱民停住脚步，抬头望去，找到了最东头的七楼，从客厅里照射出柔美的灯光，似有无限的诗情画意。

门铃响起悠扬的乐曲《可爱的家》。

冯玉梅正在镜前补妆，"妈，来客人了，快开门！"

一位慈祥的老人打开房门。

"阿姨好！我是冯玉梅的朋友陈爱民！"

老人上上下下打量着陈爱民，脸上露出喜悦的笑容，"陈爱民，请进来吧！"

"我妈以前是中学老师，习惯直呼其名。"冯玉梅说。

"还是称呼名字好，亲切、自然！"陈爱民看着躲在老人身后的小女孩说，"这是娜娜吧？"

"娜娜，叫陈伯伯！"

"陈伯伯好！"

"哦，我们娜娜真乖！看，这是伯伯送给你的小熊。"

"谢谢伯伯！"娜娜奶声奶气地说。

"你们聊一会儿，我带着娜娜下楼活动活动筋骨。"老人很知趣地领着小女孩出门了。

"这里好找吗？"冯玉梅给他端来一杯水。

"好找，楼下的凉亭正对着就是。"陈爱民说。

"来吧，到我的书房坐一会儿。"冯玉梅邀请道。

这间书房显得超凡脱俗，清心而宁静。奶白色的墙壁一尘不染，白色的书架上几枝绿藤垂落下来，大部头的医学书籍、资料和文献整整齐齐摆放其间。精致的书桌上一本未读完的英文医学书籍半掩着。南墙壁一扇落地窗，淡绿色的窗帘半开半合。一个单人沙发上放着一把吉他。这些简约的装饰显示出主人的高雅情调和趣味。

"你是什么时候注意到我的？"陈爱民问。

"那天晚上你到医院看望母亲的时候。你呢？"

"彼此彼此。当时你看到我的时候眼神一亮，闪烁着光芒。我的心头也是一热，这就是人们通常说的'放电'吧？"

"臭美，谁跟你放电！"冯玉梅撇嘴笑着说，"我当时是大吃一惊，你跟我原来想象中的陈书记大相径庭！"

"你想象中的陈爱民八成是个矮胖子，秃顶，腆着一个大肚腩，一副官僚的嘴脸！"陈爱民调侃道。

"说实话，比你形容的好不到哪里去！但是，第一眼看到你时，你浑身上下透露出的那种帅气，还有眼神里的霸气，不能不吸引住我的眼球。你除了心头发热，还有啥感觉？"

"我第一反应，可能是第六感觉，这位美女就是我未来的太太，就是她了，坚定不移的想法。"陈爱民说。

"那你递给我名片就是不怀好意啦？"

"你给我回的信息，盛赞奶油草莓的味道好极了，也是愿者上钩吧，'有女怀春，吉士诱之'！"

"应该是'窈窕淑女，君子好逑'！"冯玉梅莞尔一笑。

"哦，你这里还有吉他，"陈爱民操起吉他，拨弄了一下，调了调琴弦。

"你会弹吉他？原本是朋友送给我的，不会弹，放在书房作为一个装饰品。"

"上学时的吉他歌手，多少年不玩了。"陈爱民说着，一拨琴弦，弹奏起一首英格兰民歌《多年以前》，他用浑厚的男中音轻声唱道：

"Tell me the tales that to me were so dear, long, long ago; long, long ago."

"请给我讲那亲切的故事，多年以前，多年以前。"

冯玉梅也轻声跟着一起合唱：

"Sing me the songs I delighted to hear, long, long ago; long ago. Now you have come, all my grief is removed. Let me forget just as long as Ido. Let me believe that you always be here, long, long ago, long ago……

Do you remember the path where we met, Long, long ago; long, long ago? That's when you told me you would not forget. long, long ago; long ago. Then to all others, my smile you preferred. Love, when you spoke, gave a charm to each word. Still my heart treasures the praises I heard, long, long ago; long ago."

"请给我唱我爱听的歌，多年以前，多年以前。你已归来我忧愁全消散，让我忘记你漂泊已多年，让我深信你爱我仍如前……

多年以前，多年以前，可记得我们相会的那条小路。多年以前，多年以前，你告诉我你将永不忘怀。多年以前，多年以前，我的微笑能使你常留恋，你每句话都打动我心弦。赞美的话仍藏在我心间。多年以前，多年以前。"

伴随着高山流水一样流畅的悦耳和弦，他俩投入地演唱，欢快的旋律回荡在夜空，一种柔情在他们的心中激荡。冯玉梅的眼中溅出点点泪花。

一股特别温暖的夏风掀开窗帘，飘忽不定地吹拂着他俩的面庞。一片一片的云朵在蔚蓝色的夜空中缓缓滑过，镶嵌在天幕的几颗明星，仿佛祝福一样地眨着眼睛。

陈爱民放下吉他，上前把冯玉梅紧紧揽在怀里。冯玉梅俯在那副坚实的胸膛上，侧耳倾听他大海波涛一样澎湃强劲的心律。

过了一会儿，冯玉梅轻声问："你抽烟吗？"

"抽一点，不多。"

"你身上有一股淡淡的烟味儿。"

陈爱民深深嗅了一下她黑色瀑布一般的秀发："小妹发丝里也有一股清淡的药香味儿，职业特色。"

"抽烟损害健康。"

"听从冯医生的劝诫，力争少抽！"

祁东县地税局培训中心监控室，孟庆军、王立楷、张继胜等正在交接早班。

"怎么样？周末回家一趟，回来一个个都精神抖擞啊！"梁石祥说。

众人都笑着说："感谢陈书记关心、体贴！"

陈爱民说："是啊，我们跟被审查人讲人性化，对我们自己的同志更不能苛刻。我在纪检战线是从一个小兵蛋子一步一个脚印干起来的，最懂得办案人员的甘苦。有一年夏天在县里办一个专案，负责案件的那个老同志两个多月不让同志们回家。我开玩笑地说：'再不回家，老婆孩子都要不认我们了。'这样才引起领导的重视。"

"陈书记说得对，越是高强度的工作，越需要放松身心。"梁石祥说。

"所以，我在想，将来我们新建的办案点一定要有健身房、乒乓球室、羽毛球场地。即便是被审查人也可以锻炼锻炼身体嘛！好啦，咱们言归正传，谈谈这几个案子的情况吧。"

孟庆军汇报："陈书记、梁书记，我先汇报一下周树彬的赃物辨认的情况。经过清点，二十七根金条累计一千三百五十克，周树彬交代的行贿人都能对得上。还有五块豪华手表，也能交代出上家。另外，还有一些黄金饰品，大多是行贿人送给马莉莉的。三十二块玉器，基本上也能对上号。一些名人字画存放在家里的密室里了。"

"另外，周树彬的钢精锅里还存有五十万元现金，是留着给他外逃使用的。马莉莉身上携带的现金应该在一百万元左右。"梁石祥补充说。

"马莉莉带着这么多现金外逃,与宗玲等不法之徒在一起,我真担心他们见财起意呀,马莉莉肯定会受到不法侵害,甚至可能有生命危险!"陈爱民有点着急地说,"我们必须尽快找到她!"

王立楷说:"王明基、瞿新楼以及江泽田的谈话笔录、亲笔供述都已经做完,除了他们共同犯罪的,每个人又交代了自己其他受贿行为,渔场那边正在取证。陈书记,我有一个建议,王明基在共同犯罪过程中,只经办过几次小金库的存款,化名都是用的他舅舅的名字戴威。能不能先把他移送检察院,只把瞿新楼和江泽田两个人留在办案点,与查询到的银行单据进行核对。"

"我觉得可以,梁书记你看呢?"陈爱民问。

"我同意,这样可以腾出力量取证,也能给马莉莉预留好房间。"

"这样,我跟高检察长沟通一下,争取晚饭之后,把他带走。"

手机信息提示音响起。

陈爱民打开彩信,一幅图片,冯玉梅身着墨绿色的手术衣,"看看我的这身工作服合身吗,是不是肥了点?"

陈爱民微笑着回复:"量体裁衣,妩媚动人!"

"今天有三台手术呢,不聊了,拜!"

张继胜接着问:"下一个班就要与周树彬进行工程基建方面的交锋,陈书记有什么要求吗?"

"'行百里者半九十,此言末路之难也'。这个领域的违法犯罪金额可能不是很大,却是周树彬最心存芥蒂的。还是按照以前的策略,让他相信我们各级反腐败的决心,打消他的顾虑。"

"好的,我们就按照这个要求,统一办案思路,统一办案力度。"梁石祥说。

"我总有一个预感,办案点闹鬼可能是与这个领域有关,毕竟周树彬知情甚详,资金使用上啥事能瞒得住财政局局长!"陈爱民说。

谈话室里,张继胜对周树彬说:"周树彬,对于祁河县目前反腐败斗争的形势,你要有充分的认识,就是不论涉及谁,都要一查到底,这是坚定不移的。所以,你不要心存幻想,没有谁能捞得了你。只有你自己老老实实地交代清楚自己的问题,还有别人的问题,争取宽大处理,才是唯一的出路。"

"反正是虱子多了不咬人,这么多的问题我都交代了,还留那一点干啥!"周树彬说。

"涉及的开发商、建筑商、包工头之类的交往,你到目前为止只字不提,怎么能说端正态度了?"程宇宁点燃一支烟递给他。

"说实在的，一些工程队、开发商为了早点拿到工程款，给我送个十万八万的，我都能讲清楚，该我认账的绝不抵赖。我最担心的是这么几笔，说出去恐怕得惹大麻烦。我想跟陈书记当面汇报，可以吗？"

"老周，我们是组织派来的，有什么问题直接跟我们说，汇报问题不能挑三拣四的。至于你想见陈书记，我们可以跟他汇报。"张继胜说。

"那好吧，我都交代，豁出去了！"周树彬的腮帮子肌肉抖动了几下，"2007年年初，我刚刚到财政局的时候，瞿园镇从南方招商引进了一个青苹木业公司，还是我在那里当书记时谈成的项目。当时厂房刚刚建好，设备安装调试到位，已经开始生产了。锦华开发公司看中这个地块，首长一句话就要把这个厂子拆除了，腾出来让给锦华开发别墅和商品楼。青苹木业公司的基建投资五百万元，设备投资不到一千万元，评估的赔偿价格是两千万元。满金龙那会儿还是建设局局长，他提出赔偿评估价三千万元，多出一千万元。让我跟对方的老板余乃兆说，给我们返还二百万元的现金，作为建设局的机动资金使用。我跟余老板说好之后，具体评估是白怀洲、赵四儿他们操作的，从对方那里拿钱也是他俩去办的。事后赵四儿给我二十万元。"

"赵四儿是谁？"张继胜问。

"赵四吉，当时是建设局拆迁办主任，一直跟着满金龙混的。这个人涉黑，道上的都称他'赵四儿'。"

"关于这个问题，你还有什么要讲的？"张继胜说。

"我后来听赵四儿说，这笔钱他们自己没有得到多少，都给满金龙协调关系了。赵四吉的亲表弟是省委组织部干部处的处长，叫章亚洲，实权派的人物。当年年底满金龙就提拔为县委常委了，我总觉得这笔资金有可能让他们打通关系了，要不然咋提拔得那么快？甚至于都没有经过副县长岗位的过渡，直接提拔进县委常委！"

程宇宁给周树彬倒了一杯温开水。

"谢谢程主任！"周树彬接着说，"我后来也通过章亚洲认识了市委常委、组织部部长方云生，经常陪他吃吃喝喝，打扑克牌。每年两大节都给他送一万元的购物卡或者现金。平常隔三岔五地看看他，都带点高档营养品、香烟什么的，他都照收不误，对我的印象也蛮好的。"

"有什么具体点的好印象？"张继胜问。

"方云生部长准备提拔我到市财政局任副局长，这件事都跟马骏书记沟通过了。"

"《红楼梦》里讲的'因嫌纱帽小，致使锁枷扛'，说的就是你们这种人。"张继胜鄙夷地说，"就凭你的所作所为，你觉得县纪委会给你发放廉洁自律的证明吗？

273

民主测评、干部考察能够过关吗？"

"民主测评和干部考察只是走走形式，有一点反对票，有一点杂音，正说明这位干部敢于担当。只是县纪委陈爱民书记那一关不会过，就是马骏书记发话，他也未必听。"

"这句话是你的原创吗？"张继胜问。

"我哪有这种水平？是方部长说的。"

"看起来方部长对纪检的领导干部还是很了解的嘛。"张继胜说。

周树彬接着交代说："今年春节之前，满金龙做东，满金虎还有白怀洲请我吃饭，我一次性拨付了长安建设集团四千万元。其中有一笔政府欠款，二千五百万元，是长安建设集团改制之前的政府工程款。那天酒都喝多了，满金虎请我们几个到赵四吉开的'黄金海港洗浴中心'洗了一个荤澡。"

"'荤澡'是啥意思？"程宇宁问。

"每人给配一个'小姐'，进单间按摩，干大活儿的那种。再说白一点，就是进行卖淫嫖娼。洗完澡送我回家，到了家门口，满金虎塞给我一个文件袋，里边有二十万元。能不能再给我一支烟？"

程宇宁点燃一支递给他。

"谢谢！"周树彬接着交代道，"那天给我服务的是一个小姑娘。她说她是祁河二中的学生，跟我说了她的手机号，我默默记下了。之后又跟她联系了几次，都是在外边开的房。她断断续续地告诉我，她叫虞娇美，小名娇娇，父母离异了，跟着母亲生活，偷偷出来干点活儿，挣自己的生活费。这个小姑娘很单纯，从来不讹诈我，每一次完事只要五百块钱，我都多给她一二百的。这么一个如花似玉的丫头，放在好人家是家里的掌上明珠，投错了胎，出来干这种皮肉营生，真是可惜可怜！"

"你们几个都干大活儿了吗？"程宇宁问。

"应该吧！那天酒喝了不少，这'酒乱性，色迷人'，两个条件都具备，谁能扛得住？反正赵四吉最清楚，他开的店，又是他买的单。"

渔场办案点监控室，李汉杰跟陈爱民汇报："目前这边的取证工作进展比较顺利，绝大多数涉案的人员都能配合。"

"查询银行储蓄所的工作开展得怎么样？"

"已经查到几张单据了，按照这个方法进行，虽然笨点，却是有效的。"李汉杰回答说，"不过那些查账的同志太辛苦，加班加点，查账的库房里没有空调，再加上阴暗潮湿，真菌滋生，有的同志被感染，咳嗽不止。陈书记，我准备请人民医院的医生去给他们看看。"

"还是安排中医院的医生吧。"陈爱民说，"可以让医院再提供一些口罩，防止真菌感染。有时间我们去看望一下他们。"

"好的，我就去安排。"李汉杰说，"另外，公安局郑运华副局长上午过来说，马潇潇星期天驱车去了祁东县南部地区，马莉莉有可能躲藏在那里，他们正在排查。"

手机响，陈爱民接听电话："你好，哪位？哦，是马老啊！您的身体康复得怎么样啦？"

"身体恢复得还不错，谢谢陈书记关心啊！"马烈说，"还有一件事请陈书记跟他们讲一讲，关照一下。"

"您请讲！"

"检察院到春雨楼搜查，正是中午吃饭的时间，还开着警笛，吃饭的客人都吓跑了，影响生意。能不能请他们下一次再去的时候换一个其他时间，我们一定配合！"

"马老，您说的这件事我一定要求他们今后注意。他们做得不到位的地方，我给您赔礼道歉！"

"哎哟，陈书记，你这么说就言重了！"

"那您就多保重身体！"

"好的，还有，马莉莉也不知道跑到哪里去了，如果有消息，我马上跟你联系。"手机里传来马烈苍老的声音。

高勇平走进监控室，对陈爱民说："陈书记也在啊！我过来看看取证的情况。"

"我正要找你呢，你送上门来了。"陈爱民笑着说，"王明基到案之后态度还是不错的，又交代了自己其他一些违法违纪的行为，证据已经差不多了，没有必要放到办案点了。你们办个手续，把他刑拘了吧？"

"好的，下午就把王明基带走。他们三个人一些小的受贿证据查证起来比较容易，关键是那两百多万元的贪污证据，对于认定他们犯罪至关重要。"

"抽调的同志非常敬业，加班加点，夜以继日地核查，已经有成效了。咱们明天买点西瓜、饮料，去七家储蓄所的档案室，慰问一下这些同志吧！"陈爱民说。

"应该去慰问慰问，我们取得的工作成绩都是这些同志的奉献累积起来的！"高勇平感慨道。

"还有一件事，刚才马烈老主任给我打电话，反映检察院中午到春雨楼搜查，把食客都吓跑啦！"陈爱民说。

"活该，让那个马潇潇等着吧，早晚让那个春雨楼关门，还得以包庇罪把她办进去！"

"马潇潇与马莉莉的那些事，可能是背着马老干的。马烈主动交出马莉莉藏匿在他那里的凭据，说明这位老同志还是很有觉悟的。马老既然发话了，就给他一个面子嘛！"

"既然陈书记这么说了，那就给他一个面子。本来反贪局打算近日再去一次，等晚餐上齐了凉菜的时候再进去搜查的。"

"准备什么时候对机关事务管理局的田成竹动手？"

"已经侦查清楚了，他现在躲在老家龙城县。今天晚上我亲自带人过去进行抓捕。"高勇平说。

"田成竹收受长江资产公司回扣的证据到位之后，我负责跟省纪委汇报，找长江资产公司的刘百顺兴师问罪去！"

祁河县公安局看守所壁垒森严。

值班副所长俞继仁慢条斯理地办理好羁押手续，然后拿起一件黄马甲递给王明基："王明基，换上吧！"

王明基突然"扑通"跪地，抱着林钢剑的大腿大声哭喊："林局长，把我带回纪委去吧，我的态度一定好！"

看守民警拽起王明基，"咔嚓"戴上手铐，押往监区，随手"哐"的一声关上大铁门。

王明基转过身，紧跑几步，双手拍打着铁栅栏，瞪着血红的眼睛，声嘶力竭地喊叫："林局长，带我走吧，回纪委去，我态度好还不行吗？"

林钢剑等几个检察干警表情冷峻，头也不回地走在长长的走廊里。

夜幕垂了下来，天上阴沉沉的，到处是漆黑一片，远处的蝉儿发出燥热的鸣叫。两辆检察警车悄悄停在了路边一家叫"惠风"的旅店门口。几名检察干警向女老板出示证件，"我们要找个人，请你配合一下！"

虎啸拿出一张照片问道："这个人住在你们旅馆吗？"

女老板辨认了一下，"有这个客人，请跟我来吧。"

女老板将他们引到一个低矮的房间门口，指了一扇房门，"就在这里。"

"打开！"林钢剑小声说。

女老板打开了房门，顺手拉开了电灯。

"谁？"一个睡在床上的人赤条条地坐了起来。

几个检察干警威严地站在他床前。

"田局长有家不回，躲到这儿干吗？"林钢剑问。

"不是害怕你们找我吗？没有想到，藏到这犄角旮旯的地方，还是被你们逮到了！"田成竹满脸酒气，沮丧地说。

"天网恢恢疏而不漏，你就是躲到天边，也照样抓到你！"虎啸拿起桌子上的半瓶"龙城特曲"，问："怎么，你一个人干掉半瓶老白干？"

"唉，自从周树彬出事以来，天天东躲西藏的，晚上失眠，睡不着觉，每天临睡之前一口气干下去半斤老白干，晕晕乎乎地才能入睡。"田成竹唉声叹气地说，"早知道这样，还不如回去投案自首！"

"穿上衣服，走吧！"虎啸拿着手铐说。

高勇平坐在车里，看着田成竹戴着手铐被押上前一辆警车。两辆警车闪烁着警灯，拉响警笛，呼啸而去。

祁河县农商行档案库房里闷热难耐。几名戴着口罩的财会人员进进出出，抱进抱出一摞一摞的银行单据，汗水湿透了衣衫。行长张建陪同陈爱民、高勇平、李汉杰走进会议室，七八名会计正在埋头查阅银行凭证，每个人都戴着医用口罩。

"陈书记、高检察长来看望大家了！"李汉杰说。

陈爱民、高勇平与大家一一握手，"谢谢同志们，你们辛苦啦！"

"我们每天早上八点半开始，一直工作到晚上八点钟。大家都争分夺秒，没有一个叫苦叫累的。"会计老宋摘下口罩说。

"伙食和后勤保障一定做好，你们太辛苦了，"陈爱民动情地说，"反腐败有你们的一份功劳！"

"陈书记，俺是瞿园镇财政所的。"一个女会计说，"俺们老百姓对腐败恨得牙根痒痒，能参加县里查处的大案要案，俺们感到非常自豪。加班加点都是大家自觉自愿的！"

陈爱民对高勇平说："中央提出要依靠人民群众的支持和参与，是非常英明的。战争年代如此，和平时期也是如此，我们查办案件不能关起门来搞神秘主义。"

省纪委红色的办公楼在绿树和藤蔓的掩映下，显得庄重大气。

第三纪检监察室主任路江海敲开常委室的房门，轻声说："朱常委，祁河县纪委陈爱民书记来了！"

"快请进！"朱明元常委站起身，迎接陈爱民、王立冬的到来。

这是一位资深的纪检监察干部，花白的头发，中等的身材，沉稳坚定的气质，两眼放射出犀利的目光。

"朱常委好！"陈爱民快步走到朱明元身边。

朱明元用力握着陈爱民的手，"爱民同志，你干得好啊，我们分管案件的谢书记都夸奖说，祁河县的几个案子办得真漂亮！"

"多谢领导的鼓励！"

朱明元又握着王立冬的手说："立冬主任，你们都是纪检监察战线的干将啊！"

"朱常委，这一次我们县纪委办案中遇到一些困难，需要省纪委、市纪委的支持。这不，王立冬副主任受张友信副书记的委派，与我一起过来汇报。"

"没有问题，只要是案件上遇到的困难，省纪委都是大力支持、为你们排忧解难的。"朱明元说。

"是这样，祁河县两年前从长江资产公司购买了一个不良资产包，价格畸高，初步估算多付出八千万元左右。财政局局长周树彬以及机关管理局局长田成竹均供认收受对方的业务员刘百顺二十万元的回扣，每人分得十万元。"

"区区二十万元就放倒两个局长，直接损失八千万元！"朱明元愤慨地说。

"业务员由此被提拔为副总经理了。还有，一旦刘百顺承认通过回扣获取的不当利益，他们的合同也将被推翻，到嘴的八千万元不当得利也得吐出来。"陈爱民望着朱明元说，"所以说，这个证据的取证难度会非常大！"

"你们有什么想法？"朱明元问道。

"临来之前，我跟县委马骏书记以及强国县长作了汇报。总的想法长江资产公司刘百顺对于回扣这个基本事实必须如实供述。另外，涉及合同诉讼问题，对方退一大步，我们退一小步，双方重新达成和解。"

"好的，我们支持你们的这个想法。"朱明元转身对路江海说，"你负责配合他们的工作。如果需要，我们跟中纪委相关的室进行汇报，通过国资委纪委跟长江资产公司讲清楚。"

"谢谢朱常委，有省纪委做坚强的后盾，我们心里就踏实了！"

"基层纪委遇到困难需要解决，我们当仁不让呀！"朱明元笑呵呵地说。

一位身材曼妙的迎宾小姐，将朱雅文、陈爱民以及王立冬一行请进会议室。

"哟嗬，朱县长，你们一帮子祁河老赖来了，有失远迎啊！"刘百顺故作惊讶地吆喝着，一进门就给他们来一个下马威。

朱雅文起身说："刘总，我来介绍一下，这位是祁河县委常委、纪委书记陈爱民！"

陈爱民紧紧盯着面前这位牛高马大、匪里匪气的刘百顺，端坐在椅子上，并没有起身跟刘百顺握手，针锋相对地回敬道："刘总，你想知道祁河县的干部群众怎么评价你们的吗？说你们长江资产是犹太奸商夏洛克！"

"呵呵，我们不是莎士比亚笔下的犹太奸商夏洛克，你们祁河县政府也不是受气包一样的威尼斯商人，我们之间的契约是经过省高院判决生效的。"刘百顺尴尬地笑着说，"怎么样，你们这一次来准备拿出什么态度？问题总是要解决的嘛！"

"刘总，我是会计师出身，想必你也是高级会计师职称吧！"陈爱民也笑着说，"咱们做一道算术题怎么样？一道小儿科的题目：五个亿减去一半的利息，还剩两亿五千万的本金；再减去一半已经破产的企业贷款，还剩一亿两千五百万元，这就是你们实际的不良资产包，对不对？然后，一亿两千万卖给祁河县财政局，是百分之一百的比率，对不对？所以说，你们简直比夏洛克还奸诈、狠毒，这么比喻冤枉你们了吗？"

刘百顺显然没有想到陈爱民一见面也回敬他一记当头棒喝，有些手足无措，略有口吃地说："你们祁河县政府，欠、欠债不还，还胡搅蛮缠，我们总公司准备找中央级的媒体来炒一炒你们耍老赖的恶劣行径！"

"好嘛，欢迎来炒，光脚的还怕穿鞋的！把事情的真相摆到全国人民面前，让大家评评理，有理走遍天下，无理寸步难行嘛！"陈爱民针尖对麦芒，丝毫不退让。

"难道说你们还有理了？人民法院的有效判决，你们为什么拒不执行？"刘百顺气势汹汹地质问。

陈爱民依然很平静地回应："省高院的判决书共计115页，我不知道刘总是不是耐着性子从头到尾认真地阅读了一遍。不过，我建议你好好读一读第97页，其中有这么一段话，我背诵给你听一听：'对于合同存在的设计缺陷和计算错误，祁河县人民政府工作人员应当恪尽职守，正确履行职责。但是，祁河县人民政府工作人员在履行职责过程中放弃了申辩的权利。'不知道刘总对这一段话有什么感想？"

刘百顺愈发显得紧张："咦，还有这种事？"

"我由衷地钦佩省高院的审判人员，的确是高水平。这段话明确表述原合同是存在设计缺陷和计算错误的，而且指出祁河县的工作人员没有恪尽职守、正确履行职责。我可以告诉刘总，为什么我们的工作人员没有正确履行职责。"陈爱民脸上依然挂着微笑说道，"刚才朱雅文县长没有来得及介绍，这一位是淮江市纪委二室副主任王立冬同志。我们是代表市、县两级纪委找你了解情况的。"

"找我了解啥情况？"刘百顺愠怒道。

"看起来刘总的信息还是很闭塞的，周树彬和田成竹涉嫌严重违法违纪正在接受审查。你不会不知道这意味着什么吧？"

"少来吓唬我，我们之间都是正常的业务交往，你们能拿我怎么样？"刘百顺瞪着眼珠子吼道。

陈爱民打开手机图片，找到周树彬的图像，递给刘百顺，"看看你的老朋友的近况，没有哄你蒙你吧？刘百顺，我现在是对纪检监察机关涉案的一个证人说话，请你如实作证，不要把事情搞复杂化！"

"你一个县纪委书记、小小的副处级，连一个芝麻官都算不上，竟敢对我口出狂言！我告诉你，我刘百顺是堂堂的副厅级干部，你跟我说话，根本就不配！"

"党纪国法面前人人平等，你刘百顺一个小小的副厅级就敢翘尾巴，论官职你能高得过成克杰、胡长清？"陈爱民有理有据地回应，脸上依旧笑容可掬。

"我不跟你讲了！"刘百顺火冒三丈，起身甩手而去。

"刘百顺，你这种表现很没有党性，也很没有涵养，请你留步，听我把话说完。"

刘百顺不得不对这位县纪委书记刮目相看，他到门口停住了脚步，背对着陈爱民一行，"好吧，抓紧点，我还有会议！"

陈爱民不急不躁地说，"今天在你们公司不说，明天省纪委就会通知你到那里去谈谈。你如果仍然认为省纪委职级不够格，掉了你副厅级的价儿，那么国资委纪委找你，级别够不够啊？"

刘百顺一下子怔住了，回过头，讪笑着说："我没有那个意思嘛！"

"请你回到座位上坐下，咱们谈谈！"陈爱民严肃起来。

刘百顺看了一下手表，无奈地说："好吧，我把会议推迟一下，先配合你们的工作，这样可以了吧？"

王立冬打开了笔记本电脑……

第十章　奶奶庙二度擒恶妇　周树彬忏悔痛心扉

夜深人静，纪检干部、公安干警潜伏在泰山奶奶庙，静候宗玲、马莉莉等的出现。

在办案点的党支部民主生活会上，周树彬最后一次参加组织生活，他痛彻心扉地忏悔，愿意以自己蜕化变质作为反面教材教育党员干部，为党再作一次贡献。

一个晴朗的早晨，金色的阳光从南边的窗户照射进来，洒在陈爱民办公桌上，他打开文件夹，开始批阅文件。

"咚咚！"轻柔的敲门声。

"请进！"

伴随着清脆的脚步声，冯玉梅飘然而至。她笑眯眯地站在陈爱民面前，身穿墨绿色的旗袍，窈窕的身材，明亮的眸子，乌黑闪亮的秀发。

陈爱民不由得惊叹道："小妹，你是从天上掉下来的吗？"

"怎么样，感觉还可以吗？"冯玉梅优雅地转了一个圈，"周五我们下乡义诊，没有提前告诉小哥，就是想给你一个惊喜！"

"是呀，猛不丁地从天上掉下来一个冯妹妹，我激动的心脏一直在小鹿乱撞！"

"这第一次来呀，给你带来三件礼物，"冯玉梅说着，从坤包里拿出一个包装精美的小礼盒，"音乐盒，小哥要是想我的时候，就听一听。"

"好的，我明天早上起床听一遍，晚上休息的时候听一遍。"

"你晚上睡觉之前听音乐盒，不怕相思过虑，失眠多梦？"冯玉梅抿嘴一笑。

"心静如水，自然安眠。小妹，我已经两年不用'睡觉'这个词了，取而代之的是休息，非常贴切、恰当的词汇。"

冯玉梅莞尔一笑，"这第二件呢，是一盒茶叶，今年的新茶，馥郁芬芳。"

"'从来佳茗似佳人'，我得买些西藏雪山泉水，细细品尝，必定是回味无穷！"陈爱民微笑着说。"

冯玉梅说："这第三件礼物是一个电动剃须刀。"

"这个礼物非常及时，我的胡子长得太旺，整天胡子拉碴的，有碍观瞻。"

陈爱民认真地问道："你们来了几位？晚上我请你们吃地道的石磨煎饼。"

"我和我们科主任，还有其他三个科主任。"

陈爱民接着把话题岔开："医院这个称呼好，从基层卫生院一直到北大人民医院都称为'科'；纪委从县纪委直至中纪委统称为'室'，省了许多繁文缛节。"

任青霞敲门进入，目光灼灼地上下打量着冯玉梅。

"任常委，跟你介绍一下，"陈爱民把任青霞的注意力分散一下，"这是淮江市附属医院的冯玉梅医生！"

任青霞热情地伸出手："欢迎，欢迎！"

"这位是县纪委常委任青霞同志！"

"你好！"冯玉梅彬彬有礼地握手。

"陈书记有贵客，要不我等一会儿再来汇报？"任青霞问。

"坐下说说吧，"陈爱民问道，"今天是6月11日，农历四月三十，晚上的任务准备好了吗？"

"准备好了，我们这边是我带队，还有安然主任和萧玉。公安局那边是武四海大队长、袁红所长和一个女特警。"

"注意安全，多听听武大队长和袁所长的意见，他们抓捕的经验丰富。"陈爱民叮嘱道。

"好的。"任青霞递过来两个文件夹，"这是最近收到的信访件，其中有一个好像是新中国成立前的地主的后代讨要土改分掉的房产、土地的，你看看怎么答复。"

陈爱民一边浏览，一边说："现在就想着反攻倒算了，你看看这封信，对党、对社会主义发泄出来的刻骨仇恨，简直是让人不寒而栗，还自嘲他是阴沟里的一条泥鳅，掀不起多大的风浪！所以说坚持党的领导，绝对不能有一丝一毫的动摇。没有党的坚强领导，中国要是出了内乱，沉渣泛起，那可真是地动山摇啊！你让信访室这样回复，把四项基本原则的原文抄给他。"

"好嘞！"任青霞说。

"你们做好准备工作吧。"

"好的，"任青霞微笑着跟冯玉梅告别，"冯医生再见！"

"任常委再见！"

渔场办案点监控室，陈爱民、李汉杰正在观看林钢剑与长安建设集团董事长满金虎的谈话。

"你为什么要给周树彬送二十万元？"林钢剑问道。

"政府拖欠俺们公司的工程款，周树彬就是扣着不给，我们被逼无奈，才给他表示一下，目的是催要资金。林局长，俺咨询过了，像这种情形属于周树彬索贿，不能把行贿的罪名定到俺头上，是吧？"

"你倒是很明白，还有哪些交往？"林钢剑厉声问道。

"俺们做生意的，本本分分地讨生活，挣口饭吃就行了，违法的事不干。"满金虎掏出一支雪茄，"当啷"一声打开打火机，蹿出一股蓝色的火苗，他深深抽了一口，吐出浓烈辛辣的烟草味儿。

"你要相信，纪检监察机关是以事实为依据，以党纪国法为准绳的，所以你必须实事求是地讲清楚。"

"林局长，我一直都在实事求是地讲嘛，"满金虎说，"平日里跟周树彬在一起吃吃喝喝的事情经常有，三天一小宴，五天一大宴的。逢年过节给他送一箱'茅台'酒，十条'中华'烟。还有，他现在住的田园美墅，是长安集团承建的，一套六十万元，优惠卖给他的，只收了他三十万元。就是这些事儿，俺就说清楚了。"

来电显示"满金龙"。

"满常委你好！"陈爱民礼貌地打招呼。

"爱民书记你好呀！"满金龙笑呵呵的声音，"听说俺家老弟让县纪委找过去了，我跟他说啦，实事求是，有啥说啥，一定配合组织。"

"谢谢满常委对纪检工作的理解，"陈爱民快速思考着应对的措词，回敬他一句摸不着头脑的话，"只要配合好了，事情都能得到好的结果。"

"还望陈书记多多照应呀！"

"没有问题，一定照应！"陈爱民说。

"一直希望请陈书记吃个饭，你什么时候赏个光啊？我个人自掏腰包，与公务无关，完全是弟兄们的感情，哈哈哈！"

"忙完这一阵吧，到时候我请你！"陈爱民委婉地说。

"不管谁请谁，咱们一言为定，到时候咱们在一起聚聚。"

"好的！"

放下手机，陈爱民问李汉杰："你怎么看待满金虎来了之后态度出奇好，以及满金龙刚刚给我的电话？"

李汉杰深深地抽了一口烟，"我分析他们是急于脱身。"

"有道理，我们找满金虎谈话，他们肯定也在评估，周树彬有可能全部交代出受贿的问题，所以，就来一个积极配合，以便尽快脱身，目的就是为了掩盖改制之前的两千五百万元的问题。"陈爱民说。

　　"从满金虎交代的情况看，他们不掌握周树彬供述的情况，这说明我们采取了更严格的保密措施之后，没有再发生跑风漏气的情况。只是周树彬所谓的优惠购房，怎么认定？"

　　陈爱民说："这个问题周树彬没有交代，你马上跟祁东办案点的谈话组联系，作为一颗炮弹，继续打压周树彬的态度。像周树彬这样利用职权，以明显低于正常购房价格购买的房产，经过物价部门的价格中心认定评估，差额的部分是可以认定为受贿的，我在市纪委的时候就有类似的案例。"

　　"这边满金虎交代完了之后，是不是继续往下深谈？"李汉杰丢掉烟蒂，又掏出一支递给陈爱民。

　　"暂时不要触碰这个敏感的话题，目前办案条件还不成熟，做完笔录，就让他回去。"陈爱民接过李汉杰递过来的香烟，点燃，美美地抽了一口，"摁在锅里煮的鸭子，水不开，就不要掀开锅盖，反正跑不了。功到自然成，等到鸭子煮熟了，再揭开锅盖就飞不了啦！建设局赵四吉谈了吗？"

　　"谈过了，这个家伙比泥鳅还滑！"李汉杰狠狠地抽了一口烟说，"赵四吉承认给周树彬送了二十万元，名义上是拆迁办给周树彬发的奖金，理由是财政局及时支付拆迁补偿款。这样他就可以逃避行贿犯罪的制裁。他还拿来青平公司的评估资料，说是严格按照标准评估的，还压低了支付标准。"

　　"明显是业内的高人指点过的，给周树彬发放奖金是一个绝佳的借口，至多算是违反财经纪律。一方面他们规避了共同受贿的打击；另一方面当时的企业已经荡然无存，评估的物证也已经灭失，我们也无计可施，拿他们没有任何办法。"

　　李汉杰赞同地说："是呀，还有刚才满金虎交代的行贿问题，可以听得出也受到业内人士的指点，用周树彬的索贿来掩盖长安建设集团牟取的不正当利益，逃避行贿罪的处罚，只有办案高手才能出此高招。"

　　陈爱民说："我们暂且不要在这些方面耗费太多的精力，首先完成我们主要的战略意图，这些细枝末节的问题先放一放，让他们再嘚瑟一阵子。等到时机成熟了，这些谜底揭开，照样可以追诉，跑不掉的。恶有恶报，只是现在时候未到！"

　　祁东地税局培训中心谈话室，孟庆军点燃一支烟，很惬意地喷出一股烟雾，说："老周，到今天你已经来办案点整整一个星期了，你有什么感受？"

　　"我最大的感受就是组织的力量太强大啦，共产党想要做到的事情，没有办不到的！"

　　"还有哪些感受？"

　　"我算了一下自己的问题，大大小小加起来超过一千万元了，把自己都吓一跳，我也扪心自问：'当初那个淳朴、奋进的小青年，怎么蜕变成这样一个腐败分子了？'想想真的很后怕！"

"问题交代彻底了吗？"章勇翔接着问道。

"能想起来的，我都说了。"

"不见得吧，"章勇翔点燃一支烟递给他，"跟满金虎的交往交代得就不彻底！"

周树彬恍然大悟地说："哦，我想起来了，田园美墅是我从长安集团低价购买的，满金虎给我优惠了二三十万元。"

"还有吗？"章勇翔接着问。

"每年两大节日，满金虎都给我送一箱'茅台'酒，十条'中华'烟。这些烟和酒我都拿到'春雨楼'饭店变卖了。你们找到满金虎了？"

"怎么，你以为满金虎还真的就是老虎，连它的屁股都摸不得了，还有什么奇怪的吗？"孟庆军问。

"我觉得你们不一定找满金虎，即便是找了，满金虎也不会讲优惠购房和烟酒之类的交往的。"

"所以说，你周树彬到现在还在执迷不悟，"孟庆军将烟蒂按入纸杯，站起身，走到周树彬身边，拍拍他的肩膀，"人家早就跟你撇清关系，划清界限啦。送钱送物是被周局长刁难，周局长索贿情况下被逼无奈送的钱物，不构成行贿罪，晓得哇？"

马莉莉经常跑上海、苏州进货，喜欢夹杂几句上海话，孟庆军故意在结尾甩了一句上海话。

周树彬两边腮帮子的肌肉在抖动，显然他是在咬牙切齿。

"四天前的夜半三更闹鬼，传递的是什么信号，你心里跟明镜似的。"孟庆军紧紧盯着他，"我还可以告诉你，就在那天的上午有人试图撞进你的房间，当然，也是为了向你传递某种信息。讲不讲没有关系，个中缘由，你清楚，我们也清楚。但是，我也认真负责地奉劝你，不讲清楚，对你不利，甚至是给你自己留下的隐患。"

周树彬怔住了半晌，恶狠狠地说："我都说了吧，反正豁出去啦！能再给我一支烟抽吗？"

章勇翔点燃一支烟，递给他。

周树彬深深地吸了一口，说："那天晚上来闹事的，肯定与满氏兄弟有关联，我猜想八成是赵四吉手下的人干的。赵四吉手下有四大金刚，特别是赵昌吉、李建群、宗强还有王学礼，个个武艺高强，都是心狠手辣之徒，为满金虎、白怀洲的原始积累立下了汗马功劳的。"

孟庆军心里一惊，这几个人当中恰恰就有两年前撞断儿子孟凡繁鼻梁骨的肇事者。"你怎么认定就是他们干的？"

"赵昌吉就是一个打打杀杀的莽汉，抢砍刀的痞子。李建群是祁河这一带形意拳的名师，诡计多端，为人阴险。特别是王学礼表面上是一个很白净的清瘦的青年，其实一身的好功夫。他是退伍的特种兵，在部队的时候顺着水管攀爬四层楼房只要八秒钟，身手非常了得！那天晚上在窗户外头叫喊的人，虽然是捏着嗓子喊的，我能听出来，像是王学礼的声音。宗强是祁河县的跤王，在祁河、祁东这一带，大大小小的地痞流氓没有不服气他的。"

"他们冒着这么大的风险来这里吵吵嚷嚷，你觉得他们是想给你传递什么信息呢？"孟庆军问。

"他们给我传递的信息，就是下面我要交代的。"周树彬抽了一口烟，稍微停顿了一下说，"我交代过的长安建设集团改制隐匿了两千五百万元的问题，以及青平木业公司评估虚报收取二百万元回扣的问题，都是小问题，真正的大问题是建设规费的减免和缓缴，这七八年算下来累计一亿三千万元。这一大笔政府应该得到的收入就这么白白流失掉了，都流进了不法开发商、建筑商的腰包。还有就是以招商引资为名返还的土地出让金收入，也有上亿元。如果说是用于工业项目倒也罢了，像是锦华的商品房开发，土地出让金也全部返还，里边就有猫腻啦。"

"你说的这些情况，还有谁清楚？"孟庆军问道。

"建设局和国土局只是分管的局长知道他们掌握的那一块，全盘掌握底数的就是我。"

"建设规费的减免还有缓缴都由谁来批准？"孟庆军问。

"建设规费主要有市政公用设施配套费、防空地下室易地建设费等十几项收费，合计每平方米收费一百一十元。建设规费的减免都是经过首长——哦——刘书记点头的，建设局履行报批手续，县政府常务会议批准，这一块减免的资金是六千万元左右。缓缴的这九千万元基本上就是肉包子打狗，收不回来了，这一部分权力是满金龙当局长的时候立下的规矩，局长签字生效。满金龙提拔到了县委常委之后，这部分的缓缴就成了白怀洲和满金龙两个人的权力，里边随意性很大，按照你们纪检的话说，就是权力寻租的空间很大。"

"除了规费的减、免、缓，土地出让金的返还走什么批准程序？"孟庆军追问。

"这一部分的土地出让金的返还，主要是南方来祁河县搞开发的两家公司，都是有说不清的上层背景的。土地都是先招拍挂，大面上走程序，暗地里再把缴存的出让金悄悄返还，再说直白一点，就是白拿的土地。这两家发横财了，挣得是盆满钵满。"

"这一块的资金返还，由谁来签字？"孟庆军问。

"签字，谁愿意签？"周树彬做出愤愤不平的表情，"基本上是刘冠一书记会议上表扬某某项目开发得很好，还有时候去现场视察，我们就心知肚明，这是首长关照的项目。具体操作是满金龙常委找我，传达刘书记的口头指示，我就从财政专户安排返还资金了。没有审批手续，他们都不想承担责任，万一出了事，都要我一个人扛着。"

"你还有什么要交代的？"

"其实，我觉得不管是减免建设规费也罢，返还土地出让金也罢，刘书记应该是没有经济问题的。"

"你怎么有这样的认识，有啥根据吗？"

"刘书记这个首长的秉性我还是比较了解的，讲义气，好面子，喜欢听人家的奉承话。朋友找到他了，特别是上级领导交代的事情，他即便是不讲原则，也得圆圆满满处理好，让领导夸奖几句。'多个朋友多条道儿，多个仇人多堵墙'，这是他的口头禅。他这个领导对个人的政治进步要求太高，对职级晋升的追求永无止境，也是他致命的弱点。他要是哪一天倒霉了，肯定就是栽在这个问题上。"

"唔，老周，你对刘冠一书记的评价倒是很有见地，《红楼梦》里有一句话，'因嫌纱帽小，致使锁枷扛'，说的就是官迷心窍的这类人。"孟庆军抽了一口烟说，"咱们换一个话题吧，你怎么看待满氏兄弟还有白怀洲、赵四吉他们？"

"满金龙、白怀洲垄断祁河县的建筑领域整整十年，水很深，也很浑浊，方方面面的关系网盘根错节。赵四吉的父亲可以说是二十世纪八十年代祁河县建筑领域的领军人物，赵四吉的根底也很深。说实话，刘书记也治不了他们，他在位的时候也经常是睁一只眼闭一只眼，只要干好活，哄着拢着他们完成任务就行了。"

章勇翔问："锦华开发公司返还、减免了多少资金？"

"大数我记得，减免建设规费一千一百万元，返还三个地块的土地出让金六千万元。这个老板陆锦华可不是一个凡人，是通天的人物，就连咱们的市委常委、组织部部长方云生都对他客客气气的，奉为上宾。县委办公室主任彭天勤有一次酒喝多了，跟我说，通过陆老板牵线搭桥，帮助咱们首长——哦——就是刘书记，搭上了京城里的一个大人物。这个大领导对刘书记非常赏识，说刘书记将来前途无量，起码能干到省部级领导！"

"这么有把握吗，吹牛的吧？"孟庆军故意用激将法。

"孟主任，这个话还真的不是空穴来风。你想想，光是减免的费用就是七千多万元，还有白送六百亩土地，最少也得五千万元吧，陆锦华空手套白狼，白捡了一亿两千万元。这么丰厚的利润，他怎么能够亏待了首长？再者说，陆老板还能不给京城里的那位高官分一杯羹吗？这是潜规则，不然就太不上路子了，今后怎么在社会上混？这些大家心里都跟明镜似的。经济上不给刘书记回报，政治上还能没有回报？"

孟庆军递给周树彬一支烟："老周，再抽一支吧！"

"谢谢！"周树彬双手接过香烟说，"孟主任，我还有一个请求，能不能让我过最后一次组织生活？"

"这个请求可以考虑，我跟领导汇报一下再说吧。"

泰山坐落于淮江市南郊，是一座海拔三百多米的山丘，山上密密麻麻长满了松柏、槐树等树木。夜幕降临了，山冈、丛林和村庄全都变得朦朦胧胧的，仿佛罩上了一层黑色的面纱。

任青霞、武四海一行六人悄然穿行在清爽的林间小道上，蝈蝈、蟋蟀还有知了，在草丛中、树林里不知疲倦地歌唱。登上山顶，有一所楼台殿阁，香火缭绕，这里就是奶奶庙。

"任常委，我们分成三个组，每一组两人。一个组控制住南边的山路，一个组控制住北边的路，还有一个组就在奶奶庙的附近待命。你看这样安排行吗？"武四海说。

"好的，就按照武大队长的意见办。"任青霞说。

袁红补充说："发现目标之后，不要惊动她们，咱们在大殿门口实施抓捕。各组及时联系。"

"大家明白了吗？"任青霞问。

"明白了！"众人回答道。

"好的，分头行动吧！"

星星渐渐消退，天空泛起了鱼肚白。林子里先是传出鸟儿几声轻柔歌声，然后是欢快婉转的小合唱、大合唱，歌声一浪高过一浪。

"守株待兔，白等了一夜，兔子没有来！"武四海睡眼蒙胧地说。

"功夫不负有心人，下一个十五，咱们还在这里守株待兔，不相信兔子就不来！"任青霞打着哈欠说，"咱们下山吃点饭吧，真的是饥肠辘辘了！"

"早点铺子现在还没有开张，咱们去二十四小时营业的水饺店吧。"安然提议说。

窗明几净的"好德"水饺店，稀稀落落坐着几个客人。

任青霞点了四碟小菜、四斤水饺。

"包括两个驾驶员，总共八位，每人半斤水饺够吃的吧？"她问道。

"足够了！"袁红说着，拿起筷子，"咱们边吃边等吧，真饿坏了！"

"今天是星期天，不是工作日，拿两瓶酒解解乏，整整一宿瞪着眼睛，放松放松吧！"任青霞提议说。

"喝早酒，我可从来没有尝试过。"安然说。

"刚刚参加工作那会儿，跟着老刑警办案，有一回一夜未眠，肚子饿得咕咕叫，一大早就去敲饭店门。老板真好，爬起来捅开炉子，给我们炒了几个菜，喝的早酒。"武四海回忆说。

两瓶酒"咕咚咕咚"被分别倒入六只玻璃杯中，任青霞端起冒着酒花的杯子，"不论男女同志，端起来，咱们喝一个六加一吧，七次喝完。六代表着六六大顺，预祝下一次完成任务；七代表着欣欣向荣，祝同志事业兴旺！"

"当——"玻璃杯碰在一起，每人抿了一大口。

热气腾腾的饺子端了上来。

"来，同志们，饺子酒，古来有。咱们开吃吧！"武四海说。

"吃吧，甭客气了！"众人狼吞虎咽地吃了起来。

太阳越升越高，金色的光芒照耀着大地。祁东县地税局培训中心办案点开始了被审查人每天一次的散步活动。公安干警和办案人员手持警械站立四周。

周树彬眯着眼，感受着阳光的温暖。院子里有一个圆形的小花园，里面开满了不知名的小花。周树彬围着小花园，一圈又一圈地转着。

无数的蜜蜂"嗡嗡"鸣响着，穿行在五颜六色的花朵之间。一些金色的、银色的蝴蝶儿，扇动着毛茸茸的翅膀在花丛中翩跹起舞。一对麻雀嗖地从屋檐下的巢里飞出来，踩在三楼的窗台上，高叫几声，嘴巴在地上蹭几下，然后歪着小脑袋，瞪着圆圆的小眼睛好奇地瞅着周树彬。

忽然，两行热泪夺眶而出，周树彬悲恸得泣不成声。

"怎么啦，老周，是不是触景伤情啦？"伴随身边的章勇翔问道。

"唉，是呀，我恐怕今后的十几年享受不到自由的生活了！"周树彬双手捂着脸，抽泣着说。

孟庆军劝解说："组织上还是给你出路的，这就需要你主动交代问题，检举揭发他人的问题，创造自首、立功的机会，这样就能争取最大限度地从宽处理的结果，你也能够早日回归社会。"

"我今年五十周岁了，7月7日是我的生日。等到十几年之后回归社会我也六十多岁了，没有退休金，没有医保，身无分文，怎么生活呀？"

"陈爱民书记亲口跟我说过，对于你尽可能地给予关照。刑期尽量考虑宽大。还有一些收缴的违法违纪的财物，领导说了，违法的必须没收，违纪的部分尽量给你留一些作为养老的费用，将来你出来之后不至于流落街头吧！"孟庆军说。

"谢谢党组织，没有想到陈书记这么仁慈。"周树彬向孟庆军、章勇翔深深鞠了一躬。

孟庆军接着说："还有你提出的希望再过一次组织生活的请求，我们跟陈书记汇报，领导也同意了。虽然你违纪违法，现在还没有开除党籍，仍然享有党员参加组织生活的权利。陈书记同意在办案点成立一个临时党支部，你也是其中一个成员。开支部大会的时候，陈书记可能也要过来参加。"

"谢谢，我一定深刻剖析自己的蜕化变质过程，让广大党员干部引以为鉴，为党再作最后一次贡献！"

马骏的办公室里，常务副县长朱雅文向马骏、强国汇报长江资产公司诉讼案件的庭外调解情况。陈爱民和法院院长李涵列席。

"上一次与陈爱民书记到长江资产公司，陈书记跟刘百顺副总经理好一场唇枪舌剑的交锋，打得那个奸商丢盔弃甲，落花流水，也给我们赢得了极其宝贵的谈判优势。从劣势转变为优势，这是天翻地覆慨而慷啊！"朱雅文兴奋地说。

"会谈的成效怎么样？"强国问道。

朱雅文接着说："目前，对方同意做出让步，提出在原合同基础上再减免三千万元，价格总计九千万元。我们的底价是在已经支付的两千四百万元的基础上，再支付两千六百万元，这样价格总计五千万元，比原来减少七千万元。我们分析认为，这样的要求对方是能够接受的。"

"爱民书记，你谈谈。"马骏说。

"我们与刘百顺接触之后，感觉这个人非常油滑，不像一位风度翩翩的金融家，倒像是一个混迹江湖的老油条。一方面，他供认给周树彬、田成竹送钱的情节，但是，在送钱的动机上却狡辩说是给他们的临时机构的经费补助，这是非常滑头的一种说法，既规避刘百顺个人的涉嫌行贿犯罪，也规避了长江资产公司的单位行贿问题。"

陈爱民接过强国递过来的香烟，点燃之后深深地吸了一口，接着说："从长江资产公司账上提供的所谓'经费补助'的资金来源，反映的是公司给当时的业务员刘百顺的提成。这样，这笔提成款的支配权归属业务员，即便是刘百顺行贿出了问题，公司也能一推了之，以不知情为由，与业务员撇清关系。"

"李院长，你是从事法律工作的，有什么想法？"马骏问道。

　　"从朱县长和陈书记讲的情况来看，目前我们在诉讼上占据了一定的优势，但是，不是绝对的优势。原因就是业务员刘百顺把水搅浑了，辩称送的钱是给双方的临时办公机构提供的经费补助，不是为了牟取不正当的利益。这种说法显然是一种诡辩，但是，对方公司提供的账务凭证也是对他们有利，支持了这种证言，我们也没有充分的证据反驳。所以，要想完全推翻原合同，几乎不可能。我觉得朱县长提出的解决方案比较可行，双方都往后退一步，大家能接受。虽然这样我们稍微吃点亏，但是比起原来的合同减少了七千万元的损失，也是一个比较圆满的结果。"

　　"强县长，你有什么意见？"马骏问。

　　"通过这起诉讼案件，包括之前园林局与祁河县花木盆景公司宗玲诉讼案，我有一个想法，就是要加强政府的法制建设，特别是充实县法制办的力量，组建政府法律顾问团，对于政府的合同进行法制审核。'亡羊补牢，犹为未晚'！"

　　"好的，刚才同志们都提了很好的意见，我都同意。特别是县纪委通过查办案件，揭开了一个困扰我们多年的谜团，也为政府减少了七千万元的直接经济损失，功不可没。强国县长提出的加强法治建设的意见很好，请你们拿一个办法出来，以县委、县政府的名义出台，今后凡是政府的合同都照此办理，杜绝此类问题的再次发生。"

　　马骏抽了一口烟，接着说："雅文县长你们就按照五千万元的底价跟对方谈呗，只要对方能够接受，剩余的两千六百万元，我们勒紧裤腰带，一次性付清。对外讲诚信，对内讲规则。"

　　"好，我们就按照马书记的底牌去谈判。"朱雅文说。

　　"那好，我们散会吧！"

　　县纪委常委会议室灯火通明，副县长、公安局局长张铁军，检察长高勇平以及副局长郑运华，反贪局局长林钢剑，县纪委副书记、监察局局长李汉杰，副书记梁石祥齐聚一堂。

　　"好啦，现在我们开会，"陈爱民说，"利用晚上的时间，把大家召集来，主要就是对这半个月以来案件进行的情况碰碰头，对下一步的工作统一思想，进行部署。汉杰书记你先说说吧！"

　　"'5·28'专案到今天整整十六天了，在陈书记、高检察长和张局长的指挥下，案件取得了突破性进展。县纪委移送检察机关的案件有瞿园镇镇长沈大喜、财政所所长王丰生、会计刘建岭受贿案件，移送了人社局党组书记王明基贪污、受贿和挪用公款案件。县纪委目前在手的'两归'案件是财政局局长周树彬受贿案，农工办副主任瞿新楼以及民政局副主任科员、安置办主任江泽田贪污、受贿以及挪用公款案。下一步的工作建议，一是加强对外逃人员的追捕，保证案件的圆满结束；二是加强取证工作力量，现在取证的速度较慢，制约了案件的进行；三是建议移送瞿新楼和江泽田，腾出人员，加强取证组的力量。"

"检察院说说！"陈爱民示意。

林钢剑说："陈书记、高检、张局，我们目前在手侦查的案件共有五件，沈大喜、王丰生、刘建岭和王明基是纪委移送的案件，我们自侦的案件是机关事务管理局局长田成竹的受贿案。目前，沈大喜、王丰生以及刘建岭的案件已经侦查终结，准备提起批捕和公诉。其他两件案件侦查工作进展顺利。汇报完毕！"

"请公安局汇报一下。"

郑运华接着说："好，我来汇报一下案件的进展情况。我们负责侦查祁河县花木盆景公司宗玲涉嫌诈骗案，前期在县纪委的协助下，调查组到安徽、江西查找到了宗玲利用虚假合同进行诉讼的确凿证据。期间两次组织对她实施抓捕，第一次被她侥幸逃脱，第二次扑了一个空。根据我们的侦查，宗玲目前应该是躲藏在祁东县南部的戚家湾一带，那里是她娘家所在地。这个星期天，也就是 6 月 13 日晚上，马潇潇偷偷前往上述地区，所以我们分析马莉莉仍然与宗玲在一起。"

梁石祥补充说："马莉莉外逃时，随身携带了一百万元现金。另有五十万元埋藏在院子里的柿子树下，是留给周树彬逃跑使用的。他们约定的接头地点就是芒砀县的马莉莉的表姑家，这个地点就是宗玲、马莉莉和道士丛真逃脱的第一个地点。马莉莉与这些不法之徒混在一起，恐怕是凶多吉少。"

"是的，马莉莉有可能受到不法侵害。"郑运华接着说，"我们已经请祁东县公安机关协助，密切关注戚家湾地区，特别是马潇潇的踪迹，看看能否顺藤摸瓜找到嫌疑人。"

"张局长、高检察长还有什么意见？"陈爱民问道。

"没有了！"两人摆摆手。

"那好，我总结一下大家的意见，准备下一步这么安排，看看行不行？"陈爱民说，"移送瞿新楼和江泽田的时机已经成熟，检察院接手过去，我们把人员、力量节省出来，充实到取证组，同时，再派一个组秘密盯住戚家湾地区，重点是宗玲的七大姑八大姨。外围查询银行的组继续马不停蹄地查账，反正银行单据上有三个人的签字，他们不会抵赖吧？"

"白纸黑字，抵赖也没有用！"林钢剑说。

"如果大家没有意见，咱们就这么办！"陈爱民笑着说，"前期工作我们取得了辉煌的战果，我有一种预感，这只是一个开头，万里长征的第一步，'今后的路更长，工作更伟大、更艰苦，同志们务必保持谦虚谨慎、不骄不躁的作风，务必保持艰苦奋斗的作风'！"

"陈书记不愧是党的好干部，佩服，佩服！"张铁军说，"时候不早了，我请大家吃烧烤，喝啤酒，咋样？"

"还真是，自从来到祁河县，好像就与烧烤、啤酒绝缘了，有时候还真想这一口。"陈爱民笑着说，"不过我们这群人要是坐到烧烤摊子边，是不是招摇过市，太惹眼啦！"

"咱们买回来，就在陈书记的办公室，铺上报纸，吃完拾掇一下，不行吗？"

"好的，今天张局长破费，赶紧打酒买菜吧！"陈爱民乐呵呵地说。

张铁军说："我打电话给袁红，让她搬一箱啤酒，买一抱羊肉串来，临河街上的三姐烧烤是很有名气的。前天他们去淮江的泰山抓人，在山上待了一夜，扑了一个空。一大早跑到饺子店去喝早酒，晕晕乎乎地回来了，到了祁河县，喊都喊不醒。"

祁东县地税局培训中心门口，停着一辆红色的雪弗兰。一个相貌端庄的姑娘，涕泪涟涟地恳求警卫："叔叔，您就让我进去看一眼吧！"

"小姑娘，这里是办案重地，不能随便进入的，"警卫伸手阻拦着，"要不然，我打电话请示一下。"

警卫拨打监控室的电话："梁书记，大门口有一个人自称是周树彬大女儿，请求见她爸爸。"

"请你告诉她，目前不能会见亲属，让她回去吧！"

"她哭着不愿意走！"

"不走不行，告诉她这是纪律，任何人不能违反！"梁石祥生气地说。

陈爱民走过来说："这样吧，梁书记，你还是去跟那个丫头见见面，说明理由，让家人理解。"

"好吧！"

来电显示"马烈"。

"马老，您好！"陈爱民礼貌地说，同时示意梁石祥等一下。

"有一个事情麻烦陈书记，看看能不能关照一下。"

"您请讲。"

"我的大孙女周晶晶听说她爸在祁东县地税局的一个学校里，就带了一瓶炒咸菜过去看看她父亲，门卫不让进，您看能不能通融一下。"

"是这样的，马老，在'两归'期间被审查人是绝对不能会见亲属的。这样做主要是为了防止被审查人心理出现波动，诱发极端事件，请您理解。"陈爱民说，

"还有外来的食品也是禁止的，也是为了防止发生意外事件，在这里吃的食物由我们负责。不过，既然马老说了，就破例一回，把咸菜留下。我马上安排梁书记去跟周晶晶谈谈，您看这样行吗？"

"既然组织上有要求，就按照规矩办吧，谢谢陈书记了！"

"马莉莉有消息了吗？"陈爱民问。

"还没有任何消息。俺家二闺女听说我把莉莉寄存的包上缴组织了，把我埋怨了一通。我跟她说了，你爷爷是革命烈士，你爹爹为党勤勤恳恳工作一辈子，非法的事情咱们到什么时候都不能干！"

"马老深明大义，谢谢您的支持和理解，改天我再去看望您！"

"不用麻烦陈书记了，您这么忙，咱们有空再聊！"

放下手机，陈爱民对梁石祥说："把那个丫头带来的咸菜留下吧，中午吃饭的时候给他拨一点。"

"好的。"

"瞿新楼和江泽田准备什么时候带走？"陈爱民问。

"吃完晚饭带人，现在检察院正在给他俩做笔录。"

"晚饭给他俩弄点好吃的，到了号里伙食清汤寡水的，能关照就多关照一些吧，他俩的态度还是不错的！"

"晚上给他俩炖红烧肉，拌着大米饭吃，香喷喷的。"梁石祥说。

陈爱民笑了，"也别吃太多，可劲儿地造，小心吃滑了肠子！"

张继胜、程宇宁等端着餐盒走进谈话室。

"老周，看看午饭给你带的什么好吃的，"程宇宁把两个饭盒放在桌子上，"烧鸡脯肉、醋炝绿豆芽、辣椒炒鸡蛋，还有一小碟咸菜。"

"谢谢啦！"周树彬打开塑料饭盒。

突然，他像发现了什么，把咸菜拿到鼻子底下使劲嗅了几下，又用塑料勺子舀出几块咸菜，放到嘴里"嘎吱嘎吱"嚼了嚼，大声嚷道："这是俺大妮子炒的，她知道她爹最喜欢吃她炒的五香萝卜干！"

言毕，周树彬跪在地上号啕大哭，呼天抢地，悲痛欲绝，"妮子呀，爹对不住你们呀！"

监控室里陈爱民看到这一幕说："赶紧把咸菜拿走。看起来办案纪律马虎不得，今天的事情责任都在我，心肠太软，我检讨！"

梁石祥说："陈书记，我马上过去开导开导他。"

"好好劝劝，尽快把情绪稳定下来！"

　　袁红、安然等走进祁东县戚家湾派出所。蒋所长迎上前，热情接待他们。

　　"你们的来意，县局都给我们通报过了，袁所长、安主任看看有哪些具体的事项，需要我们协助的？"

　　"蒋所长，给你们添麻烦了。"袁红说，"根据我们前期的工作情况，发现犯罪嫌疑人宗玲及其他涉案人员有可能藏匿在戚家湾地区。我们想请你们帮助协查一下宗玲在这里的社会关系情况，对重点人员密切关注。还有，领导考虑在这里放一个小组，查找宗玲等人的蛛丝马迹。"

　　"咱们自家人不用客气，我先介绍一下基本情况，"蒋所长说，"戚家湾镇常住人口接近五万人，镇区的戚家湾村由三个自然村组成，其中的戚家湾村九百多户，三千多人，百分之八十以上为戚姓。这个宗玲的母亲戚自文去世多年，戚自文在老家只有一个姐姐，两个弟弟。其他沾亲带故的就更多。你们有什么想法？"

　　"蒋所长，宗玲的大姨和小舅两家，能不能找个理由进入家里走访一下，实地看一看？"安然问。

　　"可以呀，不过根据我们掌握的情况，这两家的生活状况一般，住的还是平房，不太可能容纳几个人生活。"蒋所长说，"戚家湾做银杏苗木生意的人很多，租赁房屋的也多，如果他们躲藏在这些地方，查找的难度就比较大。因此我分析，他们藏身在出租屋里的可能性比较大，尤其是独门独院的那种。"

　　"是的，我们掌握的情况也是这样的，这个宗玲还有其他涉案人员，都是比较狡猾的，具有反侦查的经验，尽量不要惊动他们。蒋所长有什么建议？"袁红问。

　　"重点的两户人家可以去看看，最好不要打草惊蛇。镇子的西边就是祁河河堤，出入镇区的主要通道有一个警务室，我建议你们可以把观测点放在警务室里。"

　　"可以，咱们就这么办！"安然说。

　　祁东县地税局培训中心谈话室里，摆放了七八把椅子，陈爱民、梁石祥、孟庆军、王立楷、张继胜、章勇翔、程宇宁参加临时党支部民主生活会活动。干教室主任庄滨架起了摄像机。

　　梁石祥说："按照党章的规定，我们选举成立了一个临时党支部，由我担任支部书记，孟庆军同志担任组织委员，王立楷同志担任宣传委员，党员包括我们办案的所有党员以及周树彬在内。今天我们召开一次民主生活会，开展批评和自我批评。下面，我们开始，谁先发言？"

　　"我先说说吧，"章勇翔说，"到这里工作已经十九天了，天天与老周朝夕相处，自我评价总体上是坚持文明办案的，生活上尽量满足周树彬的要求。老周的口味偏重，喜欢辣味的，专门给他购买了一瓶油炸辣酱。后来老周便秘，痔疮犯了，给他购买了痔疮栓，每天安排食堂专门制作膳食，保证他吃足量的粗粮、蔬菜和水果。老周血糖偏高，每天早上专门给他蒸一个玉米面的馒头。但是，有时候存在急躁情绪，跟老周谈话的时候不够耐心，在此，我诚恳地向老周检讨，今后一定改正！"

"老周，你觉得章勇翔的自我批评质量怎么样？"梁石祥问。

"还可以吧！"周树彬说，"来这里十九天了，纪委的同志们对我生活上关心，政治上帮助我提高思想觉悟，让我认识到自己的行为给党和人民造成的危害性，促使我脱胎换骨，彻底与过去的周树彬决裂。在章勇翔同志跟我的谈话过程中，有时候夹带一些不文明的口头语，曾经还有几次用手拨弄我的头，指指戳戳的，我很有意见，对他提出批评！"

"好吧，我真诚地接受老周提出的批评意见。我这个人说话习惯性带一些不文明的口头语，今后一定改正。"

梁石祥批评说："章勇翔同志，你的检讨还不够诚恳！不能说带不文明的口头语就是语言习惯，你跟陈书记说话怎么从来就不敢带不文明的口头语？根子上还是没有把老周放在平等的地位上看待，而是居高临下地看待，所以有时候嘴上把不住门，脏话就蹦出来了。章勇翔同志，你以后必须坚决改掉这个坏毛病！"

"好的，我立即就改。今后工作中戒骄戒躁，举止文明，请同志们监督！"章勇翔说。

"老周，你说说呗！"梁石祥示意。

"同志们，请允许我最后一次这样称呼大家，感谢陈书记和各位同志给我安排一次民主生活会，让我再一次感受组织的温暖，谢谢大家！"周树彬噙着眼泪，站起身，深深地鞠了一躬。

"我出生在1960年的7月7日，生日就是'卢沟桥事变'的国难纪念日。出生的时候正赶上全国三年困难时期最严重的时候。在我还没有出生的时候，父亲就去世了。刚刚满月，母亲就丢下我和两岁的姐姐远走他乡，之后再也没有见过面，甚至连一张照片也没有给我留下。听我姑妈说，母亲是个高个子，圆脸庞，梳着一条大辫子，长得很漂亮的。"说到这里，周树彬涕泪涟涟，章勇翔递给他纸巾，周树彬擦拭泪水，"从那以后，我大爷抚养我和姐姐。我是吃百家饭、穿百衲衣长大的。1965年姑妈支援边疆，把我带到新疆生产建设兵团，在新疆一直长到十九岁，1979年春天自卫反击战的时候，疏散边疆群众，我又回到祁河县读高中。姑妈和姑父都很疼爱我，把我当成长子一样看待，下面还有一个表弟、一个表妹。表弟比我小五岁，表妹比我小七岁。放学以后，我带着弟弟妹妹，套上小毛驴车去割草。新疆的景色非常优美，草场里有一道河川，是从山窝里流出的，天山上流下的雪水清澈、冰凉。牧草长得非常茂盛，夏风吹拂着泛起一层一层的绿浪，草场两旁都是青翠的山峦，远处的雪山山峰烟云笼罩，真的是世外桃源一样。载着满满的牧草，我和弟弟妹妹一起唱着歌回家。在新疆的十四年中，是我人生中无忧无虑，最快乐的时光。姑妈就像我的亲妈一样，她老人家要是知道我今天这个样子，还不知道会有多么难过呢！"

　　程宇宁点燃一支烟，递给周树彬。周树彬接过来，深深地抽了一口，接着说："1980 年高考，我考取了南方财经学校，在当时比现在的一本大学还难考，轰动了整个公社。俺公社宣传队有个最漂亮的姑娘，在豫剧〈朝阳沟〉里扮演银环的那个美女，她的父亲上门来提亲。那个姑娘是我梦中的情人，当时我真的动心了。俺大爷坚决不同意，他跟我说：'小彬，你好不容易才跳出了农门，不能再被农家女娃拖累，说啥也不能回到农村去了，她就是个天仙也不行！以后你自己去挣一个好前途，天下的好闺女多得是。'上学第一年的元旦茶话会，是我平生第一次见到橙子，不知道是咋吃的，看着同学怎么剥，怎么吃，就跟着做。那时候上学几乎没有学杂费，每一个月国家还发给十七块钱的助学金，我拿的是最高档次的。除了日常生活，每个月还有两三块钱的结余。1982 年 7 月，毕业分配到祁河县财政局的企财股，第一年每个月拿三十九块半，心里天天是美滋滋的。后来经过介绍，就认识了马莉莉，她高中刚刚毕业，被分配到工贸商场当营业员。岳父是一位倔老头，对我要求很严格，督促我好好学习，努力工作，不准往家里拿一针一线。那一年的中秋节，饮食公司经理给我送了两只烧鸡，我拿回家孝敬他。老泰山勃然大怒，拍桌子打板凳，勒令我马上把钱给人家送回去，不然，他就不动筷子。这件事对我影响很深，很长一段时间，我都是克勤克俭，不敢收任何礼品，也得到了领导和同志们的一致好评。我不管是在瞿园镇当镇长，还是到马楼镇做书记，都是兢兢业业为老百姓干实事的。特别是马楼镇的老百姓，通过我们镇党委、政府的推广，引进奶油草莓种植，群众普遍致富，他们对我怀着深深的感情。在我离开的时候，许多群众眼泪汪汪来送行，老乡们拉着我的手，不舍得让我走……"说到这里，周树彬哽咽了。

　　"只要给老百姓做好事，老百姓就会记住你的好。离开马楼镇之后，仍然有群众进城的时候过来看看我，给我捎点草莓、鸡蛋什么的，我和马莉莉都是以礼相待，不敢怠慢。我这些天一直在苦思冥想，我是从什么时候开始变坏的呢？在瞿园镇的时候，石膏矿有七八个，逢年过节矿老板都给我三千、五千的香火钱，开始我也推辞不要，后来架不住老板的热情，就收下了，而且水涨船高，金额越来越多。到了马楼镇当书记，大权在握，各个村、七站八所逢年过节都对我有所表示。在乡镇的时候我还是比较克制自己的，每年灰色收入十万八万，没有太多地越轨。到了财政局之后，我完全把老泰山的谆谆告诫抛到脑后，看到白怀洲、满金虎之流天天挥金如土，纸醉金迷，不以为耻，反而很羡慕，直到后来疯狂地追求不义之财。说句实在话，不管是逢年过节，还是生病住院，谁来看过我，我记不太清楚，但是，谁没有来看我，我却记得很清楚，以后千方百计给人家小鞋穿。我粗略地算了一笔账，当了三年多的财政局局长，每个月22个工作日，一年就是264个，三年就是792个，我攫取的不义之财包括烟酒变现，超过800万元，平均每一个工作日收入一万多元，要是再这么发展下去，想想后果自己都害怕！天天与一帮子酒肉朋友混在一起，喝'茅台'酒，吃山珍海味，'富家一席酒，穷汉半年粮'啊！我完全忘记了吃百家饭、穿百衲衣的贫苦生活了，的的确确是蜕化变质了。我希望组织上以我的蜕变过程作为反面教材，教育党员干部不要重蹈我的覆辙，守住清正廉洁的底线，这也算是我对党做出的最后一次贡献吧！"

梁石祥问："除了一些老板的拉拢利诱，老周，你蜕化变质还有没有其他因素？"

"有啊，"周树彬长叹一声，"规划局的局长吉东廷，论资历、实绩还有群众认可度都不如我，却提拔到祁东县做县委常委、组织部部长。这件事对我打击也很大，明显地用人不公啊！后来才弄明白，是锦华开发的陆老板介绍给市委组织部部长方云生的。从那时候开始，我就心灰意冷，认为原来组织进步也是可以加塞儿的，拼命干不如走捷径，就开始放纵自己。"

摄像机对着周树彬，记录下他痛彻心扉的忏悔。

陈爱民说："周树彬你现在最关心的应该是两件事。第一件事，是对你的处理问题，我们会最大限度地考虑对你从宽处理。涉及的案款，违纪的部分，如果证据支持不够充分的，也就是可以收缴也可以不收缴的部分，将不再没收，这笔钱足够你将来养老了。第二件事，你一直在猜测的就是马莉莉是否到案，现在的情况怎么样，这也是你的一块心结。我今天告诉你，马莉莉一直在外逃，而且根据掌握的信息，她被宗玲等坏人控制了。你当然知道马莉莉逃跑的时候，随身带了一笔巨款，也更清楚宗玲一伙是什么人，以及接下来会发生的事情。所以，我们正在千方百计地找她，尽快把她解救出来。"

周树彬顿足捶胸道："我这真是聪明反被聪明误，早知如此，主动投案，向组织讲清楚，天网恢恢疏而不漏，能往哪里跑？陈书记，请求组织抓紧解救马莉莉，要是再有个三长两短的，俺的那两个姑娘怎么办？平日里听了俺连襟李群胡吹海侃的办案手段，还有与衣振全一起吃吃喝喝的时候，听了他吹嘘的一些侦查手段，我从中受到启发，就跟马莉莉约定用最原始的办法对付最先进的侦查，结果却害了她！"

"你放心，我们会尽快找到她的！"梁石祥说。

"还有一件事，衣振全与满家兄弟关系非同一般，特别是与赵四吉，他与赵四吉是拜把子的兄弟，请组织上多多注意！"周树彬说。

"哎，今天是端午节，老周早上吃粽子了吗？"陈爱民问。

"吃了，谢谢陈书记关心。我在这里天天都有鸡蛋、水果，每顿饭都是荤素搭配，中午还能睡个午觉，好着呢！"

"你还有什么要求？"陈爱民问。

"能不能让我看看党报？"

"可以呀，梁书记，你们每天安排老周一个小时的时间，看看〈人民日报〉〈淮州日报〉，了解国家大事嘛！"

"好的，我们马上就安排。各位同志，今天我们开了一个很有意义的民主生活会，特别是周树彬发自肺腑的忏悔，对于我们每一个人，都产生了心灵的震撼，都是一次深刻的教育。今天的民主生活会到此结束！"

周树彬站起身，再一次给陈爱民深深鞠了一躬。

一辆黑色的普桑悄悄停在一个农户家附近。安然举起望远镜观察。

"安主任，我们了解了一下，附近的邻居反映这一户戚自刚家最近没有来客人。另外，还反映戚自刚的弟弟戚自强家里前一阵来过几个客人，两女一男，男的特征很明显，梳着一条大辫子。很快这伙人就走了，去向不明。"管片民警小王说。

"王警官，这么说，这伙人确实来过这里。你分析他们有可能躲藏在什么地方？"

"我觉得他们有可能通过嫌疑人宗玲的这两个舅舅牵线搭桥，在附近租赁了一个住所，隐藏了下来。这个藏匿的最佳地点应该在镇区一带，那里比较繁华，闹中有静，潜藏下来，不引人注意。"

"有道理，这么说我们与宗玲一伙近在咫尺了！"安然感叹道。

"方圆一平方公里之内，"王警官说，"警务室应该是最佳的观测点。"

"我们也别转悠了，他们就像惊弓之鸟一样，如果再从我们眼皮子底下飞跑了，那可真是'小鸟一去不回来'了！"袁红说。

"好的，就在警务室守株待'鸟'，不信他们就不出来！"安然说。

2010年6月19日，星期六。上午九时，县纪委常委会议室，陈爱民召开案件碰头会，检察长高勇平、副检察长衣振全，以及县纪委副书记、监察局局长李汉杰、副书记梁石祥等在座。

陈爱民说:"今天我们召开一个案件碰头会,研究一下王明基、瞿新楼、江泽田共同贪污、挪用公款的证据查证情况,先请王自力常委汇报一下调查组查询银行单据的情况。"

王自力开始汇报:"各位领导,同志们,我们查询银行组共有六十名同志,大多数是从乡镇抽调的财会人员,经过二十二天的艰苦工作,从六家银行储蓄所查询了六至七年的所有流水单据,把王明基等三人化名存入的三十九张存单全部查出,经过核对,本金和利息丝毫不差。2006年年底之后,银行实行实名制存款,他们不敢用实名进行存款,就将现金提出来,存放在江泽田的保险柜里。其间,还将一百万元借贷给王明基的朋友做生意。到目前为止,可以说认定王明基等共同犯罪的证据链是真正形成了。汇报完毕!"

"材料组谈一谈,县纪委的王学珍主任,检察院的虞丹科长,你们负责案件材料把关的,有什么意见?"

王学珍说:"查询银行的小组每查找到一笔,都及时将单据传递到材料组,我们按照时间顺序排列,复原了他们销毁的小金库账目,证据非常充分!"

"虞丹科长,你谈谈!"高勇平说。

虞丹说:"我们认真审核了王明基三人共同犯罪的219万元的收入及其分配,觉得证据链没有任何瑕疵,指控他们的犯罪行为有充分的事实依据,没有问题。"

"赵健常委,你谈谈!"陈爱民说。

赵健推了推眼镜,说:"这一次专案组下这么大的本钱,用大海捞针的办法查找犯罪证据,真的是前所未有。我们也对每一笔来之不易的证据认真审理,不敢有丝毫的马虎。专业的财会人员把小金库的第一笔款到分赃的全过程进行了复原,彻底锁定了犯罪的完整过程。在此,向查询银行的同志们表示由衷的敬意!"

"衣检察长,谈谈你的意见!"陈爱民示意道。

"嗨嗨,我这是第一次参加专案组的会议,说得不当之处,请陈书记见谅啊!"衣振全干笑两声。

陈爱民听出他话中带刺,立即回敬他一句:"按照'5·28'专案组的工作分工,衣检,你坐镇检察院,负责县纪委移送的案件和检察院自侦的案件。所以说,你在案件查办过程中起到承上启下的作用,责任重大。这样,县纪委'两归'案件按照分工负责的原则,你不要参与了,需要了解的,碰头会上会进行沟通、联系的。老衣,你是老办案的,应该理解办案纪律。"

"嗨嗨,理解,理解!"衣振全连忙点头称是,"本来我认为,有了三个犯罪嫌疑人的口供,再加上私分的小金库赃款,已经形成了巩固的证据链,进入诉讼程序应该没有问题。没有想到县纪委采取大海捞针的办法搜集犯罪的证据,开始我以为是不可能做到的，现在从大海里捞出的三十九张存单牢牢地锁定了犯罪，这种精益求精的精神，令我十分钦佩！"

"衣检，你认为在之后的检察院公诉、法院审判，一直到中院的二审过程中还有没有漏洞可以钻？"陈爱民问。

"没有啦，的的确确是没有啦，真的是铁证如山！"

高勇平说："这个案件的取证工作量非常浩大，有的同志开始有畏难情绪，也有的同志认为已经形成了证据链，没有必要再到银行储蓄所里去大海捞针。当然，我们办案各抒己见，仁者见仁，智者见智，都是正常的思想交流。我和陈爱民书记的思想从一开始就是统一的，就是下决心不惜代价，不惜血本，也要从大海里把针全部捞出来。同志们，认定贪污犯罪、挪用公款犯罪，如果没有书证，也就是如果没有我们查找到的银行单据作为支持，案件就是有瑕疵的，在之后的诉讼过程中，极有可能被否定掉。犯罪分子实施了犯罪，如果由于我们的工作不尽力导致他们逃避了法律的制裁，那么，我们就是对党和人民失职。这些查账组的同志非常敬业，冒着高温酷暑，每天工作十几个小时。有的同志被真菌感染，打着点滴依然坚持在查账一线，我非常感动。我们准备在检察院食堂请他们吃顿饭，表达我们检察干警的感谢之情和崇高敬意！"

"高检察长说的是肺腑之言，认定贪污和挪用，必须有书证支持，仅凭证言、口供，说翻供就翻供，我们绝对不能把宝押在犯罪嫌疑人不翻供上。通过我们的艰苦努力，查找到了全部书证，这样才算是真正办成了铁案。"陈爱民说，他又示意林钢剑，"林局长，嫌疑人移送过后，对于这三十九张单据的办理，没有提出异议吧？"

"每个人对于自己的签字都供认不讳，共同犯罪之外的他们个人犯罪的供述，也是稳定的，没有出现翻供的行为。"

"哦，那就好！"陈爱民说，"李汉杰书记、梁石祥书记，你们还有什么意见吗？"

"没有了！"两人齐声回答。

"其他同志还有什么补充？"陈爱民问道，"没有了。好的，我来总结一下。从5月28日开始的周树彬专案，到今天已经整整二十三天了。这短短的二十三天，在祁河县真的是石破天惊，电闪雷鸣，打得腐败分子心惊肉跳，人人自危，人民群众无不拍手称快。目前，已经成功查办了沈大喜、王丰生、刘建岭受贿窝案，周树彬、田成竹共同受贿案，以及王明基、瞿新楼、江泽田共同贪污、挪用公款窝案，祁河县的党风、政风和社会风气焕然一新。但是，要保持这种持续的反腐败斗争的压力和成效，还需要县委、县政府采取标本兼治的长效办法，马骏书记和强国县长正在谋篇布局，进行宏观构思，比如，如何推进政务审批改革，让权力在阳光下运行，等等，打出一系列的组合拳。因此，我们的反腐败斗争也仅仅是开了一个头。"

说到这里，陈爱民问高勇平："高检，你喜欢计算考核分数的，这三个窝案的案值都在百万元以上，涉案八个犯罪嫌疑人，其中科级干部六人，这样算下来，咱们祁河县检察系统考核全市第一应该没有问题吧！"

"目前是遥遥领先，其他县区院只能是望我们的项背！"高勇平笑着说，"要是能再办几个政法干警，考核分数加倍，全省领先也没有问题。"

陈爱民说："下一步咱们就瞄准个别为非作歹的政法口的干警，整肃一下法纪，顺便再给检察院的考核添砖加瓦！"

"怎么，还要办政法口的？"衣振全喃喃自语道。

第十一章 恶妇设毒计敲诈勒索 公安斗智勇迫其就范

外逃途中，假道士丛真服用了药物，背着藏有暗录设备的挎包，摸进了马莉莉的房间。

从恢复的电脑资料中，公安干警发现了法官徇私枉法的直接证据。

萧玉透过窗帘，紧紧盯着人来人往的街道，突然，一个身穿藏青色道服的男子，留着一条大辫子，骑着自行车飞快地从眼前一闪而过。

"安主任，安主任，看到那个大辫子的道士啦！"她急切地喊道。

安然连忙问："到哪里去了？"

"骑着自行车，自东往西去了！"

"我这里有电动自行车，你赶快过去追！"王警官说。

安然跨上电动车，向西飞奔。追过几条街巷，仍然没有发现道士的踪影。他又顺着附近街巷穿行，依然没有收获。安然悻悻回到警务室。

"刚才看到他的车篮子里放着好多蔬菜、食品，骑得飞快。"萧玉说。

"这家伙身体素质真好，一眨眼的工夫，就无影无踪了！"安然狠狠地说，"就在附近，反正他是跑不掉的！"

"应该就在附近的出租屋，这里的情况比较复杂，两省交界的地方，如果贸然查找，恐怕会惊动他们。"王警官说，"我在附近群众中走访了一下，他们平时也见不到这个大辫子。因此，他们这伙人有可能是昼伏夜出的，行为很谨慎。"

"耐住性子，不信他就躲着不出来！"安然说。

来电显示"梁石祥"。

安然接听电话："梁书记你好！"

"安主任，根据掌握的信息，马潇潇正在往戚家湾的方向行驶，开的一辆棕色的越野吉普车，车号马上发给你，请做好准备！"

"好的，知道了！"安然说。

袁红建议说："安主任，你带人把车往西边再开几十米，停靠在路边等候，一会儿马潇潇来了之后悄悄跟上去，记住地点。这边我带人过去抓捕！"

"好的！"

一辆黑色的普桑停靠在"福庆"超市门口。

"不要熄火！"安然跟司机说，与萧玉两个人转过身，眼睛紧紧盯着东边来的车流。

马潇潇开出高速公路，向南转到县乡公路上。

"二姨，一会儿就能见到妈妈吗？"周冰冰问。

"当然能，孩子，你妈妈想你和姐姐了！"

"我们也想爸爸、妈妈了！"周晶晶抹着眼泪说。

棕色的吉普车向西转向，进入戚家湾，马潇潇放慢车速，警觉地四下观望。她看到"福庆"超市门口的一辆黑色普桑，心生疑窦，随手戴上墨镜，把车靠了过去，停在黑色普桑的后边。

"你们两个趴下，不要动！"马潇潇命令道。

两个女孩连忙趴在车座上。

马潇潇向外仔细观察，自言自语道："不对呀，这里怎么会有祁河县的公务车？"

"二姨，怎么啦？"周晶晶侧脸问道。

"这辆车很可疑，不会是县纪委的吧！"马潇潇说。

"那我们怎么办？"周晶晶问。

"往前开，看看这辆车有什么反应！"马潇潇说着，启动汽车，缓缓越过普桑，继续向西行驶。

安然、萧玉屏住呼吸，盯着近在咫尺的棕色越野车。

"安主任，她是不是发现我们了？"萧玉小声问。

"应该没有，可能是我们的车引起马潇潇的怀疑了，不要看她！"安然轻声说。

"车又开走了，咱们跟不跟？"萧玉问。

安然盯着擦肩而过的棕色越野车，毅然地说："不能跟，她这是给咱们下套呢，要是跟上去咱们就暴露了，前功尽弃，好狡猾！"

马潇潇缓缓开着车，摘下墨镜，两眼紧盯着后视镜里的普桑。

"二姨，你看，那辆车原地不动，没有事儿吧，咱们还能去看俺妈妈吗？"周冰冰问。

"别去了，下一次吧！"马潇潇说着，一踩油门，汽车开出镇区，拐上祁河大堤。

"梁书记，马潇潇这个女人的眼真贼，可能是看我们的车可疑，就拐出镇区跑了。"安然打电话汇报。

"别灰心，安主任，找到他们就在最近几天了，你们处置得非常正确，宁肯不跟，也不要暴露。陈书记经常要求我们办案注重细节，这一次就没有考虑到咱们的办案车辆其实很招眼，行政中心大院里很多人都认识，换一个当地的牌号就好了。"梁石祥咂了一下嘴，赞叹道，"这个娘儿们干税务太可惜啦，天生的特工坯子！"

陈爱民轻轻划着桨，小舟在平静的湖面耕出两道绿色的涟漪。太阳出来了，冯玉梅撑起太阳伞，并排坐在陈爱民的身边。一阵阵微风吹过，轻飘飘的，带来荷花和青草的芳香，岸边垂柳上的蝉儿发出高亢的长鸣，芦苇荡里不时飞起几只长喙的水鸟，"喳喳"地叫着飞向远方。

"多美的景色，真是令人陶醉！"冯玉梅说。

"'叶上初阳干宿雨，水面清圆，一一荷花举。'这是北宋诗人周邦彦的一首词，描写的就是雨后初晴的早晨湖边的景色，恰如此情此景，梦幻一般。"

"仿佛世界上只有我们两个一样！"冯玉梅躲在太阳伞下，伏在陈爱民的膝盖上。陈爱民搂着她的脖子，让她往自己身边靠近点，慢慢用手抚摸她黑色瀑布一样的头发，深深嗅着她发丝里的药味儿，随后就紧紧地把她抱在自己的胸前。

"咱俩都是在情感上经历过失败的，不要再重蹈覆辙了。与其那样，还不如打一辈子光棍呢！"

"小哥思想太悲观，还没有走出以前的阴影。"冯玉梅咂嘴说，"我的前夫到上海读博士生，以后留在那里任教，结识了一个女弟子，黏黏糊糊的师生恋，然后就抛妻弃子，你呢？"

"两口子的事情说不清，道不明，一个巴掌拍不响，吵吵闹闹一辈子也分不出个对错来，是因为两口子之间就没有对和错。去民政局的那天早上，我最后一次打扫了家里的卫生，拖拖地，刷刷马桶，百感交集，泣不成声，我知道从此以后，这个家就不复存在了。从民政局出来，送给她一句诗，'嫦娥应悔偷灵药，碧海青天夜夜心'，这是李商隐的诗句，形容当时的氛围，是很恰如其分的。"

"小哥讲得太抽象，具体点说？"

"具体地说，幸福就是一种感觉，而不是征婚广告上罗列的所谓'条件'，放在天平上，可以用砝码来衡量。幸福不幸福，只有自己能够感受到、体验到。与小妹在一起，我感到很快乐、很幸福，那是一种身心极其愉悦的感受。"

高勇平来到陈爱民办公室。

"陈书记，张启晨恬不知耻地到处为王明基说情，现在搞清楚原因了。"

"高检，请坐下说。"陈爱民示意。

孙建设进来给高勇平倒了一杯水，轻轻退出。

"王明基到了检察院讯问室就交代，刘冠一书记离任之前，突击办理了一批事业编制，经办人就是王明基，他手里掌握着人社局的印把子。临河镇书记白怀洲找刘书记批了三个条子，王明基很麻利地办妥了。但是，王明基也不是省油的灯，他以张启晨的名义向白怀洲要了一块地，十一亩，就在大庙村的南头。本来找好了下家，谈好了六十万元出手，由于禁违拆违搞得轰轰烈烈，他们暂时搁置下来了。这就是刑法里讲的'由于犯罪分子意志以外的原因而没有得逞'，属于犯罪未遂！"

"高检，你把王明基的交代材料给我复印一份，防止将来张启晨给我们下绊子！"

"陈书记考虑得长远，我们惩治腐败的，得罪的高层很多，难免不遭别人政治上的暗算，保留'核反击'是必要的。"高勇平赞同地说。

来电显示"张铁军"。

"张局长你好！"

"陈书记，我们的信息情报显示，宗玲的儿子宗林，原名辛林，上周五在富贵府小区购买了一套住房，现款、现房，五十二万元，而且当天就去办理了房产证。根据掌握的情况，宗玲与前夫离异之后，把儿子的姓氏改为宗姓。她儿子祁河中等职业学校毕业以后，在企业做工，他购房的资金来源可能有问题。"

"你们调取现场的监控视频了吗？"陈爱民问。

"还没有，宗玲是不是到场还不知道。"

"好吧，我安排他们去房管局查一查。"

"爱民书记，我有一个直观感觉，在这个时候，宗玲的儿子全款买房，资金来源很有可能是骗取马莉莉的资金。"

"是啊，我们也担心马莉莉，她跟宗玲、张丛真这些社会渣滓混在一起，随身又携带了大量的现金，他们不见财起意才怪了呢。这一笔就是五十二万元，马莉莉外逃携带了一百万元现金，估计二十五天过去，这会儿已经是囊中羞涩了！"

"等抓到宗玲就真相大白了，抓到她为时已经不远了，请你放心。"张铁军说。

"大后天是农历五月十四，晚上咱们再派一个组去淮江市的泰山蹲坑，你看怎么样？”

"好的，这一次把那个退伍女兵庄国红派过去，现在是特警大队的副大队长了。她素质非常高，两个男队员都不是她的对手，很厉害，不愧是'两栖霸王花'！"张铁军啧啧称赞道。

放下手机之后，陈爱民用座机拨通李汉杰的手机："汉杰书记，公安局通报的情况，上周五宗玲的儿子宗林，又名辛林，在富贵府购买了一套住房，现款五十二万元，当天就办理了房产证。你安排可靠的同志悄悄地查一下，看看宗玲有没有现身。"

"好的，我派魏保平主任过去吧！"

"你把握好，涉及宗玲的线索只对你一个人负责，横向之间绝对不能交流。宗玲、马莉莉的案件现在到了最为关键的时候，距离成功就是一步之遥了，在这个时候千万要小心行事，不能出现任何差错！"

"陈书记，你放心，我把要求再跟魏主任那个组强调一下！"

魏保平、虎啸来到富贵府售楼处门口，魏保平四处扫视了一下，问虎啸："你看看那边杆子上的是不是治安监控？"

"应该是的。"

"走，咱们进售楼处去瞧瞧！"

售楼小姐迎上前来，热情地推介楼盘："我们这个楼盘位于主城区，前边就是桃花湖公园，环境非常优美。东边就是祁河初中，学区房很火爆的。"

"我们想看看还有多少房源选择。"魏保平说。

"您是给公子买的婚房吧，目标价位大概多少？"

"五十万元左右的，你给推荐一下有什么好房子。"

"先生，给您推荐这一款，一百三十平方米，每平方米四千四百五十八元，三室两厅两卫，很抢手的。"

"能打折到多少？"虎啸问道。

"这是最低价了，如果是全款支付，可以让利到四千二百五十八元，一口价，不能再少了！"

"我们看看再说吧，姑娘，把你的名片留给俺一张。"魏保平说。

走出售楼处，虎啸笑着说："一转脸的工夫，俺咋就成了魏主任的儿子啦？"

"别说，咱们爷儿俩长得还真有点像，"魏保平调侃道，"咱们到公安局调取一下这个监控视频，看看有没有什么发现。"

县公安局指挥中心，大屏幕上显示着主要地段的实时情况。

"魏主任，刚刚郑局长打过电话了，需要我们怎么配合？"指挥中心刘主任说。

"我们想调取一下富贵府售楼处门口6月18号也就是上周五的监控视频。"

"好的，没有问题，请到我办公室来。"

视频上出现宗林在售楼处门口徘徊的镜头。约二十分钟，十点十五分，一辆出租车停下来，从里边钻出来一个滚圆肥胖的中年妇女，拎着一个鼓鼓囊囊的双肩包。

"看，这就是宗玲！"魏保平说。

小青年迎上前去，两个人交头接耳几句，宗玲将双肩包交给宗林，又钻进出租车，出租车一溜烟地开走了。

"这个包里装的肯定是购房款。"虎啸说。

"不错，应该是的，这是一个重要发现。咱们下一站去房管局，查一查办证大厅的监控视频。"

"我分析，宗玲去房产交易大厅的可能性不大。"虎啸说。

"咱们到房管局纪委书记的办公室调取一下。我知道纪委书记负责机关作风建设的，随时可以抽查各个窗口。找他查找，保密工作没有问题。"

2011年6月25日，这是一个星期五。上午十一时，陈爱民、李汉杰走进张铁军的办公室。

"陈书记、李书记请坐！"张铁军。

郑运华分别给二人倒了一杯水。

张铁军言简意赅地说："根据我们的调查，宗玲现在淮江市区。上午十点左右给她儿子发了一条短信'事情办好了吗？'她当时的位置就在泰山附近。宗林的回复是'办妥了'。分析他们今晚到奶奶庙进香的可能性很大。"

陈爱民说："宗玲在富贵府售楼处门口递给他儿子的那个双肩包，极有可能是从马莉莉那里诈骗来的不法收入，这一段视频将是指控宗玲侵财犯罪的有力证据。还有那个道士，到时候你们准备怎么处理？"

"张丛真就是一个坑蒙拐骗的假道士，我们准备先对他实施传唤，弄清楚事实之后再说。"郑运华回答。

"把刑警大队的王跃进调回来专门对付张丛真，让'两栖霸王花'庄国红对付宗玲，应该都是绰绰有余的。你们的人到时候控制住马莉莉就行了！"张铁军说。

李汉杰接着说："抓到这几个人，案件可能又会掀起一个新的高潮，很多的谜底，就会揭晓。"

夕阳西下，泰山的奶奶庙里刚刚敲完暮鼓，低沉的鼓声带着袅袅的余音在丛林里传播，愈来愈轻，与山下依稀可闻的狗吠声、汽车喇叭声交织在一起，渐渐消失在远方。

树林深处，六名纪检干部和公安干警组成的抓捕小组正在进行紧张的准备工作。

"两人一组化装成香客，发现目标之后及时发送信息，不要惊动他们，在庙前实施抓捕。各位同志的任务都明确了吗？"刑警大队长武四海说。

"明确了！"众人异口同声地回答。

"大家还有什么补充吗？"任青霞问道。

"报告，我带了一瓶防蚊药剂，给大家涂抹一下，山里的蚊子还是很厉害的。"庄国红说。

"谢谢庄大队，考虑得这么细致！"王跃进感激地说。

"我们野外潜伏训练，防蚊虫叮咬是必修课。"

"如果没有其他补充了，咱们就各就各位吧！"任青霞说。

月亮升起来了，又圆又亮，皎洁的月光洒在林间小路上，周围一片蟋蟀、蝈蝈等虫儿的鸣叫。

"待一会儿发现了目标，你往我跟前靠近一些，咱俩假扮成情侣，免得引起他们的怀疑。"庄国红跟王跃进说。

"是的，咱们两人承担最主要的抓捕任务，不能有任何闪失！"身材高大魁梧的王跃进望着庄国红说，"哎，我还有一个心愿，完成任务之后，你要是能把假扮两个字去掉就好了！"

黑暗中，庄国红羞涩地笑了。

夜深人静，三个黑魆魆的身影沿着盘山小道越走越近。

"来了！"庄国红小声说。

"一男两女，不错，是的！"王跃进也轻声说，"马上发信息！"

另外两个组同时收到群发信息："目标出现！"

"终于来了！"安然按捺不住激动的心情，"现在刚刚过零点，他们还真的是赶着时间点，过来烧农历十五的第一炷香！"

"是从南边山冈上过来的，准备行动！"武四海说。

三个黑影缓缓走到奶奶庙门口，后边不远处，不紧不慢地跟随着两个假依着的情侣。

武四海突然从黑暗中一个箭步跳出来，大吼一声："宗玲，不许动！"

"娘哎！"宗玲尖叫一声。

袁红快步冲向前去扭住了宗玲，却不料被圆溜溜的宗玲反手一记顺手牵羊的跤法摔了出去。随即，宗玲怪叫一声，慌不择路，像皮球一样地向山下滚去。

"她跑不了的！"庄国红喊道，蹽开长腿敏捷地向山下追去。

王跃进冲上前抓住张丛真的手腕子，一个"大别翅"，牢牢锁住了他。

"你们凭什么抓人？"张丛真一边挣扎，一边喊叫。

"张丛真，你这个披着道袍的假道士，戏该演完了吧！"武四海喝道。

马莉莉站在一旁，惊得目瞪口呆。任青霞走到她身边："我是县纪委常委任青霞，马莉莉，跟我们回去吧！"

萧玉接过马莉莉的双肩包，拉开检查了一下，又检查了她的口袋，拧开饮料的瓶盖，嗅了一下她手里的饮水瓶。

"噩梦终于结束了！"马莉莉喃喃地说。

半山腰的一处空地，宗玲面对穷追不舍的庄国红，摆开了决斗的架势，扯着粗嗓门吼道："小娘儿们，老娘跟你拼了！"

"泼妇，想练练啊，好啊，那就陪你练练，让你尝尝'霸王花'的铁拳！"庄国红扔掉了警棍，也摆开了架势。

宗玲像一只蝙蝠一样扇动着两个臂膀，突然，她号叫一声扑了上来。庄国红不慌不忙，左闪步，飞起右脚，一记弹腿狠狠地踢在胖女人柔软的下腹部，紧接着马步向前，一记直拳"啪"地重重击打在胖脸上，动作干脆流畅，一气呵成。宗玲一声惨叫，随着一声闷响，像一口沉重的麻包摔倒在地上。

"别孬种，爬起来，再练！"庄国红厉声喝道。

"哎哟，哎哟，你打死我吧，反正我也不想活了！"宗玲蜷曲着身体，痛苦地呻吟。

"呸，泼妇，就凭你那两下子，还敢跟我支架子！"庄国红轻蔑地说。

武四海、袁红赶了过来。武四海掏出手铐，"咔嚓"把宗玲反手铐上，"熊娘儿们，胆敢拒捕，还袭警，吃了熊心豹子胆啦！"

"袁姐，没有事吧？"庄国红关切地问。

"手腕蹾了一下，不碍事！"袁红轻轻活动着手关节说，"这个女人的跤法还挺麻利，早知道这样，先用辣椒水喷她一气！"

"庄国红应该多陪她练几个回合，正当防卫，让这个熊娘儿们多吃点苦头！"

武四海说。

"我们在部队练的是一招制敌，没有花架子，这回算是便宜她了，没有用狠招。"庄国红说，"哎，刚才我追赶宗玲时，看见她扬手丢掉一个小包。"

"你扔的是什么？"袁红厉声问道。

宗玲喘着粗气，不予回答。

"要不然我和武大队长顺着追踪的线路去找一找，应该就在前边的草丛里。"庄国红说。

"好吧！"武四海打开手电筒，对着宗玲呵斥道，"蹲下，你放老实点！"

两丛光柱在草丛里寻觅。

"找到了！"庄国红手里挥舞着一个红色的钱夹，高兴地喊。

武四海走过来，打开钱夹，一边翻看，一边自言自语道："身份证，信用卡，现金，啊，还有一个 U 盘！"

"身份证、信用卡和现金都不要，为的就是扔掉这个 U 盘。武大队，看起来，这个里面肯定有不可告人的东西！"庄国红凑过来说。

武四海小心翼翼地把 U 盘装进口袋，"是的，这应该是一个很重要的证据，会搞清楚的，咱们下山吧。"

"宗玲，这是你的吗？"武四海晃着钱夹问道。

"是的。"

武四海又捏出来 U 盘厉声问："这里边存的是什么？"

在手电的光柱里，宗玲像一头受伤的母兽，瞪着血红圆眼，大口喘着粗气，一言不发。

"不说是吧，没有关系，你说不说，我们都会弄清楚的。带走！"武四海高声说道。

三个人押解着宗玲到山下与任青霞会合。

"任常委，咱们从高速还是省道走？"武四海问任青霞。

"上高速得绕路吧，我建议走省道，反正晚上车辆也不多。咱们到了祁河县再分手，你们把宗玲、张丛真带到局里去，我们再安排一个组在高速口接应，带着马莉莉直奔祁东。"

"好吧，我们出发！"

深夜一点半，车队驶入了祁河县境内。整个大地都在静静地安睡，天空碧澄澄的，月亮显得格外皎洁。道路两旁的水杉树躯干挺拔，笔直隽秀，昂扬向上，充满了生机。汽车穿行其间，银色的月光从树与树的缝隙中快速闪过。

任青霞出神地望着窗外的水杉树丛，对马莉莉说："祁河县的游子回故乡，见到水杉树，就知道到家啦！"

两行眼泪悄无声息地流了下来，马莉莉悄悄抹去眼泪，问："你们这是要把我带到哪里去，是去祁东县吗？"

"马莉莉，不管到哪里，都要相信组织，组织上是真正关心你的。你外逃的这些日子，你父亲马老非常惦记，也非常担心，到奶奶庙来找你，就是马老提供的消息。"任青霞没有正面回答。

"我也想念爹妈和孩子啊！"马莉莉忍不住"呜呜"地痛哭起来。

"你最近住在什么地方？"任青霞问。

马莉莉依然在抽泣，没有回答。

"马莉莉，我正告你，你现在不是什么大小姐，更不是什么贵妇人，而是被审查对象，必须摆正自己的位置！"任青霞严词训斥道，"我再问你一遍，你们最近的住所是不是戚家湾？"

"是的，戚家湾二组十七号。"

"是独门独院的吗？"

"是的，一个二层楼的小院。"

"还有其他人住在里边吗？"

"没有，就我们三个。"

"钥匙呢？"

"只有一把，在宗玲那里。平常她都把大门反锁上！"马莉莉怯生生地说。

任青霞立刻拨通了武四海的手机："武大队，他们的藏匿地点是戚家湾二组十七号，只有一把钥匙在宗玲那里。"

"好的，等把她押解到局里，我派王跃进带一个组过去搜查。任务完成之后，还得让他回地税局培训中心。"

"你能不能把庄国红也派去，那边的办案点现在也需要女同志呀！"

"为什么非得庄国红过去？"武四海不解地问，"哦，明白了，你是想当红娘啊！"

"公私兼顾嘛，他俩真的是天生的一对！"任青霞笑了。

祁东县地税局培训中心办案点，萧玉在谈话室清点马莉莉随身携带的物品。

"这张照片是你的两个女儿吗？"萧玉拿起一张照片问。

"是的，大的周晶晶，小的周冰冰。"

"照片怎么变得这么模糊，是泪水浸湿的吧？"

"我天天拿着女儿的照片看，看着看着眼泪就滴在照片上了，天天都是以泪洗面哪！"

"你的钱呢，怎么只剩下两千三百多元了？"萧玉问。

"就剩这么多了。本来这个星期天让马潇潇给我送一点钱，不知道什么原因，她没有来。"马莉莉小声说。

"你外逃时不是带了很多现金吗？"任青霞问道。

"都借给朋友了。"

"哪些朋友？"任青霞追问道。

"宗玲和丛真道长！"马莉莉长叹一声，双手捂住了脸。

刑警大队办公楼灯火通明。武四海进入办公楼，急匆匆地跟几个刑警吩咐道："快点带到讯问室，抓紧突审，另外连夜去找宗林，核查购房款！"

他快步走进自己的办公室，打开电脑，插入 U 盘。一幅幅不堪入目的淫秽场面映入眼帘……

武四海紧锁眉头，点燃一支烟，盯着画面，陷入了沉思。

月亮沉下去了，几颗星星依然在东南方的天际闪耀，远处的地平线上泛起了一抹鱼肚白，村里传来几声雄鸡的报晓。

王跃进带领民警打开了宗玲等人的出租屋。

"三人一组，仔细搜查！物品尽量都带走！"王跃进吩咐道。

王跃进走进二楼一个房间，拉开柜子，里边悬挂着道服，显然是张丛真的房间。他打开一个男式挎包，里边赫然隐藏着一部偷录设备。王跃进举起相机，拍照。他又拉开柜子里的抽屉，几盒红红绿绿的药。他戴上手套，拿起一盒仔细端详，封面印着半裸体的西洋帅哥，繁体字标注的商标"步步高"。王跃进拍照，把图片发给武四海大队长。之后，他小心翼翼地把药装入塑料袋里。

王跃进走进另一个房间，三个刑警正在翻箱倒柜地搜查。

"王队，刚刚在宗玲卫生间的垃圾桶里，手纸下边居然藏匿着大额的现金。"一个年轻的刑警过来汇报说。

"好的，过去看看。"

王跃进随同年轻的刑警走进卫生间。刑警拎起一个装满手纸的黑色垃圾袋，底下又隐藏着一个包裹严实的黑色塑料袋，刑警戴上手套，轻轻打开，五沓崭新的百元票子展现在眼前。

"好狡猾，一般人还真的想不出来，手纸下边还藏有这么多现款！如果是诈骗马莉莉的现款，应该能从人民银行查到现金的号码、提取人。"王跃进说，然后他指着卧室里的笔记本电脑问，"这里边还有什么东西吗？"

"刚才打开看了，里边的内容全部删除了！"刑警回答。

"删除了也不要紧，找电脑公司恢复，带走！"王跃进说。

祁河县公安局刑警大队讯问室，宗林惊慌失措地看着眼前威严的刑警。

"小伙子，今年多大了？"袁红和蔼地问道。

"十八岁。"

"你知道为什么深更半夜找你来吗？"

"俺知道，肯定是与俺娘有关系。"

"噢，你是怎么知道的？"

"俺娘整天在外边瞎折腾，不务正业，早晚都要出事。"

"你觉得你娘，也就是宗玲能出什么事儿？"袁红追问。

"人家都说'子不嫌母丑，狗不嫌家贫'，我却真的对俺娘很反感，她不是一个善人，今天算计这个，明天算计那个，连政府都敢算计，前一阵还跟政府打官司。她出事，肯定与跟县政府打官司有关系。我今年六月从祁河县中等职业学校毕业之后，到燕山化工集团做工，搬了出来，现在跟我女朋友一起住。"

"你住在哪里？"

"汉唐街，租的一室一厅的小房子。"

"你准备买房子吗？"袁红不动声色地问。

"哦，我明白了，你们找我是不是与买房子有关系？"宗林恍然大悟地说，"俺娘很久没有跟我联系了，她原来的手机一直关机。16号端午节那一天，她突然用一个陌生的手机打俺女朋友的电话，让我接电话。她告诉我给我五十五万元，让我买婚房。我说富贵府的房子不错。她说让我先去签合同，交定金，约定18号上午十点钟在售楼处大门口见面。"

"你看看是这个视频吗？"袁红说。

一个民警打开电脑，宗玲鬼头鬼脑钻出出租车与宗林见面的视频投影到屏幕上。

宗林仔细看了视频，点点头说："是的，就是那一次见面的视频，之后就没有见过。她递给我的布包里装了五十五万元现金，都是百元成沓的。我当时心里也疑惑，俺娘今天咋这么大方，这是从哪里弄来这么多的票子，是不是来路不正？"

"来路不正的问题不是你该关心的，你先回答，这笔钱你干啥用了？"

"我买了富贵府一期五栋 502 房间，123 平方米，花了五十二万多一点。要是这笔钱违法，我情愿退给政府。"宗林抹了一下眼泪说，"警察阿姨，我想问问俺娘犯的罪重不重？"

"宗玲涉嫌多起犯罪，目前已经被刑事拘留！"

"哎哟，俺的娘喂，她不犯杀人的罪就是谢天谢地了，俺爹就差一点被她砍死！"宗林"呜呜"地哭了起来，"俺娘的性子烈，脾气暴躁，倔得很，属于醉死也不认那一壶酒钱的人。公安局就是攥住了她的手脖子，她都不会认账的。警察阿姨，你看俺能不能写一封信给她，劝劝她，就说让她为了我和王静，也就是她未来的儿媳妇，让她好好配合公安局，争取宽大，早点出来与俺们团聚。"

"看起来你这个小伙子是个明事理的青年，如果可能的话，我们会给宗玲从宽处理的。"袁红说，"这样吧，你说一遍，用录音笔录下来，我们一定转达到，你看这样可以吗？"

"行，公安同志，求求你们救救俺娘！"

讯问室里灯火通明，武四海威严地讯问张丛真："回答你的姓名、年龄、户籍所在地、学历、职业？"

"我叫张丛真，今年二十八岁，淮江市龙城县张庄人，高中文化，无职业。"张丛真坐在讯问椅子上，战战兢兢地说。

"你是怎么认识宗玲的？"

"半年前，龙城县的一个道场上认识的道友，她说她是个富婆，大老板，让我以后跟着她干业务经理，我就跟着她了，其实就是被宗玲包养的小白脸！"

"她给了你什么好处，你就心甘情愿地为她做小白脸？"

"包吃，晚上陪她睡觉，每个月五千块钱的工钱，如果合伙挣到大钱，二八分成。"

"你们挣到大钱了吗？"武四海逼视着张丛真。

"这大半年一直都在围绕马莉莉套近乎，想通过马姐承揽点工程再转包，或者是帮别人讨要政府的工程款，拿点提成，到现在一笔生意都没有做成，还没有见到效益。"

"你的意思是跟着宗玲混了大半年，都是瞎忙活？"

"真的是瞎忙活，警官，我说的都是实话。"张丛真眨着眼，煞有介事地回答。

"这个问题等一下再说，现在我问你，你为什么要假扮成道士？"

"俺从小就习练内家拳，对道家的知识一知半解。宗玲说我长得俊俏，长发飘飘，有仙风道骨之气，她当初就是看中我这一点。宗玲专门给我包装一下，改换了一下形象，让我穿上道服，蓄起长发，把张姓去掉，化名丛真道长，说这样更能引人眼球，特别是吸引女客户的注意。开始主要的猎取对象就是周树彬局长的夫人马莉莉，为了她，我准备了两个月的功课，就是天天恶补道教的知识，以便于蒙事用。"

"交代一下你们是如何与马莉莉交往的！"武四海说。

"开始就是想跟马莉莉套近乎，主要是想拉上周局长这根线，捞点好处，也没有想把她咋的。宗玲说这就跟指南针的南北两极一样，同性相斥，异性相吸，要想进一步跟马莉莉处好关系，就得我这样的俊俏小生出场，才能摆平她。她叮嘱我说马莉莉是老干部的闺女，平常心高气傲的，不要给她留下坏印象，得慢火炖甲鱼，一步一步地来，不能操之过急。感觉差不多了，她安排我们第一次见面，就到春雨楼酒店去，马莉莉一见到我，就对我产生了好感。我们一起喝酒聊天，谈经论道的。其实她啥也不懂，我这半瓶子醋哄她，就跟哄小孩一样。马姐这人没有坏心眼，挺单纯的，我觉得很对不起她。"

"你第一次见到马莉莉，是5月12号的晚上，那天宗玲带你去的春雨楼酒店，就在最里边的105房间，春风厅，对吧？"武四海追问。

"天啊，连这些你们都知道，我的天哪，我算服了，彻底服气啦，原来你们早就盯着我们了，咳，反正是认栽了，索性都如实交代了吧！"张丛真惊愕地说。

"张丛真，只要你如实交代清楚，我们会给你宽大处理的。"记录的刑警抬起头说。

"从5月中旬开始，第二次我和宗玲去见马姐，我们还是一起在春雨楼吃饭。马莉莉在酒桌上劝说宗玲，让她见好就收，园林工程的事别再跟政府打官司了，退一步，双方和解。还有马姐告诉宗玲，给她三十万元，让她把税款补缴上，老是让地税局盯着肯定不是好事，并且说这是周树彬的意思。宗玲听了就很紧张，反反复复地问马莉莉，周树彬是不是打探到什么消息了。马姐告诉她别太紧张，周树彬就是让她不要与政府作对。从那时宗玲就开始躲税务局，还天天提心吊胆地提防着公安，手机也不敢开机，生怕逮住她。为了安全起见，她带着我躲到祁东县的戚家湾那个院落里。公司的事情，宗玲全权委托给聘任的律师去办理。其实她就是一个皮包公司，平常也没有啥子业务，就是跟政府打官司还有跟税务局交涉这些烂事。"

"哪一个事务所，律师是谁？"

"正义律师事务所的所长杨实义。"张丛真回答道。

"你交代一下将近一个月的活动情况。"武四海说。

张丛真交代说："周树彬出事那天中午，宗玲接到马莉莉的求援电话。宗玲兴高采烈地对我说：'弟弟，咱们姐弟俩发财的机会到了！'我们赶到芒砀县的果园，马莉莉的表姑家，跟马莉莉会合。马莉莉当时带了一个双肩包，用小锁锁着，沉甸甸的，一摸就是现金。宗玲私下里告诉我，这些都是老周的不义之财，咱们拿过来那是替天行道，让我沉住气，见机行事。宗玲和我表面上对马莉莉又是安慰，又是关照，其实是准备在她放松警惕之后，才好下手。第二天，马莉莉接到她妹妹的一个电话，这也是她们姐俩事先约定的号码，说马上追捕组就要到了，让她赶快跑。马莉莉吓得一个劲地哭。宗玲跟她说：'妹妹不要怕，天塌下来由姐姐替你顶着，姐姐这就带你去一个安全的地方，藏个十年八年的都没有问题。'我们三人包了一辆车到了祁东县戚家湾我和宗玲租住的那个独门独院，宗玲让我和马莉莉在楼上住，她住在楼下。她这样安排一方面是为了让我更容易接近马莉莉，另一方面是她在楼下看住马莉莉，防止她逃跑。那些天马莉莉经常拿着两个女儿的照片哭哭啼啼。宗玲教唆我说，这个时候是女人心理最空虚、最脆弱的时候，让我试探着对马莉莉进行性骚扰。说心里话，我还是很喜欢马姐的，端庄大方，很有风度，不像宗玲这种粗俗不堪的丑娘儿们。我就借机与马莉莉结拜为干姐弟，这样就以弟弟关心为名，给她洗脚，捶背，捏腿、肩膀。我时常有意无意地触碰马莉莉的胸部、大腿内侧，她都没有吭声，不反对就是默许。宗玲后来听我说到这个情节，笑着对我说：'弟弟，大功就要告成了，咱们快该发大财啦！'那天下午她到镇上的一家成人用品商店，买了几盒'步步高'。她跟我说这是从海外进口的好东西。"

"宗玲是在哪个店里购买的'步步高'？"武四海问。

"平常宗玲都是把大门反锁，前几天上午我出门到镇上买了一些生活用品，在镇粮管所旁边的一个小门脸的店里，有这种药。我跟宗玲混了半年，对这个女人还是很了解的。这个女人表面上傻大粗笨，其实是很有心计的人。她去购买成人用品，无非是哄骗马莉莉，让她感觉到我是道家高手，功力深厚，另外给她足够的生理满足，也好进一步控制她。吃晚饭的时候，宗玲特意出去买了一只烧鸡，我炒了几个菜，开了两瓶红酒。马莉莉的酒量不大，喝了几杯就有点晕了。宗玲撺掇她说：'妹妹，你跟丛真道长有仙缘，今晚就跟他圆房吧！'马莉莉不好意思地说：'那能好吗？''怎么不好？你的阴气太重，长期跟老周没有那事吧。与丛道长圆房，能减阴气，你能得到丛真道长的太阴真气，丛真道长又能提高功力，两全其美的好事呀！'马莉莉还是忸怩不同意。我说：'俺们姐弟的感情很纯洁，一会儿给她按摩按摩。'吃完饭，马莉莉说有点不胜酒力，回房间休息去了。宗玲让我吃下一粒药，打开暗录设备。我挎着皮包上楼了。马莉莉的房门没有关，虚掩着，我推门进去，把探头对准床铺。我说：'马姐，让我给你按摩一下！'她醉眼蒙眬，没有反对。我脱去她的披肩，先是推捏胳膊，然后是慢慢靠近乳房。她说：'弟弟，到此为止吧！'却没有把我的手拿开……

"张丛真，你看看，这是那个偷拍录像的皮包吗？"武四海打开彩信，递给张丛真辨认。

张丛真辨认了一下回答："是的。"

"那个'步步高'是这个盒装的吗？"武四海又翻开一页彩信，递给他。

"就是这个药，我已经吃了十八九粒了。最近开始冒虚汗，耳鸣盗汗，每天早上醒来席子都是湿透的！所以我就琢磨着怎么摆脱她们。"

"想跑还不容易，就凭你的体格，翻墙头就跑了。"年轻的刑警说。

"宗玲把我的身份证扣在她那里，我就想瞅个空子偷出来。"

"身份证可以挂失、补办，你还是另有企图，没有说实话！"武四海厉声说。

张丛真低下头，不吭声。

"怎么不说话了，哑巴了？"武四海问，"那你说说偷录设备是从哪里搞到的？"

"是宗玲今年五一期间从网上购买的，这属于间谍器材，网上有卖的。她还购买了一套无线的监控探头，很小，准备偷偷安装在你们县纪委书记的办公室门口。后来调试的时候探头老是闪光，信号也不稳定，只好作罢。"

"宗玲为什么购买这些器材？"

"警官，您不知道，宗玲这个娘儿们是个鬼精鬼精的人。她平日里都是随身带着录音笔，跟人讲话、请人吃饭，经常偷偷录音，有时候一些重要的电话她也录音。这些资料她都存到笔记本电脑了。"

"这个笔记本电脑现在哪里？"

"在戚家湾的住所里。不过，前一阵宗玲感觉危险，就把信息都删除了，只把我与马莉莉的视频拷到一个 U 盘里，她随身携带，准备进一步控制马莉莉。"

武四海翻开张丛真的钱包，夹出一张农行借记卡，"张丛真，这是你的银行卡吗？"

"好像是的！"张丛真眼睛里显出一丝慌乱。

武四海把银行卡递给他："说的什么话，是就是，'好像'是什么意思？从你钱夹里拿出来的银行卡，你自己难道不清楚？"

"警官，是我的卡。"

"里边有多少钱？"

"这个，我记不清啦！"

"记不清了，是不想说吧？没有关系，天亮了之后到农业银行一查就清清楚楚了！"武四海轻蔑地笑了，"不过，你的这种态度我们只能认为是对抗，显然不能再从宽处理了，张丛真，何去何从，你要抓住机会啊！"

"我交代，里边有三十万元。"

"从哪里弄来的？"武四海厉声问。

"端午节那天，宗玲跟我说火候差不多到了。那天晚上加了几个菜，喝了几瓶啤酒。宗玲半开玩笑地说：'妹妹，看看你们的精彩表演吧！'马莉莉不知道是啥意思。宗玲用笔记本电脑播放我们两个人的视频。当时马莉莉的脸都白了，惊得目瞪口呆。缓过劲来之后，她愤怒地对我吼道：'丛真，你害死我啦！'宗玲笑眯眯地说：'妹妹，两情相悦，谁害谁呀？俺们在你落难的时候出手相救，对你都是真心的，患难见真情嘛！'安抚了一会儿，宗玲说：'现在祁河县已经进去七八个了，周树彬肯定是保不住了，妹妹要想躲过这一劫，就得舍得下本钱。'马莉莉哭着说：'我要是进去了，十年八年出不来，两个孩子咋办呀？'宗玲说：'俺有个没出五服的哥哥在中纪委当主任，你是知道的，让他出面跟市纪委的徐远行书记、祁河县纪委的陈爱民打个招呼，起码能保住你，保管你平安无事了，周树彬也能少判几年。'"

"宗玲有本家的哥在中纪委工作吗？"武四海问。

"确实有，是个处长，人挺和气的，今年春节回家探亲，宗玲忙前忙后的。平常她也经常把她这个本家哥哥挂在嘴上显摆。"

"你们怎么掌握祁河县这边的消息？"

"宗玲隔三岔五地到附近的网吧，搜索'祁河论坛'。网上天天都是热炒这边办案的情况，真真假假的信息很多，宗玲拼凑一下回来糊弄马莉莉。宗玲哄骗马莉莉说：'妹子，你至少得拿出一百万元才能摆平这个案子，俺哥哥中纪委那边得花五十万元，市纪委徐远行书记得二十万元，县纪委陈爱民那里最少十万元，剩下的十万元给那些副手、办案的打点一下！'马莉莉说她考虑一下。第二天，她拿出九十万元现金交给宗玲，说只有这些钱了，还差十万元，让她妹妹马潇潇送过来。拿到这笔钱，宗玲把我喊到她的房间里，开始说给我十五万元。我嚷着说：'门也没有，少于三十万元，我就告诉马姐。'她害怕我真翻脸，就算是动起手来，她也是处在下风。这样，她就给我分了三十万元。这么多钱放在房间里不安全，星期天我打听清楚农行储蓄所上班，就推说要到街上买东西，把现金存到卡里了。"

"就是你星期天上午十点左右骑自行车去的那一次吗？"

"是的，顺便我又找了一下那一家成人用品商店。"

"你想摆脱宗玲，但要等钱到手，这才是你开始不走的原因吧？"武四海问道。

"是的，我看宗玲这个娘儿们太不地道，想着脱离她，回老家，正儿八经地买房子，娶媳妇，这笔钱也够了，不愿意再跟这个女人这么混下去了。"

另一间讯问室，郑运华正在与宗玲交锋。

"你怎么解释这些视频？"郑运华厉声问道。

"视频怎么啦？我就是好奇，反正我又没有传播，你们能把我咋的？"宗玲嬉皮笑脸地说。

"宗玲，你放老实点，你是仅仅好奇吗？你与张丛真、马莉莉的交往，必须讲清楚！"

"有啥需要讲清楚的，你们不都看到了吗？是的，我不要脸，我是破鞋，这下你们满意了吧！只要俺们三个不在一张床上滚，就不犯法，够不上你们叫的什么'聚众淫乱罪'，刑法俺也学习过，咋啦？男欢女爱，只要是不犯法，你们管得着吗？"

"18号你到富贵府售楼处干什么去了？"

"我给俺儿子送钱了，给他买房子。钱是我做生意挣来的，怎么啦？"

"戚家湾房间里藏在手纸篓里的五万元是谁的？"

"也是我的，做生意挣来的钱，干干净净，怕小偷偷，放在那里不行吗？"宗玲依旧表现出咄咄逼人的气焰。

"宗玲，我警告你，不要不见棺材不掉泪！"郑运华呵斥道。

"警官，你吓唬谁呀，我就是见到棺材也不会掉泪的，我哈哈大笑，有本事你治我的罪呀！你们不是挺有能耐，说零口供也能定罪吗？治俺的罪呀，从重处理吧，俺不怵你们！"

袁红走了进来，"宗玲，你不要放肆，会让你见到棺材掉眼泪的。"

"哟！美女警官，刚才在山上纯属误会，我还以为遇到打劫的了，绝对没有袭警的意思，出手重了一点，俺给你赔不是啦！"

"少在这里油腔滑调，给你听听录音！"袁红说着，打开了录音笔。

宗林的声音："娘，俺都跟公安说了，你也说了吧，争取一个好态度，从宽处理，俺和王静等你回家的那一天，说了吧，娘，别受罪啦！"

宗玲冷笑一声："喊，没有招了不是，跟我来这一套！"说着，她用手指头在嘴里抠摸。

"宗玲，你在干什么？"袁红呵斥道，快步过去。

宗玲揪下来一颗血淋淋的牙齿递给袁红："这颗牙晃荡好几天了，俺嫌烦，把它薅下来了，麻烦你去交给俺儿，跟他说，就当他娘死了！"

"宗玲，你必须为自己的所作所为负责！"郑运华训斥道。

"哼哼！"宗玲冷笑着，一脸的狰狞。

袁红愤怒地一拍桌子，"宗玲，你会为今天的所作所为付出代价的！"

旭日东升，迎来了周末第一个灿烂的早晨，人们依然在沉睡。在祁东县地税局培训中心，陈爱民召集办案人员讨论案情。

任青霞汇报说："凌晨的抓捕情况就是这样，从现场的情况还有我刚才跟武四海大队长交流的情况来分析，目前这个宗玲很难对付，好比是茅厕缸里的石头——又臭又硬，完全是一副死猪不怕开水烫的架势，看样子要想把她拿下来，还得费一番功夫。"

梁石祥分析说："这个宗玲在以后的案件中起到承上启下的作用，如果不能把她拿下来，后续的案件就没有办法开展下去。我分析她之所以又臭又硬又滑，除了她性格刁蛮、凶悍之外，更主要的是想通过与公安机关死磕到底，自以为拒不提供证言、书证，公安机关就拿她没有办法，企图以此逃避法律的制裁。还有，就是她已经诈骗到手的钱款，就像到了嘴里的肥肉，当然不愿意再吐出来。这两个缘由，就成为她顽抗到底的心理防线。"

陈爱民接着说："梁书记分析得很有道理，除了从马莉莉那里骗取的六十万元，还有与政府打官司的三百多万元的所谓工程款，眼见就要唾手可得的不法获利，她宁死也不会放弃。从各方面反馈的信息分析，这个女人虽然文化水平不高，但是悟性很强，是个非常聪明的人，只不过聪明没有用到正道上，结果是聪明反被聪明误。她很清楚，只要她一处失利，就会全线崩溃，所以拼死顽抗，绝不松口，这完全是在意料之中的。早上王跃进从戚家湾带回来的物品中竟然有几本刑法、民法方面的书籍，而且都是圈圈点点，说明她认真研究过。因此，我们对这个对手绝对不能低估，传统的办案套路在她身上很难起到作用。开会之前，我与张铁军局长通了一个电话，他也认为从第一个回合的交锋中，摸到了这个人的脾气，外强中干，色厉内荏。他也认为只要我们把外围证据做扎实，第二轮就能把她彻底打垮。下一步从我们这边，有哪些突破点，请大家谈一谈，孟主任，你先说说！"

孟庆军掏出香烟，被陈爱民摆摆手阻止："早晨第一支烟，是最坏的一支烟，一支抵五支，危害最大，留到上午再抽吧！"

孟庆军不好意思地笑了笑，把烟重新放回烟盒里，他不紧不慢地说："从前期我们掌握的线索分析，目前我们可以顺着三条线往前查。第一条线就是园林局法规科科长梁琪为宗玲出具伪证，使得政府在诉讼过程中处于不利的位置，给国家造成三百七十万元的损失。对梁琪立案、'两归'都没有问题，由此可以弄清楚宗玲操作虚假诉讼的内幕。第二条线就是宗玲伪造黄山百合林场、庐山鸿运林场购买苗木的假合同。从我们掌握的信息来看，这两份合同的字迹以及后续添加的条款，都出自方正律师事务所甘辉臻的笔下。此人没有律师执业资格，在事务所打杂，控制住他，就能搞清楚宗玲伪造合同诉讼的内情。第三条线就是仔细询问在这二十六天的外逃过程中，宗玲伙同张丛真对马莉莉进行不法侵害的细节，从中找出宗玲的破绽。再有就是那个诈骗犯张红霞也可以找了吧，是宗玲给周树彬拉的皮条！"

"宗玲真的是蛇蝎心肠，她精心设计相思局，给周树彬用美人计，给马莉莉使美男计，两口子都栽在温柔的陷阱里。"任青霞愤愤地说。

"立楷，你有什么意见？"陈爱民问。

王立楷说："孟主任讲得非常正确，我们就是千方百计地从对方的细节中找到破绽，这也是陈书记经常要求的'在宏观上要气势如虹，在微观上要心细如发'。宗玲再狡猾，总会露出蛛丝马迹的，仔细梳理，一定能找到突破口。另外我还有一个建议，方正律师事务所的所长、宗玲的代理律师杨实义，在诉讼过程中不会对这些虚假证据一无所知吧，是不是同时也找他调查一下。我了解过，这个杨实义是县司法局原来的第一律师事务所所长，他是党员。"

张继胜提出不同意见："我觉得暂时不要动杨实义。理由是他是一个老律师，懂得自我保护，他不会傻到帮助宗玲伪造证据的程度，像这样白纸黑字的东西，一旦败露，想抵赖都赖不掉。从黄山的林场女老板靳杜鹃提供的相貌和合同的笔迹分析，一同去林场的就是甘辉臻。民事诉讼是谁主张谁举证，作伪证的问题，或者他们是背着杨实义干的，或者是杨实义明知道是假证据而采用，不管怎么样，他都可以说不知情，推脱得一干二净。"

"好的，其他同志还有什么意见？"陈爱民问道。

看到大家没有新的意见发表，陈爱民接着说："如果没有补充，咱们这样安排：渔场办案点控制住梁琪、甘辉臻，梁琪由魏保平主任负责主办，甘辉臻由安然主任负责主办。祁东办案点这边马莉莉的谈话，由任青霞常委和孟庆军主任负责。马莉莉的谈话要注意把握住她参与的共同受贿问题，这是我们的主要目标。其次是马莉莉作为被害人，指控宗玲、张丛真涉嫌犯罪的问题，相关的线索及时与公安机关联系。至于律师事务所所长杨实义，我同意张继胜的意见，暂时不要找他。我们分析案件可以有罪推论，但是，这种推论必须在有事实的基础上才能付诸实施。如果我们情况尚不明确，就不管三七二十一先把人找来再说，这样就是办案简单化的表现，也容易伤害证人的感情。"

"好的，我们记住了！"几个主任异口同声地说。

"任常委，马莉莉现在情况怎么样？"陈爱民问。

"回来之后就让她休息了，准备吃完早饭再开始谈话。她的神情恍惚，老是念叨'一场噩梦结束了！'"

陈爱民说："你们好好安抚她。至于是先谈共同受贿，还是先谈受害的经过，你们自己决定。我建议先谈被诈骗的过程，一方面公安局正需要袭击宗玲的炮弹，另一方面，那些外逃期间的难以启齿的经历说出来之后，受贿的问题交代得或许更快一些。张红霞只是一个小角色，主要涉及周树彬受贿五十万元还有周树彬其他受贿的二十多万元赃款去向问题，另外整个诈骗的过程也是很吸引眼球的，色相诈骗对于丰富警示教育片是一个难得的题材。现在宗玲已经到案，可以找张红霞了。她是祁东县人，找到之后直接把她带到这边的办案点，这件事交给张继胜完成吧。王立楷暂时还在周树彬的谈话组，老办案人员都抽走了，容易引起他的心理发生变化，王立楷主任能掌握住他。公安局准备在这边设一个组，侦查张红霞的诈骗问题，等到周树彬七十多万元的赃款的去向核实了之后，就把她及时移送公安。大家还有什么问题吗？"

"没有了！"

"好，开始工作吧！"

谈话室里，马莉莉一觉醒来，任青霞、章勇翔和庄国红正坐在身边，笑眯眯地望着她。

"醒了，快起来洗漱一下，吃早饭吧！"任青霞亲切地说。

马莉莉坐起身，"哎哟，任常委您一夜没有睡觉吗？"

"迷糊了两三个小时。"

马莉莉走进卫生间，庄国红寸步不离地站在旁边。

"你能不能到外边去？你站在我身边，我屙不出大便的啦！"马莉莉坐在马桶上不满地说。

"不行，这是纪律！"庄国红斩钉截铁地说。

吃过早餐，马莉莉端坐在方凳上。

任青霞严肃地说："马莉莉，我们代表县纪委、监察局跟你谈话，你涉嫌严重违犯党纪政纪，现在对你采取组织措施，你必须老老实实把自己参与的以及知道的问题，向组织交代清楚！"

"任常委，孟主任，这二十多天在外边东躲西藏，度日如年，我真的很后悔，不应该当初外逃，多次动过回来自首的念头。请几位领导放心，我一定会积极配合组织的。"

孟庆军点燃一支烟，"马莉莉，你先把这二十六天的经过，从头到尾，详细地说一下。"

马莉莉拢了一下头发，"5月28号早上，周树彬给我打电话，就说了一句'快点走！'就挂断了。我知道出事了，就按照事先俺俩的约定，从衣柜里抓出来双肩包，拎着一个拉杆箱，开车就跑了。路上看到有车追赶俺，我就加速狂奔，一直跑到芒砀县俺表姑家。路上在服务区跟宗玲联系了一下，也是打的她的秘密号码，约她到芒砀县李寨的果园碰头。"

孟庆军不慌不忙抽了一口烟，问道："你跟周树彬还有什么约定，还有什么秘密，都要一五一十地讲出来！"

"没有了，"马莉莉看了看孟庆军的神态，再一次表白，"真的没有了。"

"不想说是吧，那我问问你，你家院子里的柿子树下埋的啥玩意儿，你不会说不知道吧？"

"你们都知道了！"马莉莉惊慌地说。

"你们干的那些事，尽在我们的掌握之中，今天给你开个头，就是要让你明白，不要再耍小聪明，搞小动作了，已经没有必要再兜圈子了，只有老老实实交代清楚问题才有出路。你参与了一部分周树彬的违法乱纪行为，是犯有严重错误的。另外，你又是宗玲、张丛真诈骗犯罪的受害者。这两个方面的问题你都要如实地讲清楚。"

"什么，宗玲和丛道长是诈骗犯？"马莉莉惊愕地说。

"什么丛道长！"任青霞轻蔑地说，"他原名叫张丛真，凤城县张庄镇的农民，半年前在一次道场上结识了宗玲，被宗玲包养。经过宗玲包装，化名丛真道长，目的就是为了接近你的。开始是为了博取你的好感，为宗玲的生意铺路。周树彬案发，你逃跑之后，他们就合谋对你实施诈骗。你直到现在还被蒙在鼓里啊！"

"以前周树彬就跟我说过，宗玲是个坏女人，让我离她远一点。丛真道长怎么可能啊？他谈经论道，出口成章，而且的的确确是有功力的。"

"呸，什么功力，我给你瞧一样东西。"任青霞说着，从包里摸出一个红红绿绿的药盒，"你瞧瞧，这是凌晨公安干警从张丛真房间里搜出来的药品'步步高'，宗玲和张丛真就是拿这一套把戏糊弄你的。常言道'百善孝为先，论心不论事，论事天下无孝子；万恶淫为首，论事不论心，论心天下无完人'。你父亲马老，德高望重，你也是两个孩子的母亲，怎么能做出这种事呢？"

马莉莉双手捂住脸，羞愧万分地说："哎哟，我都羞死啦！"

"马莉莉，我们都是成年人，对于涉及的案情，没有什么不好意思讲的。我可以告诉你，张丛真交代，宗玲给他买的这种药，每一次找你之前他都服用一粒。他的挎包里就隐藏着一部偷录设备，这个情况你是后来才知道的，对吧？不然，你也不会心甘情愿地受宗玲的摆布，是吧？"孟庆军黑着脸问。

"天啊，我这以后怎么做人啊！"泪水顺着马莉莉的指缝渗出。

汽车在祁东县城的"钟灵"小区门口停下。

张继胜对同行的王跃进、萧玉说："张红霞就住在这个小区的六栋二单元402室。"

"咱们上去吧！"萧玉打着哈欠说。

"我先跟武大队长确认一下再说。"张继胜拨通了武四海的手机，"武大队长，我是县纪委张继胜，啊，你刚刚睡下，不好意思啊打扰你了。跟你报告一下，我们已经抵达张红霞的小区门口，想确认一下她是否在家。"

"好的，一会儿王教导员跟你联系。"

"谢谢啊，你赶紧休息吧！"张继胜合上手机，转过脸说，"你们两个也眯瞪一会儿吧，干咱们这一行的，忙起来就是连轴转。"

"真累坏了！"萧玉说着，一歪头，睡着了。

手机响，张继胜接听："哦，王教导员你好。张红霞的信号一直处在游动状态，可能在汽车上。好的，我们耐心等一会儿。"

张继胜看了一眼手表，自言自语道："还不到九点钟，一大早这个娘儿们能干啥去？"回头看看，萧玉和王跃进仰在后座已经发出轻微的鼾声。

九点半，手机将张继胜唤醒。

"王教导员，什么？信号固定在'钟灵'小区了，那就是回到家了，好的，谢谢你啊！"张继胜放下手机，摇醒二人，"快点，张红霞到家了！"

三个人蹑手蹑脚地走到三楼半，张继胜说："慢着，咱们这么上去，她要是发现异常，愣是不开门怎么办？不如让萧玉过去喊门，就说'张大姐在家吗？'萧玉是女同志，她不会怀疑的。"

"好的，这是一个好办法。萧玉，你喊门的时候，一定要用特别亲切的声音，让她感觉不外气，是熟人。"王跃进说。

"好吧，"萧玉走到402室门口，轻轻敲门，用很甜美的声音喊，"张大姐在家吗？"

"喔，来啦！"门开了，一个头上卷着烫发器、脸上贴着面膜的孕妇，站在萧玉面前。

张继胜、王跃进一个箭步蹿上去，张继胜厉声问道："你是张红霞吗？"

"是啊！"张红霞惊诧地看着三人。

"我们是祁河县纪委的，找你了解有关情况，请你配合一下。"

"咋啦，咋啦，纪委就能随随便便地抓人吗？"一个肚子滚圆的男子，光着上身跑出来嚷嚷。

"张红霞涉嫌一桩案件，我们找她谈谈，你要想要手续，也可以，让公安机关给你提供，不过，后果你们自负。我奉劝你们，别把事情搞得复杂化。这一位就是祁河县公安局刑警队王队长。"张继胜说。

"这是我的警官证！"王跃进说。

"我换身衣服再走行吗？"张红霞说。

"不用换，这样就挺好！"萧玉打断了她的要求。

"警官，俺老婆怀孕了，我陪她一起去行吗？"男子的态度软了下来。

"可以，你去给她拿一件外套，我们先下楼。"张继胜说。

临河镇农贸市场，星期六的上午熙熙攘攘，人头攒动。一个举止儒雅的中年男子，被县纪委安然主任叫住。

"同志，请问你是甘辉臻吗？"

"是我，你们是……"甘辉臻摘下了眼镜，狐疑地看着安然。

"我们是县纪委、监察局的，这是我的工作证！"安然出示黑色的证件。

甘辉臻仔细查看了工作证，然后递给安然，淡定地问道："喔，你是县纪委的安主任，你们纪委、监察局是管党员、干部的，我是一个小老百姓，不党不团的，找我有何贵干？"

"怎么，你是质疑我们找你的合法性？"安然笑了笑，"那我告诉你，依据《中华人民共和国行政监察法》第二十六条之规定，你作为祁河县花木盆景公司聘用的诉讼参与人，我们有权对你进行查询。"

"哦，这个嘛，我对《行政监察法》不太熟悉。"甘辉臻显得有些窘迫。

"经历过这么一回，你对党纪政纪法规的学习就能刻骨铭心了。甘辉臻，你不是要跟我们斗法律条文吗，可以呀，请你跟我们走一趟，咱们好好探讨探讨有关民法、刑法方面的问题。"

甘辉臻掏出纸巾，擦擦额头和脸上的汗水："安主任，您误会了，我绝对没有要跟您斗法的意思。请问一下，我能给家里打个电话吗？"

"当然可以，没有人限制你的人身自由啊，"安然说，"不过我提醒你，如果不配合公安机关对你的传唤，那将意味着什么，你自己清楚！"

"我一定配合，一定配合！"甘辉臻忙不迭地说。

"走吧，车在市场门口停着！"一位身着便装的刑警说。

祁河县渔场办案点谈话室，安然直视着对面的甘辉臻："老甘，你也是从事法律工作的，咱们之间也没有必要再兜圈子，绕弯子，我直截了当地问你，宗玲在与园林局的诉讼过程中有没有搞过阴阳合同？"

"这个嘛，我还真的说不清楚，我只是抄抄写写，具体是聘用方的老东家让我干啥，我就干啥。"甘辉臻的眼神游移不定。

"看着我的眼睛，甘辉臻你要明白，你对这种对抗的态度要负责任的！"安然严厉地说，"正如你刚才在菜市场讲的，你不党不团的，县纪委、监察局既然找到你的头上，就是有真凭实据的。本来你的所作所为已经触犯了法律，我们也是给你一个机会，希望你不要将错就错，继续执迷不悟！"

"咳，当初造假的时候，我心里就直犯嘀咕，这要是一核查，准得露馅。"甘辉臻懊恼地说。

"你是指的阴阳合同吗？"安然问道。

"是的，经不起调查的。"

安然示意刑警："是这两份吗？"

刑警把复印的合同递给甘辉臻看。

"是的。"甘辉臻回答说，"法院在审理案件过程中也怀疑合同的真伪，派主审法官胡广建、张红林去苗木采购地核实。当时我害怕得很，宗玲说没有事，都是自己人，打点好了的，到时候就是走个过场。她派我陪同法官一起去了两个采购地，给我五万块钱，吩咐我一路上把法官伺候好。所以一路上我都是好酒好菜招待他们。"

"到了哪两个采购地？"

"黄山附近的百合林场、江西的鸿运林场。我们还顺路游玩了黄山和庐山。"

"两个法官到现场核对合同了吗？"

"没有核对，他们就是简单问问是否签过合同，对方稀里糊涂地承认有这回事，然后就简单地做了一个笔录。"

"这两份合同包括以后增加的条款，都是你书写的吗？"安然问道。

"是我写的，按照宗玲的意思写的。"

"宗玲这个人是个滚刀肉，你是知道的，她要是翻脸不认账，那一切过错都得你一个人兜着，你吃得消吗？"安然正色道。

"她凭啥不认账？我早就知道她是个鬼难拿，所以多了一个心眼，把草稿通过信息发给她审阅，我手机里一直没有删除。不信，你们也可以查电信记录，肯定也能查到。"甘辉臻申辩说。

"哎，你这一趟出去的费用给宗玲报销了没有？"

"一直没有报销，票据有三万多，主要是餐票、门票，都放在我办公室了。"

"你们游山玩水的，有没有拍拍照，留个影，表示到此一游？"安然问道。

"有啊，我带着数码相机，沿途的景点拍了二百多张，洗了两份。电子版的都被宗玲拷走了。"

"相机在哪里？"

"回来之后就被宗玲拿走了。"

安然问道："老甘，等一会儿，我们一起去你的办公室，把那些吃喝发票、景区门票拿回来，好吗？"

"可以呀，我一定配合！"

魏保平拨打园林局蒋亚飞局长的电话："蒋局长你好，我是县纪委魏保平呀！"

"魏主任好，这大礼拜天的有啥事儿吗？"

"请你安排通知法规科科长梁琪，下午两点钟到你办公室去，至于用什么理由通知他，蒋局长你想办法。"

"梁琪是不是出了什么事？局里的那一起诉讼案子，我心里老是感觉不踏实。"蒋亚飞说。

"蒋局长，你负责通知他到位，我们找他谈谈再说吧！"

"好的，我考虑开一个调度会，通知的人员当中把他包括进去，这样显得自然一些。"

"谢谢支持！"魏保平说。

梁琪是一个瘦弱、文静的年轻干部，他战战兢兢坐在方凳上。

魏保平点燃一支烟，问道："梁琪，知道为什么找你吗？"

梁琪回答："上午蒋局长通知开会，我就有不祥的预感，知道这一次是回不去了。我都后悔死了，宗玲的钱是那么好拿的？谁知道当时鬼迷心窍就拿了她三万元，从此就上了贼船了，想下都下不来。她勒索我给她提供带有园林局抬头的信笺纸，用来伪造验收苗木的签收底单。"

"为什么她向法院提供的是复印件，不用你提供的原始的信笺纸？"一位老刑警问道。

"她说公安有办法鉴定文件的真假，复印件他们就没有办法进行鉴定，这就需要我出来给她证明一下。为了让法院采信她提供的证据，宗玲胁迫我到正义律师事务所拍摄视频，庭审的时候让我当庭给这些签收单据作证，所以，才导致园林局败诉。"

"你刚才说想下贼船，为什么没有下？"魏保平问道。

"我想把钱退还给她，根本退不掉，她还许诺我，等到法院执行局把三百七十万元执行到位，给我提成百分之十。宗玲逃跑以后，社会上都传开了，我天天担惊受怕，知道逮到她是迟早的事。好几次我徘徊在县纪委大门口，想进去投案自首，犹豫再三，都没有勇气，我好悔啊，这一辈子算是完蛋了！"梁琪说罢，放声大哭起来。

"事到如今，哭也没有用，只有老老实实交代问题，争取从宽处理！"魏保平劝解说。

"我一定如实交代，老父亲常年卧病在床，孩子还年幼，恳求组织给我一条出路吧！"梁琪抽泣着说。

下午，章勇翔和萧玉接班，走进了谈话室。

"马莉莉，你对宗玲和张丛真就没有起过疑心吗？"章勇翔问道。

"开始我把宗玲当成密友，对那个丛真也是深信不疑的。特别是丛真第一次见到我，给我看相，说我命中有大灾，只要今年农历五月十五能过去，就没有事啦。我之前听到周树彬老是犯嘀咕，说找大师看相，今年有灾气。我就觉得这个道长果然是功力非凡，居然能看出我们的吉凶祸福。他又说从青海喇嘛寺请来的佛语贴在门上能辟邪，宗玲专门去俺家给贴上的。一直到宗玲给我看偷录的视频，我就觉得上当了，不过到那个时候也没有办法了，有小辫子在他们手里攥着，怎么办呀？花钱免灾吧！当天晚上我把九十万元现金都拍照，存在我的手机里了。"

"封条都拆开了吗？"章勇翔问。

"没有，就是每一沓的两面各拍一张。"

"你想知道丛真是怎么给你算出来有大灾的吗？"章勇翔停顿了一下，"根据张丛真在讯问中的交代，宗玲是从你规劝她抓紧补缴税款，而且让她对政府做出让步这两点信息判断出周树彬可能要出事，所以就编了一套谎言忽悠你，还别说，歪打正着，还真的让张丛真蒙着了。不过，他们给你家贴的佛语保佑你们了吗？"

马莉莉神情凄然，"唉，我现在说啥都晚了，也不再记恨他们了，这是命中注定的劫数，躲是躲不掉的！"

"'天作孽，犹可违；自作孽，不可活'，事到如今只能归咎于自己没有把握住底线。"章勇翔感慨地说。

"你的手机是不是那个玫瑰色的进口手机？"萧玉问。

"是的，那也是人家送给俺家老周的。"

萧玉附在章勇翔耳边说："我去让他们抓紧调出来！"

"快去快回！"章勇翔小声说。

基层抽调的女纪检干部兑了一杯温水，"喝点水吧。"

马莉莉起身向前，双手接过纸杯，仿佛不经意地一脚踢翻了女干部放在地上的玻璃杯。

"哎哟，对不起！"马莉莉连忙蹲下捡拾玻璃碴。

"别动，别动，"章勇翔见状赶紧走过去拉起马莉莉，"一会儿让他们打扫！"

萧玉闻声进来："怎么回事？"

"是我不小心打碎了这位大姐的玻璃杯，实在对不起！"

"你没有藏着什么东西吧？"萧玉说着，与女干部一起，把马莉莉上上下下搜了一遍。

"我能藏什么？你们放心好啦！"马莉莉委屈地说。

傍晚，监控室里，章勇翔、萧玉正在交接班。

"下午的班，马莉莉交代她给宗玲的九十万元现金，都被她拍了照，存在她的手机里了。还有马莉莉交代，他们从芒砀县果园逃脱，是马潇潇打电话给她报信说，追捕组马上就到的。"章勇翔汇报说。

"马莉莉给现金拍照也是一个重要发现，看看宗玲藏在卫生纸的纸篓里的那五万元，前后两张的号码能不能跟照片对得上？"梁石祥说。

孟庆军补充说："宗玲不是狡辩钱是她做生意挣来的吗？如果纸篓里的现金号码与照片上的一致，看看这个'鬼难拿'还怎么胡搅蛮缠，不会说是跟马莉莉做生意挣的钱吧？"

萧玉说："陈书记、梁书记、任常委，我汇报一件事，马莉莉在这个班打碎了一只玻璃杯，我担心有安全隐患。"

陈爱民生气地问任青霞："不是不准携带玻璃杯、陶瓷器皿进入谈话室的吗？"

"这是我的疏忽，我检讨。基层抽调的这个女同志是安全员，中午刚刚到的，还没有来得及给她购买塑料杯。"任青霞惭愧地说，又问萧玉，"当时你们搜身了吗？"

"浑身上下都搜了一遍，很仔细，没有发现玻璃碴！"萧玉肯定地回答。

"你再想想，还有哪里没有搜到的吗？"孟庆军问。

"呀，胸罩没有搜！"萧玉惊叫一声。

"任常委，你们几个女同志马上过去，把她带到卫生间，一丝不挂地再检查一遍！"陈爱民严厉地说。

卫生间里，马莉莉忸怩着说："这是干啥呀？"

"全部都脱了，脱光！"庄国红命令道。

马莉莉慢腾腾地脱下衣服，解开胸罩，"当啷"一声，一块玻璃碴掉在地上。

庄国红迅速用铁钳一样的手紧紧抓住马莉莉："不要动，哪里还有？"

"没有了！"

"马莉莉，你想干什么？"任青霞愤怒地说。

"我真的不想活了！"马莉莉痛哭起来。

任青霞气呼呼地回到谈话室："险些出了大事故，吓死我了，一块玻璃碴就藏在她的胸罩里，她说是准备晚上睡觉的时候，在被窝里割腕自杀的！"

"对马莉莉要多关心，这个人的心地还是善良的。她的身体状况怎么样？"陈爱民问。

"医生体检正常。但是有个病情她没有说，我们当班的时候发现的。她的卫生护垫里有血迹，萧玉问她是不是来例假了，她才吞吞吐吐地说原来就有妇科病，子宫糜烂，最近加重了，老是不规则地流血。"任青霞回答。

"子宫糜烂是妇科常见病，马莉莉的病情加重，与那个假道士吃了药之后跟她瞎搞胡搞、纵欲过度有关系。"孟庆军说。

"不管怎么样，明天你们几个女同志陪她去祁东县人民医院，不能耽误。我马上跟祁东县纪委华旭升书记联系一下，请他安排最好的妇科医生给检查一下，该治疗的抓紧治疗，不能耽搁。"陈爱民说。

"好的，我们做好准备。"任青霞说。

来电显示"张铁军"。

"陈书记，你在哪里？"

"我在祁东的办案点。"

"我们把宗玲的电脑恢复了一大部分，里边琳琅满目，我把U盘给你送过去，顺便看看我们在那里的干警。"

"欢迎啊，这附近的陵山镇上有一家小饭店，拿手的一道菜小鱼炖豆腐，我请你品尝品尝。你再跟高检察长约一下，看看他有空吗，你们一起过来。"陈爱民说。

"好的，我就是喜欢这口家常菜，特别是农家做出来的菜肴，那才是真正的美味，我这就给勇平检察长打电话。哎，是不是把李汉杰书记也一起喊上？"

"别喊他了，渔场那边还控制着两个人哪，汉杰走不开。还有，园林局干部梁琪可以办'两归'手续，但是那个法律工作者甘辉臻自称'不党不团的'，纪委、监察局拿他没有办法，留在办案点不合适，晚上十一点之后，你们把他带走吧！"

"好的，那个家伙已经涉嫌犯罪了，刑拘没有问题。"

陵山脚下的农家饭店，一个小包间里，陈爱民、张铁军、高勇平、梁石祥、郑运华以及林钢剑围坐在一起。

"这是一个退休的老同志送给我的两瓶'祁河香醇',带来给同志们尝尝!"高勇平说。

"好酒啊,九十年代风靡一时的部优佳酿呀,只可惜后来企业破产了!"张铁军赞叹说。

"刚刚来祁河县的时候,在孟庆军家里喝过一次,他家属是技术员,酒厂效益不好以后,发给职工抵作工资的。"陈爱民说。

"来,把酒满上!"林钢剑打开酒瓶,给每个人斟酒。

梁石祥捂住酒碗说:"林局,我晚上还要在点上值班!"

"少来一点嘛!"

"喝酒误事,还是滴酒不沾吧,一旦开了头,就刹不住闸,"梁石祥深吸了一下酒香,"十几年的'祁河香醇'哪,还是那么醇香!"

"好的,梁书记就免了吧,省下来好酒给其他同志们喝,来举起酒碗,首先祝贺我们'5·28'专案首战取得的胜利!"陈爱民说。

"值得大贺特贺,"张铁军端起酒碗,"我提议,这一碗咱们就一口气干了吧!"

"干了!"几个人站起身,把酒碗碰在一起,"咕咚咕咚"豪情万丈地一饮而尽。

一位五十开外的朴实农村老汉,端上来热气腾腾的一盆菜,招呼大家:"来,同志们尝尝俺店的特色菜,小鱼炖豆腐!"

"呀,真的好吃!"众人品尝后都赞不绝口。

"这是俺家祖传的手艺,小鱼是陵山上湖里逮的,老豆腐是俺用卤水自己点的,炖鱼的水也是从山上挑来的。"店老板笑容满面地说。

"我听到有'呼搭呼搭'拉风箱的声音,您家是用风箱烧劈柴炖的菜吧?"郑运华问道。

"这位同志说对喽,俺家就是用传统的法子做的菜。"

"掌柜的,那俺也用传统的称呼尊称你,请你再给我们烧一盆,行不行?"陈爱民笑着说。

"好的,俺这就去做去!"

"掌柜的,俺敬你一碗酒咋样?"陈爱民说着,双手捧起粗瓷的黑碗,把酒端到老汉面前。

"哎哟,谢谢同志啊!"老汉接过酒碗,一饮而尽。

张铁军敬上一支烟:"掌柜的,抽根烟!"

老汉把烟夹在耳朵上,高兴地说:"同志们请慢用,俺去拾掇去!"老汉乐颠颠地出去了。

"张局长，今天在座的都是'5·28'专案组最核心层的成员，你发现的说出来大家听听。"陈爱民说。

张铁军向门外看了一眼，郑运华赶紧过去把门关上。

"恢复的宗玲电脑里，有大量的电话录音、谈话录音，还有照片。其中我们感兴趣的有法院民庭法官胡广建在接受宗玲吃请的时候，向宗玲泄露法院审判委员会研究案件的内容。法官胡广建、张红林与诉讼参与人甘辉臻一起游玩黄山、庐山的照片。宗玲宴请梁琪的时候，给他三万元的录音。宗玲从淮江市聘请枪手在网上炒作、讨价还价的录音。"张铁军拿出一个 U 盘递给陈爱民，"等有时间你们好好听听、看看。"

陈爱民说："这是重大发现啊，要是把法官办进去了，宗玲的民事诉讼案件不攻自破。这样，这一起案件跟长江资产公司的民事诉讼案件如出一辙。真的是'没有家贼，引不来外鬼'！录音里有没有宗玲给法官送钱物的内容？"

"没有明说，只有电话录音提到'胡庭长，你一贯是廉洁自律的，没有拿过我的钱，是吧？'这段话应该是反话，宗玲威胁胡广建的。"张铁军说。

陈爱民接着说："咱们把手里宗玲的牌梳理一下，目前已经有甘辉臻发给她的短信，虚构增加的合同内容；宗玲藏匿在手纸篓下边的五万元现金，有马莉莉的手机拍照证实是她诈骗得来的赃款；还有甘辉臻陪同法官调查取证中的吃喝发票、门票、游山玩水的照片；最有意思的是宗玲本来设套给法官胡广建的录音，却不料反过来套在了她的脖子上。"

郑运华补充说："我们找到了戚家湾那一家成人用品店，老板指认宗玲两次到店里买了四盒'步步高'。"

"这样，宗玲实施诉讼诈骗，以及对马莉莉实施诈骗，完整的证据链已经形成。我想起小时候捉鱼的鱼篓，大口小洞，顺着钻进去，就是泥鳅也出不来。宗玲就好比钻进去的泥鳅，这一回拿捏住她，没有问题了吧？"陈爱民说。

"明天让她的老对手郑运华、袁红再跟她交锋一回！"张铁军狠狠地说。

"把她打趴下以后，让她交代法官的问题，我们派两个精干的同志过去，敦促宗玲检举立功。"陈爱民说。

"从目前两个法官接受当事人吃请、游玩，进行枉法裁判，已经涉嫌徇私枉法了，如果再有受贿的情节，那样案件就更扎实了！"高勇平接过话题说。

"高检察长，咱们有言在先，一定帮助祁河县检察院拿到全省办案第一名的红旗，今天的菜钱我来结账，酒钱算你的。拔得头筹以后，你得好好安排一场，酬谢同志们的齐心协力！"陈爱民笑着说。

"就是，到时候把你压箱底的好酒拿出来酬谢我们！"张铁军起哄道。

老汉端上来一盆小鱼炖豆腐："第二盆又来了！"

"掌柜的，你们店里有好酒吗？"高勇平问。

"有啊，俺们庄上酒坊自己酿的高粱烧，一壶二十元。"

"请你来两壶，谢谢！"

祁河县北郊的"澳龙大酒店"，周末显得冷冷清清。二楼的一个包间里烟雾腾腾，飘荡着茅台酒的芳香。满金龙、满金虎、白怀洲、王垒、赵四吉正在这里觥筹交错，酒兴正酣。

满金龙说："从目前掌握的信息分析，周树彬这孩子在里边没有胡扯，改制之前的事情没有说出来。"

"金龙哥，你的那个眼线提供的情报是不是可靠？陈爱民这个人很有心计，别被表面上的假象哄骗喽。"白怀洲喷着酒气说。

"陈爱民确实诡计多端，他现在开始怀疑那个兄弟了，让他跑外围，把他边缘化了。专案组核心的工作都是陈爱民的七八个亲信主办，口风都很严。"满金龙抽了一口烟，喷出一团浓雾，"刚才我的那个兄弟给我打电话说，今天零点，纪委和公安联合行动，在淮江市的泰山上，把马莉莉还有那个泼妇宗玲、一个假道士给抓到了。今天上午又控制了园林局的一个干部还有一个律师，这两个人都与宗玲跟园林局打的官司有关。"

赵四吉说："宗玲是俺一拜的老四宗强的姐姐，是一个挺狠的角色。上一次按照金龙哥的意思，打电话让他们躲过一回，这一次咋一点消息也没有？"

"上一次是几个女警察还有女干部到渔场集合，我的伙计一看这架势明显就是准备去抓女嫌疑人的，除了马莉莉，还能有谁，这样报的信。"满金龙说。

"宗强的摔跤在祁河两岸名气很大，人也很仗义。据说他的这个姐姐软、硬、刁、憨、精，样样在行，名声不咋的！"王垒眨着小眼睛说。

"这个娘儿们也够黑的，政府的钱挣够了还不行，非得再敲几百万元，真的是胆子够大的！"满金虎嘴里一边咀嚼着一口龙虾，一边说。

满金龙说："县纪委的注意力都转移到诈骗案子上，是个好事，陈爱民、高勇平还有张铁军一样立功受奖，省得老是盯着周树彬不放。"

"是个好事，"赵四吉已经有一些醉意了，他举着酒壶晃晃悠悠走到白怀洲面前，"怀洲哥，我敬你一壶，咱们兄弟干了！"

"坐回去，喝一点猫尿就这个熊样！"白怀洲训斥道。

"老大，让我把话说完，"赵四吉说话舌头有点短了，他醉眼蒙眬地瞅着白怀洲，"我赵四儿，八八年开始，咱们从临河镇建管站，从新疆一直到海南，泥水里血水里滚过多少回……"

"赵四儿，胡扯什么，坐回去，喝酒，喝酒！"满金虎呵斥道。

"还有你，金虎，你是后来的，坐下吃的就是现成饭，当年拼刀子、挣场子的时候，你在哪里？俺们兄弟几个谁的身上不是伤痕累累？昌吉的脖子差一点被人家砍掉！"

"赵四儿，你今天说这些屁话，是什么意思嘛？"满金龙生气地说。

"啥意思，"白怀洲恼怒地说，"这不是改制预留的两千五百万元到账了吗？他们几个闹着分家，另立门户呢！"

"怎么个另立门户法？"满金龙问。

"金龙哥，你是知道的，这个建管站最早是俺爹承包的。此山是我开，此树是我栽，俺要求不高，那笔钱分一半给我们兄弟几个，这不算过分吧！"

满金龙没有吭声，点燃一支烟。

"别坏了义气，有话好好说，大家都是好兄弟。"王垒出来打圆场。

"要是讲义气，大家都得讲究，不能光让俺们讲义气，他白怀洲、满金虎就能瞒着弟兄们吃独食儿，王局，你说是不是这个理儿？"言毕，赵四吉甩袖而去。

"四弟！"满金龙喊道。

赵四吉头也不回地"噔噔噔"跑下楼去。

祁河县公安局看守所提审室，女民警给宗玲打开手铐。宗玲隔着铁栅栏，满不在乎地斜眼注视着郑运华、袁红和魏保平。

"宗玲，今天是第二次讯问你，你必须如实回答！"郑运华严厉地说。

"我上一次不是如实回答的吗？喊，真是的！"

"宗玲，上一次你说过见到棺材会哈哈大笑，是吧，今天让你看看棺材，一会儿你看你还能不能笑得出声？"袁红轻蔑地说。

"好啊，抬出来让俺瞧瞧！"

郑运华挥了挥手中的复印件："宗玲，这是你向法院提供的购买苗木的合同吗？"

袁红接过来，把百合林场和鸿运林场的两份合同复印件出示给宗玲。

"是又怎么样？"宗玲乜了一眼反问。

"那好，你再看看这两份也是同样与两家签订的合同，只不过是两家苗木供应商提供的，你仔细看看，是你签订的吗？"

袁红再一次给她出示两份名称一致的合同复印件。

宗玲接过去，看了一眼，脸上显出一丝惊慌："哦，字是我签的，我认账。"

"认账就行，你解释一下，为什么你给法院提供的合同跟原始合同相比较，增加了几行条款？"郑运华追问。

"这你得去问俺聘请的法律顾问甘辉臻，里里外外都是他起草的，俺没有在意。"

"你没有在意是吧，那你再看看移动公司的话单，甘辉臻给你发的短信，添加的条款问你是否同意，你说说是怎么回事！"

袁红把话单递给她，"好好看看！"

宗玲看了一眼，扔给袁红，翻了一个白眼说："我没有看到这条信息！"

"狡辩是吧，那请你再看看你给他的回复：'很好，就这么办！'"郑运华点燃一支烟，优雅地吐了一口，"你可以说忘了，不知道是咋回事，不过铁证如山，你是赖不掉的！再放一段录音你听听。"

袁红打开电脑内存录音，"你一小段一小段地听仔细了！"

"你诉园林局的这个案子，审判委员会研究了，多数人认为情形不正常，李院长安排我们再去复核一下合同，最近就准备去两家大的进货林场去核对一下证据。"法官胡广建的声音。

"胡庭长，你一贯是廉洁自律的，没有拿过我的钱，没有喝过我的酒，是吧？你一定会秉公处理的，对吧！"宗玲的声音。

"前边的是法官胡广建，后边的是你，不错吧！"郑运华说，"当然，你也可以矢口否认，但是没有关系，声纹鉴定可以认定，你是懂得的。"

宗玲低头不语。

郑运华接着说："还有他们在黄山、庐山的照片，一路上吃喝的发票、景区门票，等一会儿给你一一欣赏。"

"哎哟娘哎，你们是咋搞到的啊？"宗玲凄厉地喊道。

"没有文化，不知道害怕！你以为嘴硬扛到底，公安机关就拿你没有招儿？本来你算计别人的绞索，没有想到会套在自己脖子上吧？本来你是设计好砸别人的石头，搬起来却砸了自己的脚，对吧！告诉你，按照你的态度，宗玲，你已经失去了所有宽大处理的机会，你将面临法律的严厉制裁！再给你放一段你给梁琪录的音。"郑运华说。

"我不听，不听！"宗玲开始撒泼，两根手指堵住耳朵眼。

"不听也行，那就看看这几张照片。上一次你说这五万元是你做生意挣来的，你赌咒发誓，签字画押，这里有笔录，白纸黑字俱在，是吧？"郑运华扬了一下手里宗玲的笔录，"你再看看马莉莉拍照的现金，她的钱怎么落到你的口袋了？"

袁红将两张照片从铁窗口递进去。

宗玲拿着照片，惊得呆若木鸡。

"再瞧瞧戚家湾'天天乐'成人用品店里的视频录像，你购买'步步高'的过程，这也没有办法抵赖吧？"

"娘哦——"宗玲长啸一声，坐在地上，号啕大哭。

"宗玲，你还有最后一次机会，就看你是不是愿意把握住。"魏保平说。

"啥，还有宽大的机会？"宗玲用囚衣擦了一下眼泪，望着眼前这位穿便装的人。

"我是县纪委第五工作室主任魏保平，这是我的工作证！"魏保平隔着铁栅栏，出示工作证，"受县纪委领导的委派，专门找你，了解法官在诉讼过程中的违法乱纪的问题。"

"领导，你让我想想！"

"还有什么想的，你还能再拿回胜诉的三百七十万元吗？白日做梦吧！"袁红晒笑道。

"俺总觉得，人家法官给俺帮忙，咱再把人家出卖了，太不仗义了吧！"

"呸，你宗玲还能讲仗义，狗嘴里就能吐出象牙来！周树彬两口子待你也不薄吧，他夫妻俩差点让你活活坑死，还好意思觍着脸在这里说'仗义'！"郑运华驳斥道。

"能给我根烟抽吗？"宗玲乞求说。

魏保平点燃一支烟，隔着栅栏递给她，说："你不讲也没有关系，就凭录音、相片还有阴阳合同，就足以对涉案的法官采取措施，一切都会弄清楚，现在给你的是立功的机会。"

"咳，我认孬了，认屄了，都交代了吧！"宗玲狠吸了一口烟，"我承认跟园林局打官司追加的三百七十万元工程款，都是后来造的假，我就是钻了工程赶进度、反复修改设计的空子，想多造几个工程变更、伪造验收苗木的单据，这样再捞一笔。还有马莉莉逃跑以后跟我联系，我当时就想反正她两口子的钱都是不义之财，就准备敲她一笔。开始就想弄个二三十万元，没有想到马莉莉出手就是九十万元。"

"这才是你应有的态度，"郑运华抽了一口烟，接着问，"张红霞是你介绍周树彬认识的，后来发生的事情，你知道不知道？"

"张红霞是我找来陪周树彬的，出场费三千块钱，跟她讲好的，全活儿，把老板伺候好！"

"全活儿是什么意思？"袁红问。

"就是包括发生关系，说白了，那三千块钱就是你们公安用的一个术语'嫖资'。后来发生的事儿，俺真的不知道。当时为了保密，我和周树彬之间都互称老板，张红霞是怎么知道周局长的身份的，我真的想不通。"

"你谈一谈法官的问题。"魏保平说。

"主审法官胡广建是通过周树彬打招呼才认识的。在春雨楼请他吃饭，然后到赵四儿的黄金海港洗浴中心洗了一个荤澡，就是请他嫖娼。"

"你是怎么安排他嫖娼的？"魏保平问。

"事先跟赵四儿说好的，让他给留一个漂亮的姑娘。他说给约一个风情学生妹，叫娇娇，是他们那里的头牌，一般不出台的。"

"他嫖了没有？"

"应该吧，结账他消费了六百块钱。"

2010年6月27日，这是一个星期天。夜幕降临了，祁东县地税局培训中心灯火通明。案件调度会正在进行。

"安主任，张红霞涉及的问题都弄清楚了吗？"陈爱民问道。

"张红霞到案之后认罪态度比较好，如实供述了从结识到敲诈周树彬的全部过程。从我们办案的角度看，周树彬受贿的赃款去向都已经搞清楚了，前前后后七十多万元，认定周树彬对应的受贿犯罪，没有问题。张红霞诈骗的情况，请王跃进补充汇报。"

王跃进说："张红霞敲诈勒索的事实清楚，证据确凿。目前存在的主要问题是她确实怀孕了，已经三个多月了，跟局里汇报，张铁军局长的意见是先立案，然后办取保候审手续。"

"好的，你们依法处理吧！"陈爱民又问任青霞，"马莉莉的情况怎么样？"

"马莉莉参与共同受贿的问题都交代清楚了。"任青霞回答。

"梁书记，能与周树彬的交代吻合吗？"陈爱民转过脸问梁石祥。

"基本上一致，有个别地方存在差异，再让他们回忆一下。"

"存在小差异是正常的，我们要尊重事实，不要人为地去启发、点拨，就是俗称的'爬杆子'，把供、证搞得天衣无缝一样，那是违背实事求是的精神的。任常委，你接着说。"

"涉及宗玲、张丛真诈骗的问题，马莉莉也都说清楚了。不过，有个不好的消息，今天上午到祁东县人民医院检查的结果不太好，医生怀疑她是宫颈癌的前期，建议住院观察治疗。我的想法是让她回家治疗，听候处理。"

"梁书记你看呢？"陈爱民问。

"我同意任青霞常委的意见，"梁石祥说，"根据马莉莉这种情况，还是让她回去治疗比较好。马莉莉已经涉嫌共同受贿，需要办理司法手续的，请检察院立案，取保候审，随叫随到。"

"医生给她开药了吗？"陈爱民问任青霞。

"开了一些药，已经按照医嘱让她服用了。"

"那好，我同意你们提出的放马莉莉回家治疗的意见。明天上午我去马烈主任家看看他，先跟他打个招呼，明天中午让她的亲属过来接她。"陈爱民说。

萧玉轻轻走进来，小声跟陈爱民汇报："陈书记，大门口有个老太太，拿着新疆生产建设兵团的工作证，说是周树彬的姑妈，要求见见他。我们怎么劝她也不行，她已经坐在那里好一阵子了。"

"哦，知道了，你们把她请到餐厅，给她下一碗鸡蛋面，一会儿我过去跟她谈谈。"陈爱民对萧玉说。

"好的，我这就请她过去！"

"大家还有什么意见？"陈爱民问，"如果没有了，咱们就散会。青霞常委，请你跟我来一下。"

餐厅里，一位七十岁上下的老太太，目光呆滞，笔直地坐在板凳上。

"陈书记来了！"萧玉起身介绍说，"老人家，这一位就是县委常委、纪委书记陈爱民。"

老人站起身，躬身致敬："陈书记好，我听说过您！"

这是一位慈眉善目的老人，灰白的头发梳理得整整齐齐，干净利索，高个子，瘦瘦的，看得出年轻时是很精干的人，穿着一条老式的草绿色军裤，白色的衬衣，身边放着一个军用挎包、水壶。

"老人家，您请坐！"陈爱民友好地说，"这一位是县纪委常委任青霞同志！"

"任常委好！"老人起身致意。

"老人家，您是怎么找到这里来的呀？"任青霞问。

"我从新疆赶过来的，听说小彬出事了，就想过来看看他。今天早上从祁河县城出门，到这里整整找了一天！"老人说着掏出手绢，擦眼泪。接着她掏出一本红色的工作证，递给陈爱民，"我退休之前，也是兵团下边团场的纪委书记！"

"您是纪检的老前辈，"陈爱民看了一下还给她说，"您还没有吃饭吧？"

庄国红端着一大碗香喷喷的鸡蛋面放在老人面前，"奶奶，快趁热吃了吧！"

"谢谢姑娘，我实在吃不下去！"老人把碗筷往旁边推了推，转向陈爱民说，"我想问问陈书记，网上说的周树彬号称'周扒皮'、'周千万'，都是真的吗？"

"周树彬的犯罪数额由法院判决为准，我可以告诉您，周树彬违法乱纪性质恶劣，后果非常严重，是迄今为止祁河县最恶劣的腐败分子！"

老人闻讯，捂着脸抽泣起来。

"老人家别难过，周树彬认罪态度比较好，我们会最大限度地给予从宽处理的！"陈爱民劝解说。

"陈书记，我能见见他吗？"

"老同志，您目前还不能见他，主要是从安全角度考虑。您是老纪检，应该理解。"陈爱民说。

"我对他比对我的亲儿子还要亲！"老人说着，又啜泣起来。

"我们成立了临时党支部，为周树彬举行了一个民主生活会。周树彬说他对你的感情就像儿子对亲娘一样，他最担心的就是姑妈知道了自己的罪行，承受不了打击。"陈爱民说。

"我的心都要撕碎了！我最后悔的是不应该让小彬回祁河县来，在新疆他出不了事，我能管住他。只要我还有一口气，我就等着小彬刑满释放的那一天，再把他接回新疆去！"

"老同志，天晚了，您住在什么地方啊？"陈爱民问。

"祁河县城的亲戚家。"

"我们派车把您送回去吧，您就别再难过了，保重身体！"陈爱民说。

"求您多多关照俺家小彬吧，他从小没爹没娘，是个苦命的孩子呀！"老人悲痛欲绝，泪如雨下。

"萧玉，你和程宇宁负责把老同志送到县城她亲戚家。"陈爱民说。

任青霞搀扶起老人："阿姨，别难过了，我们送您回去！"

第十二章　劣法官贪赃枉法　建设局夜半失火

　　机智的公安刑警从宗玲删除的电脑中，发现了法官枉法裁判的确凿证据。

　　查账前夜，退伍消防兵从建设局档案室嗅到了熟悉的焦煳味儿……

强国、陈爱民坐在马骏的办公桌对面。

马骏首先说："爱民书记，今天上午我和强县长用一个小时的时间，听听'5·28'案件的进展情况，还有下一步的打算。"

陈爱民汇报说："周六零点在淮江市泰山奶奶庙抓到了祁河县花木盆景公司经理宗玲，以及假道士张丛真，找到了马莉莉。经过两天的艰苦工作，宗玲对伪造苗木合同、货物验收单据进行虚假诉讼诈骗犯罪的行为供认不讳，同时还检举揭发了法官胡广建受贿两万元现金、五千元购物卡，徇私枉法的问题，还有安排胡广建到赵四吉的'黄金海港'嫖娼。这个卖淫女绰号'娇娇'，应该是长期在'黄金海港'卖淫的少女，周树彬交代他也嫖过这个少女。根据初步了解，该少女原名虞娇美，是祁河县二中的在校学生。宗玲还检举了法官张红林收受钱物徇私枉法的问题。另外我们还查清了园林局法规科科长梁琪收受宗玲贿赂，为宗玲作伪证的问题。正义律师事务所的甘辉臻参与伪造购买苗木合同，作为宗玲合同诈骗的共同犯罪嫌疑人，也被公安局刑事拘留。"

"这一仗打得好啊，痛快淋漓！"强国说。

"这个案件又揭开了一个司法腐败的黑幕，看起来祁河县的政府工程合同管理长期以来混乱不堪，各个单位各自为政，没有按照招投标的法规运作，随意性很强，给不法之徒浑水摸鱼创造了机会，必须下大力气解决这一顽疾。强国县长，上一次说周树彬、田成竹收受长江资产公司回扣的时候讲过，由县政府拿出一个管理办法，你们进行得怎么样了？"

"初稿已经出来了，正在征求意见，等意见比较成熟了，再报送给你。"强国回答说。

马骏接着说："要抓紧搞几条硬杠杠，约束政府和部门的乱作为行为。爱民书记，马上还有一件类似的事情，非常棘手的民事案件，也需要我们去应对。今天早上，市中级人民法院的副院长吴文昶打电话跟我说，浙中市中级人民法院要来执行祁河县人民医院，案由就是我们的人民医院为上海佳仁医疗设备公司担保贷款，承担八千万元的连带责任。"

"八千万元啊，不是一笔小数目，这又是一件吃里爬外的案件，刘传福这是逼着我们出手啊！"强国愤怒地说。

"爱民，你们纪委关注一下这件事情，如果到了非得动用纪检、监察手段解决的时候，你们再出手。"马骏说。

"好的，我们先初步了解一下，早一点进入情况。人民医院为外地公司进行担保，肯定是违反规定的。只是案件目前已经到了法院的执行程序，采用协商的和平手段解决，恐怕是不可能的了。"陈爱民回答说。

马骏说："尽最大努力采取和平手段解决吧，我们也不想搞得鸡飞狗跳的，但是，谁要是把县委、县政府逼到墙角，该出手时就出手，毫不犹豫，因为没有别的选项了嘛。爱民，你有时间可以先找刘传福好好谈一谈。"

"好的，我找刘院长谈谈，摸摸情况再说。我还有个想法，对于以往查结的案发单位，应该让他们认真解剖一下，从制度上查摆存在的漏洞，汲取教训，亡羊补牢！"

"陈书记的这个意见很好，他上一次跟我讲过，查办案件只完成了反腐败进程的一半，另一半建章立制更加重要。马书记，我建议可以以县委、县政府的名义，把这个制度确定下来，亡羊补牢犹为未晚。"强国说。

"这个意见非常好，我完全同意，爱民你们抓紧实施。"马骏赞同地说，又问道，"你们下一步还有什么打算？"

"我们打算尽快将周树彬移送检察院，另外对涉嫌徇私枉法的两个法官采取'两归'措施。目前已经掌握的证据比较充分，动用组织手段，没有任何问题。"

"司法腐败也到了令人深恶痛绝的程度了，政法系统的腐败，包括组织、纪检系统的腐败，就好比是苏东坡形容的'铁里蛀虫'，危害更大。我和强国同意你们干，把周树彬交出去，腾出手，不管涉及谁，都要一查到底！"马骏狠狠地说。

"还有，周树彬交代 2007 年拆迁青平木业公司，这是一家刚刚建成投产的厂子。锦华开发公司看中了这个地块，刘冠一书记拍板把好端端的工厂拆迁，作为招商引资项目，让给陆锦华老板进行房地产开发。开始，青平木业的评估价是两千万元，当时的建设局局长满金龙给那个浙江老板余乃兆商定多付一千万元，把评估价提高到三千万元，让对方给了两百万元回扣，其中给了周树彬二十万元，其余的满金龙说是作为建设局的机动资金，也就是作为小金库使用了。周树彬怀疑满金龙用于买官了，因为几个月之后，2007年年底他就直接提拔为县委常委了！"

马骏愤愤地说："就像这一次查办的原来人事局的王明基几个人，私设的小金库达到几百万元，个人从中进行贪污，还到处腐化干部，败坏社会风气，害人不浅啊！这些名目繁多的小金库，名义上是为方便协调工作，进行请客送礼，吃吃喝喝，实际上已经成为滋生腐败的土壤，别的地方我们管不了，起码在祁河县的地面上咱们要把规矩立起来，必须坚决杜绝这些丑恶现象！"

强国接着说："是呀，现在的大吃大喝之风愈演愈烈，已经到了非治理不可的程度了，物极必反，这么泛滥下去，中央会下决心治理的。我建议让爱民书记牵头，县纪委、监察局和财政局联合起草一个章程，对于私设小金库的进行全面清理。以后发现一起，查处一起，决不姑息！"

"好的，我完全同意强国的意见，爱民，你们抓紧实施吧，时间不等人，再拖下去，不知道又有多少干部违法犯罪啊！"

陈爱民回答："好的，会后我就召集相关同志先务虚一下，拿出一个方案，再开几次调查研究的会议，听听大家的意见。"

"哦，还有一件事，爱民书记，你们在这个文件中要特别强调一下，"马骏思索了一下说，"就是要严禁祁河县各个单位之间相互宴请，对外必要的接待活动，也要从简，不能大吃大喝，相互攀比，水涨船高！"

陈爱民说："马书记，你提出的这个意见非常及时，眼下的公款吃喝问题已经泛滥成灾，也到了非治理不可的程度了。我们的干部到周树彬家的春雨楼实地察看，门口公车牌号的小车停了一大溜。无怪乎老百姓编顺口溜嘲讽：'革命小酒天天醉，喝坏了党风喝坏了胃'！"

"老百姓的批评很形象啊，更多的是无奈。"强国说。

陈爱民接着说："由于青平木业公司赔付拆迁补偿费虚高一千万元的线索非常敏感，我们暂时没有动，这样给对手一个错觉。主要是考虑到后续建设系统的腐败问题，目前暂时不具备调查的条件，我们的想法是把这一领域作为下一步查办的主要方向。"

"爱民书记这样处置非常正确，建设口是祁河县腐败的重灾区、深水区，你们还掌握哪些线索？"马骏掏出香烟，分别递给强国、陈爱民，"咱们抽一支吧！"

强国点燃香烟，笑着说："马书记和我都采纳了爱民书记的控烟办法了，一天六支，总量控制。"

"等到烟瘾忍耐到极限的时候，再美美地抽上一支，感觉真是飘飘欲仙，非常享受的。"陈爱民很惬意地深吸一口，鼻孔里喷出淡淡的两股青烟，接着说，"不算以前的信访举报，这一次周树彬检举的还有2006年长安建设集团改制的时候，隐匿了两千五百万元政府工程款，今年春节之前支付到位了，这一笔巨额资金，肯定是落入了私人的腰包。还有，满金龙、白怀洲擅自批准缓交的建设规费多达一个亿左右，几年积累下来，就成了既成事实的狗肉账，要不回来了，这里权力寻租的空间很大。"

"一个多亿人民币的资金，怎么就成了要不回来的狗肉账？这是谁给的权力，必须清理，颗粒归仓！"强国愤怒地质问道。

马骏说："我同意强国县长的意见，可以开展一次专项清理，通过清理，一些深层次的腐败问题也能暴露出来。满金龙继续分管城建工作显然已经不适合，我准备找他谈谈，调整一下分工，调整了之后，再由纪委、监察局牵头进行清理，你看怎么样？"

"好的，我们先摸摸情况，做好准备。"陈爱民话题又一转，"马书记，县纪委四年半没有提拔一个科级干部了，经过这几仗，干部的表现情况，优劣泾渭分明，长期得不到提拔重用，优秀干部的积极性受到一定的影响。"

马骏深吸了一口烟，"爱民书记说的情况我都知道，在以往，县纪委长期以来是被边缘化的机关，不被重视，可有可无。听说祁河县的干部形容县纪委是'年三十的兔子，有它过年，没它也过年！'这话说得很形象。县纪委内部不仅没有提拔，反而从外边调入了一些解决职级的老同志，压了一批优秀纪检干部的提拔使用。不过这些拖欠的遗留问题要逐步解决，这样吧，最近给你们解决三个怎么样？"

"目前县委的干部职数这么紧张，一次拿出三个科级干部的指标给我们，我代表全体纪检监察干部谢谢县委的关心！"陈爱民激动地说，"现在有三个干部亟待解决，一个是张继胜，长期在一线默默奉献，干部提拔了一茬又一茬，他一直是个科员，原地踏步，毫无怨言。这一次'5·28'专案表现非常突出，起到了骨干带头作用。每一次凌晨一点他交班之后，还给下一个班的同志熬一锅稀饭。"

"这是一个雷锋式的老黄牛，好干部！"强国称赞道。

"不足之处就是年龄偏大了一些，五十周岁了！"

"年龄不是问题，可以破格使用。你考虑把他放在哪个位置比较好呢？"马骏问。

"马书记，临河镇的纪委书记缺位，我建议把他放到那个位置上，也可以有效地发挥纪委的监督作用。"

"爱民的这个提议好，派一个优秀的纪委书记过去，监督一下白怀洲的一些不良习气，让他收敛一些。这么大的一个中心镇，交给这么一个胆大妄为的人去管理，没有制约，非出问题不可。"强国赞同地说。

"可以，还有呢？"马骏接着问。

"还有两个副科级的，建议提拔为正科级纪检监察员。去年成立了六个工作室，其中有五个是从系统外提拔过来当主任的，都解决了正科级，唯独乡镇第五工作室主任魏保平仍然是副科级，这个干部非常忠诚敬业，能够独当一面。还有一个最优秀的干部，是我非常欣赏的一员干将，原第一纪检监察室主任孟庆军，战斗英雄，1996年表彰的全国纪检监察先进工作者。2008年春天查办建设局的案子，莫名其妙丢失了一份笔录，被刘冠一书记大会小会熊了好几次，主任的乌纱帽让给了从文化局调进来的一个人。这个孟庆军患有直肠癌，截掉几十厘米直肠，还是保持着一股强烈的革命精神，疾恶如仇，是我们战斗在第一线的核心成员。"

"好啦，我听了都很感动，这样好的干部不用起来，群众会骂我们瞎了眼啦！我跟苏部长说说，你再跟他对接一下，尽快落实。"马骏说。

强国看了一眼手表："哎哟，不知不觉一个小时到了，班长，咱们是不是各自忙活下边的事情去？"

"好吧，上午还约了几件事情，对外讲诚信，咱们也得有时间观念！"

马烈居住的县委宿舍是二十世纪八十年代的三间瓦房外带一个厨房，红砖青瓦，小院里开垦了一小块菜地，栽种了辣椒、番茄，院子墙上爬满了丝瓜、南瓜，看得出这个老同志依然保持着农耕的情结。

"陈书记，您这么忙，还跑来干啥！"马烈紧紧握着陈爱民的手说。

"我和李汉杰书记一起过来看看您和老大嫂！"陈爱民亲切地说，"给您带了一点水果、糕点，是一点心意！"

"哎哟，你来看望我，就很感动了，还破费，真是让我不知道怎么感谢你和李书记呀！"马烈说着，"赶紧屋里坐，老婆子，泡茶去！"

客厅摆设非常简单，老式的三人沙发，茶几，摇头的电风扇。孙建设把礼物放在桌子上。

墙上悬挂着一张身着戎装、英姿勃勃的解放军照片。

"这是老父亲吗？"陈爱民端详着问。

"是的，这是他留下的最后一张照片！"马烈说。

"我父亲也有一张这样的照片，淮海战役开战之前留影，穿着一样的冬装，戴着棉帽子，坐在椅子上。打陈官庄的时候他受伤了，以后就留在地方工作了，一直在公安、检察系统，2002年去世了。老父亲与焦裕禄是同年的，都是1921年生。那一代老革命绝大多数对群众的感情很深，他们都受到过人民群众的救助，对党绝对忠诚。老父亲在世的时候经常说，想想那些牺牲的战友，他们享受到什么待遇了？"

"是的，牺牲的人不仅没有享受待遇，子女和亲人还要在缅怀的情感中生活。"马烈动情地说。

"马老，今天来看您，还有一件事跟您说一下，在前天也就是星期六晚上，我们按照您的提示，在淮江市郊区的泰山上找到马莉莉了。"

"那好，谢谢你们啦，她的情况怎么样？"

陈爱民心情沉重地回答说："马莉莉在出走的这将近一个月期间，被两个坏分子控制，受到了一些不法侵害。"

"怎么侵害的，是钱物还是身体？"马烈急切地问。

"两方面都有，"陈爱民说，"之所以今天我来告诉您，就是想当面劝劝您，让您别太难过。昨天我们送她到祁东县医院检查，怀疑是宫颈癌的前期。"

"哎呀，我的闺女哟！"马烈闻讯，不由得老泪纵横。

"马老，您别难过，现在找到她还来得及，如果再拖延下去，那就麻烦了！"李汉杰说。

"这样，我们考虑先让马莉莉回家治疗，调养身心。检察机关对她的涉嫌犯罪的问题还要立案侦查，然后可以办理取保候审手续。"

"这两个逆子真的要气死我了！"马烈愤怒得两手发抖。

"现在还算是不太坏的结果，您和老大嫂保重身体，还有很多事情要去解决，千万不能倒下！"陈爱民说。

"谢谢啦，陈书记！"马烈拉着陈爱民的手，泣不成声。

正午时分，黑色的别克轿车在高速公路上飞驰。陈爱民拨通市纪委张友信的电话："张书记，我是爱民！"

"哦，陈书记好！"电话里传来张友信的声音。

"跟张书记汇报一下，前天晚上我们找到了周树彬的老婆马莉莉，涉及夫妻俩共同受贿的问题已经查清，案件可以画上一个句号了！"

"好啊，你们打了一个翻身仗、大胜仗啊！"

"张书记，周树彬检举了一些处级干部、厅级干部的违法违纪线索，你看能不能派人找他谈谈，省得我再汇报，讲不清楚。"

"可以呀，我下午就派王立冬过去。这样，由市纪委直接掌握线索，免得一些别有用心的人说三道四，把矛头对准你们。"

"现在已经对准我们了，"陈爱民苦笑着说，"省纪委路江海主任打电话跟我说，刘冠一书记跑到省委组织部鸣冤叫屈，讲马骏书记和我的坏话，说他是省管干部，祁河县的县委书记马骏、纪委书记陈爱民，背着省委、市委，在暗地里搞他的黑材料！"

"要奋斗就会有牺牲，这些年冲着我的冷枪暗箭也是数不胜数。没有办法，干纪检工作讲的就是是非分明，没有和稀泥的余地。作为上级领导机关，我们尽可能地给你们遮风挡雨，解脱一些责难。"张友信说。

"谢谢领导的关心！这个案件还有两个副产品，一个是临河镇街上的泼妇宗玲伙同一个假道士，诈骗马莉莉九十万元。另外，宗玲又交代出两个法官徇私枉法的问题。马骏书记同意查处司法腐败的问题。还请市纪委支持，批准'两归'措施。"

"我早就说过周树彬的案子是一座富矿吧，一旦揭开盖子，琳琅满目，形形色色的线索就会源源不断地冒出来。哎，这两个法官的证据扎实吗？"

"很扎实，特别是书证非常过硬，还有录音、照片、吃喝发票为证，这些都是那个泼妇宗玲煞费苦心替咱们收集的！"

"呵呵呵，还有这等好事？"张友信爽朗地笑着说，"你们还等什么呀？准备一下材料，让王立冬今晚就带回来，我们先看看再说，一定支持你们惩治司法腐败！"

"谢谢张书记！"

陈爱民又拨通了高勇平的手机："高检，上午我跟马书记、强县长汇报，他们同意尽快移送周树彬，也同意对法官胡广建、张红林采取措施。刚才跟市纪委张友信书记汇报，他表示大力支持惩治司法腐败。"

"好啊，你看什么时候带人？"高勇平问。

"越快越好，就在今天晚上吧，我建议同时对周树彬的住所进行搜查！"

"好的，我马上布置。陈书记，你看周树彬是羁押在淮江市看守所，还是咱们祁河县看守所？"

陈爱民稍作思考："放在淮江市看守所羁押更不好掌控，不如放在咱们的管辖范围之内，你让你们监所科多观察观察，有什么异常情况，也好及时处理。"

"好的，我安排驻看守所检察室老马多留意。"

放下电话，陈爱民跟坐在副驾的孙建设说："今天晚上祁东的点就撤了，同志们办案非常辛苦，晚餐加几个凉菜，每人按照两瓶啤酒的标准，犒劳犒劳他们。你到了办案点就去准备吧，这些同志的大多数回去稍作休整，明天又得投入新的战斗了！"

"好的，今天晚餐我安排好，祁东县办案点的这一段战斗经历还是终生难忘的！"

"是啊，整整一个月，风风雨雨走过来了，在祁河县的党史上也会浓墨重彩记下这一笔的。"陈爱民感慨地说，"几仗打下来，我们对祁河县的老百姓总算是交了一份合格的答卷，我相信，今后没有人再指着我们的脊梁骨说'县纪委就是年三十的兔子——有它过年，没它也过年'了！"

"陈书记，你大中午赶过来了，还没有吃饭吧？"梁石祥亲切地问候道。

"让厨房给我们煮两碗面条吧！"陈爱民说，"一会儿让张继胜到我房间来一下。"

孙建设说："我去食堂下面条，做好了喊陈书记。"

梁石祥笑眯眯地问："书记找他，有啥好事吧？"

"有啊，上午我跟马骏书记汇报，临河镇缺一个纪委书记，准备把张继胜派过去。我跟他谈谈，要是他个人有困难，就留下来做副科级纪检监察员。"

"太好了，提拔重用张继胜，全体干部都会拍手称赞的！"

"还有孟庆军、魏保平提拔为正科级纪检监察员，他们俩就不需要征求意见了，你知道就行了。"

"哎哟，真的是大喜讯啊，这就是用人导向啊！"梁石祥激动地说。

"这样每年解决几个，纪检监察干部拖欠的历史旧账慢慢就消化了。下一步还要注重培育年轻干部，就像章勇翔、程宇宁、萧玉这样的80后年轻干部，要把他们放到重要岗位上锻炼，不经历风雨，怎么能长才干？"

梁石祥兴冲冲地推开张继胜的房间，使劲地将他摇醒，"老张，好事，好事，陈书记找你谈话！"

"有什么好事，梁书记，我凌晨的大夜班，让我睡一会儿吧！"张继胜迷迷糊糊地说。

"真的，派你到临河镇当纪委书记，你去不去？"

"开啥玩笑，这大白天的说梦话，"张继胜向内侧转过身，"行行好，让我再睡一会儿吧！"

"谁跟你开玩笑，陈书记在房间等你呢，赶紧去，麻溜地！"

张继胜一骨碌爬起来，盯着梁石祥："梁书记，是真的？"

"是真的，陈书记找你谈话呢！"梁石祥满脸的兴奋。

"哎哟，我这真的像是在做梦！"张继胜激动地说。

"陈书记，您找我！"

"来，继胜，请坐下！"陈爱民热情地招呼道，"咱们长话短说，今天找你聊聊，就是征求一下你个人的意见，派你到临河镇做纪委书记，你有什么想法吗？如果有困难，就留在机关解决副科级职务。"

张继胜的眼睛湿润了："陈书记，我真的没有想到组织上这么器重我，我服从组织安排，在新的岗位一定竭尽全力做好工作！"

"继胜，你在纪检系统多少年了？"

"1989 年夏天来的，整整二十一年了，一直在办案一线。"

"是啊，人生有几个二十一年？最美好的青春年华都奉献给了党的纪检事业，无怨无悔！"陈爱民感慨地说，"我来了之后，通过这半年多的考察，对你的工作能力、水平和人品都是满意的，不用你不公平。之前让你受了不少委屈，但是你一直能够坦然对待，更显示出党性的修养和高尚的品格，这也让我深受感动！"

张继胜热泪盈眶："陈书记，要是说没有怨气，那是假话，但是我想我是为党和人民工作的，苦闷的时候就看看毛主席的〈为人民服务〉，什么都能想通了！"

"你讲的是实在话，主席的老三篇在我们上小学的时候就是语文课文，都能背诵得滚瓜烂熟的。张思德同志是高尚的人，一个纯粹的人，一个脱离了低级趣味的人，一个有益于人民的人。党性修养能够达到这种境界，就能够心地澄澈，从容应对功名利禄那些芝麻粒儿一样的东西。不过，我们做领导的要秉持公道，我跟你们说过，都说不让老实人吃亏，但是现实中吃亏的往往是老实人。在我陈爱民的职权范围内，保证让你们老实人不吃亏！"

"陈书记，我们这些干部也私下议论，陈书记您从来不跟下属拉拉扯扯的，听说有人过节想跟您联络一下感情，结果碰了一鼻子灰！"

"吃人家的嘴短，拿人家的手短。我要是吃了人家的，拿了人家的，你们这些老实人的表现就会视而不见，就会干活儿的时候想着你们，提拔的时候忘了你们！"陈爱民掏出香烟，递给他一支，张继胜连忙为陈爱民点着。

陈爱民接着说："你的办案成绩就不多说了，就说说平日里的一些琐碎事。只要一有空，继胜你不是打扫卫生，就是到厨房帮厨，闲不住。下了中班还得给大夜班的同志熬稀饭，这些我都看在眼里，记在心里。雷锋精神之所以伟大，就在于雷锋做的都是平凡的工作，体现的却是伟大的精神境界。明天要开书记碰头会，研究干部问题，纪委书记列席。碰头会之后，很快就要进行考察了，你做好准备。临河镇那边的情况，特别是白怀洲的情况，你是知道的，到了那里，会有一些困难。但是目前的形势对你开展工作非常有利，有什么情况，要及时报告。"

"谢谢陈书记，我一定尽心尽责！"张继胜站起身，向陈爱民深深鞠了一躬，"祁河县纪委有您陈书记，是我们的福气！"

"咱们就谈到这里吧，肚子咕咕叫，我得到食堂吃面条了。"

梁石祥走进来，问："马潇潇来接马莉莉了，陈书记还有什么要求吗？"

"梁书记，你问一下马潇潇，她是怎么得到追捕组的消息的，如果不是她通风报信，马莉莉不会发生这么多的意外，要对她提出严肃批评。你跟她讲清楚，马莉莉外逃期间发生的问题、受到的伤害，她是负有责任的！"

"好的，我这就去跟她谈谈。"

市纪委王立冬副主任和正科级纪检监察员张震来到监控室，"陈书记好！"

"王主任，你们来得好快呀，张震怎么不在徐书记身边工作了？"陈爱民问。

"徐远行书记把我放到办案一线学习学习。"张震谦虚地说。

"是的，查办案件是纪检监察工作的基本功，徐书记就是查办案件出身的，领导让你锻炼锻炼是为了更好地摔打、培养干部。"陈爱民说。

"陈书记，我们可以开始了吗？"王立冬问。

"你们风尘仆仆地赶过来，是不是休息一会儿？"

"不用休息，抓紧吧，你们今晚不是还要移送检察院吗？"

"那好，梁书记，你带他们两位过去吧！"

周树彬惊奇地看着梁石祥带着两位夹着皮包、表情严肃的人，走进了谈话室。

梁石祥进行开场白："老周，给你介绍一下，这一位是市纪委第二纪检监察室副主任王立冬，这一位是张震处长！今天市纪委找你谈谈，把你知道的、经办的涉及其他人员的问题，都要如实汇报清楚。"

"好的，我如实汇报！"周树彬站起身来说。

"坐下说，坐下说。"梁石祥往下摆摆手，然后对王立冬说，"你们谈吧！"梁石祥起身离开。

"周树彬，根据市纪委领导的安排，我们两个同志找你谈谈。对于你检举揭发的有关问题，我代表市纪委认真负责地告诉你，你讲的这些情况，一经查实，就作为立功的条件，我们将负责为你出具建议从轻处罚、减刑的文书。希望你把握住机会，实事求是讲清楚，你听明白了吗？"

"听明白了！"

"那好，咱们就开始，你先谈哪一个问题？"

"我从满金龙、满金虎兄弟俩开始说吧……"

太阳刚刚落下了地平线，天色渐渐暗了下来，西南方向的陵山被淡淡的暮色笼罩了。

两辆蓝白相间的检察警车，开进了祁东县地税局培训中心。林钢剑带领身着制服的检察干警和法警，走进大厅。

"陈书记好，我们奉命来到，请陈书记指示！"林钢剑立正敬礼。

"林局长，你们辛苦，今晚就不留你们吃饭了，开始行动吧！"

"是！"林钢剑响亮地回答。

县纪委宣教室庄滨、张静分别举起了摄像机、照相机。

林钢剑向周树彬宣读《刑事拘留决定书》，法警"咔嚓"一声给他戴上手铐。

周树彬神情木然地被押上车，警笛凄凉地响起，两辆警车疾速驶离，警笛声愈来愈远。

陈爱民步出监控室，对梁石祥说："每一次移送案件，我都没有案件查办成功的喜悦，看到我们的干部妻离子散，沦为阶下囚，心情都很沉重，这绝不是猫哭耗子假慈悲，是我真实的情感！"

"庄滨，你过来！"梁石祥喊道。

"梁书记有什么指示？"庄滨抱着摄像机跑过来。

"你们警示教育片的脚本做得怎么样了？"梁石祥问。

"我们一个片段一个片段地制作，明天把今天录制的最新镜头加进去。"庄滨回答说。

"这些警示教育的题材，都是腐败分子还有他们的家庭用泪水换来的，我们不能让他们的眼泪白白流淌，要最大限度地发挥警示教育的社会效果，最大限度地教育挽救干部，惩前毖后，治病救人，做好这些工作，才是功德无量。"陈爱民说。

"陈书记，我们今晚回去就加班，反复打磨，做出精品，教育干部！"庄滨说。

陈爱民接着说："警示教育大会结束以后，还要到党委政府各个口、各个乡镇去巡回播放，组织党员干部观看，教育面尽可能地宽一些，让更多的党员干部从中接受教育，同时也增强广大党员干部反腐败斗争的决心！"

"陈书记，我们记住了，一定落实好！"庄滨回答。

餐厅里洋溢着热烈的气氛，五十多名办案人员齐聚一堂。梁石祥站起身来说："同志们，吃完晚饭，我们就要撤回去了，在凯旋之际，我们欢迎陈书记讲话！"

餐厅响起一阵热烈的掌声。

"同志们，今天是 6 月 28 日，非常巧合，距离'5·28'专案开始，整整一个月了。在这一个月的时间里，我们夜以继日，顽强拼搏，成功地查处了周树彬夫妇受贿案，以及顺藤摸瓜带出的两个窝案、串案。一个是瞿园镇沈大喜、王丰生、刘建岭受贿案，另一个是原人事局王明基、瞿新楼、汪泽田贪污、受贿、挪用公款案件，检察机关还查办了机关事务管理局局长田成竹受贿案，公安机关查办了宗玲和张丛真诈骗案，宗玲与梁琪、甘辉臻诈骗案。这种纪委、公安、检察联合作战，几百人的大兵团作战，在祁河县历史上是空前的，受到全县人民的热烈拥护和支持，为祁河县党风政风和社会风气的好转起到了奠基石的作用。在'5·28'专案中，我们每一位办案人员都付出了艰辛的汗水和努力，我代表县纪委常委会向在座的同志们表示衷心的感谢和崇高的敬意！"

再一次响起热烈的掌声。

"同志们，让我们举起杯，祝同志们身体健康，工作顺利，家庭幸福，干杯！"

全场起立，在一片欢声笑语中，大家举杯，一饮而尽。

陈爱民微笑着对王立冬说："你代表市纪委，我和梁书记代表县纪委，咱们每一桌都过去敬个酒吧！"

"好啊！"王立冬愉快地说。

"这一桌主要是后勤保障组！"梁石祥介绍说。

"谢谢同志们！"陈爱民与每一位同志一一碰杯。在与中医院任光彩碰杯时，陈爱民说："任主任，特别要感谢你的工作，有你任主任在，我的心里就踏实！"

"都是应该做的！"任光彩憨厚地说。

"这一桌主要是公安的警卫组！"

"你们圆满地完成了警卫任务，提出表扬并且表示感谢！"陈爱民笑容满面地看着坐在一起的王跃进和庄国红，"听说'5·28'专案组以案为缘，还开出一朵绚丽多姿的爱情花朵！"

众人都瞅着二人微笑。

王跃进不好意思地站起来，"我和国红一起敬各位领导一杯，要不是'5·28'专案，我和国红可能还走不到一起呢！"

庄国红大大方方地说："要说这缘分，最早还是陈书记给牵线搭桥的，在我最困难的时候，要不是陈书记出手帮助，我哪里能认识王跃进？特别是陈书记跟我讲的那番话，我会记住一辈子，也会温暖我一辈子！"

"千里姻缘一线牵，月老早就把你们两个红绳系足，赤线缠腰，分不开的。那咱们就说好了，等到你们拜天地的时候，一定要请我过去喝喜酒！"陈爱民乐哈哈地说。

"一定，一定！"王跃进感动地说。

晚上十时许，四辆车开到田园美墅。

　　虎啸从包里掏出一串钥匙，打开了周树彬家的院门、房门。衣振全、王自力等鱼贯而入。

　　魏保平在门口停下脚步，端详着房门上贴的一幅黄纸佛语"玛尼玛尼哄"。

　　"哎，你们过来看看，这就是宗玲、张丛真所谓的从青海喇嘛寺请来的吧，说是能给周家避灾免祸的，真是莫大的讽刺，庄滨，把它拍下来！"

　　"好嘞！"庄滨答应道，举起了摄像机。

　　房间里积满了一层的灰尘，一片凋敝、凄凉的景象。

　　"唉，'眼见他起高楼，眼见他宴宾客，眼见他楼塌了'！"王自力触景生情，想起了一句戏文里的台词。

　　衣振全指着客厅里的一个鱼池，不解地说："这个周树彬也真是怪异，好好的客厅，在屋里挖这么一个鱼池干什么？"

　　王自力笑着说："老周交代，这是咱们街里著名的风水先生叶思清给出的馊主意，说他家宅基不稳，得挖一个弓状的鱼池压一下，你看看这个月牙儿形状的鱼池，像不像一张弓呀？叶瞎子还让他把大门朝向改了，由朝向南面，改为向东，院子里栽植柿子树、槐树，财政局的办公楼南边筑起一道坝，说这么一通搞下来，不仅能消灾避祸，还能官运亨通！"

　　"狗屁亨通，叶瞎子自己眼神不好，还瞎着眼到处坑蒙拐骗，给人家指点迷津，这回倒好，把他指点到班房里去了！"魏保平鄙夷地说。

　　二楼的一间书房，改造成了佛堂，三个佛龛供奉着三尊佛像。香炉里积满了香灰。看得出，平日里这里的香火还是旺盛的。一朵硕大陶瓷莲花，永不停歇地发出"南无阿弥陀佛"的电子音乐。

　　庄滨举起了摄像机。

　　"看看，我们的领导干部，不信马列信佛祖，这就是典型的理想信念动摇！"王自力指着佛堂说。

　　"是呀，周树彬在台上装模作样地给财政局的职工讲党员的先进性，回到家里就拜倒在佛祖的像下，这就是典型的两面人！"庄滨深有感触地说。

　　"哎，奇怪了，周树彬交代在佛堂里有一个大箱子，放着一些字画，怎么没有了？"魏保平说。

　　"仔细找一找，要是找不到，就可能是被马潇潇转移走了。她要是不交出来，以涉嫌窝赃查办她！"王自力果断地说。

　　2010年6月29日，这是一个星期二。上午八点半，法院院长李涵走进陈爱民的办公室。

"陈书记，你一大早打电话找我，有什么急事？"李涵有些局促地问。

"李院长，你请坐！"陈爱民起身相迎，与李涵握手。

孙建设进屋倒水，"李院长请用茶！"

"哦，谢谢！"

"孙主任，请让李汉杰书记过来一下！"

"好的！"孙建设随即离开。

李汉杰拿着笔记本，走进陈爱民办公室，与李涵点头致意。

陈爱民说："李院长，根据县委、县纪委的决定，并且报请市纪委批准，马上要对法院胡广建、张红林两个法官采取'两归'措施，行动之前先跟你通报一下。"

"啊，他俩能有什么问题？"李涵惊愕地张大了嘴。

"李院长，情况是这样的，大前天也就是上个星期六的晚上，公安机关抓获了祁河县花木盆景公司宗玲，同案的正义律师事务所甘辉臻、园林局干部梁琪也都先后采取了刑事措施。根据侦查的情况，法官胡广建、张红林在审判过程中涉嫌受贿、徇私枉法，证据确凿，铁证如山。今天我先跟你打个招呼，请你通知纪检组组长，让他们两个马上到法院纪检组，我们的办案人员已经在你们院大门口待命了！"

"陈书记，我们坚决服从命令，这没有问题。但是，中院追问下来，我怎么答复？您知道，法院系统对于腐败问题的问责是非常严厉的。"李涵心有余悸地问。

"你就这样回答，县纪委说已经掌握确凿的证据证实，胡广建、张红林身为审判人员，收受诉讼原告宗玲的钱物，接受原告的吃请以及安排的旅游，泄露审判委员会研究案件内容，为原告方出谋划策，故意采信原告方提供的虚假证据，枉法裁判，涉嫌徇私枉法罪。你看，我把案情基本上告诉你了，怎么样，还有什么疑问吗？"

"陈书记，毕竟查办政法干警太敏感了，请你原谅，我还想再问一下，你刚才说的确凿的证据，能够达到什么程度？"

陈爱民回答说："就凭宗玲与法官的谈话录音、游山玩水的照片，还有吃喝发票、景区门票，两个法官已经构成严重违纪了，扒掉他们的审判服应该没有一点问题！"

"好的，陈书记，我执行县委、县纪委的决定。说实话，我对这个民告官的案子一直不放心，专门上了审判委员会研究，还让他俩去实地复核一遍证据，没有想到这两个混账家伙这么发昏，真是气死我了！"李涵被愤怒涨红了脸。

李汉杰劝解道："李院长别动怒了，亡羊补牢犹未为晚，这个案件的发生，对于今后加强管理，未必是件坏事！"

陈爱民接着说："是呀，你们院党组要从中吸取教训，研究一下如何约束和规范法官的自由裁量权，毕竟现在的社会风气不好，我们县每一年数以千计的刑事案件、数以万计的民商案件，法官都是在超负荷运转，但是，同时也应该看到，他们也很容易成为被腐蚀的对象。"

"真是气死我了，恨不得拿棍揍他俩一顿！"李涵说着，拿起手机拨打纪检组组长的电话，"黄组长，我是李涵，请你马上通知胡广建、张红林到纪检监察室。"

"李院长，有什么事儿吗？"纪检组组长电话里疑惑地问。

"不要多说了，马上通知他俩过去听候命令。人到了之后，你立即给我打电话！"李涵不耐烦地说。

"好吧！"

"陈书记、李书记，我还有一个请求，能不能让我们的纪检组负责把人带出院子来，再交给纪委？"李涵说。

"李院长是担心我们进去带人，你们脸面上不好看，是吧？"李汉杰接着说，"你的心情可以理解，但是，我们这样做主要是从安全角度考虑的，这两个人不是一般性的谈话，而是直接进入'两归'程序，防止在此期间出现坠楼、撞墙等自残事故，往往安全事故就发生在几秒钟之间。"

"好吧，我理解，服从！"李涵苦笑着说。

手机响，李涵接听："黄组长，两个人已经到了，好，他们分别在两个房间吗？好的，你们纪检监察室几个同志看住他俩，不要出现任何意外，县纪委的同志马上过去找他们谈话！"

"李院长，出了什么事啦？"

"黄组长，不该你问的不要多问，这几分钟的安全由你负责，出了问题拿你是问！"李涵气呼呼地说。

"哦，我明白了，李院长，请你放心，一定完成好任务！"

李汉杰拨打王自力的手机："王常委，你们可以行动了，直接找纪检组黄组长。"

孟庆军、王立楷带领四名纪检干部快步走进法院大楼，上到三楼，纪检组黄组长在电梯口迎候。

"黄组长，我去胡广建那个房间，王主任去张红林的房间。"孟庆军说。

"好的，跟我来吧！"黄组长回答。

身材高大、白白胖胖的胡广建忐忑不安地坐在监察室，法院两名纪检组干部坐在他两边。

孟庆军、章勇翔、程宇宁三人突然推门进入。

黄组长介绍说："他就是胡广建！"

章勇翔、程宇宁快步上前，站在他身边。

黄组长又对胡广建说："这三位同志是县纪委的，找你谈谈话，你跟他们走吧！"

胡广建身着灰色的短袖审判服，胸前别着一枚国徽。他吃惊地站起身，脸上霎时间变成灰白色，仍然强作镇定，质问："你们这是要拘捕我吗？"

"胡广建，你涉嫌严重违法乱纪，根据县纪委常委会的决定，对你采取'两归'措施，你必须老老实实接受审查！"孟庆军严厉地说。

"什么两归三归的，你们这是侵犯人权，我要控告你们！"胡广建声嘶力竭地喊叫。

"是的，你是搞法律工作的，以后的一审、二审还有申诉的程序，救济的渠道是畅通的，你有的是机会控告。我们现在是依据〈中国共产党纪律检查机关案件检查工作条例〉第二十八条第三款的规定，对你采取组织措施。你是党员，必须服从！"

"我要退党！"胡广建继续吼道。

"退不退党你说了不算，但是开除你的党籍，那是一定的！"孟庆军冷峻地回应说。

章勇翔与程宇宁上前架起了胡广建的两只胳膊。

冷汗从胡广建的脸上涔涔地流淌下来，"我能给家里打个电话吗？"

"法院纪检组会通知的！"孟庆军说。

"胡法官，走吧！"章勇翔冷冷地说。

瘦小的张红林见到推门而入的县纪委干部并不感到意外。

法院监察室刘主任介绍："这是县纪委的几位领导……"

不等说完，张红林就接上话茬："刘主任，别说了，这一位是王立楷主任，我认得，找我是为了宗玲案子的事儿。"

"明白就好，老张，到了那里好好配合，一五一十地都讲清楚，你是从事法律工作的，道理都懂，不要多说了。"刘主任说。

"我一定如实交代，反正犯的也不是死罪。宗玲这个熊娘儿们把我害苦了，从她跑了的这个把月我天天吃不下饭，睡不着觉，再这么耗下去，就是熬也把我熬死了！王主任，你们来找我，我心里反而踏实了，咱们走吧，我一定配合好。"

渔场谈话室，胡广建坐在塑料方凳上，摆出一副不屑一顾的表情。

"胡广建，你把胸前的国徽摘下来！"孟庆军用命令的口吻说。

"凭什么？"胡广建挑衅地问。

"因为你的所作所为玷污了神圣的国徽，你根本不配挂在胸前！"孟庆军的语气里透露着威严。

"还、还我不配，简直是笑话！"胡广建带一脸的嘲讽神情说，紧接着他挥舞着拳头吼道，"我的审判员职务是县人大常委会任命的，是人民赋予我的权力，你凭什么说不配，懂不懂，我看你是狂妄自大，不知道天高地厚！"

"你不要张牙舞爪的，这里不是你撒野的地方！"孟庆军训斥道，"胡广建，还有脸说人民给你的权力，我问你，人民给你的权力你就能拿来以权谋私，徇私枉法吗？胡广建，你才是厚颜无耻，不知道党纪国法的严厉！"

"徇私枉法，好啊，拿出证据来！"胡广建伸出右手，气势汹汹地嚷道。

"胡广建，你不愧是从事司法审判的，二十几年没有白干，知道办案重真凭实据是吧？可是，你要是真的做到了以真凭实据依法审判，也不会把你胡庭长请到这里来！"孟庆军用揶揄的口吻说，"'金风未动蝉先觉，暗算无常死不知'。好啊，你不是口口声声索要证据吗？那就让你见识见识人家是怎么暗算你的。"

孟庆军用眼神示意章勇翔。章勇翔会意地点开笔记本电脑，"胡法官，你仔细听好喽！"

"你诉园林局的这个案子，审委会研究了，多数人认为情形不正常，李院长安排我们再去复核一下合同，最近就准备去两家大的林场核对一下进货。"（法官胡广建的声音）

"胡庭长，你一贯是廉洁自律的，从来没有拿过我的钱，也没有喝过我的酒，是吧？你一定会秉公处理的，对吧！"（宗玲沙哑的声音）

孟庆军说："胡庭长，咱们先欣赏到这里吧，你要是还想听听胡审判长是怎么接受吃请、怎么拿钱的，待一会儿再播放，一段一段放给你听。不过，胡法官，不是我笑话你，你到底不是在第一线从事侦查的，作案水平太低，连最起码的自我保护意识都没有。宗玲耍你，就跟耍猴儿一样，所以说，就凭你那两下子，不出事才怪！还好意思觍着脸要真凭实据！"

章勇翔接着训斥道："胡广建，你拿着人民给你的权力，就为了一点点蝇头小利，你就胡审判，乱作为，出卖人民的利益，让人民损失三百七十万，你的良心让狗吃了吗？"

胡广建仿佛被五雷轰顶一样，怔了几分钟，脸色霎时间变得煞白，冷汗淋漓。

他哆哆嗦嗦摘下胸前的国徽，双手捧着放在孟庆军面前的桌子上，"扑通"双膝跪地，拉着孟庆军的手，号啕大哭："领导，您教育教育我吧！"

陈爱民轻轻敲门，"请进来吧！"传出徐远行书记的声音。

"徐书记好！"陈爱民精神抖擞地说。

"爱民，你好啊，辛苦了！"徐远行站起高大的身躯，跟陈爱民热烈握手，"请坐吧，一晃大半年了吧，除了开会见过几次，咱们也没有坐下来好好聊一聊。"

"一直忙着办案子，没有来得及跟首长专门汇报。"陈爱民歉意地说。

"你们的工作情况张友信都及时跟我说了，你们干得很好，案件查办在全省都有影响。你去了之后，把纪检监察队伍带起来了，把声威打出来了，我在市委常委会上就说过，多一些像陈爱民这样的纪委书记，党风、政风的好转就能更快一些。"

"下一步的工作，县委、县政府有一个总体的考虑，就是坚持中央标本兼治的原则，治标的同时，深入查找我们体制机制上存在的漏洞，下力气治本，进行政务体制改革，开展'抓党风，树形象，与人民群众心连心'专题教育活动。"

"马骏书记也专门跟我汇报过，他谈到的祁河县党风政风还有经济社会发展中存在的问题，远比传说中的严重得多！"徐远行表情凝重地说，"县纪委是打头阵的，如果你们不办几个大案子，你们在祁河县就压不住阵，站不住脚，肩上的担子重啊！"

"徐书记，我是做好了粉身碎骨、以身殉职的准备的！"

"是啊，我们与腐败分子面对面地斗争，结下仇怨在所难免，有些还是子孙仇啊！"徐远行感慨地说着，从抽屉里拿出一个信封，抽出一张纸和几张模糊的照片，"你看看，这就是刚刚收到的射向你的暗箭。"

陈爱民快速浏览了一下举报信："尊敬的徐远行书记，您的下属陈爱民在祁河县胡作非为您还管不管？您要是不管，俺们就向中纪委反映，这个纪委书记跟县委办公室的美女秘书鬼混在一起，天天喝得醉醺醺的，陈爱民就是这么爱民的吗？俺们准备把照片晒到网上，让祁河县的老百姓还有全国人民瞧一瞧，您这当上司的脸上恐怕也不好看吧！落款为'目击者'。"

陈爱民拿起照片又看了看，不屑一顾地说："徐书记，跟您汇报，这是我请县委办公室的薛媛媛还有县纪委常委任青霞、办公室主任孙建设在银杏林酒家吃饭，我们在门口道别的时候被偷拍的，偷拍的人躲在门口的柱子后边，当场就被我发现了。回去的时候，还有一辆黑色的汽车跟踪我，当时在车上就查了车主是临河镇政府宿舍的李倩。"

"爱民，对于你，我是非常放心的。不过，你是知道的，现在全国的信访举报系统都实现了联网，从中纪委一直到省、市、县，录入了举报信息之后，必须件件有着落，所以你要作一个说明，我签个字，这件事就做一个了断，以后再有重复的信访举报，也就一并了结啦。如果不处理，敞着口放在那里，将来到了你提拔重用的时候，再翻腾出来，可能就会有麻烦的。你要理解，市纪委是爱护你的，对你是充分信任的，这样处理也是出于对你的保护，希望你别往心里去！"

"徐书记，我一点都不生气。咱们整天办人家，偶尔被人家办一下，让人家泄泄火，很公平，很正常，总比给我捅刀子要好得多。"陈爱民笑着说。

"你能有这种平和的心态，我就放心了！"徐远行满意地说，"还有，刘冠一副市长对你很有成见，其中的缘由我都明白，也理解。找个时间你去跟他聊一聊，目前不要发生正面的冲突，这就是我以前跟你说过的'大事讲原则，小事讲灵活'！"

"他约过我几次，都是在案件的节骨眼上，不好跟他见面，我都婉言谢绝了，刘冠一副市长肯定很恼火。再有，就是市纪委王立冬副主任去祁东县的办案点，与周树彬谈话的内容，他们一定跟您报告了，其中也涉及他在任的时候不正当行使权力的问题，这也是刘冠一副市长对市纪委心存芥蒂的地方。"

"是的，老刘在那里搞的沭水湖挖了又填，挖的时候花了两千多万元，填埋的时候又是两千多万元打水漂，还有那个什么会所好端端的被炸掉，浪费了多少财政资金，这些问题早晚都是埋在他身边的定时炸弹，即便是我们不说，人家也会举报的。以前市纪委也收到过类似的举报，我们都按照干部管理权限上交省纪委了。再有就是几块土地零地价给人家搞开发，虽然是打着招商引资的名义，但是政府损失太大，这些问题都是他的硬伤。冠一同志这个人有事业心，这是肯定的，就是干事情用蛮力，只问结果，不问过程，这是他很大的软肋！"

"我一会儿到他办公室去拜访一下，有些事情，还是说开了好，说开了也就把疙瘩解开了，对话总比对抗好，我会把握好度的，请徐书记放心！"

"那好，你就回去吧，你们在第一线奋战，很不容易呀，多多保重！"徐远行说着起身，与陈爱民握手道别。

市政府六楼，陈爱民走出电梯，与市政府秘书长张启晨迎面相遇。张启晨佯装没有看见，扭头就往回走。

"张秘书长！"陈爱民见状，大声喊住了他。

"哎哟，是陈大书记呀！"张启晨转过身，故作惊讶状。

"怎么？张秘书长现在就不搭理我了，案子还没有结案呢，您这么大的官儿，心眼儿不会这么小吧？"陈爱民微笑着，也用暗含讥讽的语调回敬他。

"哪里哪里，刚才实在是没有看到，有眼无珠哇！"张启晨把话题一转，"陈书记这是找刘市长的吧？"

"特意过来拜访老领导。"

"刘市长在 606 室，那我就失陪啦！"张启晨显然是不想多说，急于脱身。

"谢谢张秘书长！"陈爱民说，接着又敲打他几句，"还有，王明基等人的犯罪问题，目前已经进入司法程序，我们会实事求是地向司法机关提出从轻、减轻处罚的建议。"

"多谢啦！"张启晨意味深长地与陈爱民握握手。

"秘书长下一次回老家，我请你吃最正宗的煎饼，是用小毛驴推石磨，老大嫂用劈柴、铁鏊子烙出来的，卷上盐豆子，美妙绝伦！"陈爱民真诚地说。

陈爱民的坦诚感染了张启晨，他长叹一声，"王明基他是自作自受，请陈书记在政策、法律许可的范围之内尽可能宽容一下吧。下一次回家，一定赴约，到时候咱们也没有什么思想负担了，好好喝几杯！"

"一言为定！"陈爱民再一次伸出手。

"一言为定！"张启晨用力握着陈爱民的手，"通过这一次的接触，我终于弄明白，为什么祁河县的干部群众称呼你为'陈青天'，我承认，你是党的好干部，难得的好干部，权力交给陈爱民书记这样的人，老百姓放心！"

"请张秘书长多多理解，这就像打农药、除害虫的时候，同时产生的一些副作用也在所难免，给你的亲属带来许多伤痛，真的是很抱歉！"

"说句心里话，从你陈爱民书记的身上，我看到了很多闪光的品格，值得学习，我还是愿意交你这个朋友的。"张启晨说。

"交不成朋友没有关系，但愿不要结梁子！"陈爱民半开玩笑说，他心里清楚，与张启晨之间的芥蒂绝不是讲几句掏心窝子的话就能化解得了的。

"不会的，不会的，过去的一页就把它掀过去吧，咱们来日方长！"张启晨笑容满面地回答。

"谢谢秘书长，再见！"陈爱民挥手告别。

陈爱民走到 606 室门口，想了想，按照祁河县的惯例，他还是先敲了敲隔壁房间李晓辉秘书的房门。

"哎哟，陈书记您好！"李晓辉热情地说，"您先坐坐，我看看首长这会儿有没有空！"

刘冠一的办公室前边刚刚走了一拨人，房间里弥漫着呛人的烟雾。他绕过宽大的办公桌，迎出来与陈爱民热情握手。

"来来，爱民请坐，刚刚送走一拨客人，国字号的大公司，有意向来参与咱们北区的整体开发。"刘冠一亲切地拉着陈爱民的手，到转圈沙发的谈话区坐定，然后吩咐李晓辉，"晓辉，倒茶！看看我的烟还有多少，给陈书记带几包吸！"

刘冠一的热情好客让陈爱民感到有一点局促，他在思考今天的话题从哪里开始聊。

"一直想来看望首长，祁河县那边实在脱不开身，首长多多见谅！"

"没有事，你忙嘛！"刘冠一的语气里透露着一丝不愉快，"能来看看我，就中了。中午别走了，让机关食堂炒几个菜，我这里还有瓶好酒，咱们喝两杯！"

"不麻烦首长了！刚才在电梯口碰见张启晨秘书长，他开始不搭理我，扭头就走，我看不对头，就喊住他，交流了一会儿。"陈爱民觉得从张启晨这里起个头比较好。

"张启晨在人前人后可没有说你的好话啊，"刘冠一叹了一口气，"他是市里年轻的实力派人物，年内就有可能当上副市长，甚至是一步到市委常委，前途无量哇！"

"张秘书长的大舅子王明基，伙同两个人共同受贿六十万，共同贪污二百多万，而且他还是主犯，"陈爱民拿起桌子上的"中华"烟为刘冠一点燃一支，自己也点燃，深深吸了一口，"即便是这样，张秘书长非得让我把他大舅子违法犯罪的那一百多万元，作为小金库的违纪资金处理，的确是强人所难啦！"

"爱民，我一直认为你是党的好干部，正直，纯洁，眼下像你这样品格的干部很难得，很稀缺，这不是当你的面表扬你，在背后我还是这样夸奖你。"刘冠一深吸了一口，从嘴里、鼻孔里喷出三股烟雾，"你的优点是认真，缺点是太认真！爱民呀，你看看，现在选拔使用干部讲究的是民主推荐，公推公选。你要是没有人缘，干得再好，也没有推荐票，憋着脸一天到晚地干活，累死也白搭。眼下尤其是不能结死敌，死敌天天盯住喽剋你，谁都受不了哇！所以呀，老大哥奉劝你一句，办案子应该认真，但是别较真儿，多交友，少树敌，要学会适应民主新进程！"

"江山易改，本性难移。陈爱民骨子里就不是阿谀逢迎、拍马溜须的人。我评价首长，有气魄，能干大事业。但是，您缺少一个好的参谋团队。您以前身边的那些人，恕我直言，都是顺着您的意思说话、办事，阿谀逢迎，拍马溜须，有很多时候您听不到真实的声音。陈爱民没有多大的能耐，就是忠诚、担当，对事业忠诚，对同志、朋友忠诚，遇到困难不退缩，不装孬！如果早几年咱们能在一起共事，您会少走许多弯路。因为，我会跟您讲实话，让您掌握实情！"

"爱民，你还有什么困难需要我给解决的，尽管说！"

"谢谢首长，真的没有什么困难，工作、生活都很好。"陈爱民暗自思忖，提出困难，刘冠一给解决了，必然需要回报他，回报的方式就是缴械投降，这也是陈爱民一直小心翼翼与刘冠一保持距离的主要原因。

"我手里头还有十个全额事业编制，你要是有亲戚需要的，跟我说。"刘冠一依然热情地说。

"谢谢首长！俺家是外来户，在淮江市没有多少亲戚。要是需要，再麻烦您。"陈爱民委婉地回绝。

"噢——"刘冠一拖着长腔，突然话锋一转，"哎，你们的案子办得咋样了？"

陈爱民心里一惊，他按照事先考虑的口径说道："还算比较顺利，这些人辜负了首长的关系和信任，咎由自取，罪有应得。"

刘冠一咽了一下嘴，叹了一口气，有些自责地说："哎，也怪我，以前老是赶着鸭子上架，天天逼着他们跑项目，抓发展，所以对他们的管理也不是那么严格，总觉得他们很辛苦，吃点喝点，拿一件褂子，收两条烟、两瓶酒，这些都是小节问题，谁能想到这些孩子能做下这么大的恶！"

陈爱民真诚地望着刘冠一，说道："县纪委在查办这几起案子过程中，掌握'惩前毖后，治病救人'的方针，以教育、挽救干部为主，凡是案件涉及的其他问题一般不再扩大，就事论事。"

陈爱民话中有话的回答，虽然比较笼统，"不再扩大，就事论事"这句话却也让刘冠一吃了一颗定心丸，他微笑着说："这样就好，这样就好，要保持住祁河县发展的良好势头！"

"首长，您很忙，改天我再来拜访您！"陈爱民起身告辞。

"常来玩，常来玩！"刘冠一握着陈爱民的手亲切地说。

秘书李晓辉拿过来四包"中华"烟。

"带着几包烟吸吧！"刘冠一笑眯眯地把烟塞到陈爱民手里。

"谢谢首长！"陈爱民恭敬地说。

中午时分，陈爱民回到渔场办案点。李汉杰、梁石祥、王自力、赵健以及任青霞迎出门，与陈爱民热烈握手。

"此情此景，使我想起了淮海战役的时候，刘伯承、邓小平、陈毅、粟裕和谭震林五大总前委指挥会师的镜头，那是在消灭了黄百韬、黄维之后，淮海大战进入第三阶段，即将取得决定性胜利的时候。"陈爱民笑着说。

"是啊，这一个多月咱们天各一方，分成几个战场，今天算是凑齐了！"李汉杰说。

"陈书记带领我们痛痛快快地跟腐败分子干了几仗，咱们纪检监察干部从来没有像现在这样扬眉吐气过！"梁石祥感叹道。

赵健接着说："咱们离退休的老干部，早上遛弯的时候，那些老头老太太都纷纷给他们竖大拇指，称赞县纪委真是好样的！老同志们脸上有光，都很高兴，都很自豪。"

一些干部纷纷向陈爱民问候，陈爱民微笑着向他们致意。

"咱们别在院子里站着了，到屋里坐吧！"陈爱民说，他一边走，一边环顾四周，对梁石祥说："梁书记，你是分管宣教工作的，后天就是党的生日了，你们准备搞点什么活动吗？"

"咱们绝大多数同志都在案子上，原来准备搞个歌咏比赛的，现在人员下不来。干教室的同志准备在机关和办案点布置一下，增添一些喜庆的气氛。"

"是的，这些活动一定要持之以恒地坚持下去，党性教育就是寓于这些潜移默化的熏陶过程中的。等'5·28'专案结束之后，咱们带领全体干部到井冈山朝圣去，接受革命传统教育。你和青霞常委研究一个方案，时间就是7月中旬。明年，咱们再去革命圣地延安朝圣。"陈爱民说。

"好的，我们这就开始做方案。"梁石祥回答。

在监控室坐定之后，王自力汇报说："陈书记，对这两个法官的谈话进展情况跟你汇报一下。张红林是个胆小怕事的人，宗玲逃跑之后，外界风言风语，他的思想压力很大，吃不下饭，睡不着觉，精神都快要崩溃了，一度想到县纪委自首。来了之后，交代得比较彻底，收受宗玲钱和卡折合人民币一万五千元，另外在其他的诉讼案件中收受当事人钱和卡折合人民币七八万元。"

"就是胡广建案件进行得不是很顺利，他一直显得有些装疯卖傻的，"梁石祥接着说，"不管见到谁，他都是拉着人家的手不放，哀求：'领导，请您再教育教育我吧！'哭哭啼啼的，弄得我们心里也没有底，担心他精神出问题，就没有再跟他进行实质性的谈话。昨天晚上人少的时候，章勇翔他们几个就像遛小狗的一样，在院子里遛了一个多小时。"

"精神科医生检查了吗？"陈爱民问。

"上午请淮江市精神病医院的主治医师魏颜玉主任来看了一下，医生诊断之后认为没有多大的问题，如果需要确诊，可以到他们那里做仪器检查。"梁石祥回答道。

"他会不会是学〈红岩〉里华子良的招数，假装疯疯癫癫的，来对付我们？"李汉杰皱着眉头说，"要不然让孟庆军过来谈谈看法，他们刚刚交完班，正在吃饭。"

梁石祥打电话，"喂，孟主任，吃好饭了吗？请你来一趟！"

孟庆军急匆匆走进来，向陈爱民敬礼："谢谢陈书记的关心！"

李汉杰说："今天上午，县委组织部来考察孟庆军、魏保平和张继胜了。咱们大多数人不在家，组织部专门来办案点进行的考察。大家反映都很好。"

"早上苏俊峰部长给我打电话，我讲自己不在家，让李书记负责考察的组织，怎么样，大家都很满意吧！只要干部流动起来，大家都有机会，队伍就充满了活力。干部越是积压，越是死水一潭，就越是矛盾丛生，很容易产生'螃蟹效应'，一窝乱糟糟的螃蟹，你牵着我，我拽着你，大家都相互牵制着，结果是大家谁都上不去，长此以往，整个单位就成为一盘散沙！"

"最高兴的是张继胜，他都激动得掉眼泪了。他说自己本来已经不抱任何希望了，没有想到组织上提拔他到最大的中心镇去做纪委书记！"赵健高兴地说。

"只要是工作出色，就要论功行赏，让优秀的干部有奔头。好啦，这个话题暂时结束，"陈爱民问孟庆军，"庆军主任，你在第一线，最有发言权，我们想听听你的意见，这个胡法官到底是真疯，还是装疯？"

孟庆军掏出香烟，递给陈爱民一支。陈爱民摆摆手，"现在的定量标准又压降两支，每天只有四支了。上午在刘冠一书记那里已经抽了两支了。"

孟庆军把香烟放回烟盒里，笑着说："咱们都要向陈书记学习，言必信，行必果，首先从控烟开始做起。"

"陈书记这是有人管束着了吧？"李汉杰笑着问。

"还真的是有人管着了，不过只要人家说得对，我们就改正，对吧！"

"等着喝班长的喜酒。"梁石祥跟着打趣说。

众人都开怀大笑。

"现在八字才刚刚有一撇，好啦，言归正传吧，快要一点钟了，肚子闹意见呢！"陈爱民笑着说。

孟庆军嗅了嗅烟盒，汇报说："根据我的观察还有各方面的信息进行综合判断，胡广建十有八九是装疯。理由是在我们不谈案情的时候，他表现得还是很有条理的，只要接触一点实质性问题，他就一把鼻涕一把泪，哭着喊着：'领导，您再教育教育我吧！'明显有矫揉造作的成分。还有，也是最关键的一点，胡广建长期从事刑事审判庭工作，去年五月份才提拔到民事审判庭当副庭长的。我向法院纪检组黄组长询问这个情况，他说，刑事审判庭经常进行一些刑事行为能力的鉴定，特别是精神病人的刑事行为能力鉴定。所以，我觉得胡广建可能是从中受到了一些启发。"

"那好，既然医生有诊断，我们有判断，咱们的精兵强将又都在渔场，那就全部压上去，不要被他的干扰所束缚，要彻底打消他装疯卖傻企图蒙混过关的念头。还是我们的老办法，统一思路，统一力度，坚决把他拿下来！"陈爱民坚定地说，"办案最忌讳时松时紧，在这样的反反复复中，就像螺丝在紧紧松松过程中，就被拧滑丝了一样，最终成为次品、废品。"

"好的，我们准备一下，一会儿就跟这个胡广建较量较量，一鼓作气，把他拿下！"梁石祥说。

"咱们吃饭去吧！"李汉杰提议说。

"怎么，你们都没有吃饭，等着我呢，哎哟，真是很抱歉！"陈爱民说。

"小董说你中午回办案点来吃饭，我们几个等着你哪！"梁石祥说。

王立楷、程宇宁走进谈话室。

胡广建看到陌生的面孔，就上前拉着王立楷的手，带着哭腔说："领导，请你再教育教育我吧！"

"那好，我们就再教育教育你！"王立楷端坐在椅子上，向他示意，"老胡，你别激动，请坐下，咱们好好聊聊。"

胡广建磨磨蹭蹭地在塑料方凳上坐定，两只眼睛紧张地盯着这位新对手。

王立楷从包里掏出一张银行单据复印件，扬了扬，"这是你送到法院纪检组的'510'廉政账户的单据吧？"

"是的。"

"多少钱？"

"两万五千元。"

"说说这些钱的来历？"

"是宗玲送的两万元现金还有五千元购物卡。"

"老胡，你这不是思维挺清晰的吗？装疯卖傻、疯疯癫癫的有意思吗？"王立楷离开座位，走到胡广建跟前，心平气和地说，"你到民事审判庭之前，长期从事刑事审判工作，也经常进行行为能力鉴定，你觉得装疯卖傻能不能过得了科学鉴定这一关？"

胡广建不敢正视王立楷的眼睛，低下了头。

看到胡广建心里发虚，王立楷接着说："我再继续教育教育你，电影〈江姐〉里有一个华子良，那个时候没有现代科技，疯疯癫癫的能哄得了国民党反动派，而现在你拿这一套哄骗共产党，绝对不可能蒙混过关。如果鉴定结果你是装疯，知道接下来的后果吗？"

说到这里，王立楷故意停顿了下来，他点燃一支烟，平静地看着胡广建。

胡广建仰着脸，惊恐地望着对手。

"你连自首的机会都没有了！"王立楷说着，把复印件掼到胡广建手里。

程宇宁紧接着再跟进，重重敲击一下，"老胡，你是搞审判的，应该知道零口供定罪量刑，是没有任何从轻处理情节的。如果对你按照从重的最高上限，或者再加重一档，能判多少年，你比我们更清楚！"

胡广建"扑通"一声双膝跪地，磕头如捣蒜："领导，你们得救救我！"

"胡广建，起来！"王立楷厉声喝道。

程宇宁把他拉起来，扶到方凳上坐下。

"胡广建，男儿膝下有黄金，有问题谈问题，不允许你再搞这一套，更不允许你再讲什么装疯卖傻的话！"王立楷训斥说。

程宇宁点燃一支烟，递给胡广建。

胡广建大口大口喘着粗气，抽了一口烟，呛得咳嗽了几声，哀叹道："我服了，我认输了！"

县委常委会议室。

马骏讲话："各位常委，今天我们开一个常委会，主要议题有三个。我先通报第一个议题，常委分工作了一些调整。陈爱民同志分管发展环境建设以及政务改革工作。朱雅文同志分管城市建设工作。满金龙同志不再分管城建工作，由满金龙同志专职负责招商引资工作，其他的常委分工不变，在这里跟大家通个气。各位常委还有没有其他意见，如果没有，进入下一个议题，请组织部汇报。"

组织部杜平副部长走到汇报席："各位常委，这一次拟提拔三位同志，请常委会研究。孟庆军，男，1961 年 11 月出生，大学文化程度，现任县纪委副科级纪检监察员，拟提任正科级纪检监察员；魏保平，男，1964 年 5 月出生，大学文化程度，现任县纪委第五工作室主任，副科级，拟提任正科级纪检监察员；张继胜，男，1960 年 12 月出生，大专文化程度，现任县纪委第二纪检监察室干事，科员级，拟提任临河镇纪委书记。汇报完毕！"

"爱民书记，说说你的想法！"马骏说。

"各位常委，首先感谢县委对纪检监察干部的关心，专题研究解决三位干部的职级。这三位干部都是长期工作在纪检监察第一线的老黄牛式的干部，无私奉献，无怨无悔，特别是在禁违拆违专项工作中，在查办大庙村干部收钱放纵违法建设，查办魏氏父子黑恶势力斗争中，立下汗马功劳。在查办财政局周树彬为首的'5·28'系列专案中，这三个同志起到了骨干和中坚作用。没有别的补充了，谢谢！"

"苏部长，你说说！"

苏俊峰打开笔记本，说道："大家知道，祁河县以往的干部配备，职数超编。这一次县委决定挤出三个职数，专门解决纪委干部级别问题，体现了县委对纪检监察工作的支持和对纪检监察干部的爱护。在考察过程中，大家一致反映这三位同志表现非常优秀，一些感人事迹也让我们考察组的同志深受教育。在此，提请常委会研究决定！"

"其他常委还有什么意见？"马骏问道。

诸位常委纷纷表示很好，没有意见。

"强国县长，你再说说吧！"

"好，我讲两句，"强国说道，"祁河县的状况，大家都是有目共睹的。马骏书记和我来了之后总共这几个月的时间，真的是感受到了切肤之痛。年初的'祁坝村事件'及以前遗留下来的各种后遗症，到了今年上半年总爆发，让我们目不暇接，疲于应对。仅仅一项'全省土地重点管理县'的帽子卡在头上，土地停止供给，一寸土地都没有，让我们一筹莫展，怎么讲'发展'二字！治理祁河，县纪委、监察局是打头阵、当先锋的。对于表现突出的干部，就是要论功行赏，不论是纪检干部，还是今后我们招商引资、财税金融、信访维稳、党的建设等各条战线，凡是表现优秀的就要大胆地用起来，破格提拔起来，这就是使用干部的导向。干部问题解决了，祁河县的科学发展才能真正进入快车道。"

马骏说："大家讲了很多了，我简单说几句。第一句，县纪委、监察局在陈爱民书记的带领下，出色地完成了县委、县政府交给的各项任务，实践证明，纪检监察干部是一支能打胜仗的铁军！第二句，就是刚才强国县长讲到的，今后我们要严格按照干部的德才实绩使用干部，不准搞亲亲疏疏，拉山头，搞小圈子。第三句，我作为县委书记在这里立下一个规矩，必须坚决纠正提拔干部拉关系、打招呼的恶劣风气。我在这里撂一句狠话，请记入常委会会议纪要，今后'凡是打招呼，一律不使用'，这十个字作为选人用人的一条硬杠杠，不管你是不是优秀，只要是打了招呼，一概不予考虑。干部选拔上的投机钻营的劣习，可以说是腐败之源，伤害的不仅仅是那些老黄牛、千里马，更是损害政治生态，动摇党的执政基石。别的地方我管不了，在祁河县这两千两百平方公里的土地上，我们绝对不能容忍这种歪风邪气的滋生蔓延。在这个问题上，我和强国县长的意见是完全一致的，谁要是不相信，谁再拜门子、托关系试一试！好啦，进行下一个议题。"

县委办公室主任彭天勤坐到汇报席，"各位领导，我汇报一下'抓党风，树形象，与人民群众心连心'专题教育活动实施方案。草案事先都征求过各位常委的意见了，我就不再照本宣科了，简要汇报一下……"

陈爱民敲敲门，"请进！"传来一声清脆的声音。

"朱县长好！"陈爱民礼貌地打着招呼，走进常务副县长朱雅文的办公室。

"啊，稀客，欢迎陈书记！"朱雅文微笑着跟陈爱民握手。

秘书给倒了一杯水，"陈书记请喝水！"

陈爱民四处打量着办公室，又深深地嗅了嗅，称赞说："朱县长办公室布置得真是雅致，就连空气中都弥漫着一股清淡的脂粉芳香，沁人心脾！"

"是的吗，我怎么闻不出来？"

"你是久居兰室不闻其香！"

朱雅文"咯咯"笑着说："你的办公室左一摞书籍，右一沓材料，空气中弥漫着一股尼古丁的气息，墙角还放着一对大号哑铃，雄性味道儿十足，也是别有风味的呀！"

"审视事物的角度不同，所以得出的结论也不同。"陈爱民也笑着说，"咱们谈正题吧，今天常委会分工调整，你这位建筑专业的高才生，又可以大显身手了！"

"城建工作千头万绪，我还得从小学生学起。"朱雅文谦虚地说，"还有马书记、强县长跟我讲过，准备开展建设规费的清理、收缴工作，陈书记有什么打算？"

"我今天来拜访你，就是想研究一下工作的初步方案。我的想法是成立一个领导小组，由强国县长担任组长，我们两个担任副组长，下设办公室，主任是李汉杰，副主任是建设局局长王垒。具体工作以建设局相关科室为主，县纪委、监察局负责督办。"

"我同意，不过还有一点建议，让发改委、规划局、房管局的一把手也担任领导小组组成人员，他们对那些拒不缴纳规费的开发商有一定的制约作用。"朱雅文说。

"还有那些外地的开发商，赚足了钱，拍拍屁股走人的，怎么办，是不是可以通过司法程序追讨？"陈爱民问道。

"可以呀，这样，让法院来一个副院长，涉及法律上的问题，可以通过法院解决。这样吧，我安排起草一个方案，报给强县长审定，在政府常务会通过一下，我们就师出有名啦。"

"那好，我就告辞了！"

"别忙走，今天过生日，我请你吃饭！"

"朱县长过生日，好啊，我去给你买蛋糕！"

"也是咱们共同的节日，你忘了，今天是'七一'，党的生日！"朱雅文笑着说。

"噢，那是应该庆祝一下，不过后来经过考证，党的生日应该是7月23日，7月1日是党的成立纪念日！"

"那咱们就庆祝党的成立纪念日！现在是下午六点钟，我打个电话，让俺家老温准备准备,他炒得一手好菜。再约几个人陪陪你,先看看程丽荣县长有空么。"

"朱县长是客套客套,还是真心邀请,我这人可是不经劝!"陈爱民一本正经地回答。

朱雅文听了,又"咯咯"笑了一阵,"谁跟你假客套了,我是看你不是在办案点就是在食堂吃饭,想给你改善改善伙食,真诚地邀请!"

"那我就却之不恭,欣然应允了!"

"陈书记大驾光临,蓬荜生辉啊!"朱雅文说着,拿起了电话,"我得赶紧让俺家老温打酒买菜去!"

"有啥吃啥,不要麻烦他再出去买菜了。"

"陈书记光临,多少也要准备一下吧,快得很,半个小时搞定!"朱雅文说着,拨通了电话,"哎,跟你说,一会儿陈爱民书记去咱家吃饭,你看看冰箱里有啥菜,不够的话出去买一点熟食。"

夏日的黎明时分,大地还在寂静中沉睡。天麻麻放亮了,东方露出了一抹红霞。迎春大酒店湖边的树梢上,小鸟也开始展开了清脆的歌喉。

一阵急促的手机铃声,把陈爱民惊醒。他连忙抓起电话,来电显示"马骏"。

陈爱民心里一惊,急切地问:"马书记!"

"爱民,建设局失火了,地点就是档案室。你和铁军局长马上去一下,值班车马上就到!"马骏简要地说。

陈爱民定了定神,说:"我们刚刚准备清理建设规费,夜里档案室就失火,很蹊跷啊!"

"弄清楚原因再说吧,看起来我们低估了建设领域的复杂性,事情远远超出我们的预判!"

"是的,这是狗急跳墙,拼死一搏的架势。我马上过去,情况及时跟你汇报!"

陈爱民、张铁军赶到现场时,明火已经扑灭,消防队员正在收拾消防水龙带,几间档案室里余烟缭绕,发出刺鼻的焦煳味儿。

这是一个独立的院落,大门朝东,主楼朝南,西边有一座副楼。副楼一层北侧就是档案室。

"拉起警戒线,任何人员不得入内!"张铁军对现场的派出所民警吩咐道。

"是!"民警连忙拉起黄色的警戒线。

"让值班的保安过来一下。"张铁军对一个民警说。

一位年轻的保安跑步过来,立正,敬礼,"领导好!"

"是你报的警吗？"张铁军问。

"是的！"

"请你讲一下发现着火的经过！"张铁军说。

"从下半夜开始，我就隐隐约约闻到一股焦煳味儿，不知道是从哪里飘来的。在武警部队我是消防兵，对这种焦煳味儿特别敏感。起先，我以为是院子外边飘过来的，后来感觉气味越来越浓，我就循着气味寻找，走到西楼大厅，焦煳味儿更浓了，我就一个房间一个房间趴在门缝嗅，闻出气味是从档案室的防盗门缝里边传出来的，我就马上拨打110报警，同时拨打119火警电话。"

"就你一个人值班吗？"张铁军问。

"本来是两个，另外一个昨天晚上拉肚子，就回家休息了。"

"监控发现有什么异常吗？"张铁军又问。

"监控坏了两天了，一直没有修理！"

"你非常敬业，我们谢谢你！"陈爱民紧紧握着保安的手说，"你叫什么名字，多大了？"

"报告首长，我叫郭坤，今年二十九了！"

副局长郑运华急匆匆地赶到了现场。张铁军吩咐道："郑局长，你负责让刑警大队、消防大队联合勘查现场，无关人员，一律不得进入！"

"是！"

建设局局长王垒气喘吁吁地跑过来，"哎哟，二位首长也在啊，怎么能发生这种事情啊？做梦也想不到啊！"

"做梦想不想是一回事，火灾发生了却是真实的事！"陈爱民说了一句让人摸不着头脑的话。

王垒眨了眨眼，没有吭声。

"陈书记，咱们进去看看吧！"张铁军说。

消防中队长带路，一边走一边说："接到报警，我们快速到达现场，发现明火已经燃起，火场的窗户又高又小，水枪根本发挥不了作用。我们迅速用消防斧劈开一扇防盗门，又砸穿一个墙洞，才得以进入火场，组织灭火！"

陈爱民、张铁军和郑运华相继从墙洞钻入现场，瘦小的王垒也欲进入。陈爱民停了下来，看了他一眼。

张铁军马上拦住他说："王局长，你就不要进来了！"

"好的，好的，我在外边候着。"王垒点头哈腰地说。

现场一片狼藉，黑煳的燃烧物还在冒着袅袅青烟。

郑运华指着一个烧得变形的冰箱，"两位领导你们看，这里就应该是起火点！"

陈爱民小心翼翼走近黑乎乎的冰箱仔细察看，"这是单拉门的冰箱，这种老式冰箱应该在十五年以上了。"

张铁军指着墙角堆放的酒问："怎么档案室里还存放这么多的酒？"

郑运华戴上手套，从焦煳的纸箱里抽出一瓶，惊叹道："我的天，是溪水老白干，六十七度的！"

陈爱民接过酒瓶子，看了看，"这瓶酒还热乎乎的，幸亏没有爆燃！真得感谢那位退伍的消防兵郭坤，如果不是他及时发现，这十几箱子高度酒要是燃烧起来，跟汽油差不多，整座大楼都要烧成框架结构了！"

明晃晃的太阳高高升起在晴朗的天空，开始了夏日的一天炙烤。

陈爱民叉腰站在院子里，对张铁军说："那个消防退伍兵郭坤非常优秀，你把他调到你们特警大队去吧，反正都是招聘的，到了那里工资待遇还能高一些。"

"好的，这也算是对他的奖励吧，我还准备给他发一点奖金！"

"铁军局长，我考虑的深层次问题是防止郭坤在这里遭到打击报复，你明白的。"

"陈书记，你说得对，现在的形势错综复杂，对于像郭坤这样的同志，我们要保护好他们。"

"原来我和朱雅文商量的是以建设局为主清理规费，今天的火灾给我们敲了警钟。现在看来必须调整思路，以纪委、监察局为主开展清理，首先要控制住这些资料，这些证据一旦化为灰烬，罪证也就随之化作缕缕青烟了！"

"这样吧，陈书记，现场勘查完毕之后，我们把剩余的资料全部移送给你们。"张铁军说。

陈爱民看了一下手表，"八点半了，已经上班了。我马上安排人过来看守住这些材料，一张纸片也不能再丢失了！"

"运华局长！"张铁军挥手喊郑运华。

郑运华快步走过来："张局长，有什么指示？"

"现场勘查完毕之后，由县纪委接管。在此之前，其他人员一律不得进入现场！"

"好的，保证完成任务！"

陈爱民拨通了李汉杰的手机："李书记，今天凌晨四点多建设局的档案室失火了。"

"啊，怎么这么凑巧？"电话里李汉杰吃惊地问。

"现在的情况很复杂，我们的首要任务是立即控制住剩余的资料，不能再发生任何的意外。"

"陈书记，你看怎么办？"

"你迅速安排得力的干部，赶到建设局火灾现场，等勘查完毕，把资料全部转移到安全的地方，你看放在哪里比较好？"

李汉杰沉吟了一下，说："我建议先存放在档案局的库房里，有一些焦糊的还有水浸的材料，档案局也有修复的办法。"

"好的，档案拉过去之后，我跟张铁军局长要六个特警值班，我们也派三个同志负责带班。你就这样安排吧！"

傍晚时分，马骏在小会议室听取建设局火灾情况汇报。强国、陈爱民、张铁军、高勇平以及李汉杰在座。

郑运华汇报说："从现场勘查的情况来分析，有两种可能，均占一半。第一种可能是电器老化，起火点位于一个冰箱附近。这种牌子的冰箱是八十年代苏州产的单拉门的老式冰箱，距今大约二十年了，一直在使用，里边存放了一些茶叶，因此不能排除电线、电器老化引发火灾的可能。第二种可能，就是人为纵火，现在正在围绕这一种可能性进行工作。"

"老式的冰箱是不是引发火灾的真正原因，你们公安机关能不能通过技术鉴定，或者确认，或者排除？"强国问。

"强县长，我也问过消防大队大队长，像这样严重烧损的电器，没有办法进行鉴定。"张铁军回答。

"人为纵火的可能性有没有呢？"马骏问。

郑运华回答道："马书记，建设局的监控系统前两天发生故障，事发当天没有留下任何影像。我们调取了周边的监控探头，也没有发现可疑的线索。"

陈爱民听到这里，说："这件事很奇怪啊，常委会刚刚决定个别班子成员分工调整，我们正在拟定对建设规费开展清理，监控系统就不能使用，下半夜存放建设规费资料的档案室又失火，这一连串的偶然性连接起来，能不能看出必然性？"

高勇平接着说："是啊，现场勘查一点蛛丝马迹都没有，这让我想起县纪委在祁东县的办案点晚上闹鬼的事件。这一起火灾如果是人为纵火的话，就与祁东闹鬼一样，作案非常专业，应该是对刑事侦查非常内行的人所为。"

"是的，祁东县公安局对办案点发生的事件也非常重视，多种侦查手段都用上了，但是一无所获！"张铁军说。

"档案室的钥匙都由谁来保管？"陈爱民问。

"共有三把，档案员虞红梅、会计张益智还有办公室副主任王学礼，他们三个人都能进入火灾现场。"郑运华回答。

"郑局长，堆放的那些高度酒是从哪里来的？"陈爱民接着问。

"我们追查了，一共是十五箱'溪水老白干'，每一箱是八瓶，大概在一个月前，办公室副主任王学礼临时放在那里作业务招待的。我们了解了一下王学礼的情况，此人三十二岁，原长安建设集团的部门经理。企业改制之前调入建设局，事业编制，担任办公室副主任，负责行政工作，主要是吃吃喝喝、迎来送往、公务接待这些事。"

"一个月前，"陈爱民自言自语道，他心里突然一惊，小声对马骏说，"马书记，一个月之前，正是'5·28专案'刚刚开始的时间呀！"

"爱民，咱们碰上硬茬子了！"马骏也小声回答。

陈爱民说："郑局长，我想起小时候看过的一个革命故事。淮海战役的前夕，国民党的九里山军火库发生大爆炸。地下党策反了一个国民党马车班的班长。引爆的方法就是这个班长从军大衣里撕下一块棉花，裹进一个烟头，塞入一个空汽油桶里，这样引发的连环爆炸。这个故事对你们侦查是不是有点启发？"

"陈书记，你讲的这一种可能性是存在的，从保安郭坤描述的焦烟气味持续很长时间而且越来越浓来判断，火场符合这样慢性引燃的情形。"

"好啦，你们再深入细致地查一查，毕竟火灾发生在党政机关，非常敏感，目前网络有没有反映？"马骏问张铁军。

"有几张手机拍摄的消防队救火的照片，目前还没有引起大的炒作。"

"我跟顾毅部长说一下，一些炒作的苗头必须及早扑灭，不能因为炒作干扰我们的精力。"马骏说，"哎，还有火灾的损失怎么样？"

郑运华回答："完全烧焦的会计资料有十几节铁皮柜，其他的有半焦烟的，有消防水龙头浸湿的。县纪委一小时以前已经把资料全部装车拉走了。"

"爱民书记，你们纪委打算怎么处理？"马骏问。

李汉杰回答："马书记，我联系了县档案局，他们给腾出一间库房，先临时放在那里。档案局的专业人员帮助我们修复档案资料，一些浸湿的还要晾晒、吹干。下午六名特警已经到位，我们安排三名责任心强的同志带班，看管好这些资料。"

陈爱民接着说："马书记、强县长，我与朱雅文县长商定，原来的想法是成立一个规费清理领导小组，强国县长任组长，我们两人任副组长，以建设局为主开展专项清理。现在看，这个方案应该调整，主角是县纪委、监察局，其他的都是配角。我打算抽调十名政治素质高的党员财会人员，尽快开始审计，先把拖欠的明细清单拉出来。"

"事不宜迟，必须抓紧干！"强国说，"专项清理刚刚启动，就遇到了意想不到的事情，这也从另一个侧面说明我们打到一些人的关键部位上了。下一步追讨还会涉及民事和刑事问题，需要动用公检法的，铁军、勇平还有李涵，你们要做好准备！"

"贪占的民脂民膏，必须让他们全部都吐出来，"马骏狠狠说，"我和强国在这里表个态，不论谁出面说情都不行，一把尺子量到底，绝不让步，绝不妥协！"

临近中午，天上没有一片云彩，太阳一动不动地高悬在头顶，干热的空气仿佛凝滞了一样。陈爱民、李汉杰顶着烈日，走进档案局库房。

"陈书记，你看，这些是我们抽调的财会干部，他们正在抓紧抢修资料。现在天气炎热，这些资料一旦发霉变质，就都无法使用了。"李汉杰对陈爱民介绍说。

"同志们辛苦了，周末也不能在家休息，谢谢大家了！"陈爱民向十几名工作人员问候。

"带队的是咱们的会计老宋。"李汉杰说。

宋会计放下手里的活，站起来说："陈书记，你看这些资料都被水泡成了一坨，揭不开。档案局的同志指导我们用电热汀作了一个简易的烘干房，等到半干的时候，再用电吹风吹，有一些损坏的就重新粘贴。"

"陈书记，不用客气，这都是我们应该做的。这些资料要是不抓紧时间修复，就彻底损坏了，我们干会计的，知道这些资料的重要性。"一个女会计手里拿着电吹风，一边干活，一边说。

陈爱民双手合掌："谢谢，谢谢！"

"修复好的资料，我们分门别类摆放，便于下一步的审计。"宋会计说。

一个身穿特战服的特警向陈爱民敬礼："陈书记好，我是特警大队二中队郭坤！"

"噢，郭坤，你已经到特警大队了！"

"谢谢首长的关心！"

"好好干，你也是立了大功的！"陈爱民紧紧握着郭坤的手，接着又问道，"你们配备了哪些器材？"

"报告陈书记，我们配备了长、短警棍，还有喷射辣椒水！"

陈爱民信手拿起一根一米左右的橡胶警棍，跨步向前，撩、点、劈之后转身"呼"的一声抢过去，一气呵成。

几名特警都鼓掌。

"想不到陈书记身手这么好，就凭您刚才连出四招，不到两秒钟，真是迅雷不及掩耳，就是高手也难躲过去！"郭坤称赞道。

"我从小就喜爱武术，师从民间高手刻苦习练，师傅的师傅曾经是蒋委员长的贴身警卫，厉害吧！"

"行家一出手，就知有没有，一看陈书记的步法、身形还有发力的劲道，就知道是高手！"一个身材魁梧的特警说。

"这个短棍使起来挺顺手，我给铁军局长要一个。"陈爱民拿着警棍在手掌里拍拍说。

"首长喜欢用，就拿走吧，我再跟庄大队长要一根！"高个的特警说。

"是庄国红吧，那好，请你跟她说一声，陈书记拿走了一根警棍。"陈爱民笑着说，"还有你们千万不要麻痹大意，尤其是晚上，值班的时候绝对不能睡觉。"

"请首长放心！"几名特警异口同声地说。

"警棍我拿走了，回去放在卧室的床头，睡觉也踏实！"

"陈书记再见！"郭坤立正敬礼。

2010年7月5日，这是一个星期一。早上八点半，李汉杰、梁石祥、王自力、任青霞、孟庆军、王立楷、安然以及魏保平准时来到陈爱民办公室。

陈爱民满意地看着这些忠实的干将，对他们说："大家请坐吧，咱们今天把手上的几件工作碰碰情况，主要是研究下一步的工作。汉杰书记，你先说说。"

"目前在手的案件主要是法院的胡广建和张红林，这两个人除了徇私枉法之外，每一个人还有四五万元的受贿问题，目前都已经查证属实，可以移送了。"

陈爱民强调说："我听高勇平检察长讲，涉及法院干警违法犯罪的，需要市检察院指定异地管辖，市院对这两人的初步意见是指定祁东县实施管辖，你们再召开一个案件通报会，一定要让法院副院长许蔚云参加，他是华东政法大学的高才生，为人非常正直，在祁河县是法学界的领军人物，听听他的意见，我们心里才踏实。毕竟在外地诉讼，不像我们属地的案件随时可以补充侦查，容易掌控，到了外地，案子千万不能翻盆喽！"

李汉杰接着汇报说："好的，陈书记，我下午就召集大家开一个案件通报会，请许蔚云副院长参加，检察院的请衣振全副检察长、林钢剑局长参加。还有，通过这几天的整理，建设局的档案基本上没有受到太大的损失，烧掉的十几个铁皮柜里的材料主要是设计图纸。烤焦的、水浸的会计凭证、审批文件都已经复原了。"

"很好，控制住了这些资料，我们就掌握了案件的主动权。下边你们就按照方案开始审计，摸清楚底数，注意保密！"

"好的，汇总的数字和明细清单，由我掌握，及时跟你汇报。"

"梁书记你说说赴井冈山接受红色革命教育的准备情况。"陈爱民示意道。

"根据陈书记的安排，我和任常委拿出一个初步方案，准备把县纪委工作人员分成两批，租赁大巴车，第一批周五早上走，下午四点钟左右可以到达井冈山。主题教育活动安排在井冈山烈士纪念塔，敬献花圈，唱〈国际歌〉，重温入党誓词。"

"国际歌准备唱几段？"陈爱民问。

"歌词太长，我们想唱第一段就行了。"任青霞说。

"〈国际歌〉是我们的党歌，三段歌词我都能一字不落地唱下来，我们的同志也都要唱下来，入党誓词也要背下来。到时候不准拿着歌词、誓词看，这也算是给大家布置的一个作业吧。"陈爱民说。

办公桌上红色的保密电话铃响，陈爱民迅速拿起电话。

"陈书记好！"电话里传来省纪委路江海的声音。

"哦，是路主任，你好！"

"朱明元常委最近收到信访举报，反映你们人民医院的刘传福违规担保，导致重大损失，类似的举报信件以前也有，但是最近非常集中。朱常委让我问问你，这个人怎么样，问题严重吗？"

"这个人问题比较严重，一直是我们重点关注的人物，反映的违规担保造成重大损失的事实，也是存在的。我们正在围绕他的问题开展摸排，寻找一个突破口。"

"陈书记，你看这些举报我们怎么处理，你有什么建议吗？"

"这个人有后台，有背景，关系网错综复杂，查处他干扰会比较大。我建议省纪委直接跟我们交办案件，要求查报结果。有了省纪委要求查报结果的文件，我们把这口尚方宝剑悬挂起来，干扰和阻力就会减少许多。"

"好吧，我把你的意见跟朱常委汇报一下，尽量满足陈书记的要求！"

"谢谢路主任！"

"想啥来啥，"陈爱民放下电话说，"我们正在琢磨人民医院院长刘传福的突破口，省纪委路江海主任正巧打电话询问刘传福信访情况。如果省纪委能够责成我们查报结果，省纪委交办的案件，看他们谁还敢多嘴多舌！"

任青霞说："查报结果是纪检系统除了'两归'、'两指'以外最严厉的组织措施，这个规则运用好了，也是一把惩治腐败、排除干扰的利器。"

"是呀，你们信访室排查的刘传福案件线索，现在进行得怎么样了？"陈爱民问。

安然回答："陈书记，我们排出刘传福担任院长六年以来的问题七十多条，按照类别分为医药医疗器材采购、基建工程、人事安排、违规担保还有生活腐化五大类。"

"这七十多个点，你们觉得从哪里切入比较好？"陈爱民问。

李汉杰回答："我和青霞常委、安然主任反复推敲，筛选了两个线索作为初查的突破点。一个是反映违规担保的上海佳仁医疗设备公司王浩伟，在浦东给他儿子刘茂财购买了一套一百三十平方米的住宅；还有一个是淮江市的众邦药业集团医药代表臧至秀，给了刘传福一张五十万元的银行卡，刘传福用这张卡直接入股林森木业家具公司。另外，还反映臧志秀与刘传福关系暧昧。"

"这两条线索选得比较好，抓手比较实在！"陈爱民表扬说，又转身问梁石祥，"梁书记，孟主任和王主任，你们对下一步建设局的线索，有什么考虑？"

梁石祥回答："我们几个在一起多次讨论，认为首先要把这七八年以来违规减免的建设规费清理出来，见个底，这也是权力寻租的一个重要参照系。第二，查清楚长安集团改制时隐匿的两千五百万元兑付之后，资金的流向、去处，搞清楚被谁攫为己有了，这个问题要见个底。第三，我们建议重新复查建设局原质检站站长王垒的案件，如果能把当时的夹生饭做熟了，也能揭开建设领域的许多黑幕。"

"好的，其他同志还有什么意见？"陈爱民问道。

孟庆军说："陈书记，我补充一下。建设局历史上分成技术派和实力派两大类。满金龙和王垒都是科班出身，搞技术起家的。白怀洲、赵四吉都是靠包工头干起来的，腰缠万贯，从国有企业转任到行政机关的。从 2006 年长安集团改制，2008 年按照中央的要求，以几个官商退出长安集团为标志，满金虎担任改制后的董事长、总经理，这是技术派和实力派达成一致的结果。但是，这里边的关系纵横交错，利益是如何分配的，谁也搞不清楚，目前只是暂时的平衡。王垒在这两个派别中，不是最核心层人物，却是重要的知情人。这也就是 2008 年我们查处王垒时遇到强力干扰的原因。"

陈爱民说："其他同志要是没有补充，我看咱们按照两个案件同时摸排的办法，哪一个先突破，就先干哪一个。具体分工，李汉杰、任青霞、安然和魏保平，你们主要承办刘传福的案子，同意你们的初查方案，先从刘传福的儿子在上海的住房以及五十万元银行卡入股两个线索入手开始查，看看有没有收获。建设局的案件，由梁石祥、王自力、孟庆军和王立楷承办，以现任局长王垒为主要调查对象，同时查清长安建设集团的改制隐匿资金的去向，查清楚审计建设规费减免和缓交的底数。"

"陈书记这样布局，还是两翼齐飞、下底传中的套路，这样安排最大的好处是提高了查案的成功率！"李汉杰笑着说。

"这是我从事案件检查工作的经验之谈，不仅在宏观上多点布局，在每一个案件甚至每一个线索上，也都可以选择两三条线同时出击，用最快的时间，把横亘在我们与腐败分子之间的那一层窗户纸捅破。一旦案件进入了我们的程序，生米做成熟饭了，说情之风自然戛然而止。这也是管理学里的主要线路法的运用。"

梁石祥接着说："几个大案办下来，干部们都感到受益匪浅，办案水平得到了较大的提升。"

陈爱民赞同地点点头，"还是需要加强系统的学习，我们现在的办案突破能力得到很大提高，但是，取证能力还要好好向检察院和公安局的同志们虚心学习，这更是一个细活儿，不是一朝一夕的功夫。"

梁石祥感慨地说："当初查办建设局王垒，莫名其妙地丢失了一份笔录，孟主任为此蒙受不白之冤，孩子孟凡繁的鼻梁骨也被撞骨折，希望复查这个案件，能够揭开这个谜底。"

"真相总会有水落石出的那一天！"陈爱民坚定地说。

临河镇政府食堂二楼的贵宾餐厅，是一间巨大的宴会厅，装饰得金碧辉煌。地面上铺设着猩红色的大理石地砖，墙壁上装饰华丽的壁灯，闪耀着柔和的光芒，一盏巨型水晶吊灯从苍穹一样的天花板垂下，无数个晶莹剔透的玻璃球发出绚烂的光彩。正中摆放着一张硕大的餐桌，洁白的桌布上已经排放好了精致的餐具，冰冻的生猛海鲜散发出丝丝的冰冷雾气。

白怀洲带领镇党委、政府领导班子二十多人步入宴会厅。他拉着张继胜的手，亲切地说："今天是星期一大点名，人最齐，我们两套班子给你接个风！"

张继胜一看到这个场面，心里一惊，他暗自思忖："这是做好的饭要我吃，拉我入伙的投名状啊！"他紧张地思索着对策。

"看看怎么样，咱们临河镇是县里第一镇，咱们的餐桌也是祁河县的第一桌，就是要有这个气派！"白怀洲神采飞扬地说。

四名女服务员鱼贯而入，托盘上端着"茅台""五粮液"。

"领导，请问您用什么酒？"女服务员问。

张继胜用手捂住酒杯，转脸对白怀洲说："对不起，白书记，我今天吃'头孢'了，不能喝酒！"

白怀洲解开白衬衣上边的两个纽扣，露出肥厚的胸脯，一脸不高兴地说："咋啦，不给我面子？"

副书记李卫兵见状，赶紧出来打圆场："吃了抗生素的药，一定不能喝酒，会要命的！"

张继胜索性把旗帜鲜明地亮出来，他对白怀洲说："白书记上午跟我说，晚上在食堂吃一点家常菜，班子聚聚餐，大家相互认识一下。我跟白书记请示，晚上就是工作餐，不喝酒，白书记是同意的。要知道是这么个排场，我肯定不会同意参加的！"

"张书记，既然已经准备了，咱们就不要再推辞了，下不为例吧！"宣传委员说。

张继胜站起身来说："各位同志，你们也都知道我在县纪委做了二十一年的一般干部，从来没有机会参加这么豪华的宴会。陈爱民书记要是知道我这么糟蹋钱，非骂我个狗血喷头不可。他经常跟我们说，'富家一席酒，穷汉半年粮'，平常他最反对铺张浪费，公务接待不准剩菜，吃不了的全部打包让司机、工作人员带走。咱们镇里也有两家县纪委包挂的贫困户，咱们这一桌，酒和菜加起来得有两三万吧，省下这笔钱，能给他们解决多少燃眉之急啊！"

众人面面相觑，白怀洲的脸由红变白。

"白书记，你看这样好不好，"李卫兵接着打圆场，"咱们按照厉行节约的要求，把酒撤下去，热菜再上四道，怎么样？"

白怀洲思考了一下，张继胜今天抬出陈爱民书记来压场子，让他不得不对这位新任的纪委书记心存敬畏，他那张面带愠怒的胖脸上挤出一丝干笑："那好，那好，来日方长，下一次咱们个人表示，那样就不受条条框框的约束了吧！"

"来日方长，来日方长！"众人随声附和。

第十三章　刘传福违法担保　专案组人赃俱获

三个年轻人悄悄尾随刘传福走进办公室，将惊慌失措的刘院长带进汽车。胖小伙刘茂财的凯迪拉克上班途中被县纪委工作人员拦下。

医院仓库，四个大旅行箱被抬出……

夜深人静，黑衣人翻墙进入魏狮子的院子，悄悄放下一个小皮箱。

午后，骄阳似火，天空上一块一块洁白的云朵在高楼大厦之间流动，迎面飘来了带着潮湿气息的海风。

李汉杰、魏保平走进上海市浦东工委纪委的办公室，向一名工作人员出示了介绍信。

"你好，我们是祁河县纪委的，有些工作需要麻烦你们配合一下！"李汉杰说。

"啊，欢迎，欢迎，有什么需要我们配合的？"那一位精干的女干部站起来问道。

"我们想查询一下介绍信上列举的三个人的房产情况，这是身份证信息。"李汉杰又递给她一张资料。

"那好吧，我跟分管书记汇报一下，待一会儿陪同你们到政务大厅房管的窗口去查询一下。"

"谢谢你！"魏保平说。

熙熙攘攘的政务大厅，窗口工作人员输入身份证号码，回答："查询刘传福、刘茂财没有结果，王浩伟有一处房产，是 2008 年 5 月份购买的，丽景花园 6 栋 903 室，130 平方米。"

"谢谢！"李汉杰说，"请你把房产资料打印一份给我们！"

"好的，请稍等！"工作人员彬彬有礼地回答。

一个身材健壮、老板模样的中年男子，走进了祁河县迎春大酒店二楼，他左右打探了一番，然后轻轻敲了敲 202 房间的门。

安然开门，"你找谁？"

"请问，任常委在吗？"

"我是县纪委常委任青霞，你是林森经理吧？"任青霞站起身。

"是呀，我是林森！"

"林总，请进来吧，"安然伸手示意说，"我们尊重林总的要求，专门在这里开一个房间，请你过来谈一谈。"

"不好意思啊，我是担心到县纪委去，碰到熟人，以为我是干啥的，给领导添麻烦了！"

"为证人保密，也是我们应该做的，"任青霞说，"纪检内部的保密工作是极其严格的，请林总不要有顾虑。"

"我没有啥顾虑的，要不然我也不会过来了，"林森接过安然递来的一杯水，"谢谢，作为一个老百姓，我对腐败也是非常痛恨的，能给国家反腐败出一分力，也是应该的！"

"林总深明大义，非常感谢，这也是党中央要求的，反腐败斗争必须依靠人民群众的支持和参与。"任青霞深有感触地说，"那么，林总，咱们开始吧！"

安然铺开了笔录纸。

"你与人民医院院长刘传福有业务合作关系吗？"任青霞问。

"有啊。"

"请你详细谈一谈。"

"大概在 2007 年春节之前，我找刘院长看病，做了痔疮手术，刘传福是咱县人民医院的外科一把刀，他亲自操刀做的。住院期间，他安排食堂专门给我送饭，照顾得挺周到。知道我做的板式家具出口比较好，刘传福就提出来入股一部分，我碍于情面，也就同意了。这样他入股一百万元，占 35% 的股份，也到工商局变更了注册登记。"

"入股的资金是怎么支付的？"安然问。

"下面我就讲这件事，大概过了一个星期，临近春节了，我出院的那一天，他给我一张中行的银行卡，说里边有五十万元，活期储蓄，可以直接提取的。我觉得办理这么多资金自己去不太合适，就喊上他儿子一起去的中国银行。我的海外业务经常需要汇兑外汇，所以开户银行也在中行，就直接把五十万元转到了我的账上。办理的时候我看到银行卡的名字是臧至秀的，他俩之间的风言风语你们想必也都听说过，半公开化的，大家都知道，老刘也从来都不避讳。我当时就想，老刘真黑，这一准是臧至秀过节送给老刘的香火钱。"

"转账手续是你签字还是刘茂财签字？"任青霞问。

"我记得是他儿子签的字。"

"其余的五十万元是怎么支付的？"任青霞接着问。

"他儿子到财务室交了五十万元的现金，我陪同刘茂财一起去的。那些钱也不知道在他家里存放了多少年啦，都生了绿色的真菌，点钞机一启动，粉尘飞舞，还有很多钱币黏在了一起。"

"入股之后运营得怎么样？"安然问。

"后来受到美国次贷危机、金融危机的冲击影响，家具产业出口锐减，我们的利润率维持在12%，这已经是不错的业绩了。但是老刘不干，认为我哄他了，要求退股，坚持还要支付20%的利息。我跟他恶吵一架，后来把股金和利息都退还给他了。"

"这件事你向纪检机关反映过吗？"任青霞问。

"没有啊，可能是后来朋友一起喝酒的时候，我骂刘传福不是东西，入股的资金都是春节收的浪女人臧至秀的，他们听到了之后是不是举报了，或者是又传到谁的耳朵里了，一传十十传百的，我真的不知道。我以上说的都是实话。"

"谢谢你，林总，耽误你的时间了！"任青霞说。

"不客气，协助纪委反腐败，也是俺们群众的责任。"

安然握着林森的手说："还有一件事儿，林总，今天我们找你的事儿，千万要保密，以后跟朋友喝酒的时候，只字不要提，就当是没有发生一样，还有也别再讲刘传福入股这件事了！"

"一定的，一定保密！"林森回答。

安然和萧玉，走进祁河县工商局纪检组。

庄组长连忙迎上前，"安主任，欢迎你们呀！"

"庄组长，今天过来主要是请你协助我们调取一家公司的工商登记、登记变更的情况。"安然说着，把调查介绍信递给他。

庄组长看了看调查介绍信，说："哦，是林森木业家具公司，这是咱们的一家知名品牌啊，请跟我一起到档案室来吧！"

穿过长长的走廊，三人来到档案室。

庄组长把介绍信递给女档案员："小李，县纪委的同志要查询一下这个公司的情况，你把全部的档案资料都调取出来！"

"好的。"小李转身走进档案室。

不一会儿，小李拿来一个厚厚的档案盒，轻声说："这就是林森木业家具公司的全部登记资料。"

"谢谢你！"安然说。

萧玉仔细查阅资料，她把变更登记的部分折好，递给安然，小声说："安主任，你看看，2007年3月18日，增加股东刘茂财，增资一百万元，占股份的比例是35%。这是其中五十万元银行卡到账的单据，时间是2007年2月27号。"

安然审核了一遍，对档案员说："小李同志，麻烦你把折叠的部分给我们复印一下，再加盖档案专用章！"

"好的，请稍等。"

萧玉说："噢，还有一件事，小李同志，请你严格保密！"

"请领导放心，我们有保密纪律。"小李回答。

安然驾驶着普桑车，穿行在熙熙攘攘的建设路上。

"萧玉，上午还有时间，咱们接着去中行查询一下2007年2月27日五十万元转款的手续，看看是不是臧至秀的银行卡，是不是刘茂财签的字。"

"好吧，如果这些资料查实了，刘传福就算是条泥鳅也跑不掉了！"萧玉说。

"兵贵神速，抢占先机，稍微犹豫、迟疑就会错失办案的机遇，这也是陈书记经常跟我们说的。"安然赞同地说，"萧玉，你包里还有没有备用的空白介绍信？"

"还有两张。"萧玉回答。

"正好这会儿等红灯，抓紧填上，咱们这就直奔中行！"

王自力、孟庆军敲开农商行张建行长的办公室门。

"欢迎啊，王常委、孟主任，刚才陈书记跟我打电话说了，你们要查询一笔资金的去向，你们看需要我们怎么配合？"张建热情地说。

"给张行长添麻烦了！"王自力客气地说，"我们想查询一笔款项，是今年春节之前从财政账户汇到长安集团的两千五百万元到账之后的去向。"

"好的，没有问题，我马上安排我们会计部的尤经理负责办理。"

"张行长，这件事最主要的就是保密！"孟庆军说。

"孟主任放心，这位尤经理是一个老同志了，人很可靠，经常协助公检法办理查询事项的。"张建说着，拨通内线电话，"喂，尤铭经理吗，请你到我办公室来一下。"

尤经理很快来到张建办公室。这是一位花白头发、戴着深度近视眼镜的干瘦的中年人，透露着职业会计的谨小慎微的气质。

"张行长，您找我！"尤经理嗓音有些沙哑，小心翼翼地问。

张建说："老尤，这两位是县纪委的领导，需要查询一笔款项，你协助一下，注意保密，不要让其他人参与。"

"好的，"尤铭谦恭地说，然后躬身示意，"两位领导，请跟我来吧！"

王自力和孟庆军步出营业大厅。孟庆军说："从查询的情况来看，两千五百万元到账的当天，就转到满金虎个人账户一千二百五十万元，转到邱月华账上一千二百五十万元，这明显就是坐地分赃哪！"

"是的，这笔资金肯定有问题，哎，那个邱月华是谁？"

"你不知道啊，是白怀洲的第三任老婆，人民医院的护士，还不到三十岁。"

"哦，老白是既有权，又有钱，艳福不浅啊！"孟庆军讽刺道。

"家里看着这么一个如花似玉的年轻媳妇，他白怀洲还整天在外边寻花问柳的，什么玩意儿！"王自力愤愤地说。

"家花没有野花香，腐败分子在私生活上也是放纵的，这是通病！"孟庆军回应道。

走廊的尽头，尤铭透过窗户，目送着两名纪检干部跨进汽车，他四下张望，确认没有其他人，拨通了一个电话，捂着话机小声说："喂，怀洲书记，我是尤铭，刚才……"

下午两点，刘传福准时来到陈爱民办公室。

"刘院长，请坐！"陈爱民示意他坐在办公桌的对面。

孙建设给刘传福倒水，"刘院长，请喝水！"

"建设主任，请把梁书记喊过来！"陈爱民说。

梁石祥很快走进办公室，坐在陈爱民左侧的沙发上。

"刘院长，今天把你找来，是按照县委的要求，由我和梁书记一起跟你谈谈。"陈爱民点燃一支烟，目光灼灼地盯着这个对手，"最近反映你问题的群众举报比较多，希望你主动地把有关问题讲清楚。"

"陈书记，我1977年从淮江医学院毕业，就一直在县人民医院工作，至今已经三十四年了，"刘传福不紧不慢地说，以此掩饰他的口吃，"副院长干了十二年，院长干了六年半，县医院是全市唯一的一家县级二级甲等医院，这是大家都、都有目共睹的。在改革过程中，难免要得罪一、一些人的利益，小人作怪嘛，还请组织上多多保护改革者。"

说完这番话，刘传福下意识地用手拢了一下纹丝不乱的头发，平静地望着陈爱民。

"改革过程中的失误与以权谋私造成的损失不能混为一谈，我们每一位干部，特别是领导干部，都要自觉接受群众的监督，更不能把群众的反映都归咎于小人作怪，这种思想认识本身就是错误的！"陈爱民针锋相对地驳斥道。

"我承认，刚才的说法不妥，但是，我是有情绪的嘛，请陈书记体谅！"面对陈爱民的批评，刘传福感到了压力。

"你讲一讲，给上海佳仁医疗设备公司担保的情况。"陈爱民发问。

"噢，是这么一回事，"刘传福显得有些激动，从包里拿出一沓复印件，"这些就、就能说明问题。俺们医院招商引资，联合成立祁河县肿瘤治疗中心，医院持股51%，上海佳仁持股49%。对方投资八千万元，俺们医院给予对方担保，这是合同确定的嘛，这也是招商引资的前提条、条件呀！"

"那好，你们的合同履行得怎么样，对方投资了吗，投入多少？"陈爱民的问话锋芒犀利。

"王浩伟总经理投入了一辆'本田'商务车。后来，有些人到处乱告，说什么，王总是个骗子，空手、手套白狼，人家生气，就不再投资啦！"刘传福越说越激动，语言更加磕磕巴巴。

"王浩伟投资的一辆车，是新车还是旧车？"梁石祥问。

"六、六成新吧！"

梁石祥愤愤地说："只投资了一辆半旧的商务车，按照市价算，最多不超过二十万元吧，这个王浩伟不是空手套白狼，又是什么呢？他还倒打一耙，反咬一口，说是群众举报的原因才导致毁约，真是强盗逻辑！"

刘传福默不作声。

"那么，刘院长，照你的说法，人民医院就应该给佳仁公司担保，就应该替王浩伟偿还连带责任债务，是吗？"陈爱民连珠炮似的追问道。

"应该是的，集体决策，契约规定，理、理应如此！"

"你们是怎么集体决策的？"梁石祥问。

"院长办公会集体讨论决定的，哦，我还跟刘冠一书记汇报过！"刘传福振振有词。

梁石祥再问："那么，造成了损失怎么办？"

刘传福眨着小眼睛狡辩，"梁书记，现在造成一、一分钱的损失了吗，合同还是履、履行着的嘛！"

陈爱民重新打量着这个对手，心里暗自思量：这的确是一个老狐狸，他显然做了精心准备，首先拉上刘冠一书记作为挡箭牌，又反复强调合同还在继续履行，没有造成实际损失，以此逃避玩忽职守的法律制裁。

陈爱民压住内心的怒火，决定换个话题："你有几个孩子？"

"两个，大的刘茂财，县招商局三科科长。小的四岁，女孩。"刘传福的回答滴水不漏，一个字也不多说。

"大孩刘茂财到招商局之前做什么工作？"

刘传福停顿了一下，回答说："做物流。"

"在哪里做物流？"

"上海。"

"哪一年回来的？"

"前年。"

刘传福的回答尽量简洁，他这样做显然是为了防止言多有失。尽管如此，陈爱民做出判断，群众来信反映刘茂财以前在王浩伟的公司做业务经理，真实性比较大。

"你先回去吧，有些情况我们的工作人员会找你核实的，一定要实事求是啊！"

"好的，我一定实事求是，"刘传福说着，从包里掏出一条烟，放在桌子上，"我也不抽烟，放在那里浪费啦，陈书记您别、别批评我！"

陈爱民笑着说："我正准备戒烟呢！"

"真的没有别的啥意思！"刘传福越发显得紧张起来。

"那好，我就收下了，不过，下不为例！"

"谢谢陈书记，谢谢梁书记！"

望着刘传福走出了办公室，陈爱民把香烟递给梁石祥："交给孙建设登记一下，这样麻痹他一下，弦不能绷得太紧！"

"好吧，等上了案子以后，拿好烟出来犒劳同志们，把糖衣吃了，炮弹再给腐败分子打回去！"梁石祥笑着说，"还有，今天上午安然、萧玉跑了工商局、中行两家单位，查实2007年3月，刘传福以他儿子的名义入股林森木业家具公司，股金五十万元的确是臧至秀的银行卡转到林森公司账上的，经手人是刘茂财，这个情节也印证了林森的证言。还有另外一笔五十万元的刘传福的入股资金，根据证人林森提供的信息，也从工商登记资料查到了林森木业公司现金入账的收据。"

"很好，这一下套住了老狐狸的尾巴啦！"陈爱民高兴地说。

"我不明白为什么林森反映五十万元现金会生绿色的真菌？"梁石祥不解地问。

"肯定是怕现金存到银行里金额太大，巨额财产不明，露馅了呗，所以就放在家里了。大量的现金经过夏天的潮热气候，所以现金上的真菌就滋生绿毛。我分析这是前几年检察院侦查他的经济问题，把他吓得够呛，所以说吃一堑长一智，变得机灵了。"

"是的，那一次把这个老家伙吓得不轻，跑到刘冠一书记那里，一把鼻涕一把泪地哭诉。刘书记心肠软，给当时的检察长打电话，叫停了。"

"经一事，长一智，他骨子里还是不长记性！"陈爱民又转换话题说，"哎，梁书记，你们能不能把周五去井冈山的时间再提前一天，周四出发？"

"可以呀，现在时间来得及，不知道陈书记有什么考虑？"

"我想第一批全部安排办案骨干，我也一起去，朝拜革命圣地，汲取力量。这样我们周四出发，星期天早一点回来，下周一早上向刘传福父子开战！"

"好啊！"梁石祥兴奋地说。

"你们做好准备工作，我明天上午去市纪委跟张友信书记汇报一下，让任青霞常委、安然主任一起去。"

"陈书记，我让安然、萧玉过来，跟你汇报一下上午跑工商局、中行两家调查的情况吧？"

"好的，看看李汉杰、任青霞有时间吗？一起听听！"

阴沉沉的夜晚，三伏天的盛夏，闷热得让人喘不过气来。一只夜鸟悄无声息地飞了过去，"咕咕咕"远远地发出一连串的怪叫。整个村庄笼罩在黑夜之中，只有偶尔传来几声狗的吠叫声。

"笃笃笃。"一个黑影在敲魏彦成的家门。

魏狮子一骨碌从草席上爬起来，定了定神。

"笃笃笃。"敲门声再一次响起。

魏狮子下床，走进院子，低声问道："谁？"

"狮子，是我，快开门！"黑影说话急促。

魏狮子打开了大门，他吃惊地说："于叔叔！"

瘦高个的开发区张圩村支部书记于辉站在门口，他拉起魏狮子的手小声说："小侄子，咱们进屋说话！"

借着微弱的灯光，于辉看到大院子花坛里长满了荒草。

"唉，这才多咱的工夫，一个红红火火的家就败落成这个样子！"于辉咂着嘴说。

屋里一片狼藉，一只破电风扇"哗哗"作响。

"这么热的天，咋没有一个空调呀？"

"能卖钱的，都卖掉啦！"魏狮子的眼神很阴翳。

"谁卖的？"

"还能有谁？俺两个嫂子呗，都跑了！"

"你娘呢?"

"喝药死了。俺爷儿几个都在号里,村里没有人问,是民政所帮忙给火化的。"

"哎哟,咋那么惨啊!"于辉"呜呜"地干号几声,"我跟你爹是一拜的兄弟,就跟亲兄弟一样啊!"

魏狮子面色阴沉,一言不发。

"这样,咱爷儿俩喝几盅,侄子这些日子也煎熬坏了吧?"于辉一边说着,一边从双肩包里掏出一只油汪汪的烧鸡、两个烤猪蹄、一袋熟牛肉和一包花生米,还有两瓶"茅台"酒。

"去拿两个碗过来!"

魏狮子拿来两只碗,将白酒"咕嘟咕嘟"倒入碗中。

"来,孩子,你先吃点垫垫!"于辉撕下一只鸡腿,递给魏狮子,看着他狼吞虎咽地吃下去,又撕下另一只递给他,"唉,侄子受苦啦!"

"谢谢叔,我出来回到家,已经一个月没有跟人说话啦!"

于辉端起酒碗,"来,咱们爷儿俩抿一口!"

魏狮子"咕咚"喝下一大口。

"来,抽根烟!"魏狮子连忙接过去,先给于辉点燃。

"侄子,你咋生活呀?"

"民政所介绍我到一家板材厂干活,我不去。他们给我吃救济,一个月三百块钱。"

"哎呀呀,多好的一个家,妻离子散,家破人亡,被害成这样,让人心寒哪。"于辉说着,又从包里掏出一个塑料袋,"这是两万块钱,你先花着,花完了,你叔再给你!"

"叔,侄子给您磕头啦!"魏狮子跪下,"梆梆梆"磕了三个响头。

"侄子呀,我跟你爹就跟一个娘生的一样,从今往后你就是我的亲侄子!"于辉拉起魏狮子,又递给他一个烤猪蹄,"来,咱们爷儿俩再喝一口!"

魏狮子啃着猪蹄子,又端起碗,喝了一大口。

"想想狮子侄子,以前天天吃香的喝辣的,过公子一样的日子,都是纪委的人把咱害苦啦!"

"就是那个姓孟的,我饶不了他!"魏狮子目露凶光,恶狠狠地说。

"就是他,把你家搞得七零八落,自己又是提拔正科,又是立功受奖的,明摆着踩着你们家往上爬嘛!"

"哼哼,他等着!"魏狮子阴翳的眼睛里发出狰狞的目光。

"侄子,听叔一句劝吧,人家现在有权有势的,咽下这口气吧,现在不比以往啦，他孟庆军现在是陈爱民的大红人，好汉不吃眼前亏，咱们惹不起他，就得躲着他啊！"于辉眨着小眼睛说。

"不报此仇，誓不为人！"

"好小子，有种，不愧是魏家的汉子！"于辉煽风点火地说，"来，咱们爷儿俩把这一碗干了。"

两个人一仰脖子，"咕咚咕咚"喝干一碗。

"来，侄儿，给你叔满上！"于辉抹了一把油嘴说。

"咕咚、咕咚"，两只瓷碗里又倒满了酒……

陈爱民、任青霞、安然走进市纪委副书记张友信的办公室。

"欢迎陈书记、任常委，还有安主任，"张友信热情洋溢地说，"你们打了大胜仗，劳苦功高啊！"

"革命尚未成功，反腐败任重道远！"陈爱民微笑着回答。

"电话里我听了一下爱民书记简要的汇报，感觉刘传福的初查很有成效，案情就不要再说了，关键是'两归'的证据是否扎实，材料带来了吗？"

"带来了。"陈爱民把一个档案袋交给张友信。

张友信把林森的笔录、查询银行的单据以及工商登记快速浏览了一遍，说："材料先放在这里，一会儿我让王立冬主任再把把关，明天给你们回话。我还有事，你们也很忙，中午就不留你们吃饭了！"

"好的，张书记，我们这就回去做好准备工作。"陈爱民说。

"好吧，你们回去吧，咱们就此告别，不送了！"张友信微笑着与三人一一握手告别。

走廊上，三人与李群不期而遇。

"陈书记好啊！"李群伸出白胖圆润的手，握住了陈爱民青筋暴起的大手。

"李常委，你好！"陈爱民礼貌地回答。

"噢，这不是任常委吗，还有安主任，好，好的！"李群派头十足，同他们一一打招呼。

"李常委好！"任青霞、安然向李群问候。

"你们这是找友信书记汇报工作的吧？"李群酸溜溜地问。

"哦，有一个信访件。"陈爱民模棱两可地回答。

"你们这一阵子辛苦啦！"李群的话里带有明显的挑衅性。

"为人民服务！"陈爱民不卑不亢地回答。他盯着眼前这个李常委，三十五岁上下，矮胖子、秃顶，腆着已经发福的肚腩，脸上白白净净，油光可鉴，看得出平日里养尊处优，保养得很好。身上穿着熨烫得很平整的白色短袖衫，下摆束在西裤里，鼻梁上架着一副金丝眼镜，陈爱民忽然间想起了冯玉梅想象中的小官僚的形象。

"又要立功了吧！"李群挑衅的意味更浓了。

"只要人民高兴，人民满意就行！李常委不也是同样高兴和满意吗？"陈爱民的回答针锋相对。

"当然高兴，满意，呵呵！"李群干笑着说，"你们不进来坐一会儿吗？"

"有时间李常委回家乡，我请你吃煎饼卷盐豆子！"陈爱民委婉地说。

"那好，那好，有空一定赴约！"

汽车在高速公路上飞驰。

"陈书记，今天来市纪委，我怎么总是有一种怪怪的感觉！"任青霞说。

"是啊，李常委讲话阴阳怪气的，张书记也不像以前那样热乎了。"安然深有同感。

陈爱民长吁一口气，说："市纪委也不像你们想象的那样铁板一块，有很多历史上遗留下来的纠葛，不是几句话就能讲清楚的。张友信书记做常委的时候，我还是二室副主任，一直在他的麾下冲锋陷阵。他是一位对事业极其忠诚又十分执着的领导，同时还很有韬略和城府，我从他那里获益颇多，受益匪浅。张书记今天的做法显然是不要我们在市纪委久留，他自然有这样做的理由，等明天的电话吧，我太了解他了。至于李群，善于投机钻营的，政治和业务素质都是一般化，再加上他本来就是祁河县出来的，所以，一些信息暂时控制知晓范围，也是迫不得已的。他吃味儿，也在情理之中的！"

一弯月牙儿高悬在夜空，穿行在棉絮一样的乱云中。蟋蟀和不知名的昆虫发出"窸窸窣窣"的鸣叫。模模糊糊的月光下，一个黑影狸猫一样敏捷地越过院墙，蹑手蹑脚摸到房门口，悄悄放下一包物品。

魏狮子没有入睡，他瞪着圆溜溜的眼睛，借着月亮的微光，盯着天花板。忽然，"窸窸窣窣"的鸣叫停止了。他轻轻下床，走到门口，猛地拉开房门，大喝一声："谁？"

一个黑衣人"嗖"地蹿上墙头，瞬间消失得无影无踪了。

魏狮子按下屋檐下的电灯开关，门口放着一个小皮箱。他将皮箱轻轻打开，用塑料包裹得严严实实的两枚木柄手榴弹出现在眼前。另外一个塑料袋里放着厚厚一沓现金。

魏狮子阴翳的眼神抬头望望天空，月亮隐藏在了厚重的云层之中……

宽阔的高速公路在大巴前边伸展，远方的苍翠的群山扑面而来。

"同志们，给大家布置的作业，完成得怎么样了，〈国际歌〉的歌词都背诵下来了吗？"陈爱民兴致勃勃地问。

"能，没问题！"大家七嘴八舌地说。

"那我起个头，咱们把〈国际歌〉完整地唱一遍好不好？"

"好！"大家热烈地响应。

"哎，同志们，谁要是记不住歌词，现在还可以看小抄，到了井冈山，都要放开喉咙大声唱！"陈爱民站起身，挥动着手臂，"大家注意啦，'起来饥寒交迫的奴隶'预备——唱！"

"起来饥寒交迫的奴隶，起来全世界受苦的人，满腔的热血已经沸腾，要为真理而斗争……"雄壮的歌声回荡在空中，传播得很远很远。

苍松翠柏环绕的井冈山革命烈士纪念碑，庄严肃穆。祁河县纪检监察干部面向纪念碑列队，一面党旗迎风猎猎飘扬。

陈爱民站在最前面，"同志们，让我们举起右拳，向党旗、向革命先烈做出我们最庄严的誓言！"

"我志愿加入中国共产党，拥护党的纲领，遵守党的章程，履行党员义务，执行党的决定，严守党的纪律，保守党的秘密，对党忠诚，积极工作，为共产主义奋斗终身，随时准备为党和人民牺牲一切，永不叛党。"每一位纪检监察干部脸上都充满了神圣的表情，他们高举拳头，发出震撼人心的誓言。

"下面，让我们为革命先烈们高唱他们为之奋斗、为之流血牺牲的〈国际歌〉。全体都有了，立正，'起来饥寒交迫的奴隶'预备——唱！"

"起来饥寒交迫的奴隶，起来全世界受苦的人，满腔的热血已经沸腾，要为真理而斗争……"

来电显示"张友信"。

"张书记，你好！"

"爱民，你说话方便吗？"

"方便，我带领纪检干部上井冈山了，刚刚在烈士纪念碑前，重温了入党誓词，给革命先烈唱了〈国际歌〉。"

"好啊，革命先烈的英灵会保佑我们的！"电话里传来张友信的声音。

"〈国际歌〉里有一句歌词'要为真理而斗争！'"陈爱民说。

"是啊，入党誓词里最后一句话就是'永不叛党'！那些腐败分子完全背离了党的宗旨，背叛了党，背叛了人民，我们党对待叛徒历来都是处以极刑的！"

"张书记所言极是，但是现在对待这些叛徒还是失之于宽，失之于软！"

"我们为党风和社会风气的好转，尽到自己的努力吧！"张友信感叹地说，"哦，你们报送来的材料，我让王立冬看了，那个老头'两归'没有问题，他的小孩是党员吗？"

"不是党员，但是属于监察对象，县招商局任命的科长，符合县级政府各部门任命的其他人员的条件。依照〈行政监察法〉第二十条第三款，可以采取'两指'措施，责令其在指定的时间，指定的地点，就调查事项涉及的问题做出解释和说明。"

"好的，可以采取'两指'措施。你们准备什么时候动手？"

"下周一早上，先控制住老的，紧接着控制小的。"

"这样，下周一两个人到案之后，你再派人来市纪委办理审批手续，原因你是清楚的。"张友信意味深长地说。

"明白，下周一让孙建设主任带着材料过去，谢谢领导的支持！"

"对叛徒的手软，就是对人民的渎职，这是立场问题。预祝你们马到成功，大获全胜！"

陈爱民心里清楚，张友信副书记这么处理，最主要的就是为了规避李群常委。周树彬的案件，他是法定的回避对象，而即将开始的案件，作为分管案件的常委，他这一道坎儿是绕不过去的。李群是市委某个领导之前掺沙子进的班子，而且指定分管最要害的案件检查工作，其实就是安插在市纪委的一个重要的耳目。此人非常油滑，八面玲珑，交际十分复杂，尤其是作为祁河县人，与祁河县的一些人拉拉扯扯，有着千丝万缕的联系。

放下电话，陈爱民说："汉杰书记，晚饭之后，请梁书记、自力常委、青霞常委还有几个骨干，到我房间，把周一的计划再推敲一下。"

"好的，陈书记！"李汉杰说，"刚刚信访室萧玉来电话，省纪委要求对刘传福查报结果的函已经到了。"

"太及时了，我马上跟马书记汇报一下。"陈爱民紧接着拨通了马骏的手机，"马书记，跟你汇报一下，刚刚收到省纪委的函，要求对刘家父子违法担保的问题查报结果。"

"那好，就按照上级的要求办呗。你们准备得怎么样？"

"跟市纪委已经汇报过了，目前万事俱备。张友信书记说等人到案之后再办理手续，防止泄密。这样，老刘的'两归'需要你的签字，小刘的'两指'，需要强国县长的签字。"

"你们准备什么时间干？"

"下周一早上。"

"星期天我要出差，这样吧，使用县委印章的问题，到时候我跟县委办说一声。"

"谢谢马书记！"

"爱民，咱们之间还客气啥！"

星期天的傍晚，陈爱民回到了母亲家。冯玉梅微笑着迎上前来，接下他手里的行李。

"阿姨听说你晚上回家，跟王姐一起去买菜了！"

"大热天的，还出去买啥菜！"

"老母亲不是心疼你嘛，天下爷娘疼小儿！"

"老母亲不也是很疼小妹吗？满心希望冯主任做她的儿媳妇呀！"陈爱民笑着说，"上一次在你那里见过准岳母大人了，我是不是今晚去拜见一下准岳父大人？"

"应该的，必须的，我们都认识三个多月了，老父亲还没见过你是什么样的呢，经常念叨你。"

"那我见到老父亲，是不是应该像京剧里演的那样，一进门，双膝下跪，'泰山大人在上，请受小婿一拜'！"陈爱民作揖道。

"呀，贤婿，快快请起！"冯玉梅模仿着京剧的道白说。

2010年7月12日，这是一个星期一。早上七点半，人民医院门口川流不息的人群已经开始拥入，挂号窗口前面排起了长队。

停车场两辆黑色的普桑车里，王自力带领四名年轻的纪检监察干部正在紧紧盯着过往的人流。不远处，临河派出所所长袁红带领两名青年民警正在附近武装巡逻。

李汉杰和梁石祥已经来到陈爱民的办公室待命，万事俱备，一切都箭在弦上。

七点五十分，刘传福钻出了奥迪车，夹着皮包，从容不迫地走进电梯，随即跟进了三个干部模样的年轻人。

刘传福趾高气扬地走进办公室，猛一回头，他吃惊地发现，那三个年轻人也一同进入了办公室。其中一个出示了工作证："我们是县纪委的，我叫程宇宁。我们陈爱民书记要跟你谈一谈，请你马上跟我们去一下！"

"好吧，我去卫生间一下。"刘传福说着，拧开了卫生间的把手。

程宇宁随即跟了进去。

"我就解个手，你们这是干、干什么？"刘传福结结巴巴地质问。

"刘院长，你是学医的，我们对你的生理活动不感兴趣，但是，从现在起，你的一举一动都必须在我们的视线范围之内！"程宇宁回答道。

"算啦，不解手啦，我跟你们走！"刘传福恼怒地说。

在办案人员的簇拥下，刘传福失魂落魄地走出办公室。

楼梯口值班的两个魁梧的保安向刘传福问好："刘院长好！"

刘传福一声不吭地走了过去。

一个身材高大的保安疑惑地看着这群人，又问了一句："刘院长，没有啥事吧？"

刘传福在电梯里转过身，说："唔，没有事！"

看着刘传福钻进前一辆普桑，王自力拨打电话："陈书记，人已经上车！"

"好的，你们直接去渔场吧！"

王自力又拨通袁红的手机："袁所长，任务已经完成，感谢大力支持，你们自己随便吧！"

"啥子任务，一大早把人家叫过来执勤，神秘兮兮的？"

"现在可以解密了，我们过来带刘传福，担心医院保安出面阻拦，所以请你们在附近待命。"

"这个老东西，早就作够了！好啦，以后有任务尽管吩咐。"

"谢谢袁所长！"王自力放下手机，对司机说，"我们跟上前边的车。"

两辆普桑悄然驶出了县人民医院大门。

刘传福走进了陈爱民的办公室，战战兢兢地坐到办公桌对面。梁石祥坐在陈爱民左侧的沙发上。外间的小会议室，办案人员架起了摄像机，摩拳擦掌，严阵以待。

陈爱民首先发话："老刘，今天我是代表县委跟你谈话，也是组织上再一次给你的机会。希望你珍惜这一次机会。"

"我，就是我真的不知道，组织上还要让我讲清楚什么问题。"刘传福磕磕巴巴地回答。

陈爱民接着说："你的问题你自己难道不清楚吗？群众对于你违法乱纪的问题

一直反应很强烈，可能你也听说了，省纪委专门行文要求查报结果。你在以往的工作中为祁河县的医疗卫生事业也做出过贡献，县委对你是关心的，委派我跟你谈谈。刚才我说了，这也是给你的一个机会，机不可失，时不再来，一些问题还是要主动跟组织讲清楚，该纠正问题的抓紧纠正，能挽回的损失尽快挽回，求得组织最大限度的宽容和谅解！"

"陈书记，上一次我也、也跟您汇报过，为上海佳仁担保，是招、招商引资的条件，即便是有些损失，也不能全部怪罪到、到我的头上。"刘传福强作镇定，小眼睛眨的频率明显加快，"况且，我也咨询、询过法律专家，像是这种情况，只要医院的资金没有被法院划扣，或者就是已经划扣，但、但是只要王浩伟不拒绝偿还、医院被划扣的资金，就不、不能认定已经造成损失。"

刘传福尽管惊慌失措，原本语无伦次的口吃更加结结巴巴，但是，按照他蓄谋已久编织的套词，却刻意规避了涉嫌玩忽职守的法律责任，这无疑是经过高人点拨的。

陈爱民不耐烦地打断他的讲话："刘传福，你不要再强词夺理了！"他压抑住心头的怒火，质问："你是不是还想像上一次那样说，祁河县人民医院就应该替王浩伟偿付八千万元贷款，就应该为他买单，是吗？"

刘传福面色苍白，低着头，一言不发。

陈爱民用非常严厉的口吻对他说："刘传福，你的问题仅仅只是违规担保这一点吗？对组织的帮助、挽救，你采取这样的态度，讳疾忌医，后果只能由你自己承担。我正告你刘传福，就凭你现在的态度，今天出了这个门，你就别后悔！"

沉默了几分钟，陈爱民看没有再谈的必要了，转脸对梁石祥平静地说："带走吧！"

梁石祥冲着外边喊一声："你们进来吧！"

四个办案人员威武地站在刘传福面前。

梁石祥接着说："老刘，你既然在这里不愿意谈，咱们就换个地方谈！"

两个魁梧的干部不由分说架起刘传福就走，门口的摄像机、照相机一路拍摄，场景扣人心弦。

行政中心大院里，刚刚从通勤车下车的工作人员见到这种情景，惊讶得张大了嘴巴，反应快的赶紧掏出了手机。

"祁河论坛"随即发出一则信息："特大喜讯，县纪委、监察局'清淤行动'，人民医院院长刘传福刚刚被'两归'！"随即配发几张照片，以中共祁河县纪律检查委员会的牌子为背景，刘传福愁眉苦脸地被带出大门、押上汽车。

田园美墅的西式小楼车库里，开出一辆黑色凯迪拉克。

孟庆军、章勇翔和两名基层纪检干部开着一辆挂着私家牌号的轿车，悄悄尾随在后边。

凯迪拉克开到县直属幼儿园门口，一个白胖的青年男子下车，抱出一个小男孩。

"爸爸再见！"

"刘晟再见！"胖小伙挥手跟小男孩道别。目送小男孩蹦蹦跳跳地跑进了幼儿园，他跨进了轿车。

凯迪拉克转弯，驶向新城区行政中心。

"梁书记，目标正在驶向行政中心。"孟庆军报告说。

"好的，你们跟住他，我这边安排的一个组已经到达招商局办公楼下，到时候接应你们！"

汽车在宽阔的马路上疾驰，突然，凯迪拉克一个急刹车，停在了马路中央。

"坏了，有情况！"孟庆军警觉地说，他快速思考着对策，急促地说，"我们下车，截住他！"

"什么，小妈，俺爹被'两归'了？怎么说是祁河论坛刚刚出来的，还有照片，噢，朋友看到了打电话告诉你的，你正在看……"胖小伙惊慌失措地接打手机。

"咚咚！"传来敲车窗的声音。

胖小伙猛抬头，吃惊地发现，汽车前边、左边和右边各站着一个人，车的后方紧紧顶着一辆私家车。

"你们有啥事吗？"他摇下车窗问。

一位年龄稍长的人掏出一个黑色的工作证递给他："我们是县纪委的，我叫孟庆军，请问你是刘茂财同志吗？"

"我是刘茂财。"

"请你下车！"孟庆军用命令的口吻说。

刘茂财一声不吭地下了车。

"章勇翔，你替他开！"

"好的！"章勇翔钻进了驾驶室。

"你们两个带他上那一辆车！"

"是！"两名纪检干部抓住刘茂财的双臂，上了普桑车。

孟庆军坐上了凯迪拉克，对章勇翔说："往渔场开！"

来电显示"孟庆军"。

"孟主任，什么情况？"梁石祥问。

手机传来孟庆军的声音："喂，梁书记，情况有变化，哦，是这样，我们跟在他的凯迪拉克后边，发现他突然停车，我就当机立断，在马路上把他拦了下来，发现他正在接听电话，神色慌张，就连人带车直接带往办案点去了！"

"好的，我马上安排其他的组赶往办案点。"梁石祥说。

放下手机，梁石祥对陈爱民说："孟庆军他们那个组跟在刘茂财的后面。发现刘茂财在马路上停车，神情紧张，正在接听电话，就直接把他带到办案点去了。"

"有可能是得到了他老子的消息，所以接听电话很慌张。孟庆军主任他们处置得非常及时，那个家伙要是加油门逃跑了，还得费一番周折，满世界地去抓捕，马莉莉外逃就是一个教训。"陈爱民说。

"是啊，当初到处张网寻找马莉莉，要是早一点找到她，她也不至于遭受这么大的伤害。"梁石祥赞同地说，"不过，刘茂财的那一辆豪华车带到办案点是不是合适？"

"咱们又没有办理暂扣手续，临时停放一下，没有关系的。梁书记，我有一种预感，那一辆凯迪拉克如果不是收受的，就是用赃款购买的，等弄清楚了再说吧，反正咱们暂时没有办理扣押手续，临时停放在那里。"

李汉杰进来说："陈书记，网上'祁河论坛'已经开始热炒刘传福了，还有照片，已经有几个外单位的打电话询问我了。"

陈爱民点开"祁河论坛"，感慨道："乖乖，现在的网络真是厉害，每一个人都是编辑，每一台电脑就是一个自媒体平台，前后仅仅几分钟，信息就传遍全世界！"

"网上的这个称谓很好，"梁石祥凑过来说，"'清淤行动'，正符合我们要正本清源，必须先从清理淤积的污泥开始！"

"我看，咱们的警示教育片就按照网民给起的名字叫作'清淤行动'吧！"陈爱民说。

"好的，我跟干教室说，就按照这个立意去准备。"梁石祥回答。

李汉杰接着说："刚才把刘传福带离的镜头，将是非常经典的反腐败的场景，载入祁河县党史。"

"好啦，咱们别在这里煽情啦，赶紧分头行动吧，我在家盯着老刘的'两归'、小刘的'两指'审批手续，上午还要报到市纪委、市监察局呢。你们两个按照分工，汉杰书记你负责取证、对外的协调，还有办案点的管理工作。石祥书记你就专职负责老刘、小刘的谈话突破。"

"周树彬在'两归'期间说，他承认自己腐败，但是，他不是祁河县最腐败的。他认为最贪婪、最荒淫的是刘传福。周树彬还说满金龙常委曾经龇牙嘲笑说：'就凭刘传福那两下子，不出事才怪哩！'"梁石祥笑着说。

"我看他们之间就是王八看绿豆，半斤对八两，谁比谁也强不到哪里去，为非作歹，祸害老百姓，还要分出个手段高低不成？"陈爱民嘲讽道，"不过，老刘跟他们不是一个体系的，基本上是井水不犯河水，我判断这个案件干扰阻挠不会太多，主要的困难将是药贩子、器械商能否到案。他们遍布全国各地，一旦有风吹草动，就成为惊弓之鸟，他们的查找、追捕可能会比较麻烦！"

"车到山前必有路，到时候再说吧！"梁石祥说。

"我的想法是首先抓主要矛盾，解决矛盾的主要方面，那就是以迅雷不及掩耳之势，对主要行贿的药品商、器械商实施抓捕，把案子的主动权抓在手里。剩余的小萝卜头，采取分化瓦解的办法，让他们主动前来讲清楚问题，生意还可以照样做，但是必须廉洁经营。"

李汉杰掏出香烟，递给陈爱民一支，"陈书记所言极是，商业贿赂的问题是社会发展过程中的毒瘤，解决这一顽疾也不是我们一个县级纪委能够左右得了的。"

陈爱民深深吸了一口烟，"是呀，政策和策略是党的生命，我们现在能够做到的是做好自己的事情。涉及宏观层面的问题，需要顶层设计。好了，抽完这支烟，抓紧干活去！"

县委办公室，孙建设拿着审批表，询问机要员薛媛媛："为什么不能盖章，不是马书记安排过了吗？"

"对不起，孙主任，我没有接到通知！"

"薛科长，陈爱民书记刚刚跟彭主任讲过的。"

"要不，你再去找找彭主任。"薛媛媛眨着一双大眼睛说。

孙建设走进彭天勤的办公室，把审批表放在他桌子上，"彭主任，陈书记让我来办理刘传福的'两归'审批手续，你刚才跟陈书记电话里说，让我直接找机要员，但是薛媛媛好像不知道这回事呀？"

"哦，孙主任，马骏书记刚才是跟我说了，'可以先办理，后补手续。'但是，县委审批意见这一栏是不能出现空格的呀，这是不符合使用印章要求的，请你理解！"彭天勤说。

"那好，我请示一下陈书记。"孙建设接着拨通陈爱民的手机，"陈书记，我现在在彭主任办公室了，彭主任说县委审批意见这一栏不能出现空白。"

电话里传来陈爱民的声音："你在彭主任那里等一下，我马上就到！"

陈爱民急匆匆走进彭天勤的办公室。

彭天勤满脸堆笑地站起来，"哎呀，怎么麻烦陈书记大驾光临啊？您说一声，俺们过去就是了！"

"这样吧，时间紧急，咱们长话短说，县委领导那一栏我先签字，等马骏书记回来再补签一下，彭主任，你看可以吗？"

"当然可以，当然可以！"

陈爱民"刷刷"地签上"经过电话请示，马骏书记同意县纪委对刘传福实施'两归'的意见。马书记的签字待他回来补签。陈爱民 2010 年 7 月 13 日。"

陈爱民把审批表递给彭天勤，"彭主任，你看这样盖县委的印章应该没有问题了吧？"

彭天勤仔细端详了一下，"好的，马上办，马上办！"

刘传福被带进谈话室。程宇宁让他掏出私人物品，解下皮带，换上拖鞋。刘传福顺从地听取指令，突然，他仰天"哈哈"大笑。

"刘院长，什么事儿惹得你发笑？"王立楷进来问。

"哦，是王主任啊，"刘传福止住笑，长叹一声，"唉，这就、就是传说中的渔场办、办案点，想不到我刘传福也、也会落到这步田地！"

"你觉得好笑吗？还听说过啥了，说来听听，咱们也算是老熟人了，有的是时间，慢慢唠嗑呗！"

"还听说，从你们这里出去之、之前，还得要念、念稿子，拍录像！"

"哦，你是说做忏悔录，进行警示教育的教材吧！"

"就是这个意思，反正是打死我、我也不去丢、人现眼！"

"刘传福，你的对立情绪蛮大的嘛，念不念稿子，一切悉听尊便，到时候也没有人逼着你念稿子，就是你自己可能会哭着喊着要求念。"王立楷点燃一支烟，"那是后话，你现在面临的是必须老老实实把自己的问题向组织交代清楚！"

"我有、有啥问题，不就是招商引引、资引来的祸嘛，"刘传福一脸委屈，"要不是小人捣捣、蛋，项目早就投入、入运营啦。事情就是这样的，2008 年 5 月份，俺们医院响响、应县委全民招商的号召，组织了一个专家团队，到、到上海招商，上海佳仁集团董、董事长王浩伟先生实、实力雄厚……"

王立楷又点燃一支烟，平静地听着刘传福结结巴巴的诉说。

刘茂财穿上拖鞋，顺从地坐在塑料方凳上，吓得瑟瑟发抖，浑身筛糠。

"刘茂财，你今年多大了？"孟庆军和颜悦色地问。

"三十一。"

"家庭成员？"

"父亲刘传福，人民医院院长；妻子江明君，人民医院护士；儿子刘晟，四岁。"

"哎，你不还有后妈王荣静，还有一个小妹妹吗？"章勇翔问道。

"我从来不认这个后娘，自从她来俺家，就没有安稳过。把她前夫剐进去了，现在俺爸也跟着倒霉！"刘茂财恨恨地说。

"这么说，你早就有预感啦？"孟庆军问。

刘茂财长吁一口气，"我早就知道俺爸早晚得出事！"

孟庆军点燃一支烟，又拿起烟盒问道："小刘，你抽烟吗？"

"谢谢领导，我不会抽烟！"刘茂财摆摆手说。

孟庆军深深地吸了一口，从鼻孔里喷出淡淡的烟雾，"小刘，正如同你说的一样，你父亲的问题组织上早就掌握，现在组织正在对你父亲最大限度地进行挽救。你也知道，县纪委陈书记以前跟你父亲推心置腹地交谈过，刚才又谈过一次，组织的良苦用心，你应该理解。你作为儿子，同时也是国家公职人员，也有义务把你知道的、参与的问题，主动向组织讲清楚，取得组织的谅解和宽大！"

刘茂财眼里噙着泪花，点头称是，"我明白，我明白！"

"当然喽，要想彻底认清这个道理，还需要你尽快在思想上把这个弯子转过来，毕竟父子之间的亲情很难割舍嘛，这些我们都理解。再有，你自己也有一个幸福温暖的小家庭啊！"

"是的，我早上还去送孩子上幼儿园，晚上就见不到他了，还不知道得多少年见不到啊！"刘茂财双手掩面，"呜呜"地痛哭。

"刘茂财，论年龄，我是你的长辈；论职务，我是你的领导。今天，我孟庆军负责任地告诉你，只要你好好配合，组织上一定给你最宽大的政策！"

刘茂财睁开泪眼，望着孟庆军说："我肯定是出不去了，这辈子算是完了！"

"小刘，我现在也不好跟你承诺什么，但是，我要告诉你，党的政策历来是'惩前毖后，治病救人'，惩治绝不是目的，挽救、教育党员干部才是根本目的。你把自己知道的、参与的问题原原本本讲清楚，我会向领导汇报，给你也给你父亲兑现政策的，情况不会像你想象的那么悲观！"

"那我说，"刘茂财擦了一把眼泪，"我在上海两年，不是做物流，是在佳仁公司工作，王浩伟给我每个月一万元的薪酬。去年年底我回来的时候，王浩伟还给我十万元，说是他的一点心意，就算是给我在祁河县的安家费。回来之后，俺爸跟我说，在上海佳仁公司打工的事儿跟谁都不能讲。前几天，他还跟我说，要是县纪委的问这件事，就说是在上海做物流工作。"

"你爸还跟你说了啥？"章勇翔问。

"他还说，别听纪委的瞎忽悠，搞政法的一个叔叔说啦，'坦白从宽，牢底坐穿；抗拒从严，回家过年'！"

"这些歪理，你信吗？"孟庆军问。

刘茂财抹着眼泪说："半信半疑吧，我现在是叫天天不应，叫地地不灵，只有相信组织了。"

中午，办案人员到监控室交接班。

"立楷主任，你先说说。"梁石祥示意道。

"刘传福到案之后，整个上午态度非常顽固，拒不交代任何问题，反复围绕着王浩伟公司的担保问题，结结巴巴、颠三倒四地狡辩。"王立楷说。

程宇宁补充说："他说来说去的核心意思，就是担保不违规，是我们这一方没有履行法定义务造成的王浩伟违约，责任在我们这一方，显然是屁股坐歪了。还有，他反复强调违规担保目前没有实际造成医院的损失，而且即便是造成了损失，只要王浩伟不拒绝偿还医院的损失，就不能认定为已经造成损失。"

"孟主任，你对刘传福目前的态度，有什么看法？"陈爱民问。

"我认为，通过这半天的交锋，刘传福已经把他手里的牌全部打完了，老刘也就那两下子，就像是一个牌技低劣的对手，一上来就把手里的好牌一股脑儿地全打出去。他之所以不厌其烦、颠三倒四地围绕王浩伟的担保问题、合作经营肿瘤防治中心的问题，跟我们胡搅蛮缠，显然是按照他事先精心准备的套路来对付我们的，这很像'二战'时期的法国马其诺防线，摆好了架势等着德军从正面进攻。所以我建议，我们现在就要转换思路，绕过他精心准备的防线，从其他方向实施突破。"

"唔，有见地！关于刘传福的谈话，大家还有什么意见？"梁石祥问。

王自力说："孟主任讲得非常好，你们看，刘传福只要一谈到王浩伟的八千万担保的问题，就显得很兴奋，表明他在这方面已经做好了充分的准备，所以，从现在起，我建议不要让他再谈什么担保贷款的问题，关键还是打政策牌，让他端正态度。"

陈爱民总结说："同志们谈得都很精辟，下一个班是魏保平主任的，从你们这个班开始，暂时不要谈具体的问题，态度不端正，接触具体的问题，等于把我们的底牌亮给对方了。可以从侧面敲击一下，说刘茂财这个小孩很厚道，觉悟很高。点到为止，不要多说。"

"好的，我们这个班以政策教育为主，他要是再往违规担保的方面扯，俺们再

401

把他拽回来。"魏保平说。

"孟主任，你再谈谈小刘这个班的情况？"梁石祥说。

"刘茂财带过来之后，思想压力很大，顾虑重重。主动交代了他在上海两年，实际上是在王浩伟的佳仁公司，王浩伟每个月给他一万元的工资。去年年底他回祁河县到招商局之前，王浩伟送给他十万元作为安家费。这就说明，陈书记第一次找刘传福谈话时，他讲的儿子做物流是假话。小刘在交代这个情节的时候，还交代他老子让他不要跟别人说这件事，还交代他'坦白从宽，牢底坐穿；抗拒从严，回家过年'。这是我们业内的人士传授刘传福的，也极有可能就是那个点拨他逃避担保损失罪行认定的政法界人士所为，从时间上推算，应该就是陈书记 7 月 7 日找他谈话之后。这些都表明，刘传福开始订立攻守同盟、串供以及转移赃款赃物的活动，应该就是从那个时候开始的。"

"好的，安然主任，你们下一个班准备怎么跟小刘谈话？"梁石祥问。

"小刘与他这个后妈关系非常紧张。2007 年夏天，刘传福的岳父去世，马庄镇卫生院开了一辆'昌河'小面包车来吊唁，走到西大桥与一辆大货车迎头相撞，当场死了四个，重伤三个，场面极其惨烈，死亡的人当中就有小刘的亲妈时云霞。老头子出殡的时候，偏巧又下着瓢泼大雨，结果灵棚倒塌，又砸伤了三个。半年之后，也就是 2008 年春节之前，刘传福迎娶了王荣静，当时刘传福与王荣静的小女儿刚刚两岁。从那时候，小刘就说这一切都是后妈克的，与后妈结下了梁子。"

陈爱民说："从小刘妹妹的年龄推算，刘传福显然是先上的车，后补的票。"

安然接着说："这个王荣静原本是一个酒店的领班，她与前夫有一个男孩。1997 年祁河县反腐风暴，把她老公、建设银行的信贷科科长抓了，判了十五年。她与刘传福是怎么勾搭上的，不太清楚。1998 年 3 月，老刘出面找刘冠一书记，把她安排进了接待办，全额事业编制。婚后两人感情非常不好，去年年底，王荣静抱着孩子来信访室上访，我和萧玉接待的。那个女人反映老刘下毒药要害死她们娘儿俩，小刘对她进行辱骂等，闹得不可开交，整个大院里都传遍了，满城风雨的。"

"你分析，他们为什么闹得不可开交？"陈爱民问。

"肯定是为了钱，分赃不均呗！刘茂财去年年底回来，到招商局工作，他们之间的矛盾更加激化。"

"小刘主要骂他后妈什么？"梁石祥问。

"骂她'丧门星'，还有很多污言秽语，可想而知，一个已婚的男人跟一个有两次婚史的女人骂架，两张嘴掐起来，荤的素的一锅烩，女人是没有便宜占的！"安然回答。

"唔，这说明刘茂财是很重要的知情人。"陈爱民说。

安然赞同地说："是啊，这就是我最后想说的推测结论，刘家闹'家包子'的根源就是为了财产的分配。基于刘传福与续弦之间的紧张关系，刘传福的大部分赃款、赃物应该是交给刘茂财保管的，不太可能交给王荣静。"

陈爱民赞同地说，"你分析得很对，如果能够从赃款赃物方面取得突破，捉贼捉赃，那就是事半功倍的效果。你们稳扎稳打，不要急躁，持续不断地进行政策攻心。还有小刘如果能够立功，可以考虑保留他的公职，给他留一个饭碗，不要斩尽杀绝嘛。将来刘传福回归社会，也好有个依靠啊！"

"那好，我们上岗去了！"魏保平等人起身离开。

傍晚时分，天边滚过几声闷雷，随即下起了阵雨，大滴大滴的雨点落了下来，砸在房瓦上、地面上，发出"噼噼啪啪"的声响，给酷热的天气，浇灌了一丝清凉。

孟庆军、章勇翔端着餐盒走进谈话室。

"小刘，看看给你带了什么好吃的，"章勇翔打开餐盒，"红烧肉、辣椒炒鸡蛋，还有一个小油菜。"

"谢谢您！"

眼看着刘茂财吃完饭，安全员收拾了餐具，孟庆军点燃一支烟，说："小刘，早上你说早就知道你爸得出事，谈一谈你是怎么得出这个结论的？"

"俺爸这个人一直搞业务，没有多少社会经验，他当院长，权力太大，心眼儿又太少，跟他交往的一些人都是江湖上的老油条，吃亏上当那是必然的。就像王浩伟那样的上海小赤佬，随便挖个坑，俺爸就得跳下去；王浩伟把他卖了，他还得帮着人家数钱，俺爸就是这么一个人！"

"还有呢？"孟庆军接着问。

"还有就是俺的那个小妈王荣静，自从她讹上俺爸，城里的叶瞎子就给俺爸算过，说俺亲妈是刘家的福星，但是，'白虎进门，祸事临门'，俺后妈是刘家的克星。2006年的春节，那个娘儿们抱着刚刚满月的小女孩跑到俺家又吵又闹，把饺子拍子都掀翻了！过年期间，俺爸妈只能打掉牙往肚里咽，花钱买平安。特别是俺妈死了之后，她非逼着俺爸跟她结婚，不然就去北京告他。俺爸弄钱，多半是她逼迫的。"

"你妈时云霞虽然是农村妇女出身，不识几个字，但是明事理，大家对她的评价都是不错的。"孟庆军说。

"俺妈在世的时候，经常教育我要厚道做人，知足常乐！"

"是啊，一个农村妇女都能有这样的觉悟，你们爷儿俩要是能做到了，也不会有祸事，关键在于自己，不能埋怨别人，对吧？"

"孟主任，您说得对，但是，我们现在家破人亡的，我还有刚满四岁的儿子，今后怎么办呀？"刘茂财啜泣着说。

"小刘，你也明白，你们之间的那些事儿根本藏不住、捂不住，早早晚晚都要真相大白，哭不是解决问题的办法。"孟庆军抽了一口烟说，"上午，跟你说过，我只是一个主任，不能跟你做出承诺。你的想法和担忧，我跟领导汇报了，现在跟你转达陈爱民书记的指示，'只要是刘茂财能够立功，可以保留他的公职，给他留一个饭碗'！这是原话，一个字都不差。早说早主动，你要相信组织！"

"咳，算了吧，都说了吧！"刘茂财咬咬牙说道，"王浩伟给我在浦东买了一套住宅，一百三十平方米。"

孟庆军表情平静，不动声色地说："那就谈谈吧！"

"地点就在浦东新区丽景花园6栋903室。房子装修好了，王浩伟带着俺爸和我去看过房子。房证在俺爸那里。"

"还有呢？"孟庆军接着问。

"五六天前的晚上，俺爸喊着我，把他在医院的一个休息的房间里存放的东西，装进四个大箱子，连夜转移到医院仓库的一间密室里了，是行政科林松海叔叔帮忙放进去的。另外还有一些医药商、器械商逢年过节到上海看我，给我的过节费，我想一想，都写下来，向组织交代。哦，还有，我开的那一辆凯迪拉克也是一个朱叔叔送的，他叫朱步升，咱们医保中心主任。"

"这个朱步升我有印象，在群众举报信中提到，是由他和李晓辉一起垄断了人民医院药房的药品供应，是的吧？"陈爱民看着监控说。

"是的，这个朱步升是一个不见兔子不撒鹰的角儿，黑白两道都有路子，在临河街里也算得上一个有名的角色，孟庆军主任的医药费他都敢拖着不报销，真是狗胆包天。这几年他暴富起来，据说就是控制了几个医院一半以上的药品供应。前年'十一'期间，他儿子结婚，光是礼花就燃放了整整一个晚上，几十万元撒到了天上，是个很任性、很招摇的暴发户，土豪习性十足。"梁石祥说。

"能送豪华车，就能送巨额现金，这是一个非常重要的证人。但是，动这样的人要非常谨慎，不能冒冒失失找过来，蜻蜓点水地说说。必须有真凭实据——让他伤筋动骨的证据。现在马上安排一个组到交警大队查一下这辆凯迪拉克车的购车发票，然后再顺着购车款的方向核查一下。"陈爱民思忖一下说，"按照分工，这一个外围查证工作交给李汉杰吧！"

"那个行政科科长林松海也要同时找吧，这么多赃物在他那里窝藏着呢，别有什么意外发生！"梁石祥建议。

"是的，捉贼捉赃，兵贵神速，马上行动！"陈爱民说着，拿起手机拨打李汉杰的电话，"李书记，你们取证组的任务下来了……"

县公安局交警大队大楼里灯火通明。一室副主任江德英与萧玉急匆匆走进交警大队大队长办公室。

"王大队，我们来查询一个车主，时间比较紧急，请你配合一下。"江德英递上调查介绍信。

王大队长一边看着上边的车牌号，一边说："刚刚张局长打电话给我，让我在这里等你们。没有问题，我们马上就办。"

李汉杰走进渔场监控室，"陈书记，江德英、萧玉已经查到了购车发票，凯迪拉克是在上海专卖店里买的，四十四万元。"

陈爱民接过购车发票复印件仔细看了看，又递给梁石祥，"李书记、梁书记，这可能就是彻底撬开刘传福的支点。我们应该连夜派人赶往上海。"

李汉杰看了看手表，"现在是晚上八点钟，如果九点出发，明天上午八点之前能赶到上海。"

"我看，这项任务就交给临河镇纪委吧，让张继胜带着纪检干事赶过去。"陈爱民思考了一下，拿起手机说，"我马上联系检察院，请他们配合一下，异地取证，特别是对于民营企业，检察院有优势。"

"喂，高检察长，你在哪里？"

"我在院里研究案件呢，你们那边开局如何？"

"情况良好，你能来渔场一下吗？"

"好的，我和林局马上过去。"

县人民医院纪委书记杜庆联满脸通红，醉眼蒙眬，走进李汉杰的办公室。

"杜书记这是在哪里喝酒哪，喝高了吧？"李汉杰调侃道。

"今天晚上医院的绝大多数员工都在喝酒庆祝第二次解放，终于搬掉了压在一千五百多名职工头上的大山，大家都满心欢喜，我也不例外。还有的职工要放鞭炮，拉横幅，被我制止了！"

"你们的行政科科长林松海恐怕没有心情喝酒吧？"

"他是刘传福的铁杆一个，以前的小巴狗，现在就像丧家之犬一样，怎么，案子也涉及他？"

"杜书记，现在有个任务，请你马上通知林松海到县纪委办公室来一下，立即就来，不得延误！"

"好的，"杜庆联拿起手机，"喂，林科长吗，你现在在哪里？什么，到淮江市看病了，你跟谁请的假？现在你马上回来！什么事，你自己清楚。咦，没有车，你自己租车回来，立即回来，不得有误，直接到县纪委办公室，对，有人等着你！"

"杜书记，按照县委马书记的指示，医院纪委书记现在行使党委书记的职责。你还有一个重要任务，马上安排相关人员，查清楚2004年以来的药品、器械供应商，基本建设项目的承建方，调入、录用的人员，还有提拔使用的人员。今晚就得加班干，庆祝酒留着以后再喝吧！"

"好的，我回去就召集人员，连夜干！"杜庆联笑着说，"领受了任务，我的酒意醒了一大半。"

"喂，李书记，我是江德英，医院的林松海已经到了，我简单地询问一下，他一问三不知，说什么都不知道！"手机里传出江德英的声音。

"什么，不知道是吧，那你把他带到渔场这边来！"李汉杰气呼呼地说。

陈爱民站起身，"等一会儿让王立楷和江德英一起跟行政科科长谈话，起赃的任务也由他们负责。"

"好的，我这就跟王立楷交代任务。"

高勇平和林钢剑走进监控室。

"三伏天，桑拿天，刚刚下了一阵雨，现在蒸发得更厉害！"高勇平一边擦汗，一边说。

"是啊，天大暑，人大干，今晚又是一个不眠之夜了。"陈爱民上前与他们握手。

"梁书记，你简要通报一下吧。"陈爱民对梁石祥说。

"高检察长，今天跟刘传福的谈话进展不顺利，他始终围绕着八千万元担保的问题，不厌其烦，喋喋不休，目的就是想规避玩忽职守的法律要件，我就不再赘述了。他儿子刘茂财的谈话取得了重要进展，交代了三个有价值的线索：一个是上海佳仁公司的总经理王浩伟给他在浦东购买了一套住宅，2009年年底还给了他十万元的安家费；第二件事，五六天前的一天晚上，刘传福喊上他儿子，把他在医院一个休息的密室里存放的细软、字画，装入四个大旅行箱，转移到医院行政科科长林松海的库房里；第三件事，2008年2月，县医保中心主任朱步升给他送了一辆凯迪拉克，他一直在上海开，去年年底回来工作的时候带回了祁河县，刚刚从交警大队查到，这辆车是在上海专卖店购买的。"

"小刘的交代，对于突破案件是重大进展啊，陈书记有什么指示？"高勇平赞叹道。

"好吧，时间紧迫，长话短说，我提一个方案，你看行不行？"陈爱民简要地说，"我们准备派一个组连夜赶往上海。此行有两个任务，第一，明天上午先查询凯迪拉克购车款的支付，如果是朱步升支付的，立即采取措施，这个朱步升涉嫌重大行贿犯罪和其他职务犯罪。第二，这个组再去核查一下浦东的房产，小刘供述的地点，与我们之前到浦东查询的地点完全一致，只不过户主是王浩伟，而不是刘茂财。当然，也不排除之后再过户的可能。我想请高检察长安排两名干警，与我们一道去上海，异地办案，检察院比纪委有优势。今晚还有一项重要工作，就是控制林松海，起获隐匿的赃物。"

"纪检与检察优势互补，有人戏称咱们两家现在是狼狈组合，"高勇平笑着说，"正好反贪局正在加班，就让侦查一科王科长带着虎啸一起去吧，我马上给他们打电话，让他们准备好法律手续，再带一辆商务车，两名司机。"

"好，李书记，抓紧让张继胜他们到位，集合齐了，就立即出发。"陈爱民说。

林松海被带到办案点谈话室。这一个五短身材、体态臃肿的中年人，眉毛像扫帚一样浓密，瞪着一双牛眼，尤其是脖子上的槽头肉凸起的褶皱，令人望而生厌。

"我有冠心病、高血压、糖尿病。"林松海坐定就说。

"没有关系，马上安排医生给你检查一下。"王立楷说。

任光彩医生回到监控室。

梁石祥问："任主任，林松海身体状况怎么样？"

任光彩说："这个人心脏目前没有大问题，但是患有糖尿病，血压也高出许多，有危险，给他服药了，不过应该注意。"

"梁书记你过去一下，加强谈话力度，必须用最快的速度把他拿下，不要恋战！"陈爱民说。

梁石祥走进谈话室。

林松海起身，点头哈腰地说："梁书记，你好！"

"你认识我？"梁石祥问。

"认识，听过您讲的廉政党课。"

"既然听过我讲的党课，你觉得收效怎么样？"

"您讲的案例都是咱们身边的实例，俺们都说很受教育。"林松海龇着满口的黄牙说。

"不见得吧，我怎么觉得，你林科长是这个耳朵眼儿里听了，那个耳朵眼儿里就冒出去了！"

林松海低下头，默不作声。

"谈得怎么样？"梁石祥问王立楷、江德英。

"一问三不知，装憨呢！"江德英愤愤地说。

"那好，我问他几个问题，江主任你一字不落地记录下来。"

"好的。"江德英打开了笔记本电脑。

"林松海，问你的第一个问题，你与刘传福有经济交往吗？"

"没有，从来就没有过。"林松海拧着扫帚眉毛回答。

"第二个问题，刘传福委托你办过私事吗？"

林松海两手一摊："没有，俺一个小科长，人家院长找俺办啥事？"

"林松海，别废话，有就是有，没有就说没有，小科长也照样办大事！"王立楷训斥道。

"那就问你第三个问题，也是最后一个问题，刘传福委托你保管过物品吗？"

"没有，"林松海眨着一双牛眼，望着梁石祥咄咄逼人的目光，咬着牙说，"真的没有！"

"以上你说的都是实话吗？"

"都是实话！"

"江主任，让他签字画押吧。"梁石祥平静地吩咐道。

江德英把笔录打印出来，将笔和印油放在林松海面前。

林松海拿着笔，突然踌躇不决起来。

"愣什么，签字啊！"江德英催促道。

"梁书记，各位领导，容我再想一想。"林松海脑门子上渗出了虚汗，他下意识地抹了一把。

梁石祥咬牙切齿、一字一句地说："林松海，只要你敢签字，检察院就马上拘捕你！"

林松海惶恐地站起来，"娘啊，吓唬俺干啥？"

"谁吓唬你啦？"王立楷一拍桌子，严厉地说，"说假话、做伪证的法律责任先不说，就凭你回答的第三个问题，窝赃罪你知道吗？你交代、不交代都没有关系，人民医院是国有单位，犄角旮旯县纪委都可以去检查，没有什么保密的地方！"

"哎哟，俺交代，俺有错，各位领导别跟俺一般见识！"林松海惊恐万状地说，"上个礼拜三的下午，刘院长，噢，就是刘传福，把我找到他办公室，说有些东西放在家里不方便，要我找个地方存放一下。我说：'咱们的仓库很保险，放在那里吧。'当天晚上九点多钟，他大儿子开着一辆凯迪拉克，加上我的车，俺们仨把四个旅行箱子抬到最里间的一个小房间里。老刘又给每一个箱子加了一把锁。"

"你知道里边是什么物品吗？"梁石祥追问。

"不知道，估计是一些值钱的玩意儿吧。"

"组织上找到你，为什么不说实话？"

"梁书记，俺不是觉得刘传福待俺有恩吗？之前俺只是一个小电工，刘院长先是让俺当采买，后来又提拔我为行政科科长，咱不能出卖人家不是，怎么着也得撑两天再交代。要不然来了就交代，传扬出去，社会上不说俺不讲义气、不够朋友嘛？今后怎么见人，是吧？"

"你知道对抗纪检监察机关办案，应该承担什么后果吗？到了这里还敢讲江湖义气，我看你们是一丘之貉！"江德英愤怒地说，"不愿意交代刘传福的问题，那就谈谈你自己的问题吧，看看你还能出得去吗？你不是很讲义气、很够朋友的嘛，正好可以跟你的恩人一起进去做个伴儿！"

"娘啊，俺能有啥问题，恳求组织上高抬贵手，饶了俺吧！俺一定积极配合，彻底交代刘传福的问题。我想想，容我再想想，"林松海紧皱眉头，做出努力思索状，"大概是五年前，刘院长让我负责医院食堂的采买，俺对他非常感激。这样，从那时候开始，他就把收的一些商场的购物卡交给我兑换现金。我就在购买粮油食品的时候，用购物卡刷卡，回来报销的时候套取现金交给他。"

"每年大概有多少？"王立楷问。

"开始每年十几万元，这两年多一些，每年二三十万元。刘院长看俺老实厚道，嘴巴严实，这不，又提拔俺当了科长嘛。"

"所以你就知恩图报，对抗组织是吧？"梁石祥训斥道。

"现在俺知道错了，改正还不行吗？"林松海又说，"还有一件事，新大楼基建的时候，我找长安集团项目经理赵四吉，让他多报了一个项目，套取了二十万元，交给刘传福了。我经手的就是这些，一点不剩，都交代完了。"

"仓库的钥匙在哪里？"梁石祥问。

"我随身带着呢，刚才让江主任放进抽屉里了。"

江德英从抽屉里拿出一串钥匙，"哗啦哗啦"晃了几下，"是这一串吗？"

"是的，就是最大号的那一把。"

"这样，给你一个立功的机会，你马上带着县纪委的同志去仓库，把这些物品起获了！"梁石祥说。

"遵命，谢谢梁书记！"林松海起身，鞠躬。

"吱呀"一声，沉重的大门被推开。林松海打开开关，库房里亮如白昼。

"哎呀，仓库里怎么存放了这么多的医疗设备，满满当当的，连包装都没有拆？"李汉杰问道。

医院纪委书记杜庆联回答："这些器材都是药贩子推销的成果，不管科室是不是需要，只要老刘高兴，先买过来再说。买了用不用得着，他不管，这不都闲置在这里？有的堆放在仓库里好几年啦，你们看看，多好的设备，真是糟践钱啊，造孽呀！"

"只要是器材回扣进了刘传福的腰包，他才不管医院的效益呢！"王立楷愤愤地说。

李汉杰指着一大堆包装箱，对杜庆联说："杜书记，你们明天清点一下这些器材，主要是数量、金额还有采购时间、厂家，全部拉一个清单，咱们要跟刘传福算算账！"

"好的，明天我们抓紧清点。"杜庆联转过脸对林松海严厉地说，"你别跟没事人似的，如果盘点库存器材跟进货发票少一件，拿你是问！"

"我一定配合，一定配合！"林松海说着，哆哆嗦嗦打开一扇小门，"各位领导，东西藏在这里了。"

四只大旅行箱整齐地摆放在地上。

"庄滨，过来拍照、录像！"李汉杰说。

庄滨举起了相机。

四只大旅行箱被抬进监控室，李汉杰兴致勃勃地说："陈书记，你看看这才真是人赃俱获啊！"

"干得好，捉贼捉赃，现在我们已经完全掌握了案件的主动权，"陈爱民看了一下手表，"快十二点了，让那个林松海休息休息，明天让他接着考虑梁书记提出的前两个问题，重点是与刘传福之间的经济交往。这么肥得流油的差事，不岁岁进贡，不太可能吧！就凭老刘敢把赃物交给他窝藏，关系绝对不一般。"

"行政科管食堂，那更是一个凭良心干活的地方，就这个人的素质而言，屁股底下肯定不干净。"梁石祥说。

王立楷打开了一个箱子，里边金银器皿、名贵手表、现金红包，琳琅满目。

"注意登记，"陈爱民顺手拿起一个信封，抽出一沓现金，"你们看，老刘收受的这家的一万元还原封不动地放在信封里，噢，里边还有医药代表的名片！你们谈话的时候顺藤摸瓜，一个都跑不了。还有这些信封、名片都是证据，一定保管好，随同卷宗一起移送检察院。"

"是的，原封未动的信封还不少啊，"李汉杰掂量了一个沉甸甸的信封，打开之后惊呼，"哟，这个信封里装着一根金条！"

梁石祥翻看一本房产证，皱起眉头说："奇怪啦，浦东丽景花园6栋903室，怎么会有两个户主？"

他把手里的这一本递给陈爱民看，"陈书记，你看，这个房证上所有权人是刘茂财，汉杰书记他们去浦东查询的这个户主是王浩伟。"

"不错，是同一个地点，怎么出了阴阳两个房证？"李汉杰走过来，瞪圆了眼。

"这里边肯定有一个是假的，会弄清楚的。"陈爱民说。

商务车沿着太湖岸边飞驰，绯红的朝霞在东方地平线微微弥漫起来，墨玉一样的太湖波光粼粼，变幻着斑斓的色彩。远处青瓦白墙的农舍，依稀掩映在绿油油的稻田和树林之中。

张继胜揉了揉睡眼蒙眬的眼睛，欣赏着江南生机盎然的仲夏景色，抬手看了一下手表，喃喃自语："再有一个多小时，就到上海了！"

渔场办案点食堂，陈爱民、李汉杰、梁石祥和王自力共进早餐。

李汉杰汇报说："陈书记，经过一个晚上的清点，四个箱子里累计存放人民币五十三万六千元，美元五千元，金条二十七根，重量二点四公斤，手表九块，玉器三十六件，还有许多银圆、金银器皿、字画等。另外还找到一个重要的证据，〈上海佳仁医疗设备有限公司股权证明书〉，证明刘茂财持有该公司25%的股份。"

"这本股权证明是一个重要发现，可能是刘传福收受的干股，让赴上海的组顺便去工商局查一下。"

"陈书记，我已经把信息发给张继胜了。"李汉杰回答。

"原封未动的现金、金条有多少？"陈爱民问。

"共计现金十九万五千元，金条四根。"王自力回答，"今天上午的班是不是要跟他见面？"

"我感觉现在就跟他摊牌，还有一些为时过早，很可能他就事论事，封住了口就很难办。"陈爱民喝了一口稀饭，思考了一下说，"这些重磅炮弹，包括掌握的臧至秀五十万元银行卡入股的问题，轻易不要跟他摊牌，等到关键时刻，再发射出去。你们白天再磨一磨他的性子，等到他的方寸彻底被打乱了，再发起总攻也不迟。"

"好的，我们谈话组按照陈书记的要求，把谈话节奏再放慢一些，到目前为止，

'两归'才二十四个小时。"梁石祥说。

"李书记，人民医院查找的参考资料什么时候送过来？"陈爱民问。

"已经安排过了，昨天晚上他们连夜加班，刚刚我又跟纪委书记杜庆联调度了一下，今天中午一定能够完成。"

"好的，什么时候老刘自己拿着这些资料，一边回忆，一边用笔注释受贿金额，那就是态度彻底端正了！"

"陈书记，能达到你说的这种境界吗？"王自力问。

"我感觉刘传福嘴上硬，其实心里虚。这样的人平常颐指气使惯了的，其实没有多少城府，还是比较容易对付的，说倒塌，就像〈红楼梦〉里的一个词'忽喇喇似大厦倾'，一下子就彻底倾覆。我来县里做纪委书记，感到难对付的还是村干部，有的人就是油盐不进，攥住了手脖子，仍然在狡辩，就像魏彦成、宗玲那样的角色，政策攻心的效果微乎其微，全靠证据锁定。"

"好的，我们就按照陈书记的锦囊妙计行事。"梁石祥说。

"还有，李书记你看看能不能找一个安全的地方，把取证组拉出去，一般性的证人通知到那里去。咱们渔场办案点太小了，人多嘴杂，不方便保密，只适合把谈话组放在这里。"

"陈书记，从这里往西两公里，靠近主城区，有一个驻军的小招待所，接待探亲家属的，我联系一下，把底层包下来，一般的证人放在那里谈话比较合适。"

"那个地方我知道，部队大院边上，独门独院的，一个小三层楼，闹中有静，是个做办案点的理想地点。"陈爱民说，"好了，早饭吃完了，工作也交流完了，咱们各自行动去吧！"

第十四章　药贩子机关算尽　专案组万里追捕

"是我造的孽，我对不起她们娘儿俩，恳求组织饶了她们吧！"刘传福放声痛哭。

身材高挑的臧至秀，忽然听到背后有人用祁河话跟她打招呼。

南宁国际机场边检出口，一个白净文面的中年男子被拦下……

繁华的上海市区，人头攒动，车流滚滚。

张继胜站在汽车专卖店门口跟李汉杰打电话："李书记，我们刚刚查到了刘茂财的那一辆凯迪拉克车的情况，付款人是朱云，朱步升的儿子，在新疆做工程的。他是用一张新疆的中国银行卡支付的，时间是 2008 年 2 月 11 日，金额 44 万元。"

"好的，我马上跟陈书记汇报。"

"我们这就把材料复制完毕，赶往浦东，调查小刘的股权证明书和房产证。"张继胜接着说。

"继胜书记，你们辛苦了，注意安全！"

"知道了，李书记。"

李汉杰放下手机，指挥着把招待所的卫生间镜子、把手拆下来，电源插头用绝缘胶布封死。

"任常委，再检查一下，看看还有没有隐患？"他转身对任青霞说。

"好嘞，"任青霞答应道，"李书记，布置的这几个谈话室，是不是也要把床搬出去？"

"搬出去吧，显得敞亮，把两个床垫子倚在墙角，就按照祁东地税局培训中心的模式布置。"

陈爱民目不转睛地看着监控视频，问道："梁书记，从张继胜小组反馈过来的信息看，朱步升行贿的这辆车，时间上与臧至秀的银行卡高度重合，金额也大致一样，你分析一下，这当中有没有某种必然联系。"

"是啊，这两个人同时给老刘下一样的大本钱，金额加起来刚好在一百万元左右，世界上没有无缘无故的爱，是不是可以印证群众举报的内容，就是说刘传福把药房一个亿的药品采购承包给了臧至秀的众邦药业公司，而这一大笔生意的幕后老板是朱步升还有刘冠一书记的秘书李晓辉。"

"有这种可能性，"陈爱民赞同地说，"医保结算对医院是一个制约关系，刘传福对于朱步升肯定是买账的；刘书记的秘书李晓辉，也是书记身边的宠臣，当然也是刘传福巴结的对象。能不能这样推测一下，他们两个借臧至秀众邦药业公司的壳，臧至秀借他们的势，三方缺一不可，达成共识。再者说，臧至秀也是刘传福的老主顾了，他俩之间的暧昧关系也是人所共知的。"

"每年一亿元的采购量，至少两三千万元的利润，多丰厚的回报啊，一年孝敬一百万元，双方各负担五十万元，真是小意思啦！"梁石祥分析说。

"等到中午，人民医院杜书记把资料送过来，看一看众邦药业公司近几年的药品供应量，果然是每年一亿元的话，这绝对就不是巧合，这样所有的信息就在采购量这个点形成了交叉，就可以立即对朱步升、臧至秀采取措施。"

"还有，陈书记，我建议那两本浦东的房产证、国有土地使用权证的情况应该再跟刘茂财详细谈一谈，他名下的房产证显然是假的。"

"梁书记，你去跟他谈谈吧，现在正好是孟庆军、章勇翔的班。刘茂财的态度还算不错，做完笔录，今天可以让他回家，安排单位来人接他，进入司法程序之后，我们可以建议检察院对他免予起诉。"

"好的，陈书记，我这就过去跟他谈谈。"

"如果是王浩伟伪造的房产证、国有土地使用权证，就能以涉嫌伪造国家机关印章罪连同行贿罪的罪名追捕他！下午，咱们开一个通案会议，我马上跟张铁军局长、高勇平检察长联系一下，现在需要几家联合作战了。"

"梁叔叔好！"刘茂财见到梁石祥，赶紧站起来问好。

"小刘，坐下吧，"梁石祥摆摆手，"你来了这一天的时间，总体表现还是不错的，领导说了，可以解除对你的'两指'措施，今天就让你回家与妻儿团聚！"

"谢谢组织的关怀，"刘茂财泪如雨下，哽咽着说，"这一天好像过了一年，俺家属还不知道急成啥样呢！"

"等到下午的时候，招商局来接你。回去之后还是要正常上班，县纪委和检察院随叫随到。关于你涉嫌犯罪的问题，由于情节比较轻微，又有主动交代的法定从轻处理的条件，这样最终还需要走免予起诉的程序，组织上考虑，可以给你保留公职，保留饭碗。"

"谢谢梁叔叔！"刘茂财深深鞠躬。

"不要感谢我，这是组织给你兑现的政策，有些情况，还需要你进一步讲清楚。"

"我知道的，一定如实交代。"

"你详细谈谈浦东那个房子的情况，"梁石祥说，"章勇翔，你记录一下。"

"2007年年底，我爸带我去上海，得到上海佳仁公司王浩伟的盛情款待。我爸对他印象非常好，当即就给他签订了几百万元的器械采购合同。王浩伟很慷慨大方，提出来让我在上海安家，就在他的公司里当副总经理。2008年春节之前王浩伟来祁河县拜年，吃饭的时候，他说给我在浦东看好了一套房子，一百三十平方米，一百二十多万元，还要了我的身份证复印件。就是在那一次的酒桌上，他提出来联合搞一个肿瘤防治康复中心。"

"小刘，你讲慢一点，详细谈谈那一次喝酒谈到的这个肿瘤防治康复中心的情况。"孟庆军说。

刘茂财回忆当时的情景：2008年春节前夕的一个晚上，祁河县最豪华的紫金山大酒店包厢内，王浩伟带着一个美女业务员，与刘传福耳鬓厮磨，觥筹交错，把老刘灌得醉醺醺的。

"我、我一接触，就就知道王总是一、一个讲义气，够、够朋友的人！"刘传福醉眼迷离地瞅着美女业务员说，醉酒让他的口吃更加严重了。

"感情深，一口闷，欧阳经理，你再陪刘大哥干一个！"王浩伟怂恿道。

欧阳端着琥珀色的洋酒，附到刘传福的耳边，嗲兮兮地说："来，阿拉再跟刘院长喝一杯！"

"当啷"一声碰杯，刘传福将一大杯酒一饮而尽。

"刘院长，咱们两家深度合作的意向，您考虑得怎么样了？"王浩伟的眼镜片后边眨着狡黠的目光。

"担保不是一、一个小问题，八千万元哪，你要、要是不还了咋办？俺们医院不得做、做萝卜？"

"哎哟，我的老大哥噢，不错，八千万元是我贷款，但是贷款投资的设备可是全部放在你们医院的，反正我是拿不走的，对吧，你们担保有啥子风险的哟！"王浩伟也凑到刘传福跟前，操着一口南方普通话，眉飞色舞地说。

"这、这件事，可不是一笔小数目，还得再斟酌、斟酌。"刘传福一个劲地摇头。

"好老大哥哎，我跟你再分析一下好啦，"王浩伟掰着手指头，"你们医院只出土地、病房，占51%的股份，我这一边只占49%，对吧？你们出面担保的贷款，我拿过来买来机器设备，然后还都一股脑儿地投放在你们这里，飞也飞不走，还是吧？最关键的咱们是在一起干事业，把事业干起来，这是一个大买卖啊！老哥哥你想想看，过了年你就五十四了，再过两年就该二线了，退下了正好打理肿瘤防治康复中心。"

刘传福听到最后一句话，显然动心了，他故意操着上海话，乜着醉眼说："侬这么说，听起来，好像是有点道理的啦！"

王浩伟更来了兴致，继续眉飞色舞地游说："这样吧，我把我医院的股份再转让25%给你，我只持有24%，你是大股东，一切听你的，还好的啦。再有，佳仁公司的股份，也转让25%给茂财小侄儿，过完春节，就办理变更过户。只要朋友在一起，大家就有钱赚，长流水不断线，赚多赚少，无所谓的嘛，侬要是放心不下，阿拉给你立下字据好啦！"

"那好，等过了春节，我带着去考、考察一下，"刘传福的舌头越发不听使唤，"财儿，你差不多了，先回去吧！"

"这样，俺爸就把我撵走了，以后他们咋谈的，我就不清楚了。"刘茂财说。

"浦东的那个房子，你们去看过吗？"梁石祥问。

"那一年过完春节，王浩伟陪同俺爸和我去看过，地点浦东丽景花园6栋903室，毛坯房，俺爸挺满意。王浩伟说房子闲着也是浪费，由他给装修一下，租出去，房租给我。这样，每个月的租金是三千元，按月打到我的卡上。直到今年春节过后，涉及王浩伟与俺爸医院打官司的问题，他就跟俺爸翻脸啦，租金也就不付了。"

来电显示"张继胜"。梁石祥赶紧出门接听电话："我出来了，继胜，你说！"

"梁书记，我们刚刚查询了上海工商局的登记，佳仁医疗设备有限公司没有进行过股东变更，现有的股东中也没有刘氏父子或者有关的人员。发现这个意外情况，我赶紧跟你报告一下！"电话里传来张继胜急切的声音。

"好的，我们正在与小刘谈房产的问题，下一个就是谈股权证的问题，你的电话正是时候，这么看，王浩伟所谓的股权证也是伪造的。小刘浦东的房产证以前李书记他们已经查过了，你们也不要再去复查了，肯定是假的。先住下来休息一下，听候命令。"梁石祥说。

梁石祥回到谈话室，孟庆军正在给刘茂财出示两个房产证，"这一本〈上海市房屋所有权证〉登记的是你的名字，不错吧？"

刘茂财仔细辨认之后回答："是的，这是王浩伟给我买的。"

"你再看看这本复印的〈上海市房屋使用权证〉，地点浦东，同一地点，户主却变成了王浩伟，"孟庆军把复印件递给刘茂财，点燃一支烟，然后问道，"你不觉得奇怪吗？"

刘茂财惊骇地看着两本土地使用权证，瞪大了眼睛："呀，怎么会是这样？"

"有什么不可能的，还有房产证，也是一户两个版本。"梁石祥说着，又递给他一本《上海佳仁医疗设备有限公司股权证明书》，"这本股权证明也是你名下的吧？"

"是的，是王浩伟给我的。"

"刘茂财，我们的同志刚刚从上海打来电话说，通过上海工商局查询佳仁公司的股东登记，根本没有你刘茂财的名字！"

"看到了没，用北京话说，你们爷儿俩让人家给涮啦！"孟庆军说着，将相关的证据甩在桌子上。

刘茂财发出一声干号，愤懑地说："他凭什么这么对待俺们，王浩伟以前就是上海滩的一个小瘪三，眼看就要破产倒闭了，俺爸去上海，他把仅有的六万元取出来接待俺爸，依靠着人民医院他暴富啦，成了大老板，反过头再坑害俺们，天理难容啊！"

"2007年年底，你父亲去上海，你是怎么知道王浩伟穷得只剩下六万块钱了？"孟庆军问。

"我在上海工作的时候，他有一次酒喝多了，告诉我的。"

"关于这个王浩伟，你还知道哪些？"

"王浩伟有一个儿子，十岁了吧，胖得没有脖子；他的老婆原来在一家药店做营业员，去年年底，娘儿俩移民巴西了。我知道的就是这些，平日里我们之间也很少交流家长里短。"

梁石祥走过去拍拍他的肩膀，"小刘，你有啥想不开的，应该感到庆幸才是，要不然一套住房再加上股份，怎么算也得超过二百万元，那将增加多大的罪恶！"

刘茂财点点头，"是的，梁叔叔，现在看起来王浩伟骗我们，真的是因祸得福了！"

李汉杰拿着一沓材料走进监控室里，向陈爱民汇报："陈书记，人民医院这六年以来的相关资料都调取出来了，从药品采购量分析，众邦药业公司2008年、2009年，每年的供应量都在一亿元左右，今年上半年恰好是五千万元，这样就基本上印证了群众举报信上反映的臧至秀、朱步升、李晓辉垄断药品采购的内容。"

"现有的证据，只有朱步升行贿豪华车，臧至秀行贿五十万元银行卡，暂时还钩不到李晓辉。"陈爱民思索了一下，接着说，"所以下一步我们必须把主要精力放在臧至秀、朱步升以及王浩伟这几个重要行贿人上，拿下这几个人，案件就成功了一大半。至于那些小的药贩子、器械商十万八万的，正常取证就行了。基建和人事安排，主要看他自己交代的情况了。下午咱们的案件通报会，主要是解决这几个人的问题。"

"好的，我做好汇报准备。"李汉杰答应道。

陈爱民转身问王自力："哎，自力常委，那个林松海交代得怎么样了？"

"陈书记，林松海交代，医院建设北区肿瘤防治康复中心时，他负责基建，虚报了一个追加项目，套取了二十万元，交给了刘传福。另外，当时承建方长安建设集团的项目经理是王学礼，逢年过节还送给他个人两三万元的礼金。"

"这个人的身体状况怎么样？"

"血压偏高，低压 120，高压 180，医生给他增加用药了。"

"取完证让他回去吧，你再跟他谈谈，让医院纪委来接他，"陈爱民接着说，"我们腾出手搞下边更重要的。像林松海这种生活不节制，整天胡吃海喝的，大腹便便，面色酡红，一看就是有严重内病的，万一在办案点有个三长两短的，一口气上不来，还真是挺麻烦。不要为了这样一只小苍蝇，坏了一锅汤，影响了整个反腐败斗争的好形势，不值得！"

"好，我这就去安排，尽快让他回去。"王自力答应说。

肥胖、敦实的林松海愁眉苦脸地坐在塑料方凳上。

王自力推门进入，问当班的江德英："交代得怎么样？"

"还是那些问题。"江德英回答。

"这样，林松海，组织上决定让你先回去，听候处理。"王自力说道。

"谢谢组织的宽大！"林松海站起来鞠躬、作揖。

"回去以后，还要继续考虑问题。你是存在严重问题的，利用职务之便收受建设单位的钱物，还有与刘传福虚报工程项目，共同贪污二十万元。"说到这里，王自力点上一支烟，"说你共同贪污可能你还不服气，觉得自己没有捞到一分钱，挺冤枉的。所以建议你去咨询一下法律专家，这就好比是小偷入室盗窃，在门口望风的人，可能一分钱也没有分到，但是，照样是实施盗窃的共同犯罪人。"

"服气，服气，我算是彻底心服口服了，从今往后，俺遵纪守法，老老实实吃个安稳饭就行啦！"林松海说着，跪下"咚"的一声磕了一个响头。

"起来吧，咱们不兴这一套，一会儿人民医院纪委过来接你，负责送你回家。"

"王常委，我还是自己打的走吧，不用再麻烦医院了。"

王自力断然拒绝："不行，必须把你交到家人手里，否则的话，你出了门，一头扎进祁河里，到底算谁的责任？回去之后，照常上班，保证随叫随到！"

江德英打开笔记本电脑，"林松海，现在给你做一个全面的笔录，你一定要老老实实地交代，听明白了吗？"

林松海服服帖帖地回答："一定老实交代，老实交代！"

下午的骄阳炽热似火，县纪委门前马路两旁的白杨树，在阳光的照射下泛着白花花的光芒，几只蝉儿俯在树梢发出声嘶力竭的长鸣。

县纪委常委会议室，陈爱民简要地说："今天下午把大家请来，通报一下'7·12'专案的情况，下面由李汉杰书记通报。"

"昨天早上，我们县纪委对人民医院院长刘传福实施了'两归'，县监察局对其儿子刘茂财实施了'两指'措施。经过一天半的紧张工作，目前已经查实以下几个问题：第一个问题，2008年2月，祁河县医保中心主任朱步升送给刘传福的儿子一辆凯迪拉克，四十四万元；同时，众邦药业公司臧至秀向刘传福行贿一张银行卡，五十万元，这笔资金被刘传福用于林森木业公司的投资。另外，根据我们调取的医院药品采购清单，众邦药业这两年以来，每年向人民医院销售药品一亿元，今年上半年销售五千万元。因此，根据以上证据判断，朱步升和臧至秀存在向刘传福重大行贿的嫌疑。第二个问题，上海佳仁医疗设备有限公司王浩伟，伪造浦东丽景花园6栋903室的房屋所有权证和国有土地使用权证，伪造上海佳仁公司股东证明书，假意送给刘传福父子，以获取人民医院对其贷款的担保，然后拒不偿还银行贷款，由此造成人民医院对他八千万元贷款的连带赔偿责任。据刘茂财供述，2009年年底，他从上海回祁河县工作时，王浩伟送给他十万元安家费。另外，刘茂财还提供了一个重要信息，王浩伟的妻子和儿子已经移民巴西，据此分析，王浩伟有外逃的可能。还有，医院行政科科长林松海供述，在医院基建工程中，虚列工程项目，为刘传福套取二十万元，涉嫌贪污，汇报完毕。"

"刘传福的态度目前怎么样？"高勇平问。

梁石祥回答："他还是按照事先精心准备的套路，在八千万元担保是否造成损失的问题上喋喋不休，反复纠缠。我们手里的这些炮弹还没有轰击他，正在寻找恰当的时机，初步想法是今晚开始发起总攻，一鼓作气把他的心理防线彻底摧垮。"

张铁军说："那个上海人王浩伟伪造房屋所有权证和国有土地使用权证，已经涉嫌构成伪造国家机关公文印章罪，以及给刘传福的儿子行贿，都是为了达到获取违法担保的不法目的，我建议可以由检察院并案处理，立即实施拘捕。为了防止其外逃，可以实行网上追逃。"

"好的，但是，对于伪造的文书需要法定的机关进行鉴定，必须尽快拿到鉴定报告。"陈爱民说。

"我马上给淮江市公安局刑侦支队打电话，请他们抓紧安排鉴定。"张铁军说。

高勇平接着说："我回去就准备好对王浩伟、臧志秀的立案书和拘留证，随时出发。还有个问题，请铁军局长配合一下，就是这几个嫌疑人的相关信息，请给我们提供一下。"

张铁军对郑运华说："运华，你负责跟林钢剑局长的信息交流吧！"

"好的。"郑运华回答。

"朱步升由我们负责采取'两归'，请检察院协助确定一下他的位置，刚才我们从侧面了解，朱步升请假看病去了，这一只惊弓之鸟现在不知道飞到哪里去了。"陈爱民稍微停顿了一下，"还有，刑事鉴定越快越好，我们必须抢在嫌疑人知晓祁河县这边的信息之前采取行动。"

张铁军说："通案会结束之后，我安排武四海大队长去刑侦支队。"

陈爱民接着说："李书记，让魏保平主任陪同武大队长一起去吧，晚上加班很辛苦，让他请同志们加个餐。"

"好的。"李汉杰回答。

陈爱民对梁石祥说："梁书记，王浩伟上海的住所能确定吗？可以让我们在上海的那个组晚上去蹲坑。"

"陈书记，从他的身份证和有关登记的信息，目前掌握王浩伟上海有两处房产。"梁石祥回答。

"好吧，我来总结一下，"陈爱民说，"公安局负责对房产的证件进行刑事鉴定，同时搜集有关嫌疑人的信息；检察院负责对王浩伟、臧至秀进行追捕，同时负责确定朱步升的下落。县纪委负责对刘传福的突审，梁书记，你召集办案的同志好好设计一下，群策群力，进一步扩大线索，并且做好对朱步升实施'两归'的准备。大家看看还有什么遗漏的，如果没有，咱们散会。"

交班的时候到了，孟庆军、章勇翔和安全员进入谈话室。

"老刘，吃饭了，给你做的手擀面。"孟庆军跟他打招呼。

"哎，又到了吃晚饭的时间了，"刘传福伸了一个懒腰，"在这里过得昏天黑地，真、真的是度日如年啊！"

"有什么感想？"孟庆军问。

"其实我也办过案，"刘传福拿起筷子，显得有些兴奋，"'文革'的时候，从七十年代初，'一打三反'包括深挖'五·一六'运动，就是、我都参加了，那时候我还是十七八岁的小、小青年，对那些走资派还有观点不一致的人，真是很、很残酷，县、县委宣传部汤则惠部长受不了，跑出去跳井，几个人没有拉住，眼见他一、一头扎进水井里，双手插到淤泥里，拔都、都拔不出来！"

　　"你们那是林彪、'四人帮'反党集团的帮凶，对同志残酷斗争，无情打击，"孟庆军鄙夷地说，"你还好意思觍着脸说'自己也办过案'！"

　　"是的，我真的没有想、想到，大家对我这么好，"刘传福抄了一下手擀面，"刚才我说想吃手擀面，马、马上就给做！"

　　"这是我们县纪委的大厨师宋大姐亲手给你做的手擀面，用鸡汤、鸡丝又卧了两个鸡蛋，再撒几片青菜叶，滴上几滴香油，让人馋涎欲滴啊！"章勇翔说。

　　"我们是共产党，重事实，重证据，文明办案，以理服人。不像你们所谓的办案，那是用法西斯的手段残酷迫害干部群众。"孟庆军愤愤地说，"好好吃饭吧，等一会儿，我们王自力常委还要跟你谈谈。"

　　监控室里，陈爱民紧紧盯着视频，对王自力说："自力常委，该你粉墨登场了！"

　　王自力笑着回答："好吧，咱们就跟他唱一出好戏！"

　　"以逸待劳，声东击西！"陈爱民接着说，"兵无常势，水无常形，运用之妙存乎一心，就看你们的临场发挥了。"

　　王自力带着安然等三个陌生面孔，进入谈话室。刘传福惶恐地盯着这一位把他带来的县纪委王常委。王自力大大咧咧地端坐主审的位子，表现得威风凛凛，其他办案人员分列两旁。

　　"刘传福，你来了一天半的时间了，都交代了什么问题，嗯？你再顽固地对抗下去，只能是自寻绝路！"王自力先给他一个下马威，厉声训斥道。

　　劈头盖脸的一顿训斥，让刘传福一下子晕头转向，他结结巴巴地辩解道："就是、我那八、八千万担保的……"

　　"刘传福，你不要再提什么八千万担保的问题，态度没有端正，拿着担保的问题在这里胡搅蛮缠，有意思吗？"孟庆军不耐烦地打断他的话。

　　"要想人不知除非己莫为，刘传福你做下的这些事，现在已经是人赃俱获了，你这种态度对于解决自己的问题没有好处，只有害处，信不信由你！"王自力燃起香烟，一边喷云吐雾，一边继续训斥，"老刘，组织上对你是不是已经仁至义尽？陈书记找你谈过两次，苦口婆心，给你指明出路，可是你直到现在仍然执迷不悟，抱着顽抗到底的态度！我正告你，态度决定出路，只有老老实实、原原本本把问题主动讲清楚，你才能有出路，事到如今，你就不要再抱有任何幻想了！"

　　刘传福唯唯诺诺，一脸的诚惶诚恐。

　　"这样，老刘，咱们换一个话题，拉拉家常吧，"王自力说，"你前妻时云霞的人缘、口碑都还不错，是吧？"

"是呀，算命的说，她是俺老刘家的福星，比我大一岁，1951 年的。我的档案年龄是 1954 年，其实是 1952 年的。没有时云霞，俺现在可、可能还是农村的一个穷光蛋呢！"

"说来听听。"安然饶有兴味地说。

"俺是'文革'毕业的'老三届'初中生，那会儿家里穷得很，在生产队里干一天活儿，挣的工分只有几、几分钱，掉一个纽、纽扣，一天的活儿就白干啦，我真是穷怕啦。"刘传福叹了一口气，"你们不知道吃了上顿没有下、下顿是啥感受！"

"所以你给儿子起名字叫茂财，就是想着财源茂盛对吧？"孟庆军问。

"对，就是这个意思！"刘传福点头称是，"后来俺大队书记的闺女时云霞看上了我，她虽然人丑点，年龄大点，但是给俺家许多的帮衬。俺俩定亲之后，老岳父推荐我去公社里搞运动，后来又推荐到了县里革命委员会第二、二办公室，'二办'主要就是搞运动，挖'五·一六'。县武装部政委、县革委会主任邵文化又看中了我，夸我聪明伶俐，文字材料写得好。1973 年春天，邵政委推荐我上了淮江医学院，当了令人羡慕的'工农兵大学生'。"

安然接着问："没有时云霞，就没有你刘传福后来的荣华富贵，可以这么说吧？你是两年前跟现在的老婆王荣静结的婚，当时你的小妞妞刚刚两岁，跟你的孙子同岁，显然是先上的车，后买的票，这是违反党纪党规的吧？还有，去年年底，王荣静为什么跑到县纪委控告你，说你要下毒，害死她们娘儿俩呢？"

"这就是、就是我对不起时云霞啦，二十多年没有跟、跟她再同房。"刘传福一脸的惭愧，"我跟王荣静好、好了十几年了，她那时候还是迎春大酒店的领、领班，老公原先是建设银行的信贷科科长，受贿进去了，带着一个小男孩，孤儿寡母的。我知道她是上了节、节育环的，谁能想到，这个娘儿们偷偷取下了节育环，2005 年春天就怀、怀了孕。我当时恼得直摇头，让她赶紧做掉。结果她和她的表姐一起，跑到了广州，生下了孩子，抱着回来啦，就这样理直气壮地讹上我了。以后的事儿，你们也都知道了，唉，天下最、最毒妇人心哪！"

"这你怪不了别人，还是自己没有把握好，"王自力问，"她与你大儿子刘茂财相处得咋样？"

"水火、火不相容！"刘传福愤怒地说，"我看没有办法，让他们分开吧，才让儿子去上海打工。"

"你上一次跟陈书记汇报，刘茂财在上海是做物流的，对吧，讲实话，是做物流，还是做别的啥？"王自力眼光逼视着刘传福。

"是做物流。"刘传福不敢正视，低下头。

"那去年年底咋又回来，进入了体制内呢？"

"刘冠一书记说招商局有事、事业编制，他批了一个条子，给孩子安排了一个职位，我觉得铁饭碗比较牢靠，就动员孩子回来了，上班拿工资。"

"老刘，事到如今你还说儿子在上海做物流，这不是睁着眼说瞎话吗？刘茂财是个厚道孩子，思想觉悟比你高得多！"王自力又悠然地点燃一支烟，接着说，"刘茂财回祁河县，恐怕与你跟你的合作伙伴反目成仇，也有关系吧？"

监控室里，陈爱民、梁石祥目不转睛地看着谈话室里的交锋。

"程宇宁，下面该你上场了！"梁石祥说。

"好嘞！"程宇宁抱着一沓材料出门了。

程宇宁走进谈话室，他表情诡秘地把一沓材料交给王自力，又凑过去很兴奋地耳语几句。

王自力浏览了一下手中的材料，用力拍了一下，接着说："事实俱在，铁证如山，你顽抗到底，还有什么用？"

刘传福惊恐万状地盯着那一摞材料。

"老刘，看起来你很关心这些材料啊，那就随便拿三件，让你开开眼，见识见识。"王自力说着，从一个档案袋里掏出三本证件，慢条斯理地说，"《上海房屋所有权证》《上海国有土地使用权证》，还有一本《股东出资证明书》，我想，老刘对这些不会陌生吧，至于说藏在哪里，也不需要你交代了！"

刘传福仿佛遭受五雷轰顶一样，一阵透骨绝望的恐惧感让他浑身上下筛起糠来，腮帮子不住地"突突"打着寒战。他咬紧了牙关试图控制上下牙齿的碰撞，但是，依旧听见自己牙齿好像不听使唤，不停地哆嗦着，"咔咔"作响。

"我、我承认，这些都、都是上海佳仁公司王浩伟送给我的！"

"再给你看一样物件，"孟庆军从一个精美的包装盒里拿出一块手表，在刘传福面前晃了晃，"这是什么牌子的？"

"江诗丹顿，是、是臧志秀送给我的。"

"老刘，你看看，收钱都收到心灵麻木了，这么多的现金和金条，你原封不动地放在信封里、包装袋里，甚至还有药贩子的名片都装在一起，就等着纪委、检察院前来起获赃物，也好，这样以物找人倒是给我们省了不少事。不是嘲笑你，按作案水平你只能算是一只菜鸟，拙劣得很！"孟庆军鄙夷地说。

"好啦，不能再出示了，否则，怎么跟老刘兑现宽大处理的政策呢？"王自力摆摆手，示意不要再往下说了。

"我愿意交代，恳求组织宽大处理！"刘传福冷汗涔涔。安然见状，递给他几张纸巾。

"首先你要端正态度，只要愿意交代，半个小时就能讲清楚，这样吧，你就简单地把时间、金额、送钱人，粗线条地说给我听听，如果还是弯弯绕，我可没有工夫在这里听你瞎掰！"王自力平静地说。

"我一定端正态度，还、还请您给陈书记带个话，我以前有思想顾虑，不、不敢讲实话，我、我对不起他！"

"愿意交代问题，组织上是欢迎的，也请你相信我们会秉持着实事求是的精神，绝不会冤枉你，绝不会办冤假错案。屈打成招，那是你们'文革'对同志迫害的时候做的事。"王自力拿起三本证书，一一出示，"在你主动交代问题之前，我可以先告诉你，这三本房产证、国有土地使用权证还有股权证都是假的，是王浩伟伪造的，用来欺骗你的，组织上已经给你查清楚了，否则你的罪行更大！"

"我感谢组织的宽大！"刘传福泪流满面，站起身，向王自力深深鞠躬。

"中纪委的老常委刘丽英老大姐1997年夏天到淮江市纪委视察，接见全体纪检监察干部。记得她就讲过：'要想让腐败分子交代问题，那是与虎谋皮！'老虎不会乖乖把虎皮脱下来就范的，怎么办？就得耐着性子一点一点地剥。我们不打人，不骂人，文明办案，靠的就是发挥我们政治工作的优势，靠的就是办案人员的智慧，斗智斗勇，从心理上、精神上摧垮腐败分子的顽抗。"陈爱民看着视频深有感触地说。

梁石祥建议说："陈书记，你讲得太精彩了，等案件结束，给我们的同志们上一课吧？"

"其实，几个案件办下来，我的办案诀窍都已经传授给了我们的骨干。"陈爱民笑着说，"今天我们对刘传福的设计，就是非常成功的案例。你看他交代问题，就像喝酒喝多了吐酒一样，挡都挡不住，一吐为快！到明天他就会挖空心思地、苦思冥想地交代问题，再把李汉杰书记他们搜集的四个方面的清单递给他，老刘自己就会对照着谈问题，一五一十地谈。不过，在这个时候，被审查人为了表明态度好，很可能夸大事实，把芝麻说成西瓜，甚至于凭空捏造问题。我们必须坚持实事求是的原则，芝麻就是芝麻，西瓜就是西瓜，不能把芝麻办成西瓜，更不能因为胡编乱造的所谓事实干扰案件调查！"

"'陈一刀'，手段高强，名不虚传，端的是把好快刀！"梁石祥赞叹道。

夜阑人静，省道上，一辆独行的警车疾驰而去。武四海大队长正在打盹。魏保平毫无倦意，他抱着档案袋，望着水杉树梢上方一片一片的云朵和点点的星星，像是揭开的帷幕一样向后飞速掠去。

夜上海，这座钢筋水泥铸成的繁华大都市，高楼大厦高耸入云，霓虹灯仿佛夜空的彩云，万家灯火就像是天上飘浮着的无数繁星。进入了仲夏最炎热的季节，人们正在遭受着酷热和"热岛效应"的双重煎熬，空气又热又闷，令人窒息。

张继胜拿着望远镜，盯着不远处的一座高楼上的窗户。

"快十二点了，看来今晚王浩伟不会回来了。"检察官虎啸打着哈欠说。

"再盯两个小时吧，看看有没有发现，这些家伙都是夜猫子，昼伏夜出。天亮之后，林钢剑局长带人赶过来。"张继胜依然举着望远镜眺望远方。

"请问，你们是干什么的？"两名保安站在他俩面前。

"我们是检察院的，正在执行公务！"虎啸把证件递给一个年轻的保安。

保安打开手电，看了一眼证件，还给虎啸，敬了一个礼："天气太热，我们警亭有空调，请过去凉快一下吧！"

"不用了，谢谢！"

淮江市医科大学附属医院永远是人流如潮。冯玉梅跟陈爱民说过，他们医生出门诊的时候，都不喝水，为的是节省时间，多为几个患者看病。

刚刚开门坐诊，一个白白胖胖的中年汉子，坐在冯玉梅面前。

冯玉梅戴着宽大的口罩，把口鼻捂得严严实实，只露出两只明亮的眼睛，"你哪里不舒服？"

"冠心病七八年了，这几天胸闷，心绞痛频繁发作。"汉子做出痛苦的表情。

"我来给你听听，再量一下血压！"冯玉梅戴上听诊器。

"你的心脏没有太大的问题，血压稍微偏高一点，要不然再做个心电图吧！"检查完之后，冯玉梅摘下听诊器说。

"大夫，那为什么俺老是这么难受呢，您能不能让我住院治疗？"病人捂着胸口，愁眉苦脸地说。

这时候孙建设和王立楷推门而入。

"朱主任怎么跑到这里来瞧病，祁河县人民医院治不了你咋的？"孙建设笑着问。

"哎哟，是孙主任呀，你们怎么找到这里来啦？"朱步升大吃一惊，慌忙站起来。

孙建设没有搭理他的问话，指着王立楷介绍说："介绍一下，这一位是王立楷主任！"

"王主任，久仰大名！"朱步升满脸堆笑，连忙伸出手。

王立楷并没有握朱步升伸过来的手，用冰冷冷的语气回敬道："走吧，有啥病咱们回去看，心病还需心来医！任光彩医生的心内科医术高明，给你瞧病绰绰有余。"

"好的，我跟你们回去看病，"朱步升一脸尴尬地说，"我解释一下，我的公务手机卡可能出了故障，信号不好，我就关机了，不是存心的！"

"你以为关了手机就找不到你啦？"回答他的依旧是冷冰冰的语气。

冯玉梅眯着秀美的眼睛，看着眼前这一幕。

"大夫，不好意思，俺们找这个患者有公务，带他回县里去看病，不再麻烦您了！"孙建设望着医生说。

冯玉梅没有说话，点点头。

"那俺们回去啦，谢谢您！"孙建设回过头再一次致歉。

冯玉梅用柔和的目光看着他，依然只是点点头。

哎，这位女医生怎么这么像陈书记的女朋友啊！孙建设边走边想。

"哎，小哥，我刚刚看见你的兵到我的门诊，把一个来看病的朱主任带走了，老鹰捉小鸡一样，乖乖，比电影、电视剧还精彩！"手机里传来冯玉梅悦耳的普通话。

"呀，这么巧，朱步升犯到小妹的手里啦，怎么样，他没有什么大毛病吧？"陈爱民笑眯眯地问。

"没有多大的毛病，我看多半是装出来的，就是想赖在医院住院，泡病号，他是存心跟你演苦肉计吧！"冯玉梅一只耳朵上挂着口罩，"再跟你讨教一个问题，这个人讲他的手机关机了，你们是怎么找到他的？"

"山人自有妙计，不足为外人道也！"

"哟，还故弄玄虚，好啦，不跟你聊了，外边还有这么多病人呢，我买了一双鞋，你看看怎么样？"

陈爱民打开彩信，不由得心头一热。白大褂下一双玉足穿着淡黄色的皮鞋，蝴蝶形状的装饰物上，点缀着几粒紫罗兰色的细碎晶体，璀璨闪亮。

"翠钗照耀衔云发，玉步逶迤动罗袜。"陈爱民回了初唐上官仪的一句诗句。

下午四点，县纪委常委会议室，公检法三个一把手准时到达。

"咱们开一个通案会议啊，"陈爱民清了清嗓子说，"由于涉及案件的线索高度机密，所以，只请了公检法的一把手，对于副职就暂时保密。请王自力常委简要汇报一下。"

"昨天晚上，我们精心准备，对刘传福发动了一次突审，刘传福一吐为快，半个小时交代了一千多万元的问题。"

"好家伙！"公检法三个一把手不由得异口同声惊叹一声。

"问题分为几个大块，主要是朱步升、臧至秀共同行贿三百万元，其中包括一辆凯迪拉克车。臧至秀个人行贿累计一百五十万元以上。另外，王浩伟个人行贿在一百七十万元左右，这不包含所谓的浦东假房产、佳仁公司的假股权。其他的小药贩子，供应商三五十万元的居多，具体的情况都在供证表上了。"

"这么多的赃款，去向清楚吗？"高勇平问道。

王自力回答："现在被他用于民间借贷的大约是一千万元，刚刚办案点打电话说，刘传福交代，共计有十九张借条，藏在他医院住所的卫生间顶棚的扣板上了。我们已经派人去取了。刘传福 2006 年被检察院调查过，他为了防止查询银行存款，暴露巨额不明财产，就将不法的收入或者以现金存放在办公室里的密室里，或者拿出去放高利贷。今年'5·28专案'，把他吓破了胆。'六一'儿童节那天，他躲在密室里清点钞票，天热，由于票子发霉，长了绿毛，他被病毒感染，咳嗽、发烧，打了四天点滴，剩下的就没有再清点，就是被我们追缴的那部分赃款、赃物。清点出来的二百万元现金，他借给了瞿园镇的一个石膏矿老板。"

"典型的守财奴，老葛朗台！"李涵撇撇嘴说。

高勇平说："我说一下追逃的情况，两个抓捕组，进展得都不顺利。林钢剑到上海，与先前的张继胜小组会合，到王浩伟的公司、住所，都扑了一个空。由此分析，王浩伟有可能已经潜逃。臧至秀也下落不明，她与众邦药业公司只是挂靠关系，目前正在通过市院反贪局给淮江众邦药业公司施加压力，如果臧至秀再不到案，就以涉嫌单位行贿罪追究众邦公司的责任。"

"三个重要行贿人，现在到案的只有朱步升，"陈爱民问梁石祥，"他的身体没有什么大碍吧？"

"从淮江市带回来，直接就去人民医院体检了，心脑血管检查了一遍，血液的化验结果明天能出来，从目前来看没有什么大的毛病。"

"这个人就交给王立楷承包了，反正有涉嫌行贿罪垫底，能做成多大的蛋糕，就看他的本事了。特别要注意的是孟庆军不要去那个组，他不要露面。"陈爱民说。

"陈书记，我明白，不让朱步升倒打一耙，说孟主任挟嫌报复。"梁石祥回答。

"张局长，你对这两名外逃的行贿人的抓捕，有什么意见？"陈爱民问。

"外逃人员已经实施了网上追逃，"张铁军说，"我们继续加大侦查力度，跟检察院配合好。根据我们的工作情况分析，近期应该能抓到臧至秀。现在的难点是，我们的手段或多或少地被一些人知晓，给抓捕工作增加了难度。"

"下一步的追赃工作，由李汉杰书记牵头负责，李书记，你有什么意见、建议？"陈爱民问。

"陈书记，刚刚孟庆军主任发来信息，刘传福的十九张借款条已经从他医院休息的住所取到了。"李汉杰看着手机说。

"很好，下边颗粒归仓就是你李书记的事情了。"陈爱民说。

李汉杰接着说："我们掌握住了欠款条，就掌握了追赃的主动权。我建议下一步追赃组按图索骥，依照欠款条找债务人，利息可以免除，本金分文不能少。"

"可以，这样能够加快追赃进度。"陈爱民说。

"我的想法是成立县纪委、监察局、检察院和法院组成的联合追赃小组，工作的顺序就是由易到难，由近及远，先找本地的企业、老板，后找外地的。"李汉杰接着说道。

"高检察长、李院长，你们两家有什么意见吗？"陈爱民问。

"同意这个方案。"两人异口同声地说。

"高检察长、李院长，那咱们现在就把人员定下来吧。"

"刘传福还涉嫌滥用职权犯罪，属于反渎局侦查，让衣振全带着反渎局配合追赃，比较合适。"高勇平说，"另外，我们还发现一个情况，从调取的刘传福的通话记录，发现他与一个叫甄巧云的关系暧昧，可能有婚外生子的行为。刘传福还给这个女人发过一首情诗，里边有'你，是我血液中的病毒！'这样的表述。"

陈爱民笑着说："老刘还是很浪漫的嘛，这首情诗明显带有医生的职业特色，还'血液中的病毒'，这样的诗句就是让大诗人挖空心思，八辈子也琢磨不出来。"

李涵强调说："贪污、受贿犯罪的赃款去向，是定罪量刑的一个重要前提条件，特别是像这样上千万元的特大贪污、受贿案件，追缴赃款就显得非常重要，即便是赃款一时不能追缴到位的，也要让对方承认债务关系的存在。我们法院全力配合好，让副院长许蔚云牵头，具体由执行局承办。"

陈爱民赞许地说："李院长讲得非常好，李汉杰书记，你们在追赃过程中，对那些暂时不能缴清欠款的，也要把债务关系的证据固定下来，庭审的时候作为证据使用。梁书记对刘传福的女人问题作一个专题来谈，特别是有经济往来的女人，还有那个甄巧云，从中解剖医院体制机制上的一些腐败因素。同志们如果没有其他的意见，今天的通案会就开到这里。"

渔场谈话室，朱步升蜷缩在墙角。

"老朱，检查过了，你的心脏没有什么毛病，身体棒棒的，用不着疑神疑鬼的，"王立楷点燃一支烟，"你呀，主要还是心病，心病还需心来医，解铃还须系铃人。"

"我是真的心脏不舒服，还有手机确实不是有意……"

"心理压力大，强健的心脏也承受不了，不舒服是正常的。"王立楷打断他的话，"要想疏解心理压力，老老实实交代清楚问题，思想包袱放下了，病根也就自然消除了。"

"唉，我的饭碗肯定是保不住了，看起来还得蹲班房，三年五年的肯定是出不来啦。"朱步升长吁短叹。

"这正是你的心病所在，"王立楷走到朱步升身边，弯下腰，对他说，"你不交代就能保住饭碗了，就能逍遥自由了？告诉你，直接抓捕你的条件都够了，还真的不是吓唬你。现在，组织上找你，还是给你机会的，就看你自己是不是能把握住。"

"我愿意交代，我跟臧至秀合伙做生意，是借淮江众邦药业公司的资质，对人民医院的药品供应托管三年，每年一亿元的供应量。"

"具体是怎么谈的？"程宇宁问。

"2007年'十一'假期期间，我把刘传福约到汉街的紫金居，臧至秀作陪。"

"还有没有其他人？"王立楷问道。

"哦，李晓辉也去了。不过，他只是去捧场子的，首长身边的红人嘛！那天酒桌上就是专门谈药品托管的事情，刘传福张口就是一百万元，少一个子儿免谈。其实一个亿的开票，众邦药业公司按照营业额的百分之八提成，就是减去八百万元的纯利润，再去掉缴税，我和臧至秀盘算每人还能分一两百万元的利润，这样我们就答应了。老刘头还提出每年年初先预付，我们也同意了。这样，当年年底的时候，由众邦药业公司跟人民医院签订的托管协议。"

"你们是怎么给刘传福兑现承诺的？"王立楷追问。

"刘传福是一个不见兔子不撒鹰、不见鬼子不挂弦儿的角色。2008年春节之前，我先给他儿子买了一辆凯迪拉克，春节给刘传福八万元过节费，这样我当年承担的五十万元就算是凑齐了。臧至秀说给了他一张银行卡，五十万元。2009年春节之前，刘传福不知道听谁指点的，非得要现金。我问他为啥银行转账不行？这位老兄回答说：'通过银行转账会留下痕迹，风险太大！'这样，我和臧至秀又各出了五十万元现金。"

"这是你买凯迪拉克的票据吗？"程宇宁出示复印的单据。

"是的，你们把刘茂财连人带车一起弄走，'祁河论坛'就炸锅了，马路上还有眼尖的发了图片。我一看就明白这一回肯定是躲不过去了，只要一查这辆车，一准得露馅，于是就想到干脆去淮江医科大学附属医院住院，打算躲一天算一天，如果你们找到我，反正是身体不好，纪委、检察院也不至于为难我。"

"你的身体很健康，来了之后，我们为难你了吗？"程宇宁问。

"大家对我都很好，你们是文明办案的。"

"朱步升，别打岔，接着说。我问你，今年的香火钱兑付了吗？"王立楷问。

"本来，我和臧至秀商量，觉得刘传福今年下半年肯定得退居二线，就想拖一拖，等他退下来就赖了这笔账。谁知道这个老家伙也鬼精鬼精的，跟黄世仁一样追着屁股要债，还放狠话要立马终止托管协议。我看实在是没有办法了，今年'五一'期间请他去云南旅游，回来之后，把五十万元现金送到他的办公室。"

"到云南旅游的，同行的还有谁？"王立楷追问。

"还有一个叫甄巧云的，年纪不大，老刘给我提供的身份证。我让儿子在旅行社给他俩订的机票、合同。"

"合同在哪儿？"

"记不清了，反正是每人五千八，你们可以到青春旅行社查底根。"

"臧至秀的那五十万元也给他了吗？"王立楷接着问。

"她跟我说过，分文不少地给过了。"

"刘传福与臧至秀不是老情人吗，怎么就不能宽容一下？"

"刘传福1995年当了副院长，从那时候就跟臧至秀勾搭上了。臧至秀从一个小医药代表开始，全靠刘传福起家。他们两个在我面前根本不避讳，我经常当着刘传福的面喊臧至秀'二嫂子'。想想也是，刘传福除了说话结巴一点，人长得仪表堂堂，气质那是风度翩翩，怎么可能跟一个又老又丑的黄脸婆同床共眠呢，是吧？不过，桥归桥，路归路，刘传福从来都是钱色两收的，吃鱼不耽误吃熊掌，臧至秀当然也不能例外。"

"群众举报刘传福很花哨，生活作风糜烂，找他办事，男的献金钱，女的献青春。你跟他接触多，整天厮混在一起，知根知底的，怎么评价？"王立楷问。

"实际情况是不论男女，只要是有求于他的，男的都要奉献金钱，女的也要奉献金钱，只是多少不同而已。要知道，给老刘奉献青春的也得是有条件的，起码要长得俊俏的，相貌平平的或者人品正派不愿意，照价付款就是了，一样能够摆平。刘传福在外界的口碑很差，民愤很大，也就在于此。"

"李晓辉有没有参与你们的药品托管活动？"王立楷问。

"李晓辉是首长的秘书，他只是帮着敲敲边鼓，没有参与经商活动。"

王立楷目光灼灼地盯住他，"真的没有吗，一定要实事求是，不能说假话，作伪证！"

"我实话说，一人做事一人当。"朱步升拍着胸脯，信誓旦旦地说。

章勇翔和安全员替刘传福收拾餐具，孟庆军问："水饺的味道怎么样？"

"韭菜肉馅的，调得非常鲜美！"刘传福意犹未尽地咂咂嘴，"在这里早上两个素菜，还有包子、油条、豆浆、稀饭，中午、晚上都是三、三个菜，荤素搭配，每天还有水果，非常科学合、合理，比我在医院吃得好。"

远远地传来一阵悠长的吆喝声，"豆腐脑嘞——"，拖着长长的音符，这是祁河县卖豆腐脑特有的叫卖声。

刘传福支棱着耳朵听着街上的叫卖声，长吁一口气，"真的很馋豆腐脑，要是能来一碗，那就太好啦！"

"可以呀，"孟庆军回答，"我跟领导汇报一下，明天早上到街里的快餐店给你订一份，外加两个鸡蛋菜煎饼。"

"哎哟，我就是那么说说，组织上这么关心，真的是太感、感谢啦！"

章勇翔问："老刘，你说说，你经常吃住在医院，是爱岗敬业，还是另有其他缘由，为啥不回家呢？"

"俺们家的情况，您也知道，跟王荣静那个母、母老虎，见面就吵架。"

孟庆军点燃一支烟，"你的前妻时云霞活着的时候，你不也是经常夜不归宿吗？"

"这就是我对不起她啦，二十多年没有跟时云霞同房。"

"关于你的风流韵事，各种版本传说得不少哇，都是花边新闻，谈谈正版的嘛！"孟庆军诙谐地说，喷出一团烟雾。

"反正已经没有脸啦，说就说了吧，能给我一支烟吗？"

"刘传福，你不是不抽烟吗？"章勇翔点燃一支烟递给他。

"偶尔抽一支，"刘传福接过来，抽了一口，"回想起来，我这人这么多年以来瞎搞胡、胡搞，跟这么多女人发生了不正当关系，有俺医院的女职工、女药贩子、器械商，关系单位的、的女公关经理，有的女孩子才十八九岁，真是造孽啊！"

"佳仁公司的女经理欧阳，你们关系也不一般吧？"孟庆军问。

"那个妖冶的娘儿们，是不是经理都还、还难说，可能是王浩伟不知道从哪里临时聘、聘用的。我每一次去上海，她都到房间来陪我。"

"你跟臧至秀是什么关系？"孟庆军问道。

"俺们是老情人，说来话长，那还是1995年夏天，我刚刚当上副、副院长，臧至秀也是刚刚从淮江制药厂下海，淮江制药厂的销售公司改制为众邦药业公司，她在公司跑销售。那时候臧至秀很漂亮，高高的个子，大波浪的长发，气质高、高雅，跟俺的糟糠之妻比，就好比金凤凰和小、小土鸡。我就开始疯狂地追求她，她完成了第一单葡萄糖注射液的合同……

"这十几年下来，你估摸着，臧至秀从你们医院赚了多少钱？"孟庆军问。

"孟主任，我估算下来，她得赚一千万元以上。"

"既然你们是情人关系，你为什么不直接把药品托管交给她，还邀上其他人跟着分一杯羹？"

"拉上李晓辉、朱步升，这样好堵班子副、副职的嘴，我也得自保不是！"

"李晓辉参与了吗？"

"我感觉他、他应该是参与了，几次重要的活动都在场，无利不起早，至于他跟朱步升是咋算账的，就不清楚了，最起码也得从中分一、一杯羹。"

"现在跟你保持不正当关系的还有谁？"孟庆军问。

"没、没有了。"刘传福回答的时候眼神有些游离。

"敢说没有了？刘传福，你看着我，"孟庆军的口气非常严厉，"甄巧云是谁？"

"就是、就是我的一个朋友。"

"是什么朋友，比你小三十二岁，老刘，这恐怕也是你内心最隐秘的一件事吧？你给她的短信还很有诗情画意嘛，'你，是我血液中的病毒'这是啥意思？"

"我生活作风的问题都交、交代了呀！"刘传福惊慌失措地说，"我是跟她开玩笑呢，就、就是打一个比喻，像是血液中的病毒一样，难以根除。"

章勇翔掏档案袋，故意从中掉出一张照片，照片上一个三四岁的小男孩，神气十足地歪戴着棒球帽，怀里抱着一个儿童篮球。

刘传福死死盯住地上的照片，惊愕地张大了嘴巴。

孟庆军随手捡起来，又翻看了一下背面，"这是你宝贝箱子里的物件，'刘天赐'，老天赐予的，这个名字很有创意嘛，的确名副其实呀，这个笔迹也是你的墨宝吧？"孟庆军自言自语，"还需要再看看你去云南旅游的合同吗？拖家带口、成双成对的，比翼双飞，很温馨的嘛！"

"唉，连这些事你们都掌握了，共产党真厉害，我彻底服气啦！"刘传福长叹一声，"我有个恳求，能不能放过他们娘儿俩？"

"你的请求我们可以跟领导汇报，但是，这不是你讨价还价的条件，合情合理的要求我们尽量考虑关照，"孟庆军斩钉截铁地说，"跟组织交代问题，没有什么不好意思，遮遮掩掩的"。

"那好，我交代。甄巧云是我仁、仁兄弟的侄女，初中毕业之后待业。后来，仁兄弟找我，让我给她找份工作干。我那会儿刚刚当上院长。那个小孩才十六岁，小巧玲珑，性情温顺，很讨、讨人喜欢。我安排行政科科长林松海，让她到仓库干临时工。她喊我'叔'，经常过来帮我擦桌子，洗衣服，干点杂活。有一回天晚了，她来我办公室里，我忍不住把她抱进里间的卧室里。她一声不吭，很顺从。当时我心情很矛盾，也很冲、冲动。她只说了一句话：'叔，我还是姑娘身子！'以前跟我有、有染的，都是娘儿们，包括俺老婆时云霞。后来，我找刘冠一书记批了一个事业编制的条子，把她安排到瞿园镇卫生院，就在窗口挂号。我在俺医院附近给她租了房子，每个月给她五千元的生活费。只要有空，我就溜过去，办完、完事就走。这个小孩人很好，从来不问我要钱、要东西。当着别人的面她喊我'叔'，所以就没有人往、往别的方面去想。我跟她在一起一直采取避孕措施，不料，2007 年年底她怀孕了。我要打掉，她非得要生下来。我从来就没有见她跟我发火，她冲着我直吼，跟一头母狼一样。我只好想了一个办法，找俺本家的侄子刘茂源跟她假结婚，领了证，但是不住在一起。当时，医院正在建新、新大楼，我又让林松海造了一个假项目，套出来二十万元。我找到长、长安建筑公司的王、王学礼，让他给我赞助点儿，等到工程结账的时候，我的手头松点儿，再给他补上。王学礼是明白人，给我送了三十万元。两、两项加起来五十万元，我又拿出十万元，给她买房子连同装修，不、不到七十万元，这样，把她娘儿俩安、安顿下来，就是这些。"

听完刘传福磕磕巴巴的交代，孟庆军怒目圆睁："刘传福，你对喊你'叔'的小字辈都干了些什么，你比〈白毛女〉里的恶霸地主黄世仁有过之而无不及！你还给小儿子取名'天赐'，我看是天灾，这个孩子是无辜的，来到人世间就注定是不受欢迎的人，就注定要过不正常的生活，你这是造孽呀！"

"是我造的孽，我对不起她娘儿俩，恳求组织饶了他们吧，"刘传福忽然哀号起来，放声痛哭，"我要是出不去，就让她娘儿俩跟着刘茂源过吧！"

汉街的仿古建筑上霓虹灯闪耀着梦幻般的光芒，步行街人流如织，尽显闹市中心的繁华。

紫金居饭庄二楼一间隐蔽的小包间，飘荡着茅台酒的浓香，金碧辉煌的装饰，餐桌上精美的器皿在五颜六色的灯光照射下熠熠生辉。但是，酒场的气氛却显得十分凝重，白怀洲、赵四吉和满金虎都板着脸，一言不发。

"咱们都是好兄弟，十几年患难与共的亲兄弟，"满金龙用他极富感情的语气说，"今天我做东，也做一回和事佬，大家相逢一笑泯恩仇，一些磕磕绊绊的事儿就随着这杯酒过去吧，怎么样，给我一个面子吗？"

"老大，我和金虎都好说，关键是赵四儿胃口太大，狮子大开口嘛，那两千五百万元与他有啥关系？真是的！"白怀洲撇撇嘴说。

"姓白的，咱们今天当着金龙哥的面把话说明喽，"赵四吉站起来，端起酒壶，"咕咚"一声喝下去，满嘴酒气，直眉瞪眼地吼道，"二十世纪八十年代临河乡建管站主任是谁？是俺爹啊！你那会儿算个啥？也就是个泥瓦匠啊！是谁拜俺爹当师傅、当干爹的，你他娘的忘啦？"

建设局局长王垒赶紧起来摇着赵四吉劝解："好啦，好啦，咱们都听金龙哥的，现在大敌当前，咱们得精诚团结呀！"

"看看你们一个一个的熊样，哪有一个识劝的，为了俩钱就兄弟反目，值得吗？"满金龙指着两个人说。

"金龙哥你别拉偏架，让我把话说完，"赵四吉继续嚷嚷，"俺老爹带着一帮子伙计，从天山到海南挣下的家业，成立了祁河县第二建筑公司，一把老骨头扔在了深圳，你白怀洲凭啥做了总经理，又凭啥改制把俺的股份划到你们的名下，俺的爹呀……"

满金虎也上前相劝："四哥，咱们现在不是有话好好说嘛！"

赵四吉抹了一把鼻涕，"白怀洲个狗×的好好说了吗？本来看在金龙哥的面子上，你们俩拿出一千万元，咱好说好散，大路朝天，各走半边。今天就凭白怀洲的那个熊×样，俺非得要回俺的那一份，一千二百五十万元，还得再加百分之二十的长安集团的股份，少一个子儿也不行！"

"你赵四儿这是想抢劫呀！"白怀洲褪去白衬衣，露出膘肥体壮的上身，"我现在就踹死你个小舅子！"

"谁怕你是王八蛋，你不服气就试一试！"

"内讧，内讧是不？"满金龙狠狠地一拍桌子，"都给我坐下，知道不知道？堡垒都是从内部攻破的！"

"他赵四儿摸摸自己的心口窝，他怎么才有的今天？"白怀洲愤愤地说。

"姓白的，这话应该我问你！"赵四吉反唇相讥，针锋相对。

"都少说两句好不好，"满金龙用筷子敲敲桌子，"这样吧，怀洲兄弟你再拿二百万元，一千二百万元，你们兄弟一次性了断，好说好散，从今往后各奔前程，咋样？"

"行，一切听哥的招呼！"白怀洲咬牙切齿地说。

"四弟，一千二百万元，你觉得咋样？"满金龙又问。

"既然金龙哥发话了，就这样呗！"赵四吉答。

"千万别伤了和气，出了事大家都不好。"王垒说。

"我的命贱，有啥好怕的？反正要完蛋，大家伙儿一块儿完蛋！"赵四吉冷冷地说。

满金龙看着他，眼神里流露出一丝凶相。

部队招待所里人来人往，熙熙攘攘。

陈爱民站在院子里，对李汉杰说："你们取证组挺热闹啊，就像赶集的一样。"

"陈书记，我们分成五个谈话组，纪委和检察院混合编组，按照你的要求，还有一个材料组，专门负责证据把关的。"

一个中等身材、皮肤白净、非常结实精干的汉子迎面过来，他用隼一样的眼神与陈爱民对视了一下，又迅速心虚地将目光移向别处，若无其事地走进小楼。

"这个人是谁？"陈爱民警觉地问。

王自力回答："以前是长安建设集团的项目经理王学礼，现在是建设局办公室副主任。"

"此人一看就是练家子，有真功夫的，"陈爱民说，转身问同行的孙建设，"这个人看着怎么这么面熟？咱们两个肯定在哪里见过他！"

"我怎么一点也想不起来？"孙建设努力思索着。

"对，我想起来了，你还记得咱们在银杏林酒家吃饭的时候，不是有人跟踪咱们吗？那天晚上躲在门口柱子后边用手机拍照的就是他，没有错，就是他！"

"胆子真大，竟敢跟踪陈书记！"王自力愤怒地说，"他给刘传福行贿三十万元，不过从行贿的法律要件上看，是刘传福主动索要的，行贿罪定不上他。"

"暂时不要惊动他们，现在可以弄清楚了，当时盯梢的与建设领域有关系，对此要加强防范。"陈爱民平静地说，"其他的证人配合得怎么样？"

李汉杰回答："这些证人都是昨天晚上通知的，他们一大早都屁颠屁颠地跑来了。陈书记，这些小药贩子咱们有把柄攥住他们哪，他们既担心追究他们的刑事责任，更担心以后与人民医院的业务关系。"

"告诉他们，只要好好配合，今后廉洁经营，生意还是照样做。但是，要把中间的药价降下来，让利于民。李书记，你们在办案过程中，要考虑怎么从体制机制上堵塞漏洞，从源头治理医药卫生领域的腐败问题。"陈爱民说。

"我们也顺便多听取药品器材供应商的意见，说实在的，他们也不想钻窟窿打洞地去行贿。"李汉杰回答。

"还有取证组要加强与谈话组的沟通，特别涉嫌受贿犯罪的交代口供与证人证言不一致的时候，要去伪存真，进行研判，不要办错案。在这个时候要尊重证人的证言，就好比交警经常开罚单，罚过谁交警可能记不清楚了，但是，被罚的人刻骨铭心，甚至会记一辈子。"

"好的，陈书记，我们记住了。"王自力说。

"哎，怎么一楼都没有安装防盗窗？"陈爱民问。

"可能是军队的招待所，门口有士兵站岗，所以认为装防盗窗是多此一举吧！"李汉杰说，"五个谈话的房间都清理过了，符合安全的标准。"

"也只能算是基本符合，让我们的同志提高安全意识，证据材料及时上交，不要窝在手里。"陈爱民望望这个小楼说。

来电显示"张铁军"。

"铁军你好！"

"陈书记，现在可以确定，臧至秀就在龙城县的大固煤矿附近活动，我准备安排王跃进带两个民警过去，你们专案组还去人吗？"

"肯定要去人的，我们这边也派三个人过去，得找一个认识她的人。"陈爱民说，"在哪里集合？"

"现在是九点，就让他们半小时以后在东高速口集合吧。"

"好的。"陈爱民放下手机，"臧至秀露面了，躲在距离咱们二百多公里的一个煤矿里。"

"陈书记，我建议让医院的纪委书记杜庆联配合抓捕，他肯定认识这个女的，人也很可靠。"李汉杰说。

"汉杰你安排吧，事不宜迟，马上出发，让任青霞和萧玉一起去，这个证人太重要了，不能出一点纰漏！"

龙城县西郊，坐落着一个大型国有煤矿大固矿，在矿区附近自然而然地形成了一个围绕大固矿的集镇。一条柳树绿荫笼罩着的柏油马路通向镇区，两辆民用牌号的汽车悄悄停在一棵大树的树荫下，茂密的枝叶遮挡住了正午炽热的太阳。

"她有可能就在附近的饭店里，咱们在这里守候一下吧！"王跃进警官说。

任青霞说："我建议一个组在这里守候，这是必经之路，另外让杜书记悄悄到附近的酒店里打探一下。"

"行，不过她肯定认识杜书记，最好化装一下。"王跃进说。

"这样，王队长，把你的T恤衫跟老杜换一下。杜书记你再把司机师傅的墨镜戴上，哎，这里还有一个太阳帽也戴上吧。"任青霞上下左右打量了一下，"你们看看杜书记打扮一下，是不是旧貌换新颜啦？"

"好的，我就扮演一回特工，感觉很刺激。"杜庆联笑着说。

"萧玉陪着，你们爷儿俩一块儿去。"

"大固狗肉馆"里传来阵阵喝酒嬉闹的喧哗。掀开"哗啦哗啦"作响的珠帘门，一股浓烈的炒菜辣香味儿扑面而来，萧玉呛得咳嗽两声。

老板热情地迎上来，"两位，吃点什么？"

"先拿菜单，我们看看！"萧玉故意用普通话说。

"好嘞！"

杜庆联轻轻推开一个包间，从门缝里窥视，八九个男男女女吆五喝六，酒兴正浓，正对门口坐着的正是臧至秀。他慢慢带上门，向萧玉使了一个眼色。

"怎么样？"萧玉小声问。

"在里边呢，有八九个人。"杜庆联说，"咱们先点两个菜，坐下来吃，盯住他们，你给他们发信息。"

"好的。"

"老板，来一盘荤素拼，一个爆炒羊肚，一个醋炝绿豆芽，两个烧饼，两瓶冰镇啤酒。"杜庆联对老板说。

"稍等，马上就来！"

"人在里边了，不过还有八九个人，"任青霞看着手机信息说，"王队长，怎么办？"

"任常委，我建议还是等他们酒场散了之后，再动手。酒壮怂人胆，他们现在人多势众，咱们尽量不要与他们发生肢体冲突，真要是闹僵了动起手，咱们处在下风。"

"那好，等一等吧，反正她跑不了啦，程宇宁，你到旁边去买十个烧饼还有烧鸡、牛肉什么的，拣快一点的买，咱们垫一下肚子。"任青霞说。

"杜书记，任常委回信息，等他们散场之后再动手。"萧玉低声说。

"好的，咱爷儿俩就在这里盯住她！"杜庆联一仰脖子，喝下一杯啤酒。

八九个人在饭店门口拉拉扯扯，相互喧聒着道别。身材高挑的臧至秀结完账，最后走出饭店，门口有人用祁河县的地方话喊她："臧总，你好！"她猛一回头，几个人站在她面前。杜庆联也从饭店里走出来，摘下墨镜。

臧至秀心里一惊，但是，脸上仍然挤出一丝笑容："哟，还麻烦你们找到这里了，我正要回去找你们呢！"

"既然是不谋而合，咱们就走吧！"王跃进说。

"干什么，干什么，你们凭什么抓人？"一个醉醺醺的同伴跑来推推搡搡地阻拦。

"警告你不要阻挠我们执行公务，否则对你不客气，"王跃进厉声呵斥，"凭什么抓人，用不着告诉你！"

"领导，不跟他一般见识，他是我弟弟，酒喝多了，我跟你们走！"

那个所谓的弟弟见到王跃进警官魁伟强健的体格，也不敢再胡言乱语。

"我去一下洗手间可以吗？"臧至秀问。

"前边就是高速的服务区，"任青霞委婉地拒绝说，"你还有其他的物品吗？"

"没有啦！"臧至秀沮丧地回答。

两辆车在饭店门口戛然停下，"上车，走吧！"王跃进说。

陈爱民、梁石祥推开了刘传福谈话室的门。

孟庆军站起来说，"刘传福，陈书记来了！"

刘传福连忙起身，"陈书记，我对不起您！"

"刘传福，坐下吧，我代表县委来跟你谈谈。"陈爱民拉了一个椅子，坐在他的对面，"来了四天了吧，生活上怎么样？"

"生活上照顾得很好，我喜欢吃面食，前天晚上鸡丝、丝手擀面，昨天晚上就是韭菜肉馅水饺，今天晚餐是鸡丝馄饨，都是我点的餐。中午还能睡个午觉。真的没有想到，大、大家对我这么好！"

"听说你自称也办过案，你是按照林彪、'四人帮'迫害干部群众的手段，猜想纪检监察机关查办案件的方法的吧？"

"是的，开始想法很多，顾虑不、不少。"

"你在专政队的时候，应该记得每个星期天'走资派'的孩子去送饭、送衣服的场景吧。其中有个六七岁的小男孩，提着一个铝制军用饭盒，与一群孩子眼巴巴地等在铁门外边，那个小男孩就是现在的陈爱民。"说到这里，陈爱民点燃一支烟，递给刘传福，自己再点燃一支，"刘传福，今天咱们促膝谈心，说说心里话。我父亲是四一年的老八路。有一次造反派开恩，让我陪父亲在那里住了一夜。数九寒冬的大冷天，父亲搂着我睡在地铺上，给我讲党史。此情此景，终生不忘。"

"是的，那些老干部，骨头就是硬！"刘传福附和说。

"无论在多么艰难困苦的环境下，老革命们从来都没有动摇过对党的信念，对人民的忠诚，这就是信仰的力量！"

"相比那些老革命，我就是太低级、太渺小了！"刘传福羞愧地说。

"远的不说，就说坐在你面前的孟庆军主任，战斗英雄，身体虽然不好，但是，一直履行着冲锋时的誓言：'生命不息，战斗不止！'这也是对党和人民的庄严承诺。我今天绝对不是跟你讲大话，共和国的脊梁就是这样一代又一代的共产党人担当起来的！"

"陈书记，这几天我也是翻来覆去地反、反思，我从一个苦孩子，成长为一个二级甲等医院的院长，离不开党的培育，我咋就堕落到了这种地、地步了呢？"

"你啊，就是理想、信念缺失，一个人没有了理想、信念，一门心思想着升官发财，就像是没有了灵魂，就是一具行尸走肉。"

"陈书记，您批评得太对了，我就是丧失了灵魂，天天就是琢磨着位子、票子、女人。这些年要是组织上对我早提醒、早批评，就算是给我一个处分，我也不、不至于堕落到这步田地！"

"掉进了钱眼里，光想着捞钱，你不想一想虚高的药价、检查费用，买单的是老百姓，费用最终还是转嫁到群众头上。从战争年代走出来的老革命，为什么对人民群众的感情深厚，是因为他们都得到过人民群众的救护，知道鱼水情深的道理。现在一些人感觉到人民群众不是那么重要了，甚至脱离群众，党群、干群之间变成了蛙水关系，需要群众的时候，就跳进水里去，不需要的时候，就蹦到岸上来，更严重的是祸害群众，就像大庙村的魏彦成一样。"

"我也是忘了本啦！我还十几岁的时候，赶着家里养、养的一头猪去公社食品站，人家不给过磅，非得等到猪屙、屙完一泡屎才收购。我哭了大半天，一泡猪屎七八斤，那是我一、一个学期的学费呀！上学没有裤子穿，邻居张婶给我找了一条六成新的女裤子，缝缝补补改了一下，我穿上，高高兴兴地到县中读初中。张婶在世的时候，有一回到县医院来看病，她拉着我的手，喊：'大福哇，你现在当官啦，一切都好啦，记住喽，落在地上的果子就、就够你吃的了，千万别再去摘树上的了！'俺老家种苹果，果园里有个规、规矩，落在地上的苹果，可以捡起来吃，要是摘树上的，那就是犯规，除非征得主人家同意。"

"老刘，你看张婶，一个农村妇女，讲了一个多么朴实、多么深刻的道理，你现在的工资、奖金等收入不算少了吧，为什么还要摘树上的果子、侵害群众利益呢？"

"陈书记，我真的是羞愧难当，我算了一下，当了六年院长，收了人、人家一千多万元，我自己没有花，愿意全部上缴组织，您看能不能让我回去还做老、老本行，当医生，回家种地也行！"

罪行累累的刘传福居然提出这么荒唐的要求，他的法制观念的淡薄超出陈爱民的想象。思考了一下，陈爱民回答说："我看过《警世通言》，记得书里有庄子的一段话，'牺牛身被文绣，口食刍菽，见耕牛力作辛苦，自夸其荣。及其迎入太庙，刀俎在前，欲为耕牛而不可得也！'讲的就是祭祀用的牛，平日里吃得好，披着缎子绸带，看见耕牛辛苦劳作，自己以为很了不起，等到拉进庙里，砍刀、斧头摆放在面前，再想做耕牛，却是不可能的了！"

"那就是非得治罪、判刑啦，"刘传福眼泪汪汪地说，"能判我多少年？"

"我不是法官，但是，我负责任地告诉你，坦白、退赃等所有从轻处罚的因素，我们都会向司法机关提出，给予考虑的。"

"陈书记，我还有最后一个恳求、求，放过我大儿子，还有甄巧云娘儿俩吧！"

"刘茂财两天前已经解除'两指'，回家了。他参与了一些违法犯罪行为，肯定要接受法律的制裁。不过，根据他的坦白和立功表现，我们可以建议检察院对其免予起诉，这样，也可以保留他的饭碗，等你回归社会的时候，也好有个依靠。"说到这里，他又点燃一支烟，对眼睛直勾勾的刘传福说，"刘天赐是个无辜的孩子，甄巧云也是受害者，你的请求我答应，只找甄巧云谈一次话，做一个笔录，证实一下赃款的去向，我们严格为她保密。还有，你给她购买房屋的钱款，不再退还，反正不能把她们娘儿俩撵到大街上去吧！"

刘传福老泪纵横，深深鞠躬，"谢谢陈书记宽宏大量！"

谈话室里，任青霞问："臧至秀，你与刘传福这十五年的经济交往都交代完了吗？"

"领导，我真的都交代完了。账目很好算，刚才我都交代了，药品托管三年共计一百五十万元，其他逢年过节，零零星星这么多年算下来，大概是一百多万元，加起来二百五十多万元吧，都讲清楚啦。"

"哎，你借刘传福的现金，总共是二百七十万元，利息是百分之十，这有你写的借条，看看，对吧？"萧玉把一张复印件递给臧至秀。

"是我写的欠条，"臧至秀辨认了一下说，"这是今年四月份我给他五十万元托管代理回扣的时候，向他借的。刘传福是个守财奴，几年前，他让检察院查怕了，现金不敢往银行里存，都放在办公室和他大儿子家里。攒够了一大笔，就拿出去放高利贷。他这二百七十万元里，肯定包含我和朱步升送的一百万元现款。"

"你拿到这笔钱干什么用了？"

"我在淮江市儿童医院附近买了一处商铺，准备以后开药房，做零售。老刘下半年就五十六周岁了，肯定得退居二线，祁河县人民医院烦我的人不少，以后人民医院的生意就不好做了。"

任青霞问道："臧至秀，你累计给刘传福送钱二百五十多万元，又反过来向他借了二百七十万元，还是高息借款，为什么，这里边有没有必然联系？"

"领导，还真的让您问着啦，我跟您说实话，利息我肯定不会给他一分钱的，本金也不打算还给他。二百七十万元，正好是我十五年给他资金的总数再算上他应该付给我的利息，我得全部拿回来，也就算是他应该付给我的青春补偿费！"臧至秀恶狠狠地说。

"你不怕他找你索要，或者打官司？"任青霞接着问。

臧至秀杏目圆睁，柳眉倒竖："他敢！这些钱都是不义之财，我就是不还给他，他又能奈我何？我就是要把给他的钱，连本带息全部哄回来，他只能是哑巴吃黄连，有苦说不出。再说了，我是原来淮江制药厂的厂花，凭啥跟他那个结巴子、乡巴佬，难道白白让他睡了十五年？领导，您不知道，刘传福有多下作！"

"一个巴掌拍不响，怎么，你还成了受害者啦？"任青霞鄙夷地问。

"领导，您批评得对，的确如此，我承认自己存有私心，才会去勾引他。"

"这些是赃款，必须全部退还，上缴国库。臧至秀，你有什么打算？"

"领导，请求您放我出去，就是砸锅卖铁，我也把这笔钱还上，分文不少！"

任青霞冷冷地说："就是不放你出去，这二百七十万元也得分文不少地退还，拿不来现金，我们替你砸锅卖铁，反正拍卖你的房产偿还，绰绰有余的！"

臧至秀掩面而泣，"恳求领导，能不能不把我办进去？"

任青霞严厉地说："法律面前人人平等，你和共同行贿人朱步升，都要接受法律的制裁！"

南宁机场候机楼人声鼎沸，一个白净文面的中年男子，慢条斯理地把证件和机票递给边检的民警。

年轻的民警仔细看了他的证件，又盯住他打量一番："你是王浩伟，上海人？"

"是呀。"

"请你到这边来一下！"

"怎么回事，飞往巴西的航班快要登机啦？"王浩伟焦躁地说。

又过来两名武警，上前控制住他。

"你们这是干什么，我抗议！"

"咋呼什么！"民警严厉地说，"你涉嫌犯罪，被网上追逃，现在就拘捕你！"说着掏出手铐，"咔嚓"把王浩伟铐了起来。

"陈书记，好消息，"手机里传来高勇平兴奋的声音，"今天上午九点多钟，王浩伟在南宁机场落网了！"

"太好啦，主要行贿人全部到案了！"陈爱民高兴地说，"高检察长，今天是7月17日，'7·12'专案第六天，如果我们再晚动手几天，这个家伙就逃之夭夭，飞到巴西，真的是'黄鹤一去不复返'了！"

"是呀，挺悬的！南宁机场公安分局进行了初步讯问，王浩伟已经把妻儿移民到巴西了，这一次他是准备携带细软逃跑的，没有想到在边检被公安扣留。我马上安排林钢剑带着法警大队立即启程赶往南宁，押解王浩伟回祁河县。"

"路上注意安全。"

"放心吧陈书记，我们开两辆车况好一些的警车过去，全副武装，没有问题！"

"浙中市中级人民法院下周一过来执行人民医院，就在这个时候抓住了王浩伟，就像是下了一场及时雨啊!"

"是的,陈书记,王浩伟抓捕到案,对人民医院的担保诉讼案子肯定是一大利好消息。"

推开"优美牛排"西餐厅的旋转门,柔和的萨克斯曲扑面而来,水晶灯投下淡淡的光彩,餐厅装饰格调高雅,环境舒适宜人。

"小妹今天怎么有雅兴,想起来请我吃西餐?"陈爱民问。

冯玉梅拉着他的手,微笑着说:"做东的不是我,是有人请客,请你来作陪!"

"看你一脸坏笑,就知道是拿我当托儿,没有好事,是娜娜她爸回来了吧?"

"不愧是老牌的特务,反应挺快!哎,他还带那个女弟子一起来的,不是存心找碴吗?"

"就是,是想来示威咋的?我觉得今天小妹怎么打扮得花枝招展的,咱们不能丢那个份儿,对吧?一会儿我来买单,今天我请客,谁让咱是老大哥呢!"

前边有人招手。

"他在那里。"冯玉梅说。

"我介绍一下,这位是我的朋友陈爱民,祁河县的纪委书记;这位是娜娜她爸水源,河汉大学的老师。"冯玉梅介绍说。

两个男人礼貌地握手,相互打量着对方。

水源与陈爱民想象中的基本一致,戴着一副金丝眼镜,脸庞白嫩如敷粉,嘴唇红艳若涂朱,一看就是从来就没经历过风吹日晒而保养得非常好的;小腹隆起,身材已经开始发福,操着一口软软的南方普通话。

"这位是娜娜她妈,冯玉梅医生;这位是小胡,胡雅君。"

陈爱民礼节性地向小胡点头致意。这是一个典型的南方女子,白皙的皮肤,纤巧的五官,苗条的身材。

两个女人则用挑剔的眼神打量对方。

"请坐吧,今天我和冯玉梅请客,小胡和水源想吃点什么,你们点。"陈爱民落落大方地说。

"陈先生,还是我来请吧!"

"我是老大,今天理应我请客,下一次老弟再请吧。"陈爱民很亲切地说,"水源老弟,以后我们之间就不要先生、老师什么的,称呼这么拗口,兄弟相称如何呀?"

陈爱民的坦诚和亲和力打动了水源,他说:"那好,就听陈大哥的!"

陈爱民友好地征询道:"胡雅君想吃点什么?"

姑娘有些局促，"随便吃点什么都可以！"

水源接着说："陈大哥，你看着点吧！"

"那好，我来做主点餐了，"陈爱民招手，"服务生，我们点四份牛排，七分熟，四份炸鳕鱼，一份炸薯条，一份蔬菜沙拉，一瓶葡萄酒。"

"好的。"服务生彬彬有礼地回答。

"老弟，咱们先来一瓶酒，不够再点。"陈爱民对水源说。

"一瓶足够了，陈大哥，我不胜酒力。"

"咱们兄弟是第一次见面，以后相处，就知道你大哥是襟怀坦荡的人，今后顺河小区3号楼1单元701还是你的家，娜娜还是你的女儿，只不过你多了一个大哥，冯玉梅你改口喊'嫂子'罢了！"陈爱民为水源斟上半杯酒。

"恐怕现在就该喊'嫂子'了吧！"水源酸溜溜地说。

"我和冯玉梅一直保持着非常纯洁的友谊，谈恋爱，这种传统的谈恋爱的感觉是很享受的，信不信由你。"陈爱民说着，举起酒杯，"来，我们干一杯！"

过一会儿，陈爱民说："咱们别这么一小口、一小口地抿了，我提议，干脆把瓶子里的酒平均分了，炸一个雷子，弘扬一下大汉之魂，怎么样？"

"好啊，大哥！"水源接过红酒瓶，"咕咚、咕咚"分别倒入高脚杯中。

"去年随代表团去美国考察，天天吃中餐馆，有一次在纽约到西餐厅开洋荤，开始也是装模作样地小口抿酒喝，后来，开始弘扬汉文化，大杯子倒满，端起来一饮而尽，把周边的美国佬惊得呆若木鸡。"

"那咱们就干一个！"水源站起来说。

陈爱民扶着水源走出餐厅，叫了一辆出租车："师傅，请到淮江师范大学宾馆。"

"大哥，今天跟您一聊，胜读十、十年书。"水源嘟嘟囔囔地说。

"小胡，回去之后，多给他喝水啊！"

"知道了，再见！"

2010年7月20日，这是一个星期二。马骏办公室里，强国和陈爱民坐在他办公桌的对面。

"爱民书记，这一阵你辛苦了，把刘传福案件的情况说说，还有下一步围绕开展'抓党风，树形象，与人民群众心连心'活动，如何把反腐败斗争深入进行下去，争取查办案件社会效果的最大化，谈谈你的想法。"

"刘传福的查办情况，每天都有〈供证表〉报送给书记、县长，具体的我就不再赘述了。目前的情况是交代了一千二百多万元，已经查证属实的八百多万元，调查工作还在继续进行。"

"爱民书记，你们这个活儿干得真漂亮！"强国赞扬说。

"主要的几个行贿人都已经到案，我重点汇报一下上海佳仁公司王浩伟的情况。"

"听说人已经抓到了。"马骏说。

"上周六在南宁机场边检扣下来的，差一点就让他逃到巴西去了。昨天从南宁押解回来，王浩伟对自己涉嫌行贿和伪造印章、证件的犯罪行为供认不讳。说起来很可笑，刘传福被这个上海的小混混玩弄于股掌之间，那些佳仁公司的股权、肿瘤防治中心的股份还有浦东的房产，都是子虚乌有的，刘传福被他哄骗得晕头转向，实际拿到手的贿赂也就是几十万元，'狗咬尿泡，空欢喜一场'！"

"他吃了一块肉，国家损失一头牛，祁河县这样的贪官为数不少，必须严惩不贷！"强国愤愤地说。

"涉及的那一个官司怎么样了？李涵院长给我打电话，浙中法院的今天下午就到，就要强制执行人民医院了！"马骏问道。

"下面我就汇报这件事，"陈爱民说，"昨天下午，我召集法院的副院长许蔚云、检察院副检察长衣振全还有李汉杰，把有关案情进行了论证。许蔚云是咱们祁河县法律界的绝对权威，他认为根据〈民法通则〉的规定，当事人双方恶意串通，损害国家、集体和他人利益的，合同自签订之日起就不受法律保护。按照现有的证据，人民医院可以免除担保的连带责任。"

"太好了，你们'7·12'专案组立了大功啦！什么是公平正义？这就是维护公平正义！"强国高兴地说。

陈爱民接着说："由许蔚云当场起草了一个给浙中市中院的回函，以祁河县纪委、监察局的名义，说明刘传福在担保过程中涉嫌受贿、滥用职权犯罪，以及王浩伟涉嫌行贿和其他犯罪的问题，表明待刘传福的案件终审之后，再正式给浙中市中院发函回复。"

"这样就好了，让浙中法院把精力放到执行主贷方王浩伟的财产追缴上，这才是公平正义嘛！"马骏掏出香烟，"今天上午这是第六支了，一天指标用完了，哎，没有办法，有志者立长志，无志者常立志，事情太多，千头万绪，戒烟真难。"

"确实是闹心事情太多，层出不穷，有时候抽支烟确实能减轻烦闷，增添智慧。"强国用打火机为马骏和陈爱民点燃香烟。

"我估计王浩伟的大部分财产已经转移到国外去了，反正他人在我们手上，咱们积极配合浙中法院，尽最大努力追缴！"

"爱民，你那天跟我说了一下，准备进行'清空饷'的专项治理，正好强国县长也在，你说说呗！"

"祁河县的机关和事业单位人员，'吃空饷'的现象非常严重，凡是有头有脸的人，老婆孩子甚至是亲属都长期不上班，有的自己做生意，有的在家带孩子，等等，形成了一个恶性循环，就是谁能'吃空饷'，谁有本事；谁上班，谁没有关系，是笨蛋，这么一个怪圈。周树彬的老婆马莉莉就是长期不上班，自己做生意的。我们搞'抓党风，树形象，与人民群众心连心'，其中就有'树形象'，任由'吃空饷'发展下去，广大干部群众心里的气不顺畅，形象和正气就不能树立。"

"是的，这个问题也到了非治理不可的程度了，你估计这一块的体量有多大？"马骏问。

"有几种情形，无理由不上班的，装病泡病号的，自己不上班找人顶替的，爹妈死了多年仍然冒领退休金的。我收到一封举报信，一个人三十多岁了，还在领取未成年人的遗属补助。初步算下来，估计得有两三千人。"陈爱民回答。

"你考虑怎么个弄法？"马骏接着问。

"书记、县长，你们是真干，还是就这么说说？"

"要干就是真抓实干，而且排除一切干扰，坚决干到底，绝不是跟他们过家家闹着玩的！"强国说。

"行，只要书记、县长顶得住，我们就好办了。"陈爱民神情庄重地说，"我建议首先从我们四套班子成员的亲属开始纠正，时间放宽一些，政策也放宽一些。马书记在'抓党风，树形象'动员大会上把这一项专项治理布置下去，预留两个月的自查自纠的时间，否则，体量太大，法不责众，我们也不能树敌太多。等到期限以后，我们再组织专项清理，那时候对少数拒不纠正的'吃空饷'人员，咱们再动真碰硬，玩真的！"

"好，我先在动员会上说一下，打个招呼，也算是安民告示，给一些人一个机会。既然干了，就要彻底清理，不留死角！"马骏坚定地说，"下半年，你们准备再干哪几个案子？"

"就拿建设领域的腐败开刀，这个领域一直是深水区、浑水区，这一个区域得不到彻底整治，祁河县的政治生态就不能说是得到较大的改善，就不能算得上政治清明。"

"爱民书记说得对，这个毒瘤不切除，我们在祁河县的发展就始终被掣肘。放开手脚干吧，我们三个今天在这里说，就是祁河县的天塌了，我们三个顶梁柱也得顶起来！"马骏眼睛里闪烁着刚毅的目光。

"班长，爱民，祁河县的天塌不了，有党和人民群众给我们撑腰，给我们顶着，祁河县的天空只会越来越蓝，阳光只会越来越灿烂！"强国充满豪情地说。

祁河县法院会议室里，副院长许蔚云说："我来介绍一下，这两位是浙中市中级人民法院执行局吴副局长、齐法官。这一位是祁河县纪委副书记、监察局局长李汉杰同志，这一位是县纪委常委赵健同志。"

李汉杰、赵健与他们握手致意。

吴副局长面带愠色地说："许院长，我们是来执行祁河县人民医院为上海佳仁公司担保，承担连带责任的偿还问题，不知道你怎么安排我们会见这两位纪检监察的领导？"

"哦，是这样，我们县纪委和检察院正在查办人民医院院长刘传福的贪腐案件，其中涉及为佳仁公司担保的事项，吴副局长，你看是不是请李书记给你们把情况通报一下？"

这个意外的情况，出乎法官的意料，吴副局长说："那请李书记介绍一下情况吧。"

"吴副局长、齐法官你们好！"李汉杰彬彬有礼地说，"根据我们的调查，原人民医院院长刘传福涉嫌重大违法违纪，7月12日，祁河县纪委对其采取了'两归'措施。现已查明，刘传福利用职务之便，大肆贪污、受贿，数额特别巨大，情节特别恶劣，社会危害特别严重。在涉及为上海佳仁医疗设备公司担保的事项中，刘传福收受对方总经理王浩伟的巨额贿赂。王浩伟还涉嫌其他的犯罪行为，上周六在准备外逃巴西时，在边检被公安机关抓获，现在已经押解至祁河县检察院。王浩伟对上述涉嫌犯罪的行为供认不讳。当事人双方在贷款以及担保的过程中恶意串通，损害国家利益，事实是清楚的。你们搞法律工作的，比我们更专业，这就意味着原来已经判决产生效力的法律行为发生了变更，祁河县人民医院的连带责任可以免除。"

"啊，怎么会是这样的？"吴副局长惊讶地说。

李汉杰掏出一个信封，"这是我们县纪委、监察局给贵方的回函。等到犯罪嫌疑人刘传福、王浩伟的案件终审之后，我们再给浙中市中院发函回复。"

吴副局长焦虑地问："李书记，你们考虑了没有，贷款方浙富银行的权益如何维护呀？"

赵健接上话说："请吴副局长放心，我们一定会维护公平正义的，主贷方王浩伟涉嫌犯罪，人在我们手上，追缴案款还是占据主动的，需要我们协助的，义不容辞。"

"那好，我打电话汇报一下再说吧，谢谢你们啊！"

瞿园镇卫生院挂号室窗口，稀稀拉拉排着几个人。

窗口闪现出萧玉端庄的面庞，"你是甄巧云吧？"

"我是，请问你贵姓？"

窗口递进一个黑色的工作证。甄巧云打开看了一眼，神情紧张地问，"您找我有什么事儿吗？"

"找你谈谈，什么事儿，你自己明白。"萧玉透过窗口盯她，小声说，"为了不影响你的生活和工作，我们没有通过层层组织，直接过来找你，希望你配合好。这边的工作你先安排一下，出大门右拐，有一辆黑色的普桑，咱们就在车上谈谈。"

甄巧云忐忑不安地拉开车门，上车。

萧玉在副驾转过身，对她说："这位是县纪委审理室主任王学珍，我是信访室副主任萧玉。"

"两位领导找我有什么事？"甄巧云怯生生地问。

萧玉说："甄巧云，我们希望今天的谈话咱们不要绕弯子，我们采取这种方式找你，本身就是对你和刘天赐的爱护，你们娘儿俩也是受害者，你明白吗？"

"我明白，自打刘传福出事，到今天整整十天了，我天天都做噩梦，就像热锅上的蚂蚁一样难熬。"甄巧云神色黯然地说，"领导让我交代什么问题？"

"经济上的，生活作风方面的，都要交代清楚。"王学珍说，"谈话开始之前，给你带两句话。第一句是县委常委、纪委书记陈爱民的指示，'只要甄巧云如实配合，一定要严格为她保密，接受的钱款不再退还，工作和生活不受影响。'第二句话是刘传福请求转告你的，让你找个好人家，带好天赐，好好过日子吧！"

"我讲，我都讲！"甄巧云双手掩面，泣不成声，泪水从指头缝隙里渗出。

下午四时，热闹的渔场办案点清静了下来。陈爱民、梁石祥透过监控室的窗户，远远看着刘传福在后院的天井里散步。天上阳光灿烂，白云朵朵，刘传福很惬意地舒展身体，摆出太极拳的架势。

目睹此情此景，陈爱民不由得发出一声慨叹："天井上方那一片自由的天空对刘传福来说是多么遥远！"

梁石祥也深有同感，说："陈书记这句话讲得很深刻，应该写进警示教育片里！"

"喂，老孟，马上把刘传福散步的镜头拍下来，这是警示教育片的好镜头！"梁石祥跟院子里的孟庆军打电话说。

"好嘞！"孟庆军随即掏出手机，拍摄了这一段影像。

"二十分钟之后，朱步升再出来遛遛弯。"梁石祥说。

"朱步升交代得怎么样？"

"除了给刘传福行贿，他个人受贿的有四十多万元，单笔的数额小，有的还不到一千元，涉及的人太多，取证面广量大，李书记那边任务很重。"

"梁书记，我们这几个案子办的都是大额的贪污、受贿，感觉很过瘾。但是，像朱步升这样发生在群众身边的腐败，也必须严惩不贷，他侵害的都是弱势群体，干的都是乘人之危、落井下石的恶劣勾当，把党和政府的惠民政策作为蚕食鲸吞的手段，主观恶性深，社会危害大。想想看那些因为报销被他敲诈勒索的干部群众，那些被他刁难的医疗机构，能说党和政府的好话吗，能对社会怀着阳光的心态吗？"

"我明白了，我们对朱步升的深挖细查，就是为了修复党在干部群众心目中的形象，哪怕是一条烟、一瓶酒也不能放过。"

"是的，一丝一毫也不能便宜了他！你估计，按照目前的进度，七月底之前这两个案子能不能查结？"陈爱民问。

"应该能够结案。"梁石祥回答。

"案件结束之后，就要向建设领域的腐败宣战了，"陈爱民眼神里透出刚毅的目光，"前几天我到部队的取证组，看到一个行贿的证人，长安建设集团的王学礼，一眼认出这个人就是今年春天偷拍、跟踪我的那个家伙，今后的斗争将白热化！"

"陈书记，你处在风口浪尖上，多注意安全！"

"谅他们也不敢明火执仗，至多是打个黑枪，放个冷箭。不过，这一汪水到底有多深，有多浑浊，咱们心里没有数，我们还是要做好应对各种复杂情况发生的准备。但是不管怎么样，梁书记，我们处在这个位子上，没有妥协，更没有退路，保护自己最有效的办法，就是消灭敌人，豁出这一百五六十斤，跟他们一决雌雄！"

梁石祥也十分动情地说："陈书记，你放心，为了党和人民的利益，我们这些人一心一意跟你一起干，没有一个是孬种！"

2010年8月1日，这是一个星期天。从上午八点半开始，人流纷纷涌向祁河县行政中心大礼堂。陈爱民陪同马骏、强国一起步入会场。

孟庆军身穿"87式"旧军装迎面走来，行军礼："马书记好，强县长好，陈书记好！"

"我来介绍一下，"陈爱民拉着孟庆军的手说，"这一位就是孟庆军，战斗英雄，也是纪检战线的英模！"

"哎呀，孟主任，听爱民书记多次讲过你，好同志啊！"马骏热情地与他握手。

强国紧紧握着孟庆军的手："感谢你做出的贡献！"

"首长，都是我应该做的！"

"今天是八一建军节，所以孟主任特意穿上了军装，是吧？"陈爱民问。

"是的，每年的建军节，我都要穿上军装，不忘军人的本色！"

"庆军同志，你是一位好军人，也是一位好干部，无论走到哪里，组织都放心！"马骏再一次与孟庆军握手道别。

沿着走廊，三人不时与其他同志打招呼。陈爱民有些踌躇地说："马书记、强县长，有一个困难我一直想请两位领导帮忙解决，总觉得给领导添麻烦，不好意思开口啊。"

"爱民，咱们之间还有什么客套话说嘛，有事请讲。"强国快言快语。

"孟庆军两年前患直肠癌，肠子截去了二十厘米，他本身又是受过战伤的，一直带病工作在第一线。家属原来是祁河酒厂的技术员，为了照顾家庭，嫂子辞去了临时工的工作。上有老下有小，生活比较困难。你们看，能不能给他家属特批一个事业编制？"

马骏停下脚步，"强国县长，你看哪？"

"我看可以，这样好的同志，这样好的军嫂，祁河县事业编制超了几千，大多数是混饭吃的。满金龙的妹妹满金凤，几年前还是一个烙煎饼的农妇，一夜之间摇身一变就成为国家干部，还当上了马楼镇的副镇长。像老孟这样忠诚的好干部，像他家属这样爱国、爱岗、敬业的好嫂子，为什么不可以照顾一下呢？"

"好吧，我也同意，特事特办，明天县纪委打个报告，我和强国签批一下，马上办。"马骏停顿了一下说，"不过，安排到哪里好呢？"

"马书记，就安排到妇联的妇女儿童活动中心吧，那里还有一个附属幼儿园。"强国提议。

"好的，这件事情就这样定了！"

"谢谢书记、县长！"陈爱民激动地说。

大会场高悬着大幅标语，"深入开展'抓党风，树形象，与人民群众心连心'专题教育活动"。

县委副书记、代县长强国主持大会。

"同志们，今天县委在这里隆重召开全县'抓党风，树形象，与人民群众心连心'专题教育活动动员大会暨党员干部警示教育大会。会议的议程有两项，一是观看县纪委、检察院、监察局制作的警示教育片《除恶务尽——临河镇禁违拆违、铲除魏氏黑恶势力案件纪实〉〈贪途末路——'5·28'专案纪实〉〈病入膏肓的医院院长——'7·12'专案纪实〉，三部专题片时间大约一个小时。二是县委书记马骏同志，作'抓党风，树形象，与人民群众心连心'专题教育活动动员报告。今天还特别邀请到淮江市纪委副书记张友信同志，大家对张书记的到来，表示热烈欢迎！"

会场响起一片掌声。

这是祁河县党建史上一个前无古人的里程碑。在一个小时的放映过程中，一千多人的会场寂静无声，大家都目不转睛，屏住呼吸，专心致志地观看。之前传闻周树彬夫妇是省纪委查办的，等等，片子里镜头出现的都是祁河县纪委的干部，各种猜测烟消云散。

马骏书记在热烈的掌声中走向讲台，他动情地说："同志们，今天我们在这里召开'抓党风，树形象，与人民群众心连心'专题教育动员大会暨党员干部警示教育大会，刚才大家看了纪委、检察院联合制作的三部警示教育片，相信大家的感慨一定很多吧，片子里的一些人不久之前还与大家工作、生活在一起，现在他们都已经锒铛入狱了。这里既有大家切齿痛恨的腐败分子周树彬、刘传福，也有抵挡不住诱惑而一失足成千古恨的瞿园镇镇长沈大喜，还有骑在群众头上为非作歹的恶霸魏彦成父子。顾毅部长跟我说，查处这些腐败分子大快人心，网上好评如潮，人民群众拍手称快，党纪国法的威慑力得到了恢复。"

讲到这里，马骏书记用他特有的调侃语气说："曾经有人讲，'祁河县的干部天天忙着搞发展，根本就没有时间去腐败啦'，但是，从查处的这些案子来看，好像不是那么回事嘛！"

全场哄堂大笑。

他接着说："我和强国同志来祁河县半年多了，我们也进行了大量的调查研究，广泛听取了各方面的意见，认真思考下一步的方向。以经济建设为中心，这一点到任何时候都是坚定不移的。但是，大家也都看到了，以往那种不讲规律、不重民意、不崇尚科学的大干快上，带来的是什么后果。片面追求GDP，为了经济高增长，不管三七二十一，捡到篮子里都是菜，太湖流域被驱逐出来的电池企业被我们当成宝贝招商引进来了，土法冶炼的稀土厂子建起来了，甚至土焦炉也鳞次栉比地冒起黑烟了。这样的发展，是在砸子孙后代的饭碗！今后我们必须下大力气招商引资，但是，要尊重科学，要按照我们的产业链来进行招商，要形成我们的核心竞争力。'招大引强，做大做强，做优载体，优化服务'，怎么落到实处？这十二字诀，请大家好好思考一下。"

马骏停顿了一下，接着说："除了片面追求高速度，我们还有一个缺项，那就是长期以来弱化了党的建设。"

　　说到这里，马骏环视了一下会场，"省委组织部一位老领导曾经对我说：'党的建设一年不抓，或许不出问题；两年不抓，就要出些小问题；三年不抓，肯定要出大问题。'真是语重心长啊！党的建设是我们夺取革命和建设胜利的法宝，我们自己评价一下，这些年我们的思想建设、组织建设、作风建设、制度建设以及反腐倡廉建设，到底做得怎么样，我想同志们从刚才看到的警示教育片，能够找到明确的答案。我还要举一个例子，我们祁河县委党校只有一块牌匾，竟然连一间教室都没有。我就纳了闷了，这些年的基层党支部书记的轮训、党员干部的培训到底搞了没有，在哪里搞的？佛教、基督教、伊斯兰教都还有自己的庙宇、教堂、清真寺，还有念经、祈祷的地方，我们共产党人居然没有给自己留一块宣讲理想信仰的阵地？党校都抵押给了开发商，结果是出了多少问题，大家也都看到了吧，临河镇大庙村长期被黑恶势力盘踞，多么触目惊心。还有，法治是我们社会的底线，从抓的两个法官来看，贪赃枉法，徇私枉法，与不法分子合伙坑害国家，这是赤裸裸的贪官行径。去年祁河县涉法涉诉的上访量全市第一，占据全市不服判决而上访的一半，症结在哪里？现在答案找到了，有如此劣迹斑斑的法官，怎么能让人民群众相信公平正义？"

　　与会的人们都在聚精会神认真听取马骏铿锵有力的讲话。

　　"党中央的精神在祁河县贯彻落实得怎么样？不能你说说，我说说，大家都说说，上下一般粗，走走过场，不结合实际，搞形式主义。那是糊弄上级，糊弄百姓，糊弄自己。党的十七大确定的在全党深入学习实践科学发展观活动，虽然已经暂时告一段落，但是，在祁河县的这一课还要补上，还要下大力气解决影响和制约科学发展的突出问题，下大力气解决党员干部党风党纪方面群众反映强烈的突出问题。结合祁河县的实际情况，经过县委研究决定开展'抓党风，树形象，与人民群众心连心'专题教育活动，既要持续查处一批违纪违法案件，还要标本兼治，推行简政放权、政务改革。在这里，我还要宣布一件专项清理工作，就是坚决治理'吃空饷'这个顽疾。从十月一日起开始清理，在此之前的两个月，各单位自查自纠。我强调一下，首先从县四套班子的亲属开始，一把尺子量到底，无例外，无死角，这就是真抓实干'树形象'！"

　　全场掌声雷动，经久不息。

　　孟庆军走进陈爱民办公室，"陈书记，您找我？"

　　"庆军，请坐！"陈爱民关切地问，"最近工作很繁重，身体怎么样？"

"还好吧！"孟庆军憨厚地笑笑。

"是不是身体状态不太好？"

"陈书记，说实话，我这个病只要是再复发，就算是神仙也治不了，马克思暂时还不收留我。办案的时候，大家也都很关照我，不让我上夜班，谈话、取证也不是体力活，累不着。"

"有一件事跟你说一下，你是战斗英雄，伤残军人，家属又是著名的军嫂。到了地方工作之后，仍然是纪检战线的先进模范。你的家庭困难情况我都清楚，跟书记、县长汇报了一下，县委、县政府特批了一个事业编制，把嫂子安排到妇联的妇女儿童活动中心工作。"陈爱民说着，从抽屉里拿出一张批文递给他，"这是马骏书记、强国县长的批示。"

孟庆军拿在手上，反复看了几遍，眼里噙着泪花，站起来向陈爱民敬礼："谢谢首长关怀！"

陈爱民拨内线电话："建设主任，请任常委、干教室庄滨主任过来一下！"

任青霞、庄滨快步走进办公室。

"陈书记有什么指示？"任青霞问。

"孟主任是有战功的伤残军人，也是纪检监察战线的模范，县委、县政府特批了一个编制，特事特办，安排他家属韩淑英到妇女儿童活动中心工作，这个条件别人是不能攀比的。"

"这是一件大好事啊！"任青霞高兴地说。

"所以呀，好事要快办，万一政策就在这几天发生了变化，签字过期作废，好事就办不成啦。"陈爱民把批文递给任青霞，"明天你和庄主任集中精力把这件事办妥当，眼睛盯着，务必把印章盖好。请你给人事、财政、妇联、编办这四家单位的当家人说，就说我陈爱民后天，也就是8月4号晚上请他们喝酒！"

"明白了，我们明天一天坚决办好，需要提供材料的，跟孟主任联系。"

"孟主任，你一向都是公而忘私的，明天你就干点私活儿，放下手头的工作，跟着任常委、庄主任跑一跑自己的事情，"陈爱民说，"人事安排很烦琐，这个证明，那个材料的，你及时提供，一刻也不能耽搁。"

"是！"

盛夏的暑热到了最煎熬的时刻，夜晚酷热依然难耐，树梢上的知了拼命地鸣叫，更增添了身处热浪里人们的烦躁。

反贪局局长林钢剑向刘传福宣布了刑事拘留的决定。刘传福面无表情地签字，然后伸出了双手。法警上前"咔嚓"给他戴上了手铐，押解出了谈话室。

　　刘传福举头仰望夜空，一弯下弦的月牙儿悬挂在墨蓝色的天际，月色格外明朗，晶莹的繁星在广袤无垠的天宇上闪烁着动人的光芒。二十一天了，刘传福第一次见到这么迷人的夏夜，他叹了一口气，一言不发，被押上了警车。警车发出尖厉的嘶鸣，就像是他孙子的玩具警车发出的声响一样。

第十五章　白怀洲嫖宿母女　质检站挪用公款

　　燕山大酒店监控视频中，白怀洲鬼头鬼脑打开了一个房间，一个丰腴的中年妇女走进去，又一个少女敲开了房门，不一会儿，妇女哭泣着跑了出去。

　　漆黑的夜晚，赵四吉、赵昌吉遭人暴打……

　　2010年8月9日，这是一个星期一。上午九时，李汉杰、梁时祥、王自力、孟庆军、王立楷和安然一起来到陈爱民办公室外间的小会议室。

　　"'7·12'案件刚刚结束，也没有让大家好好休息一下，同志们又要投入新的战斗了！"陈爱民歉意地说。

　　"这半年，只有这个周末在家踏踏实实地歇了两天，已经歇过来了。"梁时祥笑着回答。

　　"好，咱们开一个案件分析会，"陈爱民说，"根据县委的指示，从现在开始启动对祁河县建设领域的腐败问题进行调查。之前，已经做了一些准备工作，我们小范围地讨论一下调查的方向、重点，汉杰，你先说说。"

　　"我重点负责的是建设局规费减免和缓交的审计。对于火灾的发生，公安机关初步认定为电器老化所致，目前尚未做出结论。由于扑救及时，这一部分档案资料没有遭受损失。现在，部分损毁的档案已经基本恢复，全部封存在档案局的库房里，安全没有问题。经过审计，2004年以来，建设局共减免规费一亿一千多万元。其中，有县政府常务会议纪要的六千二百万元，其余减免约七千万元的批条都是满金龙常委签字的，而且都注明'首长安排'字样。另外，缓交的规费九千万元，均有满常委签字，后来两年白怀洲签字三千万元。王垒上任时间短，签字七百多万元。以上都有明细单据。"

　　"好的，总数两个亿，减免一亿一，其中法定减免的六千万元，擅自减免的七千万元；缓交的九千万元都是擅自作主的，对吧，打着招商引资的旗号，暗地里干的是损害国家和人民利益的事！"陈爱民愤怒地说，"汉杰，你谈谈下一步的工作打算。"

"我建议尽快把清理班子搭起来，通过清缴规费，让他们把矛盾暴露出来，给我们的调查提供可乘之机。"李汉杰说。

"好的，梁书记有什么意见？"陈爱民问。

梁石祥说："建设局的权力这些年没有制约，可以说是神通广大，法力无边。除了规费，还有建设项目审批、违章的处罚、房屋预售、政府自建工程这些权力，甚至是开发商提高容积率，增加商品房面积，如果仅仅打通了规划局的关节，不给建设局打点，建设局执法大队也会盯住不放。这么宽的面，从哪里突破？我觉得按照陈书记一贯提倡的突破一点的办案思路，就把这个点选在现任建设局局长王垒这里。具体情况，当时负责调查的王自力常委、孟庆军主任最熟悉。"

陈爱民示意，"自力常委，你谈谈。"

"2008 年春节过后，根据市纪委查报结果的要求，我和孟庆军主办王垒的案件。当时他是副局长、质检站站长，之前担任工程科科长。当时已经查到他负责承建临河镇宗祠村拆迁安置的道路工程，从中虚报土石方，套取现金二十万元。我查了一下当时的案件记录，4 月 11 日把他带到渔场办案点，他吓得瑟瑟发抖，已经交代了从包工头赵昌吉那里套取现金二十万元的事实，就在追问欠款去向的关键时刻，刘冠一书记打电话给我们的领导，勒令立即放人。笔录只做到套取工程款，就把人放了。过了几天，孟主任把相关材料交给江德英装订案卷，江德英当面跟孟庆军清点，结果正是记录王垒口供的这一份重要笔录不翼而飞了。孟庆军为此遭受不白之冤，主任也被撸掉了！"

陈爱民紧锁眉头问道："现在的办案时机早已经错过了，如果再复查这个线索，他肯定不会承认自己中饱私囊，又是拿事先编造好的'公款吃喝招待了，请客送礼了'之类的鬼话，来对抗调查。必须另起炉灶，研究一下还有没有其他的突破点？"

"还有一个点，可以套住他，"王自力接着说，"宗祠村安置房偷工减料，质量出现严重问题，个别老百姓自己委托鉴定，属于 D 级危房，一直在上访。如果我们委托法定机构鉴定，果然是 D 级危房的话，王垒作为主抓质量检测的主管部门领导，构成玩忽职守应该没有问题吧！"

"王常委讲的这个作为备选方案可以考虑，但是，我觉得这样弯子绕得比较远，"李汉杰接上话茬说，"这样最有可能套住的是监理人员，王垒可以有许多推脱之辞，后退之路。还有，群众的利益肯定要维护，但是现在如果把群众的怒火点燃，也为时过早，一方面影响稳定，另一方面也干扰我们案件的查办，建议放在案件的后期再通盘考虑解决这个问题。"

"我有一个建议，"孟庆军说，"群众一直反映王垒跟质检站的会计佟艳红勾勾搭搭的，质检站的资金进出和收入的账目不清，当时查案子的时候就准备查他的账，后来受到强力干扰，就把这件事搁置了下来。现在，是否可以按照纪检监察的老套路，以查账开路，看看能否找到突破口？"

"可以，"陈爱民说，又问李汉杰，"质检站的账册在不在档案局的库房里？"

"在的。"

"我跟审计局局长郭亚中联系一下，抽调三名优秀的党员审计人员，尽快开始工作，还是你来负责，绝对保密！"陈爱民说。

"好的。"李汉杰回答。

"王立楷主任有什么建议？"

"陈书记，我赞同梁书记的建议，给王垒杀一个回马枪，猝不及防，另外，在建设口他也是一个相对薄弱的链条，拿下了王垒，建设领域的腐败问题这一层窗户纸就捅开了。"

"好的，安然主任谈谈。"陈爱民说。

"陈书记，我把六年以来白怀洲、王垒、赵四吉的信访举报信息都整理了出来，其中涉及满金龙常委在做建设局局长期间的举报，是否也一并整理出来？"

陈爱民沉吟了一下，说："暂时别动这一块。"

安然接着说："除了反映的以权谋私的问题，昨天刚刚收到一封举报信，直接寄给陈书记的，还没有来得及报送给你。主要反映临河镇党委书记白怀洲长期包养一个叫娇娇的少女。同时白怀洲还经常嫖宿'在水一方'洗浴中心绰号'大白鹅'的技师李丽萍。据反映，这个李丽萍与娇娇是母女关系。这是举报信。"

陈爱民接过举报信，仔细看了一遍，"这封信写得很专业，简明扼要，不拖泥带水，时间、地点、人物、情节说得清清楚楚，连封信的都是打印的字条贴上去的，不留任何痕迹，投寄的时候说不定还戴上了手套呢。"陈爱民又把信封翻过来，"汉街邮政支局，8月1日，是星期天下午投寄的。你们怎么分析这封信？"

梁石祥接过举报信，端详了一会儿，"我觉得这封举报信可能是知情人反映的，不像是泄私愤杜撰的。我建议对这一条线索不要放过，可以查一查。"

"是的，想办法找到举报人。"李汉杰说。

"好，综合大家的意见，下一步我们这样开展调查，首先明确一下分工。"陈爱民说，"李汉杰书记继续负责清理拖欠的规费，暂时不要触动满常委签批的那七千万元。毛主席教导我们：'政策和策略是党的生命！'满金龙打着'首长安排'的旗号，欺上瞒下，我们也没有办法去找'首长'刘冠一书记去核实，搞不好就是逮不到狐狸却惹一身臊，这些问题留待市纪委将来核查。同时，汉杰书记和孟庆军主任负责对质检站的财务进行审计，审计开路是我们的老办法。"

"好的。"李汉杰回答。

"刚刚接到的举报很有价值，我跟张铁军局长通报一下，摸清楚这个'大白鹅'的情况，对这个'在水一方'进行一次突击检查。那个叫娇娇的少女，轻易不要惊动她，毕竟是未成年人。这条线索由梁石祥书记、王自力常委和王立楷主任负责跟踪调查。"

"明白了。"梁石祥回答。

"安然主任，你负责调取一下汉街邮政支局8月1日下午的监控录像，查找一下举报人的线索。"陈爱民又追问一句，"哎，咱们这样做，不违反《控告申诉工作条例》吧？"

"不违反，《控告申诉工作条例》规定严禁打击报复举报人，我们查找举报人是为办案工作服务的，只要不泄密，就没有任何障碍。"安然回答说。

"安主任说没有问题，那就是可行的方案了。按照保密要求，凡是我们几个之外的同志参与初查，必须经过我的同意。随着案件的深入，我们队伍里的内鬼有可能会逐渐现出原形。我在这里表明态度，不论涉及谁，都要严惩不贷。我刚刚上任的时候就给全体干部划定了不可逾越的两条红线，其中有一条就是不准吃里爬外，对于内鬼，照样家法伺候，严惩不贷！"陈爱民恨恨地说。

汉街的下午三时左右，酷热的太阳火辣辣地炙烤着大地，平时熙熙攘攘的街道，变得寂寥了许多。一辆黑色的奥迪自东向西停在了邮政支局门口，下来一个花枝招展的女子，戴着太阳帽、墨镜、红手套，她推开弹簧门，径直走到邮筒前，将信件投入邮筒；似乎不放心，又低下头看看，才转身离开。

安然、萧玉坐在邮政局监控室，目不转睛地盯着以上监控视频，萧玉记下了门口奥迪车的车牌号。

"魏局长，从上午十点开箱，到下午四点第二次开箱，这期间一共有十二人投寄，不会再有别的投寄方式了吧？"安然问支局局长。

"不会再有其他方式投寄了，"魏局长看了一下信封背面的复印件，"从邮戳上看，就是这十二个人其中的一个，不会错的。"

"谢谢你！"安然与魏局长握手告别。

安然站在邮政局门口，迎着明晃晃的太阳向西眺望，"萧玉，你看正前方路口有一个治安监控，咱们回去汇报一下，请公安协查一下车主信息，调取一下8月1日下午三点前后十五分钟这个探头的录像。"

"好吧。"

公安局指挥中心的视频上，黑色的奥迪车缓缓驶过路口，一个身着黑色圆领衫的男子端坐在驾驶员的座位上。

"赵四吉！"安然吃惊得差一点叫出声来。

县公安局办公楼大厅，办公室主任袁红迎接陈爱民、梁石祥和孙建设一行的到来。

"祝贺袁主任荣升啊！"陈爱民满面笑容地与袁红握手。

"感谢领导关心！"

"奖励就是要论功行赏，干得好，就要提拔、表彰，这是正确的用人导向。"

"张局长在办公室等陈书记、梁书记。"

袁红将陈爱民一行引进张铁军办公室。张铁军放下手中的材料，上前热情握手。

"铁军老兄，咱们今后别搞得这么兴师动众的，还让袁主任在楼下迎候我们。局长大人要是光临县纪委，我是不是也让建设主任到大门口迎驾呀？"陈爱民笑着说。

"今天是袁红主任走马上任的第一天，陈书记又是第一个登门的贵宾，让她下楼欢迎一下，理所应当嘛！"

袁红为客人倒水。陈爱民对孙建设说："你到袁主任那里等一下吧。"

"好的。"孙建设答应道。

"袁主任，你跟郑局长说一下，陈书记到了。"张铁军吩咐说，又问陈爱民，"怎么让孙主任也回避？"

"保密工作的基本原则就是多一个人知道，就多一个泄密渠道。现在的斗争已经白热化，保密和安全的弦时时刻刻都要绷紧。我走到哪里，都带着孙建设，他很机智。司机小董是武警退役的，也很机灵。"陈爱民又开玩笑地说，"张局长就不能像我一样贴身带着办公室主任，那样绯闻就满天飞啦！"

"哈哈哈！"三个人开怀大笑。

郑运华走进办公室，向陈爱民敬礼。

"好啦，人到齐了，陈书记有什么指示请讲吧。"张铁军说。

"还是请梁书记把情况通报一下吧。"

"张局长、郑局长，根据举报，临河镇党委书记白怀洲长期包养一个叫娇娇的少女，并且经常嫖宿一个叫'大白鹅'的洗浴中心女技师。根据我们掌握的情况，娇娇姓名虞娇美，祁河县二中初中学生，今年十六岁，曾经向原财政局局长周树彬和法官胡广建卖淫，卖淫的场所就是'黄金海港'洗浴中心，还有燕山大酒店等地。这个绰号'大白鹅'的女技师姓名李丽萍，根据反映，李丽萍与虞娇美是母女关系。"

"陈书记要求我们怎么做？"张铁军问。

"查处卖淫嫖娼是公安机关的法定职责，纪检监察机关没有这项调查权限。"陈爱民掏出香烟，递给郑运华一支，自己点燃一支，"我们想请公安配合一下，两项工作，一个是秘密提审一下在押的周树彬、胡广建，这一家'黄金海港'涉嫌容留妇女卖淫；另外，请对'在水一方'进行突击检查，最好能够抓获李丽萍的现行。"

"可以，不过提审在押犯最好是走法定程序，你跟高检察长讲一下，开一个提票就行。"张铁军说，"突查'在水一方'的行动，要好好筹划一下，郑局长你是分管治安的，怎么开展工作，自行安排，不过要按照纪委的要求，从乡镇派出所抽调干警，全部是陌生的面孔，要严格保密！"

"感谢大力支持！"陈爱民高兴地说。

"我们之间不说客气话了，天不早了，在我们食堂吃饭吧，顺便考察一下干警的伙食，我们的大包子还是很受干警欢迎的。"张铁军邀请道。

"好吧，恭敬不如从命，咱们就尝尝你们的伙食。"陈爱民愉快地说。

档案局会议室灯火通明，李汉杰和孟庆军召集审计人员，调度一周以来查账的情况。

副局长赵向前说："我们审计了 2004 年到 2009 年六年的收支情况，存在的主要问题是，质检费收入没有入账的金额是一百三十万元。五次将公款借出，累计金额九百五十万元。违规借出的资金，会计采取付款和还款均不记账的手法，从账面上根本发现不了，我们通过核对银行对账单才核查出来的。报销发票明显不符合规定的二百七十万元。李书记，这是拉出的明细单。"

李汉杰接过明细单，仔细看了一遍，递给孟庆军。

"非常感谢你们，我们陈书记特意叮嘱，今晚一定要请同志们吃一个便饭，表达一下我们的心情！"李汉杰说。

"在局里也是整天查账，都是应该做的工作，领导这么关心，我们也是非常感动啊！"

"赵局长，你们帮了大忙啦，真心感谢！"李汉杰说。

戒备森严的祁河县公安局看守所，周树彬被带至提审室，看守民警为他打开了手铐。透过铁栅栏，周树彬看到王立楷主任和程宇宁坐在对面。

"哎哟，两位领导，不，应该改口叫政府！"周树彬恭恭敬敬地鞠躬。

"老周，进入角色挺快嘛，"王立楷调侃说，"咱们是老熟人，不要这么拘谨，来了这些天感觉怎么样？"

"唉，可想而知，天天背监规，凡事都要报告。我现在就像《水浒》里的武松刺配孟州，管营的牢头训斥他的那一句话，'听说你还打死过大虫，现在连一只猫儿也不吃你的打了！'的的确确太深刻了，太精辟了。不论是谁，只要是落到这步田地，好汉武松都要英雄气短，我还有啥想不开的？"

"还有'生命诚可贵，爱情价更高；若为自由故，二者皆可抛'，想想更深刻吧！"程宇宁调侃道。

"真是这样的，失去了自由，就失去了家人团聚的幸福，朋友的友情，政治上身败名裂，经济上倾家荡产，千万元的资产有什么意义？我只是当了几年的保管员，悔之莫及呀，肠子都悔青了。我现在已经没有眼泪了，早就都淌完啦！"周树彬凄然地说。

"看守所不能夹带食品，我们替你跟所长求情，破例带了一包软包装的牛肉，给你尝尝。"王立楷说。

"谢谢，谢谢，真是馋死我了！"

程宇宁撕开包装，把牛肉隔着铁栅栏递进去。

周树彬狼吞虎咽吃着，"香，真香！"

看守所副所长俞继仁全副武装从门口走过，不经意地向提审室瞥了一眼。

周树彬停止了咀嚼，惊恐地看着门外。

王立楷循着周树彬的目光，机警地回头观望，"刚才过去的是谁，是不是俞继仁副所长？"

"好像是吧。"周树彬躲躲闪闪地回答。

"你进来之后，他找过你吗？"

"找过我聊天。"

"聊了些什么？"王立楷追问。

"就是随便聊聊。"

"老周，你既然决心走坦白从宽、检举立功的道路，就要坚定地相信组织，相信司法机关，到了现在千万不能再犹豫不决、左摇右摆了。"王立楷掏出香烟，递给程宇宁一支，点燃之后又递给周树彬。

周树彬接过来，贪婪地深深吸了一口，长长地吁出一口烟雾。

"实话告诉你，开始准备把你送到淮江市公安局看守所的，后来领导考虑到你讲到的那些人神通广大，也有本事把手伸到那里，为了你的安全，还是放在祁河县比较好，在我们的眼皮子底下，能够完全掌控。检察院监所科有一个驻看守所检察室，领导专门作了安排，要他们照顾好你，不能出现意外。你还有什么顾虑吗？"王立楷说。

"谢谢领导的关怀！"周树彬感激地说，"我进来之后，检察院的马科长天天过来看我，对我很关心，其他人不敢把我怎么的。前天俞所长找我聊天，他就是拐弯抹角地打听我跟纪委交代了什么，有没有出卖朋友。"

"你是如何回答的？"

"我说自己认罪伏法，反正就这样了，没有必要再拉别人当垫背的。他还含沙射影地挑拨说，都是陈爱民书记心狠手辣，他不来祁河县，大家相安无事，啥事都没有。他还威胁我说'出卖朋友，害人害己，还得为老婆孩子的将来留一条路吧！'我想，姓俞的肯定是他们的探子，所以我就装憨。反正有检察院的马科长整天关照着我，他也不敢太放肆。"

"以后有什么情况，及时跟马科长报告。"王立楷由此做出判断，周树彬检举揭发的内容恰恰是那些人最恐惧的问题，目前他们千方百计地打探消息，也从反面证明保密工作是严密的。

"老周，我们今天找你，还要了解一下那个女孩娇娇的有关情况，你谈一谈，不要有顾虑。"

"我都这样了，还有啥顾虑呢？"周树彬长叹一声，"上一次在纪委我交代过，今年春节之前满金龙、满金虎、白怀洲、王垒还有赵四儿一起喝酒，他们请我主要是想在刘冠一书记离任不久，新来的书记、县长还没有进入情况的机会讨要工程款，其中包括长安集团改制之前的两千五百万元。喝得差不多了，就到赵四儿开的黄金海港去洗澡，赵四儿悄悄说，给我安排一个最靓的小姐儿。洗完澡之后，几个人都是赤裸裸地换上桑拿服，到小房间里等着。娇娇穿着黑色的吊带裙到小房间里，我们就发生了性关系。这个小孩很乖巧，长得漂亮，聪明伶俐，干这种皮肉生意，真是太可惜了。这个孩子真是投错了胎，要是生在一个家境好一些的家庭，那就是掌上明珠啊！听她讲的是祁河县的方言，我就问她联系方式，把她的手机号码记在心里了。"

"你还记得她的手机号码吗？"程宇宁问。

"记得，是一个联通号码。"周树彬接着说，"后来我就用这个号码跟她联系过两次，都是她在燕山大酒店开好房，我再过去。这个小孩很单纯，跟她闲聊的时候她说她爸爸是开长途货车的，妈妈嫌他没有出息，就离婚了。她妈妈以前是国营迎春大酒店的，人长得漂亮，下岗之后干过很多工作。我问她怎么干这种事情的。她说是同学的姐姐给她联系的，第一次是跟一个当官的，后来这个当官的每个月给她五千元，保证随叫随到。她没有说假话，四月底的最后一次，那天晚上九点多钟，她接到一个电话，让她马上去一个什么地方。娇娇很抱歉地说：'那个客人找她了，马上就得走，不然你少给二百元吧！'对方说话嗓门很高，我听着像是白怀洲的声音。我付给她一千元，多给了她二百元。从那以后就没有联系过。"

"老周，你看看是这个女孩吗？"程宇宁出示公安局常住人口信息卡复印照片。

一个天真无邪的少女微笑着的面庞出现在眼前，"不错，就是她！"

"好的，老周，咱们今天的谈话内容要严格保密，如果有人再找你聊天，如何回答，自己事先考虑好！"

"王主任，我明白。"

胡广建身穿橘红色的马甲，胸前印有"祁看057"字样。他坐在板凳上，冷冷地看着铁窗对面的两位纪检监察干部。

"老胡，给你带了一袋软包装牛肉，你吃了吧！"程宇宁撕开包装。

"谢谢，我不吃！"胡广建目不斜视地说。

"胡广建，我们好心好意给你带点食品，你咋的啦？还不吃嗟来之食，蛮有志气呀，怎么啦，闹啥情绪吗？"王立楷问道。

"以前我来看守所提审在押犯，坐在铁栅栏外边，与你们一样；现在坐到了里边，能没有情绪吗？"

"那是你贪赃枉法必须付出的代价，埋怨不了别人！"王立楷义正辞严地说。

"是啊，我认罪伏法，绝不翻供，翻供也没有用，证据扎实着呢，我心里有数。现在俺是未决犯，小命还在你们手里攥着，有啥事尽管问，老胡一定配合好，这还不行吗？"

"能认识到这一点就很好，今天咱们专门谈一谈那个卖淫少女娇娇的情况。"王立楷说。

"谈就谈呗，反正卖淫嫖娼是行政违法，不是刑事犯罪，加不了刑期。"胡广建满不在乎地说，"时间是今年春节之前，地点就在赵四吉开的'黄金海港'洗浴中心，人物有我、宗玲还有那个娇娇，情节就是在小黑屋里发生了性交易，动机是宗玲为了她的诉讼案件。回答完毕，不知道政府还有什么要问的？"

"你看看是这个女孩子吗？"程宇宁把复印的照片递给他。

胡广建瞄了一眼，"看模样有点像，不能确定。当时房间里比较暗，又喝多了酒，迷迷糊糊的，看不清楚，只觉得那个小姑娘长相很俊俏。"

"关于这个女孩，你还知道哪些？"

"赵四儿开窑子，娇娇卖春，宗玲买单，我提上裤子就走人，就是这么一个流程，没有必要知道那么多。"

王立楷叮嘱道："那好，今天我们就谈到这里，谈话内容你一定要保密！"

"好的，一定保密！"胡广建凄然一笑，"你们这又是准备做谁的饭？噢，对了，保密，保密！"

"胡广建，你少油嘴滑舌的，"程宇宁训斥道，将笔录递过铁栅栏，"看一看，签字！"

"不用看，我签字画押就是了。"胡广建满不在乎地说。

李汉杰、孟庆军坐在陈爱民办公桌对面。

"陈书记，跟你汇报一下查账的情况。"李汉杰说，"经过审计质检站六年以来的财务情况，发现收入不入账的一百三十万元，五次将公款拆借出去，采取支出和还款都不入账的手法，累计九百五十万元，另外有疑似假发票报销二百七十万元。"

"你们有什么想法？"陈爱民问。

"我和李书记认为，是否先从挪用公款九百五十万元入手，会计佟艳红和单位法人代表王垒涉嫌挪用公款罪，可以采取'两归'措施。"

"李书记还有什么意见？"

"我也同意孟主任的意见，挪用公款这是板上钉钉的事实。"

陈爱民从抽屉里拿出香烟，三个人点燃，陈爱民深吸一口，说："我总感觉还不是那么牢靠，有一种预感，假如说我们采取了措施之后，对方突然又拿出了借款协议，白纸黑字写着利息是多少，那就演变成为借用公款，不是犯罪，而是违反财经纪律，性质就彻底改变了。"

"陈书记分析得有道理，从建设局档案室失火到现在三个月了，我们的对手有足够的时间做准备。"李汉杰深有感触地说。

陈爱民继续说："是呀，我们不能轻敌啊，对手绝不是等闲之辈。不过我同意先查一下银行底单，视情况再说。同志们，查办案件一定不要简单化，自我感觉得差不多了，莽莽撞撞地抓过来就褪毛，万一一掀锅盖，鸭子飞走了怎么办？尤其是我们这样的对手，更不能麻痹轻敌。"

李汉杰回答："好的，我们按照陈书记的要求，再坐实一下。"

陈爱民问："开户行是哪一个银行？"

"祁河县农商行。"孟庆军回答。

"李书记，你跟张建行长联系一下，秘密查一下。"陈爱民说。

"好的，下午就去。"

孟庆军、章勇翔来到县农商行张建行长办公室。

"欢迎两位光临!"张建热情地起身相迎。

"又来麻烦张行长,"孟庆军说着,从包里掏出调查介绍信,递给张建,"这有五笔资金的去向,请你帮助协查一下。"

"没有问题,李汉杰书记专门打电话叮嘱我要保密,"张建看着调查介绍信说,"这样吧,我还是安排尤铭主任配合你们。"

"谢谢张行长!"

张建拿起电话,拨打内线:"尤主任,县纪委的孟主任他们需要查询几笔资金的情况,你配合一下,注意保密!"

"好的,您放心,一定配合好,一定严格保密。"电话里传来尤铭主任慢条斯理的沙哑声音。

尤主任戴着套袖,拿着厚厚的五本凭证,坐在孟庆军的身旁,他慢条斯理地翻开凭证本,找出折叠的单据,指着说:"孟主任,请看,就是这几张单据,两笔三百五十万元汇给王芳了,三笔六百万元汇给赵四吉了。"

"谢谢你,请你帮助我们复印这五张单据,并在查询回执上书写回复。"孟庆军说。

"好的,请稍等!"尤主任彬彬有礼地说。

一会儿,尤主任返回来,给孟主任一一出示:"这是复印的单据,一共五张,这是回执,都加盖了营业部的印章。"

"尤主任非常专业,谢谢啊!"

"嗨,经常协助公检法还有你们纪检查询银行,都是分内工作,应该的。"尤主任笑眯眯地说。

"那我们告辞了!"孟庆军说。

"好的,我送送领导。"

"不用了吧。"

"送到电梯口吧!"尤主任坚持说。

电梯口三人再一次握手道别。

电梯下行,孟庆军问章勇翔:"你觉得这个尤主任有什么不对劲的地方吗?"

"说不出来,就是觉得他鬼鬼祟祟,神情怪怪的。"

"上一次来查询,我就有这种感觉。像他刚才说的经常配合公检法和纪检查询银行,这项工作本身就容易成为一些人安插的耳目、眼线,收买下三滥的人花销不一定很多,仨瓜俩枣就搞定了。"孟庆军说。

尤铭看着电梯指示灯到了一楼,返身走进步行梯,四周观望了一下,避开监控探头，开始拨打手机。他压低了嗓子："喂，怀洲哥吗？是我，尤铭，刚才县纪委的孟庆军还有一个年轻的……"

突然，一种莫名其妙的恐惧感从背后向尤铭袭来，他猛地一回头，孟庆军就站在他身后，他惊愕得张大了嘴巴，"啊，孟主任，你、你还有什么事吗？"

"尤主任，你在干什么？"孟庆军怒目而视。

"朋、朋友的电话。"

"既然是朋友的电话，你提县纪委还有我孟庆军干什么？"

"就是朋友问我忙啥了，我就这么说……"

孟庆军厉声打断他的话："我不管你的朋友是干什么的，纪检监察机关查询银行本身就是机密，通风报信应该承担什么后果你不知道吗？自己掂量掂量！"

手机来电，声音急促。

"你只报告了一半就挂断了，你的朋友回电话了，有胆量接听吗？"孟庆军目光灼灼地逼视着他。

尤铭面红耳赤，关闭了手机。

"哦，我们的查询银行通知书的底根少填写了一个工作人员，我过来把名字补上。"孟庆军说。

一场阵雨过后，浇灭了盛夏一天的酷热，晚风习习吹来阵阵潮湿的空气。一座欧式洋房门口的霓虹灯"在水一方"闪烁着绚丽的、诱人的光芒，乘凉的人们三三两两在门前的小广场享受着夏日里难得的清凉。

四辆依维柯悄然驶到广场一侧，突然，车门打开，全副武装的警察以迅雷不及掩耳之势冲入"在水一方"，直奔三楼按摩中心。

洗浴中心一片混乱，一个小房间的房门被敲打得"啪啪"响，"'大白鹅'，快跑，警察来了！"一位半裸体的女子一边系着黑色吊带裙，一边气喘吁吁地喊道。

"哦！"一个赤身裸体的丰腴女人一边答应着，一边手忙脚乱地穿裙子，她对着吓傻的嫖客嚷道，"还愣什么啊，快跑呀！"

"不许动！"两个身穿桑拿服的便衣警察引领着三名警察已经把他们堵在房间里。

"警察先生，我们可是啥事也没有干啊！"赤裸裸的嫖客哀求道。

王跃进举起相机，"咔嚓咔嚓"拍照，他严厉地呵斥道："带走！"

"强哥，刚刚冲进来一群条子，砸了我的场子！"一个黑胖子惊慌失措地打电话说。

一个满脸凶光的精壮汉子接听电话，他把食指放在嘴边，示意酒桌上的满金龙、满金虎、白怀洲、王垒保持安静，"马三儿，别慌张，是哪里人砸的场子，咋事先一点消息都没有啊？"

"谁知道啊，这一次老俞那边一点信息都不知道，好像是从下边派出所抽来的人。"

"逮走几个？"

"七八个，五个是野莺。'大白鹅'也给抓走了，好像是条子事先就准备好要抓她的，里边有内应，进门就直扑过去，堵了一个正着。强子，你得帮帮我呀！"

"知道了，电话里边不要哆嗦！"宗强说。

望着远去的警车，黑胖子马三恼怒地跺跺脚，恶狠狠地说："这是冲着我来的！"

"多少年不这样抓嫖了，这是犯的哪道子邪劲？"宗强说。

"宗强弟，这一件事不能小看啊，张铁军这是精心准备的，就是要砸马三儿的场子呢！"王垒心惊胆战地说。

"是呀，直奔'大白鹅'，是不是冲着我来的啊？她是我四五年的马子啦！"白怀洲惊恐地说。

"好啦，好啦，咱们现在要稳住阵脚，不能慌乱。"满金龙说，"怀洲，你接着说刚才的事儿。"

"昨天下午，宗强的连襟，农商行的尤铭主任给我打电话说，县纪委的孟庆军到他们那里去查询质检站的银行存款，调了五笔借款，都是借给王芳、赵四儿的，就是这事儿。"

"陈爱民这是想照着挪用公款治我的罪呀！"王垒惊恐地瞪圆了双眼。

"看看你那熊样，哪里是挪用了，明明是借用嘛，你的借条和利息呢？"满金龙问。

"对喽，上一次衣检说过了，借款协议可以再补签，反正就是这样的事实咋的啦？利息嘛，我再跟佟艳红说一下，入小金库了，吃完花完，就把小账销毁了。"王垒恍然大悟地说。

"就是不知道姓陈的还能从哪里出招，"白怀洲心有余悸地说，"这次抓嫖看起来是抓'大白鹅'的，不清楚有啥用心。听说老陈办案喜欢双管齐下，两翼齐飞，是不是又玩的这个套路？"

满金虎接着说："你吓的啥？他们又没有把你摁在被窝里，只要提上裤子，就一概不认账！"

"金虎弟，这个娘儿们是从'黄金海港'跳槽到'在水一方'的，以前可是在赵四儿手底下干活的呀，赵四儿和马三儿本来就是仇敌。我跟'大白鹅'的这档子事，只有赵四儿知道，这背后是不是赵四儿玩的什么阴招？谁知道这个狗日的从啥时候开始算计咱们弟兄们的呢？"

白怀洲的话，让满金龙倒吸一口凉气，心里琢磨，"这个小子后脑勺上长反骨不是一天两天的事了，会不会给咱们留了后手？"

"怀洲，没有真凭实据不要瞎猜忌，你还记得咱们最后一次在他那里消遣是啥时候？"满金龙问。

"就是春节之前，请周树彬喝酒要工程款那一次。"

满金龙心里一惊，他猛然想起赵四吉恶狠狠的那句话"要完蛋，大家一块完蛋！"他恼怒地顿了一下脚，自责自己，"聪明一世糊涂一时，怎么能犯这么低级的错误？真是喝酒误事啊！"

"金虎、怀洲，你们俩跟他们几个不能翻脸，堡垒都是从内部攻破的。"满金龙说。

"金龙哥，我觉得赵四儿做事太绝情，不然就给他一点颜色瞧瞧！"宗强狠狠地说。

"不可造次，不可造次啊，金龙哥的话你们没有听进去吗？打打杀杀的只会使事情更糟糕，咱们现在还是一致对外呐！"王垒忙不迭地劝解。

"王垒说得对，怀洲、金虎，你们记住，退一步海阔天空！"

"金龙哥，不是俺们不想退，确实是赵四儿逼人太甚。"白怀洲说。

"老话说得好，'听人劝，吃饱饭'，特别是在当下，最主要的是绝对不能内讧呀！"满金龙心事重重地说，他拿起手机拨打电话，"喂，是我，'在水一方'那边出事了，抓走几个女的，其中有一个叫'大白鹅'的，有纪检的背景吗？"

电话里有人小声说："是有人举报老白跟一个叫'大白鹅'的女人经常在那里胡搞，你懂的。"

"消息可靠吗？"

"前天我去信访室找老安，他正在机子上登录一封信件，我扫了一眼，他赶紧盖上了。"

"不会错吧？"

"我的珠算是一级水平，眼睛贼尖，瞄一眼就能记住这几个关键词语，没有错！"

"好兄弟，明天晚上咱们兄弟两个好好喝几杯！"

满金龙放下手机，忧心忡忡地说："还真是冲着怀洲去的，这会是谁干的呢？

外人不会知道的呀？"

"我老是疑心，会不会是赵四儿这熊孩干的，"白怀洲瞪着血红的眼睛，酒气熏天地说，"赵四儿、马三儿两个人以前争场子，手下伤过好几个弟兄，借刀杀人，砸了马三儿的场子正好报仇；再有就是通过剋我和马子的事，给我上点眼药，这样一箭双雕。"

"怀洲说的有道理，今后不得不防啊！"满金龙若有所思地说，"金虎、怀洲，你们跟赵家谈判的事都摆平了吗？"

满金虎回答："钱可以分一半给他，股份让他再插一条腿进来，以后很麻烦，扯不清的狗肉账。"

"那就把股份折算成现金，给他不就拉倒了嘛！"

"金龙哥，赵四儿欺人太甚，明摆着讹诈咱们啊！"白怀洲被激怒了。

"讹诈就让他讹诈吧，今天能举报你交女朋友，明天再举报你隐瞒资产呢？要讲政治，留得青山在，不愁没柴烧哇！"

"反正俺们咽不下这口气！"白怀洲怒气冲冲地说。

"现在就是打掉了牙，也得往肚子里咽，"满金龙正色说道，"这件事你们必须听我的！"

2010年8月16日，这是一个星期一。陈爱民吃完早餐，张铁军在门口喊住他："爱民书记，请你过来一下。"

香樟树散发着幽香，陈爱民与张铁军站在树荫下。张铁军说："昨天晚上对'在水一方'突击行动，那个'大白鹅'李丽萍正在与一个煤贩子进行性交易时，被抓了一个现行，办了一个行政拘留手续，你们是不是去提审一下？"

"好啊，还有你们掌握的李丽萍的信息给我们提供一下。"

"从我们掌握的信息来看，这个李丽萍是国企迎春大酒店下岗职工，长期从事卖淫活动，查询电信的信息，她与你们锁定的白怀洲联系频繁。具体情况你看让谁跟郑运华联系？"

"好啊，就让梁书记跟郑局长对接吧。"陈爱民说。

祁河县看守所会议室，女民警把李丽萍押解进来。

"李丽萍，坐下吧！"任青霞说。

李丽萍胆怯地坐在会议桌对面。这是一个非常白皙的女人，弯弯的眉毛，一双媚人的杏眼儿水汪汪的，散发着成熟女性的风韵。

"李丽萍，你以前是国企的中层干部，也曾经是一名党员，怎么干这种不齿于人的下作勾当?"任青霞问。

"生活所迫嘛。"

萧玉"嗒嗒"地敲击着键盘。

"就业创业的路子多着呢,哪一种不比干皮肉生意好?你骨子里还是好逸恶劳,好吃懒做。你也是为人母亲的人,就凭你的这个德行,怎么给你的女儿作榜样?"

"丢死人了,以后怎么做人啊!"李丽萍捂住脸说。

"从你的交代,最早是在'黄金海港'卖淫的,怎么跳槽到'在水一方'了?"任青霞问。

"是赵昌吉撵我走的,他跟白怀洲书记翻脸了。"

"赵四吉、赵昌吉跟白怀洲翻脸,关你什么事?"

"我是被白怀洲包养了四五年的。"

"一直保持联系吗?"

"最近几个月不再跟他联系了。"

"为什么?"

"白怀洲连畜生都不如!"李丽萍泪水像溪流一样滚落下来,"大概四月份,他在燕山大酒店开了房间,让我过去。他那天喝了不少酒,说'老的小的一起玩个双飞燕才够味!'就打电话约了一个小女孩过来,一进门,竟然是我女儿娇娇!天呐,我这是作的什么孽呀?我哭着跑了出去。"

"你记得准确日期吗?"萧玉问道。

"我记得是西方的一个什么节日,噢,想起来了,是愚人节。"

任青霞强压住怒火,"李丽萍,你把与白怀洲的交往,从头到尾,详细交代一遍。"

任青霞把 U 盘插进电脑上,"陈书记、梁书记请看看今年愚人节那一天,就是 4 月 1 日晚上,燕山大酒店的监控视频,308 房间门口发生的情况。"

晚上八点钟左右,画面上白怀洲鬼头鬼脑地打开房门。

八点半左右,一个丰腴的女人走进了房间。

九点十五分左右,一个小巧玲珑的少女敲开了房门,不一会儿,那个中年妇女哭泣着跑了出去。

"这就是那天晚上监控的剪辑,刑警大队配合调取的。"任青霞说着,拿出一沓材料,放到桌子上,"这是李丽萍的谈话笔录,交代得很翔实。"

"好的,这些信息我们都储存起来,必要时就是轰击白怀洲的重磅炮弹。"陈爱民说。

"赵四吉为什么要抛出白怀洲嫖娼的问题呢，他们不是铁杆的狐朋狗友吗？"梁石祥百思不得其解。

"我觉得他们之间很有可能发生了内讧，原因就是分赃不均。有时候利用矛盾，也是一种策略。举报白怀洲，查封'在水一方'，只是给白怀洲一个下马威看看。当然，我们不会被他们所左右，还是按照我们的调查思路往前推进。祁河县有一道名菜'霸王别姬'，就是甲鱼炖土鸡，到时候把他们一锅都炖喽！"

"陈书记的这个比喻非常形象。"任青霞说。

"保密工作极其重要，万一走漏消息，说不定都会引发黑社会之间的火并。"陈爱民说。

任青霞回答："陈书记请你放心，目前还没有发现泄密行为。"

"我还真是担心啊，俗话说'天底下没有不透风的墙'。我们在这里聊天，隔壁可能就有耳朵支棱着；路上说话，草丛里可能就躲着人偷听。有心的算计无心的，防不胜防。我们尽其所能，加强防范就是了。"

漆黑的夜晚，月亮和星星被乌云遮挡得好像完全消失了一样，两只贼亮的车灯划破黑魆魆的夜幕，迎面而来的水杉树霎时间从眼前一闪而过。

赵四吉心事重重地坐在后排，赵昌吉握着方向盘，眼睛紧紧盯住前方。

"四哥，老白那边还是不吐口，话不投机，老是谈不拢，这么拖下去不是办法。"赵昌吉说。

"各奔东西是早晚的，但是他们欠咱们的必须归还，不是有一个词儿怎么说来着？'完璧归赵'，对，整个长安集团都是咱们赵家的，就应该还给咱们，问他们要少了，"赵四吉愤愤地说，"等着吧，光脚的还怕他穿鞋的？咱们手里的绝招还没有亮出来，等到摊牌的时候，看看他的后台老板满金龙还有啥话说！"

赵昌吉瞄了一眼后视镜，"四哥，后边有辆车跟着咱有一会儿了。"

赵四吉转脸瞅了一眼车外，两道光柱不紧不慢跟在后边。赵四吉问："还有多远到家？"

"还有十几公里到大桥。"

"加快速度！"

"好嘞！"赵昌吉加大了油门。

前方的乡村公路上突然冲出两辆汽车，"不好！"赵昌吉惊呼一声踩下急刹车，伴随着车轮凄厉的摩擦，车辆急速停了下来。

前方过来的两辆汽车闪着明晃晃的车灯，一辆迎头抵在车头，另一辆停在左侧，后边跟进的汽车堵住了退路，七八个黑衣人手持钢管，一声不吭地围拢上来。

　　赵昌吉迅速从工具箱里拿出警用伸缩短棍，下车迎敌。赵四吉也从包里掏出弹簧刀，"嚓"的一声拔出鞘，从车门左侧钻了出去。他们也不搭话，冲上去就与对手相互扭打起来。

　　赵昌吉像一头敏捷的狮子，"砰"，当头一棒，狠狠地敲在一个脑袋上。他咆哮着扑向另一个，背后却遭到一记闷棍重重的击打，"噗"的一声扑倒在地。

　　赵四吉像一头被激怒的困兽，"哇哇"怪叫着向一个黑影扑过去，"呜"的一声迎面而来的金属呼啸声，他下意识地侧身闪过袭来的钢管，右手的匕首凶狠地往前刺去，一声凄惨的喊叫，一个黑衣人软绵绵地倒下了。"砰"的一声闷响，赵四吉右肩膀挨了沉重的一击，他惨叫一声，匕首"当啷"掉在地上。黑衣人一拥而上，对着两具翻滚的肉体，"扑通、扑通"就是一顿乱打。之后，抬起两个受伤的同伙，捡起地上的匕首、凶器，扬长而去。

　　"四哥，你还行吗？"赵昌吉躺在地上气喘吁吁地问。

　　"哎哟，痛死我啦，这肯定是白怀洲、满金虎干的，除了这两个谁能下这样的黑手？"赵四吉痛苦地呻吟着，"昌吉，你还行吗，还能开车吗？"

　　赵昌吉挣扎着爬起来，扶着赵四吉坐在地上，"四哥，咱们赶紧去人民医院！"

　　"憨弟弟，公家的医院咱能去吗，他们还不得马上报警？"赵四吉大口喘着粗气，"咱们找一个私人诊所看看，应该是皮肉伤，一看就是内行人干的，用棍不用刀，不想要咱们的命，手下给咱们留情了的。不过我那一刀子捅过去，黑乎乎的看不清楚，不知道那小子伤得咋样？"

　　"我一棍揍在那个人的脑门上，估计伤得也不轻，别管他们了，四哥，咱们赶紧走吧。"

　　"让姓白的花医药费吧，反正他也不敢到公立医院去看伤。"

　　这是一个风和日丽的夏日的早晨，太阳已经高高升起在晴朗的天空，田间新出的秧苗还挂着露珠，静静流淌的祁河泛起微微涟漪，几只白鹭轻盈地掠过水面。

　　汽车拐下祁河大堤，远远望见一个村落，大庙村到了。

　　闫长美热情地欢迎陈爱民一行。临河镇党委书记白怀洲、副书记李卫兵和纪委书记张继胜已经恭候多时。

　　"陈书记星期六也不休息，过来访贫问苦，真是令人感动啊！"白怀洲满脸堆笑。

　　"白书记，不是访贫问苦，是扶贫劳动。"陈爱民也笑着说，"今天没有会议，过来干干活。咱们祁河县'五加二，白加黑；星期六保证不休息，星期天休息不保证'的精神还得发扬光大对吧，还得保持那一股拼命三郎的劲头，是吧！"

"陈书记说得对，嘿嘿！"白怀洲依旧笑眯眯的。

"大嫂，最近怎么样啊？"陈爱民问。

"好着呢，"闫长美拉着监察局副局长刘传彬和孙建设的手，"刘局长和孙主任经常带人来家里帮把手，镇里又担保贷的款，俺家现在养獭兔，已经见到收益啦！"

李卫兵说："陈书记，跟你汇报，我们镇财政担保，给特困户从农业发展银行低息贷款，闫长美家贷款五万元，镇里牵线搭桥给富民特种养殖公司采取公司加农户的模式，养殖獭兔，收益很好。"

"她家在公司包了一个棚，家里院子里还养了二十箱。"刘传彬说。

"老白，咱们一起干干活，体会体会？"陈爱民邀请道。

白怀洲撸起白衬衣的袖子："陈书记，俺也是一个农家娃出身，啥样的农活没有干过！"

"那咱们就试试吧！"陈爱民说着，操起了铁锨。

"试试吧！"白怀洲一脸讪笑，也拿起了扫把。

一个少女背着双肩包，溜达着走出小区大门，伸手示意打的。

一辆黑色的普桑缓缓驶过来，停在她身边，走下来一个相貌端庄的中年妇女，她和蔼可亲地问："你是虞娇美同学吗？"

"是呀，你是……"

"我是县纪检委的萧玉，你喊我'萧姨'吧，这是我的工作证。"萧玉把黑色的证件递给她。

虞娇美漫不经心地看了一眼，还给萧玉，"萧姨找我有什么事情吗？"

"找你聊聊，你看咱们到你家谈谈可以吗？"

"俺家太乱了，没有拾掇。"虞娇美显然不情愿。

"要不然到我办公室去吧？"萧玉仍然和气地说。

"那好吧！"

"那就上我们的车吧。"

县纪委信访室，端坐着两位女干部。

萧玉带着女孩进门，介绍说："虞娇美，这一位是我们县纪委常委任青霞，这一位是县公安局袁红主任。"

任青霞递过来一杯水，"请坐下，喝点水吧！"

"谢谢！"虞娇美怯生生地说。

"你今年多大了，在哪里上学？"任青霞问。

"十六岁，在县二中上学。"

"在县二中上学，今年暑假该毕业了吧，有什么打算吗？"任青霞接着问。

少女摇摇头。

"不想再上学了？"袁红再问。

"不上了。"

"看你也是一个聪明伶俐的孩子，小小年纪不上学，将来怎么办呢？"袁红接着说，"知道我们为什么找你吗？"

"是因为俺妈的事儿呗？"

"不，是为了你的事儿。"袁红停顿了一下，观察虞娇美的表情。

虞娇美低头不语。

任青霞递给她一杯水，"喝点水，孩子，我们不是为了处罚你，请你相信，我们是为了挽救你，帮助你。虽然你还是一个未成年人，但是，是非观念应该清楚的。"

"唔。"虞娇美懂事地点点头。

"你的家庭情况我们都清楚，为了照顾你，没有对李丽萍采取劳动教养措施，只是行政拘留七天，她很快就要回家与你团聚了。今后你们要遵守法律，勤劳工作，本分做人。"袁红说。

"知道了。"

"虞娇美，你把自己失足的经过说一说，我们为你保密，只要你能够痛改前非，便不再对你进行处罚。"袁红严厉地说。

"好，我讲。"虞娇美喝了一口水，"我十岁的时候，爸爸妈妈离婚了。爸爸开长途，妈妈老是嫌他没有本事。妈妈那时候刚刚下岗，干过很多工作，辛辛苦苦挣钱养活我。后来，不知道妈妈干的什么工作，家庭生活开始富裕起来。上初一的上学期，有一天我忘带学习资料了，回家去拿，进家发现妈妈和一个男人赤裸裸地在床上，床头柜上放着几张大票子。从那以后我好长时间不理妈妈，她也小心翼翼地给我买好衣服、高档化妆品。我也不再节俭，花钱大手大脚。那一年的暑假，我的闺密祝清芝，是上一届的同学。她的姐姐祝溪芝跟我说有赚大钱的地方，关键是要放得开。那天傍晚她带我去见赵总，赵总笑眯眯地看我，挺满意，问祝姐：'都说好了吗？'祝姐回答：'姐夫满意了才行，你给什么价？'他比画一个八字。祝姐问我：'小妹妹，陪一下客人，给你八千块钱，怎么样？'我问：'怎么陪？'祝姐笑着说：'当然是客人让你干啥，就干啥呗，陪客人高兴，一个钟点一小时，八千块钱不少了！'我说：'那样不好吧！'祝姐开导我：'傻丫头，人不风流枉少年，你也老大不小了，自己落得快活，还大把大把赚钱，两全其美的事儿哪儿去找？再说了，你早晚不都要嫁人吗，还不就是那么一回事！'"

袁红出示赵四吉的照片："你说的赵总，是这个人吗？"

"是的，"虞娇美看了一下照片，点点头，"吃完饭，祝姐带我洗洗澡，领我到一个小雅间里，盖上一条毛巾被。过了大约半小时，那个客人进来了，是赵总陪着一起来的。赵总问：'白哥，给你找的这个雏儿还满意吗？'那个白哥掀开毛巾被，仔细看了一遍说：'很好，很好！''今天弟弟给你买单，算弟弟孝敬哥哥的，白哥开苞，必定鸿运当头，大吉大利！'然后赵总就走了。那个姓白的就扑了上来。"

任青霞压抑着满腔怒火，问道："你知道那个白哥的身份吗？"

"不知道，反正看出来赵总、祝姐他们都挺怕他的。"

"是这个人吗？"任青霞出示白怀洲的照片。

"就是他！"虞娇美肯定地说，那之后，他说每个月给我五千元，以后就跟着他，随叫随到，保证我吃香的喝辣的。"

"你的出生日期是哪一天？"袁红问。

"1994 年 8 月 21 日。"

"你跟这个白哥的第一次是在过生日之前还是之后？"袁红接着问。

"是在过生日之前，我记得过了好几天，拿赵总给我的钱，请祝清芝几个同学去西饼屋聚会的。"

"你后来见到过你母亲李丽萍跟这个白哥在一起吗？"袁红接着问。

"见到过，是今年的 4 月 1 号。"

"为什么记得这么准确？"

"那天是愚人节，晚上白哥打电话让我马上到燕山大酒店去。我开玩笑说在淮江市跟同学一起玩呢，他很不高兴，我笑着跟他说：'今天是愚人节，逗你玩的呢！'"

"去燕山大酒店之前你在干什么？"任青霞问。

"跟一个周老板在一起，说好八百块钱的，因为提前走，我少要二百，结果他还多付了二百，给我一千元。他还说我跟他家女儿一样大，劝我别再干这种营生，好好学习，才有好前途。"

萧玉出示周树彬的照片："你看看，周老板是这个人吗？"

"是的，跟他一共做过三次。第一次是今年年初，在'黄金海港'，他要我的电话，以后联系过两次。从 4 月 1 日以后，就没有见到他。"

"你讲讲 4 月 1 日晚上到了燕山大酒店的房间之后，是什么情况？"袁红问。

"我敲门，白哥问清楚是我，开门。我进去看到我妈妈赤身裸体坐在床上，她尖叫一声，赶紧穿上衣服跑出去了。那天晚上回到家都下一点了，俺妈哭得很厉害，跪在我身边，求我以后别再干了，她砸锅卖铁也要送我到南方的寄宿学校去读书。"

"你最后一次跟这个白哥在一起是什么时候？"任青霞问。

"昨天晚上，我在迪滴宾馆开了房间，没有做，他好像没有兴趣，一直在接电话，还发火了。"

"都讲了些什么？"任青霞追问。

"好像是劫谁的道儿，还有受伤的。后来他就把我撵走了。"

"你的客人都是谁给你联系？"袁红问。

"祝姐给我联系，她说只让我接待高档次的客人，挣钱多。"

"你接待过这个人吗？"任青霞出示法官胡广建的照片。

虞娇美仔细辨认了一下，"有些面熟，好像是客人。"

任青霞心里泛起一阵酸楚："好啦，咱们谈点别的话题，虞娇美，跟任姨说，以后你有啥打算？"

"我还想上学。"

"今年中考成绩怎么样？"

"一百五十多分。"虞娇美低下头说。

任青霞咂嘴说："你这个成绩读高中是不现实的，基础太差，职业学校怎么样，你喜欢什么职业？"

"任姨，我特别喜欢服装设计，不过，我这个成绩恐怕哪个学校都不够录取的。"

"我跟领导汇报一下，再想想办法，"任青霞心疼地抚摸着虞娇美的手，"多好的孩子，咱们以后争口气，走正道，堂堂正正做人，一定要听任姨的话，你的事情，我们会负责到底的。"

"谢谢姨姨！"清流一样的泪水从虞娇美脸颊悄无声息地滑落下来。

陈爱民走进餐厅，张铁军正在吃饭。

"陈书记这是从哪里回来，满头大汗的？"

"上午到包挂的贫困户家干活去了，就是那家抗美援朝英雄的后代。"陈爱民说，"我回家问过老母亲，她还记得当年那个老军人被乱枪打死的事件通报。等我有时间去你们档案室看看当年的档案。"

"可以啊，这些历史旧账都被人遗忘了。"

"我估计这位许士虎老军人，不是十五军的，就是十二军的，上甘岭战役就是这两个军打的。"陈爱民说。

"哎，正要跟你说一件蹊跷的事儿，"张铁军放下筷子，"昨天晚上十一点左右在大桥西边十公里处，发生斗殴，过路群众报的警。我们出警到现场，发现有血迹，没有其他遗留物品。查询了全县医院的急诊，那个时间段也没有伤者就医。"

陈爱民问："那就是说，一个愿打，一个愿挨，就跟周瑜打黄盖一样，现在的疑点是发生了这么激烈的打斗，为什么不敢去就医，更不敢报案，是想隐瞒什么呢？"

"是的，问题就出在这里，绝不是一般的治安案件。"

"你们发现什么疑点了吗？"

"陈书记，有关情况我们还在调查，不过从前后的视频分析，案发那个时间段经过现场的有三辆套牌车很可疑，还有建设局副局长赵四吉的大奔也经过那里。"

"这就有点意思了，难道是赵副局长遇到不测了，那他为什么打掉了牙往肚子里咽呐，"陈爱民仰身靠在椅子上，"你们找赵四吉了吗？"

"情况还不明朗，涉及科级干部，暂时没有找他。"

陈爱民思考了一下，说："今天是周六，下周一我安排纪委党风廉政室找个理由到建设局去一趟，以察看一下拆迁征补工作，了解一下其中的廉政风险点为由头，赵副局长是分管这项工作的，不会躲着不见面吧。要是真的躲起来不见面，就印证了我们的推测。"

2010年8月23日，这是一个星期一。县纪委小会议室，陈爱民召集李汉杰、梁石祥、王自力和任青霞召开案情调度会。

"星期天上午跟虞娇美的谈话情况就是这样，她第一次被白怀洲糟蹋还不满十四岁。"任青霞眼泪汪汪地说，"昨天回到家看到我女儿天真烂漫的笑脸，同样是跟虞娇美一样的花季的年龄，我难过得放声大哭一场。陈书记，我们得想办法帮助这个孩子！"

陈爱民长叹一声："是挺让人心疼的，关于是不是涉嫌奸淫未成年幼女的问题，留待公安机关以后认定。"

"这个孩子特别喜欢服装设计，我打听了，咱们祁河县职业学校的服装设计专业还是很棒的，就是她的分数太差，只有一百五十多分，能不能请领导出面协调一下？"

"可以，我马上跟职业学校的张校长联系一下，看看能不能录取，或者先旁听，以后再补考，总之让她一定有学上。"

"谢谢陈书记！"任青霞说，"还有，袁红主任说那个小女孩必须做体检，看看是否有性病。这样还涉及医药费的问题，如果公安机关没有做出行政处罚，这一笔经费不好解决。"

"这样吧，任常委，你就做这个小女孩的党员妈妈吧，从政治上、生活上关心照顾她，让她健康成长，直到她长大成人！"

"我愿意做她的党员妈妈，"任青霞的眼泪扑簌簌地掉了下来，"这个孩子太让人心疼了！"

"为了保护这个孩子的隐私，你和萧玉明天带她去淮江市妇幼保健院检查吧，检查、治疗费用咱们解决，特事特办，发票由我们三个书记签字，共同负责！"

"谢谢书记！"

"你们分析一下，那个小女孩虞娇美供述，星期六晚上，白怀洲一直在接打电话，好像是发生劫道的事，还说伤了人，等等，会不会大桥西侧的斗殴事件与白怀洲和赵四吉有关。"

"从现象上分析，应该是有一些关联。陈书记，我建议调取一下白怀洲的话单，看看那个时间的联系人。"李汉杰说。

"可以，我请高检察长帮助调取一下，如果白怀洲涉嫌聚众斗殴事件，就把这个信息提供给张铁军局长，让公安负责侦查。"

手机响，来电显示"刘传彬"。

"陈书记，跟你汇报，我们上午来到建设局检查廉政防控体系建设，赵四吉副局长不在，请病假了，说是胃病犯了。"

"好的，知道了。"陈爱民放下手机，对在座的说，"赵四吉果然没有上班，哎，那个投寄举报信的女人是谁，有没有线索？"

任青霞回答说："陈书记，我有一个预感，那个女人很有可能是赵四吉的姘头祝溪芝。袁红对临河镇的治安情况非常熟悉，她说这个女人是赵四吉老婆的表妹，赵四吉开'黄金海港'，看场子的是赵昌吉，当老鸨的就是祝溪芝。"

"好的，任常委，你把视频截图让袁红主任辨认一下。"陈爱民说。

"好的，一会儿就去办。"

"陈书记，我汇报一下查账的情况。"李汉杰说，"从质检站的开户银行查到的底单证实，质检站2007年两次将公款借给王芳三百五十万元，三次借给赵四吉六百万元，借期都是半年。这个王芳是王垒的亲姐姐。另外，清理拖欠建设规费的工作，进展遇到阻力，主要是欠费的大头耀华开发公司带头拒交，其他的小开发公司都在观望。耀华开发公司老板陆锦华刚才给我打电话，问你在不在，要当面给你汇报。"

"遇到阻力是正常的，这些唯利是图的奸商，比那周扒皮还心黑，我们有一些干部居然还为他们帮腔，真是不可思议。"

"陈书记，我建议可以干王垒和佟艳红了。"王自力说。

"梁书记，你看呢？"陈爱民问。

"我也觉得时机成熟了。"

"我总觉得建设口的这一缸酱还在发酵，咱们再等等看，骑着毛驴看唱本——走着瞧，少安毋躁！"陈爱民说。

临近中午，临河镇政府传达室，进来一个笑容可掬的中年男子，抱着一个包装精美的礼品盒，放在桌子上，他热情地掏出"中华"烟，"两位师傅请抽烟！"

一个胖乎乎的保安接过香烟，别在耳朵上，笑眯眯地问："你有啥事儿？"

"哦，这是给白怀洲书记的，刚才给他打电话，他让放在传达室，一会儿司机过来取。"

"那就先放在这里吧！"胖乎乎的保安说。

会议室里，白怀洲正在召开城建调度会，他振振有词地说："主城区的卫生保洁太差，县领导很不满意，批评好几次了，咱们今天就把责任制落实下去。"

办公室主任走过来，附在他耳朵边小声嘀咕几句。

"送礼，光天化日的送什么礼？马上拿过来，当场打开！"

"好的。"办公室主任到会议室外边把礼品盒抱了进来，放在会议桌上。

"继胜，你是纪委书记，咱们当场打开，廉政不廉政，你给作一个见证！"白怀洲说。

办公室主任揭开封口，脸色陡变。

白怀洲、李卫兵、张继胜等人伸头一看，塑料袋里包着两颗血淋淋的狗头，另一个塑料袋里包着一柄血淋淋的斧头。

"天哪，这是什么意思？"副书记李卫兵咂舌道。

张继胜看了一下手机日历，"今天是 8 月 24 日，农历七月十五，中元节。"

白怀洲脸色铁青，一言不发，走了出去。

小个子的耀华开发公司老板陆锦华，乐哈哈地走进陈爱民的办公室，操着一口南方普通话说："陈书记你好呀，锦华早就想来拜访你啊，陈书记一直太忙了，今天总算如愿以偿啦，呵呵！"

陈爱民也热情地向前握手，"我也一直想去拜访陆总，听听你对祁河县发展环境的意见呢！"

"发展环境大致还可以吧，呵呵！"

孙建设倒水，"陆总，请用茶。"

“谢谢！”陆锦华很绅士地点头致谢。

“听陆总的口气，对我们的工作评价很勉强，应该还有很多微词啊？”陈爱民也笑呵呵地问。

看着孙建设转身出门，陆锦华笑眯眯地说：“第一次来拜访陈书记，给你带了一块小石头，不值钱的。”从包里拿出一只精美的小盒子，放在陈爱民面前。

陈爱民想见识一下到底是什么样的糖衣炮弹，他好奇地打开包装盒，一尊精美的和田玉观音展现在眼前。

“哎哟，这可不是什么小石头，和田的羊脂玉，价值不菲吧，换一套住宅绰绰有余！”

“这就是闲着把玩把玩的小玩意儿，说值钱也值钱，说不值钱，就是一块小石头，陈书记见笑了！”

陈爱民把包装盒推回陆锦华面前，笑着说：“我想借用徐志摩〈再别康桥〉里的一句诗，当我离开祁河县的时候，挥一挥衣袖，不带走一草一木。所以，恳请陆总也别让我犯戒！”

陆锦华看着陈爱民坚定的目光，尴尬地把东西收进皮包，笑着说：“陈书记洁身自好，严格要求，锦华实在钦佩啊！”

“陆总今天登门，还有什么需要我们服务的吗？”

“啊，是有一件小事相扰，”陆锦华狡黠的目光与陈爱民对视了一下，“就是贵县的县委、县政府在招引我们耀华集团入驻的时候，承诺给我们减免相关税费，现在，县政府背弃了诺言，据说县纪委、监察局、建设局正在讨要之前减免的建设规费，我们民营企业不堪重负哪，还望陈书记高抬贵手，为我们营造良好的营商环境呀。”

“陆总，人民政府依法行使权力，一个基本原则就是法无授权不可为；对企业和老百姓来说，则是法无禁止皆可为。以往县政府已经做出的税费减免决定，我无权说三道四，新官也得理旧账。但是，之前县政府没有做出的减免规费，必须一文不少地缴入国库，因为，这是全体祁河县老百姓的资金，我们无权减免！”

陆锦华的情绪激动起来：“可是，这是刘冠一书记亲口答应过的事情啊，你们怎么能够食言而肥呢？”

“陆总，我刚才说了，只要是有政府常务会议纪要的，哪怕是书记、县长签字的，这些历史旧账我们都认，你看可以吗？”

“口头说的难道就无效吗？”陆锦华怒气冲冲地说，“我们耀华集团为祁河县的科学发展做出了巨大贡献……”

陈爱民打断他的话，“陆总，你们企业一共缴了多少税，减免了多少税，退还了多少土地出让金，还欠了多少规费，你很清楚，我也是会计师出身，也能算清楚。陆总，你们的便宜已经占了不少了，听我一句劝，便宜不可占尽，也该尽一点社会义务了！"

"既然找你没有用，以后我就不再找你了！"陆锦华开始收拾皮包，准备离开。

"你认为找谁有用，尽管去找好啦。但是，拖欠的资金一分钱都不能少，陈爱民的行事风格想必你也听说过，'不说硬话，不办软事'！"

陆锦华悻悻离开。

2010年8月25日，这是一个星期三。强国、陈爱民、高勇平和张铁军上午十一点准时来到马骏书记的办公室。

"大家请坐吧，"马骏说，"在两轮反腐败斗争中，我们取得了决定性的胜利，咱们在座的五位同志形成了坚强的反腐败领导核心。第三轮的较量即将拉开帷幕，也将进入最为艰苦的阶段，只有取得了这一阶段的胜利，才能算是奠定了祁河县今后科学发展的基石。爱民书记，你先说说吧。"

"围绕建设领域，我们在公安局、检察院的配合下开展了一系列的工作。目前已经查证2007年建设局下属质检站将公款九百五十万元借给王芳、赵四吉，账上没有记载，涉嫌挪用公款罪，另外，还有一百三十余万元的收入没有入账，二百七十万元的发票疑似假发票，存在经济犯罪的重大嫌疑。公安局协助查封了'在水一方'洗浴中心，现场抓获了正在从事卖淫活动的'大白鹅'李丽萍。李丽萍现年三十九岁，原来是国营迎春大酒店职工，长期在'黄金海港''在水一方'卖淫，被白怀洲包养多年。今年4月1日愚人节的晚上，在燕山大酒店同时嫖宿李丽萍、虞娇美母女，李丽萍发现女儿之后夺门而逃。大前天，也就是上个星期天，县纪委、公安局秘密找虞娇美调查。根据虞娇美交代，2008年暑假期间，经过一个叫祝溪芝的女人引诱，被赵四吉以八千元的价格介绍给白怀洲。根据小女孩的交代，那一天距离她过生日还差几天，就是说发生关系时可能还不满十四周岁。之后被白怀洲包养，最后一次发生关系是上周五的晚上，在迪滴宾馆。"

"简直是衣冠禽兽！"强国愤怒地搧了一下桌子。

"周一上午，任青霞常委陪同虞娇美到淮江市妇幼保健院检查，结果是患有严重的性病，已经安排住院治疗。我们还联系了县职业学校，准备让这个小女孩学习服装设计。任常委今后担任小女孩的党员妈妈，负责督促孩子的健康成长。保密工作非常严密，不会对小孩的未来生活造成影响。"

"爱民，你们这么做是非常正确的，"马骏动情地说，"我们都要尽其所能为国家、社会多做一些正能量的事情，尽最大努力减少一些负能量的危害，有一分力就出一分力，有一分光就发一分光，这个社会才能变得更加美好。"

"请马书记放心，我也会始终关注这个孩子的成长的。"陈爱民接着说，"我们下一步准备先从原建设局副局长、质检站站长王垒和会计佟艳红开始调查，时间初步定在下周一。"

"好的，强国县长还有你们几个没有意见吧？"

"同意，对这些丑恶现象，对这些祸国殃民的腐败分子就是要狠狠打击，绝不手软！"强国怒目圆睁。

"勇平检察长，你们起诉的这些案子情况怎么样？"

"马书记，跟你汇报，都很稳定，没有出现翻供等异常情况。"

"在外地指定管辖的那两个法官，情况你们了解吗？"马骏接着问。

"我们一直在与公诉机关祁东县检察院保持联系，犯罪嫌疑人的口供稳定，没有发生变化，一审情况顺利。"高勇平回答。

"我汇报一下公安掌握的情况。"张铁军说，"上周五的晚上，大桥西侧十公里处发生斗殴，现场血迹斑斑，奇怪的是当事人没有报警，也没有就医记录。发现三辆套牌车和建设局副局长赵四吉的奔驰车比较可疑。根据爱民书记提供的信息，赵四吉从周一至今都没有上班。昨天是中元节，鬼节，上午白怀洲收到一个礼品包，在会议室里当场打开，里边是两只砍下来的狗头和一把血淋淋的利斧，分析他们内部有可能发生内讧。"

"唔，这倒是值得注意的。"马骏又问道，"建设局档案室火灾的情况，你们调查得怎么样了？"

"没有任何线索，现场也没有留下任何痕迹。现在对外说可能是电器老化引发的火灾，咱们对内说，不能排除人为纵火的可能性。"

"好吧，我们几个都要十分注意安全，不要一个人外出，工作的动向比如说外出开会也要尽量保密，特别是高速公路上一定要注意行车安全。"马骏说。

"好的，我们都会小心谨慎的。"陈爱民回答。

"省委办公厅的一位秘书长打电话找我了，耀华集团陆锦华把关系托到北京，京城里的那个大首长通过秘书长给我们发话了，县委、县政府对待客商要讲诚信。"马骏苦笑着说，"我也没有给老陆留面子，把以前县里给他的优惠政策都一一作了汇报。秘书长听了也没有再提其他的意见。"

"弄不明白这些人为什么把手伸得那么长，到底是想干什么？"强国愤愤不平地说。

马骏接着说："昨天我接到一个省城里的高官打来的电话，指名道姓，要我们的一个副科级干部到财政局去做局长。这个干部表现平庸，显然是看中了这个肥缺儿。咱们对这位高官在大面上当然要客气一些了，不能硬顶，但是对这个干部，还是我在常委会上说的那一句话：'凡是打招呼，一律不使用'！这个底线，我们必须坚持。"

"财政局局长缺位，我推荐一个参考人选，审计局的副局长赵向前，这个同志熟悉财经工作，人品好，是个正派人。"陈爱民说。

"好的，我也知道这个同志很优秀，可以作为候选人考虑。"

第十六章　鬼魅夜入宿舍施毒手　内奸吃里爬外贪财色

　　深夜，一个狸猫一样敏捷的黑衣人，拨开损坏的窗户，潜入了陈爱民的宿舍……

　　赵四吉爬上窗台，向办案人员抱拳施礼："兄弟，告辞啦！"

　　纪检内鬼现出原形。

秋头夏尾，暑气渐渐消退，夜间天气变得清凉起来。

陈爱民走进小院，门口的保安向陈爱民问好："陈书记好！"

"你好！"陈爱民礼貌地回答。

楼上楼下仿佛都在安睡，走廊里静悄悄的，陈爱民放轻脚步，生怕惊扰了别人的美梦。他蹑手蹑脚进入宿舍的客厅，按下自动加水器，"哧哧"的矿泉水注入玻璃杯，"咕咚咕咚"一饮而尽。他站在窗前举头遥望夜空，好一片皎洁的月色，又新鲜，又明亮。然后他开始关闭窗户，这是他多年养成的习惯，睡觉之前检查门窗。"当啷"一声，最西边的窗户把手掉了下来，他捡起来，将把手轻轻放在窗台上。思忖了一下，感觉不安全，又从抽屉里抽出一根透明的的尼龙鱼线，一边系住茶几上的玻璃杯的把手，另一端系在沙发靠背上，做成一个简易的报警装置。

冲完澡，陈爱民半躺在床上，上足发条，音乐盒发出一阵清脆悦耳的《可爱的家》乐曲。

他给冯玉梅发了一个短信："小妹，早点休息，熬夜影响健康！"

"小哥也一样，做个好梦，晚安！"

这是一个美好的早晨，太阳还没有升高，空气清新凉爽。陈爱民晨练归来，遇见管理员陈燕，他停下脚步对管理员说："陈班长，我的窗户把手坏了，客厅最西边的那一扇，请你安排修理一下，尽快啊，今天一定要修好。"

陈燕答应道："好的，陈书记，上班以后我联系行政科，一定尽快修好。"

"行政科许科长吗？我是陈燕啊，陈书记宿舍的窗户把手坏了，对，就是二楼最东头的房间，客厅最西边的那一扇，抓紧修理啊，谢谢！"

"好的，回头我就安排。"

"陈书记要求今天一定要修好的。"

"放心吧，燕子班长！"许滨笑着回答。

彭天勤问坐在对面的许滨："谁的电话？"

"小院的陈燕班长。"许滨回答，"陈爱民书记客厅的窗户把手坏了，最西边的那一扇，让我马上安排修理工过去修。"

"什么事都是火急火燎的，当领导的就是一句话，现在到哪里去找修理工啊？明天再修理也不迟啊？你还是赶紧带队去祁东县学习食堂的管理办法吧，已经跟人家约好的，迟到了没有礼貌。你在路上联系修理工，明天一早过去修理，也不在乎这一天。"

"好的，彭主任。"许滨回答。

洁白的月光洒在地面上，四周蟋蟀"吟吟"地鸣唱。陈爱民站在窗前，拨打陈燕的手机："喂陈班长，我是陈爱民啊，这么晚，打扰你休息了吧？"

"陈书记您好！我还没有休息呢。"

"怎么今天没有修理窗户的把手？"

"陈书记我跟您检讨，上午一上班就跟行政科许科长说好啦，一直等到下午修理工还没有来，我打电话找他。许科长上午到祁东县学习去了，中午喝多了，他说联系好了修理工，明天早上一定过来。"

"好，我知道了。"陈爱民放下手机，又捋好鱼线，拴上玻璃杯，放在茶几的外侧边缘，另一端系在沙发靠背上。

夜深人静，一片一片的云朵飘移过来，遮挡住了碧澄澄的夜空。湖边草丛里两只野猫厮打，发出一阵阵"哇哇"的凄厉叫喊。

一个黑衣人沿着湖边小路走到小院的西南角，停下，四周观察了一番，然后轻盈地助跑，一跃翻过围墙。黑影落地，俯下身子，再一次观察四周，一片寂静。他悄无声息地摸到楼东头，抬头打探了一下二楼的窗户，敏捷地攀上一楼的窗台，紧紧贴住玻璃窗，像狸猫一样敏捷地纵身跃起，伸出左手钩住了二楼窗台，再一个鹞子翻身攀爬上了二楼窗台。黑影像壁虎一样紧紧贴住窗户，用一只手轻轻拨开了最西边的窗户，悄无声息地钻进了房间。

黑衣人嘴里咬着一只微光手电筒，两只贼亮的眼睛盯住了客厅西边角的饮水桶，蹑手蹑脚地摸了过去。"当啷"一声，一只脚钩倒了鱼线绊索，玻璃杯的破碎声音在寂静的夜晚格外刺耳。

响声惊醒了陈爱民，他一骨碌爬起来，右手抽出床边的橡皮警棍。他定了定神，左手抱起蚕丝被蹑手蹑脚地走到卧室门口，猛然拉开房门，左手将蚕丝被抛了出去。黑衣人一跃而起，对准被子"呼"地一个扫踢。"啊！"黑衣人发觉上当，惊叫一声。陈爱民见状一个左滑步冲进客厅，右腿跨步向前，手中短棍"呜"地一下照准黑衣人狠狠地横扫过去，黑衣人却像眼镜蛇一样灵敏地躲过。陈爱民顺手照准黑衣人的头部再一记凶狠的下劈棍，黑衣人再一次灵敏地侧身躲闪，"啪"的一声，短棍击中黑衣人扬起的右手腕。"嘶——"黑衣人痛得倒吸一口凉气，然后一个箭步蹦到窗台上，张开胳膊像一只黑色的蝙蝠从窗口飞了出去。

张铁军站在陈爱民的宿舍客厅打电话："武大队，你在哪里？"

"我在队里值班。"刑警大队大队长武四海回答。

"你马上到小院来一趟，几分钟前有人闯进陈爱民书记的宿舍，我已经安排指挥中心，各个卡点注意盘查可疑人员。"

"好的，晚上嗅源条件好，把警犬带上吧！"

"带上吧，注意不要拉警笛，不要声张，悄悄地过来，避免引发网络炒作。"

"知道了，张局长。"

"案犯身手非常敏捷，我要是直接冲出来，就被他一腿扫倒了。"陈爱民心有余悸地说，"我一棍横扫，再一记下劈，都被他躲过，紧接着就一个箭步蹦上窗台，根本就不给我再出第三棍的机会。绝命三连棍可是我师傅传授的绝招，连出三棍只要一秒多一点，没有虚招，迅雷不及掩耳，居然只击中他的手部，可见此人功夫非凡！"

"要不要马上跟马书记、强县长汇报一下？"

陈爱民拿起茶几上的手表，"现在是凌晨两点了，刚才我给你打电话的时候是一点五十分。别再打扰两位主官了，天亮之后再说吧。关键是弄不清楚入室的目的，到底是盗窃呢，还是另有企图呢？"

张铁军看了一眼地上的蚕丝被："他敢使用暴力，说明不是一般的小偷小摸，假如想谋害你，可能会采取什么方式呢？"

张铁军犀利的眼神审视了一下房间，目光盯着饮水桶说："会不会是那里？"

"投毒？"陈爱民惊悸地说，"我前天晚上关窗户，发现这一扇窗户的把手掉了。昨天早上让陈燕找人过来修理，结果案犯就是从这一扇窗户进来的，你觉得是巧合吗？"

"你是怀疑陈燕吗？"

"陈燕是忠诚可靠的同志，也只有她能打开我们的房间，要是图谋不轨，也不会采取这样的手段。我怀疑是她找来的维修的人，这个人就有泄露窗户损坏信息的嫌疑。我每天晚上临睡觉之前，都要检查一遍窗户，反锁房门。因为这一扇窗户坏了，睡觉不踏实，才做了一个简易的绊马索。"

"我也是的，每晚睡觉之前检查门窗，"张铁军盯着地上的玻璃碴说，"干我们这一行的，一定要特别注意自身安全，现在看，多亏了你设置的绊马索给你报了警！"

武四海带领两名刑警进来，向陈爱民、张铁军敬礼："刚才在楼下，发现一只手套，疑似案犯遗失的物品，我们先开始追踪。"

"好吧！"张铁军接过塑料袋，仔细观察了一下里边的黑色手套，"你们能够提取的证据，都要尽快提取出来。"

"是！"

刑警牵来两条棕白相间的史宾格警犬，"嗅，嗅！"

两条小狗嗅了一下手套，兴奋地摇着尾巴，寻寻觅觅地下楼去了。

月亮钻出了云层，湖边的水杉树在银色的月光下泛着灰黑色，仿佛一幅中国的水墨画一样。湖边小径旁边的草丛中，虫声繁密喧闹，点缀着星星点点萤火虫的幽光，一只猫头鹰像夜游魂般无声无息地飞过了湖面。夏夜不是平静的，两个刑警跟随在警犬后边，警惕地观察着周围的动静。追踪到大院的围墙边，警犬停了下来，不住地打喷嚏，一股刺鼻的气味飘了过来。

一个刑警惊呼："不好，嗅源受到破坏！"

马骏书记的办公室，烟雾缭绕。

"案犯作案非常专业，除了跳楼时遗落一只手套，这只手套显然是被陈书记击中的右手脱落的，现场没有留下其他痕迹。翻墙逃跑时，为了防止警犬追踪，还采取了干扰嗅源措施，而且，翻墙的地点草丛茂密，也没有办法提取足迹。调看附近的监控探头，均未发现案犯的影像，说明他掌握监控探头的分布，有意避开了监控。调取小院的监控，显示这个人身穿黑色的练功服，身材不高，很精干，浑身上下包裹得严严实实，仅仅露出两只眼睛。刑警大队正在进一步侦查。"

听完张铁军的汇报，马骏掏出香烟，递给强国、陈爱民，"这么说，咱们遇到高手了！铁军局长，你觉得这一次的事件与祁东办案点晚上闹鬼，有没有某种联系？"

"我们比对了一下，这个人的身形与祁东县办案点进入配电房的黑影比较相似。祁东的探头不是高清的，所以清晰度不是太好，只能大致分析，作为参考。"

强国接着说："我们怎么遇到的都是高手，这就值得深思，政法队伍里是不是出了内奸？"

"这个可能性是有的，"陈爱民抽了一口烟说，"县纪委的内鬼基本上已经锁定，很快就要露馅了，这些人就像是抗战时候的汉奸一样，对我们的危害实在是太大了！"

"是啊，公检法和纪检委、组织部出了内鬼，那就是苏东坡形容的'铁里蛀虫'，比起一般的腐败，危害更大！"马骏深有感触地说。

"还有一个情况，"张铁军说，"我们询问了陈燕，她打电话找行政科许滨科长，让他安排修理工。许科长说当时他正在彭天勤办公室汇报工作，彭主任让他去祁东县机关管理局学习食堂管理办法，中午人家祁东县盛情款待，他喝多了，就把修理窗户这件事耽搁了下来。"

"这么说，除了许滨，还有彭主任知道窗户损坏了？"陈爱民问张铁军。

"是呀，到了彭主任那里，就不便再往下深查了，毕竟他是县委办公室主任啊！"

强国紧锁眉头说："班长，在我们身边的人，凡是靠不住的，必须坚决调整，'当断不断，反受其乱'！"

"这个事情我考虑好长时间了，"马骏深吸了一口烟，"他是刘冠一书记任命的，一般情况下县委办公室主任都是要进四套班子的，可是他的能力平庸，群众公认度也不高，提拔肯定不现实，只有平调，能把他调到哪里去呢？"

"祁河的水到底有多深，我们外派的干部到现在也摸不透。这个彭天勤整天笑眯眯的，看不出他与谁来往过密，据说城府很深，这样的人最可怕，班长还是早做决断！"强国说。

"好吧，对这个人要加强防范！从现在起，我们办公室的备用钥匙要收回来，今后只由一个秘书保管。"

陈爱民打开了母亲家的房门，一股温馨的气息扑面而来。

"爱民回来了！"母亲在厨房亲切地呼唤他。

"妈，您身体好吗？"

"好着呢，"母亲说，"你电话里说周六晚上回家，这不，正跟玉梅一起包饺子呢。"

"呀，冯玉梅学会包饺子了，"陈爱民看着她两手面粉，惊喜地说，"越来越像陈家的媳妇了！"

"是呀，你们俩也差不多了，赶紧把婚事办了吧，按照计划生育政策，你们还能再生育一个呢！"母亲说着，端起锅拍子，"我去下饺子了，你们聊一会儿。"

陈爱民努努嘴，笑着说："小妹，老母亲着急抱小孙子呢！"

"抱啊，"冯玉梅露出灿烂的笑容，"不过，我还是喜欢女儿。"

"说什么呢，这么高兴？"母亲端着热气腾腾的饺子说。

"哎哟，我赶紧去端饺子，"陈爱民笑着说，"我们正在讨论给您老人家生的孙子像谁更好呢？"

母亲笑得两眼眯成线，"像你俩谁都好看！"

"阿姨，爱民长得就随您，看您年轻时候的照片，真是非常漂亮！"

"现在老啦，我有时候照镜子，都认不出自己了！"老人感叹道，"爱民的个子随他爸，不高。我年轻时候一米七二，在鲁中南公安干校的时候，我是女队的排头兵。"

"我姥爷也是大高个，按照现在的标准推算也得有一米九以上吧。"陈爱民端着两碗饺子进来。

"四二年反'扫荡'，他姥爷埋伏在一个坟头后边，一枪撂倒了一个小鬼子！"崔淑兰老人聊起往事，脸上露出快乐的笑容，"那时候俺庄后边就是八路军鲁南兵工厂，鬼子三天两头去'扫荡'。"

陈爱民一边摆放筷子，一边说："鲁南兵工厂就是现在徐工集团的前身。八八年冬天，我回老家处理姥姥的后事，那些退伍老兵还穿着新中国成立前的土黄色的棉军装。他们跟我说，俺姥爷带着他们埋地雷，把鬼子连人带马都炸上了天，每家每户都分得一块马肉。当时我还纳闷，八路的土地雷都是黑火药，威力能有这么大吗？专门跑到庄后边去考证。那里还有兵工厂的遗址，附近就有铁矿石。我才弄明白，鲁南兵工厂生产的是制式地雷，用的应该是烈性炸药，徐工集团的产品从那个时候就是很厉害的。"

"是啊，炸翻了日本鬼子，鬼子就把咱们的庄子一把火给烧了。爱民的舅舅比我大一岁，才十三岁，被鬼子当活靶子打死了，咱们中国人谁家没有小鬼子欠下的血债！"老人愤怒地说。

"咱们吃饭吧。"陈爱民招呼道，"妈，明天我们又要上案子了，忙起来就没有时间看望您。"

"哎哟，你们县里怎么这么多的案子啊？看起来党风不抓真是不行了哇！"

"妈，祁河县以往忽视党的建设，反腐败也就是做做样子，老鼠都养肥了，一窝一窝的。"

"这些腐败分子就是抗战时期的汉奸，比鬼子还坏，妈支持你惩治腐败。不过案子办多了，你可千万要注意安全啊！"

"妈，您放心，我会注意的。"

"'硕鼠硕鼠，无食我黍'，"冯玉梅说，"爱民，我有一个疑问，你们天天处理案件，万一人家就是不说，死扛着不交代，你们下不了台怎么办？"

"艺高人胆大，小妹你说的那一路的好汉，到目前为止还没有遇见过，"陈爱民目光如剑，放射出强悍的光芒，"反腐败充满了风险和挑战，只有高手才敢于冒险，把风险和挑战当成机遇！"

"唔，我明白了，在你眼里，这些腐败分子都是你的战利品！"

"是的，正是他们成就了我的事业，实现了我人生的抱负，大风大浪里方显英雄本色。政通人和，弊绝风清，还要我这个纪委书记做什么？"陈爱民豪情万丈地说，"陈爱民将作为祁河县历史上最硬朗的纪委书记，载入祁河县党史。"

"阿姨，看把您儿子牛得！"冯玉梅捂嘴笑着说。

"是啊，组织培育一个干部不容易，最成熟的时期就是爱民这个年纪，经验丰富，又年富力强，正是干事业的好时候。"母亲自豪地说。

"妈，您和我爸生养我，就是为祁河县人民生养的，我现在感觉之前所有的学习、工作的积淀都是为祁河县而准备的。"

母亲说："那你就好好工作吧，不过个人的事情也不能耽搁。"

"不耽搁，不会耽搁，我和玉梅抓紧就是了。"

"爱民，你放心工作，王姐请假这几天，我把阿姨接到我那里去。"

"娜娜怎么办，不方便吧？"陈爱民问。

"娜娜让她奶奶接走了，就我一个人，照顾好阿姨没有问题的，你放心吧。"

2010 年 8 月 30 日，这是一个星期一。上午八点十五分开始，三三两两的部委办局一把手、各乡镇书记走进县委常委会议室。

"星期一开常委会，不寻常啊！"一个人交头接耳地跟同伴说。

"八成是有什么紧急的事情。"同伴小声回答。

建设局局长王垒提着皮包急匆匆走进一号楼，拐弯处一个年轻干部喊住了他："王局长！"

"你是……"王垒用狐疑的眼光打量着他。

"我是县纪委的章勇翔，请你过来一下！"年轻人的口气坚定，说着推开了身后一扇门。

"哎呀，是王常委啊！"王垒进门大吃一惊，下意识地伸出了右手。

王自力没有握他伸过来的手，板着脸严肃地说："王垒，你涉嫌严重违法违纪，现在找你核实有关问题，请你配合一下。"

"我能有啥违法违纪的问题呀？"

"别啰唆了，车停在楼后了，咱们从后门走，正是上班时间，不要拉拉扯扯的，不雅观！"程宇宁说。

"那好吧，我服从组织决定！"王垒顺从地说。

孟庆军、安然坐在车里，远远看着王垒被带进前边的普桑车里，他对司机说："跟上去！"

建设局大院，王立楷接听梁石祥的电话："王主任，孟主任那边已经完成任务，你们的目标到位了吗？"

"到了，我们开始吗？"

"开始吧！"

王立楷放下手机，向车里的审理室主任王学珍和萧玉一挥手，"行动吧！"

三人快步走进财务科。

"请问，你们找谁？"一个身材苗条、面貌姣好的中年妇女站起身问道。

"你是佟艳红吗？"王立楷问。

"是的。"

"我们是县纪委的，找你了解有关情况，请你跟我们去谈一谈。"王立楷出示工作证。

"好吧，"佟艳红一边锁抽屉，一边说，"需要跟我们王局长说一下吗？"

"不用了，我们负责通知。"王立楷回答。

渔场办案点的谈话室，王垒坐在塑料方凳上，眨着小眼睛，问道："孟主任，不知道我犯的哪一条罪状，把我弄到这里来？"

面对着王垒以攻为守的问话，孟庆军不紧不慢地点燃一支烟，"你犯的哪一条还是哪几条，别装糊涂，你清楚，我们也清楚，既然找到你，就有确凿的证据，你不要心急嘛，咱们慢慢谈。"

"我承认，逢年过节收过购物卡、礼金、礼券，今年四月份，我都主动上缴你们的'510'廉政账户了，有单据证实，属于自查自纠，应该说不算违纪吧！"

"还有什么？都说完。"孟庆军气定神闲地抽着烟说。

"还有，还有就是违反财经纪律，拆借公款给我姐姐王芳还有建设局干部赵四吉，不过我们有借款协议，利息是百分之十，分文不少！"

王垒主动讲出借款问题，的确让孟庆军心里一惊，"难道是对手掌握了查询挪用公款的信息？"

面对始料不及的情况，孟庆军沉着冷静地点燃一支烟，悠闲地吐出一口烟雾，借此掩饰一下短路的思维，问："王垒，你抽烟吗？"

"不会，谢谢！"

"勇翔，倒点水。"

"好嘞。"章勇翔应声说。

孟庆军利用这短暂的时间，快速地思考对策，他决定引而不发，以退为进，让对手摸不着头脑，打乱对方的阵脚。

"还有什么，一次性说完，别跟挤牙膏似的，挤一点，出一点的，"孟庆军目光逼人地盯着王垒的小眼睛，"你怎么说，我们怎么听，但是我要正告你，说假话，作伪证，不仅仅是违反纪律的问题，你自己也同时丧失了主动交代、从轻处理的机会。何去何从，你自己掂量掂量再说！"

这番话软中带硬，显然打中了王垒的软肋，他心虚地低下头，不敢再正视孟庆军灼人的目光。

"思想有顾虑，甚至是有对立情绪，都是正常的，组织上给你充足的时间考虑，但是，说假话欺骗组织，你是要承担后果的！"孟庆军进一步敲打道。

"那好，容我再好好考虑考虑。"王垒小声说。

"佟艳红，老家是哪里的？"王立楷问。

"马楼镇的。"

"是佟家村的吧？"王学珍问道。

"是的，祁河县的佟姓都是那里的，俺们祖上是正黄旗，从关外迁来的。"

"是呀，一看你就长着一副典型的满族人的脸型，尖下巴颏，骨架小，身材苗条。"王学珍说。

"谢谢领导夸奖。"

"佟艳红，来这里不是让你听领导夸奖的，你知道为什么找你吗？"王学珍问道。

"不清楚。"佟艳红摇摇头。

"那么，作为财会人员，你认为在工作过程中有哪些违反规定的行为，你自己主动谈清楚。"王学珍接着说。

"哦，有那么一回，我记得 2007 年的时候，借款九百五十万元给王芳还有赵四吉局长，时间半年，有借款协议。"

王立楷感觉十分诧异，佟艳红主动讲出借款的问题，显然是此地无银三百两的招数，他担心王学珍追问细节，赶紧接过话题："佟艳红，你说完了吗？"

"借款协议放在我办公桌里了，利息是四十七万五千元，入小金库了，都用于吃喝接待、公款送礼了，小金库的账也在我办公室，你们可以去拿。"

出师不利，王立楷决定先岔开这个话题，他点燃一支烟，不动声色地问："其他的问题呢？接着说！"

手机来电显示"梁石祥"。

陈爱民快步走出县委常委会议室，"梁书记，情况怎么样？"

"情况不太好，王垒和佟艳红的两个谈话组开局不顺利，好像事先知道我们要查他们这一个问题，两个人都主动交代违反财经纪律，拆借公款，有协议，有利息，还有小金库的账本。陈书记你料事如神，案情分析会上你担心的事情，果然发生了。"

"常委会下一个议题就是免去王垒的党组书记、局长职务，"陈爱民点燃一支烟，深深吸了一口，吐出一团浓烟，思索了一下，果断地说，"到了这个时候，就不要再干扰县委的决心了，有天大困难我们克服，坚决把王垒和佟艳红拿下来！"

"好的，陈书记，你看是否同时找两个借款人王芳和赵四吉谈话，再寻找突破口？"

"梁书记，如果出现了跑风漏气的情况，现在找他们两个证人，回答的口径肯定是一致的，我认为取这样的伪证意义不大，黏在手上，将是更加麻烦的事。现在，我们必须集中精兵强将，坚定信心，尽快突破王垒和佟艳红的心理防线，其他问题就自然迎刃而解了。"

"好，我们马上去佟艳红的办公室取回小金库的账册和借款协议，从外围再进一步搜集证据。"梁石祥说。

"好，常委会进行最后一个议题，请县人大、政府、政协的党员领导干部留下来列席！"马骏说。

组织部副部长杜平："我向常委会汇报一下干部调整的方案，县政府办公室主任齐山石，拟任建设局党组书记、局长；审计局副局长、主任科员赵向前拟任财政局党组书记、局长，提请常委会研究。免去王垒建设局党组书记，建议按照程序提请人大常委会免去其局长职务。"

苏俊峰补充说："这一次干部调整是微调，是根据当前工作的亟待解决的情况做出的决定，按照马书记提出的'凡是打招呼，一律不使用'的要求，也广泛听取了各个方面的意见，感觉人选比较符合岗位的要求，请常委会研究决定。王垒涉嫌严重违纪，建议免去建设局党组书记的职务，同时提请县人大免去其局长职务。"

"各位常委有意见请发表。"马骏说。

"没有，两个拟提拔的同志都很优秀。"常委们纷纷说。

"强国同志还有什么意见吗？"马骏问。

"好，我说两句，'政治路线确定之后，干部就是决定的因素。'这是主席在六届六中全会上提出的。干部的选拔使用，是党的建设的重中之重，既是用人的导向，更是选好发展的带头人。我在这里郑重地说一下，这两位同志非常优秀，没有委托任何人说情、打招呼，都是按照正常的干部推荐程序进行的。"

马骏说："刚才苏俊峰部长讲了，王垒涉嫌严重违纪，县纪委已经采取了组织措施。还有拟任用的这两位同志也是比较合适的人选，有没有比他们更合适的人选，我看是有的。为什么不使用？就是有的人自作聪明，能耐很大，把关系托到市里、省里，甚至是北京！他们还是不相信，上级打招呼，能管得着你马骏的人发话，你马骏就真敢'凡是打招呼，一律不使用'？我说到做到，一诺千金，今后有谁再胆敢撞这堵南墙就试试看！我绝不容忍投机钻营、跑官要官的恶劣习气在祁河县蔓延，这种歪风邪气必须彻底刹住，就从常委会任命干部开始，我再一次重申：'凡是打招呼，一律不使用！'不管是不是优秀，只要是托人打招呼，就一律不予考虑。好啦，下面开始票决，请陈爱民书记监票。"

厚厚的几本会计凭证和一个黑色的账本摆放在桌子上。陈爱民信手拿起一本凭证翻阅了一下，"这是以前的老账册，不像是做旧的，佟艳红还是很细心的，保留了证据。"

"陈书记你看，这就是小金库里记载的借款银行汇款存根和借款协议。"梁石祥拿过来一本凭证，翻开折叠的几张单据，给陈爱民指认。

陈爱民仔细审视着这几张凭证，问："这个协议和凭证肯定是假的，后来补上去的，你们看如何鉴定真伪？"

"能不能让公安机关鉴定一下？"王自力说。

"不用那么复杂吧？"陈爱民回答。

"陈书记有什么好办法？"孟庆军问。

"她要想造假，必须把凭证拆开重新装订，账本重新誊写，这样才能把这几张假协议加塞儿，插进去。"陈爱民笑着说，"我刚参加工作的时候，在淮江市橡胶厂实习，干了半年的出纳，经常装订会计凭证。我敢打赌，这一本凭证，其他的都是钻了四个眼儿，唯独这一张凭证上钻的是两个眼儿。"

"那咱们挑开看看！"孟庆军说着，用水果刀挑断了会计凭证的装订丝线，他惊奇地说，"哇，果然是的，这个凭证就是两个眼儿，其他的都是打了四个眼儿。"

梁石祥仍然不解地问："陈书记，你是怎么看出来的？"

"佟艳红把原来的凭证拆开，加进去伪造的这张补充协议，再用电钻重新打孔装订，打眼的时候没有考虑细节，对得不够整齐，原来的凭证已经有了两个眼儿，现在又多打了两个眼儿，就变成了四个；新加进去的就只能有两个眼儿啦！"

众人都捧腹大笑。

"细节决定成败，今天陈书记现场给我们上了生动的一课！"梁石祥说，"这个症结解开了，下边就看王主任你们的了。"

王立楷笑呵呵地说，"好啊，等一会儿就给她来一个现场大变戏法！"

特警大队副大队长庄国红端着饭盒进入谈话室，"佟艳红，赶紧吃饭了，看看晚餐给你带的辣椒炒肉丝、番茄炒鸡蛋、凉调黄瓜，主食是花卷和杂粮稀饭。"

"谢谢！"佟艳红津津有味地吃了起来。

王立楷观察着她从容不迫的表情，更加坚信他们做了充分准备。眼看着她细嚼慢咽吃光一盒饭菜，王立楷不禁问道："佟艳红，你倒是心很宽啊！"

"就是，你也不问问孩子谁来接送什么的，真是想得开。"萧玉接着说。

"不做亏心事，心里当然宽松呢。"

"佟艳红，做没做亏心事，你现在给自己下的结论为时尚早，"王立楷说着，从包里拿出两本会计凭证，"这是你记载的小金库吧？"

"唔，是的。"佟艳红点点头。

"咱们变一个小魔术怎么样？"王立楷用剪刀挑开一本凭证的装订丝线，"你装订的，打的是两个孔，现场演示，对吧？"

佟艳红目不转睛地看着王立楷的一举一动，"对，不错。"

"请你再往这里看，"王立楷拿起另一本已经拆开的凭证，"这些凭证上钻有四个孔，说明你重新装订过，对吧？"

佟艳红见状，大惊失色，支支吾吾地回答："好像是重新装订过。"

"那么唯独这一张凭证，"王立楷举着附有借款协议的凭证说，"你仔细看好喽，在这一沓凭证中，唯独这一张上边打了两个孔，说明它是后来加塞儿进去的，对吧？"

"这个，这个好像是记账遗漏了，后来加上去的。"佟艳红惊慌地说。

"你能够承认是后来加进去的，很好，你再看看你书写的账本，"王立楷又掏出一个黑色的账本，给佟艳红指认，"按照你所说的是记账遗漏了，你回答，是什么时候发现遗漏的，又是如何加进去的？你记的账本没有修改的痕迹，又怎么证明账本没有重新誊抄过？"

王立楷一串连珠炮似的发问，让佟艳红张口结舌，胆战心惊。

"我们专门咨询了一下审计局的同志，记账出现差错是正常的，如何更正，你们有记账的法则，你是老会计，比我们更清楚。但是，像你这样从头到尾把账本誊抄一遍，自己给自己找麻烦，就不能说是正常的了。好啦，魔术表演完了，咱们看透不说透，留一个给你从宽处理的机会，谈谈吧！"

"我承认，先前说的是假话。半个月之前，王垒听说你们去农商银行查到这几笔借款的底单了，那天午休的时候他打电话让我到他办公室，说：'咱们借款的事儿纪委去银行调查了，这是挪用公款罪，俺俩都得蹲班房。'把我吓哭了，我说：'我的两个孩子都还在上学，真要是蹲大狱，孩子怎么办？当初不让你借，跟你说只要查账，首先就得核对银行账单，一查就露馅。你非得逞能，说敢查建设局的人还没有出生呢！现在出事了吧！'王垒说他咨询了检察院的专家，像这个情况，万一查到了，就往借用公款上靠，违纪不违法！这样，才补充的借款协议。"

"你们是怎么做假账的，如实交代清楚。"萧玉说。

"接着就是星期六，我在办公室里忙了两天，才把账重新做好。"佟艳红眼神躲闪一下，低下头。

王立楷察言观色，严肃地问道："你们还敢在办公室里造假账，不怕引起别人怀疑？"

"不是在办公室，"佟艳红的头埋得更低了，"是在汉街的一个出租屋里。"

"还有其他人吗？实话实说嘛！"

"王垒也去了。"

"那所房子是谁租的？为什么要选在那里？"王立楷问。

"是我租的，王垒说那个地方闹哄哄的，不为人注意。"

"是租的还是买的？"王立楷依然平静地问。

"不是租的，是王垒买的。"

"噢，是买的，你们俩一直有绯闻，到现在没有什么顾虑了吧？说说，你们是什么关系？"

"我们是情人关系，有十年了吧。"

谈话室里正在进行交锋。王垒眨着小眼睛，煞有介事地把事先编好的供词叙述了一遍。

"故事讲完了，跟上一次说的一字不差，记忆力很好。"孟庆军点燃一支烟，很舒适地抽了一口。

"孟主任，我不明白您这话是啥意思。"

"不明白是吧，我告诉你，你们作案的水平还是太次，装订凭证忘了对齐，露马脚了吧？"

"我，我还是不明白。"王垒心虚地说。

"王垒，你再装憨卖傻，后果自己承担，"孟庆军厉声说道，"汉街C区二栋303室是怎么回事，你不明白吗？"

王垒像是被惊雷击中了一样，怔了几分钟，突然顿足捶胸："我的天爷，这个娘儿们咋那么不经审嘞？害苦了我喽！"

"你与佟艳红到底是谁害了谁，这不是现在的话题。王垒我正告你，种瓜得瓜，种豆得豆，法网恢恢疏而不漏，这些警句都在你身上应验了！"孟庆军严厉地说。

"既然这样，我就如实说了吧，"王垒叹气道，"大上周的星期五，也就是8月13日上午快下班的时候，满常委打电话让我抓紧到他那里去一下。我听语气不对，就惴惴不安地赶到了满金龙办公室。他告诉我白怀洲跟他讲，上午，纪委的孟庆军到农商银行查质检站的账户存款，调了九百五十万元的借款底单走了。满金龙看我很紧张，就让我找衣振全检察长咨询一下，商量商量应对的办法。我开车到检察院附近停下，打电话约衣检察长出来。他听完我说的情况，告诉我说：'挪用公款是最愚蠢的职务犯罪，资金有流向，收支有痕迹，一下就会被人攥住手腕子，想抵赖都不好赖。要想摆平，除非有借款协议，还要有借款利息，这样就是单位与企业之间的资金拆借，虽然不妥，但不构成违法，至多算是违反财经纪律，给一个党纪政纪处分。'经过他的点拨，我中午就找佟艳红商量，由我找俺姐王芳和赵四吉补充签了借款协议，周六、周日两天在汉街的出租屋里修改小金库的账本，重新誊写、装订，希望这样能应对纪委的调查。"

"常言道'无利不起早'，你们冒着风险把公款借出去，为的是什么？"孟庆军问。

"2007年下半年开始资金就紧张，我姐王芳和赵四吉找我借款，说使用半年，给我百分之十的利息。我姐的三百五十万元直接打到她的账上，赵四吉的六百万元是打到他弟弟赵昌吉的个人账上。利息四十七万被我和佟艳红两个人平均分了。我用这笔钱又凑了一点，在汉街买了这一套商住房，成为我们两人幽会的地方。"

章勇翔"嗒嗒"地敲击笔录，"老王，你来看看有没有什么出入？"

王垒仔细看了一遍电脑记录，"没有异议，都是事实。"

章勇翔打印出来一份，"请你签字。"

"好的。"王垒顺从地签字画押，在每一页上按下指纹。

"你最近见到赵四吉、赵昌吉了吗？"

"赵四吉请病假了。"

"王学礼呢？"

"不知道下落，谁都联系不到他，好像从人间消失了一样。他未婚妻是东北的，是当兵时候拉上的关系，会不会去东北了？"

监控室里，陈爱民目睹视频，对李汉杰说："明天你们取证组可以找赵昌吉和王芳取证了。"

"是在部队的招待所谈吗？"

"他们目前仅仅是证人，就在那里谈吧。"陈爱民说。

"那好，我安排魏保平、程宇宁跟赵昌吉谈话。"

"我建议让江德英和程宇宁一个组，跟赵昌吉谈。哎，咱们不是刚买的明察暗访的设备吗？暗查机关作风用的，一次还没有用过吧，为了安全起见让程宇宁带上，明天悄悄录一下像，防止赵昌吉出现意外情况，这件事只有我、你还有程宇宁咱们三个人知道。我一直想看看有没有什么玩意儿发生，毕竟赵四儿兄弟俩太敏感了，还不知道会跟我们玩什么猫腻，由此验证一下我们之前的猜测，你明白的。"陈爱民用眼神示意。

"哦，我明白了。"李汉杰恍然大悟。

梁石祥说："陈书记，从王垒交代的情况分析，走漏风声的很有可能是祁河县农商银行的协查人员，孟庆军汇报说，他下楼之后又折返回去的时候，发现农商行的尤铭经理正在鬼鬼祟祟地与人通话，没有听清楚，好像是白怀洲。"

"应该是的，现在这件事又把满金龙给绕进去了，满金龙是市管干部，他插进来有些事情不好办。"陈爱民说，"白怀洲为什么不直接告诉王垒，非得要从满金龙这里拐个弯呢？"

"我分析一是满金龙跟王垒感情很深，老建设局的情结，白怀洲此举是卖一个人情；二是白怀洲拽上满金龙，万一有个三长两短的，也好有个退路。"李汉杰说。

"汉杰，你说得有道理，随着案件的深入，我们队伍里的内奸就要一个一个地暴露出来了。"陈爱民说，"我们党对于内鬼、叛徒从来就是严惩不贷的。以前听老父亲说，抗战的时候，他们武工队有一个叫唐和仁的队员执行任务时被鬼子抓住，变节之后又放了回来，充当内奸，就像《亮剑》里的保卫干事朱子明一样。人还没有回到驻地，我们的内线传递过来的情报就到了，说唐和仁已经叛变了，结果被处以极刑。"

"是啊，战争年代的叛徒，可以让一支队伍遭受灭顶之灾，所以怎么惩治，都不过分。"梁石祥感慨地说，"和平年代的危害也是一样啊！"

章勇翔收拾好笔录。孟庆军说："王垒既然你愿意配合组织，主动讲清楚有关问题，咱们就接着谈谈你与衣振全的交往。"

"衣检察长从当了反贪局副局长开始，隔三岔五地跟满金龙兄弟、白怀洲、赵四吉和我喝酒、聚会，我们也请他到'黄金海港'洗澡、按摩，逢年过节给他送购物卡、礼金，每一个节日一万元吧，平常烟酒不断，他的私家车的油卡都由质检站提供，小金库的账上都能查到。主要目的就是维护好这个关系，吃紧的时候能够用得上。"

"谁去给他送这些东西？"

"主要是我和赵四吉，满金虎和白怀洲那边是长安集团的关系，他们单独表示。"王垒说，"13号那一次农商银行查账的事儿出来之后，我和佟艳红到星期天才把账重新做平了。晚上满金龙、满金虎、白怀洲和我请他吃饭，就在汉街的紫金居。出门送他时，我向他裤子口袋里塞了一个信封，里边有一万元淮江市鹰达精品商厦的购物卡。"

"你再谈谈2008年3月份的那一个案子，你们背后都做了哪些手脚？"

"孟主任，说起这件事挺对不起你的，"王垒羞愧地说，"我当时的确从临河镇的宗祠村安置房中，虚报土石方套取了二十万元，我和拆迁办主任赵四吉一人十万。你们把我带到办案点之后，满常委找了刘冠一书记才把我捞出来。后来，我和赵四吉都把钱入了小金库了。"

"入小金库了吗？"孟庆军疑惑地问。

"真的入小金库了，再装进腰包，真的是傻透了，我绝对没有撒谎！"

"你的那份笔录的事情，你再讲一讲。"孟庆军说。

"那一份笔录是江德英趁你不备，从你抽屉里偷出来的。我与江德英还有俺家属高璐璐是高中同学，他俩还谈过恋爱。我们两口子请他吃饭，在饭桌上他拿出我的交代笔录，说：'这个东西留在纪委，早晚会是你的后患，你看完就得销毁。'我在看笔录的时候，他去卫生间，我出于好奇心，用手机偷偷拍下来了。他回来之后，就把几页笔录点火烧掉了，灰烬投进了烟灰缸里。江德英说：'老孟一旦发现材料丢失，就得找你重新补证，你就全盘否定，一概不认账。'"

"对呀，我找你的时候，你就是按照他支的招翻供了嘛，还反问我：'不都说过了吗，你们纪委有完没完？'对吧。"孟庆军说着，点燃一支烟。

"对不起您，孟主任，您大人大量，别跟我记仇！"王垒站起来，鞠躬致歉。

"王垒，我还没有那么小心眼儿，不会因为这件事挟嫌报复你的。我是代表县纪委跟你谈话，只要你能够认清自己的错误，主动交代，痛改前非，应该给你兑现的政策，都会不打折扣地兑现到位的！"

"谢谢孟主任的宽宏大量！"王垒坐下来，接着说，"通过我，江德英结识了满金龙。满金龙也有心在纪检委安插一个眼线，就向刘冠一书记推荐了江德英。这样以孟主任丢失笔录为由，把您的主任拿下来了，让江德英主持工作。"

"既然做好事，怎么不好事做到底，一步到位，直接提拔为一室的主任呢？"章勇翔不解地问。

"这正是满常委的狡黠之处，他说得让江德英一步一步地上，让他感觉到获得得不是太容易，太容易获得的总觉得不是珍贵的东西。在给江德英祝贺的酒桌上，满金龙说：'年轻干部别着急，一步一步往上提。到明年这个时候，江主任就该扶正了！'要是刘冠一书记晚走两个月，江德英还真的能够扶正。"

"盗亦有道，还是蛮有哲理的嘛！"孟庆军鄙夷地说。

"你们跟江德英都是怎么维护关系的？"章勇翔问。

"每年两大节日，三千元的购物卡或者礼金，再加两瓶'茅台'酒、两条'中华'烟。平常半个月左右就在一起坐坐，范围很小，不让外人知道。江德英做事也是很谨慎小心的，他有一部手机，只是跟少数人联系使用的。"

"江德英还给你们提供过哪些信息？"孟庆军问。

"我听满金龙说，陈爱民书记来了之后调阅科级干部的信访举报信件，还有你们去外地抓周树彬的老婆马莉莉的信息，都是江德英提供的。再有就是市政府张启晨秘书长托满常委打听办案消息，从你们渔场透露出的信息，瞿新楼、江泽田交代收了十五个学生七十五万元，给周树彬十五万元，剩下的六十万元瞿新楼、江泽田还有王明基三个人每人分得二十万元。满金龙打探到的这些消息都是从你们内部流出的，我猜想肯定是江德英透露的。"

"老王，你不觉得出卖了江德英吗？"章勇翔感到王垒交代得这么顺畅，有一些不可思议。

"江德英本来就不是什么好人，我从骨子里瞧不起他，为了一点蝇头小利就能出卖灵魂。再有就是从2008年的案子联系上以后，他就与高璐璐勾勾搭搭，藕断丝连的，天底下没有不透风的墙，风言风语也传到我耳朵里，'朋友妻不可欺'，起码的廉耻都不讲了，事到如今，我也没有啥顾虑了！"

"祁东办案点的信息是不是江德英暴露的？"孟庆军追问。

"这件事与江德英肯定有关联，是他向满金龙汇报你们的办案地点可能在祁东县地税局培训中心。"

"他是怎么知道的？"

"应该是江德英分析的，以往县纪委办案子曾经考虑过使用那个地点，江德英也去过那里踩点，所以他判断，只要是在祁东县，地税局的培训中心就是最佳地点。"

"祁东办案点夜里闹鬼，你知道是谁干的吗？"

"以前这些打打杀杀的事情都是交给赵四吉负责，他还有赵昌吉、王学礼、李建群号称'四大金刚'。自打赵氏兄弟跟白怀洲、满金虎反目成仇之后，白怀洲主要通过王学礼、李建群干这些事，最近又跟摔跤的宗强打得火热，目的是为了制衡和削弱赵家兄弟的势力。我听王学礼扬扬得意地跟我显摆说，他到祁东的办案点走了一遭，把他们吓了一大跳。干这个活，王学礼肯定脱不了干系。其他的，我真的不清楚。我跟满金龙是建筑学院的校友，关系一直很密切，与他们几个人相处一般化，我内心里瞧不起这些粗俗的人。"

"王学礼、李建群不是赵四吉的把兄弟吗？怎么一头扎到白怀洲、满金虎怀里去了？"章勇翔问。

王垒唉声叹气地说："唉，人心不古，有钱能使鬼推磨呗，现如今的社会，背信弃义、出卖朋友的事儿比比皆是，哪里还有信义可言？"

"建设局档案室着火的情况，你知道多少？"孟庆军问。

"那天早上接到县委值班室电话，我大吃一惊，第一反应是这件事肯定与满金龙、白怀洲有瓜葛，而且必定是通过办公室副主任王学礼操作的。我后来问王学礼：'咱们的监控早不坏，晚不坏，怎么这么凑巧，偏偏那一天坏了？'他说：'王头儿，多一事不如少一事，操那份心干吗？'"

"你要实话实说啊！"

"孟主任，既然我都交代了，就没有必要再隐瞒这些事儿了。再说，我就这些问题，不至于去纵火吧？"

"你觉得他们有可能谋害陈爱民书记吗？"孟庆军目光如炬地盯着问。

"起码白怀洲有这个心，也有这个胆，这个人心狠手辣，杀人放火，什么坏事都能做得出。"王垒回答说，"不过，一个月之前，王学礼问我能不能搞到硝酸铊，因为是很生僻的化工产品，还写给我看。我知道他不怀好意，拒绝了他。"

"硝酸铊是什么东西？"孟庆军警觉地问。

"后来我上网查了，是一种重金属盐，无色无味儿，能够严重损害人的神经，致人残废甚至死亡。多年前，一所全国知名大学曾经发生学生用硝酸铊给同宿舍的同学投毒的案件。"

"哦，还有一件事跟组织汇报，2008年夏天，赵四吉找黑社会报复孟主任。先是两个小瘪子在街上找碴打架，被孟主任打跑了。没有得逞，后来又盯上孟主任的孩子，打篮球的时候故意冲撞小孩的面部。"

孟庆军强压怒火问："是谁指使的？"

"赵四吉为了讨好我和满金龙，背着我们干的，白怀洲也参与了。满金龙知道之后，还把赵四儿臭骂一顿，说他招惹是非。"

"王垒，你把刚才检举揭发的材料简要写一下，一件事写一份，作为给你从轻、减轻处罚的依据。"

"谢谢孟主任！"

傍晚时分，天上下起了小雨，纤细的雨丝随风飘过来，黏在人的脸上、皮肤上，让行路的人们感受到了一丝秋的凉意。

旷野里一片黑暗，伸手不见五指，天地仿佛融合在了一起。一个人撑着雨伞站在风雨中，红红的烟头在暗夜里一闪一闪发着亮光。

两道贼亮的车灯划破夜幕，一辆黑色的路虎在他身边停了下来。

"德英，上车吧！"一个女人的声音。

江德英丢掉烟头，收起雨伞，一言不发坐到后座上。

"怎么样啦？"女人问。

"还能怎么样？我担心王垒会把我咬出来，他会害死我的。璐璐，你可不能再坑我！"

"放心吧，我宁愿去死，也不会出卖你！"高璐璐转过身说，"咱们还是到我妹妹家去吧，这里讲话不方便。"

"还去吗？"江德英犹豫着。

"去吧，咱们好好合计合计。"高璐璐启动了汽车。

汽车停在了锦绣花园小区。电梯在十五层停下，高璐璐打开了一个房门，"德英，快进来吧！"

这是一套两室两厅的房子，高璐璐走进卧室，打开床头灯，一盏蘑菇灯发出淡黄色的柔光。

高璐璐脱去了上衣，她是一个健壮的妇女，四十岁上下，发育得成熟、丰满。

"咱们去洗个澡吧。"高璐璐说。

"璐璐，今天我实在是没有心情。"江德英心事重重地说。

"有啥可怕的？大不了咱不干了，明天就辞职下海，跟我去做生意，省得整天受窝囊气！"高璐璐絮絮叨叨地说，"我早就跟王垒过够了，跟个太监似的小男人，挣再多钱有什么意义，连个一男半女的继承人都没有，今天晚上你就给我种一个！"

高璐璐说着，勾住了江德英的脖子，将他拉了下去。江德英看着那盏蘑菇灯，感觉就像是慢慢沉入梦幻一样的水底，高璐璐的声音也像是从远方的云端幽幽地飘过来。

穿过五光十色的街道，王自力、程宇宁、萧玉、庄国红带着佟艳红沿着湿滑的小路来到 C 区 2 栋 303 房间门口。佟艳红打开房门，两名女办案人员一左一右控制住佟艳红。

"老老实实坐在这里，不准动！"庄国红说。

程宇宁打开电脑，搜索文件夹，"找到了！"

王自力凑到电脑屏幕附近仔细观看，"不错，就是丢失的那一份笔录，询问人是我，记录的是孟庆军，当时还是手写的笔录。"

程宇宁插上 U 盘，将照片拷贝了下来。

王自力环顾四周，"这就是王局长金屋藏娇，你们过小日子的地方，生活用品一应俱全啊。家里红旗不倒，家外彩旗飘飘，做得滴水不漏，一点绯闻都没有，好一个风流倜傥的王局长啊！"

佟艳红闭着眼，一声不吭。

"走吧！"萧玉说着，拉起了佟艳红。

2010 年 8 月 31 日上午九点，江德英、程宇宁将赵昌吉带进招待所一楼的谈话室。

"赵经理，请坐吧。"江德英指着靠在窗前的沙发示意说。

程宇宁随手将随身携带的一个提包放在桌子上，然后给赵昌吉递上一杯水。

"哎哟，还赐给我椅子坐，倒水给我喝。听人说只要进了你们纪检委，第一件事就得先罚站，看着不顺眼的还得搂腚踢一脚。"体格壮实的赵昌吉嬉皮笑脸地说。

"听谁讲的？胡诌八扯！"程宇宁训斥道。

"领导找俺一个平头老百姓干啥？有啥话就直接问吧。"赵昌吉满不在乎地说。

"好吧，咱们就打开天窗说亮话，直奔主题，不用再绕弯子、兜圈子了，"江德英问，"你向建设局质检站借过款吗？"

"借过呀，那是 2007 年 8 月份的事儿，借了六百万元，使了半年。俺们跟质检站有借款协议，一分的利息。"

"你把详细经过说一说。"江德英点燃一支烟，优雅地吐出一个烟圈。

程宇宁铺开了笔录纸。

"领导，是这样的，当时的资金很紧张，银行贷不出款。俺家里那会儿开的是祁河煤炭贸易货栈，做煤炭生意，缺钱咋办？就托俺四哥找王垒副局长借点钱使一使。王局长开始不同意，俺四哥说了，钱趴在账上也是闲着，不如借出去生点利息。这样，俺们双方签了借款协议，借了六百万元，使了半年，付给利息三十万元，一分钱都不少。协议俺也带来了，请领导过目。"赵昌吉说完，掏出一纸协议，恭恭敬敬放在江德英面前的桌子上。

"以上你说的是事实吗？"

"句句都是事实，要是有半句假话，天打五雷轰！"赵昌吉赌咒发誓。

"好吧，我们根据你以上的证言作了笔录，请你看一下。"江德英说。

"好，不用看了，我签字画押，没有问题，到哪里都不改口。"

"不行的，这是我们要求的程序。"程宇宁把笔录递给他。

李汉杰推门，跟江德英示意。江德英快步走到走廊上。

"怎么样？"李汉杰问。

"态度很好，一来全都招了。"江德英眯着一双细眼说，"借款有协议，利息也支付了，我看，做完笔录就可以放他回去了。"

"暂时还不能让他走，"李汉杰一脸严肃地说，"刚才渔场的谈话组传过来信息，这份借款协议是最近才补的，赵昌吉涉嫌伪造证据，出具伪证。你们再跟他好好谈谈，如果还是坚持说假话，下午检察院直接立案，反贪局过来把他带走！"

"啊，是这样啊！"江德英吃惊地问，"王垒还交代了什么？"

"王垒态度很顽固，这是佟艳红主动交代出来的。"李汉杰说，"赵昌吉的笔录很重要，不要手写的笔录了，你让程宇宁到材料组去抱一台电脑和打印机过来。"

"哦，好的，好的。"江德英满口答应。

江德英回到房间，对程宇宁说："小程，你到材料组去把电脑和打印机抱过来。"

"好的，这就去。"

看着程宇宁转身出门了，江德英俯在赵昌吉耳边小声说："五弟，佟艳红那个娘儿们把你们给卖了，刚刚交代说协议是假的，最近才补的。王垒的嘴很硬，暂时还没有交代。下午，检察院就来带你，办你个伪证罪。"

"哎哟，德英哥，这可咋办呀？"赵昌吉焦急地说。

"三十六计走为上计。"

"那我现在就从这里跑出去，反正你撑不上。"

"那不行，你拔腿就跑，那就把你哥给害了！"江德英贴在他耳边，小声说，"打电话，让你的车停在……"

过了一会儿，程宇宁抱着电脑、打印机走进房间。

江德英狠狠地拍了一下桌子，怒冲冲地质问道："赵昌吉，你不要再执迷不悟，你口口声声地表白，说假话天打五雷轰，不用打雷轰你，我们就能治你的罪，治你个伪证罪！"

"领导，您别发火嘛，让俺再想一想。"

"赵昌吉，我们给你时间考虑，但是时间也不会太久，你自己看着办。"程宇宁一边整理着电脑连线，一边说。

"哎哟，常言道'打春的萝卜，立秋的瓜'，今天早上吃了两块西瓜，这会儿肚子咕噜咕噜直叫唤，我得去趟卫生间。"江德英捂着肚子说。

一辆黑色的奥迪车悄悄倒车，停窗台下。

"哎，江主任，这辆车怎么停到咱们窗户前边了？"程宇宁警惕地问。

江德英向外张望了一眼说："八成是证人带的车吧，今天通知的证人比较多。"

"不对，它怎么不熄火？我得过去看看，不能让它停在咱们谈话室的外边，得让它停远一点。"

"不要大惊小怪嘛，也许是天气热，人家开着空调呢。哎呀，不行了！我先去解个手。"江德英说着，一溜小跑钻进了卫生间。

程宇宁仍然目不转睛地看着黑色轿车。

江德英在卫生间里喊："小程，里边没有卷纸了，让服务员给送一卷。"

程宇宁推开卫生间，递给他一袋纸巾："我这里有纸巾，你先用着吧。"

"好的，谢谢！"

趁着这个机会，赵昌吉踩着沙发一步跨上窗台，推开了窗户。

程宇宁走出卫生间，看到赵昌吉已经站在窗台上，突如其来的情况让他惊愕得张大了嘴巴。

赵昌吉一脚跨出窗台，转过身，双手向程宇宁抱拳施礼："兄弟，告辞啦！"说完，纵身跳了下去。

"赵昌吉！"程宇宁大吼一声扑了过去。

两个马仔搀扶着赵昌吉钻进黑色的轿车。一股青烟从车屁股后边窜起，伴随着引擎的轰鸣，奥迪车吼叫着冲出了招待所。

满金龙笑眯眯地走进刘冠一的办公室，"首长，俺今天来市里开会，过来看看您！"

"坐吧，吸烟。"刘冠一推了推桌子上的"中华"烟。

刘冠一今天冷淡的态度，使得满金龙很不适应，一时间手足无措。他点燃一支烟，满脸谄媚地问："首长身体好吗？"

"还行吧！"刘冠一不冷不热地说。

"首长，给您捎来一条烟，放在晓辉那里啦。"满金龙仍然是一脸谄笑。

"以后别带了，我准备戒烟了。"刘冠一仍然板着脸说。

"首长，我是您一手栽培起来的，您要是看我做得不好，您就打我一顿，骂我一顿吧！"满金龙小心翼翼地试探道。

"你现在是打不得，也骂不得喽，"刘冠一点燃一支烟，仰在靠背上，长叹了一声，"唉！也怪我，把你们都宠坏了！"

"首长，我……"

刘冠一摆摆手："别说啦，你想说啥，我都清楚。自己腚上的屎，自己想办法擦干净吧，别人帮不了你，好自为之吧！"

"首长，那我先去开会了。"

"好的，去吧！"

满金龙站在市政府的长廊上，只觉得一股寒气从脚底直冲头顶。他定了定神，向四周打量了一下，避开监控探头，从包里掏出一万元现金，迅速装进一个信封里，然后沿着步行梯，步履沉重地一步一步向楼下走去。

满金龙小心地敲了两下 802 的房门。

"进来！"传来南方普通话的声音。

满金龙推开房门，满面笑容地说："方部长好！"

"哎哟嗬，是金龙呀！"方云生热情地招呼道，"快点进来，坐！坐！"

满金龙坐在方云生的对面，把一个鼓鼓囊囊的信封悄悄塞到文件夹里，小心翼翼地说："给首长带了一件衬衣！"

"客气了啊，金龙，没得必要的嘛！"方云生笑吟吟地说。

"方部长，我来市里开会，顺便过来看看老首长，还有些思想跟您汇报汇报。"

"好的，讲讲嘛。"方云生消瘦的脸上挂着笑容。

"我说得不妥当的地方，首长别介意！"

"'言者无罪，闻者足戒'嘛，尽管讲就是了，组织部就是干部之家嘛！"

"祁河县以前的发展势头非常好，自从陈爱民过来当了纪委书记之后，弄得干部人心惶惶，没有心思抓发展……"

"华书记，你好！"陈爱民拿着手机说。

"陈书记，你好，老哥有什么见教啊？"电话里华晨旭说。

"有一件事要麻烦你老弟，借你们祁东县的几个办案骨干用几天，至多五天。"

"没有问题，要谁给谁。不过，你们祁河县的办案声名鹊起，人才济济，我们只能望其项背，怎么想到从我这里借人啊？"

"请你出兵，替我清理门户呢，查出了内奸，都是曾经的'亲密战友'，我们的人下不去手啊！"

"能不能内部消化算了？毕竟是家丑不可外扬啊！情节很恶劣吗？"华晨旭问。

"我都恨不得把他拖出去毙了！"陈爱民恨恨地说，"我们用暗录设备发现这个内奸协助涉案人员从办案点逃跑，还有之前发现的其他一些严重问题，罪不可赦！"

"好的，既然是这样，我们全力配合。你点将吧，反正你是市纪委二室的老主任，县区的办案骨干你都熟悉。"华晨旭说。

"宋正义、于修文现在手头上没有案子吧？"陈爱民问。

"好的，就让他们两个人再带上四个顺手的伙计过去，我们这里的小困难，自己能克服。"

"谢谢老弟的全力支持，晚上你过来，咱们一起喝两杯。"

"酒先寄存在你那里吧，近期我过去拜访老兄。"华晨旭的声音。

江德英走进渔场监控室，"李书记，你找我？"

"是的，你跟我过来一下。"李汉杰平静地回答。

李汉杰带着江德英进入谈话室，三个陌生的面孔，威严地迎面站立。

"这是干什么？"江德英回过身，惊恐地问李汉杰。

李汉杰严厉地说："江德英，根据调查，已经掌握确凿的证据，你在办案过程中涉嫌严重违法乱纪，你必须老老实实跟组织交代清楚！"

"这是干什么呀？李书记，你叫我过来，我还以为是有新任务的，闹了半天，你们这是要办我啊！"江德英叫起冤屈来。

"好好交代吧，争取一个好态度，组织上会给你宽大处理的。"李汉杰拍拍江德英的肩膀，"这几句也是你以前办案子的时候，经常跟被审查人说的。这几位你过去认识吧？"

"以前开会好像见过。"

"我再介绍一下吧，这一位是祁东县纪委一室主任宋正义。"李汉杰指着一位高个子说，又指着一个健壮的汉子，"这一位是二室主任于修文。"

李汉杰强调这一点，就是给江德英传递一个强烈的信号——他们都是行家里手，进一步增加他的心理压力。

宋正义介绍另一位年轻人："副科级纪检监察员张昕。"

"好了，你们谈吧！"李汉杰说。

"李书记，你不能走，你得还我一个清白呀！"江德英说。

　　李汉杰挣脱江德英的手说："清白不清白，调查结果会证明的。江德英你的所作所为真让人恶心，你给纪检监察干部脸上抹黑，我鄙视你！"说完，摔门走了出去。

　　"江德英，程序你也知道，掏出你的私人物品，解下皮带，换上拖鞋！"宋正义用命令的口吻说。

　　"凭什么这样对待我？"江德英愤愤不平地问。

　　"凭什么？这不是你应该问的问题。"于修文走到江德英跟前，"你要是自己不动手，我们就动手了，别自讨没趣！"

　　"好！好！"江德英一边解皮带，一边嘟囔着说，"'本自同根生，相煎何太急？'这是何必呢？"

　　宋正义接着话说："'本自同根生'是不错，但是像你这样腐败变质的豆萁，就是要铲除掉，燃烧掉！"

　　"江德英，坐下说吧，站客难打发。"于修文示意道，"你也是老办案的，对办案的程序、政策、套路都熟悉，我们也不想跟你再费这方面的口舌了，直截了当地问你，愿不愿意谈？"

　　"我愿意谈，但是让我谈什么呀？"江德英满脸委屈。

　　"江德英，你说这话就是不想谈了？"宋正义抽了一口烟，"你应该清楚，作为一个纪检监察干部，特别是办案骨干，对于你的处理是非常谨慎的，如果没有板上钉钉的证据，是不会采取组织措施的。再问你一遍，谈，还是不谈？"

　　"别跟我来这一套，是的，你们掌握一粒芝麻，哄我交代出一筐西瓜，这我懂，以前经常玩的玩意儿！"江德英色厉内荏地说，"让我交代，好，我就说，吃点喝点的事情是有的，偶尔收过土特产，大的问题没有，绝对没有！"

　　"吃点喝点也不是小问题，也得看看是吃的谁的，喝的谁的，影响公正执行公务的酒，喝了是什么结果，你是老办案人员，不会不清楚吧？"于修文反问道。

　　"你们这是干啥呀？一左一右，两面夹击，咬文嚼字跟我抠字眼儿，软硬兼施，有这么对待同志的吗？我抗议！"

　　于修文反驳说："什么，跟你抠字眼儿，我问话的潜台词你太清楚了，心惊胆战，不敢面对，是吧？"

　　"呸！你不要跟我们称'同志'，你的恶劣行为让我们纪检监察干部蒙受羞耻！"宋正义说，"既然你抱着不见黄河不死心的态度，那就让你开开眼，张昕，点出来让他看看！"

　　"老江，开弓没有回头箭，看了之后，你就没有任何从轻处理的机会了，你可要考虑清楚！"于修文说。

江德英沉吟了一下，腮帮子的肌肉哆嗦了几下，"有啥证据拿出来，让我见识见识吧！"

张昕打开电脑文件夹，出现几张照片。

江德英凑到电脑前仔细观看，内心一阵狂跳，他压抑住惊慌的心情，强装镇静地说："哎哟，这不是老孟丢失的笔录吗？你们是在哪里找到的？"

"回到座位上坐好！"于修文说，"江德英，看到了吧？已经化作一缕青烟的东西，变成一堆灰烬的材料，现在又显灵了，出现在了面前，你怎么解释？"

"我没得解释，谁丢失的谁负责，你们问孟庆军去好啦！"江德英翻了一下白眼，满不在乎地回答。

"你真是厚颜无耻，不可救药！"宋正义愤怒地说，"那我再让你欣赏一个片段，江德英，作为昔日的同志和战友，我最后一次警告你，看完之后你就真的没有回头路了！"

"看了，你就得进去；不看，主动交代，还有从轻处理的机会，你自己掂量掂量。"于修文进一步敲打。

"我是清白的，是有人想迫害我。你们有的宝贝都亮出来吧！"江德英咬牙切齿地说。

张昕打开文件夹，画面上出现了江德英俯在赵昌吉耳边，给他出谋划策的镜头。

"好啦，先播放这一点，关上吧，这是今天上午的镜头，刚刚过去几个小时，江副主任是主要演员，台词他比谁都清楚！"宋正义冷冷地说。

江德英怔住了几分钟，突然号啕大哭："哎哟我的娘哎，我这是打雁一生，却被大雁啄瞎了眼啊！"

"你是自作自受，什么大雁小雁的！"于修文训斥说。

"这是李汉杰给我下的套儿啊，李汉杰，你好心狠手辣呀！"江德英哭得一把鼻涕一把泪。

"别哭了，我们都是把丑话跟你说在前头的吧，你不相信。现在还有机会，是主动交代，还是继续观赏，你自己拿主意！"宋正义说。

"我交代，我主动交代！"江德英跪下说，"求你们救救我，求你们告诉陈书记，我痛改前非，主动交代，放我一条活路吧！"

宋正义把江德英拉起来，"江德英，你坐好，想交代问题可以，但是，必须走彻底坦白的道路，如果再敢讲半句瞎话，之前所有的好态度，一笔勾销！"

"我坦白，彻底坦白！"江德英抹了一把眼泪，讷讷地说。

第十七章　建设局腐败大起底　老公安枉法入囹圄

　　赵昌吉脱下上衣，在明亮的灯光照射下，十几条青紫色的击打伤痕赫然在目。

　　看守所副所长俞继仁心事重重地走到二楼的楼梯口，猛地抬头，不由得大吃一惊……

　　上午九时，陈爱民、高勇平、张铁军来到马骏的办公室汇报案件。

　　"请坐吧！"马骏一边倒水，一边说，"我们不等强国县长了，爱民书记，你先讲讲吧。"

　　陈爱民说："马书记，我先汇报一下建设局局长王垒和会计佟艳红的案件。这个案子已经进行了四天，除了两个人共同挪用公款九百五十万元，王垒交代的贪污和受贿问题共计一百一十二万元，其中，与佟艳红共同贪污的三十七万元。具体的情况〈供证表〉有详细汇报，我就不再赘述了。王垒还交代，建设局档案室的火灾幕后指使人可能是白怀洲，具体实施的是建设局办公室副主任王学礼。再有到祁东办案点三更半夜闹鬼的也是这个王学礼，还有一个同伙是李建群，这两个人以前都是赵四吉的马仔，后来被白怀洲、满金虎拉了过去。2008 年暑假把县纪委孟庆军主任的儿子孟凡繁鼻梁撞骨折的，赵四吉是主谋，白怀洲参与，王学礼、赵昌吉、李建群这三个人主要实施。另外，他还反映了一个信息，大约在一个月前，王学礼找他要硝酸铊。"

　　马骏吃惊得瞪圆了眼睛："什么，硝酸铊！这个东西我知道，是一种无色无味的重金属盐，对人的神经系统和肝脏危害很大，严重的可以致人死亡。二十世纪九十年代我的母校发生过学生用这种东西投毒的案子，轰动全国，他找这个东西想要干什么？肯定不怀好意！"

　　张铁军接着说："根据我们掌握的情况，这个王学礼身体素质非常好，在特战大队服役过，在部队的时候，像猿猴一样敏捷，顺着水管攀爬四层楼房仅仅八秒钟。我们作一个大胆的推测，假如说就是王学礼进入了陈爱民书记的宿舍，那么，

509

他想干什么呢？入室盗窃，显然不可能。持刀行凶，可能性也不大。但是，如果把他寻找硝酸铊这种行为联系起来，那推论就让人不寒而栗！案发之后我和陈爱民在他客厅里，我们认为最有可能的薄弱环节，就是饮水机水桶！"

"那我们就按着这个思路推演下去，他们采取如此极端的手段，目的就是伤害陈爱民书记，从而阻止案件调查下去，阻止他们的罪行败露。"高勇平说。

张铁军赞同地说："是呀，幸亏陈书记警惕性高，用尼龙丝做了一个绊索，拉响了玻璃杯！如果让那个嫌疑人的犯罪活动得逞，等到我们发现问题，回过头再来排查原因的时候，已经时过境迁，鞭长莫及了。"

陈爱民接着说："这个王学礼就是今年春天盯我梢的人，今年春天，他躲在银杏园酒家门口的柱子后边，偷拍我与薛媛媛等人告别的镜头。我发觉之后走过去，跟他打了一个照面，记住了他的长相。后来在部队招待所的取证点，他作为证人到那里，跟我打了一个照面，被我一眼认出。"

"现在能不能找到这个王学礼？"马骏皱着眉头问。

"最近这个人失踪了，消失得无影无踪。"张铁军说，"根据我们侦查，他最后一次出现在青山景区服务区附近，时间是 8 月 23 日晚上，那是一个星期天，那一带的农家乐有几十家，分析是在那里喝酒，然后去向不明。"

强国推门进来，抱歉地说："对不起，迟到了。"

陈爱民说："强县长，简要跟你汇报一下，根据王垒交代，2008 年夏天殴打县纪委孟庆军主任的孩子，5 月 29 日建设局档案室火灾，夜闯渔场办案点，都与建设系统的腐败案件有关联，几个主要的嫌疑人都指向白怀洲、赵四吉以及马仔赵昌吉、王学礼、李建群。还有进入我宿舍的有可能是建设局办公室副主任王学礼，目的是向饮水机和饮用水里投毒。目前，嫌疑人已经失踪。"

强国坐定，"这么说，我们与邪恶势力的斗争，已经进入白热化了，到了刺刀见红的时候了。我的观点，办案子过程中遇到的艰难险阻，就是要通过办案子来解决，不彻底铲除这些邪恶势力，我们将永无宁日！"

"是的，绝不妥协，必须彻底铲除，以绝后患！"马骏坚定地说，"不过，这些腐败分子勾结黑恶势力，胆敢如此猖狂地进行反扑，也从另一个侧面反映出他们腐败行为的严重性，以及我们坚决惩治腐败的必要性！"

陈爱民接着说："通过这个案件，县纪委、检察院的内奸也已经暴露出来。县纪委第一纪检监察室主持工作的副主任江德英通风报信，为腐败分子出谋划策，收受贿赂。我们已经对其采取'两归'措施。检察院副检察长衣振全为涉案人员出谋划策，收受礼金、购物卡、烟酒等。公安内部的内鬼已经锁定看守所副所长俞继仁。俞继仁长期在主城区的临河派出所担任所长，相关线索，我们正在与公安局纪委进一步摸排。"

"副检察长衣振全的问题掌握多少？"马骏问。

陈爱民回答："人民医院院长刘传福违法担保的案件，衣振全为他出谋划策，以'法院对人民医院担保的资金尚未划扣，或者即使已经划扣但是主贷方王浩伟不拒绝偿还，就不能认定已经造成损失'作为借口，逃避玩忽职守、滥用职权的惩罚。在王垒、佟艳红涉嫌挪用公款案件调查初期，衣振全仍然出谋划策，教唆王垒用补充的借款协议和利息，企图以违反财经的纪律错误混淆挪用公款犯罪的事实，掩盖和逃避对于犯罪事实的处罚。根据王垒交代，衣振全收受王垒一万元购物卡。"

"勇平检察长，老衣是你的人，你看怎么处理？"马骏问。

"衣振全是二十年的老反贪，曾经是淮江市检察系统'十佳办案能手'。我之前与爱民书记交流，目前掌握的情节最难认定的就是他的主观动机，比如这一起涉嫌挪用公款的案件，他完全可以用提供咨询、不知情，逃避为犯罪分子出谋划策的法律责任。所以，我建议把他调出检察系统。"

"陈书记，你看呢？"马骏转向陈爱民问道。

"衣振全是个办案老手，作案的同时也采取了一些自我保护的措施，比泥鳅还要滑，认定他违纪能扣住，没有问题，但是要想追究刑事责任还有一定的难度。再者说，我们目前还没有掌握他其他的严重违法违纪的线索。因此，我同意高检察长的建议，给他背上一个处分，调出检察系统，今后如果再有新的线索暴露出来，再一并处理。"陈爱民说。

"好吧，我同意你们的意见，把衣振全调整出去，但是，要找他认真地谈一次，而且要谈出力度来，要让他冒出一身冷汗来。纪委该立案的就依照纪律的要求立案，给他一个处分！"

"马书记，我尽快安排。"陈爱民说。

"还有，这个王学礼、赵昌吉等涉案人员必须尽快缉拿归案，他们目前已经是穷凶极恶的犯罪分子，留在社会上是很大的隐患，特别是赵四吉也要尽快到案。"马骏说。

"马书记、强县长，我与陈书记、高检察长商量了一个方案，准备对上述三人实施网上追逃，同时对赵四吉的情妇，也就是'黄金海岸'的老鸨祝溪芝以及马仔李建群实施追捕。"张铁军说。

高勇平说："我们几个昨天开了通案会，认为赵四吉、王学礼、赵昌吉、李建群对孟庆军主任的儿子孟凡繁实施了故意伤害，已经构成犯罪；赵四吉、赵昌吉、祝溪芝还涉嫌介绍、容留妇女卖淫罪，另外赵四吉向周树彬行贿的二十万元，涉嫌行贿犯罪。"

"好吧，除恶务尽，既然要干，你们的动作一定要快，迅雷不及掩耳！"马骏说。

"好，我们立即行动！"几个人不约而同地站了起来。

陈爱民走进渔场监控室。梁石祥对陈爱民说："陈书记，江德英整整一天没有吃饭，我们用你传授的巴甫洛夫试验的办法，引诱他的食欲，也没有效果，一盒方便面还纹丝不动放在那里。他哭着喊着，泪如泉涌，非得要见你。"

陈爱民放下提包，说："要不，咱们两个过去跟他谈谈吧，真是让我又气又恨的家伙！"

陈爱民推门进入谈话室，宋正义、于修文起身打招呼。

梁石祥说："江德英，陈书记专门过来看看你，希望你放下思想包袱，正确对待自己的错误，把有关问题讲清楚。"

陈爱民搬一只椅子坐在江德英的对面，摆摆手，"别站着了，坐下吧！"

江德英"扑通"跪下，"陈书记，我错了！"泪如雨下。

"起来吧，男儿膝下有黄金，看看你这一身的软骨头，就是当叛徒的料！"陈爱民鄙夷地说。

"我恳求陈书记放我一条生路，让我辞职回家，今后自谋职业，混口饭吃，做一个好公民，还不行吗？"

"江德英，还记得我刚来祁河县时，给全体纪检监察干部划定的两条红线？"

江德英涕泪涟涟地点头回答："记得，您说过'对待工作，不准吃里爬外；对待同志，不准下绊子、砸黑砖。'当时大家都私下议论，陈书记您真是说到纪检干部队伍的根子上了。"

"你偷走被审查人的笔录，却把责任推给孟庆军同志，孟庆军为你背了黑锅，你却得到提拔重用。砸黑砖你出手够重的，下绊子也毫不留情，还好意思讲什么'本自同根生，相煎何太急？'"陈爱民眼睛里喷射出怒火，"你为了一点蝇头小利，心甘情愿充当腐败分子的眼线，为他们提供信息，出谋划策，收受贿赂，甚至出轨腐败分子的老婆，是不是吃里爬外的行径？"

"陈书记，我跟您解释，我跟高璐璐是高中时初恋的恋人。俺家在农村，她父母嫌弃俺家穷，棒打鸳鸯，硬生生地把俺俩拆散了，她才嫁给王垒。他们两个人的感情一直不好，王垒不能生育。"

梁石祥说："你这倒是说了一句实话，高璐璐说了下半辈子她养着你，这下你心里踏实了吧？"

"我再问你，还记得入党誓词的最后一句吗？"陈爱民问。

"记得，'永不叛党'！"江德英羞愧万分地垂下了头。

"还记得最后一次重温入党誓词是在哪里吗？"

"记得，是陈书记您带着我们在井冈山烈士纪念塔前。陈书记，我后悔死了！"

"江德英，刑法里有一个罪名，'帮助犯罪分子逃避处罚罪'，说的就是像你这样有查禁犯罪活动职责的国家工作人员，向犯罪分子通风报信、提供便利，帮助犯罪分子逃避处罚的行为。你自作聪明，拒不主动交代，已经丧失了一切从轻处理的机会，后果如何，你当然很清楚。"

说完，陈爱民决然而去。

副检察长衣振全提着旅行包到了渔场，兴高采烈地对王自力说："王常委，高检让我来找你报到！"

"高检察长没有告诉你来干什么吗？"

"不就是办案子吗？"

"那你跟我到谈话室里来吧。"王自力说。

进入谈话室，衣振全把提包放在桌子上，下意识地坐在了主谈的桌子后边。

"老衣，坐错了，"孟庆军抽着烟走进来，他指着被审查人的凳子，"你的座位在那里呢！"

"什么，孟主任，你是开玩笑吧，黑色幽默吗？"衣振全皮笑肉不笑地说。

"谁跟你开玩笑？老衣，你涉嫌严重违纪，根据县委的要求，我们今天找你谈话，接受组织调查，一切问题你必须如实回答！"王自力严厉地说。

衣振全怒吼："哎！哎！你们这么做是不是过分了？通知我来，我连洗漱用品、换洗衣服都带来了，怎么进门就给我下马威，还要查办我？"

"看起来你还是有先见之明的，洗漱用品、换洗衣服都准备好了，在这里住上十天半个月的足够了。"孟庆军调侃说。

"哎哟哟，孟主任，你别吓唬我，县纪委还要'两归'我咋的？"

"老衣，你不要情绪激动嘛，作为老办案人员，你当然清楚没有铁板钉钉的证据，是不会动你们这号人的，就像江德英犯的事，他就是百般抵赖，也是毫无用处的，案卷已经移送你们检察院了，作为分管的检察长，你是一清二楚的。"

"孟主任，我不是情绪激动，就是转不过这个弯儿，咱们都是一个战壕里的战友，就是陈书记和高检察长经常比喻的咱们是八路军和新四军的关系，这么亲密无间的关系，最起码的信任应该是有的吧？"

王自力严肃地说："信任不能代替监督，无论是纪委还是检察院，都不能说是绝对的净土，纪检干部和检察干警也没有天然的免疫力，特别是身处办案第一线的，更容易成为腐败分子拉拢腐蚀的对象，更应该严格要求自己。"

衣振全两手一摊，"王常委，你要是跟我讲辩证法、两点论，我也无话可说。"

"这样，老衣，咱们不讲辩证法，也不说两点论，费那个口舌没有啥意思。咱们讨论一个案例，怎么样？"孟庆军又点燃一支烟，深吸了一口，"假如，我是说假如，张三和李四为某一个请托事项宴请检察院的干警朱五，宴请结束以后，张三在包间门口向朱五行贿一万元购物卡。现在，张三交代了，朱五不承认，你说能不能认定朱五受贿？"

衣振全听到这个案例，心里一阵阵发凉，他明白这是模拟的8月13日晚上他与王垒等人喝酒收受购物卡的经过。

"孟主任，这样的证据就能认定了吗？未免太单薄了吧？仅仅凭张三的口供这么一个孤证，没有李四证言的支持，肯定是不能认定这个干警朱五受贿的！"衣振全心虚地说。

"但是，老衣，如果有杨六和侯七在旁边作目击证人，以上的情节能不能认定？"孟庆军微笑着发问。

衣振全倒吸一口凉气，不由自主地走到墙角蹲了下去，眼珠子滴溜溜地转。

孟庆军猜想，他这是在努力回忆当时附近有没有闲杂人员、监控探头之类。

王自力跟他使眼色："老孟，差不多了吧！"

"好的。"孟庆军走到衣振全跟前，笑眯眯地递给他一支烟。

衣振全蹲在地上，用眼角偷偷瞄了一眼孟庆军，看到的是一张和善的笑脸。

"起来，抽一支烟吧！"孟庆军又递给他一支烟说。

"哎哟，吓死我啦！"衣振全站起身，长出一口气，"孟主任，咱们可不带这样玩儿的，你真的吓死我了！"

"现在知道县纪委对你没有恶意吧，还是想挽救、教育你的。"王自力说。

"非常感谢组织的关怀，我承认，接受过王垒的吃请，给王垒还有刘传福提供过法律咨询。但是，你们的调查我真的不知情，的确不知道他们的违法问题。从陈书记过来之后，纪委的保密是很严格的，我也不可能知道县纪委调查的信息，是吧？我承认，收过王垒、刘传福等人的烟酒、食品，也收过购物卡，绝对没有收过现金。县委不是在建军节那一天召开'抓党风，树形象，与人民群众心连心'教育活动嘛，我们院党组组织了几次学习，我认识到以前的做法有错误，就主动到银行'510'账户上缴了三万元购物卡，单据就在办公室的抽屉里呢。"

"那好，你现在就给县委写一份深刻的检查。"王自力说。

"马上写，马上写，我愿意接受组织的任何处理！"衣振全感叹道，"今天你们跟我一席谈话，让我胜读十年书。直到现在我才明白，自己白干了二十年的反贪，孟主任，你才是我的老师！"言毕，向孟庆军深深鞠躬。

"山外有山，人外有人，强中更有强中手，"王自力抽了一口烟，"最关键的是自己必须把握住党纪国法的底线，不去做亏心事，对吧？"

"是的，是的，"衣振全点头称是，"刚才孟主任跟我假定的那个案例，把我吓一跳，我明白，组织上是真心真意帮助我的，要不然就把我绕进去了。孟主任，您这一招必杀技的确厉害，专门对付行家里手的，今天算是领教了，谢谢您，孟主任，孟老师！"

"好了，别给我拍马屁了！明白组织上是真正关心你，爱护你，今后廉洁自律，多为老百姓做一些好事就行了。老衣，你写一份深刻的检查，回去听候处理吧！"

"王常委，孟主任，谢谢你们二位！我还想问一下，回去之后我还能继续履行职务吗？"

"老衣，现在县纪委暂时还没有对你立案，县人大常委会也没有免去你的职务，可以继续履行职责。"王自力回答。

"好的，回去之后，工作上的事情多跟分管科室交流，多跟高检察长汇报。"衣振全长叹一声，"唉，这次教训实在是太深刻了，从今往后老实本分地工作，绝对不敢再有非分之想了！"

夕阳西下，马楼镇的街道上行人稀稀落落，归巢的燕子"啾啾"地鸣叫着，在暮霭中回绕。白露节气到了，傍晚的凉风给这个小镇的寂静的黄昏带来了一阵一阵的秋意。

一个戴着墨镜的精壮汉子提着一兜食品，急匆匆行走在街道上。

突然，从旁边店铺里冲出三个人，一个高大魁梧的年轻人大喊一声："公安局的，不许动！"

汉子扔掉塑料袋，乖乖地举起手。

刑警中队长王跃进厉声问道："你是赵昌吉吗？"

"是的。"

一位刑警迅速给他戴上手铐。不远处一辆民用号牌的普桑车"呼"的一声开过来，戛然停在跟前。

"上车吧！"王跃进冷峻地说。

祁河县刑警大队讯问室，大队长武四海犀利的目光逼视着赵昌吉，"赵昌吉，把你的上衣脱下来！"

赵昌吉解开袖口的纽扣，慢慢脱下上衣，在明亮的灯光照射下，上身十几条青紫色的棍棒击打伤痕赫然在目。

"穿上吧，"武四海说，"讲一讲，身上的伤是怎么回事？"

"武大队长，我认识你，也敬佩你，道上的兄弟也都敬佩你。今天落到你手里，我心服口服，就凭你亲自审问我，我也得老实交代，不给你添麻烦。能给我一根烟抽吗？"

王跃进点燃一支烟，递给他。

赵昌吉喷出一团浓烟，"这是 8 月 20 号星期五那天晚上，俺与四哥——哦，就是赵四吉——从淮江市区回来，走到西大桥不远的地方，遭到伏击。我用铁棍打倒一个，赵四吉捅伤一个。然后就是七八个人用钢管对俺兄弟俩一顿暴打，警官你们看，我浑身上下打得跟斑马一样，没有一块好地方。"

"你们为什么不报警？"

"哪敢啊？俺们都明白，这是王八羔子白怀洲、满金虎找人干的，虽然已经撕破脸，但是还没有到惊动官府的地步。所以，我跟赵四吉找了一个小诊所包扎了一下，没敢去大医院看伤。"

"白怀洲、满金虎为什么要暗算你们？"

"他们欠俺赵家一千二百五十万元，还有长安建设集团百分之二十的股份，这么说还是少算的。"赵昌吉愤愤不平。

"有啥根据？"

"谁都知道长安集团是俺大爷赵通海从临河镇建筑管理站干起来的，发展到祁河县第二建筑公司，后来改制叫做'长安建设集团'，对吧？凭啥这一块肥肉就落到白怀洲、满金虎的狗嘴里？我和四哥只想要回属于俺家的那部分。春节前，财政局周树彬拨给长安集团两千五百万元，那是改制之前县政府欠第二建筑公司的工程款，俺们要一半，不算多吧？还有，长安集团的股份至少也有俺家的百分之二十吧？到哪里去讲，都是这个理！"

"唔，你说得有一些道理，"武四海点点头，"你再交代一下 2008 年夏天，你们暗算纪委孟庆军主任儿子的事儿。"

"这件事是白怀洲安排我去办的。开始是想教训一下姓孟的，结果上去两个练拳击的却根本不是孟主任的对手。后来是王学礼盯他儿子的梢，发现小孩假期的每天下午都去祁河中学的操场打篮球，我和王学礼、李建群还有一个小青年假装一起打球，我故意用肘击打小孩的面部，然后俺们就按照事先看好的线路跑了。"

"你不怕公安抓你们吗？"武四海追问。

"俺四哥能摆平，他说派出所才懒得问这些屁事儿呢，万一逮到了，就说是不小心撞的，民事纠纷，大不了赔偿俩钱。"

"祁东县纪委的办案点半夜闹事，那天晚上你去了吗？"

"我听李建群说，他和王学礼摸到陵山的纪委的点上，闹出一点动静，吓唬吓唬他们。这件事跟俺兄弟俩没有关系，那时候已经开始翻脸了。"

"赵四吉现在在哪里？"武四海严厉地问。

"我——不知道。"

"老实回答！"

"我真的不知道。"赵昌吉眨着眼说。

"赵昌吉，我们找到赵四吉只是迟早的事情。现在，你四哥的处境很危险，随时有可能被人灭口，是谁想宰了他，你也很清楚。所以，配合我们尽快找到他，既救了你哥的性命，也算是你立的功，你自己掂量掂量看！"

"武大队长，跟您说实话吧，分手的时候四哥跟我约定的，有事就到瞿园镇北边的万源石膏矿去找他。那里是祝溪芝舅舅开的矿。"赵昌吉说，"能不能找到他，我没有把握。我知道的，都交代了。"

手机来电显示"组织部贺咏梅"。

陈爱民放下手中的文件夹，"贺处长，你好！"

"陈书记你好，我是贺咏梅呀，"手机里传来淮江市委组织部贺处长的声音，"一件事跟陈书记汇报一下，淮江高等师范学校缺位一个副书记兼纪委书记，是正处职的岗位，方部长让我征求一下你的意见，愿不愿意去？"

这个突如其来的信息让陈爱民始料不及，他迅速做出判断，这是调虎离山计，于是他用惯常的沉稳语气回答说："谢谢组织部领导的关心，提拔当然是好事，我想问一下，纪检干部是双重领导，这个动议征求过市纪委徐远行书记的意见吗？"

"暂时还没有，组织部领导的意思是先听听你个人的想法，然后再跟市纪委沟通。不过，书记老哥，我个人觉得这个安排还是很好的，要是放弃了挺可惜。外派的县委常委干了三年五载再回到市区，能解决一个正处职就非常满意了，除了常务副县长、县委副书记，大多数都是平调回来的。"

"不过，我来祁河县任职还不满一年，这样拔腿就走，是不是不太妥当？"

"我们部里也有同志提出类似的意见，方部长认为你任职副处时间长，工作又特别出色，可以破格提拔，而且认为你担任这个职务也非常合适。"

"我个人的想法是在祁河县起码干满两年之后再说调整的事情，"陈爱民恳切地说，"贺处长，你我是相知多年的老朋友，你也知道我志不在做大官，在做大事！"

"书记老哥的这一番话，让我很感动。眼下只要出来一个空位子，有多少人削尖脑袋往上钻，老哥根本不为所动，体现的是一个真正共产党员的情操，我敬佩你，祝福你工作顺利，事业兴旺！"

"谢谢贺处长，再见！"

陈爱民紧接着拨通了马骏的手机："马书记，我是爱民。"

"爱民书记，你请讲。"

"刚才市委组织部贺咏梅给我打电话，组织部准备调我到淮江师范专科学校担任副书记兼纪委书记，解决正处职。"

"啊，还有这件事，你个人是什么想法？"马骏惊愕地问。

"我告诉贺处长，我来祁河县是做事的，不是为了做官，还是让我干满两年再说吧。"

"你回答得很好，"马骏说，"我对市委组织部工作非常熟悉，这样安排你虽然是提拔重用，但是隐隐约约有一种不正常的感觉，你和我心里都清楚。"

"是啊，有些人急于把我从祁河县撵出去，送瘟神一样。"

"你先沉住气，我来问问市委李鹏飞书记，看看他是什么意见。现在祁河县的反腐败斗争正在节骨眼上，怎么能临阵换将呢？当初点你的将，也是李鹏飞书记和徐远行书记的意见啊。提拔重用当然是好事，如果提拔你到市纪委担任副书记或者其他要职，我双手赞成。但是安排到学校做副书记兼纪委书记，现在还不是时候。所以要是这种提拔重用，也得等干满两年再说嘛。"

"知道了，班长。"

任青霞敲门。

"请进来吧。"陈爱民说。

任青霞递上一本红色的文件夹："刚刚接到网上举报，反映看守所副所长俞继仁在今年6月19日早上从情妇刘淑云的住所出来，俞继仁的老婆上前与刘淑云发生厮打，用刀子划伤了刘淑云和俞继仁，当时有群众围观，还拍了照片，网上已经开始曝光。现在，俞继仁正在跟他老婆闹离婚。"

陈爱民仔细看了两遍："很好，想啥来啥。这个举报像是公安内部人员的举报，语言精练，时间、地点讲得一清二楚，还有网上下载的图片作为佐证。任常委，你有什么意见？"

"我建议尽快初查一下。"任青霞说，"俞继仁的生活作风问题早就有人反映，这个刘淑云是河道管理处的职工，三十多岁，离异，带着一个男孩，据说是俞继仁的。见过这个小孩的人都说，长相很像俞继仁。"

"家外有家，内宅外宅，这是什么恶劣的做派，跟过去的地主老财三妻四妾有什么区别？新中国成立这么多年了，这些腐朽的东西怎么又沉渣泛起？"陈爱民愤怒地说。

"是呀，贪财与好色是一对孪生兄弟。"任青霞说。

"这样吧，你带着信访室的安然他们，悄悄地查一下，就以打架的地点——祁河步行街为圆心，由近及远，查一下6月19日那天的所有医院急诊外科，一定要调取录像。老俞学过反侦察，他很可能会使用化名看病。"

"好的，我们马上就去办。"

"还有，你这位党员妈妈做得怎么样了？"

"陈书记，你是问那个小虞娇美哪？她身体已经康复了，入学一个星期了。我昨天下午抽空过去看看她，看到虞娇美正在排练教师节的节目呢，表情显得很阳光，很快乐！"

"她的那个家庭是问题家庭，她母亲李丽萍现在改邪归正了吗？"

"我一直关注着这件事呢，她现在找了一个企业的老板，丧偶的，两个人谈得挺好的。"任青霞高兴地说。

"你多关心她们娘儿俩，积德行善吧。"陈爱民掏出钱包，抽出五百元钱，"送给那个小姑娘，就说是一位伯伯给她买书的，让她好好学习，长大了做一个对社会有贡献的人。"

"我替那个小孩谢谢您！"任青霞感动地说。

万源石膏矿坐落在群山环抱的一个山坳里，一座一座的丘陵向两旁延伸出去，延绵起伏。满山遍野都是突兀的巨石，在岩石的缝隙里，生长着枝丫弯曲的野生灌木丛，在这灰白的底色里，一丛丛的绿色显得格外醒目。

初秋的中午天气依然很热，天上一片云彩也没有。瞿园派出所李所长带着刑警王跃进等人在一片树林里远远观察石膏矿。

李所长说："这个万源石膏矿，前年5月13日发生矿难，死亡三人，重伤两人，现在已经停产两年多了，矿上只留下几个人看门，平常很少有人过来。"

"李所长，你分析我们找的人会躲在哪里？"王立楷问。

"矿主有一个小二层楼的寓所，藏在那里的可能性比较大。我建议你们在后墙外设一个组，其他的从大门直接进去抓捕。"李所长说。

"后墙外边就是山体了，他能往哪里跑？"程宇宁问。

李所长回答："翻过这座山，就是邻省的地界了。按照惯例，嫌疑人都喜欢从后门逃跑，或者翻后墙逃跑。"

"李所长说得有道理，这样吧，我和李所长、王主任、庄国红从前边进去，小刘和程宇宁你们在后边警戒。"王跃进说。

一座欧式小洋楼的二楼餐厅里，妖冶的祝溪芝端着两盘炒菜走了上来。

"四哥，来吃饭吧，给你炒了两个可口的菜，冰箱里有啤酒。"祝溪芝招呼着说。

"幺妹，不对头啊，我刚才从监控里看到一辆捷达车在大门外停了几分钟，有人向院子里张望。"赵四吉心惊胆战地说。

"你调出来我看看，"祝溪芝盯着屏幕，惊呼道："哎呀，我认得这个人，是派出所的刘警官！"

"车往西边走了，"赵四吉说着，举起望远镜向西边瞭望，"幺妹，你看看那边的树林子里是不是有人？"

"我看看，"祝溪芝举着望远镜，"影影绰绰好像是有五六个人。四哥，不会是来抓咱们的吧？"

"幺妹，咱们赶紧跑吧，不然就来不及了！"

"四哥，现在已经来不及了，南边唯一的出路肯定已经被堵上了。"祝溪芝眼中发射出凶狠的目光，"四哥，我开车从南边冲出去，把他们引开，你翻墙从后边跑。墙根有梯子，外边的水泵房里有辆摩托，是我提前给你预备下的，你赶紧走吧！"

"幺妹，我怎么能扔下你跑？咱俩一起从后边走。"

"四哥，他们人多，有车，带着我咱们谁都跑不了，"祝溪芝扑过去紧紧拥抱了赵四吉一下，"记住了，我生是你的人，死是你的鬼！"抓起茶几上的车钥匙向楼下跑去。

大门洞开，一辆黑色的越野车发出巨大的轰鸣，冲出了大院。

"幺妹，我欠你一辈子！"赵四吉含着眼泪叫喊着。

"不好，他们要跑！"王跃进惊呼。

"王队，咱们兵分两路，你带人开警车去追，我带人进矿里搜查！"李所长说。

"好吧！"

两辆警车分头疾驰。

"瞿园卡口，瞿园卡口，立即拦截一辆黑色的越野车，立即拦截一辆黑色的越野车！"郑运华急促地命令。

全副武装的警察立即紧张地设置路障，开始盘查。

祝溪芝咬着牙，一路狂奔。王跃进拉响凄厉的警笛，穷追不舍。

卡口的警察严阵以待，黑色的越野车一阵急刹车，在路障前边停了下来。众警察围拢过来。

祝溪芝钻出汽车，伸出了双手。

"赵四吉呢？"王跃进厉声问道。

祝溪芝一声不吭。

"带走！"王跃进命令。

一个女民警上前把祝溪芝拉下了车。

刘警官开着捷达车飞快地驶入石膏矿的院子，一个急刹车，卷起一阵扬尘。众人急匆匆下车，向小楼包抄过去。

"后院有梯子！"程宇宁喊道。

李所长迅速跑过去，爬上梯子瞭望。

赵四吉背着双肩包，刚刚从泵房里推出摩托车。

李所长见状纵身从墙上跳下，边跑边喊："赵四吉，你站住，否则就开枪了！"

赵四吉回头冷笑了一下，右手加大油门，摩托车的排气筒发出一阵金属般的撞击声，一溜烟地逃跑了。

"晚了一步！"王立楷望着在羊肠小道上飞奔的摩托车，遗憾地说。

黄昏时分，张铁军、郑运华走进渔场监控室。

"跟陈书记检讨，这一次嫌疑人是从我们眼皮子底下跑掉的，责任在我们，我批评他们了。"张铁军说。

"不要批评他们，我们面对的是极其狡诈的罪犯，他们跟我们的个别人混在一起，了解了许多反侦查的手段，出现意外情况并不奇怪。"陈爱民说。

"他能跑到哪里去呢？"李汉杰问。

"咱们从犯罪心理的角度分析，赵四儿这一条漏网之鱼，现在找谁在一起才能感觉最安全？"陈爱民问。

郑运华递给陈爱民一支烟，"陈书记认为是谁？"

"我们公安机关的那个内鬼！"陈爱民肯定地说。

"有道理，保护伞，保护伞，这正是发挥保护作用的时候。"张铁军说，"郑局长，你马上查一下俞继仁的行踪。"

"好的。"郑运华转身出去了。

来电显示"任青霞"。陈爱民接听："任常委，你请讲！"

任青霞的声音："陈书记，跟你汇报一下，我们查到了 6 月 19 日早上七点钟左右，俞继仁和刘淑云到临河镇卫生院看的急诊外科，皮外划伤，俞继仁的胳膊缝合了十一针。刘淑云缝合了两处，十七针。两人果然是用的化名。"

"好的，暂时不要惊动他们，严格保密。"

"知道了。"任青霞回答。

"什么情况？"张铁军问。

陈爱民说："任常委他们查到 6 月 19 日早上，俞继仁带着刘淑云看外伤，两人都被利器划伤，据反映是当天早上刘淑云去捉奸，与俞的老婆当街发生厮打。"

"这条线索已经被网管屏蔽了，局纪委正要找俞继仁谈一谈。俞继仁与这个女人的关系一直很暧昧，据说还婚外生子。局纪委之前也找他谈过，他矢口否认，涉及民事行为，又不方便做 DNA 鉴定，现在真相大白了。"张铁军接着说，"他老婆王丽华是我们前任老政委的女儿，生育了一个女孩。俞继仁忌惮这一层关系，轻易不敢提出离婚。"

"他俩的夫妻关系貌合神离，这么多年，老俞搜刮的财富能带回家吗？"陈爱民问。

"最多就是工资上交吧。"张铁军回答。

"所以，我们要关注这个刘淑云。"陈爱民说。

郑云华进门，"两位领导，查了一下，俞继仁下午两点跟所长请假，说是去医院看胃病，疼得厉害，开警车走的。根据车载 GPS 定位的踪迹，俞继仁从省道驶入淮江市，他现在停留的位置是在淮江市区的阳光宾馆附近。"

张铁军诧异说："他请假看病，跑到淮江市区去搞什么名堂？我在市局工作时，熟悉这个太阳宾馆，是淮江矿务集团的三产，距离集团只有二百米，有一条小路，非常僻静，是个藏身的好去处。"

"现在的时间是下午六点半，"陈爱民看了一下手表，"我马上跟淮江矿务集团纪委的马维钢书记联系，请他们协查一下今天中午十二点至现在的入住客人的情况。"

"是呀，再先进的侦查技术也不能替代侦查员的逻辑分析和推理，技术侦查必须与现场侦查结合起来，才能发挥出信息、情报的最大效益。陈书记你有办案的天赋，这种天赋就源自最直观的判断，而且这种一闪念的判断往往是正确的。陈书记不干刑侦，实在太可惜了。"张铁军惋惜地说。

"喂，马书记吗？我是爱民啊！"

马维钢的声音："陈书记，你好！"

"上一次查爆破公司的账，马书记大力支持，一直没有机会好好谢谢你，最近有时间来祁河县指导一下吗？"

"谈不上指导，是学习，"马维钢说，"陈书记带领的队伍反腐败成效斐然，全省都闻名，我一定带领纪检监察干部登门讨教，到时候你可要不吝赐教啊。"

"还有一件事需要麻烦老兄，"陈爱民说，"请你们协查一下今天中午十二点至现在——十八点半期间入住阳光宾馆的客人情况，我们查找的一个涉案人员，有可能躲在你们那里。"

"好的，我们今天下午正好在这里召开全系统的案件检查工作会议，我这就去前台查一下，回头给你回话。"

"谢谢马书记！"

陈爱民放下手机："张局长刚才表扬我是天生当刑警的料，陈爱民同学可是当年被警官学院拒之门外的呀，不然，咱俩就是同学了。1982 年高考，我的分数高出警官学院二十多分。暑假期间，警官学院教务处的梁宇处长来淮江市专门面试我，我们聊得很好，梁处长喜欢武术，我们还切磋了一下擒拿格斗。无奈视力稍微差一点，改学了财经专业。梁处长还给我父亲写了一封信，表示万分遗憾，这一直是我心头的隐痛。"

张铁军笑着说："咱们没有成为好同学，却成为好同事，一起并肩战斗，这也是缘分啊，剪不断的缘分。现在你是县委常委、纪委书记，是我的领导，我还要跟你早请示晚汇报的，这么说，陈书记的心理就该平衡了吧！"

"张局长要是这么说，我心里还真是很舒坦，思想疙瘩迎刃而解啦，"陈爱民笑逐颜开，"哎，马书记回电话了。"

"爱民兄弟你好，"马维钢站在阳光宾馆的院子里说，"我查了一下，在这个时间段入住的有五个，三男两女，三个是外地的，两个是本地的。"

"你分析哪一个最可疑？"陈爱民问。

"我觉得两个本地的可疑，特别是有一个女孩，刚满十八岁，下午五点登记的，名字叫祝清芝。"

"她入住的是哪一个房间？"

"二楼，207 号，靠近北侧。"

"能调取监控录像吗？"陈爱民问。

"我问过了，宾馆的整个监控系统坏了一段时间了，要维修不是一笔小数目。"马维钢回答。

"马书记，请你给我们留一个 207 对门的房间，我马上派人赶过去。"陈爱民说。

"没有问题，我这就安排。"

"谢谢马书记！"

"咱们自家人还客套什么？能给纪委出一把力，我很高兴。"马维钢说。

"那好，马书记，咱们见面再聊！"

梁石祥建议说："陈书记，让魏保平带着程宇宁过去吧，他俩在乡镇，赵四吉不熟悉。"

"好吧，开私家车去，到那里不要说祁河话，要讲普通话。"

"好的，我让他们注意这些细节。"梁石祥回答。

李汉杰建议说："陈书记，再派一个组，住在阳光宾馆附近吧，万一有情况可以相互支援。"

"这个意见很好，"陈爱民转身跟张铁军说，"你再派两个干警过去吧，找附近的宾馆住下。明天早上我也过去，请矿务集团纪委配合，咱们看看这个207号房间里，到底是什么货色。"

"好的，就让王跃进带一个干警过去吧。"

"这样吧，我今晚回市里，带孙建设过去，让他与干警住在一起，明天一早到阳光宾馆会合。这边的谈话和取证工作，李书记、梁书记你们两位多操心。"

"陈书记请放心吧。"李汉杰说。

别克车停在顺河小区门口，陈爱民下车，对孙建设说："孙主任，你们明天早上六点半到我母亲家接我。"

"好的，现在我们就去与王跃进会合。"孙建设说。

"到了宾馆，一定要把车牌卸下来。"

"知道了。"小董回答。

沿着长廊，陈爱民走到凉亭，举头仰望，七楼的书房发出柔和的光芒。

冯玉梅开门，一脸冰霜。

陈爱民捧着她的脸蛋仔细端详，看到冯玉梅长长的睫毛上是湿润的，面颊上挂着泪珠，他轻轻为她擦去泪水，心疼地问："怎么啦，小妹，满脸的不高兴？"

"没有啥，刚才打电话，娜娜不接电话，跟我要脾气！"

"她奶奶是高级知识分子，不会教唆娜娜跟你撂脸色吧？"

"谁知道呢？感情都是自私的，"冯玉梅凄凉地说，"水源最近也追得很紧，向我忏悔，表示痛改前非，想破镜重圆。"

"是不是水源跟那个叫胡雅君的散伙了，又想起来再吃回头草？小妹是什么想法，破镜重圆一直都是喜剧呀！"

"这是不可能的，他们一家对我伤害太深，让我痛不欲生，绝不是讲几句道歉的话就能弥补的。"冯玉梅痛苦地说。

"好了，好了，小妹不难过了，咱们不说这些不愉快的事儿了，来，让哥哥抱抱！"陈爱民哄劝着说，张开了双臂。

冯玉梅像一只温顺的小羊，依偎在陈爱民的怀抱里，浓密的睫毛下又流溢出晶莹的泪珠。

陈爱民把头埋进冯玉梅瀑布一样的散发，深深嗅了嗅，"小妹发丝里的药香味儿，真的令我陶醉！"

一辆红色的跑车拐进淮江市区西关的一条僻静马路上，又悄然驶进了阳光宾馆。

宾馆 208 房间，程宇宁透过猫眼，眯着一只眼，观察着对面 207 房间的动静。

一个亭亭玉立的姑娘，长披发，衣着时尚，拎着一个快餐盒，前后观察了一番，轻轻敲击 207 的房门，"噔噔"，敲了两下，停了停，又敲了四下，"噔噔噔噔"，在寂静的夜晚，声音格外清脆。

"来了一个女的，年纪不大！"程宇宁小声说。

门悄无声息地打开一道缝隙，姑娘闪身进去。

"魏主任，我听到她敲门，好像是有暗号，先敲两声，再敲四声。"

魏保平看了一下手表，"现在是晚上九点半。小程，你到大厅里等着这个女的出来，用手机录下来，看看她是谁，这边我盯着，千万别让她发觉。"

"好的。"程宇宁拎上了皮包。

手机振动，程宇宁接听。

魏保平小声说："出来了！"

"知道了！"程宇宁回答，他迅速将手机调整到录像状态。

时尚的女子"咯噔，咯噔"沿着楼梯走下来，警惕地扫视了一眼大厅，只有一个年轻人在专心致志地玩手机。女子走出大厅，钻进一辆红色的跑车，又悄无声息地开走了。

2010 年 9 月 11 日，这是一个星期六。早上七点钟，办案人员在阳光宾馆附近的一家早餐店集合。

"陈书记，昨天晚上我和程宇宁轮流值班，蹲守了一夜。晚上九点半，来了一个身材高挑的女的，穿着非常时尚，提着一袋快餐，待了半小时就走了。"魏保平打着哈欠说，然后打开手机，"陈书记你看，就是这个姑娘。"

陈爱民看了一眼，递给王跃进："认得吗？"

"这应该是祝清芝，祝溪芝的妹妹，她姐俩长得很像。"

马维钢走进店里，"陈书记，早啊！"

"星期六马书记也捞不着睡个懒觉，实在是抱歉啊！"

"说外气话了吧，还不都是咱们自己的事儿？"马维钢说着，拍拍一同过来的年轻人，"这是我们检查室的张处长。"

"好，这里不是客气的地方，咱们吃完早点，开始干活吧！"陈爱民说。

"服务员，请给我打包，带走一份。"魏保平说。

一行人悄悄进入208房间。程宇宁接过魏保平手里的食品袋，一边狼吞虎咽，一边说："昨天晚上我和魏主任一直分班盯着对门，只来过那个女的，待了半小时就走了。房间里的人没有出来过。"

"马书记，能不能找个服务员问问情况？"陈爱民说。

"可以呀。"

"有党员吗？"陈爱民问。

"班长李丽就是党员，我让她过来一下。"马维钢说。

身穿深蓝色西服的李丽进门，笑容满面地打招呼："马书记你好，各位领导好！"

"李班长，麻烦问一下，207号房间的客人入住以后有什么异常情况吗？"陈爱民问。

"这个房间登记的是一个女孩，入住的却是一个男的，中年人，昨天下午五点多钟来的，戴着口罩、墨镜，还用纱巾围着头，好像是得了传染病一样。晚班的服务员送开水，他不要；整理卫生，他也不让进。"

"李班长，我看你们的窗户都有防盗网，207的防盗网结实吗，就是说他不会从楼上跳下去吧？"

"领导，我们的防盗网都是钢筋焊接的，很坚固的。"

"李班长，你看这样行不行？"陈爱民说，"你帮助我们敲门，我们看看是不是要找的人。"

"领导，没问题。"李丽说。

"噔噔噔"，李丽敲门，轻声说："服务员，送开水。"

"不要！"一个男子生硬地说。

门外，孙建设小声说："听音好像是赵四吉。"

"噔噔噔"，李丽再一次敲门，"服务员，打扫卫生。"

"跟你讲过了，不要！"里边的人生气地说。

"噔噔噔"，李丽继续敲门。

男子显然是被激怒了，"哗啦"一声拉开门，透过缝隙怒吼："哎，我说你是咋回事！"

王跃进上前用力推门，"哐"的一声，被门上拴着的保险链阻住，他大吼一声："赵四吉，你跑不了啦！"

赵四吉怪叫一声，像一头困兽，纵身跃上窗台，拉开窗户，使劲推搡防盗网，又窜进卫生间，撕碎几张纸片，冲进下水道。

"赵四吉，警告你，再不开门，就是拒捕，我们就要强行打开啦！"王立楷大声吼道。

"好，我投降，我开门。"赵四吉无奈地打开了房门。

王跃进和民警迅速冲进房间，把赵四吉牢牢摁在床上，"说，刚才销毁的是什么？"

"电话号码。"

"谁的？"

"朋友的。"

"带了哪些物品？"

"只有一个双肩包。"

"带走吧！"王立楷说。

目送赵四吉被押走，陈爱民、马维钢等走出 208 房间，进入 207 号房间。

"谢谢李班长啊！"陈爱民感激地说。

"不客气，应该的。"

马维钢开玩笑说："记得以前中学课文里有一个伏契克写的〈207 号牢房〉，你们给他选的这个房间真是绝佳的号码。"

"李班长，我们还要仔细搜一下这个房间，可能会比较乱。"陈爱民说。

"没有关系的，我们一会儿再打扫。"李丽出去了。

"开始吧，估计他仓皇出逃，不会随身带多少东西，特别是重要的物品，咱们找找看吧，一片纸条都不要放过。"陈爱民说。

"陈书记，这里有一张纸条，上边有电话号码。"孙建设从床头柜的电话机下边抽出一小张纸片。

陈爱民接过来看看，上边用铅笔潦草地写了一个电话号码，他小心地夹到笔记本里，"带走查一下吧。"

汽车在高速公路飞驰，陈爱民拨打张友信的手机："张书记，报告一个好消息，赵四吉刚刚被抓到了！"

"好啊，这是一个重大进展哪，你们好好地深挖细查，这个人肚子里有货，都给他倒出来。我马上跟王立冬联系，让他加班给你们办好'两归'手续。同时，你们要注意保密，尽可能地把保密的时间拉长一些。"

"好的，谢谢张书记！"

来电显示，"市纪委王立冬"，陈爱民接听手机。

"陈书记，你好！"

"王主任，你好！"

"刚刚张书记跟我说，你们抓到了赵四吉，我跟李群常委汇报了，他说周一给你们办手续，不在乎这两天的时间。"

"立冬老弟，这个人涉黑，没有'两归'手续，我心里不踏实啊！"

"我在市纪委的办案点呢，几个领导也在，都在案子上。要不然你安排先把公安的拘留证送过来，我再汇报一下，尽快办理吧。"

"好吧。"

陈爱民拨通梁石祥的手机："梁书记，赵到了办案点之后，立即组织审问，不要给他留任何的喘息机会。另外，安排孙建设、季超尽快把赵四吉的拘留证给王立冬主任送过去。"

"好的，一是把精兵强将都排上去，二是马上把拘留证复印好，送到市纪委去。"

"另外，还要特别注意安全，这个人是从黑道打拼出来的，好勇斗狠，防止他自残。"陈爱民神情凝重地说，"你们马上用毛巾撕成粗布条，每一位办案的同志口袋里都要放一条。"

"明白了，如果他咬舌头自残，勒住他的嘴巴。我现在就安排他们演练一下。"梁石祥说。

赵四吉喘着粗气，坐在塑料方凳上，"孟主任，能给我一支烟吗？"

"可以呀，就是烟的档次差一点，十元一包的，赵局长将就着抽吧！"章勇翔点燃，递给他。

"孟主任，您别寒碜我了，现在赵某人就是一条丧家之犬，"赵四吉深深地抽了一口，咳嗽了几声，接着说，"我就是纳了闷，我在万源矿，只有赵昌吉知道，肯定是赵昌吉这个浑小子卖了我。但是我就是想不明白，昨天中午我从矿上跑出来，你们又是怎么这么快就追到阳光宾馆的，我只有这么小心啦，能防范跟踪的招都使了，还是被逮到了。你能告诉我吗，就算是死，也得弄个明白！"

"赵四吉，别把那些丧气话挂在嘴上，我们没有害你之心，找到你那是挽救你，谁想宰了你，你自己心里清楚得很。到了这里，我们可以保证你的人身安全，绝对的安全。"孟庆军说。

"孟主任，说心里话，见到你这么仁慈，我感到对不起你，就是你家小儿子的事，我向你谢罪！"赵四吉起身鞠躬，"你打我一顿吧！"

孟庆军平淡地说："老赵，你在这里尽管吃好、喝好、睡好，没有人会动你一根手指头的。你要是真的内疚，就老实交代，主动配合组织，走从宽处理的路子。"

"我们是仁义之师，仁者无敌，懂吗？"章勇翔说。

"明白，明白，"赵四吉点头称是，"本来我想好了，要是纪委上来就给我下马威，我就跟你们对打，拼了，反正就这样了。没有想到你们这么友好，特别是孟主任，一点都没有恨我。"

"我们是代表组织跟你谈话，个人恩怨不能掺杂在里边，好啦，咱们言归正传，先谈谈这个纸条子，这是谁的号码？"

"一个朋友的。"

"朋友？"孟庆军带着疑问的口气说，"你自己比喻现在是丧家之犬，这个时候还念念不忘的朋友，一定是你命中的贵人，帮助你脱离苦海的活菩萨吧？"

赵四吉沉默不语。

"这种手机卡就是大街上随处叫卖的那种卡吧，不记名，五十元一个，"章勇平接过纸条看了看，"老赵，你应该明白，即使是这样，我们也有办法很快锁定手机卡的持有人，费不了多少事的。"

"你冲到马桶里的也是电话号码吧？怎么忘了床头柜的座机下边还塞着这一张纸条，不愿意说就算了，这笔账就记在你的态度上。"

赵四吉慌忙地说："孟主任，我说，是俞所长的。"

孟庆军问："哪个俞所长，你说姓名！"

"是俞继仁，看守所的副所长。"

赵四吉的回答，更加印证了之前陈爱民等人的判断，孟庆军决定将计就计，继续给他布下疑兵阵。

"警用车辆都有定位系统，你知道吧？你们的一举一动，尽在我们的掌控之中。"

"啊，你们早就盯住俞继仁啦？"赵四吉吃惊地问。

"百密一疏，只要是作案，再狡猾的狐狸也会留下蛛丝马迹的。"孟庆军气定神闲地点燃一支烟。

赵四吉双手作揖，"佩服，佩服，怪不得老俞天天疑神疑鬼的，还真是这么回事，你们肯定是跟踪着警车找到我的。孟主任，能再给一支烟抽吗？"

"为了你的健康，你一个班只能抽两支，等一会儿再抽吧。"孟庆军非常惬意地抽了一口，"老赵，你纳闷的谜底已经给你揭开了，下边，就交代问题吧。既然咱们是从这个手机号码起的头，你就先从俞继仁开始交代吧。"

"俞继仁抓了吗？"赵四吉问。

"老赵，你现在是泥菩萨过河，自身难保，还有闲心管别人的事儿。"章勇翔接过话题回敬道，"俞继仁的问题，你知道的只是很小的一部分，先把你自己撇清楚吧！"

"连公安你们也敢抓啊！"赵四吉惊愕地说。

"谁违法乱纪就抓谁！"孟庆军狠狠地说，"县法院的法官抓了俩吧，县纪委的江德英副主任昨天已经转到看守所了，还有相关的检察干警也要受到严厉的处理。马骏书记说，'公检法和纪检内部的腐败分子，就是铁里的蛀虫，必须严惩不贷！'"

从孟庆军、章勇翔隐隐约约透露出的信息，赵四吉深信俞继仁已经出事了。

"现在的马骏书记、陈爱民书记，别看文质彬彬的，其实心里狠着哪，我算啥，俞继仁又算什么东西？就是菜板上的鱼和肉，清炖还是红烧，全是他们说了算。共产党太强大了，想干的事儿，没有干不成的，我算是彻底服帖了。"

"从头开始讲起吧。"孟庆军说。

"俞所长在临河镇做了九年的所长，临河街是啥地界，主城区啊，谁不买他的账？'在水一方'的马三儿比我花钱还得多。领导，能抽烟了吗？"

章勇翔点燃一支烟，递给他。

赵四吉狠吸了一口，"以前在临河镇建管站的时候，俞继仁就跟俺父亲赵通海关系很要好，经常吃吃喝喝的。2002年5月18号，我的'黄金海港'大酒店开张，吃喝玩乐一条龙的。干俺们这样的营生，少不了公安特别是辖区内派出所的关照。那时候俺父亲已经走了，还有个老情面搁在那里。通过当时临河镇的镇长彭天勤牵线搭桥，我请俞所长吃饭，给他塞了一个红包，他说啥也不要，跟打架似的。俞所长说收钱的事情不能干，拿着心里不踏实，不如入一点股，这样冠冕堂皇地分红。他给我十万元作为股份，说'红利看着给吧，多少凭良心。'"

"你是怎么给他红利的？"孟庆军问。

"啥子红利呀？就是他收钱的一个由头呗。"赵四吉不屑一顾地说，"后来交往多了，他才跟我讲实话，直接收钱那就是受贿，那就是犯法；入股分红至多也就是经商办企业，万一逮到了那就是违反党纪规定，写一个检讨算完。从开业的那一年，每年春节之前给他三十万元，连续五年。后来他嫌少，骂我是婊子养活的，挣了大把大把的票子，花钱还死抠门。所以从 2007 年春节开始，每年涨到五十万元，这还不算平时的小来往。他的小老婆刘淑云喜欢跟祝溪芝她们几个娘儿们一起打麻将，一玩就是一宿，每一回都得让他小老婆赢一两万，专门有人打点子，给她放炮的。"

"你是怎么给他支付红利的，现金还是银行卡？"孟庆军问。

"他都是要现金，今年春节之前，他让我把五十万打到刘淑云的卡上。还有，昨天下午他来阳光宾馆，没有上楼，可能是怕监控，警车停在院子里，我俩就在警车上说了一会儿话。我给他随身带的二十万元现金，两捆现金是用宾馆的'淮江矿务集团报'包裹的。他说想办法再给我弄一个身份证，躲到外地去。你们要是晚来半天，我就躲到陵山的深山老林里去了。"

"你从万源矿跑出来之后，都跟谁联系了？"章勇翔问。

"我跑出来之后，开着摩托车一路狂奔，怕你们设路卡拦截我，到了一个汽车站，把摩托车寄存在那里，坐公交车去了市区。我用秘密的手机号跟祝清芝联系，她是淮江模特学校的学生，她给我开的那个房间，距离她学校不远。然后，她跟俞所长联系，让俞继仁火速赶往阳光宾馆。那个条子不是我写的，是我说让祝清芝记下的，这也是俞继仁的一个秘密号码，知道的人很少。"

"你在俞继仁身上光是所谓的分红，掐指算下来，花了三百五十万元，下这么大的本钱值得吗？"孟庆军问。

"当然值得啦，算算看，假如说那些小姐一天接客五十个，每一次给我提成二百块，一天就是一万元，一年三百六十天就是三百六十万元，对吧！所以说，市局、县局只要是有扫黄行动，俞所长都提前跟我打招呼，'风声紧了，注意点。'"

"交代一下你个人的经济问题。"孟庆军说。

"孟主任，实话说，一般的单位给我送三千五千的小钱，俺还真的没有放在眼里，在拆迁办当主任，刘冠一书记当政那会儿，他喜欢要进度，'一个月起完，三个月竣工！'我就喜欢他老人家这么说。常言道'萝卜快了不洗泥'，这样拆迁办就能以赶工期为名，虚报一些拆迁面积，反正也没有人管，没有人问，只要是按期完成任务了就能受表扬。这样，俺这些年弄了二百多万元的拆迁补偿费，说是奖金也能讲得通。"

"最后的这句话，是衣振全给你支的招吧？"孟庆军问。

"我承认，的确是衣检察长给我出的主意。"

"已经没有衣检察长这个称呼了，昨天下午的县委常委会已经免去衣振全的党组副书记职务，今天下午县人大常委会就要履行程序，免去他副检察长的职务了。"

孟庆军冷冷地说，"接着说，2008 年暑假的那一起伤害案件，俞继仁知道是你们干的吗？"

"孟主任，一说这件事我就揪心，白怀洲安排这件事，本意就是给孟主任一点颜色看看，没承想他们下手这么重，把鼻梁骨打断了。赵昌吉他们几个跑的时候，就有群众认出来了。派出所李学庆警官走访群众调查时，已经查到了，这件事被俞继仁所长压了下来。"

孟庆军强压住满腔怒火，"赵四吉，把你以上的交代做一个笔录，你要如实汇报。"

"孟主任，我一定如实汇报，再说一句瞎话，天打五雷轰！"

监控室里，陈爱民紧盯着屏幕，对梁石祥、王自力说："孟主任的这一番谈话还是很精彩的，收放自如，拿捏有度。"

梁石祥赞同地说："是啊，这一方面是他敬业精神的体现，另一方面也是他有这方面的天赋。有的办案人员比较愚笨的，就是不开窍，三言两语就把底牌亮给人家了，谈话交锋时还总是处在下风口，被对方问得张口结舌的。"

"陈书记，这个俞继仁涉嫌重大受贿问题，还有玩忽职守情节，能不能采取措施了？"王自力问。

陈爱民看了一眼手表，"十二点半了，时间过得真快啊，到中午了。动公安的科级干部要非常慎重，我跟马书记约一下，这件事要向县委汇报，再跟张铁军局长通报一下。趁着俞继仁还没有发觉，打他一个冷不防！"

"天下武功，唯快不破！"梁石祥说。

陈爱民点点头，"是呀，错过了最佳战机，就会多付出几倍的努力。尤其是第一个班非常重要，不是冤家不聚头，就让孟主任会一会这个老公安。两年前就是俞继仁徇私枉法，将孟凡繁被伤害的案子压下来的，现在他应该得到应有的惩罚。"

马骏推开窗户，一阵南风裹着凉意迎面吹过来，楼前的一泓湖水在灿烂的阳光照射下熠熠生辉，就像是一面银白色的镜子一样，波涛轻柔地拍打着堤岸，传来一阵阵有韵律的涛声。

"天凉好个秋，不知不觉，秋天来了，光阴似箭哪！"马骏对身旁的强国和陈爱民说。

"是啊，我们三个来祁河县大半年了，爱民书记比咱们俩晚来一个星期。"强国感慨地说，"我们这个年纪四十多岁，正是干事创业的黄金时期，党把祁河县一百八十二万人民交给了我们，真是心里沉甸甸的，一天当作两天干，一点儿也不敢懈怠。"

"是呀，这半年，我们正风肃纪，强化党的建设；招大引强，做大做强，转变发展思路，围绕产业链做强实体经济，祁河县的各项工作应该说是开始走上了正轨，爱民同志和县纪委功不可没！"

"马书记过奖，我只是在县委、县政府的领导下，努力完成任务而已。"

说话间，高勇平、张铁军进入办公室。

"你们两个来了，咱们人就齐了，"马骏请他们坐定，"现在开会，爱民书记，你先把情况说说吧。"

"今天早上七点多钟，县纪委和公安局的联合抓捕小组，在淮江矿务集团的阳光宾馆抓到了赵四吉。目前，赵四吉涉嫌贪污二百余万元、故意伤害孟凡繁以及容留妇女卖淫等多项罪名。根据他的交代，原临河派出所所长俞继仁，自2002年起，每年春节之前以分红为名，收受赵四吉的贿赂，累计三百五十万元。俞继仁为'黄金海港'的卖淫嫖娼活动，提供保护伞，每一次扫黄打非之前为其通风报信，这么多年以来，使其屡屡逃避扫黄打击。2008年暑假，赵昌吉等人对孟庆军的儿子孟凡繁实施的故意伤害案，派出所民警李学庆调查中发现了赵昌吉等人的线索，俞继仁故意将线索压了下来，涉嫌徇私枉法。另外，俞继仁的姘头刘淑云，经常与'黄金海港'的祝溪芝等人聚众赌博，每一次赢得几万元。初步掌握的情况就是这样。"

"铁军局长，俞继仁是你的人，你说说。"马骏示意。

"俞继仁在二十世纪八十年代中期的严打抓捕行动中，被黑恶分子刺成重伤，他也是公安部表彰的英模，因此提拔副所长、所长，应该说在以往的公安工作中还是做出过贡献的。但是不管谁都不能永远躺在功劳簿上，更不能以此作为贪赃枉法的理由。我作为局长、局党委书记，我表明态度，一是坚决支持清除公安队伍里的败类，绝不护短，绝不姑息；二是进行检讨，队伍里出现个别害群之马，我有管理之责！"

高勇平接着说："查办这个人，从目前汇集的方方面面的信息分析，肯定没有错。不过这是一个老公安，长期在第一线的，估计要费一番周折。我们检察院坚决支持，全力配合，拿下这只害群之马！"

强国拿出香烟，给每一个人递了一支。

"还抽吗，我已经从昨天教师节开始戒烟了，"马骏接过来说，"这是最后一支，大家监督。"

"我还是那句话，有一个查一个，迎头痛击，绝不手软！"强国狠狠地说，"这些腐败分子不彻底铲除，我们愧对人民群众的信任，愧对党的培育。"

"爱民，你有什么打算？"马骏问。

"我的想法是尽快把俞继仁控制起来，下周一与赵四吉一起到市纪委办理'两归'手续。俞继仁到案之后，铁军局长，你们局纪委同时找民警李学庆了解孟凡繁伤害案件当时的侦查情况。检察院这边请林钢剑局长和虎啸配合，参与谈话组，加强谈话突破的力量。另外，王垒和佟艳红也基本上审查结束，晚饭之后，六点半，检察院能不能把这两个人带走，办案点腾出空间，主攻赵四吉和俞继仁。"

"没有问题，一切按照陈书记的意见办。"高勇平爽快地说。

"我刚才给看守所所长发信息，问今晚是谁带班。他回复是俞继仁。晚班是晚上七点接班。"张铁军看着手机说。

"值班配备有枪支吗，铁军这个问题你们要处理好，不能出意外。"马骏说。

"你放心，我跟所长安排好，到时候让局纪委书记杨欣华配合，确保安全！"

夜幕降临，看守所里一片寂静，高墙上的铁丝网、哨兵和刺眼的探照灯，使这里显得愈发壁垒森严。

俞继仁身穿警服，显得心事重重。他步履沉重地走上办公楼，刚刚走到二楼楼梯口，猛地抬头，不由得大吃一惊，局纪委书记杨欣华和孟庆军、章勇翔三个人一字排开，站在那里。

"啊，杨书记，孟主任，你们怎么来了？"他吃惊地问。

"俞所长，到你办公室里坐坐吧。"孟庆军答非所问地说。

俞继仁不情愿地回答："那好，来吧。"

走到"副所长"办公室门口，俞继仁"哗啦"一声，掏出一串钥匙，哆哆嗦嗦打开了办公室的房门。

"老俞，带家伙了吗？"一进门，章勇翔就跟了进来，顺势把他的腰际和口袋都摸了一遍。

"你，你们这是干啥？"俞继仁大声说。

"老俞，你是老党员，应该服从组织对吧，现在县纪委要找你核实有关问题，请你配合一下。"杨欣华说。

"我能有啥问题？"俞继仁翻了一下白眼反问道，同时身体往后靠了一下，仿佛不经意地用右手把身后的保险柜密码旋钮拧了一下。

这个细节没有瞒过孟庆军的眼睛，他暗自赞叹："到底是老公安，临危不乱，事到临头还不忘把保险柜的密码打乱。"

"老俞，听说你身体不好，带上一些常用药吧。"孟庆军望着桌子上红红绿绿的药瓶子，灵机一动。

"是啊，老胃病了，都是干公安留下的职业病。"俞继仁嘴里嘟囔着，手忙脚乱地从桌子上拿了几瓶药，抓在手里。

"放进包里！"孟庆军指着桌子上的皮包，命令的口气说。

俞继仁下意识地把药放进皮包里。

"勇翔，替俞所长拎着皮包，咱们走！"孟庆军说。

华灯初上，部队招待所里灯火通明。

一间谈话室里，安然、萧玉对面坐着祝清芝。

"祝清芝，你跟俞继仁是怎么联系的？"安然问。

祝清芝翻了一下手提包，问："领导，我能去一下卫生间吗，身上不方便，稍等一会儿再回答您的问话，行不行？"

"来吧。"萧玉说着，走到卫生间门口。

祝清芝进入卫生间，"啪"的一声，重重地关闭房门，紧接着"咔嚓"一声，将房门反锁。

"砰砰砰！"萧玉使劲捶打，焦急地吼道："祝清芝，快开门！"

里边没有应答。安然过来使劲敲门。

"怎么回事？"李汉杰闻声匆匆跑进来。

"祝清芝把门反锁上了，"安然慌乱地说，"赶紧找服务员拿钥匙去吧！"

"找什么服务员，闪开！"李汉杰说着，"咣"的一声将门端开，三个人拥了进去。

祝清芝躺在地上，殷红的鲜血从左手腕流了出来

"快拿毛巾来！"李汉杰喊道。

安然递过来两条毛巾，萧玉攥住手腕，李汉杰使劲包扎好，"赶紧送人民医院！"

又过来几个人，大家七手八脚把祝清芝抬走。

李汉杰焦急地拨打人民医院杜庆联书记的电话："杜书记，你现在哪里？"

"李书记，我在医院值班，领导有什么指示吗？"

"你马上到急诊室，等一会儿有个手腕割伤的，请你安排医生抓紧治疗，还要注意防止有人拍照，不要引起炒作。"

"哦，我明白了，现在我马上到急诊室去等候，安排外科的值班主任过去接诊，再安排几个保安警戒，请李书记放心！"

"陈书记，我跟你检讨。"李汉杰接着拨通陈爱民的电话，难过地说。

陈爱民心头一沉，"怎么了？"

"刚刚证人祝清芝在卫生间把手腕割了，淌了不少血，送到人民医院去了。"

"血管割破了吗？"

"还不清楚，医院那边的外科主任已经到急诊室了。"

"李书记，你要沉住气，办案过程中遇到突发事件，作为指挥员你在这个时候更要沉着应对，稳如泰山，不能惊慌失措，同志们都看着你呢，"陈爱民安抚地说，"我马上过去看看。"

陈爱民走进部队招待所，办案人员惊惶地向他问候。陈爱民心里明白，士气可鼓不可泄，尤其是在攻坚的关键时刻，更不能埋怨、批评部下。他面带微笑，一如往常地跟同志们打招呼。

谈话室里充斥着一股浓烈的血腥味，萧玉脸色苍白，嗫嚅着说："陈书记，我做错了，我没有来得及跟进卫生间，她就把门反锁了。没有想到她拿化妆盒里的小镜子，打碎了，用玻璃碴割破了手腕。"

"萧玉，没有关系，今后注意就是了，"陈爱民安慰她说，"只要不是用刀子、刀片这些利刃，不会造成多大伤害的。再说，出了问题，我们做领导的先扛着，你不要担心。"

萧玉嘤嘤地哭了。

"好啦，萧玉，别再难过了！"李汉杰劝解道。

"李书记，你到医院去看看吧，应该没有多大问题。只要是我们文明办案，她自残，责任自负，一切后果由她自己承担！"陈爱民说，"等病情稳定了之后，问题还要继续交代，办案中出现的问题，还是要通过办案解决。如果不明不白地放走了，她会反咬我们一口的。"

"知道了，陈书记，这件事我负责。"李汉杰感激地说，"开始，总觉得祝清芝是一个一般的证人，找来谈谈完善一下证据，就没有拆掉卫生间的把手，只是清理了一下台面上的玻璃杯什么的，咳，谁想到就出了事故。真是陈书记说的那样，安全无小事，一丁点都麻痹不得啊，今天是血的教训。刚才安主任来电话了，只是皮外伤，缝合一下就行了，没有大问题，谢天谢地！"

俞继仁跷着二郎腿，满不在乎地斜视着对面的孟庆军、魏保平以及章勇翔。

"俞继仁，请把你的腿放下来，这样不礼貌，"孟庆军用严厉的语气说，"我们尊重你，你也要尊重我们。"

俞继仁放下了腿，坐端正。

孟庆军严肃地说："俞继仁，我代表县纪委、县公安局党委向你宣布，你涉嫌严重违法乱纪，现在对你进行审查，你必须老老实实交代自己的问题。"

"我有啥问题，你们查好啦。"

"俞继仁，县纪委既然找你，就是有确凿的证据，你应该是清楚的。"魏保平说。

"能说啥我一点都不清楚，现在我患了健忘症，脑袋不好使了，记不清楚啦，你们既然有确凿的证据，直接处理我好啦，还在这里费什么劲？嘁！"

"记不清楚没有关系，那要是有确凿的证据放到你面前，你承认吧？"魏保平接着问。

"魏主任，不能这么说，那也得跟我记忆中的残片相核对，对得上的，我才能承认！"

"俞继仁，你到这里是来耍油嘴、耍贫嘴的是吧，你想干什么？"孟庆军拍桌子训斥道。

"孟主任，我没有那个意思，就是你们说话别那么呛人。"

"不习惯对吧，以前你是坐在审问席上，现在换到被审查人的位置上，感觉不自在，这很正常。"孟庆军点燃一支烟。

"我也是二十几年警龄的老公安，流过血，负过伤。1983年我从部队转业到公安局，正好赶上严打，我去抓捕黑社会头子朱老三，一个饿虎扑食把他摁在地上，没有想到这家伙从身后抽出一把尖刀，插进我的右腰。我就觉得后腰一凉，人就软了下去。"俞继仁滔滔不绝地讲起英雄事迹，并且撩起后衣襟，露出一块紫红色月牙儿形状的伤疤，"你们看看，到了医院手术时才发现，创口距离右肾不到一厘米，差一点牺牲。当年我荣立二等功，省厅表彰的模范人民警察，你们不能这样对待我！"。

孟庆军吐出一团烟，"我们正是出于对你以往荣誉的尊重，所以才把你请到县纪委来的。如果换一种方式，检察院拉着警笛直接冲进看守所抓人，那也是一个选项，不是不可以的，老俞，你难道说心里没有数？"

孟庆军这种绵里藏针的问话，让俞继仁不寒而栗，他之前那种嚣张的气焰霎时间软了下来，"孟主任，我们也都是老熟人、老朋友，咱们有话直说，别绕来绕去的，都是行家里手，没有必要，需要我配合的，一定配合。"

"你刚才讲自己患了健忘症，那咱们就做一个小游戏，帮助你恢复恢复记忆，看看脑子里的残片还有多少对得上号。"孟庆军微笑着发问，"6月19日，你在干什么？"

俞继仁欲言又止。

"你想不起来了，没有关系，我提示提示你，你去临河镇卫生院了吗？"

"我……"俞继仁张口结舌。

"还是想不起来吗？没有关系，老俞，现在给你看一段录像，帮助你调动脑子里的记忆残片，要是再想不起来，就是存心装憨卖傻了。"孟庆军讥讽道。

"欣赏一下吧，俞所长！"章勇翔打开电脑，出现了俞继仁背着刘淑云急匆匆跑进急诊室的画面。

"镜头上是你吗，还有那个女子是谁？"魏保平问。

"是我，还有刘淑云，我的女朋友。"

"你一大早背着一个女子，急急忙忙跑进急诊室干啥去的，不会是见义勇为做好事的吧？"

"看病。"俞继仁低下头，小声说。

孟庆军大声训斥道："俞继仁，你说话要讲清楚，最起码得有主语、谓语、宾语吧，是谁去看病，看什么病？"

"对不起，孟主任，是我和刘淑云去看病，看的是急诊外科。"俞继仁小心翼翼地回答。

"看病怎么还鬼鬼祟祟的，使用化名？"魏保平接着问。

"我承认，我有男女作风错误。"俞继仁无奈地回答。

"既然跟你记忆中的残片核对上了，这就好，乱搞男女关系，还打架，引发这么多群众围观，跟看耍猴的一样，造成那么不良的影响，最轻也得给你一个严重警告处分吧。你应该知道，公安干警受到严重警告以上处分的，必须脱警服的，是吧？"孟庆军问道。

"是的。"

"把你的领章、帽徽摘下来！"孟庆军说。

俞继仁一声不吭地摘下领章、帽徽。

"扔到纸篓里去！"孟庆军命令道，"你的行为玷污了圣洁的警徽！"

"哗啦！"一小把金属扔进了废纸篓。

监控室里，陈爱民目睹审问过程，对梁石祥说："第一个回合，谈话组获胜。"

王自力翻弄着俞继仁的皮包，"哎，你们看，里边还有一张淮江市黄山小区的购房发票，开的就是刘淑云的名字。"

梁石祥说："刚刚把他带来的时候，老孟跟我说，俞继仁临走的时候，拧了一把身后的保险柜密码钮，估计里边应该有货。"

"我们作一个大胆的猜测，俞继仁昨天傍晚从赵四吉那里拿来的二十万元不太可能带回家吧，那他能放在哪里？"陈爱民问。

"保险柜！"梁石祥、王自力异口同声。

"如果想搞清楚保险柜里的货色，怎么问？"陈爱民接着问。

"那就直截了当地问他，保险柜里都有什么东西？反正保险柜被我们控制了，打开只是迟早的事。"王自力回答。

"这样问当然不错，但是还没有做到把证据的效能发挥到最大化。"陈爱民说，"不要直奔主题，要隔山打牛，让他自己觉得纸包不住火，问题已经败露，自己主动讲出来，那样才更有效果。王常委，一会儿你带着这个包进去，演一出'三句半'，看看老俞的反应如何。"

"好吧，陈书记你给我们策划一下。"王自力回答。

陈爱民小声说，"你们要这样……"

谈话室里，交锋还在继续。

"老俞，你再看看这是什么？"孟庆军扬了扬手中的一张银行单据复印件。

俞继仁从章勇翔手里接过来，看了看，恍然大悟地说："噢，这个问题我能讲清楚，这是赵四儿给我的分红，打到刘淑云账上了。我承认，作为党员干部违规经商办企业，这是我的错误，我愿意接受组织处理！"

"说得轻巧，赵四儿的'黄金海港'洗浴中心是什么企业，你比谁都清楚，这么多年屡次逃避扫黄打非的打击，就是你充当的保护伞！"魏保平训斥道。

"你们要是硬赖我，我也无话可说。"俞继仁装出一副委屈的样子。

"俞继仁，你说话要负责任啊，咱们这里有录音笔记录着呢。"孟庆军转脸问章勇翔，"这个录音笔多少钱呢？"

"六百多块，容量大着呢，"章勇翔心领神会地说，"其实现在的手机都有录音功能，手机的录音效果也很好。"

"那么，我再问你，赵四吉总共给你分了多少红？"孟庆军问。

俞继仁沉默不语，脑子里飞快地思考对策。审问人员刚才的问话让他隐隐约约感觉到赵四吉送钱的时候很有可能给他录音甚至录像了，一定是做手脚了，这也是他一直最为担心的。

孟庆军接着敲打道："俞继仁，一提起这个问题，你可能又要犯健忘症了。老俞，你可以暂时不回答，但是，赵四吉能说得清楚，这也就是你俞大所长接到他的求救电话，火急火燎地开着警车赶往市区阳光宾馆的原因吧。"

王自力推门进来。

俞继仁恭恭敬敬地站起来："王常委！"

"唔，坐下吧！"王自力往下摆摆手，他把皮包放在桌子上，掏出一把钥匙，

"老俞你这包里琳琅满目,东西不少啊,有购房发票,还有一盒进口性药。哎,我问问你,这里哪一把是你保险柜的钥匙?"

"是那一把黄色的。"俞继仁指着其中一把铜钥匙说。

王自力"哗啦哗啦"晃了晃,捏住其中的一把铜钥匙:"是这一把吗?"

"是的。"

魏保平接着问:"密码是多少?"

俞继仁回答:"657。"

孟庆军马上会意王自力过来询问保险柜的含义,接着话题说:"王常委,根本不需要钥匙、密码,这个大桥牌的保险柜是老牌子,喊来人民商场专卖柜的业务员,不用十分钟就能打开。"

王自力意味深长地问:"老俞,看过《淮江矿务报》吗,评价如何,有什么感想?"

一串连珠炮打得俞继仁心惊肉跳,特别是保险柜的话题以及提到的《淮江矿务报》,使他猛然想起保险柜里的二十万元还是用那张《淮江矿务报》报纸包裹的。俞继仁恼怒地跺了一下脚,暗自懊恼自己怎么能够犯如此低劣的错误。

"怎么样,继仁,你的记忆力恢复得咋样了?"孟庆军问。

俞继仁忽然蹲在地上,号啕大哭起来,"赵四儿,你这个孬种,把我害苦了呀!"

孟庆军点燃一支香烟,平静地看着俯在方凳上呼天抢地的俞继仁。

王自力点燃一支烟,递给俞继仁,"老俞,事到如今,真相大白了,你说说呗!"

俞继仁双手接过香烟,一把鼻涕一把泪地说:"王常委,那二十万元根本就不是我向赵四吉要的呀,是他托我给他帮忙办身份证的啊!"

王自力严厉地说:"俞继仁,你先把这个问题讲清楚!"

"好吧,我交代……"

梁石祥看了一眼手表,对陈爱民说:"三个半小时,拿下二十七年的老公安!"

"非常利索的谈话,巧布疑兵阵,证据运用得当,本来精通侦查是俞继仁的优势,我们把他的优势变成了他的劣势。"陈爱民评价说,"有时候高手之间的对决就是这样,借力打力,一招制敌。难缠的反而是那些不懂套路的人,死缠烂打,乱拳打死老师傅。"

两个人会心地哈哈大笑。

李学庆警官拘谨地坐在公安局纪委办公室。

"小李，这么晚了把你找来，是向你了解2008年夏天，中学生孟凡繁被打的情况。"杨欣华递给他一杯水，"介绍一下，这一位是县纪委的王立楷主任。"

"杨书记好，王主任好！"李学庆礼貌地说，从包里掏出一沓复印的材料，"局纪委刚才通知我，就知道是这件案子，案件的材料我也带来了。"

杨欣华接过来翻看了一下，递给王立楷。

"请你把当时的经过讲一讲。"王立楷说。

"那天是2008年7月21日，下午五点多钟，接警记录上有记录，孟凡繁的母亲韩淑英到所里报警，小孩当时已经送往人民医院了。我和王维强两个人立即出现场，我们顺着三个人逃跑的线路走访群众，有两个群众指认是赵昌吉和李建群。回来我跟俞继仁所长汇报，他说这些民事纠纷天天都有，我们还得费工夫调解，耽误正事，等等再说吧。后来，他把我调到信访局驻京办帮助工作大半年。2009年3月，北京'两会'结束之后，我回到所里，听说被伤害的小孩是县纪委孟主任的孩子，当时我就感觉到这个案子不一般，又找俞所长汇报，他让我把材料交给他。移交案件的时候，我多了一个心眼，复印了一套留存。"

"关于这个俞继仁，你还有什么要反映的？"王立楷问。

"俞所长这人挺霸道的，所里的同志比较反感。哦，还有一件事，去年5月份，我们抓到一个吸毒贩毒人员张德水。俞所长让我和王维强带着嫌疑人到中行把他卡里的十万元都提了出来，交到所里。俞所长说这是补充所里的经费的。放了人之后，张德水又继续贩毒，被祁东县公安局抓获。前一阵子祁东县警方来所里调取过材料。"

"好的，谢谢你，李警官！"王立楷说。

2010年9月12日，这是一个星期天。外派的干部们前一天下午都回家了，早餐只有马骏、强国、陈爱民、张铁军和高勇平五个人在食堂吃。

马骏说："正好，咱们反腐败领导小组核心成员都在这里，爱民书记说说吧，那个俞所长是不是很难对付？"

"是挺难对付的，不过，我们三个半小时把他拿下来了！"

"真的假的，不可能吧，俞继仁可是当选过淮江市'十佳人民警察'的，办案的老手，怎么到了纪委这么不堪一击啊？"张铁军吃惊地瞪大了眼睛。

"本来，熟悉刑侦，精通办案，这是他的强项，我们借力打力，顺手牵羊，巧妙布置疑兵之计，让他乖乖地钻进了我们设下的包围圈里，这样就把他的优势变成了他的劣势。"

"以前经常听你们说的词儿叫斗智斗勇，现在来看，斗智是第一位的，上兵伐谋嘛！"强国赞扬道。

"交代了多少了？"马骏问。

陈爱民回答："仅仅收受赵四吉的所谓分红就是三百五十万元，另外还有二十万元是前天下午收的，准备给赵四吉弄一个身份证外逃使用的。这二十万元原封不动地放在他办公室的保险柜里了，包装纸还是房间里淮江矿务集团的报纸。"

"能不能把保险柜打开？"强国问。

"纪委没有这个职权，要等到移送检察院才可以。"陈爱民回答。

高勇平接着说："陈书记，今天林钢剑局长就带人到祁东县看守所提审毒贩张德水，看看在临河派出所羁押期间，俞继仁是不是构成徇私枉法。"

"我昨天晚上就调度了一下，这个吸毒贩毒的案子，临河所没有交到县局法制科，可能是'擦边球'的案子。"张铁军回答。

"他扣留的毒贩子十万元是怎么回事？"陈爱民问。

"陈书记，现在的治安体制存在瑕疵。我们局正式编制的民警是七百五十人，招聘的特警、辅警就是一千多人。这些人的吃喝拉撒支出，财政保障远远不够，所以，基层派出所只能到处化缘，甚至违规收钱，这也给有些人浑水摸鱼创造了条件。这笔钱的下落，还需要进一步了解清楚。"

"铁军局长说的是啊，我们政法体制还有很多不完善的地方，地方政府的财权和事权不相匹配，财政在支持公检法方面，还有很多不足之处。"强国说。

"这些问题慢慢解决吧，改革不能一步到位的，这些问题在全国都应该是共性的。"马骏说，他又突然想起一件事，"哎，爱民，那个初中生的小女孩现在怎么样了？"

"很好，她已经入学祁河职业学校了，学习服装设计，现在由任青霞做她的党员妈妈，关心她的健康成长。"

"'党员妈妈'，这个提法很好，我们可以推广。"马骏深有感触地说，"强国同志，我建议首先从全县的科级以上的女干部开始，每个人认领一个需要特殊关爱的女孩子，把党的温暖送给她们！"

强国接着说："是的，密切党同人民群众的血肉联系，就是靠我们一点一滴的实事去赢得群众的认同，久久为功，薪火相传。这绝不是套话，我们为老百姓做的每一件实事，人民群众都不会忘记的，都会夸赞共产党好！"

第十八章　赵四吉道出卖官案　孟庆军深夜遭暗算

赵四吉求见陈爱民，他交代陪同满金龙到南方的蟠泉市方部长的老家，送去了六大盒"月饼"。

满金龙狐疑地撕开快递，里边有一个U盘，一张白纸歪歪扭扭写了一行字……

孟庆军看了一眼手机，下半夜十二点半，这时，一个鬼鬼祟祟的黑影向楼梯口摸去。

王立楷、程宇宁端着塑料饭盒进入谈话室。

"到吃晚饭的时候了吗？"赵四吉伸懒腰问。

程宇宁说："中午饭的时候，你不是说想吃盐豆子炒鸡蛋、青椒炒肉丝吗，还给你做了一个醋熘白菜，主食是两张煎饼，一碗小米稀饭。"

"哎呀，谢谢，这么多天，只有到了你们这里，才吃到这么可口的饭菜。"

"还有一个原因，到了这里不用再担惊受怕了，没有人能谋害你了，心里踏实了，是吧？"

"王主任，您说得一点都不错，从8月20号开始，我整天东躲西藏，怕公安，怕纪委，更怕有人要我们的命。"

"农历七月十五中元节那天给白怀洲送去俩血淋淋的狗头，这是谁干的？"王立楷问。

"我让本家的一个兄弟过去的，这是给白怀洲和满金虎一个信号，把俺惹急了，俺们真敢剁了他们，大不了同归于尽，这话早就警告过他们！"赵四吉眼里又露出凶光。

"老赵，你还是有顾虑，对一些问题躲躲闪闪，不愿意触及实质。"王立楷说。

"王主任，我还真是有些顾虑。本来俺就是一个做生意的，后来眼馋人家当官的怪威风，就上了满金龙、白怀洲的当，退出了长安建设集团，当了建设局副局长。结果是人家满金龙兄弟俩乘虚而入，白怀洲明着退出，暗地里还掌控着，单单耍我一个冤大头。要不然我老板当得好好的，也落不到现在的下场。"

"有啥冤屈你就诉说诉说呗。"程宇宁说。

"王主任、程主任，我真的有重大情况要向陈爱民书记当面汇报，别人谁都信不过。"

王立楷盯着赵四吉的眼睛足足看了半分钟，说："好吧，我这就给陈书记打电话汇报一下。"

王立楷起身，向程宇宁示意一下，程宇宁和安全员立即走到赵四吉身旁。

王立楷走进监控室。

"王主任，你们刚才的谈话我都听见了，你是怎么看待赵四吉的这番话的？"陈爱民问。

王立楷回答："陈书记，我看赵四吉的表情是认真的，不像是故弄玄虚。另外，他在外逃期间东躲西藏，主要就是担心被人追杀。如果不是重大知情人，犯不上下毒手灭口。"

"梁书记是什么意见？"陈爱民问。

"陈书记，我觉得王立楷主任分析得很有道理，你可以出面跟他谈一谈，这个人是非常知道建设领域黑幕的。"

"好吧，王主任，你先回去，过半小时，我和梁书记一起过去，到时候让小程和安全员出来休息一下。"

"好的，我先铺垫一下，做好准备。"王立楷说。

陈爱民、梁石祥推门进入谈话室。

赵四吉诚惶诚恐地连忙起身："陈书记，梁书记！"

"老赵，请坐吧！"陈爱民按照惯常的习惯，拉了一把椅子，坐在与赵四吉促膝谈心的位置。

"小程和老刘，你们两个先回房间休息一会儿。"王立楷说。

"好的。"程宇宁答应道。

"说说吧，老赵，现在就我们四个，知无不言，言无不尽，咱们好好地聊一聊。"陈爱民说着，递给赵四吉一支烟，王立楷为他点燃。

"都说陈书记廉洁奉公，平常抽烟都是'大重九'，白怀洲他们几个想尽一切办法跟陈书记套近乎，都没有用。说心里话，陈书记还有马书记、强县长你们都是清官、好官，大家私下议论，都是佩服的。"

"'公生明，廉生威'，古代的官员都有这个觉悟，我们党的干部还做不到吗？"

陈爱民说。

"是啊，是啊。我要是早一点听到你的教导就好了！"

"老赵，你提的这个意见我记住了，今后，我要多抽出时间跟干部谈谈心，特别是跟在关键岗位、要害部门的领导干部多谈心、多交流、多提醒。"

"陈书记，我想反映几个重要情况，现在有人要谋害你，你可千万要小心。"赵四吉真诚地望着陈爱民说。

"有什么具体一点的消息吗？"陈爱民问。

"我听王学礼跟我说的，他说晚上去过你的房间，按照事先告诉的那一扇窗户一拨就开，进去之后不小心踩到一个瓶子，惊醒了你，他就赶紧跑了，手腕上挨了你一棍。"

"他去我房间到底是要干什么？"

"陈书记，有人花大价钱要买你的命，至少也要让你下半辈子残废，他就说这么多。"赵四吉回答。

"我的命能值多少钱？"

"嗨，陈书记，你可别不当回事，现在花一二百万元，就能弄死一个人！"

"这么说亡命之徒还不少，不过老赵，王学礼为什么要跟你说这些？"

"学礼是我的小弟，后来跟白怀洲、满金虎走得很近，我们兄弟之间的感情虽然说疏远一些，但是，恼皮不恼瓤，终究还是好兄弟。8月8号，农历六月二十八，那天是我一个仁兄弟小孩结婚，他见到我，把我拉到没有人的地方，悄悄跟我说，如果有一天失踪了，肯定是被姓白的、姓满的给害死的。我问他：'你不是跟姓白的、姓满的走得很近乎吗？'他说：'四哥，我知道得太多了，想想都后怕。那几个人心狠手辣，什么事都能做出来！'他才跟我讲了摸到陈书记房间的事情。我问他：'档案室的事儿，是你干的吗？'他点点头，说：'烧掉档案是为了保谁，你清楚。'我说：'你糊涂呀，民不和官斗，你这是玩命的买卖，图的啥？'他说：'这一趟买卖做成，这一辈子就衣食无忧了。'"

"你还有什么要说的吗？"陈爱民问。

"还有要讲的，但是，必须见到省纪委的领导，我才交代。因为，不是你管的干部，陈书记，就算是跟你汇报了，你也管不了。"赵四吉说。

"我可以把你的意思向上级汇报，我会注意保密的，但是，你要跟我大致说一下，这种信任应该有吧，也好跟领导汇报呀！"

"陈书记，你知道满金龙2007年年底为啥一步提拔到县委常委的吗？那一年的中秋节，我陪着满金龙到南方蟠泉市方部长的老家，送去了一百二十万元现金。"

陈爱民心里一沉，感到事态重大，就进一步确认："你是说淮江市市委常委、组织部部长方云生吗？"

"就是方云生部长。"

这个消息让陈爱民大吃一惊，为了辨别真伪，他进一步问："你们是怎么跟他挂上钩的？"

"我的表弟章亚洲在省委组织部做处长，方部长是从省委组织部空降下来的，以前也是处长，他俩关系一直很要好。事先，表弟跟方部长打招呼，说过节了，祁河县的老乡建设局满金龙局长过去看看，没有别的，就是一些土特产。方部长告诉了他中秋节回老家，还说了父母家的地址。"

"你亲眼看见满金龙把钱交给方云生部长了吗？"陈爱民依然追问道。

"一个月饼盒里放两捆，一共是六个大铁盒，是我在淮江市百货大楼买的大盒月饼。开车到了蟠泉市之后，我们在蟠泉大酒店住下，我和满金龙掏出月饼，一起装进去的现金。方部长没有住在家里，也住在蟠泉大酒店，我记得是808房间，房间号很吉祥的。我陪着满金龙走到808房间门口，眼看着满金龙提着月饼盒进的房间，坐了十几分钟，空着手出来的，这还能有假？"

"之后，你们与方云生还有交往吗？"陈爱民继续追问。

"俺们两个回到房间，满金龙非常高兴，跟我说：'都办妥了，就等好消息吧！'我们就退房，开车赶回了祁河县。我只负责牵线搭桥，再往后，就是满金龙自己跟方部长单独联系了。"

"你知道这笔钱从哪里出的吗？"陈爱民问。

"咳，就是你们追查过的，青苹木业厂子拆迁，开始评估的是两千万，后来满金龙又追加了一千万元，对方余乃兆给的两百万回扣。我给了周树彬二十万元，说是发给他的奖金，当时没有说实话。剩下的一百八十万元，俺们几个兄弟分了六十万，算是封口费，还有一百二十万元就是给满金龙协调关系用的，这是事先说好的。"

一番刨根问底的话，让陈爱民不寒而栗，组织干部如此赤裸裸地卖官鬻爵、厚颜无耻地腐败，不由得使他怒火万丈。他抑制住愤怒的情绪，不动声色地问："你还有什么要说的吗？"

"陈书记，还有那个陆锦华你们要注意，小心他给你穿小鞋！这些年锦华开发公司在祁河县白手拿鱼，光是减免的税费、退回的土地款就是一个多亿。他这个人的根子很深，京城里的那个大首长是他的靠山，挣了这么多钱，他能亏待了大首长？坐地分赃那是肯定的，这是潜规则，大家都明白的。"

"满金龙跟陆锦华老板有经济交往吗？"陈爱民问。

"估计满金龙不会收陆锦华的好处的，他也不敢收。满金龙天天屁颠屁颠地全心全意为陆老板服务哪，想通过讨好老陆，让他举荐，能够抱上北京大首长的大腿呢。陆锦华跟他夸下海口，许诺一定要保举他坐到淮江市副市长的位子。"

"你觉得他能吗？"

"我觉得有可能，也不可能。"赵四吉回答，"要说有可能，京城里的大官如果罩着他，朝里有人好做官，只要关系处到位，大首长发话，满金龙爬到副市长没有问题。"

"不可能的理由呢？"陈爱民问。

"满金龙这个人太恶劣，为达到个人目的，不惜采用一切手段，是个做事没有底线的人。去年年底，陆锦华从东北找来一个许森大师，号称有七个神仙附体。他给满金龙、周树彬看相说：'那个白胖子，鼻子上有形云，有牢狱之灾。那个黑胖子鼻子上也有形云，也有牢狱之灾。'白胖子就是周树彬，纪检委早就把他办进去啦。那个黑胖子就是满金龙，这么看早晚也得进去。领导你说，这不应验了天理难容嘛！"

"看起来这个许森还真有一些道行，能掐会算嘛，白胖子周树彬不就锒铛入狱了吗？"陈爱民调侃道。

"还有更神的呢，这个许大师还算出周树彬 2010 年度要成为新闻人物，要因财致祸，万劫不复，5 月份运势向下，6 月份风雨飘摇。你说神不神？5 月底周树彬出事之后，可把满金龙吓坏了，花了十八万元才把许大师请来。6 月 24 号，农历五月十三，选的那一天正好是关老爷磨刀日，半夜三更就在祁河边一块新收割的麦地，摆上八仙桌、供品，满金龙带着我们烧香、磕头。许森点燃一个黄纸扎的'长舌鬼'，交给满金龙一根杨树条子抽打，结果飞起来一团火，把老满的手烧了。许大师说：'这是长舌鬼缠身，满常委还得再祭奠十万元，才能够免灾。'幸亏陆锦华事先准备了十万元，放到供桌上，满金龙又拜了三拜，磕了仨响头。"

"你们几个找许森看相了吗？"陈爱民问。

"那天晚上祭拜之前陪许大师喝酒，也请他看相了。他啥也没有说，也没有收钱，一声不吭，第二天就走了。"

"以前听说过民间有异人，你说的故事我还是将信将疑。"陈爱民故意挑逗他。

"俺说的都是实话，今年清明节的晚上，还出过一件奇异的事儿，满金龙住在耀华美墅的家里。三更半夜他听到有动静，以为进来小偷，就操起一把铁锨，循着声音找到卫生间。推开卫生间的门，你说看见了啥？看见洗澡盆里有一条活蹦乱跳的大黑蛇，足有一米五长，满金龙上去用铁锨铲掉了蛇头。后来觉得不对劲，第二天一大早满金龙就去找叶思清问卦。叶瞎子给他算了一卦，说：'黑蛇者，金龙也。您不该伤害它！'满金龙又烧香又磕头，把蛇给埋了。首长，你还别不相信，这真的不是封建迷信，只能说是科学水平没有达到这个高度。"

"好吧，这些奇异的事情就说到这里。"陈爱民打断滔滔不绝的赵四吉，"你最后一次见到王学礼是什么时候？"

"就是8月8号喝喜酒那一次，怎么，王学礼找不到了吗？"赵四吉诧异地问。

"不瞒你说，从8月23日星期天，王学礼就失踪了，好像从人间蒸发了一样，消失得无影无形。根据公安机关的侦查，他最后一次出现的地点应该是在青山风景区的农家乐附近。你能提供一些线索吗？"陈爱民说。

赵四吉闻讯，顿足捶胸："坏了，坏了，学礼兄弟十有八九被他们做掉了！青山风景区有一个宗强开的饭庄，请公安关注那里。宗强跟满家走得很近，表面上看不出来，其实关系非同一般。哦，对了，王学礼在那一次喜宴上还跟我说过，要是他失踪两个月，就是被人谋害了，到时候会有人到公安厅去举报。人在江湖，风大浪高，他还是留着后手的。"

手机振动，来电显示"王立冬"。

"好的，老赵，你的意思我会向市纪委和省纪委领导汇报的，我们一定会保护好你的。你反映的这些问题一经查实，将作为重大立功，给你兑现政策！"陈爱民说。

赵四吉起身鞠躬："谢谢陈书记！"

陈爱民快步走进院子："立冬老弟，这么晚还没有休息啊。"

王立冬的声音："我在办案点呢，跟书记老哥透露一件事，明天你们别来办理赵四吉的'两归'手续了，来了也不会批准，还得让你们迅速移交公安机关。"

"不都说好了吗？周一上午，赵四吉和俞继仁的两个案子一起批。"陈爱民紧锁眉头。

"俞继仁的案子可以批准，赵四吉的不能批准，必须马上移交公安机关。这是张友信书记让我提前跟你打个招呼的，你们提前做好准备。"王立冬说。

陈爱民紧皱眉头，"是不是案件遇到强烈干扰啦？"

"陈书记说得不错，是省纪委的领导打电话问情况的，据说这是北京的一位大首长亲自过问的。"

"一个小小的副科级干部，县建设局的副局长，居然惊动了京城里的达官贵人，出面干扰，指手画脚的，你认为这是正常现象吗？"陈爱民愤愤地发问。

"所以说，这个案子不简单啊，张友信书记的意思是让你们做好应对措施，怎么处理，请你斟酌。"

"知道了，谢谢老弟。"

监控室的时针已经指向十二点半，几个人心事重重，默不作声。

陈爱民点燃一支烟，打破沉默："李书记、梁书记、王常委、孟主任、王主任，你们都是忠诚于党的好同志，现在，建设局的案件遭到了前所未有的干扰，大家考虑一下如何应对。"

李汉杰说："我觉得有必要研究一下，为什么今晚赵四吉非得要见陈书记，还讲出来满金龙与组织部部长方云生之间卖官鬻爵的问题，还有锦华开发公司陆锦华，王学礼纵火以及企图伤害陈书记等黑幕，他绝对不是良心发现，也不是为反腐倡廉做贡献，必定有个人的目的。"

陈爱民喷出一团浓烟，"汉杰书记说得对，联系到京城里有人出面干扰，这一系列现象的发生，绝对不是偶然的。我们应该好好梳理一下，现在祁河县的反腐败斗争到了最为严峻的时刻，我们怎么才能立于不败之地呢？"

梁石祥说："是呀，陈书记，如果我们对赵四吉以及建设局的案子就此偃旗息鼓，不再往下深挖，也是一个好案子，对上也能交差，但是许多隐案可能就逃避了制裁。陈书记，你是疾恶如仇的人，我们也不是趋炎附势的人。大家都听你的，你指到哪里，我们就打到哪里！"

陈爱民接着说："好吧，同志们既然这么有决心，我心里非常感动，也非常欣慰。下一步，首先从保密工作开始，涉及的这些核心机密，仅限于我们六个人知道。再有，今后无论是讨论工作，还是电话交流，尽量使用我们自己明白的暗语。从现在起，方云生的代号是'一号'，满金龙的代号是'二号'，包括讨论案件的时候，也不要再直呼其名。"

陈爱民思索了一下，坚定地说："赵四吉的案件暂时不能移送公安机关，不是我们信不过他们，毕竟他们不是反腐败的法定机关，案件移送过去之后，很多腐败线索也就付诸东流了，这也是一些人希望的结果。"

梁石祥说："今天的赵四吉检举揭发'一号''二号'的问题，还有这么多触目惊心的内幕，我分析他是出于自保的考虑。这正如他交代的那样，'二号'是一个做事没有底线的人，他把这些问题捅上去，把事情做大，引起高层的重视，对他自身安全就是最好的保护。"

孟庆军吐出一口烟雾，心情沉重地说："我建议陈书记明天一大早就去找徐远行书记、张友信副书记汇报一下情况，甚至直接到省纪委去汇报，争取得到上级的支持。如果我们抗命不遵，暂时不移送赵四吉，毕竟没有'两归'手续，人又窝在我们手里，万一出现什么意外，我们说不清楚。再说，这也给那些想揪我们辫子的人留下口实，最起码污蔑我们是'非法拘禁'吧。"

"自力常委，你的意见呢？"陈爱民问。

"我同意大家的意见，今天发生的事情，该来的都来了。直到现在我才想明白，市纪委李群常委为什么不愿意周日加班办理'两归'手续，现在看，他是在给'二号'争取喘息的时间。"

"好吧，天亮之后，王自力常委带着魏保平、孙建设去市纪委办理俞继仁的审批手续，我先去找张友信副书记，摸清楚情况再说。现在看来，赵四吉刚才讲的，祁河县的'二号'以及锦华的陆老板，的确是能够通天的人物，这样就能够解释为什么陆锦华这样的不法商人，在祁河县零地价拿到六百亩土地还可以减免税费，还得有人专门提供政务服务。"陈爱民愤愤不平地说。

"谜底已经揭开了，陈书记，你是我们的带头人，你怎么说，我们就怎么样干！"王立楷激动地说。

"舍得一身剐，敢把贪官拉下马。为了党和人民的利益，我们豁出去了，"陈爱民狠狠地抽了一口烟，把烟蒂用力摔到地上，"大不了我带着你们一起去中纪委上访，坚决与他们血战到底！"

"陈书记，我们跟你一起干！"几个汉子眼里闪烁着晶莹的泪花。

汽车在高速公路飞奔。

来电显示"市纪委李群"。

"陈书记啊，你们准备什么时候来办手续啊？"

"王自力常委已经带人过去了，先办公安局的俞继仁，赵四吉的再完善一下证据，明天去怎么样啊？"陈爱民采用防守反击的策略回答。

"啊，你们怎么这样啊？"李群正在盘算着直接在赵四吉的"两归"审批表上签署"不同意'两归'，直接移送公安机关"，造成既成事实的局面。现在如意算盘落空，出乎他的意料。

李群不得不亮出底牌，"哦，现在有个新的变化，根据领导的意见，那个赵四吉的案子就不要再办理'两归'手续了，直接交到公安机关或者检察院算了。"

"之前，你不是说好周一办理手续的吗？领导讲话怎么可以朝令夕改呢？"陈爱民故意用调侃的语气说。

"嗨，这不是计划赶不上变化嘛？你们准备一下，今天中午十二点之前，就移送了吧。"

"李常委，这个赵四吉有重大问题，目前交给公安机关是不合适的。"陈爱民坚定地回答。

"哎，陈书记老哥，我这就得批评你几句了，你也是老纪检了，应该知道组织原则吧，市纪委的指示你老是抗命不遵，讨价还价的，你还真的是以李云龙为榜样了咋的？"手机里李群的声音显然是恼怒了。

"市纪委也得让县纪委把情况汇报清楚再做决定吧，不能不分青红皂白，强制命令呀！"陈爱民的声调也提高了许多。

"下级服从上级，市纪委的命令，你必须不折不扣地执行！"

"李群，你还少拿市纪委来吓唬我，老陈在市纪委查案子的时候，你还趴在高中教室里刷题呢。我也提醒你，你一口一个'市纪委'，别忘了前边还有五个字！"

"什么字？"李群疑惑地问。

"中国共产党！"陈爱民怒吼一声，关上了手机。

渔场办案点谈话室，孟庆军的手机振动，来电显示"市纪委李群"。他快步走出房间。

"李常委，您有什么指示？"

"孟主任，你在忙什么呢？"

"正在谈话。"孟庆军回答。

"是赵四吉吗？"李群问。

"是的。"

"哦，我通知一下，市纪委领导要求你们今天中午十二点之前，把赵四吉移送公安机关侦查，检察院协查。你们现在就停止谈话！"

"对不起，李常委，我们没有接到祁河县纪委常委会的通知。"孟庆军不卑不亢地回答。

"你们的常委会，也要服从市纪委的领导吧，不要讲条件，必须立即停止谈话，否则，追究你的责任！"

"李常委绕过我们的常委会，直接指挥我这个小主任，是不是违反组织程序？再说一句题外话，俺老孟是在血里火里打过滚的人，阎王爷的鼻子也摸过，从来就不知道什么是'怕'！"

李群火冒三丈，怒斥道："老孟，你们还讲不讲组织原则？如果再这么胡闹下去，将对你们实行问责！"

"这个决定如果是市纪委常委会做出的，请你发给我们书面命令，我们肯定无条件执行；如果只是你个人的这么一个电话，我只能说一句'对不起'！"

"跟陈爱民一路的家伙！"李群恼羞成怒地按下了关闭键。

"嘟嘟嘟"，传来一阵忙音。孟庆军不屑一顾地收起了手机。

"咚咚咚"，张友信轻轻敲门，陈爱民站在旁边。

"请进来吧!"传来徐远行的声音。

"徐书记，陈爱民书记专程过来给您汇报一下祁河县建设局案件的情况。"张友信说。

"爱民同志辛苦啊，"徐远行伸出胳膊跟陈爱民用力握手，"坐下说说吧，喝水自己倒。"

张友信倒了一杯水，放在陈爱民前边。

陈爱民坐在徐远行对面，整理了一下思绪，"徐书记，我们正在查办的祁河县建设局副局长、拆迁办主任赵四吉，涉嫌贪污拆迁补偿款二百多万元，受贿五十余万元，另外，他还是2008年7月21日，县纪委孟庆军主任的儿子被伤害案件的主谋。根据赵四吉的检举揭发，他的表弟章亚洲在省委组织部，与淮江市委常委、组织部部长方云生关系要好。2007年中秋节，时任祁河县建设局局长的满金龙与赵四吉一同前往方部长的老家蟠泉市，给方云生行贿一百二十万元，装在六个月饼盒里。当年年底，满金龙就被提拔为县委常委。还有，满金龙与锦华开发商陆锦华关系非同寻常，陆锦华是北京一个大人物推荐到祁河县的，白拿了六百亩土地，土地出让金和税费也全部返还，总计一亿一千万元。徐书记，这一次干扰阻挠案件的是不是来自北京的压力？"

徐远行深情地望着爱将说，"爱民，干扰源来自哪里，这不是你关心的问题，面对错综复杂的局面，关键是我们如何应对，要拿出过硬的东西来。"

"围绕查办案件，出现了一系列的情况，比如祁东县的办案点夜半闹鬼，建设局档案室失火，还有我之前向市纪委汇报过的，有人夜半潜入我宿舍企图投毒。据赵四吉检举揭发，这些幕后指使的主谋都是满金龙，还有其死党临河镇党委书记白怀洲，进入我房间的目的，从现在掌握的信息，是预谋向我饮水机、水桶里投放硝酸铊。以上实施犯罪的主要嫌疑人是王学礼，这个人是建设局办公室副主任，特种兵退伍，以前一直跟着赵四吉当马仔。现在此人已经失踪，有可能被灭口。"

"噢，这么错综复杂啊，怪不得触动了这么多人的神经。"徐远行沉吟半晌，问，"友信，你有什么想法？"

"我认为，应该按照组织程序，向省纪委报告。"

"是的，我们不能瞒案不报，这些问题迟早都会暴露出来的。这样吧，我打通电话，爱民，你直接跟朱常委说吧，省得我当二道贩子，说不清楚。"徐远行说着，拿起桌子上的红色保密电话，拨通，"朱常委你好!"

"徐书记好，保密电话响，肯定有紧急事情，请讲吧!"耳机里传来朱明元的洪亮声音。

"祁河县纪委查办的那个建设局的案子，现在看不是那么简单，涉及许多重大问题，这样吧，我让你的老部下陈爱民直接跟你汇报吧。"

"好的，好的，请爱民接电话吧。"

陈爱民拿起听筒："朱常委您好，我把情况汇报一下……"

满金龙今天心情很好，他站在窗前，望着平静的湖面，又抬起头望望蓝蓝的天空，灿烂的阳光从一朵一朵的灰白色的云缝隙里斜斜地投射下来，晒得脸上暖洋洋的。

秘书送来一摞报纸，拿起一个蓝色的纸袋，"满常委，这里有您一个快递。"

"好的，出去吧。"

满金龙狐疑地撕开快递，里边有一个 U 盘，一张白纸歪歪扭扭写着一行字，"满常委，欣赏一下你的表演吧！"

他心里沉甸甸的，把 U 盘插上电脑。

"赵四儿这个熊东西，跟我来这一套！"满金龙低声怒骂着，脸色涨得通红，赶紧关闭了电脑。最担心的事儿终于出现了，这让满金龙恼怒不已。

手机响，他拿起电话，"哪位？"

"是我。"对方压低声音说。

"李常委，你怎么用这个号码？"

"小心无大错，你说话方便吗？"

"就我一个人在办公室。"满金龙也压低了声音。

"我说你听着就行了，"对方用诡秘的语气说，"那个姓陈的真是刺儿头，根本不听招呼。上午他过来了，张友信陪着他一起到老板那里，待了好大一会儿。"

"这么说，他就是要抗旨不遵了？"

"是的，就这样吧。"对方把手机挂断了。

满金龙瘫坐在沙发上，掏出纸巾擦擦额头上的冷汗，小眼睛里射出凶光。他从包里掏出一部手机，诡秘地拨打一个电话，"喂，强子，是我，今晚咱们商量一个事儿，对，就咱们两个！"

陈爱民进入马骏的办公室。

"马书记，你找我。"

"爱民书记请坐，"马骏迎上前，顺手关上门，"跟你商量一个事儿，下午两点开全县正科级以上的干部大会，民主测评满金龙。省委组织部这一次来考察满金龙，据说拟提任龙城县县长。这是给我们出了一个难题，廉政的通行证开还是不开？"

陈爱民回答说："我刚刚从市纪委徐远行书记那里回来，按照咱们事先的约定，不属于县委管理的干部，由市纪委按照组织程序汇报。汇报的内容，马书记你就不要过问了。你也能猜到，最近发生了许多事情，满金龙都脱不了干系。他担任科级干部时的表现，县纪委是有话语权的。我的意见是四个字'暂缓提拔'。"

"那要是问起缘由呢？"马骏掏出香烟，递给陈爱民一支。

陈爱民接过来，点燃，深吸一口，"我想，按照这个口径回答，建设系统发生的这些案件，都是在他任职期间，起码要承担领导责任吧，在问题没有查实之前，建议'暂缓提拔'。这件事我出面扛着，看看他们能把我怎么样？"

"别这么说，要扛，我们一起扛！"

"班长，你不要再做无谓的牺牲，祁河县人民需要你，再说，廉政证明是纪委的职责，县委也无权干涉！"

马骏紧紧握着陈爱民的手，久久没有松开。

祁河县招待所房间里，市委组织部贺咏梅处长笑眯眯地问："陈书记，刚才，你谈了满金龙同志的优点和不足之处，你对于他的提拔重用，是什么意见呢？"

"作为纪委书记，我的建议就是四个字'暂缓提拔'！"

陈爱民旗帜鲜明的态度，出乎贺咏梅的意料，"哦，有什么依据吗？"

"建设局连续发生多起贪腐案件，都是在他任期之内的，满金龙同志对此负有不可推卸的领导责任。"陈爱民回答。

"那你的意思就是他有可能带病提拔了？"

"带病还是没带病，总要等到检查完了才能下结论吧，所以我的建议就是'暂缓提拔'。"

"县纪委的廉政证明也是这个意见吗？"贺咏梅问。

"我准备召开县纪委常委会，形成集体决定上报。"

"哦，知道了。"贺咏梅点点头。

"陈书记！"李汉杰在祁河县招待所门口喊住陈爱民。

"李书记，是通知你来考察谈话的吗？"陈爱民说。

"是的，我正想问问你，角度怎么把握？"李汉杰问。

"你和梁书记的意见他们会很在意，现在的政治生态不好，考察组的个别人屁股坐在哪里都不好说。我的意见是你们谈满金龙的优点和缺点，都要抽象一些，别让人抓住话柄。最后的一个问题是对提拔的意见，你们就说个人的意见是倾向提拔，最终县纪委出具意见，服从县纪委常委会的集体决定。在这个问题上，由我出面扛着，你们不要硬顶，不要做无谓的牺牲。"

"好的，我明白了。"李汉杰感动地说，"还有两件事跟你汇报，一个是锦华集团的陆锦华今天找我，要求补缴拖欠的规费一千一百万元。第二件事，白怀洲打电话，说想跟陈书记汇报思想，你看见不见？"

"明天上午八点半，让他到我办公室，你也一起听一听。"

初秋的一个风和日丽的早晨，空气清爽，柔和的阳光照在陈爱民的办公桌上，窗台前的兰草和绿萝在阳光的照射下，显得生机勃勃。

李汉杰带着白怀洲进入办公室，"陈书记，白怀洲书记今天来跟你汇报思想。"

"请坐吧。"

孙建设为白怀洲倒了一杯水。

白怀洲坐在陈爱民对面，感到手足无措，非常拘谨，虽然是凉爽的秋天，汗水仍然浸湿了他的白衬衣。

"陈书记，今天我是来呈交辞职报告的，准备下海自谋职业啦！"白怀洲说着，恭恭敬敬递上一份申请。

"好啊，自谋职业，发展经济，是好事啊，不过这个报告你要送到组织部去，交给苏部长。"陈爱民又把申请报告推给了白怀洲，"你还有什么请求，一块儿说出来？"

"我，我要求退党！"

"退党可以呀，不过，你还是要去找苏部长。"陈爱民掏出香烟点燃。

"白怀洲，你过分啦，你以为党组织是旅馆，你想来就来，想走就走！"李汉杰大声训斥道。

"白怀洲，到了县纪委，退出党组织的方式只有一种，那就是开除党籍！"陈爱民喷出一口烟，冷冷地说。

"那我找陈书记投案自首行不行，我嫖娼了，主动交代，嫖过虞娇美、李丽萍娘儿俩，还有在'黄金海港'也嫖过，我要求县纪委把我开除出党，开除公职！"白怀洲的情绪激动起来。

"按照《中国共产党纪律处分条例》，党员嫖娼的，也包括卖淫的，一律开除党籍，是公职人员的行政上开除公职。李书记，你带着白怀洲到信访室，给他做一个笔录，回去听候处理。"陈爱民平静地说。

"老白，你还有什么要汇报的吗？"李汉杰问。

"没有啦。"

"你跟我走吧。"李汉杰说。

白怀洲走到门口,又转过身,给陈爱民鞠了一躬。

陈爱民连眼皮都没有抬,只是跟他挥挥手。

陈爱民紧接着拨通了张铁军的电话,"铁军,刚刚发生了一个意料之外的事情,白怀洲来找我,投案自首,交代嫖虞娇美、李丽萍娘儿俩,要求开除党籍,开除公职,自己下海做生意。看起来我们手里的底牌,他们已经掌握了。李汉杰带他下楼做笔录去了。如果有了他的交代,嫖娼的事实就成立了,你看公安局治安大队能不能先把他行政拘留了,给我们办案争取时间?"

"是啊,他也可能是想逃跑啊,我马上派人过去。"

县纪委信访室,李汉杰对安然说:"安主任,你接待一下白怀洲,他是来主动交代问题的。"

"好的,我让萧玉马上过来。"安然说。

"哎,我的肚子疼,先去趟卫生间。"白怀洲说。

李汉杰告诉他:"楼西头就是。"

白怀洲进入卫生间,里里外外看了一遍,确认没有其他人,爬上窗台,推开窗户,纵身跳了出去。

"陈书记,白怀洲从卫生间跳窗户逃跑啦!"李汉杰急匆匆地跑进陈爱民的办公室。

陈爱民说:"马上通知行政科许滨,两个大门加强盘查!"

白怀洲面目狰狞,驾驶着一辆白色的宝马车,加油门冲出了行政中心大门,转眼消失得无影无踪。

2010年9月15日,星期三上午,在县纪委常委会议室里,陈爱民主持案件分析会。

"请王自力常委汇报一下案件情况。"陈爱民说。

"张局长、高检察长、李院长,目前已经掌握的证据,2008年长安建设集团改制时,隐匿了两千五百万元政府工程款,今年春节之前,县财政全额支付,当即就被白怀洲、满金虎私分。另外,2008年暑假对孟凡繁的故意伤害案件中,白怀洲参与策划,应该认定为主谋,涉嫌共同犯罪。情况就是这样。"

李汉杰说:"昨天上午,白怀洲来县纪委交代嫖娼的问题,其间,从卫生间跳窗户逃跑，目前下落不明。"

"认定白怀洲故意伤害，目前证据还不够扎实，仅仅是两名肇事者的指控，采取刑事措施比较勉强，倒是隐匿的巨款，可以做一些文章。"张铁军说。

高勇平接着说："认定这部分犯罪，最为麻烦的是满金虎声称跟刘冠一书记报告过，刘书记同意为企业留下发展的后劲，虽然这都是口头说的，但对认定贪污公款有瑕疵。资金到账之后，被他们两个控制、支配了半年多，这肯定是一种涉嫌犯罪的行为，侦查清楚了就真相大白了，目前追诉应该没有问题。"

"李院长，你有什么意见？"陈爱民问。

"我觉得对于这笔巨款的前前后后的分析，首先在罪与非罪之间来看，肯定是罪，这不会有什么疑问。至于什么罪名，我认为有待以后的侦查，比如说，是不是构成妨害公司清算罪，都需要弄清楚事实再说。"李涵用沉稳的语调回答。

"这样，采取网上追逃，应该没有障碍了吧？"陈爱民问。

"可以的，"张铁军说，"现在建设局办公室副主任王学礼失踪，从目前掌握的信息，失踪之前曾经与白怀洲有过交往。这个王学礼参与了伤害孟凡繁的犯罪行为，还涉嫌多起刑事犯罪，现在是活不见人，死不见尸。因此，无论从哪一个角度看，白怀洲都有重大嫌疑。如果立案，满金虎也要同时采取刑事措施，先刑事拘留，由于他是残疾人，可以办理取保候审。"

"好的，大家还有什么意见，如果没有，咱们就这么执行吧。"陈爱民说。

看着众人散去，梁石祥过来，悄悄对陈爱民说："昨天晚上很晚了，张继胜专门跑到办案点给我提供一个信息，说这个白怀洲非常孝顺，几乎每天都要回去看看他老父母。"

"你有什么想法？"

"张继胜提出一个想法，白家的老宅子就在临河镇的大庙村，他家隔壁的邻居就是老支书柳亚勋，能不能发动群众帮助咱们盯住那个地方？"

"可以啊，我们反腐败斗争，就是要依靠人民群众的参与和支持，这个柳亚勋是干了三十多年的老支书，群众威信非常高，政治素质过得硬。"陈爱民说。

"那我就安排张继胜跟柳老谈谈，请他帮忙盯着点。"

"最好是你出面跟柳老谈谈，尊重他老人家嘛，"陈爱民说，"还有，安排孟庆军回家休息休息，我看他的气色不太好。"

"好的，今晚就送孟庆军回家休息。"

一辆黑色的普桑停在军转安置小区附近，孟庆军下车，跟章勇翔道别："谢谢，勇翔，你回去开车慢一点。"

"知道了，孟主任好好休息，我走了。"章勇翔启动汽车，转弯远去了。

孟庆军往前走了几步，突然感到一阵眩晕，他扶住路旁行道树，定定神，打起精神，步履沉重地走进小区大门。

忽然，孟庆军似乎感觉远处一个黑影若即若离地尾随着他，孟庆军停下脚步，警惕地四下观望，四处一片寂静，"可能是自己看花眼了吧"，他心里暗自这样想。他镇定地往前走了十几步，再猛地一回头，恍惚看到一个黑影"嗖"地不见了。

孟庆军心里确信，"是有人在跟踪！"他不紧不慢地上楼，打开了家门。

"庆军，你回来啦，都十点多了，还以为你又加班不回来了呢！"韩淑英亲切地说。

"淑英，在办案点，同志们都很照顾我，从来不让我上大夜班。今晚是陈书记命令我回家休息的。"

"我给你打点热水，烫烫脚，早点睡觉吧。"韩淑英说。

"今天不烫脚了，你们先睡吧，我在外边待一会儿。"孟庆军从柜子里找出迷彩服穿在身上，换上胶底鞋，又揣上手电筒。

"你这是要去干啥？"韩淑英不解地问。

"刚才进院子的时候，好像有人在后边尾随着我，没有看清楚，可能是我多心了，不过，还是到外边观察一下，心里踏实。"孟庆军悄悄打开门，转脸跟妻子说，"把灯关上吧。"

韩淑英关切地说："庆军，小心点，我就坐在客厅等着你。"

"放心吧，别忘了咱老孟是侦察连连长！"

一弯下弦月高高挂在天空，在地面上投下淡淡的银光，增加了一丝秋夜的凉意。孟庆军坐在楼梯口对面的车篷里，瞪大眼睛，观察着周围的动静。

月牙儿悄悄隐退了，四周一片漆黑，孟庆军看了一下手机，时间已经是下半夜十二点半。这时，一个鬼鬼祟祟的黑影向楼梯口摸过去。

"终于来了，我倒要看看你是个什么货色！"孟庆军盯着黑影，攥紧了拳头。

等了几分钟，孟庆军感到差不多了，就握着手电筒，拿出侦察兵的本领，轻手轻脚摸上楼梯。到了四楼，他停下脚步，侧耳细听，五楼的家门口传来细微的窸窸窣窣的声响。孟庆军左手猛地打开手电筒，刺眼的一束光柱照着一个戴蓝色口罩身穿黑色雨衣的青年。

"当啷"一声，黑衣人手中的螺丝刀掉在地上。

"干什么！"孟庆军怒吼一声，随即像一头凶猛的豹子一样跃上五楼，右手一记下勾拳打在黑衣人的肚子上。黑衣人痛苦地倚在防盗门上，右手紧紧攥着一根绳索，左手从腰间拔出一把长刀。孟庆军见状，左手丢下手电筒，用铁钳一样的大手，死死控制住黑衣人的双手。

韩淑英听见门外的打斗声响，赶紧从房间里打开了楼道的照明灯，就在一刹那，孟庆军瞥见门口的牛奶箱里掖着一枚木柄手榴弹。

"不要出来！"他大喝一声警告妻子，然后用右膝盖猛烈地顶击黑衣人的下腹部。黑衣人惨叫着，拼命挣扎，用牙齿拽着了右手里的手榴弹拉火索。昏黄的灯光照射下，手榴弹蹿出一股青烟，伴随着呛人的硝烟味儿，发出"哧哧"的骇人声响，仿佛魔鬼的狞笑。

孟庆军迅速一个扫踢放倒黑衣人，随即用闪电一样的速度左手抓出手榴弹扔到四楼半，迅速卧倒，扑倒在黑衣人身上。

"轰"的一声巨响，孟庆军和黑衣人都笼罩在硝烟之中。

"孟庆军，"韩淑英拉开门冲了出来，她在黑暗中摸索着扶起了丈夫，哭泣着问，"庆军，你没有事儿吧？"

"没有事儿，二十多年没有闻到过硝烟味儿了。"孟庆军坐在地上咳嗽着说。他摸索着找到手电筒，打开，扒开黑衣人的口罩，吃惊地喊道："魏狮子！"

魏狮子紧闭双目，额头上的鲜血像一注细流淌了下来。

陈爱民、张铁军站在楼梯口，刺鼻的硝烟味儿仍然没有散去。

张铁军说："从现场分析，魏狮子是准备把手榴弹隐藏在奶箱里，把引线拴在防盗门的把手上，等到早上开门的时候引爆。他还随身带了广告纸、胶带纸，看来是准备遮挡手榴弹引线的。这个铁皮的奶箱废弃多年了，新的奶箱都在楼下。孟主任家住在顶层，对面的邻居常年在外。显然他是事先踩点，经过精心策划的。"

"他是从哪里搞到的手榴弹？"陈爱民问。

"祁河县'文革'的时候是重灾区，武斗很惨烈的，有很多手榴弹流失在民间。不过，也有可能是二十世纪八十年代从边境走私过来的。刚才，搜查他住所的民警又发现了一枚手榴弹，67式的。等到魏狮子醒过来，就能弄清楚来源了。"

"不知道孟主任伤得怎么样？"陈爱民心情沉重地问。

"在医院值班的干警汇报，孟庆军左胳膊上有两块弹片，医生正在手术，应该没有大问题。"张铁军回答说，"魏狮子额头有一个小弹片，得做开颅手术。要不是孟庆军的左手臂为他挡住了两块弹片，魏狮子必死无疑。魏狮子身上还藏有一把弹弓和钢珠，我们分析也有可能是企图布设好手榴弹，然后用弹弓射击孟主任家的窗户，引诱孟主任出门，这样就会拉响手榴弹。"

"这是蓄谋已久、精心策划的。"陈爱民看着刑警忙碌地勘查现场，跟武四海大队长问候,"辛苦了!"

武四海回答:"不辛苦,请陈书记放心,我们一定缜密侦查,尽快破案,查清楚案件幕后的指使人。"

汽车停在人民医院门诊楼前,陈爱民、李汉杰和梁石祥钻出汽车。陈爱民大口大口地呼吸着黎明时分的空气,带着潮湿和清凉的气息让他郁闷的心情得以抚慰;仰望天空,东方已经露出一丝曙色,一朵一朵灰白色的云层之间,几颗晨星在淡蓝色的天际熠熠生辉。

"陈书记好!"医院纪委书记杜庆联带着一位医生跑过来迎接。

"麻烦你们了,杜书记!"陈爱民问候说。

杜庆联说:"应该的,接到李汉杰书记的电话,我就赶过来了。孟主任刚刚做完手术,已经到了ICU病房了。咱们上楼吧。"

"这是县纪委的陈书记,"杜庆联介绍说,"这一位是ICU中心王主任!"

"麻烦王主任了!"陈爱民握着王主任的手说。

"今天终于见到传说中的陈书记了,祁河县老百姓传说的'陈青天'!"王主任激动地说。

"老孟的情况怎么样?"陈爱民问。

王主任回答:"病人的手术非常成功,弹片划伤一处,击伤一处,弹片已经取出。只是他目前的身体非常虚弱,原因不明,等天明之后,我们再进行会诊。"

"犯罪嫌疑人呢?"

"这个病人的生命体征比较稳定,应该没有生命危险。来了之后,我们立即给他做了头颅CT检查,有一粒小弹片卡在右前额的颅骨上,需要请淮江医大附院的医生来会诊、手术。根据公安局的同志介绍的情况,多亏了孟庆军同志用身体护住嫌疑人,两片弹片打进了孟主任的左手臂,恰好护在犯罪分子的头部位置,否则,这个人就没有命了。"王医生感叹地说。

梁石祥说:"老孟在生命危急的时刻,还不忘保护犯罪嫌疑人,精神令人钦佩。"

李汉杰赞同地说:"是呀,他不仅保护住了犯罪嫌疑人的生命,更是保护住了案件深入调查的资源!"

透过玻璃窗,陈爱民久久地望着病床上缠满绷带的孟庆军,面无血色地昏睡着。一股悲怆的情感涌上心头,陈爱民觉得鼻子一酸,眼睛湿润了。

"陈书记,别难过了,孟主任现在是不幸中的万幸。"杜庆联宽慰地说。

"杜书记,我在想,王杰扑向炸药包的时候,他在想什么?可能什么都没有想,也来不及想。就在那一刹那，他的英雄壮举完完全全来自崇高精神培育的下意识的条件反射，就是这种崇高的精神，使他随时随地为了党和人民的利益，甘愿慷慨赴死，不惜粉身碎骨，肝脑涂地。这种'一不怕苦，二不怕死'的精神，就在孟庆军同志身上体现出来，值得我们学习、效仿！"两颗硕大的泪珠从陈爱民的眼帘滚下。

天大亮了，陈爱民拖着疲惫的身体回到小院。

高勇平出门锻炼，"陈书记，刚刚听说你们孟主任遭到暗算了，情况怎么样？"

"伤势不太严重，但是，身体状况不太好！"

"我们反贪局的一个干警，六年前的一天晚上回家，就在家门口的巷口里，被两个蒙面人用铁棍打断双腿，这个伤害案一直是个悬案，久拖未破。"高勇平愤愤地说。

"是呀，我们处在反腐败斗争第一线，有时候斗争还是很尖锐的，像这样兵戎相见，已经到了你死我活的白热化的程度。"陈爱民搓一搓脸，打起精神说。

"还有一件事，跟陈书记汇报一下，昨天上午市中级人民法院开庭审理祁河县法院的胡广建和张红林的案件，一审祁东县法院对于公诉指控的涉嫌徇私枉法和受贿两项罪名没有任何异议，结果到了二审，马骏书记曾经担心的事情果然发生了。"

"嫌疑人翻供了吗？"陈爱民问。

"翻供是正常的，关键是我们市检察院公诉处的公诉人陈光辉出庭的时候，一屁股坐在被告人那边，认为辩护律师提出的两名被告徇私枉法的主观故意不明显，受贿的证据存在严重瑕疵，建议发回重审。本来陈光辉是代表检察院出庭支持公诉的，却不料在庭上突然掉转枪口对准自己人，进行无罪公诉，发生这种奇怪的现象，在全国检察系统也实属罕见！"高勇平愤怒地说。

"这件事必须跟马骏书记汇报，案子如果翻盘了，不仅仅是违背了司法公正，还会有一系列连锁反应，负面的影响很大。"陈爱民忧心忡忡地说。

"是呀，昨天晚上我已经跟书记、县长汇报过了，马书记当即就给市院江帆检察长打电话了。江检察长说他今天上午调度一下情况，下午通知咱们两个过去汇报一下。陈书记，你先回宿舍休息一会儿吧。"

"以前我在市纪委工作的时候，跟公诉处的同志都很熟悉，怎么没有听说过这个人，这个陈光辉是什么来头，为什么要临阵倒戈？"陈爱民发出一连串的疑问。

"噢，他原来是咱们县检察院公诉科的一般干警，前年秋天他擅自把一个嫌疑人从看守所提出来做鉴定，办理了取保候审，因为这件事背了一个严重警告处分。今年年初，处分期满，调到市院公诉处了。"高勇平回答。

"像这样有劣迹的人，不打入冷宫就算不错了，怎么还能上调到上级机关？"

"哎，陈书记，现在的事情一言难尽，我们真的不好多说什么，咱们也是做领导的，都心知肚明，无怪乎一些人整天热衷于拉关系，拜门子！"高勇平长叹一声说。

"现在分管公诉的检察长是谁？"陈爱民问。

"辜副检察长，他还分管监所处、行装处。"

"你说是辜理分管，他也算是检察战线的老战士，怎么能做出这样半吊子的事情？我父亲1978年底受命恢复重建检察院的时候，从知识青年中把他选调到淮江检察分院的。"

"这个陈光辉就是辜理检察长点名选调的，我说这话，陈书记应该清楚了吧？"

"上梁不正下梁歪，看起来，这件事的根子主要还是出在上边。"陈爱民一脸倦容，长叹一声，"唉，咱们还是做好击鼓鸣冤的准备吧！"

"是呀，咱们两个，一个是纪委书记，一个是检察长，还得去击鼓鸣冤，这还成什么体统？"高勇平愤怒地说。

下午四时，陈爱民、高勇平如约来到江帆检察长办公室。

江帆瘦瘦高高的个子，精神矍铄，透露着政法干警精明强干的气质。他热情地招呼陈爱民、高勇平坐下。

江帆拉着陈爱民的手说："久仰'陈一刀'的大名，人是一面相，近日相见，果然是威风凛凛，精明干练，名不虚传！"

"江检察长过奖了，我个人没有多大的能力，只不过是善于运用集体的合力罢了。"陈爱民谦虚地说。

"好一个集体的合力，讲得很精辟呀，我听说在淮江各个县区，你们县纪检和检察两家配合协作得是最好的，有一个什么比喻来着……"

"狼狈组合！"高勇平插话说。

"对，就是这个组合，虽然这是一个调侃的说法，其实就是我们两家优势互补的形象比喻嘛！"江帆笑着说。

"跟检察长汇报，在祁河县纪检与公检法还有各个行政执法部门，都能形成一个配合协作的机制，所以在反腐败斗争中，我们的拳头能够打得准，打得狠！"陈爱民说。

"这也反映出县委、县政府的执政能力。"江帆感慨地说，"哦，今天的议题，我让公诉处的陈光辉过来，当面汇报一下吧。"

江帆拿起电话，"公诉处吗，让陈光辉过来一下。"

身材矮小的陈光辉一溜小跑来到检察长办公室。

"江检好，高检好！"他一进门，点头哈腰地打招呼。

"这里还有一位是你家乡祁河县的县委常委、纪委书记陈爱民！"江帆介绍说。

"噢，陈书记好！"陈光辉忙不迭地说。

陈爱民点头示意，没有起身。

"小陈，请坐下，你说说吧！"江帆示意。

陈光辉神情局促地坐下，清了清嗓子，说："是这样，我们在审理这两个案件过程中，认为嫌疑人徇私枉法的主观故意性不是很明显，认定其涉嫌犯罪的要件不够充分；另外，嫌疑人对于在县纪委和检察机关交代的受贿事实，进入二审之后又提出了异议，我们认为绝大多数不是利用职务之便，应该认定为人情往来，能够认定为受贿数额并不大……"

陈爱民清楚，谈阅卷的具体细节，这是陈光辉的强项，他占据着上风口，于是打断他喋喋不休的叙述，一针见血地质问："陈检察官，请你不要跟我们谈阅卷的具体细节，你讲的这些都是你们这些承办人员的工作，我和高检察长都不过问的，如果需要交流案件细节，我们可以让祁河县检察院反贪局办案的干警来跟你沟通。请你直截了当地说，你们二审的公诉书与祁东县检察院的一审公诉书有哪些变更，变更的原因是什么？"

面对陈爱民犀利的问话，陈光辉一时瞠目结舌，哑口无言。

看着陈光辉那一副丑恶嘴脸，陈爱民怒从心头起，忍不住对他继续痛击："我问你，胡广建与宗玲的电话录音你听了没有？法官向原告通风报信，泄露审判委员会的讨论记录，是不是徇私？作为主审法官，不认真核查原告的证据，就采信原告提供的虚假证据，这是不是枉法？"

陈光辉臊得满脸通红，一言不发。

陈爱民继续发出一连串炮弹："法官与原告的代理人游山玩水，接受宗玲提供的性贿赂，这些证据你审核了没有？"

"哦，陈书记，关于胡广建嫖宿少女虞娇美的情况，只有胡广建个人的交代，宗玲的证言只能是一个旁证，当事人虞娇美对胡广建印象不深刻，因此这个情节不能认定。"陈光辉急忙辩解。

"陈检察官，你还好意思说胡广建接受当事人性贿赂的情节不能认定，这说明你是认真研究了案卷的嘛，是下了一番功夫的嘛，真的是用心良苦啊！"陈爱民用讥讽的语气说，接着把话题一转，"你在祁河县检察院的表现，我还是有些耳闻的！"

江帆见状，赶紧给陈光辉一个台阶下，说道："小陈，你先回去吧，让辜检和你们朱处长过来一下。"

辜理一脸阴沉,带着朱处长走进办公室。

江帆开门见山地问:"朱处长,对于市院指定管辖的那两个法官,二审公诉的时候与祁东县检察院发生了重大变更,你们处里是怎么研究的?"

朱处长满脸窘态,一声不吭,两眼望着辜理。

"哦,江检,这件事我知道。"辜理尴尬地回答说。

陈爱民明白,辜理的这种表态,意味着二审公诉变更是辜理同意的,是经过了法定程序的,作为分管的副检察长,辜理有这个权力。朱处长在这个场合不表态,辜理就得自己出面兜着。

江帆思索了一下,对陈爱民、高勇平说:"我看这个案子这样处理吧,第一,关于二审的公诉,这是市检察院已经定下来的决定,不能更改;第二,二审由法院判决,检察院不再抗诉。你们看,这样处理还有什么意见吗?"

应该说,江帆定下的这个调子是一个圆中有方的解决问题的策略,既照顾到了方方面面的脸面,也委婉地纠正了检察院在二审公诉的偏差。

"没有意见,谢谢江检、辜检!"陈爱民礼貌地说。

江帆检察长转过脸,批评辜理和朱处长说:"这么重大的变更,你们没有事先跟基层院打招呼,突然袭击,这是不妥当的!"

"是的,是的,以后注意改正!"朱处长点头称是。

辜理面色酡红,一言不发。

陈爱民见状,赶紧起身告辞:"江检、辜检、朱处长,我们就回去了,欢迎各位领导去祁河县指导工作!"

江帆也站起身,与陈爱民、高勇平握手:"好吧,今天就不留你们吃饭了,我和辜检、朱处长还要研究一些事情。"

陈爱民礼貌地向辜理伸出手:"辜检与我父亲共过事,要是按照惯例,还得要高称呼你一辈!"

辜理不自然地咧咧嘴:"可不是嘛,我认识陈爱民书记的时候,你还系着红领巾哪!"

"那我们先回去了。"高勇平说。

"好吧,不送了。"江帆点头示意。

步出大厅,高勇平对陈爱民说:"陈书记,下边,还得请李涵院长给中院汇报一下市检察院的意见,特别是'不再抗诉'这一条,非常重要,要让中院知道。"

"是啊,这样中院就可以不用考虑二审的公诉书,依法判决,没有后顾之忧了。

不然，要是市检察院真的抗诉起来，也是挺麻烦的事儿，起码脸面上过不去。"

"陈书记所言极是，咱们下面去哪里？"高勇平问。

"天不早了，我请高检吃烧烤怎么样？"陈爱民提议。

"好啊，应该我请你的。"高勇平说，"顺河街的烧烤名气很大，咱们到那里去吧。"

司机小董把车开过来，孙建设下车问："两位领导，咱们回祁河吗？"

"咱们先去顺河街，吃烧烤，小董，到地方你找一个停车场。"陈爱民说。

辜理回到办公室，"咣"的一声，愤怒地关上房门。他脸色阴郁，点燃一支烟，大口地抽了几下，拿起桌子上的电话，拨打内线："喂，监所处吗？"

"哦，是辜检啊，我是张洪亮呀！"

"张处长，正要找你哪。"辜理下意识地瞥了一眼门口，压低嗓门说，"我接到群众的电话举报，反映祁河县纪委书记陈爱民的问题，主要是反映他在市纪委办案期间涉嫌刑讯逼供。这样吧，你把淮江监狱在押的原处级干部全部提审一遍，落实一下！"

"辜检，这样做恐怕不好吧，"话筒里传来张处长的声音，"谁都知道陈爱民是全市纪检系统的一把尖刀、一面红旗，有些腐败分子对他恨之入骨，咱们可不能听信传言啊！再说，这也涉及检察和纪检两家的关系啊，市纪委徐书记还有咱们的江检察长是什么意见，领导会怎么看待这个问题？"

张处长的一连串发问，使得辜理非常恼怒，"让你办点事儿怎么这么难？啰里啰唆的，算了，你让王国海接电话吧！"

"辜检，您有什么指示？"听筒里传来一个操着普通话的声音，语气非常谦恭。

"王国海，交给你一项任务……"

河边搭起的凉棚里，一阵阵木炭混合着烧烤的浓烈香味，让人馋涎欲滴。

"咱们祁河县也有'三姐烧烤'，这是一家知名的连锁店，咱们就在这一家吃吧！"陈爱民提议道。

"好吧。"高勇平找了一个小桌子几个人坐下。

陈爱民说："建设，你过去点些烤羊肉、羊腰子什么的，点四个小凉菜，再搬一箱冰镇啤酒过来。"

"好的，陈书记，你们坐一下，我马上就过来。"孙建设说。

凉风习习，天色渐渐暗了下来。陈爱民眺望对岸，对岸就是顺河小区，从繁星点点的窗户里，寻找着冯玉梅的家。他在想："每一盏灯光都照耀着一个温暖的家，小妹现在在干什么呢?"

"哗啦"一声,一个六十开外的老妇人把一捧羊肉串狠狠地摔在桌子上,嘴里骂咧咧地说:"吃,吃你娘的什么吃,把俺儿子办进去了,你落什么好啦?"

如此反常的举动,令陈爱民、高勇平大吃一惊。陈爱民一言不发,掏出香烟,递给高勇平一支,"啪嗒"点燃。两个人平静地喷云吐雾,看着老妇人下边的表演。

"奶奶,怎么啦?"一个十五六岁的少年跑过来。

"静静,你记住了,就是那一个人把你爹抓进监牢的!"老妇人指着陈爱民说。

小男孩用仇恨的目光怒视着陈爱民。

陈爱民依旧一声不吭,深深地抽了一口烟,然后向少年发出友善的微笑。

高勇平见状,走过去拍拍小男孩的肩膀:"小朋友,长大了要做守法的公民啊!"

一个戴着宽边眼镜的男犯,被提押到淮江监狱提审室。

"检察官好!"犯人毕恭毕敬地鞠躬。

"王贤勤,你犯的是什么事儿?"王国海问道。

"报告,我以前是凤城县委常委,2004年9月,以受贿罪、滥用职权罪被判处有期徒刑十二年。"

"当初是谁查的你呀?"

"报告,我的案子是淮江市纪委第二纪检监察室主任陈爱民主办的。"

王国海示意:"王贤勤,坐下吧。"

"谢谢政府!"王贤勤鞠躬,坐下。

"王贤勤,我问你,陈爱民在办案过程中,市纪委的人有没有刑讯逼供的行为?"王国海说。

"报告,市纪委对我'两归'期间是很文明的,吃得好,中午和晚餐都是三个菜,中午还有水果,每天保证睡眠八小时,一周洗两次热水澡。"

王贤勤的回答,王国海显然不满意,"如果有打骂体罚的行为,你尽管反映,谁违法办案就告谁,不用怕!"

"我实话实说,的确没有。我一直认罪伏法,现在就是好好改造,争取早日与亲人团聚。"

"好啦,回去吧!"王国海不耐烦地说。

一个五十多岁、满脸凶巴巴的男犯被提押到提审室。

"叫什么名字，犯的什么事？"王国海问。

"魏雷霆，原祁东县副县长，2005年3月，以受贿、贪污罪被判刑十三年。"

"当时是谁查办的案子？"

"淮江市纪委的陈爱民！"魏雷霆恶狠狠地说。

"市纪委在办案过程中，有没有违法行为？"

"检察官，你是让我说实话，还是说假话？"

"当然是真话了，说假话要承担法律责任的，你不懂得吗？"王国海抽了一口烟，意味深长地说，"今天的提审，是我们院领导专门安排的，如果有违法办案的行为，尽管控告，不用害怕！"

"那好，我就说了，反正他陈爱民现在也治不死我了，害怕他的啥？"魏雷霆咬牙切齿地说，"零下十几度的大冬天，他们把我脱得赤裸裸的，让我光着腚站在冰天雪地里挨冻，还用大头针在我后背上扎了上百个针眼儿，陈爱民带头，用皮锤、耳刮子揍我……"

王国海"唰唰"地做着笔录。

"呜呜呜呜……"尖厉的炮弹、枪弹呼啸着像狂风一样从头顶上刮过去，震天动地的爆炸声震耳欲聋，黑色的烟柱子裹挟着血红色的烈焰腾空而起，进攻的道路上硝烟弥漫，弹片横飞。

冲锋出发阵地的坑道里，孟庆军举起右拳喊道："同志们，我们兑现向祖国和人民宣誓的时刻到了，'生命不息，战斗不止！'"

"生命不息，战斗不止！"勇士们的誓言气壮山河。

"第一梯队，冲锋！"孟庆军命令道。

一排长王英杰，第一个钻出了坑道，冲进了枪林弹雨之中。炮弹爆炸的黑色烟火越来越紧密，子弹、弹片刺耳地尖叫着在空中飞舞。第一梯队像旋风一样冲上582高地，占领了敌人的表面阵地。负隅顽抗的敌军纷纷躲进坑道、猫耳洞内，不断向外开枪，投掷手榴弹。王英杰被弹片击伤，倒在了土坎儿下面，血流如注。他摘下报话机，交给身边的战友，命令二班长："二班长，你上去炸了它！"

二班长刚刚跃起，一排机枪子弹击中了他的胸部，他软绵绵地倒了下去。

孟庆军带领第二梯队冲了上来，他手中的冲锋枪喷射着无情的弹雨，封锁住敌人的洞口，眼睛里放射出凶悍的火焰，他接过王英杰手里的炸药块，大声命令道："一排长，你马上下去！"然后，他匍匐到敌军洞口附近，像一只敏捷的豹子扑了过去，高高扬起手中的炸药块，投进了洞口。与此同时，一颗冒着青烟的手雷也同时掷出洞外。随着一声闷响，洞口蹿出一股黑烟，又一声爆响，孟庆军倒在血泊中。

敌军的炮火开始覆盖表面阵地，一颗炮弹在身旁爆炸，巨大的气浪把孟庆军高高抛向空中。王英杰推开卫生员，声嘶力竭地吼道："不要管我，先救连长！"

孟庆军睁开双眼，陈爱民、李汉杰和梁石祥正坐在他身边。

"唉，这一觉又醒过来了，如果下一次醒不过来，那就是真的死了。"孟庆军歉意地说。

"孟主任，安心养病，一切都会好起来的！"陈爱民安慰说。

"陈书记，我自己心里清楚，这一次可能是挺不过去了，真的要去见马列毛邓了，跟我说实话，是不是已经扩散了？"孟庆军吃力地说。

"老孟，安心治疗吧，别胡思乱想的。"李汉杰说。

"不要紧，咱们是唯物主义者，人固有一死。这些天我老是做梦，梦见我的灵魂飘呀飘呀，飘到南疆的阵地上，梦见我牺牲的战友，他们都活生生地出现在我的梦境里，我明白，夜幕就要永远地降临了，自己生命中的最后一片落叶就要落下来了。"

"庆军，好好治疗，等你好起来，咱们还一起查案子。"梁石祥宽慰说。

"梁书记，别给我宽心了。"孟庆军盯着吊水说，"打的这是什么药，用红笔写的，我心里有数，是化疗的。"

陈爱民强忍悲痛："老孟，我正在给你联系淮江医大附属医院，还有省纪委的朱常委也在联系省城的大医院，让你转到那里去治疗，条件会更好一些。"

"谢谢领导的关心，没有必要了，这个病治不好了，别再糟蹋钱了，给国家节省一点吧，多留一点给老百姓吧，就让我躺在祁河县的故土上，安安静静地走吧！"

泪水充满了陈爱民的眼帘："你还有什么要嘱托的吗？"

孟庆军喘息着说："作为军人，我为国征战，尽到了一个公民的义务；作为纪检监察干部，我为党除奸，尽到了一个忠诚卫士的责任。我这辈子，对党忠诚，积极工作，生命不息，战斗不止，践行了为共产主义奋斗终身的誓言。年轻的时候，我在战壕里背诵过高尔基的〈鹰之歌〉，鹰在临死的时候没有任何遗憾，它说'我美好地生活过了，英勇地战斗过了'，今生无悔，值了！我死了之后，妻子会给我换上军装，请求组织再给我覆盖上党旗。告别的时候，请求我的同志们，我的战友们，你们都不要哭，也不要放哀乐，给我唱一首歌，咱们的党歌〈国际歌〉，好吗？"

"庆军，我们的好兄弟，如果真的到了那一天，我带领全体纪检监察干部，为你齐唱〈国际歌〉！"陈爱民这位刚强的汉子这会儿再也抑制不住奔腾的情感，滚烫的热泪夺眶而出。

"谢谢你们！"孟庆军虚弱地伸出右手，与三人一一握手，"再见了，同志们，你们继续工作吧，别再来看望我了，影响工作。"

第十九章　省纪委夜访祁河县　陈爱民高速遇车祸

　　省纪委路主任的到来，使赵四吉吃惊地张大了嘴巴。

　　白怀洲见势不妙，举起自行车使劲扔向袭击者，一骨碌滚进路边的沟渠里……

　　一个满脸络腮胡子的汉子，紧紧盯着越来越近的别克车，两眼露出骇人的凶光，他猛拐方向盘，突然变道，车尾猛然甩去。

　　2010 年 9 月 20 日，这是一个星期一。上午九时，省纪委朱明元的办公室阳光灿烂。

　　朱明元跟路江海吩咐："路主任，你给陈爱民书记拨通电话，我来跟他说。"

　　"好的！"路江海主任答应道，接着翻阅红色的密码电话本，拨通了陈爱民办公室的电话。

　　红色的保密电话响起急促的铃声，陈爱民连忙抓起电话。

　　"陈书记，你在办公室啊！"

　　"路主任，你好！"

　　"陈书记，朱常委要跟你通电话。"路江海说着，把听筒交给了朱明元。

　　"朱常委好！"

　　"陈书记你好。"电话里传来朱明元洪亮的声音，"上一次你反映的问题非常重要，我们给省纪委主要领导做了专题汇报。这个方云生在省委组织部表现就不好，一直反映不断。把他放下去的时候，省委组织部一个领导就讲过，'让方云生下去做组织部部长，非出问题不可！'现在果然应验了，一直以来反映他卖官鬻爵的信访举报不断，还有许多生活作风的问题。从你们办案中发现的情况来看，卖官帽子的可信度非常高。再有，就是祁河县的问题非常严重，政治生态被严重污染。从你们查办的案件来分析，公检法甚至我们纪检监察队伍里也有腐败分子的代理人，看来腐败已经渗透到了我们内部，必须下大力气整治。这样吧，今天晚上七点左右，路江海主任带人过去，跟那个赵四吉谈一谈，你做好准备，严格保密，确保安全！"

"请朱常委放心，一定完成任务！"陈爱民说。

路江海接过电话："陈书记，距离祁河县还有一百公里的时候，我跟你打电话联系。"

"好的，我在祁河高速口迎接你。"

路江海说："陈书记，你不要接我，让办公室孙主任去就行了，我认得他。"

"好的，我现在就着手把办案点清理一下，能交出去的案子，下午就交出去。"

陈爱民放下保密电话，拨打内线电话："建设主任，请通知李书记、梁书记尽快到我办公室。"

"好的。"

李汉杰、梁石祥很快来到陈爱民的办公室。

"李书记、梁书记请坐。"陈爱民说，"刚刚接到省纪委的电话，今天晚上路江海主任要来跟赵四吉谈话，把你们二位找来，就是研究一下晚上的任务。"

李汉杰沉思了一下，说："我们的工作引起了高层领导的重视，这也说明了之前顶着压力，排除干扰是正确的。我建议外松内紧，表面上风平浪静，暗地里让公安局准备一个小组待命。"

"是的，省纪委过来提审赵四吉，这是一个绝密级的信息，不能有一丝一毫的闪失。咱们渔场的办案点还是有点人多嘴杂，陈书记，你看能不能把俞继仁的案子下午移交了？"梁石祥说。

"俞继仁的取证情况怎么样了？"陈爱民问。

李汉杰回答："按照掌握的违法数额六百多万计算，目前已经取证将近五百万元了，应该说是大头着地。但是，余下的一百多万违法金额，都是金额比较小的，虽然数额不多，但是证人占了一大半。还有，追回的赃款已经到账四百二十万元左右了。"

"谈话组还有深挖的空间吗？"陈爱民问梁石祥。

"这个人是个老油条，他现在已经适应我们的谈话方式，再往下进展，难度很大。"

"那就这样吧，晚饭之前，把俞继仁移送检察院，其他同志回去休息，办案点留下老孟……"说到这里陈爱民突然哽咽了一下，他平复了自己的情绪，接着说，"留下王自力、王立楷、魏保平、章勇翔、程宇宁值班，其他同志回家休息。另外，请公安局特警大队派一个班过来负责外围的警卫。晚上接路主任的时候，让孙建设去，带上四个特警。"

"好的，我们这就去办。"

淮江市军供大厦九楼，一个背着双肩包、戴着墨镜、太阳帽的帽檐压得很低的男子，左顾右盼，观察了一番，小心翼翼地敲开了 912 房间。

"怀洲哥，我等你半天了！"体格健壮的宗强迎上前说。

白怀洲走进房间，掩上门，四周打探一下，"这里安全吗？"

"放心吧，这是用谭八的身份证登记的。"

"唉，宗强弟，我这些天东躲西藏的，有时候就在烂尾楼的工地上过夜，比乞丐还惨！"

"不要着急，等躲过去这个风头，想办法给你弄个身份证，或者是跑到国外去，或者找个偏僻的地方猫起来，留得青山在，不怕没柴烧。"宗强说着掏出一个布包，交给他，"这里是二十万现金，还有煎饼、盐豆子，你带着路上用，花完了再给你送。赶紧远走高飞，老板说跑得越远越好。"

"俺的老爹老娘怎么样，快过中秋节了也不能过去尽孝。"白怀洲眼泪汪汪地说。

"哎哟，什么时候了，还管得了这么多。"宗强不耐烦地说，"好啦，好啦，过节我替你回家看看，帮你尽孝，行了吧？"

"谢谢宗强弟，此地不可久留，哥哥告辞了！"白怀洲双手作揖。

"哥哥这是准备到哪里去？"宗强问。

"一个远房的亲戚在郑州打工，我打算到那里去躲一躲。"

"哥哥，万万不可投亲靠友呀，老板特意交代，亲戚朋友千万不能接近，这个时候越是亲戚越靠不住，说不定早就让公安给监控起来了。老板让你就在周边找一个地方猫起来。"

"那好，咱们过一阵就用秘密电话联系一次。"白怀洲说。

"哥哥，你的那个号码也别再用了，安全起见，你用公用电话跟我联系，或者打电话给谭八。"

"好的，兄弟，我知道了。"

"山高路远，哥哥保重！"宗强抱拳行礼。

"兄弟，后会有期！"白怀洲也作揖回礼，然后悄然闪出门外，不见了踪影。

淮江市火车站人来人往，川流不息。白怀洲四下窥探一番，然后快速闪进一家茶社。

"客人休息吗？十元钱三个小时。"中年妇女上前招揽生意。

"好吧，来十块钱的。"白怀洲掏出一张票子，递给服务员。

"你就在这里休息吧。"服务员指着一个折叠床说。

"好吧。"白怀洲躺在小床上，把双肩包枕在头下很快就"呼呼"大睡。

两个学生模样的男子在茶社附近徘徊。

陈爱民走进马骏办公室。

"爱民书记，请坐！"马骏热情地说。

"马书记，跟你汇报一件事，今天晚上省纪委过来跟赵四吉谈话。"

"哦，我们按照组织程序办呗。"马骏对这个消息并不感到意外，接着说，"爱民，我们来祁河县履职，不想跟谁过不去，更不想祁河县出问题，特别是不希望出大问题。但是，纸包不住火，问题该暴露的终究要暴露，这是不以我们意志为转移的。"

"安保措施已经布置好了，外松内紧。"陈爱民说。

"好的，你们安排吧。另外还有一件事，下周二、周三在海口召开推进政务公开的会议，咱们祁河县是全国的试点县。我想，优化发展环境这一块工作还是由你抓起来。会议通知我签给你了，县委办公室负责订机票。你准备一下，下周一飞海南。"

陈爱民赞同地说："是的，营商的环境对于一个地区的发展至关重要，现在很多地方招商引资拼的是优惠政策，往往忽略了软环境建设。"

"软环境建设好了，让权力在阳光下运行，也能够从体制、机制上预防腐败行为的发生。爱民，你看看咱们的行政审批中心，只有六百多个平方米，完全是摆花架子，应付上级检查的。我和强国商量好了，准备把原来的一个闲置的办公楼腾出来，专门成立行政审批中心，五千多平方米，应该足够了吧，你考虑先让谁把审批中心主任这个担子挑起来？"

"马书记，我建议让县纪委常委任青霞兼任行政审批中心主任。"

"可以呀，任青霞是一个合适的人选。万事开头难，先让任青霞把审批中心的班底搭建起来。"马骏说。

"马书记，我还有一个建议。"

"爱民书记，你说！"

"我们这个行政审批中心搭建起来之后，也仅仅是有形的行政审批，属于政务公开的第一代。现在，很多地区正在构建网上的行政审批，就是电子政务，实行不见面审批，属于第二代的政务公开。这方面，浙江做得非常好，等我从海南回来之后，组织相关人员去学习取经。"

"好啊，拿来主义是提高工作效率的捷径，爱民书记，你考虑一个方案，首先把审批项目都入驻审批中心，分管审批的部门领导也必须在中心集中办公，我和强国不定期地过去检查，这样强行入轨，先把规矩立起来！"

"好，我按照马书记的要求，尽快把这一项工作启动起来。要是没有其他事情，我先去准备晚上的工作了。"

"好的，你去忙吧，"马骏站起身，握着陈爱民的手说，"爱民，越是在即将胜利的时候，越要防止狗急跳墙，最近你要特别注意人身安全！"

"谢谢马书记，我会十分小心的！"

"客人，醒一醒，时间到了，你看，天都黑了。"女服务员摇醒了白怀洲。

白怀洲揉了揉睡眼蒙眬的眼睛，问："卫生间在哪里？"

"后院。"

白怀洲背起双肩包，进入卫生间。他警觉地向门外瞭望了一下，迅速掏出宗强给的煎饼、盐豆子，丢进纸篓里，推开气窗，踩着隔挡，攀上窗户，钻了出去。

"阿姨，请问刚才那位客人呢？我们是一起的。"一个学生模样的男子问。

"刚才到后院卫生间了。"女服务员回答。

男子推开卫生间，看见气窗大开，他奔过去，踩着槅档，将头探出窗外，愤愤地说："让他跑了！"

祁河县高速口，一辆黑色奥迪车打着双闪开出收费站。

两辆普桑也随即打开双闪，孙建设坐在车里打手机说："路主任，我们是两辆黑色的普桑，你看到了吗？"

"看到了，我们不要下车，直接走。"路江海说。

"好，我的车在前边带路，你的车居中，后边的一辆是特警，咱们走吧。"

周围是漆黑的夜色，伸手不见五指。天空飘起了细细的雨丝，吹在脸上凉丝丝的。白怀洲拼命蹬着自行车，在乡村道路上狂奔。他的躯体里只有疲惫和恐惧，逃亡的感觉就像是一具行尸走肉，一个没有灵魂的躯壳在这凄风苦雨的夜晚漂泊、游荡。

一辆越野吉普车开着刺眼的光柱疾速驶来，轰鸣的马达声音，让白怀洲本能地感觉来者的威胁，他跳下自行车，躲藏在路边的一棵大树后边，警惕地观察着来人。

伴随着一阵刺耳的急刹车的声音，车上下来四个人，其中就有那两个学生模样的，也不搭话，呈扇形直奔白怀洲而来。

白怀洲见势不妙，举起自行车使劲扔向袭击者，一骨碌滚进路边的沟渠里，跳进水里，"哗啦""哗啦"几下划到对岸。"嗖、嗖"两支弓弩贴着头皮飞了过去，白怀洲像一只受惊的兔子，一头扎进了路旁的玉米地里，一阵"哗啦""哗啦"的响声之后，消失在茫茫夜色之中。

"又让他跑了！"一个黑影狠狠地说。

"八哥，咱们绕过去追吧？"

"好，咱们绕过去。"那个为首的黑影钻进汽车，"不要开车灯，咱们到前边等他！"

白怀洲翻越高速的路基，爬过护栏，顺着应急通道，迎着淅淅沥沥的秋雨，向着祁河县的方向走去，一辆又一辆的汽车，呼啸着从他身旁飞驰而去，扬起一阵阵的水雾。

"欢迎你，路主任！"陈爱民热烈地与路江海握手。

"介绍一下，这位是我们室新分配来的郑新明。"路江海转身介绍同伴说。

"你好，郑处长！"陈爱民与郑新明握手。

"这位是梁书记！"陈爱民介绍说。

"你好，你好！"路江海与梁石祥握手。

"路主任，你们还没有吃晚饭吧？"陈爱民问。

"刚才在高速服务区吃过了，陈书记，时间紧迫，咱们开始工作吧。"路江海说。

"好吧，我们一起过去。"陈爱民说，"梁书记，先把监控关闭了吧！"

"好的。"梁石祥上前将监控主机关闭。

梁石祥推开了谈话室，陈爱民带着路江海、郑新明鱼贯进入房间。

赵四吉连忙站起来，惊奇地说："啊，陈书记，下午梁书记说有领导要找我谈谈，想不到是您！"

"还有你想不到的，"陈爱民指着路江海、郑新明介绍说，"这两位是省纪委三室的路江海主任、郑新明处长，这也是应你的请求，专门过来跟你谈谈，也是给你一个宽大处理的机会，省纪委说话是算数的，你要把握住啊！"

赵四吉吃惊地张大了嘴巴。

"你看一下，这是我的工作证。"路江海说着，把黑色的证件递给他。

"呀，还是一把手主任，副厅级的！"赵四吉惊讶地说。

"看看吧，上级对你的交代非常重视，一定要把握住机会啊，机不可失，时不再来！"陈爱民说。

"一定把握，一定把握，谢谢陈书记！"赵四吉点头如捣蒜。

郑新明开始布设三脚架，安放摄像机。

"你们开始谈吧。"陈爱民、梁石祥走了出去。

路江海首先说："赵四吉，在今天开始谈话之前，有两点跟你说明，第一，你所反映的问题，省纪委会采取严格的保密措施，祁河县纪委包括淮江市纪委都不会知道具体内容的；第二，你检举揭发的问题一经查实，就作为你的立功条件，我们给你兑现政策，即便是你进了劳改农场，我们也会认真负责地为你出具法定减刑的文书的。"

赵四吉站起身，向路江海深深鞠了一躬，"谢谢省纪委的领导，我一定实事求是地反映自己知道的问题。"

监控室的时针指向凌晨一点。梁石祥进门说："他们谈完了。"

"好的，打开监控器吧。"陈爱民说。

"我这就通知他们几个上岗。"梁石祥说。

陈爱民走出监控室，在院子里等候路江海，"谈得怎么样？"

"赵四吉的态度挺好的，检举揭发了不少问题，有一些很有价值。这样得来的举报信息，挖掘出来的案中案，往往比群众反映的更精准。"

陈爱民赞同地说："在办案实践过程中，我们摸排了半天，可能还是在外围打转转，像这样从内部攻破堡垒，的确是一条办案的捷径。"

梁石祥接着说："是呀，说一句不得当的话，这就是狗咬狗，两嘴毛！"

"路主任，你看天已经很晚了，怎么安排你们休息？"陈爱民问。

"陈书记，耽误你们休息了，你看这样好不好，我们就在你们点上休息几个小时，等到天一亮，我们就赶回去。"

"好的，就是条件太简陋了。"陈爱民说。

"没有关系的，住到外边，还需要登记，保密性也不行。"

"好吧，我们服从工作需要吧。你们的房间在这里，办案点的其他工作人员都回去了，只留下最可靠的几个同志。公安局调过来一个班的特警，都在外边的院子警戒。"

"陈书记考虑很周密。"路江海说着，几个人走进了房间。

孙建设提来一兜饭盒，排放在桌子上，又打开一瓶酒。

"哎哟，好香啊，这是吃夜宵呀！"路江海说。

"下雨天，喝酒的天，我特意让孙主任到夜市炒了几个菜，咱们几个人把这两瓶酒喝了，也算是给路主任接风洗尘，还有明天的饯行都在一起啦。"陈爱民笑着说。

"陈书记，今晚我带班，就不喝了。"梁石祥说。

"好吧，就我们四个人，一人一碗酒，每人正好半斤，不偏不倚，怎么样？"陈爱民说。

"好吧，恭敬不如从命。今天一天也累坏了，我们就一醉方休，早上我们也不在这里吃早饭，陈书记也不要送我们了，让孙主任带到高速口就行。"

"咕咚、咕咚"，四只碗倒满了白酒。

陈爱民提议："欢迎路主任、郑处长的光临，我们端起碗，喝一口！"

"是啊，此时此刻，此情此景，这样芳香的酒，战友的情，终生不能忘。"路江海感慨地说，"来，我们喝酒！"

傍晚时分，陈爱民带着孙建设、小董回到了家。

"妈，今天是八月十四，我提前回来陪你吃个团圆饭，吃完饭，我们还要回去。"

"吃完饭，还要走吗？"母亲有些依依不舍。

"办案点还有人看着呢，越是过节，责任就越大。"陈爱民说。

"这我懂，过节是容易出事的时候。"母亲说，"哎，冯玉梅怎么没有来？"

"她，她今晚值班。"陈爱民支支吾吾地说。

"大娘，俺们带了几个熟菜，咱们就不要麻烦了。"孙建设说。

王姐接过来，"我到厨房切一下，装盘。"

"爱民，你过来一下。"母亲把他喊到卧室，"你跟我讲，跟冯玉梅是怎么一回事？"

"妈，跟她出了一点小意外，她的小娜娜两个月不理她了，原来的婆婆那里一直在给她施加压力，还想让她复婚，前夫也追得很紧。我给她一段时间思考一下，怎么选择由她来决定。"

"多好的一个孩子，你可不要放弃她。"母亲惋惜地说。

"等她两个月看看再说吧，强扭的瓜不甜，是你儿媳妇，跑也跑不了；不是你的儿媳妇，求也求不来。"

"爱民啊，还有一句，你千万要注意安全哪。昨天晚上我做了一个不好的梦，梦见你浑身都是血，把我吓哭了！"母亲说着，眼泪了流下来。

陈爱民依偎在母亲怀里："妈，放心吧，吉人自有天相，不会有事的。"

母亲慈爱地抚摸着儿子的头发："瞧瞧，你头上的白头发又长了不少，一晃你都四十六周岁的人了。"

"是啊,妈,我还记得三四岁的时候,夜里发烧,你推着我沿着街道去县人民医院看病。那天也是好圆的月亮,我趴在车座上望着一轮明月,那个景象永远铭记在我心里。"

王姐过来招呼:"饭好啦,咱们吃饭吧!"

母亲站在阳台上,深情地目送着儿子远去,一直看着他的身影消失在黑夜中。一阵阵秋风袭来,她一动不动,突然一股不祥的感觉涌上心头。她双手合十:"老天保佑我儿子平安!"

陈爱民沿着长廊走到尽头,他站在凉亭里深情地眺望着七楼书房里的灯光,"她在干什么呢,一定还是在看书,是不是过去看看?"陈爱民犹豫了几分钟,点燃一支烟,狠狠地抽了几口,按灭烟头,毅然转身离去。

又红又圆的月亮在两个高楼之间升起来了。

冯玉梅在台灯下读书,忽然她心头一颤,放下书本,"小哥!"她飞速冲下楼,寻到凉亭,飒飒的秋风吹过来一股熟悉的烟草味。

"小哥!"她大声喊着,向小区大门跑去。

下午的明媚阳光照耀着青山风景区。一对情侣手拉着手沿着小径走进密林深处。

"哎,这里哪来的一股恶臭味儿?"女青年嗅着气味儿说。

"是呀,好像越来越浓。"男青年四下搜寻着,"你看,这里的山土好像是被挖掘过,还有动物扒过的痕迹。"

"不对头哇,咱们报警吧!"女青年掏出了手机。

刑警赶到现场,武四海大队长指挥着挖开泥土,一股浓烈的尸臭扑面而来,白色的帆布袋子里,一个人形的尸体已经高度腐烂……

渔场办案点。王自力提着一个饮水塑料瓶,程宇宁端着盒饭,一同走进谈话室。

"老赵,今天是中秋节,我和程主任陪你一起过节,炒了几个菜,"王自力扬了扬手中的塑料瓶,"领导还特批给你喝一瓶啤酒。"

"谢谢领导关心。"

"前天谈完话,老赵你好像很放松,每逢佳节倍思亲,看你的心情还是蛮开朗的嘛！"

"王常委，我这是面对现实，住在这里起码没有生命危险，你们对我都很好。不过，我最担心的就是小孩正在上警官学院，将来毕业的时候有一个服刑的爹，肯定会受到牵连。"

程宇宁倒啤酒："来，老赵，抿一口。"

"吃菜，吃菜。"王自力说。

"领导，我想问一下，王学礼还没有消息吗？"赵四吉放下纸杯问。

王自力回答说："正要问你呢，今天下午，根据群众报警，从青山风景区一个密林里挖掘出一具高度腐烂的男尸，用帆布袋子包裹着，估计是王学礼。目前公安机关正在侦查。你分析谁能干这件事？"

"王学礼与我曾经是生死兄弟，他这个人敢打人，但是不敢杀人。倒是满金龙、满金虎兄弟两个还有白怀洲，心狠手辣，做事无底线，为了升官发财，什么手段都能使出来，学礼兄弟十有八九是被他们做掉啦。还有，满金龙这个人很狡猾，他的最隐秘的关系，我们都不清楚，都是单线联系，隐藏得很深，比如宗强跟他兄弟之间到底是啥关系，谁也说不清楚。"

"老赵，你们整天跟满氏兄弟黏在一块儿，啥事还能瞒得了你们？"程宇宁问。

"程主任，你不知道，满金龙这个人鬼精鬼精的，他跟朋友相处都是留着后手的，他拜的把兄弟都是按照条线来的，就像地下党单线联系的一样，每一个条线相互之间不交叉，所以谁都摸不透他的关系网。不过，这样也挺恐怖的，谁知道讲的哪一句话对他不利，保不准立马就能传到他的耳朵里。"

"白怀洲跑了十几天了，你觉得在哪里能找到他？"王自力问。

"他是一个大孝子，撑不了一个月，就得偷偷摸摸跑回老家看爹妈，你们只要盯住那里，就能找到他。"

程宇宁拿起一块月饼，"老赵，吃块月饼吧。"

赵四吉双手恭恭敬敬地接过，"谢谢！"

早上七点，来电显示"李汉杰"。

"陈书记，跟你汇报，孟庆军的家属刚刚来电话，他不行了！"李汉杰悲痛地说。

"我马上赶过去！"陈爱民放下碗筷说。

"怎么了，孟主任不行了？"张铁军过来问。

"快不行了，孟庆军是一位真正的共产党员，无私无畏的纪检监察干部！"陈爱民说。

　　"'好人不长寿，祸害遗千年。'这是老百姓对好人英年早逝表达的遗憾心情。"张铁军惋惜地说，"哦，还有，那个魏狮子的伤情稳定了，根据他的交代，两颗手榴弹是有人偷偷放在他院子里的。一颗炸孟主任，另一颗准备炸你陈书记。魏狮子多次跟踪盯梢，发现司机小董非常机警，每天早上出车之前都要细致检查车辆，所以没有机会对你下手。"

　　"你觉得他说的这个炸弹的来源可信吗？"陈爱民问。

　　"比较可信。"

　　"他这一段时间跟谁接触过？"

　　张铁军回答："据魏狮子交代，他取保候审不久，开发区张圩村支部书记于辉，晚上去过他家，带了一些吃喝的酒菜，还有两万块钱。"

　　"昨天晚上夜班的时候，赵四吉还提到宗强，"陈爱民若有所思地说，"这些人应该是我们下一步关注的对象。"

　　张铁军赞同地说："是啊，杀害王学礼，就是为了杀人灭口，掩盖档案室火灾，以及夜半进入你房间企图投毒的这些犯罪事实。从这些行动的实施，到王学礼被杀害，这里边还有许多谜团需要揭开。我有一种预感，这些刑事犯罪与你们正在查办的经济犯罪是相互关联着的，真相大白的时候，应该不会太远了！"

　　"请你们全力侦办！"

　　"陈书记放心，于辉和宗强等人已经纳入我们侦查的视线。"

　　孟庆军身着军装，静静地躺在洁白的病床上，已经陷入弥留之际，床头的显示器发出"嘀嘀嘀"的鸣叫。

　　"嫂子，庆军怎么样了？"陈爱民轻声问。

　　韩淑英强忍着眼泪说："从早上五点多钟就深度昏迷了，七点钟我和孩子给他换上了军装。"

　　"还能不能把他唤醒呢？"梁石祥问。

　　"可能不行了，到现在已经昏迷三个多小时了。"韩淑英说。

　　"试一试吧，让他再见老战友一面，"陈爱民说着，打开手机，"我早上锻炼定的铃声就是起床号。"

　　清脆嘹亮的起床号在孟庆军的耳畔回荡，他慢慢地睁开了眼睛，看来他恢复了意识，用和善的目光瞧着所有人。

　　"庆军，我把井冈山的党旗带来了！"陈爱民俯在他耳边说。

　　孙建设将折叠好的党旗放在他枕边："孟主任，还记得吗？这是咱们在井冈山宣誓用的党旗！"

孟庆军面无血色的脸上露出一丝欣慰的笑容，他点点头，闭上了双眼。床头的显示器发出"嘟——"的长鸣，心率呈现一条直线。

陈爱民怀着悲痛的心情，将党旗慢慢展开，轻轻覆盖在孟庆军的身上，"庆军，我们的好兄弟，安息吧！"

几个人站成一排，向孟庆军深深鞠躬。

"咚咚咚！"陈爱民敲门。

"请进来吧。"张友信副书记说。

"张书记，你找我？"

"噢，爱民书记请坐下。"张友信张罗着一边倒水，一边说，"徐书记让我跟你谈谈，让你有个思想准备，有人要告你！"

"被人诬告也不止一次两次了，身正，连影子也正，怕什么？反正比盯梢、投毒、捅刀子要文明。"陈爱民苦笑着说。

"关键是这一次告你的不是一般人，而是市检察院副检察长辜理。今天上午一上班，他拿着一份淮江监狱服刑的魏雷霆的检举信以及检察院的谈话笔录，找到徐远行书记，反映你主办案件的时候，对魏雷霆用针刺、冷冻、拳打、扇耳光等方式进行刑讯逼供。当然，对这种诬告陷害，市纪委是旗帜鲜明的，辜理被徐书记痛斥了一番，灰溜溜地走了。不过，他既然敢这么跳出来，就不会善罢甘休的，对此我们也不能掉以轻心。"

"我和祁河县检察长高勇平前几天才去找市检察院一把手江帆讨说法，一审的案件，到了二审，市检察院公诉人居然在庭上支持被告的辩护律师，进行无罪公诉，简直是天大的笑话。"

"你说的这个情况，我也听说了，影响很坏。"张友信说。

陈爱民说："所以啊，我刚刚投过去桃，辜理马上反手就回报我一个李，他这个人是属猴的，炮仗脾气，一点就炸！"

"我侧面问了一下，检察院监所处的人没有愿意接这个活儿的，辜理找来一个刚刚转业的干部，听话，让他去挨个儿询问的在押犯。淮江监狱服刑的原处级干部共有五个，其他的四个都是实事求是评价市纪委办案的，唯独这个魏雷霆，胡诌八扯，讲的这些情节简直离奇，不知道他是怎么琢磨出来的，看起来对你怀有刻骨的仇恨！"

"张书记，当时这个案件你是总指挥，我是专案组组长。魏雷霆妹妹的女婿，就是市检察院反贪局的侦查处长，属于法定回避的。你还记得吗？我跟你汇报过，魏雷霆通过中间人试图拿二十万元收买我，还让他的那个亲戚跑到办案点，放在我房间四条‘中华’烟。"

"不错，这些事你当时就跟我汇报了。"张友信说。

"后来移送检察院的时候，那个主办检察官当着我的面询问魏雷霆：'你跟市纪委的交代都是真实的吗，你认为需要有人回避吗？'魏雷霆当场全部翻供：'我跟市纪委交代的全部都是假的，要求市纪委回避，要求陈爱民回避！'"

"是的，当时就是辜理分管反贪的，由于移送的环节翻供，辜理借此机会不予接受，这个案子窝了十几天才交出去，那还是因为徐书记发了火。"张友信说。

"是的，我当时就痛斥：'魏雷霆，你不知好歹，市纪委对你的调查还没有终结，你无权提出回避的要求；另外陈主任的回避由我的上级决定，但是你必须提出法定的理由！'他当场就诬陷说：'我怀疑陈主任受了举报人刘某的贿赂啦！'我驳斥他：'捏造事实，打击报复办案人员，恭喜你，又加了一条诬告陷害罪！'看起来老魏的那一口恶气一直没有捞着出，辜理终于给了他一个机会了。"

"是呀，爱民，我想起鲁迅的一句话，我们有时候就得横着站，一只手对付腐败分子，一只手提防着我们内部的个别心怀叵测的人。"张友信长叹，抽出香烟，"抽支烟，解解闷吧！"

陈爱民抽着烟说："辜理这个人本来就是品行极差的人。1975年夏天我们家刚刚搬到淮江市的时候，他还是一个二十出头的小青年，天天往俺家里跑。因为他父亲以前与我父母都很要好，请我父母帮他摆平一桩风流债。他结识了淮江地区地委书记的女儿，攀上了高枝，就蹬掉原来青梅竹马的恋爱对象。那时候人们对于贞操观非常在意，那个姑娘寻死觅活地大哭大闹。我老母亲为此做了多少工作，事情才慢慢平息。他如愿以偿娶到地委书记的千金，背靠大树好乘凉，政治上步步高升，等他坐上淮江市检察院副检察长的宝座，当年的千金小姐也成为黄脸婆，这家伙又故技重演，蹬掉黄脸婆，再另娶新欢。"

"是啊，往往就是这些善于投机钻营的人吃得开，我们的干部考察为什么看不到这一点？"张友信说。

"张书记，下周一我要飞海南，参加政务公开工作会议。"

"好啊，到那里好好散散心，回来咱们再好好筹划一下工作。这个满金龙的初查也取得了进展！"

"张书记，还有一件事跟你汇报，"陈爱民沉痛地说，"今天早上孟庆军主任去世了！"

"啊，孟主任去世了？"张友信默默地掏出两支烟，递给陈爱民一支，"孟庆军是一位优秀的纪检监察干部，无愧于'忠诚卫士'的光荣称号！"

"按照祁河县的风俗，后天火化、下葬。按照孟庆军的遗愿，到时候我们全体纪检监察干部为他唱〈国际歌〉送行！”

“我马上安排二室王立冬主任去他家吊唁，市纪委二室和干部室派员参加告别仪式。”

“‘出师未捷身先死，长使英雄泪满襟！’”陈爱民噙着泪花说，“反腐败斗争的决定性时刻就要到了，我们却痛失一员大将！”

张友信充满激情地说：“用我们的胜利，用腐败分子忏悔的眼泪，来告慰忠魂吧！”

黑云渐渐堆成了一整片，像一块沉重的铅块向头顶压下来，远处的雨声已经变成了一片嘈杂的声音，不一会儿，大滴的雨点就落下来了。

陈爱民站在台阶上，向墓地四周的人群扫视了一眼，绝大多数是纪检监察干部。他们都把雨伞拿在手里，任凭秋雨打在脸上、身上。

“全体纪检监察干部请注意，立正！”陈爱民在风雨中发出号令，“我们一起为孟庆军同志唱〈国际歌〉，为我们亲爱的战友、兄弟送行，‘起来饥寒交迫的奴隶’，预备——唱！”

陈爱民挥舞着有力的双拳打着拍子，二百多人齐唱：

起来饥寒交迫的奴隶，起来全世界受苦的人，满腔的热血已经沸腾，要为真理而斗争……

雨断断续续下了一天，傍晚时分，下得更大了。老支书柳亚勋收拾好碗筷，看完新闻，早早上床休息了。

漆黑的夜晚，外面刮着风，一阵骤雨鞭打着窗户，院子里的大黄狗发出“汪汪”的吠叫。柳亚勋老人警觉地披衣而起，仔细聆听外边的动静。他蹑手蹑脚打开门，向隔壁张望，邻居家里的窗帘透出微弱的灯光。他返回屋里，拨打电话：“张继胜书记吗，我是老柳，刚才老白家……”

白怀洲湿淋淋地跪在父母面前。

两个老人哭着抱起白怀洲，“你还活着，孩儿啊，咱们投案去吧！”老人老泪纵横。

“爹、娘，孩儿不孝，让二老担惊受怕，俺回来看看二老就走，以后就远走他乡了！”白怀洲也泪流满面。

“孩儿啊，咱又不是犯杀人的罪，找政府自首不好吗？”白母说。

"孩子犯下的事儿，比杀人差不了多少！"白怀洲痛苦地回答。

"哎哟，我的天哪，你造的什么孽呀！"白母小声啜泣。

白父拉起了白怀洲，"别光顾着哭了，快点给孩子弄点吃的吧。"

雨一直不停歇，远远地传来几声闷雷的低吼。

几辆警车悄悄停在附近，荷枪实弹的刑警、特警将院落包围得严严实实。

柳亚勋家的黄狗发出一阵狂叫。

"坏了，是不是警察来了？"白怀洲惊慌地说。

"我出门看看。"白父打开了房门。

大门口有人在敲门。

"谁呀？"白父问。

"公安局的，请你开门。"

白父拉开门闩，王跃进带领几个刑警站在门前。

"大爷，白怀洲回家了吗？"王跃进问。

"这个，这个……"老人一时口吃起来。

"大爷，如果他现在出来，算是投案自首，如果不出来我们进屋抓捕，后果自负。大爷，你看，我们已经将院子包围起来了，他跑不掉啦。"

"同志，你们跟俺来吧，俺们投案！"老人说。

白怀洲伸出双手，刑警"咔嚓、咔嚓"给他戴上手铐。

白怀洲双膝跪地："不孝之子不能给二老养老送终，现在就给二老磕头辞行啦！"

"赶快走吧！"刑警拉起了白怀洲，警车闪烁着炫目的光芒消失在雨夜之中。

陈爱民站在窗前，一动不动，出神地欣赏着窗外墨汁般的雨幕，四周听不到别的声响，只有秋雨"哗哗"的一片噪声，湖边摇曳的树木间偶尔透出点点的灯光。

"在这雨夜里，小妹在干什么呢？"他暗自思量，"或许和我一样都在倚床眺望夜雨吧？"触景生情，陈爱民不由得想起了李商隐《夜雨寄北》，他给冯玉梅发了一则短信："君问归期未有期，巴山夜雨涨秋池。何当共剪西窗烛，却话巴山夜雨时。"

手机铃响，来电显示"冯玉梅"。

"小妹，小哥想你了！"陈爱民觉得鼻子一酸。

电话里传来一阵啜泣声。

"都说情人之间心有灵犀一点通，我猜想，你这会儿可能也在眺望窗外的夜雨，想念小哥吧？"

"人家在窗前都站了一个多小时了。"冯玉梅倚靠在书房的窗前，大滴的泪珠滚落而下，"小哥，我这几天就跟丢了魂儿似的，满脑子想的都是你，动手术时也开小差……"

"好啦，小妹，别哭了，小哥也是放不下你呀。八月十四那天晚上，我站在你楼下，差一点没有控制住自己，真想冲上楼去。"

"果然是你，"冯玉梅破涕为笑，"人家也感受到了，跑下楼，没有见到你的人影，只闻到一股烟味儿！"

"小妹，我明天去海南开会，等小哥回来，就去娶你。"

"小哥一路平安！"

2010 年 9 月 27 日，星期一一大早，陈爱民匆匆走进餐厅，餐厅里只有张铁军一人在用餐。

陈爱民端着餐盘坐在他身边，"张局长，对白怀洲的讯问进行得怎么样？"

"昨天晚上抓到白怀洲之后，我们立即进行了突审。"张铁军放下筷子说，"根据他的交代，杀害王学礼的主要实施者是宗强。另外还有两个帮手，其中一个他知道，叫谭武昌，绰号'谭八'，曾经是临河派出所的辅警队长，是李建群的徒弟，从小习练形意拳的。另外一个是谁，白怀洲也不清楚。"

"李建群，这个名字很熟悉啊？"陈爱民问。

"就是撞击孟庆军小儿子的凶手之一，现在羁押在咱们的看守所。武四海连夜提审了李建群，根据他交代的可能藏匿的地点，郑运华副局长已经带人过去抓捕谭武昌了。不过，宗强的下落仍然不明，这一段时间消失得无影无踪了。"

"铁军局长，白怀洲有没有交代这一起凶杀案件的幕后主谋是谁，杀人的动机是什么？"

"杀害王学礼的动机就是为了灭口，这是毫无疑问的，主谋应该就是满氏兄弟，目前正在开展工作。另外，白怀洲交代，王学礼深夜潜入陈书记的宿舍，是根据事先得到的准确消息，你客厅的一扇窗户的插销坏了，这也是从内部泄露出去的。所以，爱民书记，最近你千万要注意安全，防止他们狗急跳墙！"

"是啊，已经是鱼死网破的时候了，大不了就像先辈王杰一样粉身碎骨，肝脑涂地呗！"陈爱民从容地说。

"不得不防啊，这个白怀洲还交代说，2005 年春节之前，就是这个谭八，晚上带人埋伏在检察院李健秋科长家门口附近的巷口里，用铁棍把李科长的双腿打断，这个案子一直是一桩悬案，现在可以说是告破了。"

"是呀，我们面对的是穷凶极恶的歹徒，他们是什么卑劣的手段都能用出来的。"

手机铃声响起，张铁军接听："喂，武大队，你说！"

"张局，跟你汇报，我们从宗强的'青山农家乐'一个房间内勘查出几滴点状血迹，那里疑似凶案现场。"

"好的，你们一定要仔细，一寸一寸地反复勘查。"

"好的，局长放心吧！"

"哎，铁军局长，我一直纳闷，既然第一现场就在青山景区，他们为什么不转移尸体，反而就地掩埋呢，不符合常理嘛？"陈爱民问道。

"是啊，等抓到凶手，就真相大白了。"张铁军说，"哎，你是今天出发是吗？"

"下午四点的飞机，从淮江机场直飞海口。"

"好啊，等你回来，我给你接风。"

"最好是连同破案的庆功酒一起喝！"陈爱民笑着说。

"我们力争完成任务！"

周一的早上，县委办公室一片忙碌的景象。

走廊里，彭天勤拉住行政科科长许滨："哎，陈爱民书记的行程安排妥当了吗？"

"早就安排好啦，今天下午四点，从淮江机场直飞海口。"

"好的，行政科的服务无小事，特别是领导的活动更要小心谨慎。"彭天勤说。

"吃一堑，长一智。我会十分谨慎小心的。"许滨说。

陈爱民乘坐的别克车开上了高速口。

陈爱民看了一眼手表，对司机说："小董，现在是一点半，到机场一小时足够，不要着急。"

"知道了，陈书记！"小董目视前方，平稳地驾驶着车辆。

停靠在高速口的一辆宝马车里，满金虎甩掉雪茄烟，恶狠狠的目光盯着远去的汽车，拿起了手机，低声说："喂，走了。"

祁河服务区，两辆自卸王一前一后开了出来。自卸王的车门上印有一只凶恶的苍鹰，大卡车沿着匝道，缓缓开上行车道，开始加速行驶。

手机来电显示"马骏"，陈爱民拿起手机："马书记，你好！"

"爱民书记，我和强国正在召开一个企业家座谈会。"手机里传来马骏沉稳的声音，"企业家们对祁河县的营商环境提出了很多意见，其中反映一个规划局的科长非常恶劣，让企业为同样一个事项跑了七趟，去一次，就给出一道难题。"

"是呀，这还是'吃拿卡要'的作风在作祟，一次性告知实施了多年，我们有些人还是不给好处不办事，给了好处乱办事！"

"爱民书记，你马上安排查一下这个科长，"马骏的声音越来越激昂，"'火到猪头烂，钱到公事办'，这些封建腐朽的东西，我们有的干部居然无师自通，简直令人怒不可遏！"

"好的，我这就安排在家的李汉杰负责查办，严肃处理，公开曝光，以儆效尤！"

"爱民书记，我还有一个考虑，总是这么查处只能是治标不治本，不是一个解决问题的根本办法，还是要从体制机制上改革政务服务。这方面苏南和浙江做得很好，我想，等你回来之后，带队去学习一下。"

"马书记说得非常正确，我们现在的集中审批，充其量只能算是第二代行政审批，要解决审批效能，还是得走电子政务的路子，实行不见面审批，这是行政审批改革的方向。"

"好的，这些问题等你回来之后，我们再好好议一议，祝你旅途愉快！"

"谢谢马书记！"

公安局副局长郑运华拿着手机在马楼派出所的会议室一边来回踱步，一边汇报："张局长，我们抓到谭昌武之后，就地进行了突审，他对参与'8·23'杀人案的主要情节供认不讳。"

"你简要说一下。"

"根据谭八的交代，主要实施者就是宗强、于辉和谭八，性质应该是雇凶杀人，说好给谭八的报酬是五十万元。"

"于辉，是那个开发区的村支部书记吗？"张铁军问。

"就是他，瘦高个儿，黄巴脸，跟大烟鬼子一样，这个人一直在我们侦查视线的。"郑运华接着说，"按照三人事先的密谋，准备将王学礼灌醉之后再动手。不料，王学礼也很警觉，喝到六七成，坚决不喝了。宗强就趁其不备，突然从背后勒住了王学礼的脖子，将其扑倒在地。王学礼进行了激烈的反抗，掰断了宗强的左手臂，用肘击伤了宗强的肋部。这时候谭八上前摁住了王学礼的双手，于辉用麻绳实施了捆绑。王学礼被完全控制住以后，躺在地上，哀求宗强放过他，并且说，如果他失踪了，就会有人拿着材料到省公安厅报警，他每天到哪里去都事先有人知道。谭八见状感到害怕，就退缩了，跟宗强说了一句，这件事就算跟他没有关系，然后就夺门而逃了。"

"这么说，在打斗中宗强骨折了，谭八吓跑了，这就解释了他们为什么没有到异地转移尸体，而是选择就地掩埋尸体的行为。"张铁军说。

"是的，我们分析，由于宗强受伤，以及谭八的逃走，打乱了他们异地毁尸灭迹的企图。"

"另外两个嫌疑人的下落能确定吗？"张铁军问。

"根据情报研判，宗强可能隐匿在东北他女朋友家的山林里；于辉现在高速公路祁河服务区附近，处在游动状态。"

"在祁河高速服务区附近，"张铁军喃喃自语道，突然，他大吃一惊，"坏了，陈书记也在高速上！"

"张局，你说什么？"

"不说啦！"张铁军匆匆挂上电话，紧接着拨打陈爱民的手机，传来"您拨打的电话正在通话中，请您稍后再拨"的提示音。

"怎么偏偏在这个时候占线！"张铁军焦躁地捶了一下桌子。

袁红抱着一摞材料走进办公室。

"袁主任，你马上跟县纪委落实一下，是谁跟着陈书记一起出发的，要他们马上给我回电话！"

"好的。"袁红答应道。

"还有，确定一下陈书记的位置。"

"怎么，还要给陈书记定位？"袁红不解地问。

"快去！"张铁军怒吼道。

袁红吐一下舌头，赶紧跑了出去。

陈爱民拨通了李汉杰的电话："汉杰书记，临河镇宗祠村老百姓的安置房鉴定结果出来了没有？"

"陈书记，经过鉴定，有十一户属于 D 级危房，建设局已经拿出了加固方案。"

"好的，这件事你负责落实到底，修缮经费就从追缴的案款中支付，我跟强国县长汇报，群众的利益，一丝一毫都不能侵犯。"

黑色的别克车距离自卸王越来越近，小董打开左转信号，开始超车。

首辆自卸王的驾驶室里，瘦长脸的于辉冷冷地看着后视镜。

第二辆自卸王驾驶员是一个满脸络腮胡子的汉子，紧紧盯着越来越近的别克车，两眼露出骇人的凶光，他突然变道，猛拐方向盘，车尾猛然向左侧甩去。

坐在副驾的孙建设惊呼："注意！"

一阵急促刺耳的刹车声，剧烈的摩擦使别克车的轮胎冒起了青烟，"轰"，伴随着一声巨大的撞击声响，别克车翻滚着越过了护栏……

路基下，陈爱民的手机不停地鸣叫，来电显示"张铁军"。

县委值班室，薛媛媛接听电话："孙主任，你慢点讲，什么，车祸，陈书记受伤了，昏迷了！"她的眼泪溪水一样流了下来。

彭天勤急匆匆走进常委会议室，向马骏耳语。

马骏闻讯大惊失色："不开会了，强国，我们赶往淮江医大附院，陈爱民书记出事啦！还有，通知铁军，马上出现场！"

急救车带着凄厉的呼啸，开上急诊室平台。医护人员簇拥着将三个伤员推进急救通道。

"啊，是陈书记。"李晗光医生看到血肉模糊的陈爱民惊呼道，他大声吩咐，"快，赶快抢救！"

高个子的女医生带领一群医护人员一拥而上，七手八脚把伤员推进急救室。

李晗光一边疾走，一边拨打冯玉梅的电话："玉梅，急诊室来了三个车祸伤员，其中一个重伤员就是陈爱民！"

"咔咔咔咔"，走廊上传来一串急促的脚步声，冯玉梅泪流满面，分开熙熙攘攘的人群，向急诊室跑去……

尾 声

2021年的早春时节，太阳刚刚下了地平线，绚烂的晚霞在天边像火焰一样燃烧，暖暖的南风携带着春天的气息吹拂着祁河两岸。报春的燕子呢喃鸣叫着在河面往来穿梭，柳枝冒出了嫩芽，轻轻地在风中摇曳。

祁河渔村门口的两盏红灯笼发出柔美的光芒，一间草舍里传出一阵阵欢声笑语。

粗木方桌上摆放着大茶壶、黑酒碗，六碟祁河产的炸小鱼、莲藕、咸鸭蛋等菜蔬。陈爱民偕妻子冯玉梅与祁河县纪委的老战友围坐在一起，兴致勃勃地谈天说地。

"感谢任青霞书记盛情邀请，谢谢各位老战友的友情！祁河县一别快五年了，非常想念一起并肩战斗过的兄弟姐妹们！"淮江市人大常委、教科文卫委主任陈爱民动情地说。

"老班长，我们也非常想念你呀！"淮江市民宗局副局长李汉杰接着话茬说，"有一回老班长打电话，说想我和梁石祥了，第二天晚上三家在一起聚了一次。"

冯玉梅带着灿烂的笑容说："是呀，那是他回到市里不久，周末我开车去看父母，他在车上一边念叨，一边操起了手机。"

淮江市纪委派驻教育局纪检组组长梁石祥接着说："感谢组织的关心，老班长陈书记的举荐，我们老班子的同志都各得其所，老常委赵健退休之前解决了四级调研员，常委王自力、孙建设提了县纪委副书记，任青霞提了瞿园镇党委书记，监察局副局长刘传彬提了县农业农村局局长。刘传彬外出招商了，没有能赶回来，待一会儿他跟老首长打电话请假。"

赵健依然保持沉稳的表情，他扶一下厚重的眼镜，清清嗓子说："我现在退休在家，一早一晚沿着滨河公园遛弯，那些老头老太太依然津津乐道当年祁河县的反腐败风暴，我们能得到组织的重用，首先得益于祁河县反腐倡廉取得的成果。"

陈爱民深有感触地说："是呀，十一年前我们惩治腐败、扫黑除恶，全面加强党的建设，深化与人民群众的血肉联系；按照产业链招商，取缔严重污染企业，经济上实现高质量发展。当初马骏书记、强国县长就是率领我们这么干的。"

任青霞给各位斟满酒，举起酒碗说："热烈欢迎陈书记偕嫂子来祁河踏青，咱们一边喝一边聊！"

泛着酒花的酒碗里飘出一阵阵馥郁芬芳的酒香，"啊，祁河香醇，青霞，你是在哪里淘到这么好的老酒的？"王自力赞叹道。

任青霞得意地说："老班长和嫂子来，俺当然要拿出最有意义的好酒款待了！"

陈爱民站起身，"2010年初来到祁河县，第一场酒是高勇平检察长在这个山野酒肆里为我接风洗尘的；第一次喝祁河香醇是在孟庆军主任家里。人生最难忘的就是第一次，弹指一挥间，十一年过去了，时间过得真快呀！2013年11月4日，我离开纪检战线，担任县政府党组副书记、常务副县长。临行前的那天晚上，我在办公室里坐到大半夜，心潮起伏。回想自己从一个不谙世事的小青年成长为领导干部，是反腐败斗争的大风大浪磨砺了我，是纪检监察战线的同志托举的我，那晚我含着眼泪写下〈二十四载纪检路，无悔人生〉的文章。周一早上离别战友们的时候，全体人员在三楼会议室集合，很多同志眼里噙着泪花。我用〈送战友〉里的一句歌词劝慰大家：'革命生涯常分手，一样分别两样情'，我对同志们说等一会儿在楼下合影留念，希望战友们把最灿烂的笑容留给我！合影之后我头也不回地向县政府的一号楼走去，当时我只要一回头就会泪奔。这张合影我一直存放在电脑桌面上，时常点出来默读同志们的名字，怕时间久了忘了！"

任青霞眼睛里闪烁着泪花，"老班长重情重义，上午带着嫂子专程去公墓，给孟庆军主任扫墓，送上一束鲜花。当时陈书记泪如雨下，泣不成声，我们都为之动容！"

孙建设端起酒碗，"咱们一起敬陈书记和嫂子一碗酒吧！"

"好啊！"几只黑窑瓷酒碗"当当"地碰在一起，众人一饮而尽。

王自力掏出香烟，递给陈爱民一支，"老首长抽支烟吧？"

陈爱民望一眼冯玉梅，摆摆手："戒烟了。"

冯玉梅嗔怪地瞟一眼他，"今天放假了，喝酒、抽烟任由你！"

陈爱民讪笑，"拒腐蚀关键靠自律，念〈妙法莲花经〉都没用。"

孙建设把一碟小鱼递到陈爱民跟前，"老领导请尝尝您以前最爱吃的煎饼卷小鱼。"

陈爱民卷起一只卷饼递给冯玉梅，"夫人对这道佳肴也是情有独钟，对吧？"

冯玉梅接过来，"是啊，爱民第一次宴请我和淮江医科大学附属医院的同事们，也是在这个酒馆里。那一天从科主任老李到实习生小郁，每个人都喝到了极致，后来都成了他的粉丝。爱民和建设主任受伤之后，他们几个医生都在ICU室昼夜陪护抢救，直到脱离险境。"

李汉杰遗憾地说："根据公安机关的讯问，这起案件是一起恶性杀人案件。开发区的村支部书记于辉雇佣杀手，根据满金虎提供的准确信息，事先在高速路上等待陈书记的车辆到来，用两辆自卸王制造车祸。只可惜满金虎得知于辉被捕之后，这个瘸子从自家别墅的三楼一个倒栽葱扎下去，当即脑浆迸溅，气绝身亡。满金虎的畏罪自杀，把所有指向满金龙的线索，都掐断了。"

王自力抽一口烟说："王学礼深夜潜入陈书记的宿舍，事先知道一扇窗户的插销坏了；于辉在半道上截杀陈书记，也是得到了准确的情报。这两个线索的交叉点集中在县委办主任彭天勤身上，这是一只隐藏很深的老狐狸，前年提前退休，到省城开了一家'祁河宴酒家'。春节过后，打黑专项斗争，抓了'狮子王洗浴中心'的老板王晓清，涉及淮江市纪委的副书记李群，还有这只老狐狸。省纪委指定管辖，目前彭天勤已经被祁东县纪委留置了。"

"梁组长，李群的案件怎么样了？"陈爱民抽出一支烟点燃。

梁石祥回答："省纪委立案了，目前正在交代问题，走读，天天到办案点报到。这个案件是省打黑专项斗争领导小组挂牌督办的案件，主犯王晓清涉毒、涉黄、涉黑，在公检法和纪检机关培植了一批代理人。春节前，省纪委第五案件审查室直接把市纪委案件管理室的副主任仲庆带走了，这个人收了王晓清三百万元，故意不批准一个留置案件。李群跟这个王晓清也是莫逆之交，据说李群在这个案件中也逃不脱干系。"

孙建设愤愤地说："满金龙只判了十年，便宜他了！"

陈爱民苦笑着说："满金龙在胞弟自杀之后主动投案，交代了自己在建设规费减免等工作中收受贿赂等问题，检举了淮江市委常委、组织部部长方云生的贪腐问题，有立功情节，具备法定减轻处罚的要素。不过，这个仲庆以前不显山不露水的，只是感觉他经常对两规案件审批横挑鼻子竖挑眼的，县区纪委都有微词。现在谜底揭开了，不是他恪尽职守，而是他收人钱财替人消灾。这也证明了我们当初绕开李群，万马军中直取周树彬的抉择是完全正确的。"

赵健插话说道："这个方云生不仅贪腐，而且生活糜烂，在淮江市工作期间，用了一批坏干部，真是贻害无穷啊！"

李汉杰端起酒碗，"正义的审判可能会迟到，但是不会缺席。善有善报，恶有恶报，不是不报，时候未到！"

陈爱民激情满怀地说："是呀，这些腐败分子就是被我们一个个地斩落马下的，回首往事，我们无怨无悔。刚刚打倒'四人帮'，有个电影〈甜蜜的事业〉，插曲'我们的生活充满阳光'，曲调非常优美，特别是'迎着那长征路上，战斗的风雨，为祖国贡献出青春和力量'，强烈地冲击着一个少年的心房，鼓舞着他为祖国的未来努力拼搏，那个少年就是我。回顾漫长的工作历程，扪心自问，无愧于党的培养、人民的重托。我提议，咱们举起酒碗，祝愿我们的明天阳光灿烂，生活更加美好！"

"为了更加美好的明天，干杯！"众人齐声应和。

欢声笑语飞出乡间的茅舍，荡漾在春天的静谧的夜空之中……